coordenação editorial
Sálvio Nienkötter

editor executivo
Daniel Osiecki | Raul K. Souza

editora-adjunta
Isadora M. Castro Custódio

capa | projeto gráfico
Paula Villa Nova

produção
Cristiane Nienkötter

Dados Internacionais de Catalogação na Publicação (CIP)
Angélica Llacqua CRB-8/7057

Serguilha, Luís
A Actriz, A Actriz: o palco do esquecimento e do vazio | Luís Serguilha
Curitiba: Kotter Editorial, 2020.
948 p.

ISBN 978-65-86526-04-2

1. Ficção brasileira 1. Título "A Actriz A Actriz"

CDD B869.3

20-1635

Kotter Editorial
Rua das Cerejeiras, 194
82700-510 | Curitiba/PR
+55 41 3585-5161
www.kotter.com.br | contato@kotter.com.br

1ª edição
2020

ACTRIZ

(O PALCO DO ESQUECIMENTO E DO VAZIO).

A ACTRIZ

LUÍS SERGUILHA

"lá onde os outros propõem obras, eu não pretendo senão mostrar meu espírito...a morte existe porque nos fizeram acreditar nela"

Antonin Artaud

"nos limites desse estreito cerco, algo de desmesurado está à espera; nas celas e nos calabouços, uma liberdade; no silêncio da reclusão, uma nova linguagem, a fala da violência e do desejo sem representação, sem significação"

Maurice Blanchot

a ACTRIZ a ACTRIZ
(o palco do esquecimento e do vazio)

à Daniella Zupo

A multidão se procura velozmente dentro das mulheres levitantes: há uma caldeira magnética a escoar-se com os haustos insaciáveis do animal, há uma miríade de críticos de insânias dentro das golpeaduras do sensório-motor e a luzência das superfícies extremas insituam prodigiosamente o sangue convulsivo até à memória molecular do futuro: a crueldade se engolfa e se adensa nos desdobramentos improvisados do espaço : as vozes paradoxais urdem as periferias das traqueias, os roubos das distâncias prestigiam as fendas analfabetas das visões, as falas magnetizam-se no sono sanguíneo do incomensurável úlcera a úlcera: é o labirinto singular do mundo a entrançar os respiros do esquecimento para queimar a fundura horizontal das cabeças babelescas: os espelhamentos neuronais ritornelizam-se e infinitizam-se simultaneamente: dizem: é a intemperança jugular das línguas microscópicas que carregam a paixão por detrás das oficinas sublunares da carnadura: a olaria ontológica ressuscita a devastação das imagens sem quaisquer desígnios, a violenta ruminação das cores assimila os ventres abíssicos com as falanges decepadas dos verdugos, as mulheres enlouquecem com crianças solífugas nas artesanias plenas de diafragmas cristalinos, as mãos pulsam na menstruação intuitiva de outras mãos que vibram sem descreverem o mundo: é a ferocidade do combustível das fabulações a devorar de ângulo a ângulo o arejamento geográfico afectado pelo saber que não sabe(assimilar o impossível com a desaparição do rosto): as catástrofes fragmentadas irrompem, atravessam delírios plásticos, levantam crânios escovados nos intervalos do tempo(expandir iluminações incompletas): os fulcros distantes das mulheres lavram os anfiteatros do incêndio com os ligamentos engolfados no crime vocabular, as mulheres entoam dores metamorfoseadas em aventais cobertos pela carbonização das gigantescas bocas: as mães apreendem o odor das sombras das hemolinfas que ressoam tremendamente nas micropercepções dos filhos ao proliferarem entre as tapeçarias dos últimos respiradores, as mães decifram e dissolvem as enciclopédias demoníacas da ACTRIZ que se alcança excessivamente para jamais morrer nas radiações dos contrapontos, as mães assimilam a diferença com as pulsações dos ventres histéricos, as mães traduzem o ritmo intervalar ao golpearem o caos com o silêncio das texturas das bocas, as mães despontam nos movimentos escultores do infinito que adivinha a animalidade da errância: as mães respiram as convulsões do poema com o vazio vibrátil das traqueias, as mães dobram-se sobre si mesmas porque acontecem fora das ferropeias do poder, construindo novos sentidos por meio de batidas sensoriais que lançam dados sem códigos, as mães assimilam as almas plenas e transbordam diabolicamente entre corpos sem mediações, as mães sobrevêm ao redor de ritornelos espirituais que vertem as improvisatas pré-babélicas com as torceduras dentro de futuros absolutos, as mães da ACTRIZ catalisam rastros verbais, fulgurações góticas, golpeamentos fractais, linhas da natureza destruidoras de tutelas: as mães envolvem-se nos conceitos múltiplos que absorvem os gritos trágicos dentro da boca sanguínea da ACTRIZ, as mães ocorrem nos orifícios loucos do mundo contra a matéria intraduzível, perfuram a inacessibilidade da matéria: fazem durar o tempo no vazio de zonas abertas, as mães emancipam-se com as forças abstractas das extremidades de um PALCO criador de solos intrusos, solos contrabandistas de sensações, de corpos rítmicos, delirantes, as mães espontam nas composições oriundas do pensamento genético, das falas em variação epifânica, do pré-corpo bifurcado, dos signos inconscientes, as mães da ACTRIZ surgem no ocasional, nas guinadas criativas do PALCO, as mães tornam-se sisifianas nas curvaturas aberrantes das estilizações que fazem a ACTRIZ fugir da serventia para construírem mapas acidentais com a ética do falso onde as expressões misturam vozes e esboços, criam personagens insituáveis, hibridas, personagens atravessadas por marchetarias, as mães da ACTRIZ submergem no imperceptível do PALCO, dilatam o múltiplo e revigoram o corpo com o instante pleno da transmutação: a protérvia crepusculina e delicada das mães produz interrupções oblíquas com os azougues das ossaturas repletas de tempos luculentos (uma ACTRIZ desvia-se das formas logocêntricas e das estruturas periodizadas, entende os vórtices hápticos da natureza, drena os seus afectos e como o seu cérebro não atinge os idiomas da finalidade, extrai de si mesma cartografias esfíngicas que nunca se actualizam, arranca de si o singular das turbulências de uma horda à deriva: é uma demência tremenda da língua, foge loucamente dos programas da agnição, produz consistência alógica com as agulhadas problemáticas do seu corpo que arremessa o pensamento para o inaudito autopoiético onde o vazio é o palco de encalços de personagens aforísticos, é uma travessia de estranhezas, é um catalizador de hesitações desabaladamente percorridas por povos radiculares e por VIDAS paradoxais que nunca desaparecem): dizem que os pulmões espasmódicos, microagitados das crianças combustam as batidas herbívoras dos braços ao redor das re-existências das mães e entre as estacarias alucinadas, uma rosa negra do Rio Eufrates-de-Janeiro, de Halfeti, de Siyah gul da Cinelândia ergue-se na cabeça etológica do mundo, na cabeça polifónica, nas têmperas da ofuscação, nas órbitas da encarnação inominável, nos alvoroços da eternidade, tecendo o perfulgência perseguidora dos cânticos debaixo das vigílias do sensível que nos abrem molecularmente para o futuro: rupturas mutantes eliminam hierarquias com os fragmentos insanos de várias línguas (a tumefacção das palavras do vazio mescla os signos inéditos que saltam nas cirandas das eternidades: absorver o vazio por meio de catervas barrocas onde o PALCO se recria, revigorando os problemas acósmicos que rastreiam as reviravoltas do inconsciente: fluxos agramaticais do CORPO da ACTRIZ: a ACTRIZ desvia-se do indumento da imaginação e das vísceras fantasmagóricas, atinge as membranas abstratas do infinito ao desenhar-se dentro de geografias em movimento futurível(enigmas orbitais cruzam as demudanças dos mapas e exigem interrogações em transição para se misturarem com o presente criador de ideias, de ritmos germinativos, de composições diagramáticas): envolver a musicalidade dos nomes insondáveis com todos os dons da plasticidade das cidades desconhecidas, com as nervuras dilaceradas entre universos sem história: o repovoamento da memória intersectora de expressões alça os rebentos delirantes da duração com gigantescas pálpebras sangrentas, com gestos inabituais, com interfaces de superfícies vibráteis, com dobras dos precursores que se estendem com n grandezas gradativas: as bocas ceifam-se, explodem e vibram juntamente com os refluxos extasiados dos pés de quem leva a garganta no tempo puro das arquitecturas em fuga e faz da pulsação dos olhos acontecimentais um jogo de infâncias ofuscadas (a ACTRIZ amplia o seu corpo com as aberturas incessantes do vazio do PALCO, o corpo é o phaneron tensionado de germes dentro do PALCO em multiplicação catatónica (no extremo de si o processo é ilimitável): o espaço voltaico prolonga as suas vozes nos laços animalizantes e os gestos sonoros se tornam infindáveis porque o regerminar gradativo se transmuta com a transbordância falsária(atravessar o intensivo sem prumagens, tudo acontece nos pés de SÍSIFO da ACTRIZ onde a alavanca do menguezal eternal, faz movimentar encontros musicais entre o impossível das palavras que escolhem o incógnito, o anónimo dentro do caos e do ritmo caleidoscópico___alma, corpo, experimentação e linhas singulares da vida se misturam desabaladamente: o corpo da ACTRIZ modifica-se, acontece, fulgura ao liquefazer polaridades porque a criança em si nunca foi ingénua, sempre adveio no meio afectivo-filosófico-da-bricolage, no indizível ontológico e no incorporal que cria passagens, tramas, tecedeiras, redes cuidadoras do desejo): uma duração de fibras contagiantes insufla a corporeidade do silêncio porque os carpos hirtos ampliam-se entre campos de espelhos quebrados pelos coadouros criativos de quem ressuscita defronte à putrefacção dos açoitadores, dos espalhamentos da usura e do flagício: entre relâmpagos silenciosos existem forças revulsivas, dionisíacas que atravessam as pedras sulfurosas dos corpos grávidos de afecções inéditas, de vibrações cósmicas, de membranas anorgânicas, atingindo o esquecimento compositivo à volta deL zonas cerebrais sem inteligências julgadoras **(há um esgotamento de sons a refluir nas atmosferas dos bestiários, há uma esquiveza espontânea, uma imanência das demudanças e o vazio persevera o múltiplo das turbulências no rigor do PALCO porque o imprevisível e o impensado se tornam as sombras iluminadoras de um futuro ritmável: o PALCO dan-**

ça com os excessos expressionsitas do caos para gerar tempos diferentes e entrecruzar sensações nos traços avassaladores da ACTRIZ que faz adentrar a matéria exaltada nos signos indiscerníveis do seu corpo: o PALCO se transmuta em golpeaduras oblíquas, assignificantes, labirínticas)

Corpos transcodificados e revindos para dentro do impensável, vivem entranháveis nas tessituras do infinito, aqui-agora, o PALCO desvia-se de cronos, combate os inimigos e as patologias que o atravessam, destrói dialécticas, referências, recognições, recompensas, se torna vigoroso e cada vez mais real: as almas se viram, volvem, revêm inteiramente: acontecer nos aros generosos da trama de quem esbraceja sem propulsão: brincadeiras fora das antecedências e das progenituras: uma visão profana vazada nos esforços esquizofrénicos das candeias: os olhos rebentam entre imensuráveis onomatopeias, os gritos traçam os mapas à deriva com as batidas do sangue em cauterização efervescente, há uma terrífica chagueira nas caligrafias giratórias, nos bodes expiatórios de quem vive daquilo que já pervagou, de quem vive retardado no seu próprio corpo, de quem vive entranhado nas intencionalidades das manadas em cativeiro, de quem se desvia do seu tempo, de quem desconhece a autopoiese espiritual, de quem se define por meio de funções, acorrentado a estruturas das consciências naturais: há também o pavor do nada, a repulsa, o desengano, as paranóias, as piedades, as fiúzas serviçais dos imaginários, há combates híbridos e cristalinos contra a obediência ideológica, há velocidades disjuntivas a derivarem porque mesclam gestos sem o catabolismo das ciências, há um intruso golpeamento sígnico a desfraldar os frios cranianos: os corpos avelados, garroteados, distorcidos entre decifrações orbitárias e afectos oscilantes: há desaparições regerminativas, há conceitos móbiles, há aberrações geográficas, há antropofagias irradiantes, há vergonhas metabólicas, há novas correntezas em transdução a nutrirem as agulhas inventivas das errâncias, há uma língua a refulgir dentro de povoamentos agramaticais: um rosto anónimo abre e veda a fornalha dos tempos ensanguentados: há vértebras devoradas pelas garras das ofídias, há fossas de guilhotinas nos recomeços orgânicos das sentenças, há óbitos antecipados pela gestált-homem, há a paralisia dos sentidos dentro dos algozes e das vítimas, há as golfadas incontroláveis do sono, há o vazio em revolta, novamente o vazio se torna libertário para polinizar o imprevisível, estilhaçar imagens e estimular as partículas do impensável: há o aion-bibliotecário do tempo vesânico, há recomeços com novos canais que transpõem as conjunturas da morte, há o inconsciente que atravessa o corpo vivo, tudo retorna às texturas irruptivas do PALCO onde os alvéolos acratas, deslaçados e extravasantes não têm propósitos_____há mulheres mortas porque vociferaram a melancolia inesperada na assintaxia do espírito, há mulheres assassinadas porque têm rosas do deserto de ATACAMA a borbulharem nos seus poros, há mulheres perseguidas porque alcançaram o tamanho das vazaduras indecifráveis do mundo e assimilaram as levadas dos diafragmas sem meteorologias, há mulheres com a física das turbulências nas falanges onde aprendemos que a liberdade é um exercício sublunar, é uma variância em si mesma, é uma força do acaso com novos signos, é uma composição ritornélica, é uma estilização afirmadora da diferença e dos heterónimos, é uma arte sem objectivos, é uma adivinhação feiticeira entre esgrimistas afectivos do vazio: os crivos do gerúndio e a improvisação do trágico soltam mónadas da feitiçaria ... e uma ACTRIZ dentro da quase-devastação cósmica enlaça a linguagem de uma terra muda, é um dínamo problemático que atravessa as distâncias do acaso, é um alvéolo rítmico, um dom meteórico, é o prodígio da clorofila do caos, é o arrepio tensionado da suspensão: as suas energias intensificam o vazio e escarificam a composição do espaço com novas dimensões de tempo: acontecer nas mandíbulas baptismais de quem faz fugir o animal dentro da própria língua, é a força nocturna das coexistências xamânicas, é o coração a arder na demência sumptuosa, é a intensificação das membranas autónomas da agripnia, é a voltagem constelar das mulheres que cosem e descosem os epicentros das suas próprias feridas: as mulheres dentro dos seus corpos, das suas laçadas, das suas espessuras, da complexão dos seus contrastes, das suas alteridades, esponjam o intensivo, produzem novas existências, escarificam novas durações, engendram espaços-tempos com variâncias relacionais, criam solos com experimentações sensíveis em diapasão, resplandecem desde as fendas mais fundas, revigoram o inexaurível do real aberrante, criador do mundo: as mulheres das durações imprevisíveis procuram as singraduras dos filhos com os lábios insaciáveis da gestação arrancada por dentro e por fora, atingindo os movimentos activos da memória-mundo: as mulheres **entre a transmutação dos deuses pagãos, jorram expressões do futuro com o espírito instantâneo** rés aos limiares **da razão -impura, às passagens grávidas de tempos crónicos,** mulheres grávidas de geografias imprevisíveis, mulheres indutivas esgueiram-se inconscientemente com jogos impermanentes e conceptuais na epiderme que as expandem até à autonomia trapezista do corpo: mulheres com êxodos etológicos e matemáticas recreativas (cegueiras iluminadoras das artesanias efusivas, bestiários sem encarnações impelem a vida do PALCO): as artérias vadias despedaçarão desabaladamente aguilhões para nascerem parteiras de cartografias hermafroditas que reinventam o cruel microscópico-humano fora das morfologias: afirmar a arte da vitalidade contra os hospícios insonoros, é uma obsessão radial, é o silêncio rítmico, é a expressão absoluta, é a propagação do inesperado que assevera a vida criativa, subversiva, convulsível ______ ACTRIZ: em cada teu grito arterial, surgem solos microscópicos apinhados de expressões e o animal com novos sentidos respirará o tempo anómalo que recomeça na transmutação da pele (vínculo compositivo indiscernível: aqui-agora: o ponto de vista insano se faz afecto sem alvos: uma composição afectiva corta-se com as fugas geradoras de tempo: o PALCO é uma ACTRIZ que exige o que respira, quer o que deseja, pretende o que constrói dentro da inquietação do real e do sismógrafo da duração espiritualizadora da matéria, da duração do PALCO grávido de rupturas órficas): em cada GRITO saltam disjunções expressivas, forças germinais que navegarão intensivamente nos ofícios zodiacais do mundo, em cada GRITO o argamasso puníceo abrirá a vastidão das cirandas zoológicas entre sínteses de estranhezas convergentes, em cada GRITO as sensações vivificam-se ao atravessarem o espaço do dentro sem balizamentos e um ventre levantará milhares de almas nómadas, milhares de signos expressionistas que perpassarão a vida descomunal, em cada GRITO uma áscua obscura atinge as partes mais profundas da cabeça, em cada GRITO uma espera caleidoscópica abrigará uma veia rebentada, uma laceração do oblívio, um músculo sublunar tremendamente aberto, em cada dor o sangue atravessa o múltiplo da loucura, impregna-se às vísceras evaporizáveis, em cada dor uma expiração rodopiará a pedra-do-medo, desfazendo-a...em cada dor existe um fluxo de indecifração que vem da terra para atear fogo no rigor do verbo, em cada dor as partículas se tornam bastardas para assimilarem diferenças mútuas, em cada dor as analogias, as formas e as utilidades arrasam-se sobre a propagação das errâncias compartilhadas por sombras luminosas, em cada dor o real se transmuta, se faz-ainda-mais-real, lança dados múltiplos, emite signos insanos, contruindo adjacências vitalizadas **porque o prisma afectivo é um PALCO perfurado, é um PALCO que enfrenta as contracções musculares do caos, transcodifica-se, decompõe-se, agita a matéria insituável, engrenado por testemunhos animalizantes, por corpúsculos alógicos, por contexturas infinitas, por anatomias abstractas: o PALCO evita a narcose, o martírio, a negação do corpo. O PALCO é uma torcedura com uma miríade de pontos de força que escapam ao regime dos sentimentos, é uma composição acronológica de vida, é um animal que volta sempre reintensificado por outro animal gerador de duplos movimentos: sentir a alegria rasgadora de um PALCO que só vive em prol da desaparição histérica porque é um ritmo absoluto em si mesmo, produz existência com as forças caóticas da ACTRIZ: religa as linhas estéticas, as velocidades em mudança e os cortes expansivos das vozes às linhas móbiles da cosmicidade: imensas maneiras de acontecer e de encontrar o corpo nas forças artistas que escarificam os espaços imperceptíveis.**

O corpo da ACTRIZ não é histórico, cria o impossível com pulsões da etologia em transbordância, intensifica as mónadas errantes, confronta-se, transgeografa-se e concebe tempo, experimenta as bifurcações dos movimentos, a inacessibilidade em si, cria gestos com curto-circuitos enxameados de beluários inomináveis, de consistências velozes, de relações livres, esgota-se, estraçalha o passado e exige nascer de novo sem estruturações cônscias, sem ligações gregárias, sem humanismos monistas, sem catecismos ou prescrições, não captura e não é capturada, foge do imaginário placentário, dos estados espirituais, do manuseio biotecnológico, da história psicologizada, da cronografia sepulcral, do monitoramento acolhedor de penares, da adestração da vida asséptica, da perfectibilidade científica e das vigilâncias de si-mesmo porque é uma superfície múltipla em imprevisível retorno: é ritmo de mundos possíveis com ruminações sígnicas, é uma histeria existencial, é uma plasticidade larvar, um êxodo de sentidos sonoros, um acto expressionista misturador de códigos e de forças do comum sonoro-visível com desejos variáveis: a duração das cirandas criadoras, selecciona e se envolve na crueldade afectiva até ao imperceptível: povoar sintomas agramaticais, sintomas da futuração, intensificar maltas molecularizadas pelas danças polissémicas dentro das vizinhanças dos sentidos metamórficos que atravessam o PALCO (o PALCO encaminha-se para o corpo delirante, heteronímico, produz mundo desnatural e transcodifica-se ao sentir as repercussões do animal da ACTRIZ, é uma zona acontecimental, uma variância energética, um lugar de passagens, de dobragens, de diferenças, de torções in-corporizadas, nunca obedece, cria tempo, é extremo, auto-se-reproduz porque é trágico e exige o intensivo, a reinvenção, o acentrado para abrir e impactar movimentos do futuro, estimular intercessores da matéria criativa com os andarilhos das diferenças): um corpo sem cronografias, sem ideais, sem intencionalidades, produz novas linhas de terra nos interregnos do tempo, é um intermezzo lançador de incertezas, de embriologias fulgurantes, acontece e muda-se violentamente sem acepções, não expele tudo para se desviar do carrasco-civilizatório, esculpe vozes jazzísticas, usufrui de órgãos intraduzíveis, irrefreáveis, desborcou fisionomias com as forças inconscientes que alvoroçam exercícios gésticos e arrasam serventias: um corpo de múltiplos mundos, de contexturas e decomposições simultâneas, vertiginosas, dribla os sisos de Deus e do humano, desfigura-se fora das liquefacções, absorve mosaicos de coexistências vibráteis onde os tramas expressivos se refazem ininterruptamente ao captarem o PALCO apinhado de espíritos paradoxais que nunca decifram totalidades, mas, misturam, aproximam topologias móbiles assimiladoras das diferenças que experimentam o tempo louco: um acoplamento de forças e de sensações anorgânicas exerce a protérvia destruidora de ideais, de sonhos fixados no destino (a ACTRIZ entre o percebido e o desejado mergulha no infinito das dobras do PALCO, tangencia o risco com a tremenda lucidez e se recompõe por meio de signos exaltados: o ritmo é caleidoscópico: o corpo se movimenta como uma luzência turbilhonante, se desterritorializa completamente até atingir contrapontos melódicos entre ressonâncias dos acasos e o rigor da existência improvável): as distâncias e o incomensurável fortalecem os entrecruzamentos das danças conceptuais, das forças caóticas coligadas à vida em transmutação incessante (personagens estéticos esculpidos impessoalmente pelo acontecimento-PALCO para viverem o presente indiscernível: a afirmação singular do sentido com fugas duplas entre abstrações golpeadoras de aspeitos: o corpo da ACTRIZ move-se, transmuta-se, imagina-se, intensifica-se na feitiçaria e esquece-se porque vive na geografia-PALCO mais antiga do futuro: o corpo desvia-se do cansaço e atinge o esgotamento, extravasa-se, espiritualiza-se na passagem da sua própria finitude que se faz infinita: a coreografia do trágico traduz-se fora dos rostos linguísticos: os gestos da ACTRIZ lançam vibrações, traços e extraem caos no caos com as nuances rítmicas dos sentidos: a ACTRIZ atravessa-se dentro de um jogo de forças, atingindo as superfícies múltiplas de um recém-nascido: a matéria e o espírito se fractalizam, se entretecem até ressurgir um corpo com novas sensações___uma geografia lisa encruza o PALCO até à pluralidade anorgânica, uma terrífica pele absorve milhares de epidermes ao traduzir o intensivo microscópico com os interstícios imanentes geradores de superfícies autónomas convulsionadas pelos acasos: fusão polinizadora de vozes, ecos, sons, texturas, bocas, palavras, vulvas, gradações, tonalidades, articulações, vísceras, falanges... atingindo a lucidez demente do corpóreo abstracto que se alastra no tempo crónico de uma vida altiva).

O movimento da ACTRIZ é a quase-inexplicável mistura de heterogéneos, surge e desaparece, trespassa, vara tudo, suspende-se no PALCO vitalista sem destinações, escapa-se dos estratos, é uma sublevação geodésica, uma tradução inconsciente, uma mudança involuntária, um lance existencial que se recolhe no próprio avanço, um risco de vida, uma tendência espiritual: é o desejo ininterpretável que se esculpe e contagia alianças cartográficas de um futuro incógnito: um mapa de insânias sem dimensões desfazem o sujeito e o objecto por meio de esponjas expressivas e de linguagens verbais-e-não-verbais desenhadoras das sombras sanguíneas que atravessam o PALCO: o corpo recusa, coexiste, avoca, tresmalha, volta-se, eterniza-se e transmuta na duração da duração-outra e dança o PALCO desmembrado, os ritmos condensam energias feiticeiras, gestuais, absorvendo os afectos das profundidades epidérmicas do tempo e dos dicionários do caos para penetrar nas glossolalias amnióticas: fazer da exultação a loucura do imperceptível que singulariza a vida da ACTRIZ: ritmo avassalante, selvático, estilizado, metabólico, incontrolável ou polirrítmico-animal: é a memória do tornar-se possível-mutante no PALCO que não foi porque surfa na alegria do árduo, resistindo à morte. **A ACTRIZ desagrilhoa-se da DOR por meio da própria DOR que provoca mutações no PALCO ao evitar as sentenças da consciência.**

O corpo da ACTRIZ modifica os contágios ritmáveis com o tempo gerado no PALCO entre linguagens finitas-vibráteis de um mundo incomensurável: o risco de vida impulsiona lances impensáveis: experimentar o estranho insaciável do corpo, a diferença hebefrénica, o indeterminável, mergulhar nas voltagens do desconhecido, resvalar com as forças puras do instante que se estiliza nas várias maneiras de viver no durável, revigorar lapsos e avizinhamentos vesânicos das posturas com gradações complexivas: penetrar nos ensarilhados de uma correnteza aberta, rasgar crassidades para transpor fronteiras: é uma vidência intrusiva sem referências espélhicas, é uma pele exaltada pela maleabilidade rítmica que acolhe e reenvia as tensões do acidental: a vida do PALCO é uma vigília estiraçada pelo finito delirante que se escoa na assimetria do infinito, é uma violência cubista do sensível, uma agripnia proemiada, um pensamento sem pensamento desmedidamente variável, é um roubo de si-próprio a transudar forças aformais, uma expressão do invisível entre infinidades de pontos de vista, o colosso singular da contranatura onde o corpo é invadido por topologias incorpóreas e por ondas sígnicas caóticas: as fugas expressionistas transvertem e estilizam as seguidoras de Dionísio, rupturam e escarificam percepções: envolver as problematizações profanas nas energias do indiscernível ininterrupto que atravessam o CORPO com batidas voltaicamente quebradas pelos sublimes das deformações e pelas volteaduras de partículas dançarinas e de esboços histéricos: devaneios catalisadores de geometrias euclidianas suplantaram os arquétipos da consciência-confessionária. Uma e-imersão arremessada para o futuro. Sentir o pasmo do som entre-cruzado na luzência exilada sem relativismos: a solidão-animal com escolhas gésticas à deriva: palavras em fuga e à volta de jogos abismáticos: estimular sentidos inexauríveis que cerebralizam o PALCO. Inventar desejos com o CORPO eternal da duração-constitutiva-em-si e sem pactos: a abrasadura da improvisata o transpõe: fortalecer passagens, abrir espaços, descentrar, impessoalizar, desmoronar jurisdições, mandos e fugir à síntese entrópica do tempo: mergulhar na vida desmedida com movimentos simultâneos, exsolver órgãos, fazer da respiração um tempo infinito-cristalino, uma emigração vascular dos vaga-lumes, fazer da dor um cântico gotheano, fazer do caos uma exultação de linhas nómadas com as diferenças que nos avisam que a natureza irá acontecer no corpo sem volta: ultrapassar as trilhas fora das direcções, despedaçar os anervismos do PALCO, cruzar, descerrar, envolver a matéria com o ilimitado variável, dar gargalhadas para o eterno retorno dos gregos e absorver as escapatórias, os deslizamentos, as dobras cruéis de Nietzsche: entrar em processo das sensações múltiplas, desviar o PALCO com a estranha violência da vastidão ondulatória -hesitante, vaga de forças puras, ferezas problematizadas pelo tempo puro que reintensifica o sensível: bordas dos mapas dilacerados se mesclam e se fundem entre espaços intermináveis e hipnagogias: corpos se dilatam com outros corpos, carregados de clarões microscópicos que se desviaram dos algoritmos cognitivos: um pressentimento metamorfoseado em memoração, um signo invasor ritorneliza-se: levada celular inconsciente: surfar nos planos delirantes, não reconhecer a remigração nem a maioria e inventar para além do humano porque **o JÁ** não tem longevidade rigorosa, procura sempre um corpo numa pintura **movediça de Pollock, uma abertura incorpórea, uma imergência nos andarilhos geológicos que exsolvem o EU:** o PALCO extrai sentidos da ACTRIZ sem desígnios tautológicos, envolve-se no obscuro, no invisível e rasga-se a si mesmo para se ultrapassar entre espaços incomensuráveis e personagens delirantes: o PALCO é feito de mobilizações vitalizadoras, de limiares insituáveis, bifurca as correntezas, é excessivo, indecidido, torna-se uma percepção involuntária, um movimento anorgânico, inexaurível, falso: a ACTRIZ esculpe o PALCO antes da sua própria visão, abre-se inconscientemente e mistura outros palcos-microscópicos no seu corpo com uma miríade de gestos impensáveis, imprevisíveis: manchas em fricção envolvem as afluências anómalas do PALCO por meio da contemplação que exalta e excita duplos vazios, vozes em variância, dobras indistintas: o **PALCO se torna um dantesco espaço liso, uma fabulação vibrátil, capturando espíritos desabaladamente transdutores de linhas de pensamentos: a ACTRIZ sem rosto vê a sua antevisão: há uma transmutação caótica da cegueira: abstracta sangradura da visão do PALCO: golpeamentos da phaneroscopia: traduzir o mundo das anatomias vertiginosas para alcançar o excesso da animalidade, a desumanização, os signos caológicos, a invasão afectiva do estrangeiro**: o cérebro dançante redobra as tonalidades do sensível sem descrições, sem intelectos, destrói o universal por meio do riso do anfibológico e dos mosaicos do inconsciente: é o ritmo das reminiscências futuríveis onde quase todos os deuses desaparecem através da vibração das diferenças que arrancam diferenças com os atractores das tecelagens expressivas: acontecer envolvido pelas intensidades estranhas que trespassam o corpo da ACTRIZ: EROS se recria repleto de almas dos bestiários: signos mundanos, animistas, aformais, alógicos: EROS gere a sua predestinação e o PALCO se acopla aos ritmos das sensações que fazem variar o corpo da ACTRIZ até às forças da abstração: o corpo em coalescência mergulha na matéria pura fora de qualquer utilidade, é um arrasador de alfabetos intrusos, é o trágico que se desvia de qualquer preceito ou cânone...uma força inexistente mas contaminadora de tudo o que acontece no PALCO: em cada mergulho lucreciano as errâncias ressurgem com milhares de almas pululantes: as imagens se descampam por meio de consistências do GESTUS e de actos caóticos existenciais (o CORPO entranha-se na genética do PALCO sem trocas, sem origens, sem leis porque capta ressonâncias, desrazões, balanceamentos, forças ondulatórias, abecedários heteronímicos, jogos arquitecturais que se aglomeram ao adentrarem-se no acaso da sua própria desaparição ou será o descabeçar de novas energias topológicas, novas absurdidades da VIDA? O corpo da ACTRIZ absorve o fractal criativo e se impulsiona com traçaduras de um inconsciente poético, escultórico em evasão: os fantasmas e as purificações psicológicas arruínam-se completamente na correnteza híbrida dos sentidos: o PALCO acontece grávido de vozes imprevisíveis, problemáticas porque EROS o escarifica em movimento por meio de afectos livres, de linguagens agramaticais e de pontos de vista extasiados): **o PALCO inventa forças na ACTRIZ que cria PALCO com traduções bastardas dentro do desembaraço pausado da palavra desfeita e contaminada pelo pensamento que absorve o corpo e o infinitiza: tudo se relaciona, se dobra, redobra até à heteronímia: o impensado e o estranho submergem** no obscuro, tangenciando um quase-desastre bosquejador de lugares porque o vazio surfa no PALCO e desofusca o corpo das alegorias, dos passados idealizados, ensina a ACTRIZ a escapar-se do intelecto e do raciocínio: o PALCO se desdobra com outros PALCOS, se transmuta em alma sublevada por meio de pensamentos dançantes que levam a ACTRIZ para a magnetização do limiar abíssico: uma ACTRIZ grávida de desvios caleidoscópicos e de eternidades: os tempos se misturam entre ritmos inéditos e animismos problemáticos dos acasos: a mutação é vigorosa no sangue incomensurável da visão e na dor da voz que faz irromper o tempo crónico: o aqui-agora gera dança na babel do acontecimento diluidor dos rostos e das afigurações: novas urdiduras nómadas ressurgem entre o imperceptível e o êxtase: vozes dobradas de imensas maneiras-góticas: forças avassaladoras, dionisíacas capturam as expressões intensificadoras do PALCO.

O CORPO da ACTRIZ não vive o vivido, nem se alimenta do acontecido **legislador, nem da salvação do homem porque é uma tragicidade que se distrai, reaviva, exulta,** é uma composição d**e encontros nucleares arremessadores de dados dentro de um vitral-gótico(abrir a vida com milhares de almas coexistentes, com novas contingências, com o impensável em exalçamento)**: o PALCO se indetermina na natureza jazzístiza onde o pensamento rebenta ininterruptamente ao cartografar as repetições caológicas que se diferenciam em cada úlcera sígnica: tramas agramaticais atravessam a ACTRIZ e em cada gesto, a induzem à criação intensiva, à duração vibrátil de uma autonomia plena sem fisionomias antecipadas porque o tempo se gera, se desdobra através do corpo que se ressexualiza com o FLANÊUR-dionisíaco de si-mesmo (feixes infinitos de vida perpetuam o contemporâneo sem intenções): um corpo inomeável se difere no comum que desintegra o sujeito histórico, assimilando afectos impessoais por meio de fendas escarpadas, de ritmos indiscerníveis, de aberturas ao futuro dadivoso, transmutando o real com as zonas múltiplas dos verbos intransitivos, com a animalidade expansiva sem origem, nem destinação, fazendo o PALCO surfar nas prestezas incomensuráveis do impensável porque a durabilidade dos desenhos das sensações é o tempo original a reincorporar a matéria criativa, a desconcentrar intervalos, espaços por meio de linhas artistas, é o intensivo do do acaso a estetizar o subtil, o ínfimo anárquico da ACTRIZ: as afecções sensitivas do imprevisível libertam a cosmovisão dentro do inconsciente inédito natureza: é o escultor de forças selectivas de existência sem pavor do caos, uma vida de desassossego, de misturação de passagens, de atravessamentos, de forças rítmicas em decifração insana: uma vida trágica que despedaça as representações euísticas, desmancha propósitos e consciências adstritas, mudando horizontes que absorvem os traços de outros horizontes dentro de intervalos reintensificados e modificados por movimentos enérgicos sem alvos (há o vazio cinzelador de mapas do movimento paradoxal do PALCO: o VAZIO constrói o PALCO quando o faz desaparecer entre espaços abstractos e ecos caológicos onde a ACTRIZ acontece desrostificada por meio de tempos não dimensíveis, não avaliáveis: surgem novas grandezas de tempos sem quaisquer recompensas: a ACTRIZ extrai geografias vibratórias aos PALCOS do PALCO fora das pacificações porque o seu corpo gera ritmo com as variâncias das cissuras plásticas, com as velocidades caleidoscópicas, decifradoras de signos insanos: pontos afectivos constroem sentidos contra-natura onde se navega por traduções expressionistas e por vozes indizíveis(possíveis cerziduras acósmicas: a ACTRIZ grita antes da palavra, fala antes da linguagem, move-se antes do gesto, exercita as dobras da quase-catástrofe, torna-se uma atleta dos acasos dos choques matéricos, confronta as leis da natureza com o seu corpo vesano que combate a morte, o sujeito verídico, as causalidades corpóreas e caotiza vozearias que expulsam interpretações, antinomias lógicas através das ressonâncias dos poros-olhantes, das topologias infames, dos ecos anorgânicos: outros pensamentos-gestos ressurgem no corpo vivíssimo fora da biografia, um movimento infinito, flutuante desvenda a opacidade inatingível do PALCO até ao desmoronamento do tempo cronológico: o animal descabeça, reexiste, retraça uma miríade de instantes dilatados com os seus gestos inatos, até à decomposição dos lugares(gradação das fendas): a ACTRIZ se torna um vórtice do tempo antes do aparecimento do próprio PALCO, antes do renascimento de qualquer olhar-outro, é o corpo pleno dentro da invisibilidade quase-perceptível, adentrando-se no indiscernível espiralado: uma dilatação de tempos múltiplos, uma queda nas profundezas das superfícies, uma queda de polifonias nómadas: penetrar o mundo-PALCO com o geometra da solidão aiônica: a ACTRIZ torna-se a parteira de si-mesma, revigora a génese, foge da consciência empírica, presentifica-se na duração inesperada e imprevisível porque dobra o tempo nas forças ocultas do PALCO, sente que o PALCO se caotiza por meio da diferença e das voltagens sígnicas da sublimidade: **o PALCO e a ACTRIZ coexistem numa geografia de tempos autopoiéticos, atingem a singularização vertiginosa quando se entrelaçam no manguezal de vozes, de silêncios e de gestos___o tempo aqui, nunca deriva, nem provém, o tempo no PALCO e na ACTRIZ não tem encorpadura historiográfica, não há binómios, nem psicologias,** é um movimento de **reminiscências sem passados ressentidos(um animal de entretempos). É um mergulho nas volteaduras sem desígnios: a ACTRIZ atrai o PALCO para o seu metabolismo fora dos reportórios, cria uma dança celular, abismática, uma ciranda de si-mesma que nunca se actualiza, transmuta-se no alvoroço e absorve simultaneamente PALCO e CORPO dentro de uma duração imemoriável de almas abertas pelo acontecimento do futuro: o PALCO rasga e compõe o infinito com o presente-cruelmente-escultor de novas existências: fazer do corpo um reencadeamento de ressonâncias intersticiais, uma vida criativa dentro das vazaduras da eternidade)**

O PALCO é uma derivação feminina, é correnteza feiticeira, é uma aceleração bruxa, é uma golpeadura inconsciente que devolve as travessias do corpo ao corpo: é trama rasgado e refazido simultaneamente, é uma heteronímia desumanizadora sem biografias, sem comportamentos, é o vivo anorgânico cartografado por forças espirituais-epistêmicas que contemplam os movimentos exploratórios do real onde as desfocagens de pontos de vista se transvertem em micropercepções escoadas, atravessadas: hibridez vibrátel (o PALCO, o corpo e a ACTRIZ se cruzam, repercutem-se uterinamente: fricções entre linguagens expressionistas, signos erógenos e ritmos inconscientes): as alomorfias invadem com intermitências uma geografia por vir (a ACTRIZ multiplica o espaço com suas raias imperceptíveis dentro das cabeças, desenha alvos híbridos com as pulsões vitais do corpo que surfa o fervedouro da linguagem, perfura as raias insanas da linguagem, rasga a linguagem, assimila as suas forças microscópicas, deslaça-se da língua, estando sempre dentro do seu esgotamento, brinca com os traços disformes dos limites, atravessa-os juntamente com as partículas loucas da voz heterogénea, da audição dionisíaca que evita a memória cronológica, redescobre novos sentidos com anatomias irresolutas, transverte o PALCO num combate paradoxal contra a geometrização da língua maternal(escarificar apostemas): a intuição compositiva de gestos-afectos indiscerníveis (as micropercepções espalham-se, deslizam entre curvaturas tensionadas, expressões esplendentes e aberturas múltiplas-convulsivas: caos, olfactos, audições, tactos, devaneios, reminiscências gustatórias, acenos, acções, vitalidades, fonemas, partículas, latências, estranhezas, sons, sensações, espelhos fracturados, afectos, gestos animistas, falas, telepatias, dispositivos, baques, fragmentos, mapas-libidos, gritos imperceptíveis, vozes pulsáteis, pré-corpo, reservatórios do olho, pré-imagens, verbos cinestésicos, superfícies sígnicas, jogos em transcodificação, diferenças que geram diferenças e peles obscenas, processos anímicos, fluxos informes, palavras turbilhonares, simbioses atractoras sem funções, sem estruturas, sintomas aformais, imbricações críticas, germes duplos, emissões sem sequências , esquecimentos éticos, ritmos caóticos, figuras zurzidas, durações povoadas, imanências, dobras turbulentas, desenhos metabólicos, cruzamentos de forças e de traços da deformidade, passagens pregnantes, agentes da transparência obscura, ocultações viscerais, feixes de línguas, energias, arquitecturas do corpo em variância(rasgar os circuitos do PALCO com as bordas em delírio)___o fulgor do impensável constrói o PALCO-CORPO: o PALCO absorve o invisível do corpo da ACTRIZ e a ACTRIZ mergulha no caos do PALCO que já a cruzava por meio de ecos de membranas semi-permeáveis, as imagens ainda não se assomam, há um quase-corpo, um pré-corpo envolvido por ritmos caleidoscópicos: tensões crónicas, crivos aiónicos entre o subtil e o substancioso, velocidades espelhadas noutros espelhos fendidos por forças sombrias em mutação desmedida.

A ACTRIZ não é um critério físico, é uma força impregnada no pensamento em transe que invade o PALCO com o seu corpo osmótico, caótico, criativo, ritornélico: a vida emancipa-se e funde-se na diferença conceptual e absoluta do PALCO: pontos de vista, traços do figural e do geometral levantam-se das mónadas do manguezal: os gestos da ACTRIZ se misturam com o movimento infinitesimal do PALCO, gerando o sentido paradoxal, fúlgido do corpo: coexistências intensivas esculpem uma voz-mundo consistente, um desenho de ondas imanentes se contagia com o afecto em transmutação ontológica: o PALCO o CORPO a ACTRIZ se tangem, se apreendem, se livram, se afastam, criando intervalos intensivos e inalcançáveis(o PALCO o CORPO a ACTRIZ acontecem nas forças entranhadas, espermatizadas loucamente umas nas outras onde as travessias inconscientes aviventam ritmos imprevisíveis: forças que se intersectam na contra-natura, forças espirituais na plasticidade supralógica) : as sensações serpenteiam no caos que andarilha as contexturas sígnicas, as voltagens-dobras-outras dos verbos impulsionadores de mapas em relação mineral-barroco-aión entre retardações, pausas, hiatos, golpeaduras e aceleramentos sem cronologias: o PALCO se torna um animal do comum grávido de gigantescos sentidos arremessados pelo acontecimento de gritos heterogéneos, de excreções-palavras, de camadas gésticas, de expansões anatómicas: fisiologias em fuga envolvendo as curas, as dores, as inferências, os espelhamentos genitais do cristalino, o sublime da encantação e o inconsciente do corpo em metamorfose polimórfica: as composições duráveis da magicatura que funde o PALCO e a ACTRIZ num só voo dionisíaco, construindo signos intrusos, libertinos, signos surfistas do infinito: o corpo age sobre as ressonâncias das incisões do PALCO que é sanjado pelo vazio imensurável: ACTRIZ assimila e engendra as velocidades do seu destino, os movimentos do seu corpo e da sua morte, contudo ela sabe que há tensões, choques, fluidos, peles misturadas e rotas sem retorno: ELA está dentro do tempo sem profecias mas há também fibras invisíveis, intuições violentas que proliferam e dilatam espaços: uma pulsão sanguínea a escutar as 3 bruxas de Macbeth, os oráculos assomam combatidos pelas falanges em riste: a desmesura, a hesitação, a transbordância pulsátil, as falhas heterogéneas no PALCO envolvem os actos fabuladores de FALA____os imaginários ainda não captam o intensivo da VIDA): os pensamentos aformais exaltam fugas, teias, tramas, seduções, batalhas de vacúolos: esboços espargem esboços e as traduções das latências fortalecem-se, o inconsciente cria passadouros, enxertaduras, gradações, cevos sem intencionalidades, abeiramentos disjuntivos, osmoses delirantes até à quase-consciência do PALCO: liames obscuros, esferas híbridas, pariduras de almas esfuracadas, cânticos, traições, esvazimentos, ritmos infinitesimais que movimentam o animal abstracto da ACTRIZ até à diferença, às voltagens nodais, à mutação, às forças imanentes do corpo-espírito(vozes torcidas, aberrantes despontam assimiladas, drenadas pelas feiticeiras de si-mesmas: vidências e delírios esculpem as películas vivas do PALCO com limites inatingíveis): as palavras fluem através da porosidade violenta, da inocência migradora, recebendo as forças indiscerníveis do corpo, o PALCO é alcançado pelos sentidos do corpo deformado que estende as imagens trespassadas no movimento da ACTRIZ plena de siderações): PALCO intensamente pulsátil e instável entre concepções inversas, reminiscências mundificadas, reminiscências inconscientes, reminiscências inesgotáveis e embriaguezes modificadas por imprevistas granulações dos órgãos perdidos no corpo: intermezzos do vazio esponjam novamente os sentidos fora das reflexões porque o grito da ACTRIZ se contrai desabaladamente ao trilhar as singularidades do sensível do PALCO: ritornelizar as predições e a anunciação com o exercício da catástrofe: o verbo fractura-se, o PALCO inverbaliza-se, há uma aparição silenciosa dentro da desaparição e o espírito reconstrói novos dicionários nas lacunas voltaicas do corpo: o grito da ACTRIZ é expressionista, visibiliza-se com o PALCO-força da errância geradora de vida(o sopro da ACTRIZ desarticula, dissolve as fisionomias do PALCO, cruza limiares, transpõe as barreiras dos gestos por meio dos esboços do vazio, o teatro é génese, é indomável, é uma forja indizível, é um vazio ondulante, é espírito contemplante, é uma perfídia nas unhas de Caravaggio, é indeterminado, é imprevisível, é germinal, por vezes desmancha cabeça e voz através dos acasos absolutos, do horror do sublime, do absurdo verbal que atinge o espesso das superfícies e emaranha linhas infladas por gritos caóticos: o corpo diabólico é um movimento dos despenhadeiros a reaver o animal abstracto em si porque impulsa fractalmente o impensável que captura o inconsciente do PALCO: elimina remorsos, servilismos, arrependimentos e piedades com a incarnação do sono furibundo): juntar o barroco-bizantino-gótico com as forças rítmicas ensarilhadas nas pororocas da natureza que evitam promessas patológicas, expectações angustiadoras, venerações políticas, mitos fantasmáticos, heróis de terapias massificadas e rostificações vitimizantes: dissolver fronteiras microscópicas da voz, estiraçar os entrelaçados da língua, penetrar no inesperado violento, sentir as vesículas endoplasmáticas da linguagem, os fluxos das forças do PALCO e captar signos inesperados, sons insonoros, crimes da palavra em fuga(as filigranas do acaso surgem no gesto insano da ACTRIZ que se desvia dos ligâmenes das complacências, multiplicando-se dentro de sentidos ilimitados, atingindo as potências, as vagas, as cabeças, os falsos, as avessas, as viragens, os golpes, as insónias, as náuseas **do PALCO por meio de caixas de reper-**

cussões que a levam para fora do mundo perceptível ou para mapas de visões sem revivescências: com a LOUCURA a ACTRIZ vence a morte sem vinganças, é o sangue instável, ondulante do acontecimento contranatura, é a rasura sem fantasmas, é a cilada que dá vida à vida: a **ACTRIZ desvia-se da segurança, do livre arbítrio, das cartilhas dos mandamentos, da moral punidora e cria, recria para afirmar a diferença que a faz transmutar:** torna-se insana no cuidado de si porque é já um PALCO-de-forças-existenciais, uma composição decompositiva, uma morfogenia histérica que faz o silêncio musicar-se, ressoar-se amplificando sensações: o silêncio esculpe-se nas latências do inconsciente: hiantes verbais resplandecem, insuflam e despedaçam-se dentro do tempo esculpido em si-mesmos: os sentidos do PALCO, do CORPO mudam na presença da loucura irrefreável e as percepções em metamorfismo vibrátil se cartografam ao gerarem outros lugares que sobem aos múltiplos espaços das superfícies, outras almas vetoriais, outras posturas no monstruoso, outras peles no aberrante, no divino, na crueldade, no DOM que desfaz a curvidade, a arqueação do PALCO(a vidência em deambulação faz fisgadas nos pontos de vista, liberta afectos deformados em cada gesto da ACTRIZ): um PALCO debaixo do pensamento móbile rapta o inconsciente do corpo porque experimenta as travessias da animalidade e arrisca a dor futurível da vida: a ACTRIZ é insituável, é uma força de pontos varados por relações múltiplas: redes expressivas entranham-se nos mapas do PALCO, a ACTRIZ é uma imanência do PALCO, uma oscilação mutante, um curto-circuito, uma dança instável, um feitiço, uma adivinhação, uma transição estranha que rasga manifestos para se esculpir): a ACTRIZ vê os movimentos ínfimos do undo, olhando-se dentro de oscilações infinitas, ela tece-se com zonas abaláveis, com as magicaturas da liberdade absoluta, com ritmos indefinidos, é uma aglomeração de movimentos redesenhados pela plasticidade das fissuras das margens subtis em contacto com espertamentos sensoriais: ELA acontece no PALCO hipersensível ou de sensações imprecisas em relação com outros corpos, outros limiares improvisados que revigoram os lados intensivos do inconsciente, ou dos vários inconscientes que trespassam as narrações falsárias do PALCO ou do corpo que se liquefaz nas diferenças inexplicáveis do PALCO por meio de impessoalidades: é um corpo virtualizado pelo presente que surfa no futuro com milhares de almas a produzirem o vazio acontecimental da vida: a ACTRIZ apreende o real e transmuta-o, fazendo do MACARÉU fragmentário a insânia afectiva da imagem directa do tempo: batalhas microscópicas trespassam uma marchetaria vasta, coexistente, rítmica, dançante até atingirem as forças imperceptíveis que perfuram as forças visíveis do PALCO: os gritos da diferença ou os transes intensificadores do mundo ou as vidências da metamorfose ou as alucinantes capturas de expressões misturam o cristalino intempestivo da existência com a força-animal do tempo onde a arte cria distâncias, micropercepções, acasos sem reconhecimento: entre esboços de silêncios, uma visão-musical tenta penetrar no já-sentir-se, não há distinção porque minúsculos palcos dentro do PALCO cartografam-se com as intensidades dos corpos da ACTRIZ: a ACTRIZ se desdobra, ecoa-se, captura movimentos com as próprias forças capturadas pelo impessoal___as dores dos entretempos da criação: ELA vascoleja desejos sem quaisquer figurações, é um quase-palco religado por forças inconscientes inventivas, labirínticas, caleidoscópicas e por atractores de pontos singulares: tramas-de-vista que adentram o fora-Rosebud com os sentidos problemáticos, transfronteiram topologias, intensificando aberturas, exórdios, hesitações, estranhezas: palcos epidérmicos que são movimentos de sentidos lisos, aformais, acronológicos: o movimento da ACTRIZ esponja-se no espírito revindo para o porvir do mundo-PALCO sem qualquer origem, sem público, sem reservatórios familistas: fracturar a percepção figurativa com forças variáveis-suprapessoais: uma visão de raias-articulações -linhas que se atravessam fulgurantemente até tangenciarem a multidão barroca dos sentidos ou as dobras estranhas do imperceptível **(os mapas laceraram-se e renascem nas suas próprias passagens dentro do trágico e das mudanças que confrontam o real irrepresentável): no PALCO-espírito, o corpo quase-invisível desliza nas suas força extremas: o obscuro agramatical a escarificar as posturas loucas que penetram nas semióticas indefinidas da ACTRIZ.**

CORPO da ACTRIZ inacabado, sempre inacabado, pleno sempre pleno, desponta ininterruptamente, esculpe-se sem caracteres, mistura todos os ritmos larvários, imerge na duração eternizável, destrói o fio de ARIADNE, fractura a ordenação motora, as dicotomias obsessivas da consciência, cosmovisiona-se no indecifrável e cria ex-criptas, capta signos da diferença porque não pertence à servência da língua materna, é um delírio da matéria pura sem utilidade, é uma dor inventiva de novas línguas topológicas, intrusas, dionisicamente esquartejadas, devorando e fazendo vida com o tempo em linha recta: o corpo da ACTRIZ é uma copulação cósmica fora das comunidades, das confrarias, dos rebanhos, vive na sedução febril da impossibilidade, aparece nos alfabetos agramaticais, alça-se sem ser avocado adentro de polinervuras obscuras, paradoxais, é uma plasticidade de golpes geodésicos, uma avalanche demoníaca absoluta (movências dos outramentos): as revoltas verbais ressurgem por meio de composições áridas, enfeitiçadas, atrabiliosas porque absorvem os vestígios acústicos do caos, as razões desmoronadas, intercalando solos expressivos com as cartografias vazadoras de múltiplas ressonâncias intervalares do que-há-de-vir: CORPO sensível liberta o PALCO que o esboça com outros corpos entre espaços infinitos e zonas topológicas indiscerníveis (desconchavar e voltar em linhas transformáveis do não-dizível porque o PALCO arruína sentimentalismos de uma consciência tremendamente impotente, e com buscas esponjosas e gestos-forças-curativas escapa aos comportamentos monitorados: sobrevir nos jogos sígnicos em perturbação ritornélica: o PALCO está fora do campus-emocional, das cavidades das equimoses dos desígnios, é um animal de alvoroços angulares, de proliferações bifurcantes, varado por intensidades, arfagens, sensações que transvertem o imperceptível-cristalino numa vaga de deformações, de prováveis fundos inapreensíveis detectores de forças da ACTRIZ e antes dos olhares-intercessores surge uma voz arquitectural, indefinida, oscilante, disseminada nos descentramentos abruptos, nas ruínas inatingíveis do CORPO(PALCO-DEVORADOR de voragens incita o pensamento a captar tempos incontaminados, várias grandezas de tempos simultâneos, novas sonoridades aliadas a novas visões dos embates obscuros, arriando as virtudes do inteligível, do compreensível através dos afectos **vitais da ACTRIZ(abanar a babel com as forças revigorantes do corpo revolucionário e excessivo**

da ACTRIZ: corpo absoluto atravessado por zonas consistentes, por metabolismos multiplicadores de vacúolos pulsáteis alcançados entre as tensões criativas do PALCO em desrazão: proliferação celular da improvisata: a estranheza e o desconhecido, singularizados): extraverter o vivível, sentir as reviravoltas, os adversos, simular o mundo e fugir, fugir, fugir entre as memórias cruéis libertadoras do corpo e a perfídia que refaz o teatro com a própria VIDA: corpo-viagem-histérica, corpo de inter-línguas, corpo da diferenciação da eternidade que escava a finitude, ética na estética do animal-que-devém-magicatura, dobras da NATUREZA a eliminarem assujeitamentos patogénicos ou imposições fantasmagóricas: dobrar, desdobrar o irregular e o instável, abrir e acrescentar, enfrentar e interseccionar os fluxos da vida, o incógnito do retorno que lança dados e faz da brincadeira o esquecimento no infinito de cada olhar: tentar desvendar os ritmos contrários, quebrar binaridades, rasgar significados: as palavras se abocanham umas às outras até às fissuras do falso, do erótico, da epidemia, dos roubos da poesia do PALCO: a ACTRIZ gera-se com as rupturas que assaltam a vida, arrostando colisões e desencontros, é a dor do fora adentrado que se amostra imperceptivelmente: PALCO afectado por ritmos indiscerníveis, exílios, êxodos, ostracismos, afastamentos onde as ressonâncias corporais ainda anarquizam os vestígios das vermicompostagem de durações estendíveis porque nada sobe ao córion do PALCO sem uma voz estranhada, uma voz do ilimitado que estilhaça o espaço com transbordâncias semióticas:

é a metamorfose sem as datas das articulações: falas-gésticas em **des-aparecimento, encruzadas loucamente nos sentidos nómadas, é a vida a recompor-se na ficção vitalizada por meio de zonas dos espantos fabulatórios, dos riscos criadores de PALCOS-indeterminados-mundo**(por vezes a voz badala na carnadura insonora, a voz desaparece dentro da ACTRIZ, outras vozes acontecem assopradas por bocas à deriva e fora das verdades já-instauradas: bocas repleta de liames latentes e de transbordamentos nervosos, misturam geografias do PALCO com signos artísticos indiscerníveis: bocas da ACTRIZ traçam territórios, capturam, abrem, fendem, escavam esboços superiores da vida, intensificando o PALCO e exprimido as coexistências de mapas acontecimentais que levam o corpo às superfícies da exorbitância da sofisticação, ao pensamento compositivo que rasga com tudo o que gera pavor no PALCO): o PALCO torna-se indecifrável, um vórtice de tensões, de disjunções entre palavras, junturas, contrapontos, olhos, visões, vazios cristalinos: **corpos geológicos em expansão dentro da** língua perfurada **pelos escafandros da ACTRIZ** que se reinventa ao rasgar a placenta sem órgãos, ao dobrar interstícios ininterruptamente por meio do real irrepresentável: várias dimensões do tempo, ressurgem na anarquia intensiva: **o corpo, o PALCO e a ACTRIZ se tornam indecifráveis:** o tempo liberta-se na encantação violenta dos gestos e o PALCO penetra na diferença ressoante das dobras que fazem flutuar as suas extremidades, indeterminando-as entre uma miríade de pontos do espaço, catalisadores das forças ínfimas da ACTRIZ(voltagens e choques ontológicos): a espessura de semióticas insanas tenta esculpir uma voz, uma cabeça com os cortes da translucidez(microintervalos intensivos, camadas amnésicas, ondas vibrantes a percorrerem o corpo apinhado de luzências negras-imperceptíveis, desviando-se das grilhagens da razão: PALCO lacerado pelo arremesso do caos que se alia à duração aiónica da vida da ACTRIZ)

O PALCO compõe-se na inseparabilidade das voltagens do corpo, na destreza de relações de forças-mundo, forças sempre em variância acontecimental, dionisíaca entrelaçando-se nos silêncios impessoais e o movimento se torna um imenso manguezal: um corpo de lexícones ágeis onde as palavras surgem antecipadas, adiadas, retomadas, suspendidas como um aríete espiritualizador dos acasos, reforçando a magnetização dos dardos do mundo que vazam a visão simultaneamente densa e aberta sobre si mesma: aqui-agora: a ACTRIZ cria novas línguas pictóricas, geológicas, diabólicas, quebra os venábulos da irreversibilidade, demuda-se por meio de tessituras da errância fértil, de sutis sentidos dos movimentos, de saltos do vazio e de peugadas inaturais que aceleram a vida, refazem vida na estranha solidão do inapreensível, do indizível, é uma geografia da incompletude, uma vasteza do deserto do PAL-

CO sem saída, sem chegada, assim, a ACTRIZ dilata o infinito ao auscultar-se nos ecos do devir longe do inteligível: fluxos das sensações do animal-do-sensível entre os acontecimentos caleidoscópicos do mundo e as linguagens em mudança intensiva, em desaprumos vaticinantes, fêmeos(evitar a produção de fantasmas e de deuses paralisadores de signos artísticos).

O mundo contido nos gestos cabalísticos das bibliotecas dos corpos estimulam o pensamento a pensar dentro da visão escutada pelos vácuos videntes da geodésica e o espaço do PALCO é despedaçado pela singularidade que extravasam e suplantam a ACTRIZ dentro do ritmo supremo e virtuoso da vida: o CORPO da ACTRIZ percorre-se de um extremo a outro com línguas adentradas na sonoridade intersticial, milhares de tinteiros extasiados pelo falso absolvem-se nos estiletes transparentes que perfuram os orifícios e as cavidades das sendas para recuperarem as moléculas informes das afrodísias(surfar nos opérculos estranhados da língua dentro de marchetarias de diferenças intempestivas, de linhas contínuas do acontecimento puro): as forças das esferas inacabadas dizem não por meio da potência que se faz acto do vazio onde tudo sobrevém entre obscuras matérias espiritualizadas pelos campos de batalha a-centrados: forças nómadas e fugas imperceptíveis sem destino: há um corpo inventor que nada escreve, nada representa, exila-se na folha branca do PALCO, nos aranzéis carregados de disjunções, nas partituras imprevistas, nos mergulhos das vizindades dos esquecimentos, mostrando os desvios sublimes do animal porque o entre-poder é devastado pelo agramatical suspenso das medusas estilizadas que deslocam o horizonte da língua até à possibilidade da inexistência (a vontade egípcia-barroca insufla a escolha do experimento do não-mais sem exactidões: o animal-PALCO exige ser atacado pelas superfícies exacerbadas em movimento anárquico, fora das hierarquias: o animal exige um escafandro paronomásico a ziguezaguear dentro do seu corpo, o corpo sai dos limites, transborda-se e assimila o confronto das profundezas: o espírito desliza rés ao caos e gera valor envolvido nas epidermes profundas): os nomes sem avantesmas, sem fantasias, sem máscaras ainda acontecem nos limiares fulgentes das palavras abertas ao colosso e ao grotesco: dizer sem dizer por meio do desdizente indefinido e da futuração do passado da ACTRIZ que sente o PALCO antes do PALCO por meio de vibrações dobradas sem mediadores lineares: saltos com movimentos dentro do tremendo real ou serão as sombras luminares do incorporal lacerado pelas coexistências temporais? (Devastar significados com as respirações inarticuladas, com os gestos antes dos acenos fantasmáticos): uma abreviatura de simultâneos contrários se conecta ao trágico fabulador do instante eterno, contaminando a solidão interrogadora do PALCO (

interlínguas fogem aos tempos de Deus, construindo encruzilhadas, espaços ondulantes, irresolutos e resvalamentos moleculares com as linhas indissolúveis que costuram milhares de eus): buscar à irrealização, o possível de um passado que não aconteceu e destruí-lo com o oblívio dentro do acontecimento onde o resgate da exigência de agir sobre...se transmuta em cristal-cósmico, em feiticeiro quase surdo, assimilando uma multidão híbrida, uma multidão que não aconteceu, uma horda mutável que tenta passar sem lugar, sem língua maternal, uma força contemplativa, autopoiética: o corpo da ACTRIZ caminha na trilha que não ocorreu, a viagem livra-a em cada batida sem vigilâncias, sem compensações (a força das contingências da loucura: os sopros plásticos, as ventilações duplas, as anatomias espasmódicas).

O animal-PALCO e a ACTRIZ não falam de si-próprios, sopros demenciais os atravessam demudando-os sem a observância arborescente: há ritmos variáveis. Há plasticidades micro-agitadas por outras plasticidades: o extremo rigor dos sentidos atinge todo o corpo afectivo-atlético e irradia, irradia,...as formas da inteligência foram abscindidas pelo grito do grito onde o tempo puro de todas as línguas dentro de uma língua sem idiomas religa uma pororoca de almas quebradoras de formas maioritárias: o corpo extrai o desconhecido de si, ininterruptas partículas abstractas, poliniza-se indeterminadamente, elimina qualquer tentativa de adestramento ou plasticização estética: acontece impessoalmente na força futurível: a espera não é uma expectação mas uma escavação disjuntiva do infinito feito de bricolagens, de brinquedos vibráteis que defrontam o pulcro bestificado, a inanidade biológica, o situável da prerrogativa e os poderes miseráveis...com os seus fragmentos informes, os seus feixes transviados, as suas lâminas sígnicas vitalistas, arrasadoras de carnaduras perfectíveis até aos espaçamentos da afemia. Na boca da ACTRIZ as palavras fundem-se espontaneamente por meio de larvas anorécticas, de consoantes enfermas como um curto-circuito de esquecimentos entre dicionários ágeis, sagazes, desconhecidos: uma metamorfose química medusante, uma autogénese que desnuda o PALCO(os corpos movimentam-se e encontram-se loucamente para se diferenciarem: fios enredados e espíritos expressionistas sobressalteiam-se com afectos extremos da composição de novos mundos no mundo-PALCO).

A ACTRIZ não deseja recompensas porque a diferença criativa atravessa os seus gestos parafrénicos e o acontecimento das palavras estranhas é absorvido ao eliminar a falta imaginária, a teologia da plenitude, fortalecendo os fluxos da experimentação agramatical, as glossolalias atómicas, as correntezas do desejo com afecções extravasantes: o corpo retorna, emerge das matemáticas inventivas, da catástrofe géstica das superfícies do PALCO: vidências, grânulos, fendas, rasgaduras e complexos brotamentos de línguas tartamudas, tardíloquas em fuga sem reflexos: transposições sígnicas, traduções ilegíveis que atravessam a ACTRIZ fora das cronografias, dos desígnios e das recordações porque em cada lance metastaseado se faz vastas impessoalidades ritmáveis da existência com espessuras escarificadas pelas revelações do intensivo em transmutação-móbil que se avizinha cromaticamente do imperceptível e do insonoro: a experimentação ininterrupta, inominável do PALCO e o CORPO insone não se distinguem (linhas vitalistas redesenham topologias fulgurantes, esculpem e acontecem esculpidas até ao imperceptível das velocidades do emaranhamento: resfolgar a respiração por meio do grito e libertar o PALCO das analogias ao serviço dos familismos identitários: **levar o corpo da ACTRIZ ao limite ventilatório e criar, inventar entre ilhamentos povoados, actos intérminos, inesperáveis e... saltos desertores de almas imortais: as almas que não desejam salvação, almas expressivas, gésticas, bailarinas, dramaturgas, complexas: almas que se transmutam em PALCOS impessoais, acósmicos).**

O CORPO do evento-da-futuridade-presente arranca-se às qualidades enérgicas doutros corpos intraduzíveis para viver compulsivamente entre o excesso do mundo, o indecidível e as suas transfronteiras: tempos anómalos gerados fora das cabeças psicológicas, das recognições: a ACTRIZ respira a terra intrusa, respira o infinito dos clarões, das mónadas expressivas e...no impossível do PALCO há a insurreição da língua e um grito rebenta o indetectável do corpo: se amas porque és amado, evitas as almas compositivas, nutres-te com o conservativo das leis, vives de mitos numa tremenda prisão orgânica, não tens força para estares à altura do acontecimento que te transpõe porque desejar pela meação tem a ver com um corpo tolhido, supersticioso, julgador, submetido às representações identitárias, às pulsões de morte **(a respiração abandona as travessias do PALCO, o corpo perde o ritmo e já não se**

combate, é vampirizado, deixa de acontecer): um corpo escravo, platonista, incapaz de mergulhar na sua própria vida, incapaz de esquecer por meio de uma memória sem geografias definidas, de mapas rasgados à deriva: um corpo que não se experimenta dentro da obcecação enlouquecida, não surfa na singularidade infinitamente estrangeira que afirma a paradoxalidade, não aceita a loucura compositiva fora da prescrição gestáltica, do regulamento psiquiátrico, não se deslaça das formas, dos ideais e não consegue exigir as distâncias para intensificar uma relação de entre-dois(perspetivas esguelhadas convulsionam-se, saem dos sustentáculos e golpeiam percepções: o tempo foge do movimento, escravizando-o: anemias surgem). Deus irrita-se perante a dança inabalável das trilhas sem trilhas dentro de uma só linha ininterrupta apinhada de tragédias em exultação porque o corpo da ACTRIZ atravessa novas topologias subversivas, profanidades do imprevisível e intrinca-se no escárnio dos possíveis tradutores fora de si-mesmos, fazendo solavancar a ficção rigorosa dentro do real inacessível, das quebraduras cibernéticas(translocalizar as órbitas-cineastas-trágicas para dilatar o movimento anorgânico, assimilador do espírito das mutações matéricas: o verbo do PALCO se regermina na sua própria putrefacção, um bricoleur caótico)

A ACTRIZ não se capta pela sua prossecução, constrói-se quando deixa de se de visualizar, é indecidível, os seus gestos topológicos, espontâneos acontecem num ritmo enviesado entre vozes, pensamentos verbais e visões simultâneas que a levam para o avesso das direcções do palco-mundo, modificando-se entre pactos estranhos e esboços de zonas obscurecidas, de espaços varados: vórtices-olhantes se acoplam a outras procelas com tentáculos aparentemente imutáveis como um deserto a dissolver entradas e saídas, exigindo uma arquitectura pura com eternidades estóicas: uma deserção ecológica que arruína as periferias do PALCO por meio de rotas moventes: o corpo da ACTRIZ é imprevisível, vai para o extremo de si, desregra-se, desliza, flutua com tempos adentrados fora das expiações e dos apocalipses, as úlceras turbilhonantes cravam-se no movimento minerador dos catarros de sangue da besta sem fracções onde o eu é já o passamento entrópico e os gestos-PALCO ressemantizam as itinerâncias sanguíneas e as deambulações irrefreáveis com olhar do exílio ecoado nos coradouros aritméticos da inexistência: os rumos do absurdo do tempo intensíssimo fractalizam o desagrilhoamento demoníaco com as anamorfoses da palavra que se suicida dentro de sua linfa porque se fez boca da dobradura do mundo, boca intersemiótica, boca feiticeira a revigorar-se nas velocidades -lentas da voz mais silenciada do concreto abstraccionista(povoar as perspectivas chegantes com os ritmos geodésicos, com os exílios das animalidades que intensificam a duração dos acontecimentos da memória-futurível-ecosófica: simbioses anómalas e incomensuráveis dos vacúolos-cristalinos produzem conchavos vertiginosos no PALCO: o inconsciente se futuriza, muda geologias, imantando rostos, vozes, gestos através de dimensões em alteração incessante: a ACTRIZ muda de natureza, esculpe intensivamente o seu corpo com vibrações infinitesimais: há transmutações moleculares, envolvendo-se no PALCO apinhado de abstracções: o animal nunca atinge a formatação: ACTRIZ e PALCO se misturam numa tremenda correnteza maquinal-radicular imperceptível: esferas de estranhamentos, mandalas do absurdo, dobras e desdobras de novas grandezas, de novas intersecções, de novas espessuras assimiladas pela geografia insana do tempo: um resvalo até ao infinito acontece para atravessar a expressão aiônica porque é no imperceptível que o PALCO-ACTRIZ se torna consistente: **um arrastão** sígnico**, uma vibração de fendas inéditas,**

uma pororoca de hiatos, uma cosmicidade bruxa___ forças fluídicas___o refazer ininterrupto de tramas, o movimento destruidor de fisionomias, a alegria do insano que conquista tempo): profundezas desfocadas do quase-nascido, tentam dimensionar as hibridizações dos abismos neurológicos por meio da imobilidade da fala, da hemorragia lúcida do impensável: o perceptível da invisibilidade afirma as composições intervalares dos paradoxos que se transformam numa escarificação de acasos da morte de alguém (desmaterializar a dor das membranas caológicas do sublime porque o instante em deriva produz o inapreensível nos arquipélagos impessoais da natureza: o PALCO é perfurado por forças abstractas, por magicaturas moleculares, por vozes imanentes que se desviam loucamente das normas do entretenimento, dos cumprimentos corporais, dos algoritmos controladores, da agnição totalizante, do poder que exaore a vida)

A ACTRIZ revoltada se faz energia vital da desaparição e da tragédia entre os mitos babilónicos e as dimensões da inacessibilidade astrífera feitas de movimentos variáveis, atalhadas no incriado do saber da natureza: há uma oscilação das palavras em demência: o existido infinito da memória sem passador dança compulsivamente o espaço liso, copula o ritornelo da geografia, transverte o corpo entre matérias indomáveis de sentidos e de diferentes tempos de outras substâncias, de outros corpos para conquistar o cristal das imensuráveis línguas que lanham orficamente o caos do PALCO e revolvem, estendem, transmutam buscas indecifráveis: os ritornelos da ACTRIZ se violentam livremente com novas cartografias de vida, sem transcendências, nem ideais: o PALCO é golpeado pela paridura inconsciente do tempo, pelas forças imprevistas, súbitas: variâncias arremessadas por linhas inconcebíveis que rebentam no corpo da ACTRIZ___**háptico-errante do mar-aberto pontilhado, construído nos delírios aformais das transbordâncias rasgadoras da terra.** Plasmar os feixes incorporais nos instantes acentrados de quem absorve as coexistências do inexaurível ao escalar a expectação ininterrupta do silêncio barroco: magnetismo migratório a deflagrar partituras atmosféricas com gritos ilocalizáveis(reler os gestos profanáveis nas tatuagens rasurantes da sublevação cristalina): exclamar os intercessores do esquecimento por meio dos expressionistas das superfícies abertas aos vazios das sensações: dizem: ressonâncias permutatórias dos sentidos tensionados pelas cirandas da ACTRIZ que faz das religações disjuntivas do grito, uma força animal, um delírio incomensurável escarificado por mapas femininos com línguas vadias: o desvio do PALCO na estepe de uma hipofaringe inumana, silenciosa, hesitante, suspensa em linhas desmoronadas: um desmoronamento regerminador de pontos de vista: lançar dados com a polissemia da mutação (o animal gótico assimila convulsivamente a destruição do linear, dos exemplos sequenciados para libertar linhas criativas, simultaneidades, novas trilhas em descodificação que fogem à sucessão do tempo: duplos movimentos membranares do PALCO se desviam dos regimes compensatórios, de preceituários por meio de interrupções assignificantes).

A alegria assimila a insânia da ACTRIZ que a fortalece para enfrentar os arrebatamentos entrópicos(flutuar itinerâncias, atingir um mundo sem regiões formatadas: um PALCO em transição incessante, uma passagem animalizante, um corpo em mudança nómada, uma liame paradoxal, interstícios mutantes). Tudo retorna diferentemente sobre o PALCO, as modificações afirmam a leveza deformante da vida dentro das forças puras do tempo (ondulação futurível entre reminiscências microscópicas que se dilatam por meio de alastramentos rítmicos e de tremulações absolutas até alcançar uma força animista em fuga... sem configurações). **A ACTRIZ** com hiatos expressivos e com as ressonâncias do caos e do inabitado dançante, destrói os projectores do poder, a gestalt platónica, a definição laminar e a obsessão pela jurisdição que tenta desqualificá-la com estrelismos cismáticos: o seu corpo-de-texturas-desidentificadas: o seu corpo-de-tecelagens-friccionadas alucina-se por meio das ritmicidades das emancipações problemáticas, dos gestos pulsáteis da multidão-PALCO que transgride limites, articula gritos, desloca mapas, demove, perfura fronteiras, convoca vozes estranhas, desvenda, escava, arrasa consciências territoriais para recolher, recusar, expandir, denegar distâncias do imprevisto, transmutando voltagens inclassificáveis em eixos espasmódicos obscuros até ao derribamento horizontal completo: a ampliação anatómica é-já um desvio carregado de estranhezas, é um confronto captador de cicatrizes intervalares: ruínas, feridas, rastros de almas altivas: fugir aos veredictos civilizatórios (o medo, o pânico, o absolutismo da saúde, a possança da teocracia): a ACTRIZ assimila os entrecruzamentos do pensamento na vitalidade do resvaladio, no experimento da luz descomunal, na lucidez tremendamente desmesurada que avizinha o transbordamento do caos, se refaz no caos relampagueante, reproduz o caos-háptico, o caos-embrionário se bifurca, desconcentra ciclos com os esboços arquitecturais dos espaços-tempos compostos por crivos de sensações imperceptíveis fora dos propósitos, das exposições, das lógicas, dos vultos significantes: cartografia compulsiva devora percepções, latitudes, longitudes até ao desejo das policromias inaturais que ressoam nos olhares multiplicadores de superfícies alisadas pelos pontos de ocorrências das vontades em enervamento compositivo: uma miríade de almas irizadas se permuta entre as zonas silenciosas do acontecimento incessante do PALCO: os transpiradeiros pulverizamse noutros transpiradeiros (trilhos dilatados do desnudamento de nós-mesmos, traçam probabilidades da matéria-espiritual, dos tempos-vazios que impulsionam coexistências dos signos dançantes: variâncias-de-lentidões-velozes entremeadas pelo incomensurável do passar-se onde o movimento do corpo se remigra na contextura da errância, absorvendo a anamnésia cósmica: captar a insânia do infinito vasculhador de fendas esfíngicas nas esculturas de BERNINI, nos arrastamentos guerreiros do FREVO, do MARACATU): o espasmo infinitesimal da glote do TEMPO desloca os sustentáculos dos alvos intérminos, os prismas-escaladores que renascem do corpo semiótico entre pontos sanguíneos transvertidos pelos instantes dos crivos turbilhonantes, das constelações sem hierarquias nem nomenclaturas (encontrar lacunas, falhas e virar do avesso as palavras com as sismografias do impossível: a matéria informe desdobra-se atingindo o labirinto sonoro): o cérebro desabaladamente pulsional, dança com a violência da expansão absoluta da ACTRIZ, rasgando tudo por dentro para se reconstruir e se demudar em correntezas-náuticas: acontecer-PALCO na evidência das sombras hemisféricas: o corpo bate, escoa, verte a sua carnação porque se sobressalteia, se assombra, se abisma, se sulca ao experimentar o sentido do mundo sem separabilidades: as traçaduras das linhas do PALCO interpenetram-se ininterruptamente refazendo existência ausente da medicina-jurídica, da religiosa-educação e do sexólogo-sartório que sobrevoa as algemas dos penhores: recalcitra passadouros, corporifica o improdutivo, a des-aparição entre espaços gravitacionais, superfícies electromagnéticas até ao acósmico das demudanças dionisíacas que conversam com as imanências repovoadas pelas granduras sígnicas de diferentes correntezas quebradoras de binaridades(a potência da hesitação pulsa no arco compositvo do gesto: a existência estilizada no invivível, na experiência do irrealizável onde o PALCO-limite é a irrupção de um dicionário-vivo, é a génese, é a percepção indeterminada que foge ao controle por meio de línguas desconhecidas): a ACTRIZ rasga significados, arrasa directrizes com rumores musicais das peugadas caleicoscópicas do desabitado e da improvisação: o movimento surge envolvido pelas rupturas das visões ecoantes que defrontam ritmos indiscerníveis do corpo coberto de dicionários ínfimos, de expressões finitamente infinitas: as palavras despontam aceleradas, retardadas, suspensas, interpoladas dentro do PALCO que simultaneamente absorve as infinitas forças do mundo, transvaza-se na visão-molecular espessa e fendida por meio de dardos da irreversibilidade da memória sem percepção: o figural profundo recompõe a complexidade ilimitada dos esboços dos gestos até às quebras das sombras de quem tenta falar entre o inesgotável-singularizante e a mundificação do acaso (uma língua sem sujeito à solta, as vozes movimentam-se sem objectivos: as vozes repetem o excesso através de guerrilhas sonoras em deserção, de ritmos modais afectivos em diluição onde as zonas paradoxais da ACTRIZ deslizam, refazem, modificam e recompõem o corpo, assimilando outras forças-PALCO em experimentação fora de mitografias)

A ACTRIZ não combate forças déspotas, estas arrasam-se a si-próprias. A atracção intensiva pelo PALCO vem antes do sexo, é uma força inventiva infindável, um desejo-mundo, uma loucura estética: é uma absorção marítima antes do mergulho -azul: gerar tempo antes das horas: desaparecer para ressurgir. Não é o olhar que age, mas o corpo que traça o desconhecido, constrói sempre as superfícies com uma infinidade de feixes, de hiatos, de germes: um mapa com novas geografias sem fósseis sepulcrais, sem fadários antropocêntricos, sem biografias: o PALCO acontece no deserto para se povoar por meio de aberturas infinitas. A ACTRIZ sente a re-existência ao resvalar na onda da onda com a onda dentro da onda chiaroescura-paradoxal da vida que nunca morre. A ACTRIZ é o imperceptível fora do apoderamento da linguagem, é uma fala sem regularidades, sem sucessões, uma língua analfabeta, uma língua que o próprio PALCO desconhece, é uma afecção metamórfica com danças acósmicas varadas por ritmos em transbordância, eliminando qualquer generificação porque não pertence às acepções, às entropias taxionómicas, ao reactivo identitário(um grito de uma imagem dupla conectando as superfícies perfuradas da ACTRIZ com as crostas profundas do território do PALCO, trazer à película do olhar a desrazão, a voz de um intervalo indeterminado, a intrepidez da vida, o desassombro do cristalino: um crivo do corpo vem à tona e dança no solo sem fundo porque todas as formas se exsolvem no movimento-epidérmico de quem testemunha com as angulações da visão: as fronteiras dissipam-se, desaparecem, a ACTRIZ arranca células aprisionadas do seu corpo e GRITA sobre elas, intensificando-as, libertadoramente). É o acontecimento estético, selvático, cinestésico, violentamente autopoiético porque enjeitou forças conservativas, funções orgânicas, é uma linha de força espiralada, um lapso entrecruzado: um corte múltiplo dos povoamentos sem mediações defronta o incomportável: a ACTRIZ esvazia-se para se fulgurar com lances enciclopédicos, esvazia-se para criar caos e gerar novas saídas do caos, esvazia-se para assimilar a devastação do PALCO, derrama-se para intensificar a terra fora das circularidades, vaza-se para se transverter numa trapezista do inconsciente (revigorar as espécies em transmutação: o orgânico se espiritualiza e a matéria se nutre do impensável): o cérebro ressurge pollokiado pelo corpo que escapa ao Oráculo de Delfos, abduzindo as fronteiras do humano-animalizante: as imagens das vozes das iras, as esfoladuras dos encontros-desdobrantes advêm geradas por contemplações do retorno disruptivo das pedras clásticas em suspensão-involutiva: o movimento se torna falso, intruso, suspicaz, contextual, simulacral e provisoriamente infindo perante o PALCO que absorve a possível estremeção do indecidível e se converte, se transverte em cântico etimológico, sem objectivos redentores: há um cântico em superação permanente, há um cântico do corpo cósmico onde as energias do PALCO se encaixam umas nas outras(incomensuráveis improvisatas das renascenças). Um lugar incorporal intensifica-se acronologicamente na ruptura, repovoando o aqui-agora com a potência da incógnita que faz o corpo falar, enviesar-se entre semióticas híbridas na frente dos jogos do acaso para dar sentido à demudança sem datas (o PALCO arrasa-se para evitar qualquer discernimento, qualquer sentença, é percorrido por múltiplas respirações, múltiplas voltagens que se infiltram no corpo da ACTRIZ como uma matilha de sopros de energias vitalizadas, fazendo desaparecer sistemas orgânicos, binómios através de forças plenas de misturas, de passagens, de catástrofes, de fotogramas, de tramas em transcodificação: fugir das espécies, das classes como um animal sem rota, sem extensão, sem fantasmagoria, sem referências, é um tempo absoluto, uma escrita sanguínea, uma metamorfose sem-fundo: em cada gesto há uma reviravolta cruel rasgadora de intervalos sinápticos: forças libertadoras, correntezas de elipses se esgaivam umas nas outras: a vida a compartilhar expressões e a brotar fissuras larvares através da agoridade do

PALCO: uma coalescência entre ritmo e ACTRIZ de corpo extremado pela fusão ventilatória onde se descondensam os reversos): aventurar-se nos dicionários suspensos do desconhecido, redescobrir vestígios das polimorfias, religar-se ao mundo paradoxalmente diante do incomensurável, desfazer a entropia das epopeias, a concretização negativa, escapar às disposições rostificantes por meio dos tombos estocásticos, das inscrições caleidoscópicas, da des-aparição dos vazios habitados por vazios: o corpo da ACTRIZ assimila os contágios do volutear das vozes das vizinhanças das artes, das ciências, das forças afectivas que retraçam o inacessível, as superfícies dos povoamentos multiformes, as linhas das intersecções das sombras sonoras que infinitizam metamorfoses gaguejadas, curtos-circuitos incicatrizáveis das tonalidades da memória, do espanto, do drama, do transe, do êxtase, construindo voltagens nos olhares-labirínticos do PALCO (a ACTRIZ produz o tempo que a faz ritornelizar, vibrar na matéria presentificada que adianta a expectação intempestiva do passado impessoal até ao PALCO contemplativo, cruel, animista: o movimento do PALCO se torna o movimento da ACTRIZ, instigando outros ritmos anorgânicos que fortalecem o espaço imperceptível do corpo: as vozes abstractas rupturam os círculos das cavernas neuróticas por meio de alfabetos nómadas, de personagens estéticos e de uma poética inobjectivável: entrever, visionar re-existências, assintaxias esculpidoras do tempo): nomadismos polissémicos, desastres da regeneração epifânica das travessias do PALCO: fissuras inventivas, desvios dionisíacos, desequilíbrios críticos, itinerários sensoriais, jogos fissurados por escutas e capturas finisseculares: migrações heterogéneas, esfinges moventes dos hiperespaços, dínamos vibráteis geradores de sentidos, experimentações feiticeiras, vozes quânticas do mundo-geometral que faz a ACTRIZ ver de olhos fechados e esponjar a intensificação do assombroso que nega a termodinâmica e articula subtilmente instantes desvinculados através de abecedários atravessáveis, transmeáveis: o corpo se abre ao esquecimento paradoxal de uma composição indómita, sem promessas hipertrofiadas, capta intermitências, reiterações e renascenças energéticas, faz dos PALCOS uma voz-in-comunicável, a incisura do sem-rosto, uma cesura de tempos, um coro de acontecimentos umbilicais fora das exposições de serpes hierarquizadas: o corpo desvia-se da língua expiatória para mergulhar no rasgamento dissemelhante das expressões coalescentes, nos holomovimentos de partículas que desembocam nas carrancas do absurdo, nas vértebras dos assaltos sígnicos que ressoam no oculto da ACTRIZ, nas quebraturas cartográficas dos desertos alvéolares entre os sons das consistências invasivas do real e os úteros de ritornelos da errância criativa(evento futurível de um retorno de tapeçarias abstractas, de tramas de dicionários-vivos que transmutam, irradiam ondulações e diferem à volta das obsessões aiónicas: as topologias de passagem rés ao salto mais estranho do PALCO: Thanatos combate-se a si próprio, a morte destrói-se nos recomeços da diferença, na afirmação do amor fati da ACTRIZ que se descentra em ensarilhados pontos de vista, ampliando os limites corporais porque os seus gestos se agitam entre vigores moleculares cosmológicos: o PALCO luta contra o caos, produz caos, esvazia-se, desfaz suas estruturas, escava línguas, desvia as palavras para se ritmar na catástrofe criativa, transita e se modifica por meio de tremendas simultaneidades temporais que extravasam os ritmos da duração: o delírio do imemoriável da memória numa velocidade infinita que estraçalha o experimentado, rompe percepções vividas, apenhoramentos espirituais, desmancha a dilatação do conhecimento cartesiano, tautológico para atravessar cirandas geodésicas, jazzísticas).

O silêncio simulacral do CORPO revela processos fílmicos, circunda e atravessa o sangue tectónico do invisível gerador de alfabetos mutantes sem gramática: películas caológicas de enxertaduras ondulatórias, afirmam as composições lançadoras de dados câncionais que estilizam a clandestinidade dos objectos com as memórias de um futuro-presentificado pela dor dos lapsos criativos que regerminam paradoxalmente no genoma do eternal espiritualizante dos instantes ou serão estranhamentos de medusas labirínticas entre os colossos inamanipuláveis da língua e a transdução inesgotáveis do inesperado? (O PALCO se abre no ponto de vista intermitente de um ritornelo afirmador de coexistências cromáticas, de fluxos multidireccionais, de intensidades soltas): é o CORPO do inapreensível fabricador de tempo focado nos afectos inéditos, na histeria indomável: o CORPO-verme-de-múltiplos-infindáveis se devasta e se regermina simultaneamente nas encurvas do real, nas vindictas dos espelhos desmanchados pelas angulações do indizível onde os gestos elidem, afastando e aproximando as falas das polinervuras até ao ininteligível, às ressonâncias do entrevisto que faz a ACTRIZ alucinar perante o despenhadeiro do porvindoiro-olhante: o corpo se atravessa no avesso da asserção como variações voltaicas reconstruídas por dardos sem alvo, **por** morateiras das palavras assignificantes mas com sentidos delirantes: as vibrações do PALCO absorvem ventilações intersemióticas dos devires: afectos de um tempo de diferenças puras, flutuando dentro da ACTRIZ que assimila o ritmo das esteiras incorporais; sonoridades de acasos, de sacrilégios sem respostas e de transfúgios vertiginosos fazem da interjeição da natureza, um grito de vida com milhares de dobras, de rombos agramaticais que inventam remascações dos ardis entre planos moventes e choques estéticos (golpeaduras das equimoses ritualísticas levam as arenas do corpo para o adverso do mundo, religando articulações com todos os tempos, com todas as línguas dos insulamentos, com todas as vozes dispersas pela perturbação das fissuras das superfícies que arrastam o mapa do mundo até à aos hiatos da aceleração em retardamento intermitente: uma ruína da aprendizagem entranha, vasculha, absorve o corpo da ACTRIZ, cria abismos cerebrais e rasgaduras do real por meio de forças indecifráveis, incontroláveis: o caos transborda e multiplica-se no corpo da ACTRIZ por meio de afectologias barrocas-cristalinas-góticas: linhas transcodificantes estimuladoras de experimentações epistémicas e de novos modos de dizer-PALCO que é crítica de si-em-si, é fulguração de linhas sígnicas intersectoras: captar e escutar o ruflo estético do CORPO, rasgar estruturas psicológicas, hábitos interpretativos, verdades organizadas e estilizar a existência com o acaso dos encontros extremados: as forças caóticas do PALCO esponjam o movimento intensivo-fabulatório onde o tempo se desregula insanamente, combatendo Thanatos): **o PALCO** é a expansão dos entrecruzamentos das vozes dos povos que traduzem o mundo por meio das transumâncias que não captam a transparência absoluta, mas fazem extravasar limites com as lacunas da quase-obscuridade em rodopio inesperadamente prismático, cristalino(o corpo da ACTRIZ nunca alcança a visibilidade completa, é sempre um entre-caos esfíngico contaminado por processos energéticos não mensuráveis quebradores de epidermes que vivem nas variações ritmáveis da desaparição planadora de durabilidades afectivas: desarticulação sintáctica, fracturas das superfícies, surgimento de esboços geometrais esculpidos pelas confluências de um só tempo que age dentro do corpo da ACTRIZ, envolvida por uma rede de vozes e por infinitos sentidos: um PALCO de infrassentidos, de ontologias problemáticas onde se movimentam as intensidades do informe que fragmentam os órgãos perseguidores e desmancham os absorvimentos platónicos, identitários): absorvência da orfandade sígnica irriga arquipélagos do tempo entrelaçado no infinito do vivido sem vaticínios térmicos: tentativa de interromper uma palavra infinita da natureza, porque o CORPO da AC-

TRIZ é uma força de urdiduras heterotópicas, um trama, uma marchetaria espalhada pelas línguas analfabetas, alteradoras de sentidos que fronteiam ritmadamente os núcleos ecoantes das sensações entre as energias disjuntivas da infinitização conceptual e os poros plurivocálicos(cortes da matéria histérica): dínamos desconhecidos das expressões fazem dos exílios internos, ressonâncias caleidoscópicas com úlceras cortantes, teceduras dos inesperados que se dilatam, disseminam, recolhem, quebrando por dentro todas as flechas-cronológicas por meio de composições aformais, de estímulos incontroláveis carregados de umbrais sinestésicos, de traços conflituantes: rasgos intempestivos que buscam lances insanos de um passado inexoravelmente presentificado na futuração, duplicadora do caos: extrair vazios e silêncios nos des-povoados, nos destroços que intensificam a duração das fugas energéticas (rupturas inclusivas de um animal órfico que assimila tessituras adentradas no fora do corpo com infinitas tonalidades), **assim, o PALCO advém porque produz corpo e recomeça infindavelmente no irrecomeçável criativo e se abre à infinitude das expressões da ACTRIZ-natureza para além dos desvendamentos como uma magnitude incomensurável e des-contínua nas dobras da linguagem que provoca falhas nos olhares inconscientes, nos encalços intransmissíveis**: acontecer-corpo é penetrar o inatingível, o ininteligível, viver no fora-múltiplo, no alógico-intuitivo, nas superfícies libertadoras de singularidades que arrebatam as visivas-das-vozes quase-impossíveis e fazedoras de pontes do não-nascido:

ricochetes da retradução de uma potência improvisada pelos pensamentos-cartógrafos dentro da interrupção do vazio, da efracção oscilante(desafazer laços da memória germinal com a anarquia do PALCO que gera geografias em variação, gera corpo): o corpo absconde outro corpo com a experimentação do limite grávido de interstícios, de idas e voltas catalisadoras onde a consciência se desfaz e se recompõe delirantemente porque há a necessidade de decifrar o mundo com os olhos de um outro-agramatical que percorre a ACTRIZ longe de qualquer mensuração: as vozes-olhantes arrastam o corpo para rotas estranhas, os ritmos transbordam, gestos violentam o real entre composições animalizantes, misturam sensações, há o encontro pensamento-PALCO e as superfícies múltiplas surgem fendidas com linhas espirituais lançadas para a imagem pura do futuro: o indefinido olha-o-PALCO perante o acidente da matéria não linguística: ritmizar o cérebro-mundo com o infinito do ferimento, das síncopes, das forças intrusivas e musicalmente cromáticas: aqui-agora, a ACTRIZ é arremessada para o inobjectivável da língua que reaparece apinhada de interposições, de sonâncias, de fragores, de capturas sensórias, de agitações do entre-dois, de des-focagens, de translocalizações, de forqueaduras, intersecções, eclipses, ajuntamentos, rupturas, ardis, enciclopédias migratórias (mudanças de limiares fazem a ACTRIZ escapar às formações para perpetuar o ritmo ondulatório: corpos entre corpos compostos por corpos em modificação incessante(vozes feiticeiras disseminam-se por todo o corpo, vozes delirantes experimentam singularmente a obscuridade do PALCO que faz mudanças nos sintomas___o corpo da ACTRIZ se torna suprapessoal ao atravessar o vivido e o vivível por meio da linguagem em catástrofe): mutações tonais nas vozes inaudíveis: uma nova língua dentro da língua onde o grito se torna insonoro por meio de forças diagramáticas, é uma crueldade sensível a transcodificar o relâmpago sígnico): o CORPO raiado a seduzir as obscuridades dos circuitos interactivos entre espelhos sem história, sem biografia, sem psiquismos...um telescópio epidérmico-deslizante despedaça o escadraçado ao esboçar de olhos fechados o esquecimento profuso de perspectivas vivificantes: o real clandestino e o simulado fosforescente acontecem nas fraudações estéticas entre o alcançado e o pretendido construtor da vida da morte onde o PALCO é tensionado por escoaduras sígnicas para traduzir o ilegível através da impessoalidade: pensar o expressivo no intervalo profanável em direcção à infância contemplativa que nunca pertence, viver da velocidade das órbitas das hesitações que confluem nos PALCOS de um só tempo dobrado intermitentemente de muitas maneiras (pontos de ressonâncias fazem das descodificações uma vidência violenta, um movimento duplo arrasador de falas arquétipicas): dispersar os entrelaçados das vozes com oscilações mudas para nomear uma palavra fendida, cega no corpo desmontado por outra palavra atravessada pelo pânico transbordador de rotas infinitas (a fala infractora, fabulatória, a fala assignificante gerada por visões sanguíneas que perfuram a estranheza e friccionam a loucura aliada ao vazio criativo de um tempo em divergência ininterrupta: a fala dobra fendas, revela a duração nas zonas indecifráveis, constrói liames imanentes com palavras despedaçadas: a inaudita força sígnica amplia o PALCO, liberta a vida dos comportamentos familistas, binários, orgânicos: a imperceptível abertura do PALCO povoada e despovada por nómadas molecularizados pelas coexistências dos tempos que ainda agem carregados de anti-memórias ou reminiscências vadias: o PALCO antecipa-se com almas hibridamente expressionistas, é uma geologia em transição que nunca demonstra porque a traição do real fortalece a sua composição intermitente: a transparência a revelar-se perfurada nos limiares da claridade, diluindo os limites do PALCO com contágios inesgotáveis)

Corpo-mosaico-da-ACTRIZ receptor de partituras da desrazão, de heterogéneses, de antecâmeras intempestivas, fundindo vida com a retracção metamórfica, o recolhimento em risco de uma língua estranha que infinitiza modos existenciais: recusar a perspectiva antecipada do mundo para recomeçar nas sulcagens dos povos porvindouros, tradutores do silêncio criptografado dentro da gestação invisível que faz da densidade uma imersão no insondável, uma matéria inexorável, uma deflagração extrema, geradora de clarões viscerais entre a linguagem-alegórica e o interminável rastro do ritmo-mundo(o PALCO se entretece e logo se esvai, soltando fluxos e intensidades que atingem a impessoalidade da ACTRIZ para atingir concomitantemente a deserção e o fulgor de uma visão que grita entre disruptores do impossível e rasgaduras da matéria expressiva): tudo se reinventa no excesso e na exuberância do afastamento, nos arrancos do corpo às coreografias das substruções em desvanecimento radicular: (abaladura problemática) ou sismicidade de um alfabeto prenhe de traições navegantes, destruidoras da soberania das distâncias tonais de quem analisa o observável com os efeitos das espirais iniguais: há vazios a dissolverem-se nos meios transparentes das expressões -etológicas da ACTRIZ, vazios que corporificam o PALCO com o inumano do homem, com a fracção da memória cósmica: as sombras do insulamento e os intervalos espiralados escapam juntamente com o tempo ao redor da luz esguelhada porque todas as tentativas de um salto transfixado por vozes se misturam nos baques da matéria musicada, nos derribamentos que derramam alvos: invocar a dança horizontal no encontro abstracto dos sons polinizadores, das vazaduras do mundo: o PALCO se faz tremendo hiato para interpolar as ressurgências das línguas e fazer do visível uma fuga de falas inacessíveis, uma dobra molecular na anatomia insana: a ACTRIZ é uma batalha impreterível, movimenta-se na periferia do PALCO, sem o desconectar, é na sua extremidade que se povoa, se nomadiza**, se alucina, se delira, se compõe, se faz geologia, avizinhando as forças do inesperado entre os olhares da Pitonisa de Delfos(agir diante da incerteza e do risco, desfazer a totalidade com a estética do inacabado, do desastre regenerativo: a fala se faz grito invasor, um bestiário movente, um signo violento transmuda o corpo com experimentações pré-vocais e o PALCO esponja a mundificação do inacabado, da indefinição, da decifração,** do inobjectivável: o PALCO se torna múltiplo entre falas que já passaram no real da insânia lúcida e que ainda não aconteceram nas errâncias, falas de um tempo kairótico, falas ampliadoras de tempos, falas geodésicas porque atravessam os desvios: os rombos das palavras, entrelaçam sensações com adjacências indistintas, atingindo a mudança completa, abrindo o PALCO sobre a afirmação da diferença, do alvoroço retorno de personagens conceptuais que destroem as soberanias de qualquer gesto: heterónimos ou estrangeiros dentro de um murmúrio estético que faz estremecer o sensível do mundo: a ACTRIZ gerou algo que não existia: as ressurgências do anónimo ou as esponjas dos delírios se alimentam das forças do falso onde as raias advêm invisíveis porque confrontam a desrazão com tempos selváticos e salvíficos: o PALCO é inominável e resvala nos lapsos, nas distâncias, nos cimalhas, transborda-se ao envolver o infinito no vazio que o rasga e o esculpe: é a vidência que deixa vir à epiderme da ACTRIZ várias dimensões de um jogo caótico para rever o excesso de uma visão sempre lacunar, inacabada: a transmutação incorporal cria passagens sem começos, sem destinos, fazendo da afecção rítmica, uma força germinativa do tempo, o vicejo ético)

Os corpos-PALCOS fogem dos préstimos, dos cingéis dos deuses, estirando o espirito que escuta, aguarda e se escapa entre línguas olvidadas e a matéria-luz penetradora dos colapsos: um cego traça laços diagonais acoplado a movimentos ondulantes da espontaneidade (buscar o infinito com rasgaduras do silêncio que ecoa nas gretas cataclísmicas da fala: os antagonismos vivem em coexistência e os corpos se decompõem para criarem consistência nos intervalos do tempo): fazer um olhar-múltiplo por meio do figural das sintomatologias que passam de um idioma a outro por meio do fragmentável indivisível (ritmo ondulatório ou o sopro do abismo): a memória aquática ressoa nas linhas dos arquipélagos indecidíveis, nos desmoronamentos das fendas periféricas porque a expressão antimaterializa-se no incêndio da insânia sem perpetuidade.

Os corpos-PALCOS acontecem nas raias invisíveis e dentro do movimento ínfimo da vadiagem: esperar o grito órfico-acrobata e andarilhar entre linhas d'água e voltagens polimórficas(um anónimo qualquer contra a morte afirma a paixão pela obscuridade irresolúvel da voz: verberante intervalo do corpo-vivo além do médium que o espia por dentro do instável): o hibrido entrelaça tempos com palavras simultâneas, com zonas oraculares incomensuráveis: o CORPO da ACTRIZ se conjuga na dissipação construtora do risco que sobrevém do occídio endopsíquico(o animal simula a linguagem, queimando predicados fonocêntricos por meio do ciclo trófico da natureza): demolir analogias e absorver o sentido das palavras suspensas na voragem decifradora de signos(prisma do improvável): ludicidade dos contrastes povoados de gritos incompletos porque o irrecomeçável está no retardamento herético do tradutor de transposições-odyssomai **inventoras de porvires transactos carregados de dedalus agramaticais(os órgãos SONOROS disseminam-se pelo PALCO, dilatando signos abstractos que dilaceram a identidade e as analogias do mundo):** atingir curvas fragmentadas pelos desvios impessoais(o PALCO assimila forças ecológicas, ausculta ritmos de vida sem piedade, forças pulsáteis reconectam-se ao saber inquietante do corpo: a ACTRIZ adentra-se no PALCO e não o percepciona, mas entranha-o, desenha-o por meio da estranheza, do impercetível; ELA sabe que nunca o alcançará, contudo é acarrapatada por suas forças intersticiais até atingir visões que a fazem traçar novos territórios da vacuidade entre os ecos das devastações das falas: as falas ressurgem na desaparição do PALCO, é uma violência sem repouso porque o PALCO é contaminado por signos da aprendizagem dos vazios que recuperam os rastros imperceptíveis do animal do humano e fogem aos desígnios do poder: a ACTRIZ se constitui, se intervala no PALCO sem mensurações, gera distâncias inexauríveis e em fuga: ELA ilumina-se e desaparece: ELA está sempre em decomposição germinativa porque a consciência não a segura: ELA se torna numa relação vigorosa, abstracta, dupla, heterogénea: o pensamento e o corpo esponjam os vazios, as distâncias e os silêncios do PALCO, fazem vibrar os gestos inconscientes fora das imagens: o PALCO se caotiza e o espírito recomeça a dançar velozmente, assimilando as margens delirantes, as fendas imprevisíveis do real: as vozes ecoam ritmadamente nos desmoronamentos e a loucura também poderá recriar entre diferenças e voragens que traduzem as tecelagens esfiadas do tempo em transdução: o esquecimento da ACTRIZ se torna uma cartografia indiscernível na visiva do devaneio: uma voz se localiza no espaço-vacúolo com todos os seus golpes contraditórios, exigindo intermináveis possibilidades ao balbuciamento da encarnação hieroglífica(experimentação do indefinido rés à sombra dos objectos sem analogias): corpo labiríntico, corpo vascular, corpo profanável, CORPO com uma correnteza de batidas dentro de um eco eternal, corpo da não pertença, corpo do fora adentrado em choque afectivo e a CADA INSTANTE milhares de almas sem mediadores fracturam as peugadas da metafísica fantasmagórica com a estética do inactual-revoltado, da pulsão em perspectiva histérica-existencial, absorvendo concomitantemente as películas atravessáveis de eros e thanatos por meio do excesso disjuntivo do real que cria inclusivamente sem reiterações, sem teatros gregos, sem triângulos edípicos, sem finalismos, sem familismos(modificar mapas com o fundo alvoraçado do tempo: o PALCO retarda o silêncio e a ACTRIZ ressurge com pulsações intensivas, ritmadas porque se diferencia através da força verbal do absurdo que mistura o incomensurável com novos dicionários carregados de batidas agramaticais): Corpo com tangentes catalíticas, corpo dos encontros problemáticos, de minúsculas batidas perceptivas, corpo a surfar nas raias incomensuráveis, nos paradoxos vibrantes, nas ressonâncias das diferenças, nas contradições imanentes, assimilando a eternidade vivificadora: o absurdo através da amorfia, da animalidade e do arrebatamento das expressões geográficas: o PALCO atrai o corpo, contamina-o e o mistura nos vestígios de forças órficas da ACTRIZ(**a ACTRIZ escuta o PALCO por dentro e abre-se ao phaneron das distâncias):** uma voz assignificante detecta coexistências convulsivas e os tempos fora das exposições compõem-se entre ritmos de zonas invisíveis que robustecem as envolvências das sintaxes insanas: uma contextura impulsionadora de gestos solta-se, assimila o caos para redesenhar novas pregnâncias no PALCO (as falanges da ACTRIZ cavam a terra em cada ponto inaudível que a faz libertar-se do medo da morte: as falanges pousam nos interstícios da mesa, captam forças, atravessam fronteiras, procuram saídas, trilham o mundo das expressões, ficcionam as ondas pululantes do real com ervas cerebrais que não param de se movimentar no corpo como um respiramento que penetra no PALCO e faz da língua um músculo invaginado cantante: as falanges dão sentido à errância, os olhos esculpem personagens no caos, aumentando a velocidade háptica, as relações compositivas que refutam os negadores do salto pleno das fissuras da FALA por meio de trapezismos abaláveis e dos intervalos musicais (agir, agindo dentro do turbilhão da matéria): dedilhar partituras irruptivas do acaso de um povo bastardo que se afirma nos engendramentos cartográficos do mundo, entender o improvável na duração espiritual, entranhar-se no infinito: o gesto abandona a utilidade ao mudar e pulverizar o espaço, entrecruzado noutros gestos com expressões abstractas: a ACTRIZ improvisa-se inconscientemente por meio de capturas de semióticas insanas, surfa no impossível, no êxodo, no estrangeiro de uma língua feminina com digressos animalizantes): o PALCO é o presente sem estrutura que se retroage na própria abjunção mineral-animal: os gestos coexistem histericamente sem biografias e sem história porque experimentam os extremos da vida, produzem linhas insaciáveis na matéria eterna, rupturam a pessoalidade orgânica, envolve-se ritmadamente no corpo da língua: a voz desaparece na tremenda palavra que ecoa no sentido estranho de uma respiração cosmogónica ou um sopro torcido pelas falanges do silêncio.

O CORPO-PALCO dos estilos finitamente infinitos, das batalhas diagramáticas, se torna artista-ctónico no sentido do jazz-imperecível e extravasa-se no renovamento das cordas em ruína, das revoltas tensionadas: um excerto sem formas carregado de matizes, de contrapontos, de permutas, de arrastos, de vegetabilidades, desmancha-se no seu próprio movimento com uma miríade de acordes de acesso aos improvisos, à superfície abalável dos ritornelos até ao esquecimento contemplador de trilhas com possibilidades nómadas (escalas cobertas de pó geodésico fogem às disposições históricas, assimilam a crueldade das telas simulacrais e as intuições friccionadas que caotizam visivas microscópicas para capturarem os arredores adivinhos, os inversos fabuladores: batimentos turbilhonantes refazem as lacunas vocais em transdução: os receptáculos vibráteis das expressões regenerativas rupturam os ângulos do percepcionado com o tempo da matéria a transcodificar as intensidades de outra matéria dentro do geometral): o CORPO-PALCO é um roubo criador do real, uma perspectiva alofila, é uma língua feiticeira fora do idioma, é uma envolvência fractal, tradutora de um todo em contracção intervalada porque pulsa in-transitivamente, fortificando as afecções do real irrepresentável, é uma fuga-múltipla, uma expansão que se modifica-a-si-mesma ao dissecar os desvios das linhas trágicas: o CORPO-ACTRIZ é um jogador de experimentações variáveis, de transcursos dançarinos que se repetem delirantemente nas compressões dissolvidas entre reviramentos topológicos e vazaduras imperceptíveis(plenificar vazios com atractores estranhos, inventar moléculas, desobstruir intervalos ilimitados com a fulguração do invertido, do bifurcador e do delírio voltaico das vidências: formas indeterminadas nos ventres que tocam o intangível e se movem como mapas omnipresentes de futuros impulsionadores de forças verbais entre rastros, falhas, dobras e vórtices de uma geografia por vir): corpo destacado nos micromovimentos, nas microagitações da obscuridade que se arredia na des -aparição incessável para esculpir espaços silenciosos, acontecimentos alógicos onde o problemático das articulações anatómicas capta o infinito do corpo inventivo: o PALCO torna-se concomitantemente confuso nas suas periferias e iluminador nos seus atravessamentos, escortinados, fragmentados por ligações não mensuráveis e as vozes se vazam nas coexistências dos pontos de vista___**para dentro e para fora, quebrando a agremiação de ideias com mundos possíveis(rompeduras e incisões atravessam o PALCO sem mostrarem os ressaltos para tangenciarem o impercetível: o escoamento sígnico à volta da obscureza de uma intensidade pura).**

O CORPO-ACTRIZ é uma ciranda de micropercepções, um refrão de inconscientes, uma traçadura de feitiçarias vitais, de ligações fluídicas, uma série de encontros do vazio e de aberturas que enredam e raspam hiatos, criam membranas intervalares para disseminarem existência numa onda espessa e espontânea: em cada PALCO uma fala ressurge e se recria através de tempos mutáveis: o CORPO-ACTRIZ é uma força alvéolar dos vectores em de-composição rigorosa, insana, etológica e ampliadora de diferenças: é um verbo libertário, é um feixe dos feixes vocalizados entre circuitos vibráteis, capturadores de forças cartografantes, de núcleos inauditos escavados nas superfícies distorcidas das epifanias onde recomeçam os sarilhos do mundo com choques abruptos e fissuras descodificadas pelos riscos das cirandas que entretecem tempos por meio de contrastes mutantes (gestos em retorno perfuram as composições inumanas com múltiplas direcções emancipadoras de espelhos hilariantes: rasgaduras inexplicáveis diante de uma voz intersticial: a ACTRIZ desliza nas suas próprias incisuras onde os solos assomam indecifráveis entre tramas verbais e tensores que esgotam as quedas exequíveis da linguagem)

O CORPO-PALCO se produz nos rastos do falso, cinzela misturas das matérias não linguísticas, relaciona-se, extasia-se na variação do futuro que suplanta algares com o desejo em magnetismo rítmico e transbordante, é o exílio experimentado pelo espirito-matérico processador de dados insanos(uma presença rítmica da desaparição): o espírito se estende no caos da natureza, intensificando o processo criativo (sobressaltear possibilidades infindas dentro de si-mesmo): corpo geográfico, corpo impremeditado, corpo inclassificável que age de múltiplas maneiras, transvertendo colisões afirmativas em choques ainda mais reais; dobras do cérebro-espírito-corpo com divergências pontilhadas, afastamentos complexos, desvios em contactos estilizados que se espectam nos tecidos convulsíveis, nas linhas articulares: escavar, decifrar, eliminar o tempo irreversível, soltar e mudar (ritmo vitalizante nos cruzamentos inéditos da recriação caológica). **Permutações das sulcagens dos corpos lisos, estranhos, indomináveis náufragos, inesperadas porosidades rítmicas: duas vozes estrangeiras se encontram e geram ressonâncias com várias correntezas de signos: fazem a ACTRIZ intuir o caos, jogar com o caos e sair entrelaçada na inconsciência, na magicatura, nos liames paradoxais do PALCO:** CORPO-vomitador de novas geometrias delirantes: vomitar um arrimo pré-verbal, um esteio, uma escora, um alicerce móbil, uma prudência para criar livremente: produzir o improdutivo com milhares de sentidos em zonas de vitalização incontrolável (destruir encaixes, suturas com estilhaços da vontade, com esboços das enxertias pulsáteis, é a superfluidade extravasante, contorcionista, é a carnação perfurada, escarificada pelo embaralhamento sígnico implosivo, impessoal: arquitectar sem diques, sem açames para germinar acontecimentos imprevisíveis, interfaces anamórficas, virtualizações em dobraduras, ciladas intersemióticas entre abismos sinapsiais, irrupções, velocidades, retardamentos, latitudes, longitudes em combinação mineral, estrangeira____envolvências afectivas que não esperam nada do mundo, nem de ninguém porque a alma é arremessada para o impensável: a ACTRIZ dança dentro de intuições e por cima de correntezas de transe: uma ruptura germinadora impulsiona o inconsciente): o sangramento do corpo repercute tremendamente na intensa lucidez do invisível, nas ressonâncias que esgaivam o caos entre regenerações, catástrofes e vontades de extrair os acasos nas órbitas expansoras do tempo: dilatar os movimentos dos embriões sígnicos, atravessados por desejos que se recriam dentro de coexistências: os conceitos do PALCO povoam o inabitável por meio do abstracto e do concreto que se entrelaçam contagiados pela geologia do assignificante assimilador de fugas (visões extremadas): produzir ângulos chegantes, voltagens rés às diferenças de uma arte de vida, de corpos-pensantes, de instantes perduráveis, ou será a crueldade espiritualizante, amantética que perturba o PALCO ao produzir o sentido trágico-ético da existência porque acontece imanentemente nas contexturas turbilhonares? A ACTRIZ não se escraviza pelas recompensas porque é sensível ao imperceptível, ao impensável que atravessa a singularidade do criativo. O corpo redobra-se nas variações das alegrias-agramaticais, dos espaços intervalares das forças poéticas que provocam e catapultam outras forças poéticas sem epistemologias nem sinonímias (arruinar para revivificar, macaréus-pororocas a revolverem as cercaduras, os beirais, as periferias para as semeações estraçalharem a terra, gerarem realidades anómalas, insólitas cosmofonias defronte dos insulamentos): o PALCO é o silêncio mais profundo do vazio da lucidez onde o mistério da crueldade recupera o corpo, abre o corpo às forças afectivas, animalizantes que intensificam o mundo: bernardas do-no pensamento, animais no cio, a saúde pagã, renovação de falas na intersecção dos sentidos, esquecer para preceder o PALCO entre novas escolhas existenciais, estilizar a vida com os adversos das vozes que retornam para si próprias por meio de pulsações dos verbos infinitivos que aluem horizontalmente, explorando as distâncias sígnicas, as voltagens de um salto demoníaco(a ACTRIZ sopra com violência o inefável do PALCO para esponjar as abjunções da antimatéria, as mudanças latentes do espaço e as irradiações paradoxais que a fazem escutar por dentro): pelejar a extenuação, porque a ACTRIZ não se subjuga aos embusteiros das imagéticas-ícones, das leis humanas, dos sujeitos históricos, vive com os acasos dionisíacos, com toda a exultação dos encontros involuntários, com toda a filosofia crítica, com sensações variáveis, reviradas pelo corpo pleno **(decifrar signos movediços, enfrentar o caos com o ritmo-palco, tangenciar o infinito, inventar linhas anorgânicas, gerar tempos trágicos com a fricção do inexistente: as emboscadas de tempos puros).**

A ACTRIZ afecta-se nas abaladuras do inobjectivável porque absorve a vida dentro de problematizações sem queixas, sem recompensas, sem hierarquias, reforçando a durabilidade criativa de si-mesma: expande os acontecimentos diante de geografias incriadas, religa incansavelmente o dentro ao fora com as forças do PALCO imprevisível, com o imperceptível do sensível: afirma a estilização das composições desejantes, as carnaduras tremulantes da língua que lançam, criam, crivam objectos entre as memórias de um futuro nómada e o sublime do excesso do mundo que se tensiona no desejo-livre dos intervalos da duração expressiva porque o inexistente se regermina no genoma da longevidade espiritualizadora dos instantes, é o vigor dos liames acústicos da língua que se desabeiram, avizinhando-se na criação de si próprios, é o inapreensível dos brinquedos da vida, é a fábrica intermitente do tempo louco, é o corpo dos corpos nas transfronteiras ininterruptas: as voltagens dos ocasos focadas na urgência ecológica dos afectos, nas impressões do retorno inédito da natureza, é o risco das sensações vivas entre variantes sintomatológicas e inconscientes: **o PALCO atinge a transparência prepóstera, arrevesada por meio da devoração dos movimentos secretos ou serão as antropofagias contínuas da luz entre respirações esculpidas pela perseguição ecológica do verbo?**

Uma miríade de contracções e de enervamentos musculares faz do processo intuitivo a absorvência das tensões de um corpo real inactual com plasticidades enérgicas ilocalizáveis a descentrarem os planos da epiderme entranhados no espirito da matéria: córion-PALCO que não encerra o corpo-ACTRIZ, porque o corpo extravasa-se, ultrapassa-se, constrói-se, inventa-se para além de si-mesmo, é uma cartografia-ritmável do impensável burilador de espaços delirantes, eliminando dicotomias, formas, histórias, referências, intencionalidades e reconhecimentos (um cérebro transborda quase-tudo, rasga emparedamentos, dá sentido inexaurível ao espírito que se entranha na matéria, encapelando o PALCO fora de qualquer regulamento identitário: a ACTRIZ religa-se a ideias, paradoxos, diferenças: uma envolvência em composição caológica onde o ritmo singulariza o corpo, dilatando experimentações animalizantes): o CORPO é o PALCO-impossível, é uma variação inexaurível de afectos, é uma prática da histeria libertadora da matéria, recria a existência com composições anómalas, é a lucidez animal adentrada na inquietação do real, é o tornar-se outro no movimento da passagem da morte de uma vida que nunca expira, é o PALCO falado pela nutação impossível da boca rés aos auspícios inumanos misturando e modificando corpos defronte à prece pagã do mundo: a desaparição já passou porque não aconteceu, aliás, é uma ciranda da rebentação das margens sígnicas que fazem reentrâncias nos pulmões espirituais: sensação das resistências medusantes sem tradições (uma voz desconhecida, estrangeira atravessa sempre o PALCO: incomensurável assintaxia em recomeço-incessante: uma língua espaçada se confronta com o seu silêncio sem finalidades mas apinhado de atractores estranhos, um espelhamento sígnico a atravessar o vivível da aparição da diferença, o sentido anfibológico: **entranhar no PALCO da matéria e sentir a errância que desfaz as cápsulas hibridas das fronteiras, atingindo a substância incriada da fala radicular: dizem: adivinhação escultora do real ou modificação verbal de um animal em movimento que alcança a fenda e o vazio com o indizível de uma voz plasmada, sofística).**

O CORPO-da-ACTRIZ tacteia os sentidos do atraimento poroso, balbucia os sentidos da altercação com as traçaduras do inacessível, corpo do espanto incicatrizável, timbres das distracções das esfinges, interfaces dos magnetismos sem itinerários, escultura da razão impura(pontos de bifurcação do PALCO que nunca se ausenta da produção de si-mesmo, de se recriar dentro do virtual e dos movimentos imperceptíveis de uma vida suspensa: errâncias e inconscientes aliam-se plasticamente para captarem o real do PALCO: a ACTRIZ se faz PALCO, se disjunta violentamente, dilata o vazio para assimilar micro-esboços nervais, o ritmo se torna turbulento dentro de novas relações ontológicas): captar urdiduras mutáveis, catapultar mapas antinómicos por meio de vozes analfabetas que produzem emboscadas na visão com fendas microscópicas, com fendas expressionistas, com trapezismos desequilibrados (tempos imprevisíveis abertos às imanências das descodificações): corpo-ritmo entremeia feitiçarias, orfandades cristalinas: bumerangues avassaladores carregados de superfícies larvares (o olho-PALCO cria-se e retorna sobre si-mesmo, inventa a luz, faz durar o acaso em si, ignora tudo o que já-passou, transmuta-se, alia-se ao rigor instantâneo da passagem estrangeira que estiliza o ritmo do falso, da diferença nutritiva da natureza onde a tragédia se regermina e o dentro se esculpe no gerúndio do fora-contrabandista por meio de películas espirituais não dimensíveis (dobras compositoras de tempos coexistentes): há transbordâncias, há almas contemplativas, há traços dos silêncios perfuradores de páginas em branco, há intervalos barrocos e ralentações de uma memória ontológica acoplada aos ciclos cósmicos (o PALCO age sobre outro PALCO e activa a visão com o desassossego das misturas dos vazios que se plenificam nas vozes insanas): a ACTRIZ é o grito fractal do PALCO, é um simulacro criativo de velocidades que se retardam e se infiltram na memória imemorial por meio de angulações intensivas: a ACTRIZ compreende o tempo cristalino, é contingente, hesitante e não se deixa refém dos tentáculos do pânico da morte): o ritmo do PALCO desacorrenta sensações, o corpo arqueja o espaço com ricochetes da phaneroscopia onde o rosto descampa porque tudo volta à vida de um tempo ampliado: o intangível e o demente se repetem criativamente no caos: enxertaduras do inacabado dadivoso, do pântano contraente onde o espírito produz as enxurradas da transição do tempo com bosquejos intercessores, com hieróglifos musicais tremendamente silenciosos: o PALCO pensável ressurge capturado por contágios do inacabado: uma passagem ecológica se alia ao desdobramento do desejo, à abertura multissígnica dos poros (o corpo-da-ACTRIZ é uma esponja do tempo em reviravolta a traçar territórios enciclopédicos, é uma escolha que gera vida por meio de intersecções inconscientes: assimilar fracturas disruptoras, transplantes moventes, pressões incontroláveis de ecos presentificados por improvisações babélicas **(cartografar a cosmogonia com a FABULAÇÃO dos mapas consumptos e a criança-no-PALCO continua a jogar dados góticos nos inversos visórios, nas reinaugurações pré-babélicas do insubordinado virtual)**

O CORPO-PALCO presentifica a vida com vozes invisíveis, destrói a narcose dos sentidos, faz escolhas, produz o oblívio no eterno da natureza, desvia-se das correntezas da memória dualista: a memória da ACTRIZ não é o vivido, é uma ciranda de passagens, um mosaico de durações inesperadas: o corpo sofre intervalos, repetições, transes, volteaduras, renascimentos... é uma abertura dupla e inédita, é força do tempo, é um trama desconhecido, é o real em transmutação___não é fantasia, é estilização a lançar dados da diferenciação entre linhas sígnicas, é um salto estranho no golpe da língua. A memória-futuração acontece entre recomeços incessantes dos fluxos espiralados por experimentações em dissipação, modificando autofagias topológicas em enciclopédias indefiníveis. A memória-mundo foge das promessas patologizantes, das expectações angustiantes, fecha as sentenças da consciência, abre-se às forças paradoxais, destrói o fio de Ariadne, porque está em intersecção, em contaminação com o estilhaçamento criativo do mundo. A memória-ontológica é uma irrigação infinita a conquistar arquipélagos dos instantes problemáticos dentro das etologias (o PALCO coexiste com linhas intempestivas, germinais-inconscientes e sem finalidades: o PALCO rebenta de invenções transportadoras de loucuras e a ACTRIZ desponta histericamente das suas entranhas e com o presente das cartografias afectivas compõe o passado e o futuro, avaliados pela desrazão da vida: **de uma vida a outra vida que se desdobra e se retraduz dentro de intensificações libertárias)**

A ACTRIZ é uma ressurgência em desaparição, é uma inteligibilidade do absurdo, uma composição espiritual, é um ANIMAL indecidível entre mostradores espongiários intervalados por enxames turbulentos, entressachando inconscientes sem memoração: coexistências, paradoxos desvios, fugas abscindem novas vizinhanças geológicas entre distâncias coalescentes e variações diferenciais: emergem intermezzos dos dramaturgos que ficaram cegos perante o alabastrino da morte, das tremendas interrupções parasíticas, das peças não difundidas, dos escassilhos injectados nas dobras intermináveis dos corpos onde as almas caminham livremente porque afirmam a singularidade do PALCO: a ACTRIZ tenta habitar os mapas com espelhos movediços, com meios indeterminados: os lapsos se deslocam para esculpirem exórdios, interrupções, volteaduras que refazem trajectórias, reviravoltas, cartografias activadoras de coisas assignificantes (uma constelação de intensidades mergulha nas superfícies do PALCO: uma estilização em processo, um falhanço, uma voz caotizante e a ACTRIZ se reinventa vazando a matéria na expressão e a língua na fala que percorre a obscuridade escutadora do espaço joeirado por palcos espalhados dentro de ondulações violentamente subtis: é o recolhimento animal que levanta a língua: é a parálise planadora de lugares indistintos e entre mapas irisados e passagens erráticas, milhares de cadáveres palestinianos nos campos de Chatile, milhares de corpos abandonados nas cidades de Damasco, milhares de corpos estropiados nas cidades brasileiras despontam peneirados pelos trajectos do anonimato: as mães entregam os aventais que cingiram os filhos desaparecidos, as suas vozes ecoam nas vigilâncias da visão encarniçada e desabaladamente lúcida, os seus gestos imperceptíveis e centrífugos, tentam vencer a morte para lá da consciência, fissuras enérgicas sobem pelo sangue das falanges, decompondo as imagens mais íntimas que duplicam o desassossego das vértebras onde o absoluto revigora o pérvio, nada é assegurado: as mães escrevem nos corpos dos filhos assassinados, precingidos pelos germes dos algozes (uma palavra estrangeira coloca-se fora do PALCO porque pertence a todas as extremidades de um corpo-ACTRIZ: uma palavra exila-se no ponto de vista que nunca aconteceu, escapa à língua para a penetrar e se escoar sem indicar o itinerário: uma palavra sobrevém no tremendo desassossego por cima do corpo, pleno de rupturas entrelaçadas no informe: uma palavra induz-se sobre a gravidade destruidora de qualquer espelhamento: é a sombra mutável do aprendiz que nunca começou nem acaba: a ACTRIZ se torna a vizinhança nómada, VOLTA-SE sobre si, estranha-se por meio do contágio da solidão de um corpo movente e em desaparição: **o inconsciente transmuta-se, é a passagem expressiva,** éa **ruminação microscópica: um tensor da perspectiva imediata do PALCO explora o silêncio no meio do caos: as mães compulsivas inomináveis, latejantes e em transição tentam traduzir as dilatações das memórias puras fora de qualquer elemento psicológico: linhas intersectoras do caos: catástrofes produtoras de diferenças: as mães criam uma fala adivinhatória na boca hesitante dos filhos envolvidos nos mistérios das irrupções do indizível(os micróbios da morte tentam pervagar mas há um desmoronamento germinativo a intervalar a vitalidade das palavras quase carbonizadas por dentro porque aqui-agora, o impensável se redobra ao infinito e nos mostra o inédito, o involuntário, desfigurando alvos): filhos com fluxos de vozes estonteantes quebram a matéria com o tempo imutável onde o espírito espera por outro espírito e arrasa distanciamentos através dos ritornelos das transumâncias de uma geografia incompreensível: a fala das mães** não é humana, **não tem biografia e nunca atinge a corporalização completa nem a obscuridade-olhante de um espelho emancipado pelas aberrâncias: as mães transportam as voltagens do PALCO nos golpes das suas falanges arrancadas pelo vazio desviante** que ainda chama pelo mundo em ruína porque há nos seus braços um cristal catalítico. É uma batida da boca esquartejada que foge às homogenias, é uma evasão anatómica, uma transdução, um extremo molecular a captar o espaço respirado pela escuta anónima do animal: uma passagem mistura-se com o trágico feiticeiro como uma fracção do silêncio a despedaçar os catalisadores do real com sons ocultos de uma prece hemorrágica ou será uma palavra monstruosa, uma transcodificação rítmica, uma mudança sanguínea, uma cavidade vibratória, uma improvisação onde o acontecimento é sempre uma voz de intermitências sem fundo, um excesso de vida, uma contranatura superior, um roubo órfico que alavanca a eternidade que é o meio etológico do heterónimo): as mães com sopros piroclásticos colocam seus ventres assimétricos nos dentes invisíveis dos filhos que fazem do PALCO um chamador de desertos verbais, uma presença bifurcada que desagrilhoa os loucos: a crueldade das mães torna-se a mutação criativa das epidermes, o impermanente, o filtro de volteaduras, a invasão demencial que abre o insituável ao ritmo eternal gerador de sentido: os filhos continuam a fazer do desejo uma brincolagem em perambulação___dizem: o tempo do próprio experimento, a luz intensiva que escapa ao olhar, o tempo errante, flutuador de Holderlin.

A ACTRIZ é uma ontologia obscura, é uma força múltipla de um dentro que gera o novo imprevisível, assimilador da natureza com sua diferenciação, é uma propagação de si, é a golpeadura afectiva do tempo, é uma perseverança sensível, é uma duração que liberta, é o ritmo dos mosaicos da contemplação cristalina, é um pensamento inconcebível permeado por vontades que não têm ideais mas velocidades pululantes fora das capturas niilistas: uma ondulação entranhada nas semióticas da babel, nos corporais incorpóreos, nas linguagens-limite com instantes crónicos e acronológicos: uma coalescência entre a loucura, a vidência e o real, é o encontro das linhas intensificadoras abstractas e concretas: um epifragma actualizador do virtual, produzindo existência apinhada de tensores-vaga-lumes: o palco-mundo é o desejo sem alvo, sem compressões reactivas: trespassar e fazer verter linhas enviesadas: um território crepuscular, um acontecimento anómalo que se transverte delirantemente: o CORPO da ACTRIZ acontece... transposto por forças múltiplas criativas e provocadoras de metamorfismos do real reminiscente: o CORPO da ACTRIZ aumenta a força expansiva das variantes, das vidências, dos breviários disjuntivos, adentra-se nas ressurgências da vida, acontece... sendo PALCO que se transmuta na sua própria movência, intensificando a vibração-intermitência à volta das tragicidades do mundo: o vazio intensivo da desnatura em fuga, triando encontros com exórdios a tangenciarem as ressonâncias do infinito: **aqui-agora: um grito da alma absorve as diferenças das línguas futuríveis por meio de glossolalias de um PALCO-para-ser-em-si-PALCO**, renovando uma miríade de contingências enredadas onde o sangue silábico silencia uma fala com musicalidades ambíguas: **a ACTRIZ vive num tempo que simultaneamente não passa e não é imperecível**, um tempo que se reinventa dentro do seu esgotamento, um tempo que surge no corpo expressivo, no corpo vivo-geodésico, porque andarilha nas superfícies lisas da desrazão, nos crivos da duração de um grito que nunca saiu da boca, um grito de vácuos inéditos, um grito que desmancha o PALCO com os vazios em transmutação (os signos penetram na memória e fazem passagens até ao limite do intensivo, do impensável: o PALCO incandesce e entrecruza-se no corpo da ACTRIZ por meio de ecos das palavras e das visões em si): a visibilidade da ACTRIZ não se camufla nem é olhada espontaneamente, é um movimento diáfano que escapa às forças dominantes, ao tempo irreversível, ao tempo das recognições, emitindo partículas indiscerníveis que fazem mudar de sentido porque transvazam as histórias, as biografias por meio de vozes imprevisíveis: os movimentos dos gestos da ACTRIZ escoam-se no PALCO que dura na temporalidade: o PALCO recomeça entre cabeças súbitas e espíritos impensados: os PALCOS modificam entre si contaminados pelos gestos instantâneos da ACTRIZ que se torna uma não-ACTRIZ inexoravelmente inconsciente, vive nos cortes germinativos das ruínas criativas, é uma inscrição da sintomatologia de um presente passado que se actualiza e se muda com afluências sublunares onde o PALCO visionário se estende a cada ocaso no futuro em coexistência com o contemporâneo passante: o PALCO e a ACTRIZ se transvertem em tempos intensivos da cronização, se recriam, produzem tempo CRÓNICO: o PALCO e a ACTRIZ acontecem atravessados pela positividade involuntária, pelo destino da plenitude onde os corpos se proliferam dentro do real do real que se desviou da veracidade percepcionada porque criaram uma vastidão de tempos coexistentes **(um emaranhado de danças escoa, filtra as variações do tempo sem antes nem depois e o PALCO se intervala ininterruptamente ao recolher o imperceptível, o inaudível, as microfísicas das gradações e um gesto irrompe cm novos corpos: ACTRIZ mistura-se com ritmos das tonalidades intensivas, confunde-se com o PALCO e cria outro mundo dentro do mundo em irradiação-bacante: variar as irrupções dos processos gésticos: capturar as vibrações da eternidade à existência: a** boca, o sangue, os nervos, os membros arrancam o tempo ao fundo obscuro do PALCO e a ACTRIZ se torna um novo espaço-afectivo ainda mais real e a tragédia e o informe se perfuram dentro das ressonâncias do caos que se afasta, deixando rastros, esquissos porque a mutação sígnica, os pontos de vista, os arcos sensíveis, sensoriais renascem para vitalizarem o movimento autopoiético da ACTRIZ-PALCO: o alamento se faz por meio de quedas que assimilam os fluxos intangíveis da matéria)

Uma estepe abstracta carregada de metalurgias sígnicas, escapa das fisionomias, inventa a sua própria correnteza ética, constrói re-existências por meio de ELAN-espiritual, colocando o pensamento em relação adjacente, experimenta novas estranhezas, novas fabulações sisifianas(o à-peiron da linguagem que transporta o PALCO silencioso até ao drama dos sopros do espaço): fluxos dobrados, invertidos e estendidos dentro do alfabeto agramatical, absorvem em variância, misosofias, intensidades do figural e do geometral do PALCO: forças catalisadoras, acontecimentais, confundem-se com as cirandas da vida (quebrantar regras linguísticas porque há misturações de sintaxes-sensações com ritmos cósmicos): é um animal em fuga atópica, em ritornelização com vitrais góticos vibradores de decifrações trágicas: um animal em composição contemplativa envolvida por acasos e por tremendas espessuras entretemporais que retorna-vivem do excesso do mundo, do improvisado, do súbito, expandindo-se, existindo-se, incorporando-se entre acoplagens sintomatologistas e devires das forças impessoais(a vida das artesanias: um vidente ruminante, um ouvidor do silêncio estético do PALCO, anexa-se à multidão solitária e transdutora, ao infinito das teceduras do olvido e das reminiscências inactuais que lançam Dionísio nas descodificações dos duplos entre vazios(colocar a matéria das obscuras expressões em movimento delirante criador de tempo, de corpo, de corpo-tempo): sair dos saltinvões, traçar territórios dentro da natureza sem consciência determinada, captar, fender, inventar ao redor da pletora sígnica: mesclar o mundo por meio de fissuras ilimitáveis e abertas à produção de espaços sem fundo: a linguagem da ACTRIZ é uma aparição mutante na filigrana do caos (animalidade no movimento que eterniza e modifica, intensificado pela ininterrupta insurreição da assintaxia e pelas epifanias de correntezas de vida: a vasteza do fora se dissolve com os acasos da heterogénese múltipla: recomeçar o real indizível e nada se distinguirá: o PALCO é uma frisagem de vestígios, de fendas, de entranhas, de dobras, de espíritos onde os libertinos, os dementes fazem da língua-PALCO uma guinada vitalizadora, uma demudança ética carregada de batidas cosmovisionárias: metamorfoses sanguinas, topologias moventes absorvem a oratória dos silêncios sem familismos, apinhados de ressonâncias inobjectiváveis e a ACTRIZ se entrelaça com as sensações do esgotamento criativo, se modifica em verbo insano que alavanca a língua até ao recomeço do vazio e da dor): os ecos perfuradores de fendas-da-matéria-luz-em-movimento, as tecelagens sígnicas, as tessituras do PALCO escarificam o impensado, auscultam a decomposição e as diéreses movediças do mundo porque carregam a potência da vida e despedaçam a preponderância do orgânico com imensas laçadas mutantes-diagramáticas que envolvem e emaranham as memórias-futuríveis, as memórias-ontológicas(alvéolos das forças sígnicas jogam dados contra as energias fugidiças do mundo, esculpindo o PALCO com múltiplos intervalos afectivos: rasgaduras sígnicas, repetições metamórficas absorvem as sensações fractalizadoras que vivem em enervamentos bruxuleantes, demenciais, acósmicos e entremeados de ritmos incontroláveis, de vozes arrastadoras de outros-PALCOS: aqui-agora: as disrupções, as vazaduras do real inesgotável abocanham estranhamente uma língua-ACTRIZ ressuscitada, pontilhada, insurreccionada dentro da língua-PALCO por meio de esponjas cartográficas em ritornelo, levando o corpo para a errância de um deserto sem entrada nem saída, um deserto repleto de escutas do infinito que retornam à vitalidade dos gestos das afecções e se transvertem no vicejo de reinventar uma evasão verbal, uma fuga estranha: no CORPO da ACTRIZ há vidas absolutamente singularizadas em cada prisma-devir e em interpretações incomensuráveis(produzir mosaicos cataclísmicos, bosquejos profanadores, itinerários inalcançáveis atrás do pensamento): macaréus desejantes no presente eternamente recomeçável, se metamorfoseiam, se afirmam nos rombos do inapreensível: a vibração espiritual da matéria envolve o PAL-

CO-eternal: impulsionar tensões inclassificáveis na ritmicidade incessante, trespassar limites por meio dos intervalos do tempo que se interpenetram: dizem: magnetismo dos acasos eliminadores de filologias e o grito perseguido e perseguidor da ACTRIZ continua a avançar na obscureza trespassada de palavras que fazem vibrar os desvios do PALCO: a ACTRIZ transverte a duração do PALCO, modificando-se, irradia-se, acrescenta-se, varia e cria um movimento geológico dentro de si própria para se de-compor sem se designar__o PALCO está no corpo da ACTRIZ: há um devaneio sanguíneo que transmuta a voz em vazios da linguagem: um olhar instantâneo se distancia até ao mundo possível de um todo aberto ou SERÁ uma alma inteira temulenta?).

A prece-ELAN da ACTRIZ

A prece é uma força genética diferencial, fende a duração do PALCO, se faz grito anarca, anorgânico, é uma dobra indomável em acto, é uma errância, um fluxo abstracto gerador de tempo. A prece da vida feiticeira muda-se por meio de outra prece a um só tempo: acontece em coexistência crónica para se recriar animalmente dentro de retornos infinitos: a prece experimenta-se numa velocidade imperceptível, é um encontro extremo do movimento paradoxal, é um vínculo de embates plásticos, é um emaranhado desmedido da vida, é uma existência do sublime e da alteridade expressiva: a prece não se quer salvar, é um vitral-gótico compondo e decompondo o movimento libertário do corpo: com a prece a ACTRIZ se torna maior

do que si-mesma, a prece nunca está pronta, é uma multiplicação de ideias, é sempre um animal por vir que ama a solidão esculpida por afectos inesgotáveis, **a prece revigora-se no tempo que nunca se actualiza, mistura-se e nunca se distingue, faz da deformação, as suas superfícies transmutantes, a sua força múltipla de tempos inéditos onde o trágico se dobra com a energia que retorna de si: a prece faz o PALCO SALTAR loucamente, faz do PALCO uma diferença de si porque é imortal e plena, é uma estilização inconsciente___é vida imprevisível, é distância criativa que gera o vazio nos acasos: a abertura ao futuro é um complexo cruel-naturante que impulsiona a ACTRIZ para o acontecimento feiticeiro: uma voz liberta signos dionisíacos porque a prece se torna um atravessamento anatómico abstracto à volta de interstícios intérminos do passado e do futuro imediato: PALCOS intratemporais grávidos de eternidades: o virtual se reforça na interrogação epistémica que o nutre entre linhas acontecimentais irrepresentáveis: o PALCO está entranhado de jurisprudências hipnagógicas: a prece hospeda-se no virtual com imensos delírios, refaz a sua intuição através do fundo do espírito que se adentra no germe libertino: a prece é o traçado original que fractura os preceitos,** é um **rascunho impessoal do PALCO que faz a ACTRIZ absorver as espessuras paradoxais do corpo. A prece torna-se inesgotável porque se encontra no virtual do tempo onde a consciência e o inconsciente não se alcançam ou se**

atingem sem verdades numa abertura máxima...nada é dado precedentemente, o PALCO acontece nas imagens duplas das preces-bacantes que se autonomizam com a ética do falsário: o alambor do tempo... e a prece fere a prece quando os contactos com a luz a transmutam em cristal fissurado(o PALCO exige expressão entre a física atómica de Demócrito e as geometrias arquimedianas)**!**

A ACTRIZ tem uma confiança inabalável dentro do movimento infinito do PALCO: o seu corpo é entrevisto subtilmente para convulsar outro corpo e se dilatar por meio do espírito-PALCO que se germina, é uma linha ampliável do caos, é uma força estimuladora da diferença e da memória-mundo: um olhar estrangeiro nos seus templos anónimos, tenta compreender as mutações lúcidas das PRECES por meio do seu olhar congestionado de sangue porque pensa a eternidade com linhas criadoras onde o PALCO se recria, se movimenta sem desígnios (fazer o PALCO durar no pensamento em acto sensível e… o estranho, o anamórfico, as variações do ritmo atingem as epidermes com o acaso das expressões de uma força espiritual que se alia ao pensamento da natureza): a ACTRIZ apreende vozes, palavras, sons, oscilações sígnicas, ecos dos rasgões sinápticos das preces sublunares, sem qualquer intento, o sangue captura o sangue dentro do movimento inacabável da luz e se prolonga com toda a vivacidade dupla: um DOM sanguíneo atonal gera autonomia: há uma passagem respiratória do impensável para o sentido expressionista: há um entrada directa do tempo, uma reza-cósmica para dentro do seu PALCO abstracto, uma prece-simulacral, uma prece que se desvia do tempo escravo, uma prece sem história e sem formas de saber, uma prece feita de tramas que improvisam a diferença pura, uma prece misturadora de sensações e sem justiças divinas, sem justiças humanas, uma prece de temporalidades perduráveis, uma prece de dádivas inesperadas, uma prece sem significações totalitárias, uma prece irrepresentável, uma prece sem identidades, uma prece de tudo o que não existe, uma prece que delonga instantes e preserva as cordas friccionadas do PALCO na ACTRIZ como um escoamento sígnico imanente, uma prece fora do hábito e do EU, uma prece indiscernível, uma prece que dilata o tempo sensível, uma prece de coexistências, uma prece dos afectos e fora do realismo, uma prece que foge ao preceituário sentimental, uma prece intersectada a um só tempo, uma prece de Visconti com tempo puro, uma prece-encontro de matérias-vivas, uma prece inumanizada, uma prece animista e acentrada, uma prece poética e desumanizadora, uma prece estóica com forças topológicas, uma prece bastarda que capta as forças rítmicas do PALCO, uma prece-imagem-translúcida que golpeia o PALCO indeterminadamente, uma prece-grito de Bacon, uma prece de micropercepções proustianas, uma prece-hesitante de intervalos abertos pela mutação da ACTRIZ, uma prece de intervalos ínfimos que arremessam e refrangem a luz, uma prece de Maracatu, uma prece cristalina que trespassa a rebentação de modo absoluto e funda o PALCO com o ritmo do mundo, uma prece supra-lógica e incorporal, uma prece artista com recomeços energéticos dentro do vazio traçador de novos sentidos, uma prece vidente que experimenta o singular das forças genéticas, uma prece-contemplativa vibrátil que encruza os solos extremados do PALCO, uma prece de horizontes abolutos que se desdobra noutra prece múltipla de si-mesma, uma prece no imprevisto da duração de duas linhas infinitas e bifurcadas, uma prece de pariduras delirantes de Lewis Carroll, não há falta, não há entes físicos, não há iconofilia, não há personalidades, não há iconoclastia, não há homenagens nem reconhecimentos, não há instintos, a prece é um acaso das heteronímias, é o movimento dançarino e transbordante na ACTRIZ que vive intensamente porque aprendeu a morrer, a prece não tem direções, não tem rotas, é o instante pleno anorgânico, é o gesto eternal que faz acontecer porque esquece para transmutar e diferir: a prece é um salto labiríntico dentro do labirinto sem qualquer aviso prévio, é um intermezzo de contrassensos, é o PALCO dentro da repetição da Natureza onde a prece dança, contempla e gera tempo e gera almas com entretempos fora das lógicas predicativas: a vida é um movimento inusitado com encontros voltaicos e imperceptíveis, a prece oscila e assimila o PALCO fora da moral e do psicológico, é turbilhonar e se faz mandala imanente que faz desaparecer a ACTRIZ sempre que a morte surge neurotizada. A PRECE não é um hino dos simulados infinitos e das memórias dilatadas. A prece é o real incomensurável, o real das intensidades imanentes, a prece não é uma crença ou uma visão antropocêntrica, a prece evita o homem laborans que se acorrenta a si mesmo, a prece não incensa-apajeia Deus nem o homem-deus, a prece foge do homem que se genuflecte perante o poder, a prece é uma correnteza fora de qualquer tempo ideológico, fora dos rebanhos espelhados pelas analogias deíficas, a prece desvia-se das dialéticas, do tempo cronometrado, dos estados espirituais intoxicados, a prece afasta-se das culpas, das compaixões, dos aconselhamentos, das piedades, dos confessionários, das carências e dos julgamentos, a prece não é inteligente nem conscientemente fixa, é a-consciente, não é um ideal, não é uma lei, nem acredita noutros mundos, é uma força ética que se conhece a si-mesma, é um trama de signos plásticos, é autocontemplativa, experimenta-se ininterruptamente, a prece pode e não é gerida pelo domínio dos outros, é criativa, é uma percepção entrecruzada, avolumada e variável, é um desenho, é uma ecosofia dos acasos, é um esboço, uma estamparia, uma gesto-artesão, a prece é um estilo que faz do vazio uma vitalização, é uma câmera do real metabólico, é o real que se espiritualiza no acaso, é o impensável de uma simbiose artesanal-cíbrida, é o close-up, é um afecto geográfico, é uma membrana sígnica a autonomizar os materiais e os instrumentos éticos, é o conceito extremo da eternidade e da vida, é o meio desejante onde não existe confronto hieráquico entre matéria e espírito, é o involuntário da consciência (a ACTRIZ com crassidades ínfimas e com os vazios barrocos arruína o que deve-ser, devasta os ícones, as ontologias fossilizadas, ascéticas, é uma força livre aristocrata, é uma prece de si-mesma, uma falsidade estética, uma matemática criativa. Ter a sensação de uma ideia em movimento acentrado, distorcido, musical: submergir no fundo do tempo e extrair as intermitências, os hiatos aiónicos do PALCO): o saber da terra incógnita apinhado de micropercepções sonoras, de fluxos mutantes (os gritos da ACTRIZ levam o corpo -PALCO para a linguagem muda dos dédalos sem origem nem finalidade para atacar o mundo por meio de conceitos migratórios, de balanceamentos do absoluto: resistir à dor mutante com a dor do DOM que persegue o PALCO sob as gemas fabricadoras do tempo dionisíaco: a reminiscência é elevada ao extremo do golpe imanente das virtualidades para combustar a imagem silenciosa de um crivo cósmico: a voz distancia-se no anorgânico, no aformal e faz desaparecer os palratórios dos legisladores do dever-ser e das normas universais): a prece aprofunda a episteme heraclítica, sonda o vazio e transporta silenciosamente a sua linfa na boca escultora do real irrepresentável, mesmo durante as curvaturas dos bisturis nómadas, das velocidades infindas, das evasões da carnadura, as preces reexpedem as preces às preces dentro de mundos possíveis, as preces escolhem preces sem sujeito, quebram o intelecto ao esculpirem o acontecimento, revigoram sensações, pensamentos puros, geram problemas por meio da alegria da revolta, as preces envolvem as preces nas preces que libertam essências, as preces involuntárias do PALCO acontecem nas alavancas caleidoscópicas do corpo: uma luz intensiva desfrechada em velocidades infinitas, uma luz que se transmuta e autonomiza, um chamamento de matérias vivas, suprimindo o tempo dos instantes da morte, da servidão, da reflexão e da peste: a prece se torna um turbilhão-olhante, a génese da natureza que compõe forças em zonas árduas, uma força virtual, real, espiritual: a ACTRIZ compõe forças dentro do PALCO, fugindo a qualquer indulgência gregária.

A ACTRIZ sai do caos com as preces ambígenas, bastardas porque não investiu em ideais, nem em juízos, não criou rostos em si, não é refém das destinações, é uma nuance, uma ponte de fluxos inomeáveis, um sismógrafo móbil, invisível, um diferencial matérico, uma janela dos devires, de pontos de vista que a fazem recriar percursos sem volta, recriar mundos para decifrar o mundo com as imanências das expressões: a natureza é um corpo-de-desassossegos a construir brinquedos inéditos, coexistindo com o acontecimento-PALCO: as DORES despontam nas escutas anorgânicas, nos garimpos inumanos conectados à visão musical, tudo se problematiza por meio das angulações da visão: o corpo da ACTRIZ como não tem horror ao inesperado, ao tempo imbricado nas essências, se move por meio de infinitas passagens do animal, de forças de diferenciação experimentadora do imperceptível: a afecção estética do relâmpago da vida: a prece vibrátil está antes do PALCO, é involuntária, é um roubo ritmável do fundo do tempo, uma travessia ritornélica, uma trama fabulatória, uma prática que ressoa nos conceitos da duração: a prece é um exercício, uma incisura, um crivo alucinante e rigoroso, um processo animalizável, uma experimentação dos bestiários ínfimos, um raio nomádico, um mistério expansivo, uma composição do esquecimento, uma força dos sentidos em relação com os afectos, uma exultação estranha, um detalhe na transparência dentro da claridade e o PALCO ressurge dentro de fragmentos de vários idiomas sem os modelos aristotélicos, escarificando a sede ondulatória do cérebro: assimilar o movimento alógico do PALCO: a prece se torna uma reviravolta cuidadora de forças criativas ao incorporalizar o a-consciente do mundo, é o recomeço da luz do PALCO, uma linha de múltiplos sentidos a produzir vórtices expressivos, a prece não é dialéctica, não é uma função, é uma alegria cruel, é selvática, é um estímulo da natureza, a renascença existencial, um rasgo do excesso do mundo, uma zona aberta feita de tempos sem pavor da morte e da duração intensiva do tempo (a prece é o insondável, o flutuante, não tem fisionomia nem objecto, despedaça binómios, RASGA arcabouços psicológicos: a ACTRIZ foge do passado que faz produzir deuses, escapa das fantasmagorias e da morte porque lida com o caos, protege o espírito da covardia do poder, desenha novos palcos no caos, é incapturável: a ACTRIZ é uma força gótica, uma prece gótica que vive do caos, produz caos, gera VIDA no caos-PALCO: o cristalino da PRECE despedaça a jurisdição, a alçada do destino. A ACTRIZ exponja os PALCOS envolvidos pelo indecifrável, construíndo a desaparição géstica adentrada na epiderme que desfaz qualquer tentativa de morigerar o desejo)

A ACTRIZ e a prece aperiódica fazem mundos possíveis com traços inesgotáveis de ondas estéticas: não existe bem nem mal, há canais sígnicos a alterarem a matéria do PALCO: a prece é a ACTRIZ misturada com o risco, a prudência, o acaso e a audácia onde o tempo é incontrolável: o passado e futuro se constituem, se calham fora dos eixos da psicologia, fora dos elementos orgânicos, sem sucessões, a ACTRIZ se modifica no tempo ralentado, na duração sem movimento, nas coexistências turbilhonares: a prece revigora-se ao estraçalhar a congruência, o acordo, a lógica porque emancipa um palco FALSO juntamente com a alma camaleónica do cidadão KANE que multiplica os afectos dos biólogos moleculares, os signos -luminosos da magicatura que desaparecem, ressurgem e se forqueiam nos espelhos quebrados de Borges porque a prece é estética, pictórica, plástica, labiríntica___jamais será natural ou mística (as preces não vivem de esperanças nem de utopias, é um louco mergulho autopoiético e a ACTRIZ se desdobra em várias angulações, apreendendo vozes intensificadoras do PALCO onde os deuses evitam serem louvados, gloriados): a morte não consegue escamotear, roubar o relâmpago-artista, as preces agramaticais despontam nas encruzilhadas do tempo: as preces penetram na adivinhação dos objectos, desmancham os objectos e perfuram o PALCO carregadas de vivíssimos artesãos: a prece é perfeita, plena, é a VIDA, cria distâncias e é atravessada por bifurcações, estranhezas escultoras de vazios e hesitações onde uma voz enlouquece porque o CORPO da ACTRIZ se torna irrefreável, uma memória inconsciente: levar o infinito histérico no corpo e enfrentar a dor da alegria que retorna na diferença, redizendo-se na conquista do tempo puro, da existência libertária. A prece evita mediadores metafísicos e crivos moralistas, germina e desaparece numa aula de inocência: a prece celebra a matéria, contempla a matéria entre o delírio e a plenitude perceptiva-sensorial: a PRECE penetra o corpo, assimila a corrente sanguínea e faz do espírito um rasto do relâmpago: é uma pulsação rítmica do mundo e da ACTRIZ abstracta.

O tempo-PALCO em conexão com as forças do acontecimento etológico. A memória nunca se avizinha ao experiente, está entranhada nas coexistências futuríveis que arrojam dados entre tessituras diferenciadas e forças genéticas em deformação. A ACTRIZ cruza todas as raias com todas as infinitudes, é vibrátil, acentrada exige movimento e exultação sem substantivos, é um mar-aberto que faz aparecer e desaparecer as palavras ininterruptamente: os afectos em arrastadura se entregam aos acasos das pausas dos distanciamentos e dos vazios carregados de forças compositivas que rasgam o PALCO e o recriam turbilhonantemente por dentro: em cada olhar sanguíneo há imensos sentidos em alvoroço. Nas bordas do PALCO um HOMEM afastou-se da natureza, deixou de ablaquear a língua, perdeu a cubagem de se inventar poeticamente, entregou-se ao medo, ao ressentimento, ao ódio, ao poder, não entendeu que toda a aprendizagem criativa é um encontro de diferenças diante das cabeças batidas pelas cabeças estimuladoras de crítica, do cristalino e da impessoalidade: o PALCO é um vergamento de forças paradoxais que junta passado e futuro na ACTRIZ que se exacerba ao revelar signos entre um gesto artesão, um gesto bifurcado, um gesto científico, um gesto aperiódico, um gesto transcendente e um gesto da desrazão, intensificando as qualidades expressivas que geram tempo artístico onde os espíritos das preces se eternizam porque desaparecem em torno das casas (elipses, velocidades, retardações constituem a dança do PALCO): a prece está dentro do tempo enlouquecido. O tempo liberta-se e a ACTRIZ vence a morte por meio de preces do cristal-vitral. Uma prece gótica, um PALCO vibratório, um ritmo genético onde ACTRIZ e PALCO se entrelaçam e simultaneamente se compõem com almas plásticas, anorgânicas, aformais. A prece é uma malharia por trama contagiada pela malharia por urdume; fios sanguíneos caóticos emaranham a visão com superfícies espasmódicas, com escombros barrocos: a ACTRIZ leva nas extremidades do seu corpo o infinito do mundo. A alegria do desassossego. A ACTRIZ esponja as luzências dos mosaicos cruéis do PALCO. A expressão de uma prece pagã, a enxertia para o incomensurável: o esplendor plástico das micropercepções, a prece-alma com moléculas barrocas, musicais: uma composição voltaica. O PALCO de passagens faz vibrar o espírito da ACTRIZ: um jogo de xadrez e a conquista do tempo: a ACTRIZ e o PALCO libertam-se por si próprios e arremessam a duração kairótica dentro dos combates corporais...rés ao PALCO, Bergman fortalece o primeiro plano com todas as abstracções: a ACTRIZ esculpe dentro de si tecidos do PALCO e seu corpo atinge o ritmo-da-composição-impensável, constrói novas sexualidades, novos paradoxos: uma tremenda escapada ao protótipo teologal. As exultações dos encontros das contexturas e das putrescências fazem germinar polifonias por meio de instantes absolutos. O PALCO não tem profundidade. O PALCO só tem tempo crónico: é uma miríade de preces delirantes que experimentam a vida da ACTRIZ fora do preceituário histórico, do regimento biográfico, das ciências longitudinais: um corpo ousado leva a duração para o impensável, para a existência imprevista, inesperada. A ACTRIZ e o PALCO desmancham as supremacias por meio de posturas anarcas: uma fuga que se expressa fora de qualquer apego. **O PALCO e a ACTRIZ osmoticamente acontecem dentro das paramnésias. Alçar-se nas composições inactuais que fazem do tempo uma excrescência em fricção e o opérculo: corpo-gesto-voz-fala da ACTRIZ se torna uma dançarino do espaço-prece com outras dimensões hipnagógicas: a ressurgência de uma alma primitiva: o PALCO é uma dor criada pela prece do impoder de potlatch.**

1 Plano (entropias do humano bloqueiam as eternidades inactuais, o trágico, a desrazão e os ritmos expressivos)

O homem está preso nos jogos neuróticos da omnipotência, não saiu do aspeito sepulcral, rejeita as multiplicidades incomensuráveis dentro da finitude do corpo, escolheu uma só geografia sem decifrações sígnicas, sitiou o cruzamento das almas inteiras, impede as ressonâncias do ELAN germinativo das almas, estorva a incorporação criativa das almas que vivem nas superfícies do tempo, nas misturas das pulsações sem medida do impensável: o homem cerca o movimento absoluto das palavras, o sentido do acontecimento e as extremidades polifónicas dos corpos: **o homem idealizou, acaridou e analgizou o corpo e o real, afastou o corpo do real criador, o real que exige mudança, o homem está refém das**

suas paranóias, atoleimou-se ao serviço das bestas de carga, bajulou o poder político, moral, maternal, enjaulou o desejo na cronografia, na transferência simbólica, alegórica e na acepção, não compreende as passagens intensivas e simultâneas nas superfícies extremas dos corpos, desarredou o desejo da sua força acontecimental, da sua zona criativa, da sua correnteza de tempos puros e kairóticos, faz lazer nos tribunais psiquiátricos. O homem não se abre a outros corpos, à gestação suspensa do vazio fecundante de solos paradoxais. O homem fez um tampão granítico no actual-virtual, não gera encontros por meio das variações na existência, desconhece as dobras dentro da sua linfa, estranha os ciclos intensivos que o percorrem, dessabe dos filtros do caos de si-mesmo, nutre-se do julgamento moralista e das intencionalidades porque exclui a exaltação do pensamento improvável, recusa a variação do inconsciente extrusivo, impetuoso, não cruza limites nem se avizinha dos verbos infinitivos através de distâncias criativas, quebra o imediato das visões com imagens definidas, recusa o imperceptível, não se reproduz, não alcança as forças que estão dentro do seu corpo, quer saber para controlar e se aliar ao tempo mortífero, vingativo, afasta-se dos intermezzos dos pontos de vista que se abrem a novas epidermes, fez do inconsciente uma existência psico-orgânica, não joga com as relações de forças do futuro que estão sempre plenas de superfícies lisas que poderão invadi-lo e transmutá-lo. O homem não sustenta as dobras ventiladas por outras dobras plásticas que tentam instaurar a infinitude no gesto finito, evitando a memória das fronteiras identitárias: o homem procura ininterruptamente modelos históricos, entupiu a sua pele com os psiquismos do poder, da impotência e evita as variâncias afectivas, destrói o seu olhar crítico, usando a destreza orgânica e linear, não compõe nem afirma as misturas intuitivas porque se tornou paranóico através das mediações dos reflexos, dos finalismos, sente-se uma faculdade da bem-aventurança, anda a reboque do jeito instintivo e tremendamente tormentoso, o seu organismo é perfurado pela inteligência dualista, escarifica a racionalidade da natureza para construir simetrias, congruências, desconhece a eterna sagacidade do criativo. Os seus gestos são incapazes de falar, de dançar, de se intensificarem com as forças do mundo e com a realidade absoluta. Asfixiou as expressões, não se germina, não gera realidade com a micropolítica dos afectos, não se improvisa com o querer libertador, é gerido pelas forças históricas-sepulcrais, não se tece com as mónadas vibráteis, com os limiares do aformal, com os gradientes do pensamento puro, com os fluxos impessoais (movimentos que se desdobram quando o silêncio se musicaliza por meio da intensidade de uma disseminação múltipla): defende-se das forças ritmadas do caos, alia-se à neutralidade da justiça, está sequestrado pelo medo, pela fraude da culpa, estruturou o desejo, tudo sem si se transformou em mercadejo, o homem escraviza-se a si mesmo, constrói os seus lugares com rancor dos ideais **e como não se procura, alia-se a rebanhos anestesiados-zumbis que o arremessam para fora da estilização do comum e do**

manguezal sublunar. Rostifica-se, abandonando os golpes da hesitação, os lances da vulva entre línguas híbridas: descurou dos pés defronte ao traçado artístico, as velocidades das improvisações, as ondas termohalinas rés ao risco**: esqueceu as filigranas, as precisões, as minúcias das marchetarias, as bordas latejantes das bocas, os vazios indecidíveis, as matérias incriadas, os instantes das suturas, as vozes múltiplas entre actos de fala e ritmos antropofágicos: as palavras nas ressonâncias da oralidade ou uma escrita a dilatar o tempo da visão. O homem perdeu o embalo do olhar com o mundo, a intersecção do apéiron e a catástrofe alegre que gera uma horda no pensamento impensável.** Preserva-se do confronto com o abstracto do real, com as energias de novas linhas de vida, linhas de variação estrangeira. Empodera-se e normatiza-se por meio da acracia, do cansaço, do negócio do entorpecimento existencial e da incapacidade de se singularizar no comunal e no acontecimento. Evitou as conexões disjuntivas do corpo e diz que é uma alma religiosamente venturosa porque nunca se arremessa para o samba, o maracatu do caos, tornou-se um pastor de si-mesmo, usa o eu para se condenar e produzir miséria. Fala do futuro e não atravessa o objecto artístico, heteronímico, não se afecta pelas ressonâncias do caos e da vida porque estrutura o corpo através dos aperfeiçoamentos do mundo: o seu mundo artificial concorre com os devaneios, os dois estão dentro de um algoritmo de existências aquietadas, acalmadas (subsistências reconhecidas pelas superstições): histórias formatizadas que tentam objectivar e subjectar a alma mas esta nunca se actualiza, está sempre em fuga infinita, em revolta propulsora de singularidades, em processo energético fora do cânone religioso, é indiscernível, contemplativa, transgeográfica, é uma fisgada da visão, é uma língua em falha, **um clarão artístico, uma revolução feiticeira, um gesto denso na voz rítmica,** é **um grito, um salto que mescla tempos, durações, é uma balbúcie, um corpo de territórios múltiplos onde a consciência e inconsciência se fundem até ao afecto-mundo-vocal:** um corpo delirante, inominável, uma tremenda membrana vibrátil dos devires: retornos criativos e insanos atingem novas dimensões indistintas, novas percepções imperceptíveis: seres aformais entre expressões imediatas que procedem infinitamente do finito...contudo o homem se alia aos carrascos do espírito que usam as falanges saqueadoras, fraudulentas para construírem cuias salvíficas, anestesiadoras por cima das arritmias e das cabeças arrumadas. O homem submeteu-se e atemorizou-se, é viciado em proporções, está dentro do círculo vicioso das harmonias. Relaciona-se com o outro por meio do analógico e das semelhanças: é dominado por fantasmas objectivos, por tempos físicos e por estruturas ilusórias, repele os movimentos góticos, recusa as tramas libertárias do caos, exige uma natureza planeada, moldada e até copiada, abandonou o CORPO-VIVO. Não experimenta o corpo nem a vida transmutada em signos moleculares, não dança com os planos espessos do alogismo, com o fracasso da linguagem, não se alia aos germes do ritornelo para criar algo de novo no processo da desaparição, no bumerangue estranho das combinações dos fragmentos, **não dança com as vizindades do precário que é imagem em ruptura,** não consegue avaliar as suas contexturas e as suas decomposições, está escravo das sociedades imagéticas, das referências, está encurralado na procura do conhecimento, da verdade, está arrincoado no símbolo da morte: aniquila as forças activas do corpo, as consistências das razões absurdas, desconhece a mutação acontecimental, quer reorganizar, corrigir a sonorização do mundo, esconde-se das multidões à deriva e louva as massas-laborans envolvido por líderes algoritmizados e por ideais deíficos que dominam a sua existência através do tempo escravo do organismo, da recognição e da moral: **o homem decepa o criativo da fusão ontológica porque impediu a mistura do corpo com o pensamento-artista, obturou o exalçamento existencial, a duração do cristalino.**

O homem racionalizou-se, regularizou-se, representou-se, é idêntico ao seu rosto-encarcerado, é testemunho de si-mesmo, faz da companhia espiritual da identidade a sua casa, evita os lances ousados do tempo, evita a aventura envolvente da inconsciência, evita escolher dentro do inesperado porque nunca desenhou mapas no caos, nunca mergulhou no caos para sentir os seus ecos ritmados por novas traduções, novas diferenciações, novas variações do mundo, novas permutas, novos delírios, novas combinações que reforçam o inexaurível meio. O homem deixou de acreditar nas ondas intensivas do mundo e no encontro compositor de eternidades, de movimentos incomensuráveis, de tramas, de marchetarias sígnicas. O homem desloca-se do presente antigo para o presente do passado reduzido a modelos demarcados sem dor, sem tristeza, sem variâncias espácio-temporais, sem envolvências intuitivas, tudo fica despojado de sensações e de cirandas de brincadeiras: o homem tem medo que a reprodução e a exibição euística se hauram porque desconfia do imperceptível. O homem não traduz o invisível porque se transformou numa unidade psicofísica, perdeu a vidência, aliás, nunca a teve, suspeita de si-mesmo, do corpo e da vida, atemoriza-se perante a visibilidade enigmática que o atravessa, é incapaz de fortalecer a visão do dentro que o perfura, dos eixos insanos que o mudam e o desviam: **o homem assujeitado às ideologias de imagens triunfantes** é desfeito pela própria glória onde a régua **da perfectibilidade, as enxertaduras cronológicas e as próteses entrópicas, franqueiam e desvitalizam o corpo: o cronómetro das sucessões descritivas desconeta-o das bordas do futuro, o homem está totalmente agarrado a objectos antecedentes, faz do contemporâneo uma terrível falta, não faz durar o instante, o instante que enreda a duração enérgica, expandida:** o homem quer orientar a temporalidade, corta pontos de vista, circunscreve a vida nos desígnios, nos pareceres, não consegue construir algo com indeterminadas e indistintas angulações, não mergulha no incomensurável da dança finita, não sustém as forças móbiles que estimulam a alegria do corpo-alma, o desvelamento dos ritmos ventilatórios na obscuridade do corpo. Não se muda, transmuta nem se espiritualiza por meio do paradoxal, fechou-se no nada que confundiu com o vazio: a superfície da pele foi capturada pela estruturação das fisionomias. Esbanjou a força de levitar na falha germinativa, na aglossia, enfardou-se com a graveza, ficou desbambado, abandonou as violências sígnicas da terra, vampirizou-se, vampiriza e foi vampirizado pelo espectáculo-sentimental e pelo entretenimento, tem pânico à transparência opaca que perfurou a claridade e intensificou o invisível até aos olhares enrubescidos, às traçaduras do trágico onde os moisaicos de tempo e as estéticas paradoxais colocam tudo em crise ininterrupta, em decifração contínua: **o homem silencia-se e silencia o outro, escolheu o solipsismo e eliminou os vasos intercessores da trama intersticial que experimenta o caos com forças autopoiéticas.**

O homem tem medo da linha recta do tempo, das bifurcações do tempo, das coexistências dos signos da invasão, das simultaneidades moleculares, da existência das diferenças vigorosas, dos labirintos do encontro, das incertezas rítmicas, do ilimitado do vazio onde novas dimensões de tempo despontam numa mutação de memórias ontológicas: o homem tem medo que a ordenação e a regularidade se dissipem, tem medo de desenhar mapas com intervalos, repetições, transes radiculares, volteaduras bizantinas. O homem tem medo do entre, tem medo de cartografar o seu corpo com os afectos vitais, com fluxos diferenciados, tem medo que o inconsciente mergulhe no seu corpo e espalhe forças entre alfabetos agramaticais e redes com novos pontos angulares. O homem humanizou-se, escravizou-se, identificou-se, determinou-se por meio de dialécticas e de finalidades financeiras, económicas, sobrevive entre recompensas e punições onde o tempo rotatório e sequenciado triunfa: não tece o tempo afirmador da vida assintáctica e do corpo vivíssimo, tem medo do movimento das dobras e desdobras da vida e do contemporâneo que se faz novo ao recortar o caos com outras grandezas, com outras escoaduras, com outras travessias matéricas-espirituais. O homem tem medo das práticas do pensamento dos territórios afectivos que geram modificações em si-mesmo, quer alterar o seguimento da história mas não consegue arrancar novas potências topológicas de tempo, não sai dos seus limites, tem ódio à mudança que muda porque evita o meio extremo, evita a composição, vive de cansaços, estereotipou-se, não rasga o tempo empírico, reside dentro de um tempo sem espessura, está dependente das memórias da flecha do tempo, de antigos presentes, não ultrapassa a sua biografia, confunde o passado com a memória que apressura translações físicas, mescla reminiscências **com tradições informativas, foge das relações germinativas e das alianças de solos em composição imprevisível.**

O homem bloqueia zonas de transição, de passagens espectrais, de povoamentos imprevisíveis: quer inspeccionar o tempo e acogula-se de forças reactivas, o tempo histórico o envolveu, o fantasmagorizou e o arrasta velozmente, sugando as micropercepções. Intoxicou-se com marcas, consciências julgadoras, exilou-se na ignorância, na banalidade, na moral e na superstição e é encarreirado pelas sentenças da honradez porque nunca compreendeu a ética da natureza, nunca compreendeu a ética como força de tendências compositivas, nunca compreendeu que a liberdade é uma prática perseverante do corpo e da vida porque ELA nunca atingirá o extremo, o infinito. O homem sempre viu e sentiu o resvalo de forças impensáveis como ameaças à sua pele, à sua concatenação afectiva: ele é uma dívida existencial aliada ao poder, o homem evita que o seu corpo se difunda, se indefina, evita que o seu corpo sinta o incomensurável em cada ponto de vista, o homem desconceitua as suas forças como diferenças puras, desacredita do seu fora adentrado nos mundos-possíveis, bloqueia as aberturas extremas do ser-afectivo, por isso, protege a organização do seus órgãos e o seu sobrevivencialismo... das energias espirituais, dos novos mapas metamórficos, das novas matérias caóticas, das novas topologias gésticas, dos novos pensamentos, das novas fugas inconscientes, das virtualidades vastas, das novas linhas-artistas indiscerníveis, de novas irradiações sígnicas, de novas misturas cartográficas, de novas oscilações do mundo, de conceitos moventes: o homem rejeita a correnteza infinita de micromovimentos que confluem no singular do comunal: **o homem treme perante as máquinas propulsoras do vazio, da invenção e da transcendência artística, estremece defronte às transcodificações de uma paridura ininterrupta porque quer encobrir o inconcebível, o imprevisível com as categorias dualistas, por vezes fica amarrado nas contingências, nas casualidades pousadas no corpo-espírito, continua a observar os objectos à distância e classifica-os com as cadências que retiram o ritmo da vida e do impensável.**

O homem não produz almas artistas porque execra o imperceptível, a inocência das sensações, a acção das ideias, as dimensões indefinidas, imprecisas, os afectos inconscientes, as traduções ecológicas: escambou a solidão pelo isolamento, o agir pelas promessas, fez da norma e do acontecido o seu altar, fechou completamente as ressonâncias do vazio porque se sente completo. Em cada gesto, o homem foge ao tempo inventivo e crítico, em cada gesto elimina a eternidade na existência e julga, julga, julga...julga-se e julga, culpabiliza-se e culpabiliza, policiou-se, superegou-se, puniu-se, intencionalizou-se, acusou-se, acusando, amesquinhou-se, amesquinhou, vingou-se e inventou deuses hierarquizados que não sabem dos mundos possíveis-de-infinitos-sentidos, não sabem das fendas sanguíneas que dilatam as palavras. Deuses-semelhantes-a-homens que nunca ultrapassaram limites, absorvem imagens sem espessura, as suas faculdades nunca se suplantaram porque sempre ignoraram o ser do sensível, o impensável, as reminiscências, os diferenciais, o singular, o cristalino, o tempo libertário, as veemências as multiplicidades em movimento, a contemplação dos repovoamentos-artistas, nunca sentiram a variação infinda de forças estranhas que impulsionam a passagem do virtual para o actual: as ideias não atingem a profundidade das superfícies, e...assim, o homem, intoxica-se interiormente com poderes tristes, deixou de acreditar na diferença, aliás, nunca acreditou na solidão experimentadora, na solidão composta por sentidos irrefreáveis, na solidão que exige a alfabetização dos afectos, uma solidão que combate a insulação e a degradativo, a solidão ética, atravessada por multidões ritornélicas, **uma solidão de atravessamentos múltiplos, uma solidão do rigor e da lucidez onde os corpos transmutam e fogem da captura do niilismo negativo, dos arqu**étipos reactivos, **das formas miseráveis e da fealdade parida pelo mau gosto onde as vítimas se confundem com os algozes, o homem continua a ter medo das forças que o atravessam, não se modifica, não assimila o retorno energético, não experimenta a absoluta alteridade, as relações heteronímicas,** não cria e apenas moraliza, imita, filia-se e identifica: deuses-semelhantes-a-homens sobrevivem no raciocínio dedutivo, nas dicotomias do falso e do verdadeiro, nunca experimentaram o sentido contíguo da substância, o transversal dos heterogéneos, a dança lisa do sentido, o adverso da identidade, a nutação, o vigor do sentido. O homem não tolera o inconcebível, o improvável, as tendências, o bizâncio, o gótico, a oscilação das partículas do corpo e o barroco, não comporta qualquer visão sem espelhos identirários, sem a representação normótica. Jungiu-se. Busca aliados na descrença da vida e do mundo, busca aliados nas políticas da angústia, nos dissimulados problemas, na servidão, no pânico entrelaçado na expectativa e no progresso anestesiante. Foge ao improvável, ao alógico e à bifurcação, imita e não esponja signos vigorosos, é um protótipo, não consegue passar-se, não cria passagens, está preso ao ego e às etapas da sua própria transferência psicótica que evita o corpo ressoado, vibrátil, os contínuos intervalares, os magnetismos paradoxais, ignora os ritmos energéticos e as semióticas das forças que intensificam a vida: o homem não garimpa as suas capacidades de acontecer, não luta contra o caos para produzir caos e pensamento dentro de uma criação de-si, de transduções de prismas vibráteis, de processos heterógenos, porque é dominado pelo orgânico estruturado, pelo imutável, o homem olvida da infinidade de composições que o trespassa, não admite a metamorfose afectiva, a transcodificação, as aliagens-artistas geradoras do real rigoroso e intensivo: o homem está dentro das formas dominantes, desconhece os seus afectos na relação diferenciada com outros afectos onde o sentido produz uma topologia de experimentações irrefreáveis, o homem está atado ao jugo do periódico, ao tempo irreversível, ao análogo e simultaneamente tem medo da morte térmica, das dobras do devir compositivo, dos duplos em consistência, dos entre-dois que eternizam sensações, dos intermezzos das aparições rítmicas, dos foras adentrados por tempos diferentes e crónicos. **O homem é em si uma finalidade, um imperativo da lei que se alimenta de cadências e de espaços-tempos-homogéneos onde a insulação do bem e do mal anula a existência enérgica dos encontros, nulifica, derroga as passagens das forças que acordam o corpo do criativo: a crueldade sensível.**

O homem não compreende que a vidência constrói o inconsciente e o impensável e que a substância, o hiato, o rigor da abstracção e a causa da imagem não têm a ver com a imagem traduzida: alargamentos singulares da visão, permutas e buscas de novos signos que arrasam signos com distâncias adjacentes: fugas paradoxais das visões sanguíneas combatem os domínios transcendentes da existência, os olhares jorram de sangue, libertam forças: um grito intuitivo e um gesto autocéfalo abrem o vazio, dobrando-o ritmadamente: aqui-agora: as fraudes dos ideais surgem quebradas e a insânia não se desmorona porque se faz diferença criativa, se movimenta no infinito sendo decídua e perfunctória: é uma superação que nos faz estar à altura da experimentação de novos gestos, de lógicas incertas, de percepções novas, elimina amparos, tutorias, ilusões, acontecidos, formas: a insânia não tem sujeitos e faz-nos experimentar campos de forças éticas, de razões impuras potencializadas entre o acontecimento e o que sobreveio, não há lugar para preceitos, figuras da verdade, incumbências existenciais, inimigos utópicos, caridades opressivas, semíviros, denúncias, culpas, assaques, protótipos de captura, obtemperações: **não há negociatas da moral ou das verdades metafísicas, apinhadas de alvíssaras e de adscrições que nos enfraquece, há afectos que transbordam os circuitos do poder e nos afasta da frivolidade, do facciosismo, dos guetos do comportamento.**

O homem não apreende as relações de movimento, o vazio como um corpo acontecimental, o homem não captura os conceitos móbiles: o homem não se entranha nas libidos impulsionadoras de audições insanas, nas visões perfuradas pelo acentrado e nas linhas existenciais envolvidas por forças de uma liberdade real: o homem não se transpõe indiscernivelmente por meio de um tempo autopoiético: **o homem não vê o dentro turbilhonante de uma alma em potência,** então, classifica-a através de fantasmagorias porque necessita sempre de segurança da omnipotência, de empoderamentos, de ideais enfrente ao que não tem uma zona de passagem ou uma aparição deífica ou uma fisionomia: a doença e a vida patológica do homem surgiram por meio da intelecção, das superstições, dos apegos e das identidades representativas: o homem vive permanentemente na finalidade, na agnição, na consciência e na razão, não experimenta o recomeço paradoxal nem o presente de maneira enérgica e aberta (feixes de experimentações, intermezzos de turbilhões esfíngicas, intrapotências do tempo), o homem alimenta a angústia dentro da entropia história e cronológica e é capturado pela desventura ou pelo entrave: continua escravo de um tempo ordenado, de formas, está fora do acontecimento, não consegue existir por meio da singularidade e da expressão do comum: a lamentação tomou conta do seu corpo-mente: o homem culpabiliza-se entre a máquina dos mal-avinhados e dos optimistas obcecados, capturados pela totalidade colectiva salvífica, pelas organizações jurídicas ou pelas autocracias da pulcritude e das religiões que os fazem entrar completamente na fantasmagoria miserável. **Perante estas fronteiras comportamentais, idealistas, a ACTRIZ escolhe o entre, o intermezzo, as misturas, a transmutação onde a vida acontece plena de desejo: o seu corpo -PALCO cria novas maneiras de existir, de testemunhar: os traços artísticos interrogam-lhe cruelmente porque ao seu lado a natureza pensa intensivamente, a vida produz-se a si própria e há sempre alguém que tenta evitar o que lhe pode provocar a morte.** A ACTRIZ ininterruptamente faz volteadas nos pontos de vista porque o PALCO está adentrado nas pluralidades e nos atravessamentos etológicos da visão: em cada gesto o PALCO desaparece, regermina e os seus limites acontecem intácteis (composições irrefreáveis de sentidos: forças invisíveis do sensível): a ACTRIZ se suplanta e se passa esculpida por uma miríade de estimulações. O homem não tolera o que lhe escapa, o que não controla, é um covarde, é um fraco, não aguenta percepções rupturadas pelo movimento alógico da vida, suspeita da emancipação nómada, da produção da diferença. O homem não atingiu as entonações imprevistas dos signos vectoriais, não sentiu o haptikós da arte egípcia, está sempre a pedir consentimento para acontecer, para viver, tem medo da vibração ritornélica. Acredita em ideais e em juízos analíticos, recusa o paradoxo, a duração em variância, as relações de forças em mutação, as conexões adjacentes com múltiplos sentidos. O homem sorve o perspetivismo renascentista, o retiramento do hábito dominador, não consegue ver o ritmo falsário sem a presença comparativa do verdadeiro e dos rostos socializados, recusa o inconsciente entre micromovimentos de imagens em decomposição abstracta ou em afluência heterogénea: o ritmo falsário intensifica o criativo, ruptura as analogias do PALCO, intersecta e transpõe zonas problemáticas, complexidões, estorvos, produz uma entretecedura de imanências em revérbero, ao interrogar, ao apreender as forças sintetizadoras, as cirandas moleculares, os crivos passivos, as exultações contraentes que atravessam, constituem a natureza fora de qualquer forma messiânica. A transdução dos sentidos bate no espaço liso e surfante da eternidade e um eco musical entrelaça-se na expansão vibrátil, envolvendo o silêncio nas forças microscópicas: uma fala cria o seu próprio percurso anónimo, desconhecido porque as palavras explodiram na boca, carregadas de sons assignificantes, escoam-se no mundo sensível, capturando camadas ritmáveis de durações: o ritmo liberta as possibilidades existenciais da língua por meio de uma contextura decompositiva, de confianças vitalistas: a configuração desfaz-se ao acreditar na mudança, exige recomeços no meio das dobras acontecimentais: novos vínculos dos povoamentos estilizados invadem as sintaxes com as cartografias em transmutação: as sensações nos diferenciam no tempo: **um dicionário ritmado com fugas ecológicas e com as rasgaduras das vibrações internas, abre-nos às variações infinitesimais do futuro, invade as passagens enérgicas do caos, torna-se um quase-caos e desprende-se do caos por meio do invés do alcance significativo onde zonas obscuras arremessam clarões de geografias abandonadas, atingindo a phaneroscopia-sígnica.**

A natureza se contempla e se movimenta espiritualmente entre forças intempestivas e o tempo que se desdobra e se diferencia a cada revinda de essências existenciais: os instantes eternais não acontecem em estacarias comparáveis (aqui-agora, o PALCO materializa o seu silêncio): a natureza dentro da dança cristalina coloca duração nos encontros dos corpos, a natureza olha elasticamente para as suas composições que refazem o tempo das simultaneidades e se modifica com a repetição dentro do inédito moldável, plástico, atingindo o indiscernível: o real e o imaginário se fundem: o PALCO se mistura desabaladamente na ACTRIZ, o gesto foge à flecha do tempo para combater a morte e renovar as superfícies da memória futurível (gerar lugares instáveis, informes entre a política do saber do corpo que afirma a vida com braçadas de intensões em risco ou serão fronteiras pontilhadas, gestos ilocalizáveis fora de qualquer paridade? Há a emergência de transcodificar o PALCO que se convulsiona, se escoa, se vasculha-se, se escarifica com as afecções impensadas, escapando à linguagem encarcerada nas significações: mudar e rasgar encadeamentos sensório-motores, acreditar na pura imprevisibilidade da existência, na proliferação do diverso, sentir o movimento que entrecorre nas linhas salvíficas do tempo kairótico: o traçado criativo é uma zona multiplicadora de ritmicidades que se expressam por meio do improvável, é uma catástrofe regenerativa da intersecção cérebro-mundo, é uma abertura infinita envolvida por errâncias das existências estilizadas: as forças desprendem-se e friccionam as rebentações sígnicas com os ecos vitalizantes do acaso e com as sensações perfuradoras do inconsciente: **sensações emaranhadas umas nas outras, esculpem os afectos do caos: *o delírio um gera PALCO, gera uma ACTRIZ com a alegria da revolta, levada pelos rumores musicais que antecipam a vida(a estranha e viva solidão que se alimenta do inapreensível e do inatural*: engendrar existência, exaltar o pensamento com os lances monádicos da exultação do trágico. A ACTRIZ quebra o tempo cronológico: no PALCO o tempo é louco, insano e criativo, o tempo sai dos fulcros sem data, sem história, sem destino: o tempo do PALCO exalça a diferença, o vazio e a distância e produz um corpo aformal entre corpos mergulhados e drenados pelo caos: um corpo vesânico que provoca tempo, abre os poros da duração envolvida por recriações ininterruptas: um tempo mais presente** que o actual, mais real do que o real: um tempo de visões turbilhonares, de estranhezas, de caleidoscópicos, de contrapontos livradores do cérebro: o ELAN do infinito no movimento finito: o ritmo do encontro e a experimentação do absoluto paradoxo.

O homem não se transmuta**, aferrolhou-se na condescendência orgânica, apolinizou-se, não experimenta as afecções do caos e o infinito nas zonas de dança, o pensamento deixou de flutuar**: o homem está marcado por pontos de origem e de desígnios, tem aversão às batidas da queda e ao desequilíbrio da errância, à polissemia intensiva, tem repugnância à transmutação de espaços, os seus gestos estão contidos na consciência julgadora, não traduzem a alteridade do corpo, não se improvisam, encerram-se nas superstições, sobrevêm nos alvos controlados pelos axiomas da normalidade. O homem está cansado porque quer demonstrar tudo, tornou-se uma bolha empírica, uma forma das formas, o salto estagnou, a fractalização entibiou, o homem pendurou-se nas interferências, há uma imbuição olhante sem a prenhez do futurível. O homem rejeitou processos ontológicos, denegou ritornelos cerebrais, optou pelos servidores e anulou as aliagens das dilatações das espessuras corporais, ab-rogou os intercessores estéticos, poéticos, artísticos, desconhece as sintomatologias do singular-comunal, porque tudo sem si representa estruturas que assombram os acessos das percepções infinitesimais. Quer salvar a humanidade, a clemência, a compaixão, tornou-se um confessionário: o homem está repleto de propósitos e de soluções, não aguenta as ligações de forças dos materiais, não aguenta a duração do instante em si-mesmo nem os alogismos de uma miríade de eus, nunca soube que a alma sem órgãos é um corpo cristalino com sensações do futuro. Não escutou os ritmos enlouquecidos, as partículas infinitas em variação, as superfícies moleculares da língua e os ritmos livres com envolvências agramaticais. Precisa de públicos servis, o seu corpo atravanca o ritmo intensíssimo, a passagem da consciência para a inconsciência ou para o a-consciente: o homem impede a vitalidade do impensável: as acoplagens que o fazem entrever novas composições existenciais estreitam-se, afunilam como uma flecha pulsionada pela morte, pela degradação: a existência perde possibilidades criativas presentificadas por mudanças polimórficas: as forças intrusas sígnicas dão consistência ao devir-mundo. O corpo do homem fecha-se em mecanismos patogénicos, autodestrói-se e simultaneamente sente-se reconhecido, faz da zelotipia, da invídia e do ressaibo suas cadências ideológicas. Está sempre à espera de alvíssaras. Algoritmizou-se, tolheu o espaço múltiplo construtivista do corpo, penhorou-se com todas as divindades, desconhece a memória do futuro das heteronímias, cultiva a memória tumular, anula o verbo no infinitivo que invade as fendas sinápticas, perdeu a alegria do desassossego porque o culto da morte tomou conta: o homem como não produz cérebro, nunca entendeu que é dos mundos sombrios que extrairemos clarões, pontos tendenciais e intensidades proliferantes de pontos de vista, o homem nunca alcançou a inquietação caológica, o dínamo delirante da vida e a horda de signos que nos faz produzir pensamento, corpo, ritmos, então, escolheu entristecer o trágico, a errância, eliminando os atractores-gérmenes que atravessam sensações de um corpo incontrolável, um corpo-artista com novas aprendizagens noológicas, com novas bifurcações compositivas. Usa o poder da inteligência-dos-binómios e não sabe que está a enclausurar o sublime, o singular, o imprevisto, a diferenciação que é a força do instante durável. Figurou-se com a dita natureza-natural. Eliminou o gerúndio do meio comum. Eliminou o ser do sensível, não compreende as deformações, as forças do tempo puro, os fulgores das expressões rítmicas e ignora que tem em si o incomensurável, um fundo barroco, está paranóico, viciado no compasso militar, bélico, desfaz sempre o que no outro se intensifica. Não brinca, produz visonhas teológicas, eróticas, faz da alma uma apoquentação, um sobressalto, acata a lei, o bem e o mal. Não esquece e desvia o olhar perante as luzes mutantes que trespassam os cristais góticos: não assimila a transmutação do cristalino, não se perturba com as aprendeizagens do imperceptível, não ausculta a musicalidade barroca que compõe os mapas insutuáveis da natureza, tem aversão ao metamorfismo pulsátil, é uma alma que se expressa pela metade, decepou as ilimitadas possibilidades, as incomensuráveis forças, as infinitas variações que esculpem os traços involuntários das topologias, diz que está sempre organizado para receber o mundo em si, o seu corpo recusa movimentos abstractos, amorfias expressionistas, está solidificado pelo tempo corrosivo, o seu corpo está encouraçado de próteses digitais. As falanges tornam-se um ouvido, um tremendo tímpano ou uma esponja algorítmica da voz do outro ou um gancho humano clonado a soprar para dentro de si-mesmo ou um grito sem espírito, construindo um eco instantâneo de signos vazios: **o corpo ressurge e desaparece miseravelmente como uma bolha de vísceras e de cérebros a desmaterializar-se: o homem deixou de acreditar nos anciãos, nos viajantes, nos andarilhos, nos nómadas, na vida e a memória passadista passa sobre a hibridização, a marchetaria, as alteridades, anulando -as, o homem não actua dentro do duplo, esquece quem desapareceu no inabitual, no inesperado da problematização, no imperceptível...o homem vai em direcção às irmandades socias, às redes do cainço capitalístico, às neuroses, abominando qualquer movimento estranho: as vidas sem geografias alimentam o medo inconsciente onde a miséria se torna uma tendência da jubilação...um pássaro de Constantin Brancusi ainda tenta sobreviver.**

O homem programa-se com as formas sem movimento, sem conceitos mudáveis, combate qualquer ampliação de cartografias, ignora os ritmos jazzísticos do cuidar de-si-mundo e confunde prudência com o fechamento em ideais, faz do niilismo a sua fonte de conservação, faz-se escravo de seu tempo e de ídolos supersticiosos, vê na massificação a sua piedade vitimizadora que o afasta do retorno da diferença porque só sabe jogar obcecado pelo resultado sem questionar interpretações, sem dilatar os mapas do mundo sensível, sim, não consegue construir distâncias fora das intencionalidades, o distante para o homem é já um bloqueio terrífico, como não assimila as distâncias intensivas enfraquece a capacidade de afirmação e de composição, narcotiza os sentidos escraviza-se no medo, mutila-se nas sentenças da consciência: o homem faz das distâncias o isolamento, assim, não produz o seu corpo dentro de tempos das co-existências, de tempos puros, de vazios cartográficos, de ressonâncias agramaticais, não assimila um mundo de impermanências, jamais jogará no caos, jamais sentirá musicalidades simultâneas e variadas onde os alicerces sígnicos se descentralizam insondavelmente. O homem dentro da imbecilidade mecânica fica tenso perante os modos afirmativos de composições ondulantes que compreendem o alastramento do múltiplo e da diferença: o homem não entende a natureza e as forças acontecimentais que riscam as superfícies alógicas com as mudanças de linhas do sublime, transpondo limites onde o olhar não age, é corpo que traça detalhes com infinitos feixes: um mapa com novas geografias sem passado, sem futuro, sem história, um mapa que nos faz sobrevir simultaneamente nas relações de forças das topologias lisas e na construção de povoamentos vibráteis, estranhos e afectivos: aqui-agora: sentimos as escolhas da problematização do mundo dentro de aprendizagens ininterruptas, escolhas que nos intensificam e nos tornam dançarinos com novas velocidades em variação, velocidades espiritualizadoras das concomitâncias da matéria, de novas ligações criativas, novos fluxos epistémicos onde as expressões cruéis capturam mosaicos indiscerníveis, exigindo sondagens imensuráveis, sentidos compactos e micropercepções negadoras da termodinâmica: há uma cartografia de forças inventivas que nos fazem produzir tempo, cérebro, lugares e capturar enciclopédicas enérgicas do corpo: absorver as singularidades das alomorfias dos sintomas...,mas o homem não detecta signos inesperados e não se transmuta através da natureza autopoiética, tem medo de asseverar a vida, tem medo de estilizar a existência dentro da aventura tremendamente sintomatologista, dentro do vigor das sensações, das misturas, dos esboços das tramas sígnicas que dão voz às visões no seu absoluto: o homem tem medo das mutantes forças afectivas, da dilatação irrefreável dos sentidos, tem medo da existência absoluta, tem medo do desejo que brota sempre da potência de um querer que liberta, modifica, acontece e faz VIVER. É o pensamento pleno da diferença que faz do esquecimento uma vida intensificadora de inocência porque nos acrescenta com puros espíritos em ritmo de rascunho de uma realidade não orgânica: não existem valores instantâneos, os valores se criam e nos fortalecem por meio de correntezas de forças que estão em nós, existimos dentro do desejo vigoroso de uma vida libertária: **acontecer nas relações de tempos loucos e criativos onde as passagens expressivas materializam os silêncios do mundo que dão sentido ao corpo, convulsionam, vasculham, escoam os poros por meio de paradoxos vibratórios.**

O homem como não combate a sua sobrevivência moralista, os seus enfraquecimentos, as suas impotências, as suas forças reactivas, as suas marcas representativas, os seus ressentimentos, as suas vitimizações, constrói razões imaginativas geradoras de vindictas e de rancores, minora-se com o prazer compulsório e com a obsessão da segurança patrimonial, desconhece a membrana musical que se alia ao fora-indiscernível para se ampliar e se intensificar por dentro, o homem ignora o encontro multissígnico que aumenta a sua potência, não abre os interstícios do corpo para entrar em variação, não quer apreender a matéria da experimentação de uma presença contígua às passagens que estão por vir entre o antes e o depois...entre prismas de pensamentos e os pontos de vista que são arremessados pelas forças da alma ou pela potência heterogénea da matéria. O homem foge da abstracção do real, do desconhecido no mundo dos pensamentos, foge das sensações provocadas pelos ritmos intrusos, contraditórios, paradoxais, incomensuráveis, o homem foge da linha espessa do múltiplo e da plenitude do vigor de acontecer. O homem acovarda-se perante a composição de forças atravessadas por sentidos, o homem é um militante da avareza da história. O homem acovarda-se com os seus maus jeitos e defronte aos fluxos éticos-ressonantes evita os complexos de possíveis e as matérias espirituais das expressões das expressões que iluminam a vastidão do inatural entre instantes perfurados, esculpidos por uma miríade de estimulações anamórficas. **O homem acovarda-se enfrente a tudo aquilo que ele pode, produz, concebe, vibra porque quer inspecionar, conter todos os limites lavrados pelas hesitações estranhas das existências. Permanece de joelhos perante o estado soberano e a providência provedora.**

O homem acovarda-se com a sua reactualização através do passado-presentificado e do futuro-presentificável, acovarda-se porque não enfrenta as suas forças interiores e não as estimula para encruzar coexistências em tempos diferentemente ininterruptos, não incentiva as suas forças a mergulharem nas matérias de tramas com intensidades de planos mutáveis. O homem se acovarda ao recusar os espíritos que se sincronizam, se misturam e se transvertem a uma velocidade infinita. Ele não entendeu que tudo se remove, se movimenta a uma lentidão velocíssima incomensurável entre retas labirínticas. O homem se acovarda porque não combate a dominação do mundo percepcionado, elimina dentro de si as transbordâncias expressionistas, químicas, biológicas, sociais, politicas, geológicas, geodésicas, cosmogónicas, epifânicas, espirituais…, evita as forças tensionadas, intersectadas dentro de si: forças que o poderão trazer para o mundo paradoxal, para o mundo das voltagens em formação molecular aberta, para o mundo das superfícies profundas onde outros ritmos matéricos se desmancham ao fortalecerem a vida por meio do desejo estimulador das multiplicidades do real inesgotável. **O homem acovardou-se ao colocar-se no lugar de Deus e porque inventou direitos universais para si, filiando-se ao ressaibo e ao progresso -zumbi, às realidades mortas, iludido por democratismos que o afastaram de possíveis sublevações: o homem entranhou-se nas promessas e nos salvacionistas, destruiu a vida nómada que dilata e compõe o real.**

O homem acovardou-se porque bloqueia o desejo de atravessar o corpo e mente simultaneamente, aprisiona o desejo porque sente o desejo como carcerário. Tem medo do desejo dadivoso, criativo, activo. Tem medo do desejo dentro das singularidades fora do objecto, dos objectivos, dos desígnios. Tem medo do desejo com forças múltiplas em si mesmo. Tem medo do desejo auto-expansivo, dilatado por verbos intransferíveis, por forças phaneroscópicas. O homem chegou a um ponto de ter medo de fazer escolhas que o possam potencializar dentro de uma solidão activa e criadora, tem medo da solidão atravessada por ideias, encontros, composições impensáveis e eternidades. O homem tem medo de espaços duráveis-variáveis de tempo que o impulsionem a criar e a modificar os processos de si-mesmo: processos estimuladores das durações singularizadas que revigoram a existência, a realidade e entrelaçam as sensações para interpenetrarem as forças, as imagens em vários sentidos, dobrando, desdobrando, plasmando as cartografias do corpo, assim, o homem poderia defrontar o desconchego, as estrangulações, a desesperação, a espera, a confiança, a profanação, o sarcasmo, o insulamento por meio de feixes de veemências afectivas e de exultações diagnosticadoras que o retirariam dos moldes-calabouços, da discipulata do civilizatório-presídio que avança ao serviço da razão determinista, da inteligência-dualista, das reproduções, das formas, das semelhanças: o homem acredita na natureza definitiva, continua a aprisionar-se na razão-totalizável para construir a moral, as hierarquias e as sentenças, e será difícil compreender o corpo como modo-de-vastidão-da-diferença e simultaneamente o espirito como modo-de-pensamento-impensável: o homem não alcançou... que tudo é corpo e espirito concomitantemente, acontecemos-corpos-feiticeiros-estranhos-artistas-cristainos-obscuros-barrocos, não estamos isolados da natureza, somos parte dela, corpo-cérebro-espirito entrecruzam-se, fundem-se, como uma ciranda viva da existência, se o corpo desaparece, desaparece juntamente a mente como nos disse Spinoza, o homem esqueceu que está no meio do turbilhão da matéria-espiritual, no meio de topologias de contradições inultrapassáveis. O homem ainda recusa que o corpo-espírito se abra sempre ao mundo, cruzando signos e forças que o desfechem de novo ao espaço e o tornam espaço por meio de uma metamorfose completa e vidente: o tempo esculpe realidade eternal na existência. O homem acanhou-se porque anula os esboços dos espaços-tempos que fazem entrecruzamentos imanentes onde a arte, reaparece por meio de composições afectivas, transmutando-se, porque se fez-devir-radicular, se fez processo de múltiplos intervalos modificadores dos movimentos incessantes do corpo, se fez assintaxia, se fez dispersão agramatical: o homem atemorizou-se porque não quer acontecer dentro do campo do saber-vibrátil do impensável, não quer fazer do seu corpo um grande combinado de vontades, de afectos, impulsos, sensações, não quer variar o mundo, recusa o movimento que o faria cruzar em todos os limites, em todas as volteaduras que não estão fora nem dentro estão no intermezzo dos fluxos irrefreáveis que o estimularia a actuar, gerir, realizar, fazer e não ser agido nem manobrado. O homem é um covarde porque só fala das suas incumbências, das suas dívidas, dos seus deveres e ignora as forças dos seus ritmos combinatórios construtores de lugares com atravessamentos de disjunções heterógenas, ignora as voltagens de composições finitas que se infinitizam nas vizinhanças indiscerníveis: o homem não se perscruta para ultrapassar fronteiras, intersectar, varar obstáculos, sentir a problematização do mundo, a complexidão do mundo, não escuta a miríade de impulsos da transcodificação estilizada, não sente o movimento aiónico das multiplicidades da tragicidade criadora, não escuta as forças do mundo que produzem conceitos a uma velocidade-lenta incomensurável: **o homem evita os liames vibratórios dos pensamentos que o poderão arremessar para o real do real ainda mais real, é o que ele é e nega, rejeita o campo inexaurível de**

criação sem separabilidades, recusa as totalidades fragmentárias da cerebralização sígnica **que penetra ininterruptamente na existência para construír novos sentidos.**

O homem sobrevive no hospício das verdades instauradas e absolutas, recusa o múltiplo, as braçadas sensíveis que percorrem o corpo, recusa o pensamento inconcebível e a exultação da diferença, a hesitação inventiva, mas está sempre a queixarse que não comporta mais as neuroses, os martírios, as leis negativas, as psicoses(o silêncio nunca se completa no PALCO, há sempre convulsões e inquietações): o homem queixase, é um lamuriento mas rejeita compreender as forças trágicas que o constituem, então, como não consegue eliminar os gonzos imperativos-despóticos nem as sequências sacralizadas do orgânico que estão dentro de si-mesmo, fica escravo da imbecilização dos ideais, da disciplinarização das esperanças, do assujeitamento da linguagem, aliado à culpabilização, às significações, às representações-identitárias, ao sofrimento transformado em anomalia: o homem está envolvido nas formas miseráveis da culpa que nutre a negação da vida: os carrascos e a serventia invadiram em convivência o seu corpo-mente, destruindo o imprevisível, o inaudito e a experimentação crítica, não admite forças relacionais de acontecimentos nómadas que provocam entrecortes de sensações, não admite temporalidades paradoxais. O homem amedrontou-se porque rejeita perscrutar zonas ignoradas onde a sensibilidade diferencial de forças aformais intensifica a transmutação das passagens das superfícies extremas: o homem não exprime intensidades dentro do processo de desejo produtor de real, rejeita as forças criativas dos vazios: o tempo dura por meio do novo e do comum: aqui-agora: não há o público nem o privado, nem lei, nem cartilhas, há tramas infinitas, há bifurcações de forças afirmadoras da diferença, há atractores de afectos, há acontecimentos que experimentam a realidade, há autonomias que nos diferenciam, nos misturam, nos abrem para a vida que se recria rés à devastação, há uma erva caleidoscópica, um ritmo radicular.

O homem atrofiou-se porque recusa as forças de criação que o despertam a auscultar as mudanças ininterruptas dentro de si-mesmo, recusa as vibrações cerebrais dos multi-arquivos-vivos. As linhas conexivas de desejo revigoram e redobram a intuição do impessoal, do acósmico, reavendo a vastidão géstica do acontecimento que poderá plenificar as estilizações artísticas da vida: é a alegria da dor criativa, é o sentido báquico, dadivoso, é a força de viver entre espíritos dionisíacos, demônios, anjos e os silêncios trágicos que impulsiona as sínteses intratemporais, destruindo a aproximação de qualquer profetizador. O homem acovardou-se porque não modifica a sua relação com a vida, não corporifica expressionismos imanentes, não se abre ao impossível para sentir as imanências, as energias existenciais que já passaram e não aconteceram: acontecer com novos tipos de relações, novas linhas do trágico onde a duração enviesada do encontro do passado e do futuro constroem instantes vivos do presente, subvertendo a vassalagem do tempo ao movimento: ressurgem várias camadas crónicas de tempo que se desdobram por meio de junções, aderências sígnicas indiscerníveis até ao jorro anorgânico, descentrado, emaranhado, fundindo mutações contemplativas e impulsionadoras da criação. O tempo exige autonomia e se liberta do antes e do depois: as forças estranhas de esboços críticos dilatam a duração do labirinto, perfurando corpos e compondo ondas de sensações variáveis(multi-espécies). O homem continua a fazer o culto das mortes e dos fantasmas, aliou-se aos factores externos moralizadores que o constrangem, o restringem, o reduzem, é um desvigoroso com persona de cabotino, combate as suas sombras e fica alienado dos entre-tempos das linhas afectivas onde as angulações em decifração esboçam as pontas eternais das mertamorfoses geológicas, animalizantes: dizem: ondas caleidoscópicas inventam outras maneiras de viver e recriam o vazio caótico: o homem não compreende as batalhas sígnicas, as ressonâncias dos rastos imperceptíveis em cada movimento do seu corpo, em cada nervura, em cada dobra, em cada fluxo, em cada coexistência nómada, em cada dicionário epidérmico porque rejeita o quase-desastre da intersecção cérebro-mundo, catalisador da durabilidade larvar de um instante que produz diferença transmodal: o tempo absoluto do ciclo cósmico ou serão forças soltas das superfícies aprofundadas pelo processo mutante de uma enunciação que vem e vive do excesso do mundo? Ou será uma ecosofia, uma criação animal que vaza o desassossego institual para absorver a estética do acontecimento de uma povoação movente entre series heterógenas do futuro? Ou serão forças ondulatórias a entranharem-se nos corpos até à saturação dos sintomas? Ou será um corpo a exigir escolhas com as permanentes descodificações feitas de lances de voltagens de um presente que recomeça sempre para enredar matérias estranhas nos sismógrafos? Ou será a instabilidade fulgente dos afectos a acoplar os micromovimentos infinitos do ser-do-sensível na vivificação inesperada que peneira o caos? Ou serão encontros de pontos de potência com eternos retornos que refazem a vida entre transbordâncias problemáticas? Ou será a força espiritual a usufruir-se por meio de tempos históricos, de lugares de passagens e de silêncios de novas geografias? **Os alvos não foram atingidos, tudo se torna imprevisível e sem significação na força extrema dos sentidos (redes em sublevação).**

O homem continua a rezar para os mitos, afugenta o trágico, as passagens de novas ideias, as forças estrangeiras e inéditas, o pensamento não esponta porque o homem está imergido na reprodução do hábito, da vantagem, da serventia e da recognição, tudo está acoplado aos dedos-viciosos-auriculares: a ditadura tecnológica. Confundiu o virtual com a representação, com a verdade e não se reinventou, não absorveu o visível do imperceptível, o múltiplo que se gera e produz o real com sentidos intensificados: não soube dançar na problematização sígnica que transpõe fronteiras. O homem entregou ao poder das imagens inanimadas e à normopatia asséptica a sua vida, o seu corpo e a sua morte: o homem denega o meio do acontecimento, as raias extremas de si-mesmo: o homem rejeita o processo complexivo, as tensões da diferença, os encontros compositivos de forças interpenetrantes: **dizem: combina-**

ções de interfaces virtuais com abalos moleculares onde as ressonâncias dos saltos do comunal da imagem-tempo traçam novos mapas intuitivos___o tempo inédito na coesão das matérias.

O homem é obsessivo por apostas, mas não joga com o que lhe acontece entre cortes transversais, não joga com o paradoxal, não acolhe em si-mesmo o inconsciente dentro de um processo afectivo que acelera a imanência artista, os gérmenes voltaicos, moleculares, impulsionadores do caos entre germinações contínuas: a diferença rítmica se solta apinhada de sentidos fora da significação. O homem não acredita no mundo, desconfia dos movimentos cósmicos, teme do pensamento ligado à vida. Não entende que o real tem a ver com a capacidade de criar existência agramatical, dionisíaca, de perfurar fronteiras com o múltiplo autopoético. Introduziu o mundo artístico nas correntes da mercadoria do orgânico, do regime representativo e da fetichização. Edipizou-se. Infantilizou-se. Familiarizou-se, agregou-se com corpos subordinados, aliás, cultiva a repressão em si-mesmo, axiomatiza-se, fez da tautologia uma religião, refreia-se, assujeita-se e acredita nos fantasmas automáticos que o percorrem, acredita que está sob efeito de forças geométricas, codificadas, está entupido por lógicas platónicas, esmagado por acepções esquematizadas, estranha as vibrações puras do tempo, as suas almas estão repletas de habituações, de dependências, de cartilhas, não conseguem extrair o imperceptível, o oculto da natureza, o signo inobjectivável das forças do corpo. Expulsa os povos vivos, as geografias cerebralmente acentradas que o andarilham, está completamente adicto, viciado pela vida pronta, não desvia ou abandona seja o que for da sua circunstância, da sua conjunção, do seu argumento. Não apreendeu a natureza dentro de matérias expressivas, não sente o silêncio e o vazio como forças impulsoras do pensamento, não liberta o tempo, ele próprio é uma adequação negativa do tempo, é uma ideologia cravada na sua própria casa. Não mergulhou nas expressões da natureza. Não sabe morrer, perdeu-se no seu próprio mau-sujeito, elogia a deterioração, o martírio e direcciona-se para o nivelamento absoluto. Fossilizou-se no acontecido, nas instituições, nos procedimentos formatados, idealizou-se nos solilóquios identitários que moem os desejos, emoldura, ajusta as forças afectivas, os ritmos involuntários, entorpeceu-se, adestrou-se por meio de neuroses, é uma situação empírica, submeteu os seus mapas afectivos aos mitos. Não sustenta a loucura do outro, não suporta a diferença, o intensivo, o acentrado e o transcendente fora do deífico, o seu rosto é esculpido pelos escopros dos aljubes ascéticos. Acovardou-se com as paixões reactivas, quebrou os vitrais góticos vibradores de forças. Não ficciona o real, quer conservar tudo, não apreende as conexões causais do seu corpo, as tremendas espessuras temporais, não capta o inexaurível do sentido, não se movimenta, desloca-se e recusa os espaços sem fundo, a ininterrupta insurreição da assintaxia. Ignora completamente a relação do corpo com o vazio da linguagem, então se desconectarem o som da imagem ou o som da forma, ele tentará inspeccionar todos os fluxos intensivos e ficará paranóico: o homem quer submeter e sindicar a palavra, a voz, o olhar, os gestos, a boca, usará a sua pele reactiva para confinar, circunscrever o corpo. Abomina a vida-jazz-DJ-DUPLO, os desenhos ritmados, a disjunção entre voz e a visão, percepção e estranheza. O homem desvia-se dos dicionários vivos indecifráveis, está tolhido nos efeitos e nas marcas, aliás, as marcas despontam no seu património concrecionado, nas estruturas que corroboram a sua memória sepulcral, consolidam o seu poder engulhoso, enfraquecendo tremendamente o corpo porque não capturam as cartografias da antimatéria do mundo: o homem é um produto de rotinas, de hábitos, precave-se das disjunções amplectivas, é norteado pela consciência dos confessionários. Fez de Deus uma criatura e quer sempre substitui-lo, obstando o corpo e a vida de conseguir a liberdade, refugia-se na eterna altercação, disputa ininterruptamente porque se repasta de ignorâncias e de memórias ressentidas que se prolongam no tempo, provocando estrangulações, provanças, angústias, torna-se vingativo como nos disse Friedrich Nietzsche. Não se autonomiza, tem imensa dificuldade de misturar as forças involuntárias das reminiscências com a inconsciência da linguagem, não aceita ideias desajustadas, não aceita as misturas do mundo por meio de fissuras ilimitáveis abertas às linguagens insanas, dementes, desertoras, delirantes, histéricas: o homem não constrói trilhas, novos territórios, perde diferença, perde a condição de vivo, está a perder potência térmica porque ignora os intermezzos escorregadios, os ritornelos movediços, os processos inacabados que apreendem os mundos sensíveis e os lances de dados das hemorragias acontecimentais. Tem medo dos acasos, das averbações imperceptíveis e da complexidade evolutiva. Intrometeu em si o erro, desperdiça o caos, a ética do caos, o phaneron balbuciante das raias de todas as artes, aliás só usa o caos para justificar a algoritmização referenciável da sua vida. Cultiva abatimentos, clemências tirânicas e vitimizações, o corpo não se reinventa plasticamente porque se afastou das forças rupturantes do mundo. Anafa-se com verdades instauradas. Nunca sai de casa, mesmo quando está fora de casa, quer reconhecer tudo o que o rodeia. Tem horror ao intensivo, à mudança, à diferença e desatende a neguentropia e as geografias caológicas. Carrega insígnias sexualizadas, perde o acontecimento de si-mesmo, não consegue fundir vida no instante que se eterniza e se desvanece simultaneamente. É uma equação que não aceita a imagem envolvida no vazio em proliferação, não aceita a força germinativa-germinal da heterogénese. Está preso às significações que recusam a transmutação do corpo em contacto com novas topologias, com o arrebatamento ininteligível. **Deseja pela metade e não se revolta com tudo o que nega a vida, afasta-se das forças incomensuráveis de sentidos, de descodificações de movimentos infinitos, de presentes futuríveis-larvários. Não afirma o acontecimento, nem as percepções impessoais. É um supérstite porque abomina o animal fraudulento, falsário, contrabandista de topologias à deriva: o animal da arte que se invagina no geometral, nos atravessamentos sígnicos, nos diagramas sensitivos carregados de conexões mutantes.**

O homem reduziu-se ao sobrevivencialismo, não aceita a improvisação, os movimentos microscópicos, os ritmos que desarticulam uniformidades, as saídas improváveis, os saltos espirituais, a mistura da criação com a afectividade, o ritornelo transmutante: o homem recusa a vida plena, as claridades dos espaços vazios, o desassossego criativo porque está estancado na cadência dos baluartes existenciais, não ama ou ama semelhantemente a mesma-pessoa sem intensidades afectivas, sedentarizou-se, encerrou os tímpanos para as sinfonias, as polifonias, os contrapontos, não consegue superar-se, ultrapassar-se, extravasar-se, não consegue compor o seu corpo no tempo, ignora o caos que anterioriza o gesto, a fala, o pensamento, evita que o sujeito e objecto se descoroem e se descentrem num ritmo de descontinuidades. Transformou-se num adorador de vários sacerdotes que envenenaram o pensamento, o intensivo, o tempo, o cérebro e o corpo: eclesiásticos evitam que as direcções coexistem com outras direções, recusam que o mundo se mundifique e se torne inobjectivável, recusam multidões bastardas, desvios simultâneos que cavalgam sobre todas as línguas, recusam escultores da desrazão: recusam a estrangeiridade no corpo que se acopla a uma miríade de bifurcações afectivas onde se combate as vazaduras da morte da língua. O homem transformou-se num bajulador de representações oníricas e da morte natural. Não contempla e tem um medo profundo da morte, venerando-a dentro do presente opressor do tempo que evita as imagens delirantes para golpear esteticamente o vazio. Foge do caos, da melodia-caológica e da natureza. É um cadáver-vivo. Panoptizou-se. Fazcizou-se. Vampirizou-se. Codificou-se. Regurgita pavores. Homogeneizou-se. Procura o socialitarismo e confunde o real com órgãos estruturados. Quer ser dono, mas passa a vida a servir, mas como intensificar a vida se denega o corpo? Não se ralenta e concomitantemente é cuspido para o modelo platónico entre as compaixões cristãs. Repele o comum que se desdobra, traduz signos singularmente, sim, repulsa o comum porque não assimila as geografias da diversidade e os sentidos expressivos: repulsa a energia tremendamente vadia e obscura que nos avizinha do incomensurável porque nos faz minar ininterrompidamente o dizer. O homem eliminou o saber do corpo com as dicotomias, os binómios, não consegue fazer do corpo um retorno musical, um movimento de forças da desrazão, ou das razões ardentes baudelaireanas: o homem eliminou a palavra em contágio com o tremor habitacional doutra palavra para não atingir as visões fabuladoras, o transbordamento hibrido dos limites onde os circuitos da vida-autónoma se interpolam: o homem nunca sentiu o infinito das fusões do espírito e das excreções sígnicas que vibram nas extremidades do corpo porque é lamuriento, quereloso, conglutina-se no tempo-servo. Usa as dores para publicitar a misericórdia e o amerceamento. Não consegue se histerizar porque se destroncou biopoliticamente, faz das forças que o vazam actos justiceiros, ressabiados, eliminando a plenitude das diferenças e a criação de eternidades que são meios artísticos, passagens éticas, errâncias das superfícies profundas em perpétuo desequilíbrio, em disjunção inclusiva de micro pontos de vista, de raias agramaticais. **O homem tolheu o corpo, nadificou o corpo com a memória-passadista, com as origens fantasmáticas, disperdeu, anestesiou os feixes de forças que transpõem o corpo, encortelhou-se entre os trilhos verticais e os horizontais, está alicerçado na historicização. Afastou a alma do corpo, afastou do corpo as cosmovisões derivadas, os rombos das intersecções de golpeaduras permanentes, o afecto da alegria.**

O homem desarredou o impensável do corpo com os tribunais do bem e do mal, evitou que as composições do futuro gerassem potências da animalidade que o atravessam, evitou que as vozes se tornassem criadoras na assintaxia, vozes levantadas contra o mundo por dentro entre aprendizagens do devir e o esquecimento. O homem não consegue nascer de novo porque não sente o movimento dos movimentos com dobras expressivas, não escuta as línguas em ressuscitação intermitente e fora da jurisdição, das supremacias, dos controlos. Colocou a arte em camadas recognitivas, recusa o animal que se tornou lugar-sem-lugar de escuta e de fluxos de vozes, um animal com golpeaduras afirmadoras do acaso que compõe caos e faz proliferar o caos entre as vazantes do corpo e as dobras variegáveis impulsionadas pelo alterável-reversivo dos abecedários anónimos: ecos distantes dos gritos do não nascido: gritos que se expandem até ao infinito e retêm o vazio arrastador de radículas cartográficas onde as relações do absurdo e as metamorfoses disformes confrontam o reentrante das superfícies do mapa-mundo para misturarem matérias numa correnteza do impossível(zonas de complexidão). **O homem** impede o assalto ético das vocalidades que traduzem o mundo no mundo, tornou-se uma falocracia espeleológica: como não assimila novos sentidos, o homem está completamente fora da fusão dos instantes espirituais que deslizam no real-virtual do cérebro caleidoscópico, sim, foge do abismo prestidigitador que tangencia intermitentemente a protérvia de promessas incumpridas. **O homem** não acontece no convulsivo-multilíngue dos choques estéticos que desencarceram a vida, profanam o sagrado, remascam o inesperado, libertam contrastes: não trespassa as suas geografias por meio de sensações desorientadas e de falas indecifráveis, de vestígios acústicos e de plasticidades demoníacas sem pontos de partida, sem pontos de chegada, sem gráficos, sem coordenadas (ressonâncias intervalares do que há-de-vir): o homem não enfrenta as polinervuras do estranho, o imponderável, a sedução das errâncias que o possa levar para a sublevação e para o rumor do inapreensível: desbasta percursos onde as fissuras sígnicas se abrem sem cicatrizações: as palavras espontam nos golpeamentos topológicos, nas plasticidades cataclísmicas porque confrontam o silêncio do mundo que aparece sem ser chamado como um risco da visão a compor-se nas entrepausas desfocadas pelas matérias sem contornos: há uma caça de abandonos e de colapsos a penetrar o avesso descomunal do mundo, uma caça turbilhonar, uma multiespécie ritmável de cronotopias, uma caça de contracturas lúcidas, aniquila os amestramentos, os ideários, as oficinas, cruzando os interstícios oraculares com as carnaduras geodésicas feitas pelos rumores babélicos que escapam às significações: há uma caça com pulmões cosmogónicos, caças multímodas que mergulham no tempo que abandona desabaladamente os seus fulcros, uma caça de efracções de aprendizagens do alto mar que o homem sempre enjeitou porque foi infectado pelo misantropismo. **O homem** automatizou-se, assassinou o devir-animal e bestificou-se. Afastou-se da adivinhação do mundo e das zonas problemáticas do corpo porque não sabe espreitar a estilização dos entre-tempos libertadores das forças inconscientes, das linguagens insanas, dementes que invaginam diagramas mutantes...**envolver gritos nas danças infinitas e nas topologias masturbatórias: o pensamento se emprenha histericamente. O tempo não refreia nem regula, explora o trágico e a escrita se torna uma renascença ilocalizável, uma flutuação da vida e da morte, um corpo sem peso e sem altura: a carnadura do PALCO é trespassada pelo phaneron que inventa novas geografias.**

O homem alcovitarizou-se, ignora o plano-corpo-pensamento-cérebro, monitora e é monitorado, vive cativado pelos acolhedores de sofrimentos e das piedades, tornou-se uma narrativa orgânica. Não se revolta e faz do cansaço uma remetedura, preenche compulsivamente o vazio com configurações lineares: o homem elimina o futuro que o permeia, estratifica-se por meio de rédeas biográficas, elevou a alma e esqueceu do corpo, ficou ao serviço do estado, dos costumes e da gangarina, fugiu da vida e acorrentou-se ao tempo histórico porque não é uma força inteira, não tem coragem de adentrar-se na voltagem do futuro, aglutinou-se no acontecido. Frouxou a libidinização com o estímulo do rebanho, repete o mesmo, nunca defraudou a língua e faz do conservadorismo uma política de favores e desfavores, vive plugado sem qualquer prudência, analfabetizou-se afectivamente, não quebrou fronteiras, odeia novos povoamentos, não se desconstrói, não sustém discrepâncias, é adepto das normopatias identitárias, entristece-se perante a multiplicidade e não se fortalece com a experimentação rítmica do comum que rasga binómios. Abomina os timbres do vidente, a duração do feiticeiro, as curvaturas da diferença, a música da singularidade, a complexidão que induz múltiplos signos: o homem abomina o metamorfismo perceptivo das almas porque evita alegria criativa das turbulências. Socorre-se nos aconselhamentos familistas, nunca escolheu os jogos das composições porque não entende a libertação da matéria e a complexão dos confrontos, das alteridades que buscam novas enciclopédias fabulatórias. Imitou o eu, respondeu racionalmente ao real e rejeitou as tramas da vizinhanças que fazem dedilhar distâncias com os falhanços e o clandestino geológico. Adoptou a pessoalidade, apagou os granulados, a matéria inominável, o abstracto real, as ondulações oblíquas e o acentrado. Moralizou-se por meio da agnição ascética, demoliu os sentidos das evasões sedutoras, não sabe se aproximar por meio de afastamentos. Tem medo da língua nefária, execrável, a língua que revela a devastação do designado. Fez do rosto o seu mundo fantasmagórico. Perdeu o corpo caleidoscópico e rejeita o incorporal, o verbo accionador de intersecções paradoxais. Não consegue despedaçar o sensório-motor porque se desviou do emaranho consistente do acontecimento, quer ver mas não sente a dança da visão, nem a espiral respiratória da carnadura. O homem submeteu-se ao poder porque não compõe distâncias com as diferenças rítmicas das distâncias, dessabe das contiguidades éticas: a sintaxe é sempre desvio escultor de sensações. Afastou-se das irradiações da natureza, das premências sensíveis da intuição e das ressonâncias anorgânicas onde a língua foge da linguagem com arcos convulsivos, delirantes, absorvendo o vazio com os seus recomeços perfurados por trajectórias espélhicas, vibráteis. Por vezes absorve alguns rastos do possível mas destrói as irrupções do improvável, não escuta os ecos da visão e da aparição que vêm do interior do seu corpo. Condenou a vida na guilhotina dos estados espirituais. Negou a vida com legislações, não compõe forças que o façam existir e acontecer juntamente com libertinos, vadios, artistas, perfumistas, alpinistas, esgrimistas e insanos, é um eterno carente, não constrói mapas nos actos de fala redobrados ao infinito, não se toca, afasta o entrelaçado corporal do mundo, não cruza o corpo nas forças desviantes do mundo, por isso nega o olhar do outro porque vive conectado à dominação das analogias. Negou os devires do corpo, escolheu as homogenias. Codificou-se, intelectualizou-se, educou-se, socializou-se por meio do poder normótico e das referências. Liga-se ao tempo por meio da impotência, das incumbências, das dívidas existenciais, não se constituiu a si-próprio, não se experimenta com passagens em transversalizaçao, não se problematiza dentro do pensamento, não sente os fundos extasiados do tempo. Vive num só mundo-solipsista que desvaloriza as vizinhanças do invisível, não se autonomiza, não se mescla, não se experimenta no impossível porque está amarrado à infalibilidade do sujeito que exauriu a reinvenção da vida. Substituiu a vergonha pela piedade e pela compaixão, não entende a feitiçaria da criação ritornélica das imagens que se movimentam livremente no trágico, nunca penetrou a sua vida na arte nem a arte se entranhou na sua sobrevida. Afastou-se do impercetível do visível da natureza, ignora a variação ininterrupta do sentir suprapessoal, os nomadismos das radículas da visão, arrasou os escólios, prendeu-se aos dardos irreversíveis do tempo, tem medo das presenças em fuga. Teatralizou a vitalidade do desejo, desconsidera a física das turbulências porque foge da dor ao acoplar-se às próteses digitais. Vive de joelhos, idealiza o corpo no mundo, fragilizando o real. Agarrou-se ao filamento entrópico do dédalo, não escutou os cânticos labirínticos, as fricções do impensável, os blocos da eternidade existencial porque esqueceu das golpeaduras estéticas do singular____não capta as decifrações do anorgânico. Tolheu o mosaico do corpo, a transmutação cartográfica. Perdeu o animal em si, o intermezzo da vadiagem e da anomalia, perdeu o real intensivo do real, a adivinhação animista, as tonalidades da matéria-espiritual. Estrangulou-se na gosma de Teseu porque não sabe brincar, está fora do acontecimento, da profusão acontecimental, dos avessos tensionados pelos intervalos do inacessível e da inutilidade, não mistura ritmo artístico com as subversões catalisadoras da vida. Equilibrou a língua, quer reproduzir o homem através do dever. Eliminou tensores da língua, as mutações entre corpóreo e incorpóreo, excluiu a vitalidade afectiva com sucessões cronológicas. Culpabilizou-se e não sabe dizer nada de outra maneira, o homem é o primórdio da manifestação, o começo e o acabamento de si-mesmo onde a pulsação é tremendamente mensurável pela legislação. Uniformizou pontos de vista, estagnou a interpretação sígnica, não se desdobra na dança do caos porque trava os limites transbordantes e as aprendizagens intrusas que impulsionam a vontade criativa do corpo. Há um tempo corrosivo que o perfura sem filtros e o encouraça fora das membranas do impensável, o inconsciente não respira nas superfícies do corpo, o corpo carregado de aféreses cibridas é mecanizado, perde as composições musicais, a hibridização, a marchetaria, as problemáticas em variação, sim, o desejo despojado de desejo não se multiplica nem se transmuta, o desejo não joga e não se revigora na generificação dimensível, o desejo deixa de ser desejo porque a exultação desaparece do afecto e as forças das fugas ininterruptas não se cruzam: **(refrão da improvisata):** é o poder do tempo corrosivo que perfura e encouraça o corpo carregado de próteses digitais: as falanges tornam-se um ouvido, um tremendo tímpano ou uma esponja algorítmica da voz do outro ou um gancho humano clonado a soprar para dentro de nós ou um grito sem **espírito, construindo um eco instantâneo de signos vazios: o corpo ressurge e desaparece miseravelmente como uma bolha de vísceras e de cérebros a desmaterializar-se: deixaram de acreditar na transmutação incorporal e a memória passa sobre os escaladores que modificam o tempo, esqueceram as vidas intrusivas em direcção às irmandades socias, às redes do cio capitalístico___ainda nos resta um pássaro de**

Constantin Brancusi perante a ausência dos encontros das rupturas, das mutações, dos esboços da visão-mundo.

O corpo deixou de acreditar nas vozes múltiplas: a sua vida sem geografia movente e entulhada de medo do acaso faz da bagatela uma forma de jubilação: aqui, musicalmente as gradações não acontecem. O homem reverencia as aspirações dos gurus porque se sente actualizado, útil, necessário, orgânico e simultaneamente se torna uma tecedura artificial de informações, os seus órgãos determinaram-se dentro de reflexões e sem os saltos dos sintomas-bacantes. O homem objectiva e subjectiva a sua ALMA, actualizando-a dentro da captura de estruturas psicológicas, dos tempos mercantis que alimentam os carrascos do espírito e a tecnocracia-miserável. Entulhou as mónadas com entropias burocráticas. Encaixotou-se em semióticas da servidão, embalou-se num algoritmo de sequências de obras de sucesso onde o seleccionável é completamente traduzível pelo acabamento funcional, pela finitude fora da lucidez, do rigor, do delírio e da crítica. Eliminou as sensações estrangeiras, a alegria da improficiência estranha, os processos das intensidades cristalinas, as paramnésias, as coexistências que envolvem as sintaxes da vida livre. Empodeirou-se, impossibilitou a ressurgência das forças inventivas de uma língua fora da gramática, bloqueou a procedência simultânea do aqui-agora e do virtual, tornou-se uma submissão numérica: o homem encerrou pontos de vista em si-mesmo, nunca se desterritorializou porque não entende o corpo dentro de uma fuga ética incapturável, dentro do vigor ético e fora do sujeito histórico, não apreende o corpo com o tempo louco nos seus fluxos, com as velocidades variantes da matéria onde uma fala se espiritualiza porque atinge o indizível, o inefável de uma memória feiticeira e cósmica. O homem é uma etiqueta, um cunho, um logotipo, uma anestesia, é uma fadiga viciada que impede a perfuração das vozes, os vestígios das assintaxias, os conceitos fractais, a polinização das falas suspensas na trama do real. Está impotente porque se afastou da imagem directa do tempo, afastou-se do vazio que infinitiza o inverso do nada. O homem humanizou-se, não experimenta novos estilos existenciais. Sedentarizou-se, não transpõe as linguagens do poder, não experimenta a duração afectiva. **Escravizou-se na consciência industrial, o homem não acontece no espirito do inconsciente de uma multidão de travessias e de testemunhos estrangeiros: o homem não acontece no vazio da arte e na arte: perdeu os laços com as geografias afectivas por meio da disrupção ideológica e da**

técnica globalizadora, o homem perdeu a terra, a sua invejidade é irrefreável dentro das razões imaginativas. A alma inteira e vitalista do signo artístico o confunde porque nunca aceitou a feitiçaria, a mutação ou o tempo cristalino de um corpo heterogéneo. É julgador e nutre-se de expectações, deificou, glorificou simultaneamente a ambição e o suicídio porque desconhece o infinito, o múltiplo do silêncio e dos espaços visuais. Holofotizou-se e investe em técnicas identitárias esmeradas e impulsionadoras de plácitos messiânicos que o desagregam com tempos negativos. Não consegue FUGIR, torna-se num slogan esotérico, utópico e populista. Falsificou-se porque transporta a sobrevivência e reproduz-se por meio de homogenias, faz do passado, do presente e do futuro uma representação sucessiva do organismo que diaboliza quem não se programa carregado de cartilhas, quem está em fuga semi-ótica, quem se alia à transmutação dos deuses pagãos, quem faz do silêncio uma fala, uma matéria viva, um tempo em catástrofe criativa. O homem é uma relheira de montagem de hábitos e de expectações doutrinárias. Impede o riso do bruxo, não dança nos fragmentos minerais, suprimiu as traduções das dobras da carne-espiritual que o fazem ver a anti-matéria e a pura génese. Não escapou do juízo, organizou, determinou o corpo, fala em nome do povo ininterruptamente, tampou as escutas de jogos de forças que o percorrem interiormente. Substituiu as forças anorgânicas pelos sentimentos totalizantes e pelas emoções de uma nova ordenação patriota. Rejeitou os combates impessoais, alógicos, embriagados para amanhar a morte e a guerra com espectáculos terapêuticos. Abomina a arquitectura movente do leve, é feudatário da carga. Expulsou Dionísio com as serventias, com os cativeiros binários, matou a metamorfose ecológica, a fissura ecosófica do pensamento, formatou-se com liturgias sacrificais, classificou a natureza com as teorias do mal e do erro, criou hierarquias na natureza com as fiúzas dos finalismos, colocou-se de joelhos perante rostos maniqueístas, deixou de experimentar os ciclos virtuosos do seu corpo, as forças intensivas de tudo o que não lhe aconteceu. Não verá o filho gerado entre Ariadne e o Touro, fez da sua vida um aprendiz obsessivo da consciência mítica, atormentou-se entre Deus que é sua homogenia e a moral que é o seu tribunal triunfador. Arrasou as junturas prónubas com ídolos metafísicos, amorfos. Evita direcções inauditas, heterogéneas e faz dos estrangeiros os seus principais inimigos, faz do aformal e dos ritmos incontroláveis, a sua guilhotina, execra estar em movimento e no encontro com outras forças que exaltam a renascença de outras línguas nómadas. Transformou-se num ciber-zumbi, tem horror à mutação, cuincha, rezinga, grunhe. Admira desavindos fragilizados. Adora epopeias, personaliza-se. Escravizou-se na velocidade algoritmizável, idolatra o kronos dos vultos socializados. Esconjura o imperceptível, os ritmos contemplativos, as zonas abertas incomensuráveis e as fronteiras em misturação. É incapaz de inventar realidade **para varar as rebentações éticas que avaliam a sua capacidade de existir,** é incapaz **de aprender dentro de fluxos impessoais, de coexist**ências múltiplas.

Inventa divindades para fugir aos antilogismos, **às transbordâncias de linhas existenciais, adoptou Thanatos, evita o aion de Eros e as exaltações do pensamento. Nunca entendeu que a vida é uma força criativa indómita. Não entendeu que vida sempre extraverteu os poderes e só vive quem está no acontecimento, nas multiplicidades que se contrapõem à lógica categorizada.**

O homem não tem vergonha de ser o homem que não avança para o futuro porque se acovardou ao destruir a composição eternal do instante, nutre-se de microfascismos recognitivos, projecta a imagem do invejado no seu espelho paranóico, iconofílico, desqualificou as intensidades da presença da diferença, as forças de encontros afectivos, não escapou da dialéctica do niilismo, da politicagem do ódio, cultiva as universalidades, procurando apavoradamente o sentido da vida nas verdades, sem produzir novos sentidos, sem o acontecimento vibrátil do corpo; desvia-se das descodificações e evita os signos que o invadem para escoar afectos nos afectos. Não tem decoro de não se reinventar dentro do sublime da multidão por vir, dentro de metamorfoses nómadas, de errâncias que trazem em si as essências do futurível sem significados: o homem não redesenha a alma bruxa no futuro, nem é sensível às potências criativas, às forças do pensamento catalisador de linhas críticas-sensíveis, não assimila o trágico destruidor da moral arquetípica e das entropias da servidão e da vergonha, não transcodifica o mundo porque nunca buscou o rigor do impensável e do improvável (afecto que liberta a verdade-criativa do paralelismo e da analogia). O homem define-se ininterruptamente fora das semióticas energéticas, os efeitos tomam conta da sua língua carregada de designações. O homem tem medo de brincar com a gravidade, ignora o sentido metamórfico do seu corpo, não se expressa porque não subverte, nem faz da voz um acontecimento, uma decifração contínua do mundo, só lhe interessa o presente do tempo, actualizar-se, quer ser um personagem intencionalizado da história, uma biografia biografada pelo sujeito histórico: um binómio circular. O homem fragilizou-se porque quer representar logicamente o que lhe perturba no exterior de si-mesmo, não acontece em novas dimensões de tempo, ignora o grito de Artaud, o grito de Pastal e dos desaparecidos, ignora o infinitivo e o gerúndio do mundo verbal, está acorrentado aos substantivos, aos nomes próprios, não alcança topologias rítmicas para lá da experiência, não sente a simultaneidade do presente e do passado, está encarcerado na imagem-movimento, no fio de Ariadne, o seu corpo não se expande no sentido do sentido, trabalha tresloucadamente para evitar o encontros de corpos, mas é impossível porque as forças monádicas acontecem nas oscilações irrefreáveis: o homem não sabe das voltas, das mudanças que extravasam o exílio, das potências do ócio que o conduzem sem a presença do livre arbítrio, tem pavor da eternidade e da improficiência, confunde o jamais com a perda, confunde as linhas da errância com tessituras da aristocracia, trama com maquinação, confunde percepção com graus epistemológicos, usa mal a linguagem, não sustém o trágico, o aglomerado de vontades, o transcendental dos feiticeiros, não compreende que as formas contingentes, instáveis da realidade antevêem um interface de forças estilizadas, não compreende que as formas estão em ininterrupto desaparecimento, não conquista tempo, ele não aprendeu ainda que a morte tem um rosto configurado entre energias despedaçadas, **não compreendeu que o impulso de vida não é causado, é uma relação caleidoscópica, nada é natural, tudo acontece no acaso de um simulacro, tudo emerge do tempo e no cruzamento ininterrupto de forças e de vigores entre uma vastidão de membranas paradoxais e de liames afectivos(encontros acidentais).**

O homem bajula as epopeias, está acima do gabaço, da louvaminha, e nunca se engolfou, se entranhou nos espelhos de luz dos arquivos futuríveis, continua ressentido, está doente, precisa da servência para dizer que existe, afastou-se da vida, fracassou, minguou e atirou-se contra o meio dos deuses, apinhado de metafísicas miseráveis, pedindo clemência, idealizando a imortalização por meio da explicação conservativa dos órgãos, agrilhoou-se no reactivo, na falta, no fâmulo para se tornar possessor, o sangue do serviçal injecta-se na carapaça do homem, o homem não muda, não se transmuta, censura o seu próprio metabolismo, não se transmuta e não modifica o mundo, nutre-se com escâmbios do proveito, da ganhança, precisa do servo-público, do servo-privado para o chamar, o receber, o constituir, precisa da consciência paramentada e da tristeza do assujeitamento para subsistir, faz da vida uma privação contínua, desconhece as plúmulas caológicas, os blocos energéticos, desconhece a matéria dos pontos imperecíveis, abstractos e indivisíveis do corpo que se desmancha no tempo, desconhece as intensivas coexistências quebradoras dos aguilhões do tempo. Como não enfrenta o caos, o microcaos, não se envolve no trágico, não cria nem inventa, não se experimenta, arremeda, a sua função é deslocar tudo dentro da semelhança, das identidades e das crenças da base do poder. Tem horror à prática do pensamento impensável, aos lances da babel, aos horizontes imediatos abstractos onde o sensível é partilhado pelos libertinos, **os vários sensíveis sobrevêm diversamente ritmados pelo corpo da ACTRIZ**. O homem reproduz o que subsiste, não sai do seu território produtor de medo, evita os loucos, evita as forças contrácteis dos espelhos, evita os infinitos desdobramentos de Dionisio, busca a aquietação no ser-identitário, busca as recompensas ininterruptamente, estrutura-se na mercancia da lei, a sua sobrevida exige, assim, não faz da vida uma arte porque idealiza tudo, sabota as ressonâncias do ser do sensível, foge de novos ritmos da ética e a alcovitaria atravessa o seu corpo que perde a força de acontecer, sim, a fofoca torna-se o principal donativo, fomenta os dualismos e a autoridade do bem e do mal que serve para ferropear os insanos nos loucos por meio das fisionomias dos provedores que fazem dos gestos um espelho repleto de donos reverenciáveis, de poderes patriarcais. O homem alimenta o estado em si por meio do tempo metafisico platónico, usa as ideias gerais, universais que bloqueiam o corpo de se afectar singularmente com outro corpo viajante de velocidades intercessoras: o homem sitia os corpos que expandem iluminações sem esgotarem os sentidos dos processos sígnicos de um todo -aberto, o homem desconhece o corpo que produz sentido entre cruzamento de forças da natureza que afirmam a diferença e improvisam retornos surfistas. O homem fala em seu nome, constrói leis humanas que impedem a vida atómica do abstracto estóico. O homem para se sustentar no mundo corpóreo das determinações e das máscaras de vitimizações, prosterna-se perante o sagrado da covardia e ignora completamente a musicalidade do caos, o rebatimento do caos: **o homem foge das linhas caóticas, anestesia as dores que o atravessam,** é um devoto das camadas racionais do saber**, cria ídolos, parasita-se, parasitando o outro,** não alcança as composições que produz em si-mesmo, o seu corpo encerrou-se pela incapacidade de se afectar, **de revigorar as zonas de autonomia, solipsou-se na sua natureza já-acabada, nos seus exórdios carregados de acusações, de rebaixamentos.**

O homem é capturado pelo julgamento porque não sabe lidar com o fracasso, os seus limiares estão prenhes de verdades, produzir novos mundos no mundo para quê, fazer variar o mundo para quê? Se o homem continua a ser impulsionado, dominado pelas forças empíricas-dicotómicas, egóicas-platónicas, bloqueadoras das correntezas sensitivas-artistas. O homem é obediente, disciplinado, pautado, organizado, escorraça as forças híbridas de si-mesmo, não entende a rasgadura compositiva que atravessa o aformal na força imanente, rasga as cartografias que dilatam o tempo, rasga as coexistências, o consistente, o heterogéneo, acolhe tudo o que faz representar a natureza que ele mesmo-não-compreende, não conecta o desconexo, não aproxima diferenciações porque o inexprimível e o imprevisível poderão sabotar o seu cataplasma homogéneo onde respira atulhado dc certezas, de convicções: o homem abomina a emancipação de um corpo que se faz sentido simultaneamente. Vive cheio de medo de cair na cesura do caos, rejeita o delírio espiritual do agramatical, do geometral, do figural... quer inspeccionar todos os fluxos do corpo e da vida através de marcas do poder, fecha os poros do seu corpo às velocidades labirínticas e às retardações acentradas, desconhece os tecidos finos do seu corpo, estranha as expressões ontológicas___não está acontecer e os deuses pagãos dão gargalhadas porque o homem conserva obsessivamente o que está sempre em modificação, em transmutação. O homem não constrói vida diferentemente porque tem pavor do caos estético, do transe artístico, da imbuição do corpo no pensamento: ignora que o inconsciente assimila as danças do corpo, mas... o corpo extrai os fluxos intensivos de outro corpo, captura uma miríade de micropercepções, de imagens deformadas geradoras do impensável. O homem está colado ao sujeito pessoal, quer ser agraciado pela sua própria covardia, não sente as composições rítmicas da trama afectiva em transcodificação, não aprendeu a surfar na epiderme do tempo, como vive subordinado pelas formas e pelas verdades das prestanças da máquina social, não entende a física dos desassossegos, continua envolvido nas atitudes e nas posturas conservativas, supersticiosas do meio histórico: o espaço-tempo comportamental capturou-o, fez da sua existência um mundo de apegos fora dos movimentos intensivos, ele não alcança que a fricção de imagens delirantes, reconstrói o vazio e é o vazio que geraria o possível artista-escultor de si-mesmo entre espasmos de sentidos e o que o corpo pode. No mundo realista do homem não existe expressão, não existe o acaso extremo ligado ao inesperável, a força da duração eternal não desponta, o canto compositivo dos bestiários silenciou-se porque o fluxo do sensível das vidências foi estancado pelos HABITUS da objectividade: o homem torna-se uma degradação de si-mesmo, iconiza-se, simboliza-se e de uma forma obsidente quer controlar o tempo, quer fechar os tempos, as passagens afectivas, quer decepar novas dimensões do tempo, quer construir vida para além da morte, eliminando tudo o que se aproxima do cinema-abstracto, da vidência das forças intensivas: o homem amputa as tramas desencandadoras do pensamento criador de diferenças, suprime as urdiduras estimuladas pela dança do corpo. A miséria nutre o poder, nutre o ressaibo. O homem só fecha portas e janelas ou refugia-se noutro mundo, noutro credo transcendente, não reconhece o fracassoe simultaneamente se faz vítima, faz uso sentimental daquilo que lhe acontece, atulha o desejo nas marcas e nas imagens da significação, quer o poder porque rejeita a criação. Não cria valor, oferece ao outro aquilo que sempre pertenceu ao outro, não se encontra, não busca as forças singulares que estão dentro de si, não consegue ser dono da sua vida, investe na fraqueza e na carência, mesmo sentindo-se influente, engaiola-se no medo da morte, cultiva a morte, paralisa-se no seu próprio fantasma, afasta-se da fonte criativa, resiste a tudo, mas não confia na vida, recusa as suas capacidades nómadas, tem dificuldade em sentir o devir absoluto, sem origem, sem finalidade: tem extrema dificuldade de mergulhar na natureza em acto artístico porque menospreza as forças intensivas dentro de si-mesmo, vive e explora o regime tutório, tornou-se numa patologia do verdugo que o faz desviar da plenitude do corpo, do movimento do corpo e concomitantemente é escravo da melancolia, do medo, das ideologias, das referências, da segurança, das compensações, de rebanhos, de organizações, de entretenimentos, de familismos, de maiorias, de biografias, de elogios: NÃO faz do seu corpo um caos ritmável, pulsátil, uma força de tempos múltiplos, um contágio entrecruzador de conceitos, não aceita os heterónimos, as improvisações, os afectos expressionistas, as afecções sensitivas, as cicatrizes caológicas, as ruínas das latitudes invisíveis, as feridas das longitudes imperceptíveis, não sai dos eixos porque evita ciclos descentrados, não se difere nas extremidades barrocas, não acontece no acontecimento inédito, nos rastros policromáticos: está prisioneiro da repetição periódica porque não se entranha na ciranda da eternidade, quer justiça permanentemente mas não se revigora por meio de linhas criadoras de sensações, de mutações indomáveis, não se fortalece por meio de zonas de crueldade afectiva, amorável que o fazem acordar para combater o normativo, a recognição, a miséria moralista através do excesso existencial e dos rebentos éticos da loucura, sim, a crueldade que faz sobrecenhos, carrancas, risadas para a morte e para o mal que lhe acontece, a crueldade que o faz entrar em processo artístico, expressionista e estilizar revoltas, passagens intrusivas com novos povoamentos radiculares, a crueldade de uma vida dilatada por novas dimensões de tempo, uma vida autónoma, uma vida de jorros flutuantes de cristal, uma vida de entre-dois, de entre-entre-dois, de microfísicas sublunares, uma vida de intuições membranares, de almas trágicas, inteiras, góticas, almas de futuros imediatos, transbordantes, uma vida de coexistências estrangeiras, de línguas musicais, de estilizações de acasos viajantes, uma vida de intercessores imanentes, uma vida adentrada no fora de topologias polinizadas por dicionários improvisados, uma vida disseminada pela errância, uma vida em contágio com os filhos de Epicuro, de Lucrécio, de Spinoza, uma vida da ética absoluta e do absoluto, uma vida sem programa, uma vida de esquecimentos futuríveis e com novas cartografias que libertam o movimento da imutabilidade, libertam o múltiplo da analogia, **libertam a ideia da reprodução, uma vida delicada que nunca morre.**

1 Plano

Noutra borda do PALCO uma criança leva na sua boca o grito que ataca o mundo, estilhaça o real, faz a ACTRIZ escutar o vazio ao quebrar a flecha eterna com os girassóis de Van Gogh porque a língua em evasão não avalia a analogia dos infinitos, torna-se invisível para experimentar a durabilidade da polinização com estranhos ritmos energéticos ausentes das agudezas dialécticas: outros espaços à deriva batem novamente na sua boca espectada de palavras mudas, a morte espreita sem destinações e a violência das preces ressurge carregada de hemolinfas de uma visão que ainda esculca quem está exilado da alma-do-corpo: a casa transforma-se na tragicidade da fala da mãe que já é uma cavidade do lugar distante, uma enxameação inumana: o sangue fulgura na fala sem textura, na fala da sobrevida biológica, na fala da vigilância, tenta abrir uma passagem para a vida breve, tão breve, existência vegetativa (por vezes há um recomeço da inocência belzebútica porque o imperecível regresso exige ser entranhado pela descodificação sem alusões e a besta-humana ainda continua assimilar as patologias das formas-naturais, exilando-se na puta da ignorância e no passado estruturado da consciência): a criança ainda tem força para se questionar defronte ao cadáver-vivo, tenta acontecer ao assinalar o incógnito no interior de uma palavra do deserto, uma palavra fora dos dicionários idealizados: a criança transmuta-se sem piedade: há uma força secreta, uma aliança sem desígnios nos pontos de vista comunais, há um murmúrio desconhecido do meio semiótico que a atravessa, estilizando-a sem recompensações: há uma resistência fora do salvamento do homem que a faz estremecer dentro da combustão da extrema lucidez, dizer sim aos imprevistos acentrados e aos vestígios dos corpos analfabetos: o infausto e as contorções arrasam as neuroses com pactos expressionistas: as traçaduras hiperbóreas fazem persistir e expandir o tempo impulsionador do corpo futurível, grávido de raias que fortificam o arco nos cortes imóveis do aberto (a natureza da cabeça da criança não existe, constrói-se com a diferença escarificadora do caos: a criança exige rigor e dínamos de duração inédita e inventiva, é uma linha abstracta: uma marchetaria da física das turbulências): uma alavanca de falas panópticas retira os vestígios cadavéricos, a colacia psíquica de outras falas que escapam aos efeitos selectivos da ralentação porque transbordaram arcabouços, atingindo lugares sem lavra por meio da tragicidade que desaparece e ressurge ininterruptamente: a criança violentamente silenciosa não busca ser criança, encontra a eternidade na matéria, nas passagens escuradores de vozes invasoras, nos gerúndios lucrecianos, nos meios dos acontecimentos sígnicos, dissolvendo excisões genesíacas nas contexturas protectoras dos brinquedos partidos: **o mundo leva na fala o seu corpo, a zona da dubiez, a musicalidade do mistério perante o terror filantrópico(por vezes surgem ambiências a-linguísticas no avesso das silenciosas falas): as malvadezas, as protérvias não se decepam por meio de ideais ou de profecias: a piedade é sempre. uma força de vitalização da eugénica pastorícia, do entretenimento da felícia.** O homem continua déspota de si-mesmo, escravizou-se, desligou-se do presente, desintensificou o presente e focou-se no corpo idiotizado que insiste em bater recordes na possível velhice. Homens e mulheres bramam pela liberdade e a apelam à magistratura-divina e a todo o tipo de direitos, mas, são incapazes de eliminarem o procustiano, o autocrata dentro das suas falações para fortalecerem o inumano do humano, o humano sem humanismo, a desumanização estética, o animal-poema onde o indiscernível, o delírio, o inventivo, o imperceptível, a diferença, o gáudio, a histeria, o pensamento, atravessam o corpo que se transborda sem famílias-ordenadas, sem generificações, produzindo espaços de tempo, afirmando as intensidades flutuosas, as pedras rolantes, as visões estranhas: **livrar a vida da bestiaga, da alimária: a sobrevida** anémica (possível percepção anfíbia nas coexistências cristalinas: dançar o espaço, acontecer afectivamente e extravasar limites com os deuses pagãos a transmutarem insanamente os seus poros)

A ACTRIZ escarifica-se nos textos de escritores que nunca atingem o estado de obra literária porque acontecem nas fugas ininterruptas, nas violências contraentes fora dos eixos(vitrais-góticos deslizam e escuracam incubadoras himanas): línguas com cesuras voltaicas envolvendo feitiçarias catatónicas, inconscientes irisados e vidências ínubas entre memórias ontológicas e ritmos hápticos bizantinos: um estilo agramatical, um acontecimento pulsional, uma amostra de retalhos sonoros carregada de partituras esboçadas por partículas sígnicas lucidamente vadias(dizem que há uma fundição de instantes a sumular a matéria onde o espírito jamais será dimensível perante o siringe dos pássaros migradores). Sem devaneio, sem o vazio criador de pensamento, sem o grito insonoro das telas de BACON, sem o fractal dos átomos do vazio, sem entender o caos da natureza, as escutas demoníacas, as coexistências das catástrofes, a vida-PALCO não sobrevém, porque as forças incorporais catalisam singularidades caleidoscópicas e afectos inventivos do entre-entre-dois: **um homem no cairel do PALCO ainda canta para os deuses que estão completamente a marimbarem-se para a sua presença: vive com os geolhos macerados pelo medo, escravizados pelo medo e pela indiferença-letargia-dos-ciberzumbis: corpo tolhe-se à volta dos pavores, dos ódios, dos juízos, dos campos da significação que estão ao serviço dos imperativos e dos adestramentos genealógicos.** A força política-ética do PALCO está na capacidade de produzir o imperceptível na ACTRIZ, de fugir à servidão, ao entorpecimento, despedaçar gigantescas empolas identitárias, securitárias, e escapar de um rosto-de-penitências por meio de contemplações larvares, de fugas, de actos renovadores de falas e de exílios: reforçar a vida fora do poder nauseabundo. **O homem está permanentemente a produzir sobrevida, a ser apreendido e a aprisionar, condensa as padecentes com os verdugos, alimenta a escravatura de si-próprio porque a equidade** não per**tence aos deuses, nem ao seu EU, mas ao intensivo retorno que afirma as aberturas futuríveis e a vida dentro do tempo puro inventivo (a alma continua a concatenar a substância ao extrapassar a posse da linguagem, exige o devaneio dos espelhamentos fraccionados pela infinitude fora do vivido).**

O corpo e espírito da ACTRIZ se sincronizam, se misturam na pré-devastação semiótica, transvertendo o PALCO num ritornelo-acósmico que aumenta a sua força de agir artisticamente sobre o mundo: nunca perde a dançarina em si-mesma porque está sempre em pulsação mefistofélica de uma esfinge lúcida: é uma viagem compositiva de bifurcações misturadoras de ressonâncias, é uma vacância proliferante dentro de impiedades do não-pensar onde se desaparece no indecidível desvendamento: a ACTRIZ é uma coexistência não-linguística, um salto hebefrénico dentro do pensamento alevantado à força do imperceptível, está insituável, dança com o infactível, se desprende ao germinar-se com o revir-animal, leva o seu corpo dentro da transbordância dos intermezzos, envolvendo -o na intensificação do sensível que é já a indiscernibilidade de capturas prónubas, a afecção do avesso-vivo a ficcionar o real entre as traçaduras de mapas caóticos e o absurdo cerebral(desconstruir, recriar por meio do tempo acontecimental do PALCO): adjacências inumanas, proliferantes, manchas ambivalentes fogem à cronografia por meio de memórias-oceânicas -ontológicas: a ACTRIZ é a não-ACTRIZ porque se faz a-língua, faz da transdução um movimento de dados intensivos, um rastro magnético a pulular nas golpeaduras sígnicas que alisam velocidades riçadas, intersecções engelhadas com os contrastes dos roubos do acaso: dizem: movimentos vibráteis a estilizarem as partículas-thaumazein: intersecções microscópicas a libertarem matérias pelo tempo puro entranhado nas espessuras de corpos desconhecidos: a língua perfuradora da ACTRIZ, a língua torcedeira e roaz da língua-mãe, eis o cavalo-matricida a ziguezaguear na multidão incógnita por meio dos ritmos das extremidades impessoais: tremendo desmoronamento a arruinar dinastias e a dispersar signos na translação do indecifrável, produzido pela invasão sintomatologista da desrazão (fluxos dos limites dos limites e forças captadoras de vozearias, de timbres, de gestos, fazem extravasar a estrangeiridade do corpo sempre em risco inventivo porque nunca retorna ao seu ponto de partida, há uma enciclopédia sem eixos, há curvaturas variantes que se confrontam com as barreiras da linguagem): **reminiscências em fuga pontilham membranas cerebrais para entrelaçarem sensações ou serão línguas atravessadas por limiares vibráteis? Serão as sinuosidades intensivas das fabulações e os incidentes geodésicos que estimulam as palavras a saírem pelas trans-**

fronteiras do corpo por meio de um grito invisivelmente visível e em modificação ininterrupta___coexistente, sempre coexistente?

Tempos em mutação, tensões e intensidades dos diagramas do acaso, epidermes extrusivas: os rasgos presentes do passado futurível da ACTRIZ arruínam o mundo para o regerminar, o atravessar barrocamente entre errâncias, desnorteios, divulsões, arenas-pensamento, mudanças informes, é a simultaneidade diacrónica da fuga: a linguagem se conecta à vida, rasgando o PALCO por meio do caos: o corpo dança na catástrofe ontológica com movimentos indivisíveis e perante as escavações da língua abstracta e os desertos de Pasolini, uma audição respiratória antagoniza o mundo sem identificações, os órgãos levam o tempo no verbo, respirando-o entre misturas pré-vocais: os sons tangenciam vizinhanças e se espalham pelo corpo, espiralam-se nos interstícios dos sentidos, construindo duplos pontos de vista: o corpo da ACTRIZ não é reconhecido, é um desvio intrusivo, uma aprendizagem monádica que arrasta traços, rasuras, manchas, distâncias contíguas, acósmicas, é um macaréu a penetrar nas superfícies sem memória ou talvez seja um grito de uma memória colossal a buscar outra voz de uma boca estranha para atingir a carnadura do esquecimento: uma anatomia estiradora dos limites da língua dentro dos movimentos involuntários que reviram o pensamento, o invisível, o cromático até aos bumerangues das invocações feiticeiras: a fala latejante faz do interminável, da obscuridade, uma irrupção silenciosa, convulsiva, desatando geologias musicais porque os abismos da ACTRIZ se refazem e se desmoronam juntamente ao tocarem o intangível com o ritornelo multilíngue da própria língua: o corpo se fortalece na inutilidade, é atravessado por emergências das correntezas sem fundo que alcançam sem apreender porque entra no tempo infindável do acontecimento-DANÇA, contaminado pelos recomeços múltiplos, batalhando nas suas próprias sombras, repletas de transparências intervertidas, auscultadoras do real: **partituras etológicas advêm descentradas ao redor das angulações secretas e de sopros profusos: as irradiações do corpo exigem autonomia e a louca lucidez extremada pelo respiramento vivo do mundo: decompor e recompor a fala libertadora da matéria, esculpir os movimentos mudos do estrangeiro, as volteaduras perseguidoras do tempo enlouquecido com os espaços sinestésicos das superfícies tensionadas entre as catástrofes irrealizáveis que entoam, mancham, alçam, inobjectivam o silêncio: cruzamentos, passadiços, exílios, esferas microscópicas a intensificarem a duração do PALCO.**

A VOZ viva escarva o seu tremendo falhanço, um desastre mineral que é o acontecimento indizível, a rasgadura intensiva, a incerteza da matéria, a transmutação incorporal, o ritmo durável, a vocalidade silenciosa, a irradiação de forças vivas, o suspense do dicionário analfabeto, a espessura germinativa das coexistências, a linguagem desfeita pelas polifonias silenciosas que levam o palco para as raias da visão dos acasos: ultrapassar a morte e transportar as dobras do espaço impulsionador da palavra em mutação com a insânia anti-matérica: **uma geografia germinativa da voz solavanca de alto a baixo ou pelo PALCO acima, tentando escutar-se à volta de vibrações ininterruptas para assoalhar as flutuações daquilo que está encouraçado (passar a morte com as simultaneidades do desejo, bosquejar espa**ços e encontros caleidoscópicos: **estimular o descentramento dos ciclos nas superfícies lisas do PALCO ou dentro das misturas do imperceptível).**

A ACTRIZ acontece na coalescência da eternidade de um todo-aberto a-consciente, uma multidão desconhecida se expande: moléculas das glossolalias cartografam linguagens infractoras, traços anorgânicos buscam um corpo anárquico que fugiu à captura do vertical: um corpo surfa nas fendas ensarilhadas da linguagem: um corpo absorve o movimento insonoro fora dos eixos e capta novos ritmos das coexistências das manchas, dos raptos verbais, compõe a sua morte: a sua intensidade criativa irradia artesanalmente. A ACTRIZ não descende mas contamina e diferencia-se a cada instante ao redor e dentro da flutuação do cristal, das anomalias: procura uma saída com linhas abstractas que atravessam o seu corpo germinal, o seu corpo em arroubamento diante do mistério e do incógnito: corpo-cartógrafo de heteronímias egípcias, bizantinas, góticas, barrocas(expansões transmutadoras): eis, o alambor que arrasa o percepcionado, o tempo inveterado no palco irrealizável: a ACTRIZ experimenta-se, arrisca-se, adversa-se, estimula distâncias, dança o espaço indecifrável, é uma força ondulatória, verbal, geodésica com elevações hápticas que esfiapam as tecelagens do PALCO com as laçadas órficas das palavras, desmantela significações, modifica-se numa fracção da memória-cósmica, vasculha vestígios, perfura vozes, faz da cortadura desértica da voz, uma matéria musical, uma metamorfose galopante, um gesto de revolta: **as vibrações das falhas esponjam as musculaturas espirituais sem as amarras da história e das escalas do negativo, porque conquista o tempo com esboços paradoxais de desejos turbilhonantes___o PALCO é transvocalizado por micromovimentos incomensuráveis e um complexo de possíveis da ACTRIZ joga dados contra múltiplos intervalos vesânicos que fazem o rosto escapar entre epifanias e lucidezes.**

A ACTRIZ ama a solidão dadivosa, a solidão sem idioma, é a energia das efracções do falsário inventivo, é o atravessamento mineralógico da desumanização, é a flecha movediça que rasga o homem verídico, é a topologia ilegível adentrada no fora da lançadura de vida: a ACTRIZ rouba todos os gestos escorregadios ao sofrer bruscas alomorfias e tensiona-se simultaneamente entre a lucidez colossal e a crassidade absoluta para ressudar alvos inimanipuláveis, sentir as vazaduras acústicas do palco, a ressurreição dos cinemas-mentais: fugir do abantesma catabólico da manada, experimentar o múltiplo propulsor do desejo, fugir da acidólise da serventia, do gregarismo espectral, procurar os ciclos decentralizados da deserção que habita o sangramento do intemperismo do PALCO por meio de dilatações cruéis e espirituais: a ACTRIZ reinventa êxodos com os estremeções dos diagramas corporais: a realidade matricida do PALCO é invisível, é uma polimorfia geradora de existência flutuante, é a dança do imperceptível e das escoriações de uma língua diante de fractais desconhecidos **(microtonalidades de uma geologia disforme, riscaduras poliarticulares embatem nas vozes babélicas: a ACTRIZ se ultrapassa, experimenta o PALCO e jamais avisa ou avisará, é um prisma resplandecente arremessado contra as energias do mundo e tudo reemergirá ilimitadamente fora de qualquer rito fossilizado)**

A ACTRIZ escapa às rédeas dos passadismos-da-consciência que reforçam a temporalização por meio de julgamentos identitários, de recompensas conselheiras da verdade(o PALCO exercita-se na restituição da arquitectura das últimas vozes com altos fundos a ocultarem o silêncio). Estar no palco-mundo é dançar o espaço, dançar nas dobras, é modificar a relação analfabética, sinestésica com os batuques inapreensíveis da vida, é uma miríade de epidermes sonambúlicas, revoltadas, é uma correnteza de mutações sanguíneas, reminiscentes, uma geografia intersticial de sensações móbiles, acopladas à policromia do tempo delirante, aos estendais dessazonados do caos, ao bacanal dos acasos, ao acentrado das línguas sem nome: ressonâncias do inconsciente, ritmos inventores das multidões____o fogo absorvente das torrentes das veias velozes: espalhar casas dentro das vozes com milhares de sentidos: as bebedeiras dos auspícios descascam os poros com a suspensão dos odores do animal: dedos tocam uns nos outros obsessivamente (a ACTRIZ não procura, não neutraliza, não decifra, ela compõe e reinventa-se o tempo todo(conceitos fractalizados transbordam o PALCO entre os recomeços dos gestos e as veemências futuríveis: as diferenças incorporais experimentam o avesso do mundo: linhas expressivas invadem, irrompem sem cronografias, mas com instantes em actualizaçáo durável, reforçando os pontos de vista dionisíacos que antecipam o inexistente, misturam sensações ontológicas, estrangeiras, trágicas, imanentes___a ACTRIZ é percorrida por movimentos imperceptíveis dentro de fluxos paradoxais, tudo retorna sobre a vida do PALCO que nunca morre: **secreto incêndio das vértebras primitivas, instantes a relampearem no grito alimentar da mulher: sem fundo, uma voz mutante devolve o desejo do PALCO à força semiótica incorpórea, à autonomia das expressões dadoras de geografias** múltiplas **e intransitivas: a ACTRIZ acontece ACTRIZ nas margens de si-mesma, ultrapassando-se porque recria sempre as golpeaduras exiladas do PALCO).**

O PALCO abre-se às possibilidades caleidoscópicas, se conecta à singradura voltaica dos afectos, às subducções intensivas, à tragédia-exultada-dobrada pela matéria-imatérica: o PALCO se aferrolha na transbordância anfíbia: é simultaneamente improdutivo e composto pelas forças expressionistas do não figurativo, as energias embruxadas da vida, os pulsos vastos das sementeiras ainda procuram o turbilhão das criaturas entre as vedações sanguíneas da loucura: PALCO do nomadismo da visão dos avessos que despedaçam o despedaçado para redesenharem os dicionários coexistentes da profanidade sagrada com os ricochetes do tempo puro, dando sentido aos batedouros tectónicos da metamorfose do corpo, à vasteza das palavras inalcançáveis(a gravidade do azul trespassa a vertiginosa pedra: **a ACTRIZ morde a pedra com o ventre esfomeado, é uma ressonância criada pelo esmagamento dos deuses,** um espanto imponderável: cantar as curvaturas nas sombras imóveis das mães, uma verdade demencial agarra-se às oferendas das cabeças, fazer do instinto a rasgadura maternal, o instante a roçar no estilo diurno do fogo).

A ACTRIZ cresce no bicho da vontade que dá sentido ao excesso dionisíaco, não espera nada do PALCO porque está dentro das lacunas da língua, dos epifragmas meteorizados da língua, ampliando os respiradouros do tempo-em-si: a ACTRIZ é a angulação do tempo oportuno que faz da dissecação da tragédia uma ventosa do silêncio, do enervamento cantante do mundo, uma magia sísmica-marsupial, uma devoração metalúrgica, cristalina que se entranha nos gestos múltiplos do desejo entre danças infinitas do real e irrigações vadias de um possível texto-fúngico: infinitas tonalidades revelam roubos sisifianos de órbita em órbita (o PALCO não se nomeia, se desdobra, se modifica com os verbos intransferíveis, com os fluxos que se fendem uns nos outros como afecções sígnicas a problematizarem, experimentarem, bosquejarem, produzindo cérebro-tempo impulsionador das fugas da ACTRIZ: gigantescos dedos se perdem no poder da sombra dilatadora de mapas) .

As fagocitoses dos deuses abandonaram o mundo e deixaram que os sistemas legislativos dos homens farejadores de escalas mecanicistas imitassem perversamente as carcaças do TAL BEM: as leis exigem obediência moralista, mesmo sendo estranhadas, desconhecidas e ziguezagueantes (a carne tenebrosa da luz, o sangue dos ombros das espécies, uma esfera profundamente sonâmbula incrusta-se nas bocas impossuídas). A lei é a sua própria traça antropomorfizada, a sua máxima em ressurgência déspota, é a sua própria guilhotina-necrófaga, é uma ditadura do dever-bulímico, uma golpeadura de Thanatos, uma entropia de estruturações históricas, uma pulsão de morte: quanto mais submisso à lei da forma-homem, mais o corpo sentirá a incisão rasgadora dos seus tentáculos vampirescos: **a severidade diplóide da lei é proporcional ao assujeitamento hemorrágico, há o cultivo da absolvição, da remissão, apenas dentro das rebocaduras de afigurações, de arremedos, de formas, de temperamentos, contudo a encarceração impera tocada por roçaduras grunhideiras, vitimizantes, há uma azémola carregada de golpeamentos sem matéria, santificando a consciência-togada dos territórios da universalidade. Miserável-homem-do-poder que exige a narcose das leis para afiançar a sua sobrevida-besta, a sua dívida existencial(mutilação do desejo, o julgamento criador de impotências e arrasando as diferenças).**

A ACTRIZ de celsitudes plurivocálicas, de hibridizações glandulares, de combustões fílmicas, dança sem a cronologia do seu nascimento, é uma vigília inacabada, uma hesitação expressionista que se entranha nas fugas permanentes das animalidades que sabem pintar com os olhos ampliadores de tempo: os talhadores do morrer transmovem-se no imperceptível, na interrogação animista, nas conexões inesgotáveis das pororocas moleculares, por isso a ACTRIZ nunca desvive, é uma teia dissipativa, polifónica que refaz vida nos relâmpagos da animália, é um ventre espiralado a tactear epifanias hieráticas, é um eixo arterializado nos larvários do autopoiético: dizem: perplexidade medusante (dons indivisos com batidas citrinas ocultam o sangue da masculinidade de qualquer órgão: os olhos despenham-se na urdidura das coisas e o PALCO ruptura a percepção, enlouquecendo os gestos, as posturas e a ACTRIZ leva dentro de si o infinito da natureza, uma força hesitante, indeterminada, um tempo não latejado, um crivo cristalino espiritualizador do real que a faz resvalar no incomensurável onde sujeito e objecto se dissolvem e o ritmo acontece: o atractor do sensível: há uma endosmose ACTRIZ-PALCO: **o espírito-corpo assimila directamente a duração intuitiva da voz, o inexprimível, o indizível, a modificação, a vitalidade, a vibração do outro, o esquecimento involuntário___a tremenda coexistência que gera coexistência musicalmente: o instante resplandecente atinge o sublime, compondo a vida por meio de simultaneidades de sentidos, de durações, de vazios, de vozes...)**

O tempo no corpo da ACTRIZ não se muda a si-próprio, polimeriza-se, desvia-se dos azimutes com o rhythmos das teceduras feromônicas, demuda todas as catástrofes dos seus gestos com irrupções fertilizadoras de arquivos andarilhos: o inatingível e o recomeço fortalecem as imagens esquecidas das variâncias geológicas. O sangue turbilhonante do impensável que atravessa o corpo da ACTRIZ está na força intensificadora de tudo o que não aconteceu, conectando escoamentos moleculares com tempos sem grandezas: não procura recompensas, não quer ser alcançado porque é uma horda compositora de vida, um recolhimento confiante, uma emboscada ritmável, um exórdio dos movimentos ilimitados: o futuro se vivifica apinhado de superfícies ardentes, de acontecimentos anunciadores de violências espirituais: **o PALCO arranca-se de si-mesmo, assimila com re-existência o desassossego das** diferenças, é atravessado por bateduras em povoamento sem começo, sem desígnios, porque há uma virga-férrea das vésperas da efracção anárquica que dilui limites com milhares de linhas quase-tradutoras do mundo (desvelar o imprevisível com as feitiçarias vertebrais da **ACTRIZ**: mergulhar nas velocidades intensivas do pensamento porque a exultação é sempre um fragmento da insânia).

O corpo da ACTRIZ conquista-se por meio da dobragem insonora das diversas inocências, carregadas de esfinges ressonantes, de feixes intervalares do tempo: os instrumentos infinitizam-se nas ventilações acósmicas que se desviam das epistemologias: corpos inaudíveis capturam as distâncias das colgaduras, pontos de vista exaltam a revivescência dos poros-línguas (a tragédia diante do anónimo impenetrável): corpos reinventam acracias ao desviarem-se dos manifestos representativos, servidores das subsistências biológicas (hemorragia de vozes intermitentes, magnetizam as falas inconclusas com as rotas dos gestemas, dos lapsos das dobraduras: os eixos das vocações absorvem a matéria do arrebatamento): o vórtice do imperceptível dá ritmo às almas que nunca procuraram o salvamento no PALCO: o passado e futuro revigoram o passadouro do grito que nunca se actualiza: o passado da ACTRIZ autofagia-se, aliando-se aos movimentos escapáveis do presente que pervaga hesitantemente e o sal da lama do corpo adivinha-se no recomeço da experimentação descodificante, destrói a história sepulcral dentro do palco, transverte o imperturbável em possíveis forças sensíveis, produz tempo em fuga, absorve os encorpamentos das gárgulas para capturar as antinomias, os absurdos, os paradoxos da ACTRIZ: **um enxame de pontos de vista se entregam aos batimentos insanos do acaso que fazem e desfazem as oscilações das vozes como linhas de resistência dos tendões entre tempos possíveis e bandos de órgãos em espasmo: mergulhar nas lucernas altas para respirar uma pulsação demorada na batida, uma palavra se liga por dentro à vertigem do octópode.**

O corpo da ACTRIZ preexiste violentamente ao seu corpo: uma sombra de todos os tempos confluídos na vitalidade da dança, queima a conjugação escutadora de vozes, extrai os organismos mais intrínsecos por meio de falas perseguidas e perseguidoras entre as cavidades vazias, extrusivas que misturam as fulgurações do exílio de quem experimenta os intervalos mandibulares da morte com a imortalidade dos dardos femininos, dizem: silêncio dos vasos centrípetos e o sono recomeça no espírito do bicho: o PALCO é revolvido pelos trajectos da vastidão, pelos cruzamentos do animal que esquarteja o cheiro do homem com bojos tocados pelo fogo: os alfabetos vacilam as coexistências cárneas (transposição de policristais-verbais na infinitude polinizadora, o PALCO deforma-se ao desfazer o idioma com as dobras irreveladas do tempo da imagem). A ACTRIZ foge com a língua fracassada, fendida, lascada, vibratória, hemisférica, noctâmbula: novos signos atravessam o seu corpo por meio de anormalidades criativas: os mapas se cruzam espantados à volta de luzes-matéricas imprevisíveis: a ACTRIZ transporta o seu corpo com zonas inomináveis, o seu corpo desterrado, êxul no palco de sismografias transumantes, de escutas monstruosas: escapar aos pânicos burocráticos da língua por meio da força do falso que produz o insurgido no som do silêncio (uma cabeça pende-se dentro da infância). ELA vive o tempo antes do aparecimento de qualquer homem, vive o grito antes da fome do psiquismo, vive o roubo respiratório da matéria em irrupção para acontecer-re-existência: o gesto magnético e desmoronado espacializa-se, migra, vaza-se, esponja-se, inerva-se, encarna-se rés ao guindaste da quase-morte com a vidência, o inaudível, o invisível, o intangível, o simulacro inominável de quem sabe morrer para avermelhar os utensílios geológicos do olhar órfico: **as catervas extraviam-se por meio de irradiações minerais, de vestígios sedimentares, de interstícios das devorações rápidas (metamorfoses de diagonais oraculares destroem fisionomias com os baques ilimitados do futuro).**

Os mistagogos rasgam o real, tuberculizam-se para ressuscitarem através de absurdos fulgentes e o táctil do impensável tenta implicar-se nas fracções do corpo alcançado pelos auspícios da animalidade acopladora de fisgadas de espelhamentos: um instrumento infunde a respiração das falanges (a multidão azougada tenta escoar-se dentro da ondulação da língua, jorrar as rompeduras enfeitiçadas e mostrar os respingos topológicos, os relevos alisados e bifurcados pela estilização durável das superfícies que se dilaceram ao se reinventarem e não lidimarem os centros das origens: o PALCO se transmuta num eco de vários ecos quebradores de consciências paliadas: surgem casas ressoantes carregadas de cordas nocturnas, envolver as vísceras invisíveis no gelo das campânulas, os dedos vibram nas estações possessivas, há um sono purpuro entre as labaredas dos lenhadores de ecos e a ACTRIZ arrebata-se desvairadamente, levando as luzências das palavras sobre os ossos vivos: o seu corpo é uma ressurreição ritmável, os olhos ardem na equipolência do sangue, a duração corre dentro de si própria: o inesperado contagia a deserção das geografias trágicas: o PALCO é um diafragma vadio anamórfico, um holomovimento de epifanias que vagueiam na agitação cósmica, nas anomalias selváticas, nas contaminações inesgotáveis do corpo da ACTRIZ(de-composição de um vírus curativo): **disseminar intensidades, sentidos com despenhadeiros acústicos do indefinível: tudo está por nascer, dizem: desvios inventores, afecções ritornélicas de uma enunciação cristalina, revivescência orbital entre hemolinfas maquínicas: os fragmentos do silêncio extasiam-se porque uma mão suspendeu-se, interrompeu a dor no centro do PALCO, é a espessura mais ínfima da devastação.**

A ACTRIZ não tem cronografia, é feita de resvaladouros, extravasamentos, flagícios, delitos, tragicidades de mudanças imperecíveis que procuram insanamente as superfícies nos chamadores dionisíacos com velocidades das línguas inventadas nos mapas dementados de outras línguas: afecções sígnicas da boca-do-silêncio fabulam e experimentam o corpo por meio de batidas monádicas que traçam o PALCO de olhos cerrados pelos rombos intensivos de outros olhares microscópicos-pendulares: visibilidades ocultas ultrapassam os rumos vasculhadores do teatro com a tragicidade da substância verbal: o corpo da ACTRIZ já não basta, invade-se com as distâncias imperceptíveis do caos, sem memória o tempo gerado -em-si-mesmo avança sobre as ossaturas do irrecomeçável que já passou, amolando a inseminação das múltiplas fendas, das subducções germinativas: os jogadores do inesperado, nunca asseveram, mas atravessam estranhas fronteiras pontilhadas por sopros piroclásticos: a ACTRIZ repulula, reaparece para exceder, desmoderar a morte e atingir a louca improvisação do vazio de uma vida em demudança: as dobras da vitalização do indiscernível (oh batalha do sensível nas tecelagens-vitrais do invisível). **Há um elemento brusco do tempo debaixo do extremo da escoadura da carne, há uma eternidade escondida na folha mais profunda do sangue: a candeia dos séculos veio à tona com o grito embebido de purificações, de renascenças que evocam as babilónias.**

A ACTRIZ escuta a gorja obscura do mundo, enfrenta a devassidão da natureza com as catástrofes criativas de quem pensa o animal nas artesanias do pensamento: despontam milhares de palcos carregados de visões, de sentidos históricos, tentando traduzir o inexplicável para dizer-corpo-de-cartografias-ampliadas dentro de espessuras abertamente opacas, de vincos experimentados pela duração intangível das rasuras: libertar o PALCO das ordens comungantes, e assim, uma visão escavará a densidade desértica, os minérios da língua enviesada do teatro: evitar morrer no ponto móvel do PALCO: é um escombro apinhado de bocas, de agulhas-**trajectórias, de arquitecturas polinizadas pelas decifrações do grito: os dedos eruptivos vergam-se e iluminam-se incessantemente (ressonâncias do absurdo dentro de um acto de fala, talhadeiras melismáticas, choques nodulares). A mulher cai na violência**

da sua própria cabeça e despedaça o PALCO com a infinidade da boca.

A ACTRIZ transpõem-se e suplanta confins com as reminiscências moleculares, desarticula-se para se abeirar do corpo por meio de uma língua silenciosa, distante, arruinada, uma língua -anónima na quase-língua que carrega uma fala arremessada involuntariamente pela sua boca sem anatomia: a boca fugidia diz o irrepresentável, a vibração báquica, as radiações monadológicas, as insularidades sem imagens dentro dos tremores das imagens: o PALCO atravessado por linhas mutantes entrelaçadas, acopla-se à acústica intensa da pré-linguagem, não escuta a sua voz porque as suas zoofonias repercutem dentro de uma esquivança tremenda, desarticula os alvos vocais entre articulações variegáveis para captar um som atraído pela língua óptica, parabólica de quem ainda não nasceu: a boca explode polifonicamente, a palavra afásica, animal, amnéstica, acósmica, anorgânica, foge da reactualização da palavra humana para pungir as arqueiras do real e deslocar espécies informes, pré-babélicas: o tempo acumula dimensões transdutoras, varando o vivível e o existido: **uma cartografia animal envolvida pela crueldade dos signos: a desrazão de EROS a movimentar-se de outro modo (os dardos das palavras tentam ressuscitar entre as ossaturas dos relâmpagos, a cegueira torna-se vingativa: um nome foge das luzências da morte para se difundir entre espécies velozes e ofícios das víboras que perfuram o último verbo: o sentido continua liso e à espera de outra fala)**

ACTRIZ e PALCO se disjuntam, se dilatam anatomicamente: a fala catatónica já é uma visão diagramática em retorno, é uma verdade imperecível do som alucinante, é um corpo desconhecido e adivinhado, uma escarificação vertebral, uma jogadora de alegorias indecifráveis, há uma espessura colossal, uma experimentação diagonal no congraçamento desviante dos interstícios: cortes na percepção das ressurgências, talvez seja um olho translúcido dos andarilhos, um olho sinestésico, uma exultação irrefreável a refazer as suas extremidades com as limalhas do assimétrico, das sublevações do irregular e das geografias pigmentadas que ainda não se presenciam porque escaparam à memória da serventia: as sombras lacunares invadem os catalisadores cristalinos próximos dos tornos da náusea desvairadamente atroçoada por uma multidão a devastar o vermelho fundido das formas como um formigamento de fissuras sintomatologistas dentro de delicadas ambivalências, de indistinções: há uma passagem a dedilhar outras passagens (enciclopédias intervaladas por meridianos incontroláveis, reaparecem no sangue secreto das luminárias): um ladrão de tremores gongóricos, de sensações sem analogias assimila todos os movimentos centrífugos, vara as raias de Eros com as zoeiras insuladas do animal-vida-corpo: a grandeza impessoal da erotização tenta revelar a sua força inaudível entre o despovoado do PALCO e a fala da alma com vascularizações xamânicas: a invenção arromba-se contra as margens do indizível e captura os mosaicos da voz com a mobilidade dos fulcros que se devoram uns aos outros entre os esboços do corpo em refracção: fazer do PALCO-fundente a aparição indeterminada, a imagem acentrada com eixos dançarinos quebradores de espelhos: a ACTRIZ faz da sua própria violência um espongiário bifurcado que desaparece ao pequeno detalhe de uma enlaçadura cosmogónica, o seu espírito intensifica o impensável fora do movimento circulatório, dissemina-se, tresmalha-se, indefine-se na sua própria coexistência ecoante e o afecto-PALCO está sempre em desaprumo, desvinculando imagens, sonâncias, sopros, gestos com as vastidões modificáveis dos pensamentos impuros que tensionam a posição do homem que nunca acontece: a incisura do seu corpo se enceta ritornelicamente fora da imagem-acção da besta, evita o vómito temporal com a extenuação do corpo, da obscuridade singular: os contactos radicais das vozes provocam o afastamento emaranhado do PALCO, a distância cambiante do texto para submergir na presença indeterminada dos sentidos e nos vazios enciclopédicos **(possíveis decifrações do acontecimento delirante, batimentos de entremundos, halos serpenteantes, forjas babilónicas com mosaicos incorpóreos e batedouros ininteligíveis erguem-se nas redes bruscas do silêncio: há um choque pungente na respiração, há uma virilha críptica a calcinar os vestíbulos e o farol do sangue torna-se a hidrofobia dos próprios calabres que enroscam tensamente as faúlhas tangidas pela boca: a inocência recomeça em redor de espelhos engolfados pelas fungações mais acesas)**

As falanges da ACTRIZ assimilam a obscuridade com as suas lanternas alveolares: um verbo vertiginoso transmuta o drama em sintomas bordados por vertigens nativas carregadas de milongueiros, ensalmadores, bruxos, adivinhadores. O instrumento mutante da luz sempre desfez o homem através de revoltas subterrâneas. A vidência da ACTRIZ está na memória-futurível de uma úlcera aberta pelos signos estrangeiros e pelas volteaduras góticas que avançam com gargantas inacessíveis: intersecções e rupturas simultâneas do espaço transmutam-se por meio de instantes eternais de um retorno com gritos em decifração a perfurarem rostos arrevesados (incorporar cosmogonias na insurreição das incertezas e o PALCO se transforma em forças taumatúrgicas e em coexistências heteromórficas, possivelmente uma anti-memória com vastas penetrações e incontroláveis partidas, dizem: recomeços indefinidos das hastes que gravitam entre as mãos antigas dos ofícios). A boca-ACTRIZ abre-se fracionariamente sem poder cicatrizar-se, fazendo do riso-do-trágico uma escavação de fugas sanguíneas do PALCO: **o rosto nunca sobreveio e o sangue oculta-se debaixo da insânia, o rigor das mãos aglomera-se ao cimo da matéria, afunda-se na casa obsessiva: purificar um ponto da boca recolhido no esquecimento e o corpo abala-se com o esputo dos espaços, levanta-se entre os círios devastadores de visões que voltaram dos fluidos das palavras: a espessura incerta arde assombrada com a maturidade do grito da cabeça mais elevada.**

A ACTRIZ mostra-se sem a menstruação das verdades, sem mimetismos e inventa percursos inapreensíveis, arreiga-se nos intercessores acentrados que se cevam da insânia lenhadora (os espelhos desvairadamente quebram-se com as congeminações dos sentidos): a ACTRIZ masturba-se com o impensável, incendeia o corpo com a alegria inominável e insana, a alegria sem verdades, a alegria da desrazão, a multidão sígnica, animal que muda de pele, um PALCO que se recria no excesso: a ACTRIZ resplandece com o espírito do gerúndio, deflora-se, não promete simbioses, foge do ventre espeleológico, reinventa o magnetismo do útero com os médiuns fora dos rebanhos, transmuta as aprendizagens da epiderme, sem órgãos estruturados, violenta o silêncio sedutor do espaço, ignora a morfologia da falta e da perda com traços inversos, umbrosos que ampliam sensações, velocidades cruéis: a ACRIZ poliniza-se por meio do vazio que é processo da plenitude, irriga-se com as superfícies anarquistas, transborda-se e dilacera-se ao clorofilar-se entre textos dos eslazeirados, dos enfermos, dos esquizofrénicos com batidas esticadas dos rostos fora da psiquiatria, atravessar os opérculos do mundo com os poros iluminados das pedras e a solidão infiltra-se no terror difuso das rizosferas: Villon, Baudelaire, Edgar Poe, Nerval, Rimbaud, Panero, Isidore Lucien Ducasse, Bispo do Rosário, Ângelo de Lima, António Maria Lisboa, Camões, Artaud, Paul Verlaine, Stéphan Mallarmé, Tristán Corbière, Jules Laforgue, Charles Cros...: olhos friccionam esboços inauditos, enriçam cartografias da errância, não credenciam a morte, multidões deslocam-se com a violência do grito corporal, carnaduras histéricas ritmadas a um só ritmo nómada, anatomias paranomásicas capturam uma ondulação da tempestade verbal, uma ruína háptica entre contemplações instáveis e ápices prestidigitadores em derrame multívago____o inconcebível, o imperceptível em composições náuticas: as palavras recuperam as velocidades, as longitudes espalhadas, as latitudes sombrias, os vagares sem mensurações e com cronicidades antropofágicas (fazer bricolagens no espaço do PALCO, um jogo das fugas capturando pontos de vista por meio da positividade ininterrupta do desejo ou possivelmente acostar um ombro ao milagre violento do animal): uma origem eterna dança na correnteza imutável do tempo: a língua silenciou-se musicalmente dentro do gérmen cósmico, dizem que é o canto involuntário da terra: **a ACTRIZ insurreccional desembesta o PALCO e pro-**

cura aliados no sono inextinguível e no estremecimento da alma em futuração; o inumano brilha, é intraduzível, a língua combusta-se puramente para se avizinhar das misturas do corpo-animal, o cruzamento das vozes eterniza-se na acumulação extrema do fogo, rouba hipnoses com as feridas dos ofícios, arrasta povoações até ao ventre mais estéril.

O PALCO é um processo violento dentro de forças do vazio que intensificam a duração das diafonias-assonantes nos corpos entre zonas de afectos e deformações prenhes de encontros imperceptíveis, mudando pontos de vista com sentidos aformais(uma vocalidade táctil espiritualiza a transcodificação: laçadas imprevistas rutilam-se, estalam dentro de seivas, há um sangramento a elevar-se no crime do sublime). O PALCO é uma decifração contínua, uma miríade de fisiologias atravessadas por enciclopédias sem acepções: matérias expressivas deslocadas pelos povos estrangeiros: as vozes das zonas comuns detalhadas por feixes-de-forças rés ao futuro chegante dos delírios: o PALCO acontece na asseveração da vida progenitora de tempo puro sem línguas-matriciais. O PALCO é um cérebro de superfícies acentradas, bizantinas, barrocas, egípcias, nómadas que não param de gerar pensamento-animal, de se revolutear no presente cartográfico do movimento infinito: é uma aventura andarilha do inconsciente, uma miríade de almas si**multaneamente cruéis e amorosas: antecipar visa-**

geidades insanas, brinquedos inapreensíveis e capturar o ritmo dos gestos por meio de irrupções estóicas (o corpo da ACTRIZ surfa o espaço com velocidades compositivas, assimila a parresia e contagia-se eolicamente).

A ACTRIZ atravessa, desaparece e ressurge com todos os acontecimentos dilatados no corpo, com todos os tempos nas espessuras emergentes das articulações gaguejantes, alcança a vida do porvindoiro e jamais obedecerá: ELA intervala, fractaliza o incontrolável, o indiscernível, transmuta o acontecimento, afirma o impensável pleno de diferenças, esquece, esquece, esquece e faz da inocência um rascunho compositivo do futuro, faz do PALCO uma inscrição movediça, um ditirambo visionário, uma corporologia germinativa, uma coalescência vascular, uma fisga demoníaca, um fracasso inventivo: o tempo não é imorredoiro, é uma transplantação hiperestésica, uma raia oracular e o seu grito anorgânico se torna uma encorpadura divergente, um encalço de fulgores absolutos em si-mesmo, um desejo sem objecto, um reencadeamento de forças: um grito do encontro que se confunde com a geografia das medusas, é uma força existencial em relação com outros corpos que mergulham no caos, destruindo rumos históricos para histerizar configurações com as calhas do vazio **(metamorfosear olhares com a improvisação da vida libertária: os traços heterogéneos fazem do animal, a catástrofe criativa, a fabulação apinhada de sentidos em variação: o GRITO da ACTRIZ é uma força topológia de passagens, é a vidência que anterioriza o gesto para construir uma multidão cristalina perante a interrogação da dor-errante).**

A ACTRIZ está dentro da antecipação do tempo, não é ante-face idealista, nem sorrasco utópico, não procura recompensas, agnições ou qualquer proficiência da razão porque vive em zonas intrusivas com as cesuras dos trajectos da língua-animal, experimentando o silêncio do PALCO por meio das desnaturas que ainda não advieram: a ACTRIZ modifica-se na vidência ressonante, mistura materiais captadores de esvaziamentos, de desertos de deuses ignorados, de desovas extraviadas, de posturas desaparecidas, arquitecta uma língua na língua com encruzilhadas sonoras, afasta-se do apoderamento da linguagem, das referências espélhicas e estiliza-se nas bifurcantes cardanhas semióticas para dançar as conexões do impossível entre linhas abstractas e texturas que ressurgem pontilhadas por si-mesmas (é uma composição ética que evita modelos identitários, dicotomias, verdades dos confessionários, informações, formas, justiças humanas-divinas, utilidades, ideais porque faz da dor criativa a distância do tempo, o real expressionista, a vidência que se alia à transmutação dos vazios: **novas forças ressurgem e a põe em processo coexistencial, reforçando as aprendizagens dentro de si-mesma___uma linha de singularização afectiva-acósmica-fabulatória atinge a força extrema do PALCO, desmanchando fronteiras, gestos, vozes, falas, plavras...com o indiscernível molecularizado ou será uma membrana múltipla da alegria-animal? Uma alma intensiva que abre desabaladamente os poros dos corpos.**

A ACTRIZ é infinitamente variegada por intercessores de mapas da magicatura: acoplagens trapaceadas, fendas em contradição, fragmentos velozes e infinitos: a ACTRIZ captura a matéria sonora, refaz a matéria a partir do seu corpo lançador de dados barrocos que anunciam obscuridades expressionistas, demudanças coreógrafas, sopros vectoriais, nervuras hermafroditas, latências intempestivas, improvisações, garatujas contrabatidas, ritmos involuntários: é libertina ao descobrir a sua génese afectível, é peugada em crise, passagem que cria espaço géstico, devastação geológica em cada ponto de vista, é um cataclismo óptico: a ACTRIZ esvazia sentido com outros sentidos em deformação, uma carnadura louca, oh rangido perfurador de músicas vertiginosas que se desviam da maioria, da nadificação, da termodinâmica, do tempo da morte, da normopatia, do homem: a dança da ACTRIZ perfura a língua, arrasa os casulos da universalidade, a ideologia da manada, do gregarismo da sobrevida-besta, a ACTRIZ quebra a simultaneidade do presenciar e do dizer, deserta as vozes com o germe impessoal, o inominável dentro da memória amnésica, dissolve o eu com as estremaduras imanentes, os hiatos umbilicais, a transmutação polifónica, os esboços aberrantes que atingem o não linguístico, os limiares prismáticos e as tonalidades do indefinido, ultrapassando o experienciado por meio de fulgurâncias do indecidível, de catalisadores de forças sem transcendências deíficas: tensores da solidão invertidos nas batidas do espírito, jogos turbilhonares, ressurgências caóticas, defrontações flutuantes que pulverizam uma profundidade adentrada na infinitude da pele que é o fora excretor das palavras, é o desassossego adentrado: epifanias alveolares, vazios expressivos, ritornelos de todas as espécies em misturação, de todas as fugas em revivescência_____a fundura epidérmica é o À-peiron catatónico de Anaximandro, é um redesenho semiótico em transcodificação, um alisamento combinatório de esquecimentos que se voltam para o futuro, exalando partículas com os planos inauditos do acaso **(hemorragia agramatical, língua-resvala-dentro-de-outra-língua, cria transcursos, falhas em hesitação, estiraça acoplagens, demove os arquitectos das sintaxes, desnatura-se, tensiona-se entre fêmeas obscuras, foge entre as extremidades do PALCO e os limites compositivos de um cérebro geológico, um cérebro elegível intensificado por memórias futuríveis que rasgam o mundo perante as falanges desorientadas dos deuses).**

A ACTRIZ arremessa palavras esfíngicas, sons variáveis, conecta-se estranhamente à dança-cinema em suspensão por meio de linhas espessas dos ritmos intrusos, problematiza-se com os cânticos dos personagens rítmicos, com artimanhas nietzscheanas, escapula-se do reconhecimento, das recompensas, da agnição, despedaça analogias, derruba consciências, arrasa representações, não incrimina o carrasco, não cultiva o finamento, não fundamenta a vida, não se encapsula na acusação da existência, não geme no microrganismo do ressabiado, é um fractal de Mandelbrot, é um murmúrio sem matéria, é uma dança do tempo que provoca fugas imprevisíveis, desfaz fronteiras com o que está por vir entre o antes e o depois, emite signos entre atractores caóticos e crisalidações: o seu corpo faz-nos aprender o esgotamento da luz ao libertar os loucos dos agrilhoamentos de Deus: o transcurso do

PALCO é avaliado pelo seu corpo de matemáticas lúdicas, de expressões sem medo da morte, não é humana, é uma diatância intensiva que compõe e diferencia sem excluir, é uma superfície em transmutação, é um relancear fulgente, um sono devorador, um estremecimento de bocas contra o fogo, um dom sanguíneo a envolver o delírio da língua, uma adivinhação elevada, um esquecimento que muda a magnitude das cabeças com as tecelagens dos animais (o crime do poema sempre a libertou ao gerar eternidade e tempo inédito com a loucura que extrai do PALCO e a bifurca para auscultar as mudanças minerais ininterruptas), o PALCO bate na sua boca com extasiáveis silêncios: visão sumptuosa que se transverte no tempo revigorizante das diferenças dobradoras do lado de fora onde as energias da insurreição, do ritornelo construtivo, da jurisprudência catapultadora de temerários, atravessam os hiatos vazadores do mundo, arruínam sequelas e prossecuções sacralizadas do teatro: driblar as entropias com outras entropias à volta da existência inventiva(compor e dar consistência sem estabilizar, mudar de natureza sem programar, desviar-se dos eixos com a relação do saber do corpo: capturar, catalisar, arrebatar, desfechar, escachar, arrancar, esgaivar, tartamudear dentro dos planos lenhadores de fronteiras: pontos de vista geodésicos envolvem-se na saturação pulsátil do incorporal(linhas conexivas do desejo intensificam o PALCO, redobram a intuição fora de qualquer falta metafísica e dos órgãos anestesiantes): o corpo escapa e o corpo ressurge nos liames do falso, no PALCO germinador de todas as ressonâncias intempestivas___dilatar obliquidades, expandir mapas com ingredientes heterogéneos, uma sombra entranha-se na terrífica uva do olhar(dançar a durabilidade, criar laçadas feiticeiras e expandir limites)___fazer escolhas nas velocidades lentas das camadas silenciosas dos intercessores histéricos, suspender, trespassar o incomensurável, entrelaçar sensações, fabular o vivo, mergulhar nas miríades ressonantes das geografias para emaranhar o impensado cartográfico, os viajantes de rasuras convulsivas, os conceitos mineralóides que reactualizam o passado por meio de futuros vorazes, de agitações lucrecianas, de obcecações invisíveis: compor forças astrogeológicas, forças-teceduras, forças andarilhadas até ao corpo em amorfismo, corpo sem disposições psicológicas: **a ACTRIZ gera saídas nos embaralhamentos inesperados, fuge às narrativas dos deuses mandibulares, espalha lugares com as ondas mais ocultadas das vozes: movimentos do verbos dionisíacos, as voltagens das coexistências: o risco é uma estilização permanente)**

A ACTRIZ sabe que só subsistem leis porque existem irrespiravelmente os tiranos, as leis sobrevivem para mergulharem a vida no terror, no apavoramento, nas almas terrificadas: o sublime do PALCO está na loucura que alça os exalçamentos das incógnitas, das incertezas, produz linhas exclusas, povoações junto às fúrias verbais, resvaladouros irrefreáveis: é uma errância polirrítmica, uma luxação de hemisférios, arrasa as causas do comportamento, alanceia e absorve forças matéricas com as angulações abstractas que a revigoram: ELA arqueia, curva, verga o mundo, estende, abre o sangue, o geometral do PALCO, o invisível em si-mesma, nutre-se de lacunas dos olhares golpeados por dismorfoses que tentam regressar às partituras zoológicas, ao silêncio de um sexo sem órgãos, um sexo-dança, um oceano-corpo: a ACTRIZ desliza nos anfiteatros avernais, balança na lâmina dos desenhos, risca a sombra das palavras, assimila os desvios dos rostos, extrai-se a si própria, conectando-se à gestação do tempo para irisar os peixes do singular com dimensões desconhecidas, com o impossível da experimentação-PALCO que toca o intocável ao ver o ser do sensível no oculto construtor de existência, no estilhaço das glossolalias ourobóricas: a ACTRIZ recria-se permanentemente nas tendências dos signos germinativos, irruptivos, é uma criança de completudes fragmentárias a jogar no espaço do impensável, sobrevém no imenso mosaico-movente, transcodifica-se nas percepções esfuracadas, atravessa velozmente os espaços, é uma máquina conectada a todas as línguas por acontecerem, arquitecta gramáticas lávicas com o espanto dos jogadores da eternidade, escamba sem refrear, é ocasional nas forças dúcteis das imagens, exige temporalidades contrárias, reconstrói-se no abandono heterogéneo, expande alumiamentos, claridades sem limpidezes, gera sentidos inconclusos entre os encontros extremados que se distanciam das impulsões pendulares, das amarras platónicas(a intensidade cruel não viciosa experimenta o corpo sem reconfortar, a estética andarilha do problema está dentro do acontecimento-PALCO: **a ACTRIZ recomeça no mistério verbal, alonga forças, modifica corpos, esboça o figural, bate nos satélites, atravessa as dobras da vocalidade sem metas, sem sucessão, nem chegamentos, é uma linha incontrolável, multivariante, uma intersecção ritmável, um macaréu obscuro, um holomovimento de realidades do impossível, uma estilhaçadora de espelhos essencialistas, de rostos sedentá-**

rios, de sintaxes balizadas, de guetos conscientes porque se nutre de inexistências paradoxais do mundo, de diferenças vibracionais, de tragicidades cérebro-mundo(o alfabeto é descascado pelas vértebras loucas que suflam, arquejam de dentro do PALCO).

Cartografias cerebrais com milhares de batidas operam dentro dos interstícios monádicos da ACTRIZ: os silêncios grávidos de fragmentos de várias línguas, de dínamos potenciais constroem ciclos descentrados, vasculham corpos analfabetos que se antecipam ao PALCO, rasgando perspectivas menstruadas por meio de pensamentos órficos carregados de linhas vertiginosas(o PALCO sem funções utilitárias, está sempre em crise, faz sobressair criações inesperadas, surge obsessivo, avassalador no meio de uma traçadura inesgotável, vem e já passou, assimila a insónia do virtual, esfralda as transbordâncias do tempo com a ACTRIZ que recomeça na dança espongiária do seu próprio corpo, coexistindo no ritmo irrepetível, produz corpos com universos delirantes, ultrapassa limites, incita o pensamento com o tempo do sangue turbilhonar, conjuga forças expansivas sempre em mudança: é um acontecimento multidimensional, é um fruto em movimento, é um pacto livre de imagens, de abalos, de impressões(uma mulher com milhares de crianças resvala na antiguidade secreta dos mapas, escuta os meses abertos nas sombras, os ecos recuperam as cabeças do lado mais confrangido do PALCO: tudo é estimulado fora do livre juízo, fora da biografia pessoal, das necrologias: um desvario dançarino constrói um país sem rosto, as linhas do som entram nas vértebras envergadas para dentro de uma abertura ao infinito): a ondulação magnética alcança o imprevisto, a ACTRIZ transverte-se em superfícies percorridas por contrastes, escuta espantos fora das estruturas da historicidade para roubar afectos à desumanização que a compõe(furores rítmicos, guelras errantes, sublime metazoa e as águas galgam as redes com as veias altas da mulher): a marijuana caleidoscópica apaga o rosto com o acaso dos palcos sem regresso, é o mundo violento das abaladuras sígnicas em tradução-decifração, levando o corpo ao extremo disruptivo, ao indizível, às auscultações e devaneios exalçados pelo pensamento anorgânico de uma prática artística, contemplativa: ritornelos intrusos fazem durar o instante dos encontros inversos, dos rumos desmedidos, a ACTRIZ explora as rosáceas dos retornos simultâneos, de alicerces ontológicos porque a musicalidade do corpo é uma experimentação crítica im-permanente, uma força assignificante que se reproduz em várias rotas feiticeiras: as energias variantes de uma cabeça trágica, uma passagem de heteronímias, uma golpeadura de alógicas combinatórias, uma dor metamórfica, a dor dos mapas mercuriais: a ACTRIZ enfrenta a devassidão da natureza com os seus dédalos em transdução, com os seus poros inexplicáveis, destruidores de tombos informativos, de repositórios comunicantes porque as bifurcações desmedidamente movediças do PALCO capturam multidões fabulares, dobras variáveis, dobras nas dobras sobre dobras entre dobras que assaltam o real inesgotável através de gestos voltaicos sem intersectar formas, dialécticas, abrindo-se ao impossível autopoiético(um gesto aracnídeo bate tremendamente na rosa que espiritualiza as coexistências da matéria: o PALCO acontece nas cartografias de forças estilizadas pela ACTRIZ que dilata saltos, dádivas com sombras tradutoras da estranheza): o seu CORPO de alteridades voltaicas, oscila, vacila, titubeia e ralenta o grito, intensifica as partículas abstractas, os povoamentos inconscientes para desfazer o fio de Ariana com os espíritos expressionistas dos movimentos doutros corpos (o radar da palavra é uma procela sem vírgulas, uma mulher insituável respira com as escamas: hélices e queratinas a arderem debaixo da boca): a ACTRIZ extrai desvios, rasgaduras, clarões, perde os seus limites, se entalha nas afecções intervalares: um combate de liames videntes entre ecossistemas percebidos e biomas desejados, um intermezzo de fabulações, uma voragem do phaneron livrador da vida: é o caos que se eterniza conectado à natureza, à multidão acentrada, é o ritmo-PALCO que tangencia o incomensurável, o espalhamento de signos artísticos, uma composição de contrapontos efervescentes, construtores de mundos no mundo; a episteme-gestual, a contemplação intraduzível, a invenção supralógica, a fuga às ordens divinas, a tela faiscada, crepitada, recalcitrada por Paul Jackson Pollock, fazer do esquecimento a força criativa debaixo do espanto das hesitações dos vivos, a angulação de heterogéneses, a flutuação arquitectural, a memória instintiva, a alma criptogâmica: o PALCO de cissuras heteronímicas, incorporadoras do espírito que fricciona, funde a matéria inamanipulável da palavra_____o teatro rés à expressão, rasga e constrói ritmos delirantes: as tonalidades dos hiatos, dos saltos, das asceses emergem nas possibilidades das correntezas videntes: **Zupo não perde o contacto com o caos** que a atravessa e nunca nomeou quem a escutou, o seu corpo torna-se uma invasão estrangeira, uma substância desmaterializada, uma iluminação profanadora porque sentiu o colapso regerminante que a fez caminhar no ouvido do virtual dentro das membranas do real(esculpiu-se no limite do vazio e das pontas do silêncio porque a loucura sempre foi inventiva, há uma catástrofe azul sem desastre, há uma oscilação do aberto que desliga as palavras com os tensores do indefinido,: surfar nas distâncias das vizindades que rasgam vozes, histórias, memórias até à vidência do impessoal: o turbilhão da aranha de Proust a reverberar nas almas do futuro: um olhar atravessa a desaparição e estiliza-se entontecido, uma mão desenterra o grito em marcha): **um rastro de abalos randómicos, a vida regurgitada pelo fulgor da desbravação (o intermezzo vertiginoso, o dilema pulmonar de baque em baque, a afecção com velocidades-lentas infinitas, o processo que torna vivo o acontecimento e arquitecta os feixes intensivos das linguagens (há quem pedale no prodígio para se convulsionar no porvir: encontrar** géneses **sem ideais, sem fantasmas, romper de novo no interior do tempo em dimensões irresolutas)**

A ACTRIZ desenraizada, hesitante, transborda com a alegria da crueldade, das justaposições epidérmicas porque é a irradiação tectónica, a ciranda afectiva, a onda pululante, a volteadura dos avessos, a orfandade de golpes mímicos que se diferenciam e se escanam noutros fluxos: um lugar movente de zootomias, um solo intruso, uma terra no meio do acontecimento do tempo em fuga que assimila as forças do desejo pleno de mosaicos, de polissemias impiedosas, de futuros tribais com angulações contíguas: **a ACTRIZ inventa-se nas energias dos signos do indiscernível, é uma cortagem esguelhada a intensificar as variações ritmáveis do PALCO esponjado pelos acasos moleculares ou serão temperaturas nocturnas das maternidades centrípetas? (Vizinhanças vigorosamente indefinidas).**

A ACTRIZ não malsina o mal, não é uma deliberação, uma solvência, um soluto, evita projectores por meio de vazios desenhadores de insânias, de coalescências geodésicas, é uma solidão em acesso transbordante: com as espessuras imanentes do corpo e sem mediadores, resiste à morte, aos alfabetos dos sentimentos, às emoções serviçais, à pudicícia, às vísceras do presente, foge às fisionomias, às imutações dos autocratas, relaciona-se com o animal estéril, inconsumível, improdutivo, trágico, comum, desnatural (trapacear com batentes enfeitiçados, com itinerários de dédalos, com improvisações cataclísmicas: criar e desfazer com a germinação do dentro que se infinitiza no aberto do fora: uma mulher ventila-se desalmadamente com as vocações da memória-do-devir): tudo tem alma melismática e a ACTRIZ indistingue-se ao trazer no seu corpo o ilimitado do mundo, é o vitral cósmico, o vórtice de disjunções,

refugia-se ao alcançar ritmos múltiplos entre dimensões da intemperança das diferenças-lavradas-por-errâncias-gestuais porque o seu passado não sucede ao presente, há um exercício da liberdade das sincronias moleculares com o sentido distante da significação: **praticar um plano de coeexistências sem cartilhas, sem pomas, sem empolas, sem esperar nada do PALCO (fundos indefiníveis respiram com a insânia do animal):**
A ACTRIZ inventa o seu corpo sem as traições das utopias, das expectações: a minoria em si é a proliferação do diverso, é a queda não actualizada, é o provérbio insurgido, enlouquecido, a transdução inumana, a fuga territorial, a imagem em movimento, o pensamento do inconcebível, a experiência do trágico nómada que intensifica as fragosidades, as divergências com a exultação de quem se escapule à supremacia, ao moralismo-panóptico, ao manicomial, ao abrangimento socializado para não absorver a vida com juízos espontâneos **(fractalizar traços das angulações-visivas, proliferar lançamentod de dados, adensar infinidade de forças, alisar o real incomensurável, complexificar o pensamento, gestualizar esquecimentos; há sempre uma mãe de Andrómeda, uma fenda necrosada que resplandece com os buracos levitantes da assintaxia).**

A vida revigora-se nos impactos das auscultações sublimes, das contexturas ilegíveis, dos mapas turbilhonares em desaparecimento (corpo vertido por mistagogos, exigindo descodificação, absorvendo as sínteses das forças do presente futurível da diferença, porque o PALCO é um corpo electromagnético, é uma ficção atemporal, é um universo reminiscente sem história, é o vivo flutuante, o espírito instantâneo conectado aos movimentos falsos, anómalos, descentrados: os gestos renascem nos gritos a todo o instante, os vectores do olhar atravessam a duração no baque tectónico que já cruzou, o PALCO se torna uma imagem dupla, uma genética de emergências rítmicas, de lapsos armadilhados, avassala o tempo ao movimento, arrasando termodinâmicas, por vezes espreita o oblívio de Santo Agostinho (fugir à tutela com as fracções do PALCO em conflito onde crepitam gotas de espaços em devassidão): as articulações pictóricas, as ossaturas ecoantes da ACTRIZ intensificam-se no próprio desmanche, exprimem os vários revestimentos do espírito antecipador de Antonioni: **o corpo da ACTRIZ é um esguicho vidente do instante inventivo, múltiplo e irregular: o PALCO se pervaga, se excede no passado que se sustenta e se liga à adivinhação, ao cristal do porvir: o imprevisto e o risco deslizam entre novas grandezas da língua desconhecida e os fungos dos pulmões vigorosos: as urdiduras das lâmpadas acontecem nos primórdios do falso: os alvos das cabeças continuam imergidas nos êmbolos do sono.**

A ACTRIZ é um acontecimento ético, é uma força que foge à percepção, uma nervura compacta, uma escapada de cordas babelescas que tece o phaneron capilar sem genitálias, procede e se arredia fora dos desígnios: ELA faz o PALCO geografar novos afectos, novas penínsulas, novas reminiscências espontâneas: há uma atracção a irradiar pela arte turbilhonante antes de qualquer obra, o animal não tem medo do irrealizável, da babel, do intervalo, da escapatória, da língua tensionada pelo silêncio sem memória (em cada gesto, uma palavra desaparece, em cada experimentação uma passagem do PALCO, foge e a ACTRIZ se torna um abrigo compositivo de nadadores helicoidais dentro de fabulações telescópicas, de linhas dilatadas de uma geografia que se refaz ininterruptamente, nunca está acabada: uma voz insular renascida da menstruação, bate no esforço das placentas com o delírio do vazio: outras vozes incrustadas na precipitação das espécies, tentam traduzir os choques do PALCO com o real: **a memória absoluta em mutação ecoa o deserto com estranhas dmensões do tempo: a sacralidade incorporal levanta as artérias dos estóicos entre os pequenos intervalos de Bergson e as extremidades armadilhadas da língua)**

O tempo expele a ACTRIZ contra linhas dilatáveis do PALCO, fundindo suas sombras interpoladas: a ACTRIZ vive dentro da duração que simultaneamente não pervaga e não é imperecível, é uma visão múltipla atravessada por enxertias eliminadoras de gesticulações sepulcrais e de efeitos ascetistas, é o arrastro de neguentropias entrópicas, é o crivo pulmonar a plasmar-se com helespontos psicadélicos (um utensílio vulcânico entalha os desvios das instilações com as calhas das cartógrafas): a ACTRIZ é a confiança dilatada na crença do mundo e da vida, a sua força espiritual entranha-se nos pontos de vista do PALCO que se torna real por meio do indeterminado e da crença da ARTE: é o tempo de vorticidades em conexão com as forças do acontecimento das memórias cristalinas sem datas, sem cronologias: memórias cosmogónicas-aberrantes que se trespassam umas nas outras até atingir uma pré-linguagem de miradouros em deriva, uma coalescência de palcos-insanos: uma palavra ecoa na involução dionisíaca, surge uma ritmicidade no entrecruzamento de pontos de vista translúcidos, rasgadores da doxa___o processo estranho entre o corpóreo e o incorpóreo do pensamento brilha fugitivamente nos minerais do PALCO (o corpo da ACTRIZ está para lá do movimento porque é uma ruptura suspensa que activa a composição aracnídea do comum no acontecimento ao entranhar-se no inédito repetitivo da natureza): a perspectiva eólica do impossível ao redor da ossatura nómada: um turbilhão plástico de almas renasce no presente arremessador de forças afirmativas da existência problemática: a memória ecológica liberta-se do presente, desvia-se do povoado, do experimentado, da língua adiabática porque está arreigada nas sincronias das mutações por acontecer: o corpo não pára de passar, lança dados indomáveis entre tessituras diferenciadas e malhas umbilicais porque a cada instante se transverte em braçadas de experimentos hápticos, em intermezzos de voragens esfíngicas que se apropriam das intra-potências do tempo, produzem tempo-puro dentro do inexaurível rítmico do real **(anatomia da improvisata, microfaunas, hipofaringes dos mergulhadores mercuriais irradiam sentidos cruéis: esboços vocabulares dentro das translações dos enxames antropófagos voltados para si mesmos).**

Corpos em composição indómita de sentidos se misturam com o mundo, avigoram as diferenças dentro do movimento entranhado no tempo, renascem da matéria-espiritual da expressão-da-expressão, criam laçadas de manguezais, densidades sem séries transitórias, captam rastros granulomatosos e expandem alvos, raias sem antes nem depois, raias-ferventes, raias ondulantes, raias magnéticas com decifrações sem idiomas. Um rouxinol de John KEATS, uma mariposa de sangue a virgular a última barbatana do PALCO. A ACTRIZ escana, escava, golpeia, descerra, enceta, duplica o presente com a ferocidade das rupturas inclassificáveis que dilatam a sabedoria da luzência obscura, o sentido da dor, porque se entrega a tudo o que é mais complexo à volta do arco craniano da eternidade, do spectrum diagramático, do vazio impulsionador do impensável, afirmando o ritornelo da cabeça com milhares de dobras animalizantes: o PALCO lança dados bacteriológicos, fluidos sistólicos, secreções da azulejaria carbónica nas imagens directas do corpo-tempo: o PALCO recomeça ininterruptamente com as misturações dos gestos que variam entre si, sem percepção cônscia (o PALCO ressurge a contemplar mundo entre o corporal e o incorporal, a ACTRIZ passa-se de um lado a outro com hordas de espelhos cruzados, faz diagonais sem finalidades, reintensifica-se com as falanges rítmicas, com guelras caleidoscópicas onde vozeiam ondas estéticas, composições desequilibradas, córneas hipnagógicas: **desembestadas fugas com dínamos indomáveis: tensão intersticial, orifícios relampagueantes entre sangramentos manicomiais e as agulharias meteóricas: um grito magnético alumia os pólipos fundos do PALCO onde milhares de almas nascem várias vezes para se abrirem aos delírios, às mudanças, aos sentidos entre o saber esperar da ACTRIZ que se experimenta e arrisca)**

A ACTRIZ muda o horizonte do PALCO, passa e corporifica o silêncio involuntariamente com os rastros escadraçados do corpo, é percorrida por espíritos inesperados, instantâneos, é captada pela longevidade das sufusões da inconsciência, esponja a anamorfose dos mosaicos das concomitâncias, dos transplantes inviscerados, das permutas esfíngicas (afecta-se anorganicamente, a voz desfaz-se noutra voz para esculpir, enfrentar a vida da morte: na ACTRIZ a vida nunca morre, é uma ladradura silenciosa perante tecelagens de apostemas lúbricos, uma garganta aberta às teias ilacrimáveis: a besta pulsa anorecticamente: encetar calhas, aquedutos, limpar poros, desencrespar espaços: a dor criativa do PALCO está no estranhamento de si-mesmo). **ELA** emerge do meio de si-própria, torna-se um entrelaçado do espaço, dançando-o com a histeria antropofágica que se experimenta diferentemente no tempo cristalino do mergulhador jazzístico: **as ciladas, os feixes, as mães das ofídias, os carpos transbordam dentro de uma constelação sanguínea: arcos cárneos a entranharem-se no incêndio dos atravessamentos das pedras: as lunações intangíveis batem arterialmente com membranas próprias: as vozes se arctam, rasgam-se ao redor de curto-circuitos: as telas torácicas apinhadas de golpeaduras com transplante de liames abstractos: é o grito venífluo do PALCO, uma ulceração gravitacional que desponta entre gárgulas escoadas pela fome táctil.**

A DANÇA da actriz é a causa activa da vida sem justezas, sem assiduidades, sem formas, sem faltas, sem remorsos, é o encontro fora dos instintos que se abre ao desmedido do intensivo, é a pura imprevisibilidade da duração, é o processo ilimitável, é o silêncio que sub-rogou a palavra, é uma cabeça imediata, porque é enérgica, veemente, oblíqua, flexuosa, serpenteante ao atingir-se com o figural rítmico repleto de pensamentos expressionistas que escarificam o singular das micropercepções dentro da coreografia-mundo, das dobras vasculares (negaceia a dor com a própria dor dessacralizada, com o obstáculo espasmódico, com o osso voltaico): é a razão-impura da potência do movimento-em-si que a faz esquecer: anarquiza a sujeição do tempo ao movimento, transforma-se numa diversidade impessoal, é o espírito da futurição, o teatro-ambulante, o desmonte da esteira, a reviravolta das carnagens bocais, é uma zona de passagem paradoxal em confronto com a transparência dramática de Tarkovski: um sorvedouro atravessa o virtual demonológico dentro do actual-existencial que se liga à força do acontecer sem alusões (engolfar os rasgões das vértebras com inocências atómicas): a ACTRIZ não se espelha, é uma cilada transumante, é o vazio destruidor do nada, uma superfície cheia de canais, de entonações sígnicas, de forças trágicas que se conectam a outras forças trágicas, a outras forças comunais, a outras forças das embocaduras vivas: uma irradiação abarcada de temporalidades etológicas: os choques compositores de vida se indeterminam. ELA se entranha nas multidões solitárias, resistentes que fogem às omoplatas giratórias das manadas. ELA destrói o PALCO dramático, passional para se conhecer no desastre de si mesma, na vida desabaladamente desmemoriada, nas coexistências das úlceras ventilatórias: os animais luminares, os respiros engolfados, as escoriações insonoras infiltram-se simultaneamente no PALCO devastado e fortificado pelos disformes haustos do sangue que fazem da combustão uma traqueia flutuadora do vazio. **O seu corpo é um crime compositor de esboços acontecimentais, uma força errante, fabulatória, um riso barroco, uma dança curandeira atravessa-a plena de bricolagens abíssicas: um cântico de alavancas glandulares, de enxertias portuárias, de bordaduras sinápticas redobram o movimento hesitante da vida.**

Fulcros de COEXISTÊNCIAS feromônicas fazem malhas de passagem no tempo. Um nervo brilha garroteado por outro nervo, o PALCO vibra, estremece afectivamente quando apreende o todo-aberto de outro PALCO com durações eternais: o alimento da cicatriz jugular afirma-se intacto porque uma essência demencial escoa a queimadura anatómica, é a golpeadura da fêmea arrancada à teia do precipício: as funduras da vigília reinventam-se entre as oficinas dos tendões que tentam levitar: a insónia é um incêndio dentro de espelhos quebrados: uma mão pousada no último ombro, uma mão imóvel busca o engolfamento e o sangue borbulha na cerâmica de um poro focado nas obsessivas lunações: o movimento do animal torna-se a grandeza do seu próprio sono; uma luz dupla transmuda as escoras cardíacas: há um clarão absoluto dentro da veia fracturada, há uma mãe que fulgura no corte insondável da casa, a cabeça se transforma profundamente em lacerações híspidas que vêm dos arquipélagos ocultos: **a terra é um músculo da hesitação que se reinventa violentamente: as criaturas cravam-se nas criaturas porque as ressuscitações pulmonares advêm nos rumores ateados pela vida da morte: o sangue escadraça-se em múltiplas ventilações, a força da mãe e do animal embrenha o cataclismo no sangue sobre as costuras celulares: com as fendas dos sopros, todos os fulcros venosos refluem na escuridão e se estaqueiam como braços respiradores: a paixão entrança-se nas meninges da fome: o último grito interminável.**

Os corpos dançantes da ACTRIZ mundificam, revivem, actualizam as superfícies dos mapas de passagem, reconstroem-se, fazendo vir o vitral do insulamento através de hordas sensoriais, irrefreáveis onde deslizam os ferimentos sem hierarquias, sem vestígios (as partituras do corpo transumam entre emergências topológicas: há uma conflagração de olhares desvelados entre timbres incoaguláveis e os gritos-com-oito-baixos de Antígona: um arquivo da futuração abre-se ao palco gravitacional da mátria múltipla: acordes sígnicos e dobraduras verbais afirmam as fugas ao recognitivo com os instrumentos da aprendizagem que gretaram as expressões paronomásicas do vazio). Os encontros do impensável absorvem os sismógrafos do PALCO-geográfico que evita coalhaduras monolíticas através dos intervalos puros do tempo (a tensão polifónica assimila os processos da dor e a singradura do riso: uma fala inventa-se nas travessias adivinhadoras do corpo da ACTRIZ: outra fala sobe pelo sangue do espalhamento géstico espessado pelos sentidos: o movimento abstracto da vida): o PALCO se compõe no acolá sem região, sem posição e se modifica com os olhos astronómicos em acto parabólico: as topologias impensadas do comum se misturam com as lavras da diferença existencial, esculpindo vozes distantes que aproximam a ACTRIZ das porosidades vectoriais e consistentes **(os instantes dos gestos se interpenetram ao redor das afluências imensuráveis do acontecimento onde o informe arrasa a memória obsessiva, subvertendo as inscrições dos rostos, extrapolando os alvos das pausas do PALCO: uma voz surge urdida incessantemente pelo berimbau de uma alma libertada pela glossolalia: um jogo caótico irriga as desaparições das falanges e as cabeças malham os defluxos do entrevisto à volta das palavras ocultadas: os gestos acontecem sempre nos mapas da vibração)**

O CORPO-ACTRIZ liberta forças intervalares, activa raias, fendas multissígnicas, riscaduras insituáveis e sobrevém em tudo que ele pode ou sustém, o corpo fortalece-se pela arte impensada do mundo: defrontar as expressões imprevisíveis, as variâncias do inaudito, as hipóteses desconhecidas e atravessadas pelos acontecimentos infinitos porque as vozes se dissipam, se deformam e se regerminam em magnetismos infinitesimais: **o PALCO tenta escapar à percepção, à inteligência, ao entendimento por meio do sentido enérgico do corpo grávido de fluxos impessoais: uma harpa de vísceras fulgura com os avanços acentrados da própria escoriação: a opulência sanguínea bombeia o carbono espélhico com as vertigens baptismais: carne sísmica que nunca foge do mundo).**

Corpos de movências nómadas, de prismas vibráteis, alavancam dismorfoses, entrre respiradouros meândricos das tecedeiras sígnicas: linhas abstractas, ritmos anómalos, braçadas inconscientes forçam a musicata da ACTRIZ a mergulhar no caos do pensamento sem imagens e a fugir da memória de tudo o que foi extinto, de tudo o que foi liquidado, o seu PALCO desvia-se da recordação do finamento, da anamanese do óbito, da cultura tumular, do intelecto analógico, da epistemologia, vive proliferante corpo-a-corpo com as hesitações de variantes contínuas, com o espanto dos ecos das catacreses em perseveração, com as devastações polifónicas, com os deuses desorientados nos rastros dos feixes vivificadores do mundo: rastros multangulares entre alvéolos simulacrais e as transduções da violência geodésica das línguas em contraste intensivo: matérias informes vazam idiomas epifânicos: é o magnetismo da morte das vozes roubadas à complexidão ilimitada do corpo: surgem outras vozes críticas, orbitais nos interlúdios indecididos dos mundos possíveis que encandeiam, enfeitiçam, transbordam sem estremaduras porque as energias mutáveis das visões mais profundas se acoplam à recusa da palavra intraduzível que precisa de crise, de ruptura, de distâncias, de entrelaçamentos de fluxos do PALCO: o PALCO desaparece na sua multiplicidade recuperadora de forças desabrigadas do mundo para dizer algo inobjectivável dentro do esquecimento e regressar sempre ao silêncio de uma expectativa inoperativa, de uma aparição simultaneamente despenhada e descodificável **(bordar as ruínas dos arquivos com mosaicos diaspóricos): aqui-agora, a ACTRIZ se inscreve no ritmo barroco dos sentidos paradoxais, nos espaços multiformes dos olhares verberantes: o grotesco, o vazio sintomatológico e os baques do acaso se redesenham em direcção aos telescópios das superfícies da desumanização (os pulmões ateiam-se nas bra**çadas da alucinação e o fôlego s**e torna uma pértiga aterrorizada da matéria)**

O PALCO se modifica em mapas sem os dedos dos adstritos, sem as costuras da história, é a inundação de rotas de corpos suspensos e atravessados pelas palavras atraídas para as excrescências da mutilação dos espaços e para o fora de um outro-desfocado que caminha para a profanidade genitália do sagrado: a ACTRIZ projecta os clandestinos desvios da infância adentrada no indiscernível da sua própria epiderme (abertura ao porvir com saltos inesperados): os atravessamentos das lacunas, das loucuras vivem-desaparecendo nos princípios das incertezas descentradas na abdução do real imperceptível e na interrogação das placentas dançantes e traçadoras de nomadismos que infinitizam e interseccionam os recomeços alógicos da voz-animal: a infância da voz interrompida e carregada de intensidades faz das transfronteiras uma disreflexia da arte do PALCO(garimpar o descomunal entre filtragens e couraças da multidão medusada: **a ACTRIZ nasce de novo sem holofotes, sem qualquer forma de felicidade porque em cada interstício das carótidas uma golpeadura se levanta carregada de devorações, de rebentações de um tempo crónico e a língua especta-se fora do rosto: os nomes descampam nas rompeduras agramaticais do sono).**

Corpo-ACTRIZ repleto de orfandades-criativas, de fendas mudáveis da durabilidade, de trágicos exalçados, de sentidos intensivos, de afecções produtoras de tempo em escapamento, em saída rítmica: é o extremo do PALCO a rupturar o tempo histórico e as entropias-rostificáveis com as superfícies de passagens anapésticas porque o PALCO ontogenético está para além da linguagem, é o exsudato de transfúgios, o desmanche ingluvioso, a derrelição germinativa: a complexidade infinita do olhar cartográfico acontece cheio de vazios incodificáveis, de ruflos diluvianos e de sombras intrusivas porque o movimento se infinitiza no grito: é o excesso destruidor de fantasmas, de superstições: o tempo pulsátil deforma o corpo: a fragmentação ourobórica oriunda de várias línguas irruptivas, levando os ricochetes do corpo ao limite do rigor insano: os incorpóreos da duração acontecimental implodem na fala-linfa da ACTRIZ que se afasta do homem ainda agarrado às saias besuntadas dos mitos, da infâmia, da vergonha e da servidão: o hibridismo incendiário da ACTRIZ elimina o já-dito com o pensamento em profligação, é atravessada por sensações exercitadoras de olhares-corpos à volta das turbulências transcodificantes: o impensado, os afastamentos abstractos, as ilimitações membranares tentam deslizar para os écrans distorcidos do cuidar-de-si-vibrátil e intervalado pelas arrepsias das quedas horizontais do próprio PALCO-mundo: os corpos se mesclam de desescritas, de quase-escritas, de rasuras batidas pela eternidade dentro do esplendor da obscureza: catapultar perscrutações transitórias para nos desorientar, nos adivinhar, nos regurgitar entre as emboscadas sígnicas, os lapsos das vozes ao cimo das profusões das meias-luzes-das-vizinhanças: **as escultoras de falas labirínticas foram capturads pelas ressonâncias das vistas inacabadas: o PALCO atinge o extremo do anónimo e o agramatical convulsivo: a ACTRIZ fende-se com várias línguas, torna-se um tremendo enervamento labiríntico, um metabolismo expressionista. Uma travessia do espanto, uma iluminação da fuga, uma palavra insana arremessada contra a fala.**

A ACTRIZ acontece no fluxo que foge, compõe espaços, tempos impensáveis, arquitecta memórias, derriça, debulha hierarquias, destruindo-as, oculta-se microscopicamente na latência gravitacional do grito-trapaceado de outra ACTRIZ que a perfura, rouba sem itinerários, desfrechando as fissuras do silêncio ziguezagueante nas acústicas superfícies sublunares: zonas atmosféricas reinventadas pela morte contínua de deus (a voz fecha-se dentro de si mesma, ligando tecidos pulmonares às membranas estelares dos exercícios inconscientes do faça comigo): o PALCO desertifica-se, povoa-se simultaneamente no insulamento espontâneo e nos rastos contraditórios entre as junções das palavras putrescentes e os infaustos hieroglíficos dos olhares cavadores de geometrias turbilhonantes: o PALCO está para além da função e da recognição, é uma adivinha insana corpo-a-corpo: é o gesto, as posturas **intem-**

pestivas e as vozes insaciáveis que avaliam os acasos por meio da vida em transmutação heteronímica: é a queda, o fracasso, o problema, a exultação por dentro das ondas rítmicas...o vigor impessoal da ACTRIZ faz variar a gravidade abstracta com o sublime criador da solidão que perfura a imagem do PALCO em movimento: a ACTRIZ passa de um ângulo a outro para absorver o infinito de cada gesto, tornando visíveis, histéricas, deformadas, as vazaduras das vozes.

A ACTRIZ coexiste com a multiespécie que ela foi, desdobrando-se entre utensílios da aparição em extravio e os verbos dentro do absurdo que alcança e criva as forças cósmicas ao redor das im-possibilidades multivariantes: experimentar a mandalas fisiológicas do mundo-PALCO, fazer das ulcerações do desconhecido um amolador de retalhos armadilhados pelos alvéolos copulares: as urdiduras da solidão e do vazio se embrenham com as linhas vibratórias do vitral-cristal-infinito, conectam centelhas cartográficas que trespassam os bosquejadores da língua entre as vozes intangíveis do experimento da morte e a imprecisão dos amorfismos (intensificar as hibridizações existenciais que retorna milhares de vezes, fugindo às ordens aristotélicas): o corpo da ACTRIZ se rasga por meio dos interstícios delirantes das palavras, reconstrói-se na batalha de vizindades sígnicas, de adjacências problemáticas: dar sentido ao PALCO fora dos estratos monitorizados, do vitupério, da injúria e da mercancia **(compor e decompor distâncias, revigorar o comum do corpo que nunca engana ao emitir signos tremendamente instáveis e espessados pela captação afectiva: o falso expressionista gerador de tempos insituáveis)**

A ACTRIZ renasce no entrecruzamento de forças trágicas e esgota-se no absurdo para atingir a insurreição do tempo traçado por vigores animalizantes: serão mundos possíveis, intermezzos cataclísmicos com aprendizagens críticas dentro de heteronímias intrusivas? Serão deciframentos sem medo dos desaguadouros da morte? Serão geometrias inéditas que expandem hesitações do corpo expressivo entre metamorfoses do caos e as forças da eternidade? O corpo dançarino da ACTRIZ é estimulado pelo ACASO compositivo, não espera pelos séquitos da compreensão do mundo, mas recria o PALCO em cada movência atingida por miríades de problemáticas imperceptíveis, de reminiscências profanadas, de abecedários catalisadores de bifurcações fora do acontecido porque cada disjunção expressiva, cada inteireza inacabada, assimila os descentramentos gésticos que entram nas diagonais do eterno por meio de forças cósmicas(**os halos dos bestiários surgem hidráulicos, saem do corpo como fisgadas respiratórias e as veias** góticas **se fazem na combustão de um azougue, entrelaçadas por dedos que nunca escaparam à curvatura do grito: a mão dobra-se de imensas maneiras, arrasa-se nos refluxos do som de quem se estrangulou com os suas próprias rosas musculares: a ACTRIZ** é o todo-aberto **em mutação proliferante porque apreende os movimentos planadores-do-inconsciente que expugnam o PALCO e o tornam infinito com novas línguas, novas tecelagens do impensável, novas afecções: contrapontos da voz a tangenciarem o caos e a lucidez)**

O PALCO resiste em todas as suas topologias coextensivas com os fluxos deslaçados, efectua-se ininterruptamente no improvável detonador de zimbórios cristalinos: o incógnito múltiplo da grandeza virtual estilhaça o espaço na cronografia sem dádivas e sem datas, dando sentido à fascinação da metamorfose auto-expansiva do corpo que caotiza a ACTRIZ com a adivinhação codilhada do mundo: o PALCO é uma disposição nómada de assombro, de transe e de tragicidade cerebral (novas tessituras imunológicas fora de qualquer reconhecimento envolvem-se com as velocidades infindas do espírito: fugas ininterruptas fazem dançar o impossível nas volteaduras dos estilos delirantes: se qualquer paradigma de laboração a boca leva outra boca à boca, ressoando átomos placentários, moléculas luciferinas, toda a língua se torna um sangue táctil polinizado e catalisado dentro da experimentação da matéria sonora: é uma rasgadura **de mónadas com crivos imprevistos a brilhar num enxame de alabastros: nutrição voltaica a vasculhar paradoxos que libertam o conceito da reprodu**ção, o movimento da cronologia: as forças do PALCO se cruzam em torno de fulcros infinitesimais: livrar o pensamento com micropercepções espelhadas por actos polimórficos: arte das raias do PALCO acontece intangível: as membranas das catástrofes espalham as cabeças **pelas linhas enoveladas dos gestos)**

A ACTRIZ renasce na cegueira ou no mosaico de percepções esburacadas que a fazem atravessar violentamente o PALCO como um macaréu vesânico de ritornelos a tangenciarem um grito-háptico em zonas imperceptíveis: a ACTRIZ procura luzências no jogo perpétuo das fecundações hipnóticas do PALCO que é multiplicidade de si mesmo, é um alvoroço do incógnito, uma força que vem da terra, uma força animista a regenerar arrastamentos geográficos, absorve as desabotoaduras do caos antecipador da vida (sem rotas e com hemorragias de vazios, as fendas acústicas vitalizam as fricções do impensável: combustíveis cárneos a tensionarem possíveis itinerários ou serão reviravoltas, razões impuras, desrazões, arcos intercessores a entremear as palavras numa pulsação desmesurada?). O PALCO decompõe leituras inusitadas ao forçar a presença veloz no anonimato do CORPO-ACTRIZ, inseparável dos arremessos de venábulos petrológicos sempre em hesitação as-sintáctica(os gestos despontam e invadem a respiração animal com planos falsários, exultando as decifrações das coexistências: o ar se bate cheio de arrancamentos femininos: o ar crepita contra a absoluta aprendizagem da boca e devora uma ciência no flanco mais oculto da visão): as escolhas, os alvedrios, os devires e os enigmas das contracções musculares caçam, se transpõem e advêm acalçadas pelas ligações compositivas do fracasso, da falha do impensável acoplada autonomamente à reinvenção-animal: a tensão dinâmica da intangibilidade dos asteriscos, nutre o holomovimento das sensações como uma força intransitiva, varada por transbordâncias dionisíacas (a morte é uma meteorologia em carbonização forjada por uma porta giratória...ao lado uma ACTRIZ constrói cérebro e tempo): a aventura do entre-distante das sazonações germinais, escarvadas no caos criativo que religa os ecos fractais das teias semióticas aos epicentros da hiemação estética (fugir sempre à temporalização do julgamento e das recompensas da percepção e do conhecimento porque o sopro vegetal é improvável, a víbora turva ao esplender e os ofícios dos crânios em torno de milhares de patas incalculáveis a desterritorializarem-se de baixo para cima: o sangue vibra e desofusca o atraso muscular): o PALCO é um curto-circuito bruxuleante descaracterizador de ancoradouros de escritas sazonadas, reaviva os pensamentos labirínticos entre os espelhos quebrados por imagens que se cruzam livremente noutras imagens até às vizinhanças dos idiomas em erosão, entranhando-se nas vozes do inacessível e das trapaças para emanciparem a escalada do saber das fêmeas dentro da impermanência vertebral, do vigor oculto do mundo: as superfícies de interacções metamórficas se aprofundam nas laçadas mais interiores da visão (resgatar, refazer, descentrar o eclipse do PALCO no cadáver sonoro da crueldade através do tempo, do espaço, do espírito que faz da matéria a sua usina de sombras incicatrizáveis, de celularidades em variações acrisoladas: **criar movimentos sismológicos, galopantes, fortalecendo resistências vivas, espelhos sesgos para reconstruir o lugar invaginado dentro da crisalidação: a incerteza ininterrupta e o paradoxo trágico atraem a ACTRIZ para o indiscernível fabulatório, dizem: nupcial neguentropia ou alma da matéria sonora): a enérgica sensibilidade de um corpo coexiste-se por meio de rupturas contemplativas do PALCO com gritos, vozes inviscerados nas afecções inumanas; a ACTRIZ revigora-se quando se perde e se torna imprevisível.**

Os CORPOS da ACTRIZ se abrem e se perdem fora da rotação do PALCO: ritmo e o geometral na artéria louca da língua, cinzéis inextrincáveis desentranham a devoração furiosa dos nervos entre fluxos imperceptíveis e as fronteiras pontilhadas abertas ao mar-alto do comum das diferenças que fortalecem a RÉ-existência do sensível por meio de transcodificações aformais, fora da percepção culpabilizadora e dos sacrifícios flagelantes(perante insaciáveis e predadores julgamentos, a ACTRIZ faz das semióticas dos palcos uma força de angulações indistintas, uma geografia catalisadora de polifonias, de voltagens insondáveis, um trilho não trilhado da natureza espontânea porque os seus gestos alveolares se condensam entre planos diversos, velocidades-lentas, superfícies ilimitadas, víboras sazonadas, diástoles hipnóticas e processos ressoantes(a volta do PALCO transborda, gera tempo e o corpo da ACTRIZ experimenta-se carregado de membranas delirantes, cruzando limites para assimilar os intermezzos da complexidão do mundo): um olho da tragédia torna-se compacto, astronómico quando assimila a escarpa do fogo**(finisterras mutáveis produzem eternidade no PALCO, atrás das mãos os cereais rebentam e a ACTRIZ sempre deixa uma gotícula infernal na voz):** construir novos sentidos com a multiplicidade de corpos expressivos dentro de turbulências visionárias: o grito perde o seu flanco centrífugo ao arrancar-se no diabólico baptismal que rodeia a rebentação fortuita da criatura: os espantos e os esquecimentos bibliotecários dentro do PALCO confrontam o real: os gestos flutuam nas obliquidades dos fluxos cortantes da ACTRIZ: as palavras orbitantemente constroem travessias espaciais para se demudarem por meio das veias bocais, dos membros impetuosos e exigir serem arrastadas sobre os meridianos desaparecidos nas destrezas visuais: dizem: artesãs minerais das volteaduras errantes: os gestos no PALCO acontecem absorvidas pelo rigor inexplicável: os gestos no PALCO surgem alisados assimetricamente pelas vozes do estranho prodigioso: há um acoplador de remordimentos das tecelagens sígnicas à volta de pontos caológicos porque a impossibilidade de dizer, alastra-se nas palavras noctâmbulas das partituras do pensamento intensificado pelos actos geográficos da ACTRIZ: **refrões insanos, divergências, balanceamentos, estridulações envolvem molecularmente o PALCO que trespassa a reflexividade do mundo e combate os refegos do poder através da língua anterior às rompeduras da ag-**

nição(a ACTRIZ produz realidade demoníaca, quebra brinquedos com as dádivas do animal em si e faz variar as capacidades de se efectivar nos intensivos dos pontos de vista do PALCO: atmosferas citrinas das vozes lançam-se nas torceduras impregnadas de batimentos cardíacos: o corpo sem fisionomias antecipadas escarpa-se e extravasa para esculpir junto do silêncio a última suspensão fabular).

A ACTRIZ parte de dentro para estética do vazio com as palavras insaturáveis, com geodésicas obsessivas: os feixes geometrais extravertem o acontecido, absorvendo as adjacências dos contrapontos com cartografias anómalas (adivinhação lança a ACTRIZ no PALCO com tempos inusitados):as quedas deslizantes constroem pontilhações com artérias laminares: os gestos minerais deslaçam as colgaduras necrosadas sobre a futuração mais oblíqua do silêncio-animal(a ACTRIZ não evita os torsos do palco, transmuta-os em diamantes malhados por bocas sanguissedentas: o marfim volvido de uma rosa colossal ou a carne esvoaçada dentro da sua violência eléctrica: o grito a reluzir nas falanges do mundo: a impulsão do desejo extasiado: a ACTRIZ sangra com a África entranhada na sua medula: o nó nuclear ainda levita na palavra em porvir: a entoação e a cólera batem-lhe nos quadris, lavram as gargantas mamíferas: a

ACTRIZ jorra tempo e milhares de idiomas circundam os seus pés, estaca a estaca como vespeiros do tamanho das garras da duração-matéria-espírito que se infiltra nos lanhos de uma voz em desaparição: uma voz com infinitas tonalidades perfurada por grandezas caóticas, uma voz demoníaca e salvífica que exige autonomia, recomposição, intervalos móbiles, vazios impensáveis: o avesso planador do PALCO torna-se um impulso plástico da sua própria disrupção: **a ACTRIZ diante das agulhas cerebrais nunca morre, ela é um arco da placenta antropofágica por cima de uma geografia pneumática que nunca se bloqueia: o corpo hídrico se urde e se reinaugura ininterruptamente: a ACTRIZ enlaça-se com duplas glossoalias insonoras: os dedos nunca largaram a sua cabeça: os dedos enviesadas despontam como vergastas a desarrumarem as queimaduras do mundo: o som da loucura das células maternas: a rosa do PALCO arde em qualquer mão: é inabitável)**

Malhadeiras microscópicas partilham a fertilização das falanges plenas de espelhamentos: os hiatos dos diafragmas globulosos arrancam tempos ao real para fluírem: regerminam plainas aracnídeas na extracção de um apoastro e os galgos sanguíneos desfrisam poros ilocalizáveis com os gestos soltos pelo caos: sacralizar o olhar violentado cinemacromaticamente entre mundos-PALCOS que assimilam os desastres jugulares(a voz fermenta a loucura, as linhas dos dedos latejam em cada fôlego, há um tecido da arfadura a gerar alvéolos hormonais): o inóspito da hialurgia, as errâncias cinescópicas, as síncopes funiculares dentro da alimária corporal: os silabários do inconsciente e os diafragmas das antecedências, extraem selvaticamente as trepidações cranianas à metazoa-arena(distorcer as mandibulas com plagiotropias, buscar o avesso das tatuagens dos lacraus aos crematórios alfabéticos): é nas defluxões incomensuráveis dos entre-meios que se livra a imanência epidérmica porque a transcodificação monstruosa atinge os mordimentos do PALCO e as limalhas zoológicas do corpo, levando as energias decifradoras dos rastros vocais à dissipação das ruínas das sombras: o varejo arterial acelera-se e adianta-se das ogivas silabárias, a ignição do hausto crava o vidro da palavra inominável na medula largada pelo vazão do tempo, assim, as forças intersticiais da ACTRIZ atingem a absoluta feitiçaria no diz-desdizendo-mundo impulsionado pelo ritmo de milhares de línguas incontroláveis, de lances membranares miscigenados, de hiperplasias insanas, de rupturas hibridas, de bestiários irruptores, de efracções anatómicas que geram zonas vortilhonadas, zonas de um eco vascular da vida entre as subducções dissímeis do não nascido e o que vive nos pulmões intangíveis do PALCO: revigorar os fluxos heterológicos na devastação criativa, nos estilhaçamentos-olhantes: acontecer nas bordas inauditas dos roubos dos gestos que dispersam ralentações nas falas exploratórias, transpondo atmosferas centrífugas com latências cartográficas em desfocagem: as vizinhanças das cabeças em risco, nutrem-se quase criptografadas com os ruflos do acidente arabesco, dos écrans da histeria agramatical onde hipoteticamente surgirá a ritmicidade de uma visão que recolhe o distante das vozes da ACTRIZ para dessouber, inviscerar, esboçar, esfalfar os limites da intransitabilidade da língua: explorar os silêncios imprevisíveis das palavras dentro da corporificação das vidências que reabsorvem itinerários diastólicos quase-em-ressuscitação(o batuque do êxodo, a finisterra do flagício, a enxertadura do balbuciamento sem volumetrias, um varapau de sopros torna-se inoxidável e o sangue queima a pulsação fixa da imagem porque as bocas fundem-se com a carne vibratória da palavra incontrolável: a língua irradia e toca as mães aracnídeas do mundo, devasta obscuramente o PALCO: fêmea com gengivas relampagueantes, a voragem do ofício na curva plena da cabeça, o animal mexe-se dentro da gramática, apodrece-a, transmuta-a, dilata-a, torce-a, é uma abertura cardíaca da botânica, uma sombra que abrolha a galfeira e se faz fugidio cometa meteorológico**):** dizem: abalos sonâmbulos dos mapas sem rostos, o absurdo é o povoamento político de odyssomai que anarquiza as curandeiras: **o gaudério, o esgarçamento, a orfandade de Górgona ainda resvalam nas batidas do prestidigitador: vejam, a partilha metamórfica do PALCO que solavanca, precinge, reborda, vaza acusticamente outras visões repletas de incertezas, de alvoroços adumbrados nas falhas das incarnações do animal (gerar tempo rasgador do sujeito histórico, balbuciar inconsciente: a voz tenta devorar a arrumação da terra com todos os ganchos rudimentares: uma palavra é redobrada pela eternidade: grita)**

Acontecer nas tatuagens obscuras, movediças e irrefreáveis do PALCO que tenta se esvaziar nos ecos das profanações instantâneas, nas hidrofobias dos demiurgos para surfar as energias tácteis-sensórias do mundo: as performances do aceno fugitivo, os fragmentos voltaicos e a contaminação de crateras abismáticas transvertem a ACTRIZ em traços vibráteis, em interfaces hiperbóreas: um nome desmoronado na engenharia molecular: eis, o habitat sem pausa de um corpo inapreensível que se despenha criativamente nas cavidades do vazio inviscerado nos ricochetes do exílio, um corpo a escoar as ressonâncias taumatúrgicas com mutações infinitesimais (desmanchar a recognição ângulo a ângulo com as áscuas dos animais ocultos): a relação-sensorium com as membranas mais fisiológicas do silêncio é um sopro provocado pelo rapto ético feiticeiro: a potência uivante da ACTRIZ entranha-se na palavra antes da sua aparição entre espalhamentos sem lavras (os basaltos insondáveis do corpo em PALCO entrelaçam-se noutro corpo em bricolagens rupturadoras de percepções para se deflagrarem nos lances do animal, alcançando forças acrisoladas e mergulhadas na invisibilidade pululante): aqui-agora: a ACTRIZ elimina, absorve despojos e destroços que a levam sincopadamente para a inacessibilidade abrasada da língua, para a epifania vociferante da vida, para as coreografias caológicas dos alfabetos nómadas (a ACTRIZ é sempre hostil à língua e entre muitas fímbrias agramaticais, compõe-se, decompõem-se fazendo dos choques-matricidas a ubiquidade da sua própria cilada-mundo: **a artéria futurível do PALCO é o único dom artesanal que vibra no pulso da cosmografia porque é feita de estendais cerâmicos, de mosaicos baptismais coados pelas arquitecturas das ofídias: uma voz lavrada com a nervura desconhecida doutra voz sobre o extremo imensurável da ferida: a trama transmuta o incógnito a cada instante que atravessa a ACTRIZ.**

CORPOS-da-ACTRIZ resvalam, espargem, enviesam-se, proliferam-se, destroem hierarquias patológicas, espalham contágios (intempestivo): o PALCO de escritas abertas às espáduas da zoologia é já a profusão topográfica, a irrigação do caos a libertar-se da desmoldagem traiçoeira da língua com as garatujas ortogonais, lúdicas e delirantes. Os corpos-da-ACTRIZ vivem de novos desejos compositivos, traduzem as interrupções do mundo e impelem o PALCO a inventar-se para além dos ombros da exposição, dos vocabulários das figuras, porque é uma positividade com conceitos móbiles, espessuras acontecimentais, fluxos sígnicos perfuradores de percepções, enfrentando os deciframentos geológicos, o inexplorado, o estranho, o GESTUS brechtiano com povoações arrebatadas **(angulações de forças sanguíneas devoram as palavras com as dores das bocas que nunca se ofertam: bocas inactuais** prenhes de distâncias e de vazios: bocas que resvalam nas rupturas paradoxais, envolvendo liames e múltiplas durações noutras bocas): dizem: devastações onomatopaicas, talhaduras imperceptíveis, vitrais incapturáveis, fabulações criadoras dos arquipélagos do real e de gestos irrealizados que ressurgem do silêncio cabalista e se enxameiam através do indizível, do trágico e da solidão dióptrica (tensionar as errâncias com o hibridismo mandibular: uma fala abismadamente alomórfica, futurizadora da profligação de sentidos inauditos)

As forças das superfícies verbais-não-verbais trilhadas pelos ecos dos planos móbiles, das derivas interpoladas, das acoplagens da imersão do prazer estético, estilizam babelicamente a ACTRIZ, incorporando-a nos insondáveis ritmos das minorias, nas emboscadas das zonas contaminadas e ameaçados pelas esponjas imprevisíveis do falso que magnetiza as polinervuras dos PALCOS onde o seu corpo bailarino feito de grandezas avançadas, espaçamentos inomináveis, interrupções pertransidas, entrepausas afectivas, tenta religar todos os gestemas hieráticos, todas as vértebras-zoológicas-minerais dentro das dobraduras vertiginosas e dos destroços da língua, **dizem: hapticidades torcidas, equívocos refractantes e refrangidos com tempos-coexistentes, aborvendo composições-moventes de uma sabedoria-lacunar.**

O CORPO-ACTRIZ de linhas involuntárias, estende-se, estica-se, ultrapassa-se, atravessa-se, transmuta-se nas ressonâncias do lugar de nenhuns-lugares, construindo-lugares arrastadores de fluxos sígnicos: uma traçadura da vista-PALCO que não é paisagem mas contorce os poros, convulsiona-se, aglomera-se, escoa-se, vasculha-se, sobrevoa, tatua-se, escarifica-se na tremenda inseparabilidade, no imperceptível bruxuleante, compondo superfícies sem delimitações (criar insurreições, antagonismos, alogismos com o inesgotável dos sentidos: os orifícios das palavras luzem com a carne da escureza, há uma magia petrolífera dentro da sua errância, o centro do mundo desvanece-se com o curvatura da voltagem carregada de minerais respiratórios: qualquer gramática no sangue é sempre um artefacto doloroso, um arquipélago coagulado): PALCO, constelação sanguínea: é a matéria sonora das contracções espirituais: os paradoxos vibratórios atravessam os orifícios das zonas indiscerníveis, as equimoses ilocalizáveis, as vozes desmoronadas, a ecologia vectorial da tragédia, afirmando vida fora da linguagem enjaulada nas acepções: dançar e transviar o espaço, intensificar as formas deformadas com toda a invisibilidade do sensível (a voz da ACTRIZ é sempre devoradora, arranca ao mundo todas as ventilações. Suplantar-se___o passar-se___os acontecimentos indizíveis-imanentes a soltarem sensações, milhares de fugas em experimentação ininterrupta (entre-PALCOS: experimentar sem expor, sem revelar, sem traduzir as conexões assimiladoras do animal, reinventar o estrangeiro no dicionário em cada gesto, em cada respiramento, em cada faca do dente intuitivo: um animal em evasão solta forças com distorções e lucidez: **topologias de passadouros turgescentes fazem existir espaços alvoraçados que fazem o PALCO agir sobre outros palcos para misturar mapas matéricos sobre a intersecção das imagens impessoais: o ritmo dos gestos religa-se aos avessos e aos acasos das arquitecturas aiônicas: zonas descoaguladas pelo desejo perfuram o corpo, destruindo emblemáticas clemências ou qualquer acção psicológica(esboçar mapas com falanges espirituais: criar turbulências ínfimas nas morfogéneses: criar crueldades afectivas com o sensível do inesperado onde a epiderme da ACTRIZ repercute por meio de movimentos microscópicos)**

O PALCO se afasta e se apropinqua ininterruptamente, entremeando a ACTRIZ no mosaico fragmentado pelas refracções do mundo, pelas evasões das raias do inteligível: o corpo da ACTRIZ é desvendado nas errâncias das multidões constituídas de ladraduras mutantes, de algolagnias, de traficâncias interrogativas, de palavras-intermezzos que não sabem que o corpo impremeditado gera tempo na rachadura incomensurável das mudanças esfíngicas: há coexistências abstractas nas trepidações retraçadas pelos desdobramentos de vozes inarticuladas(rasgar todas as marcas do PALCO, perfurar o inconsciente, friccionar o novo com emaranhos sígnicos: sensação estrangeira atravessa o corpo que faz escolhas com movimentos consistentes e falsários): a ACTRIZ germina no inacabamento falso do abecedário movível, gera a jangada do absurdo com linhas astrológicas: a indefinição envolve-se ma temperatura do invisível: a sombra intervalada do deserto-ventre incorpora os vestígios acústicos das calamidades câncionais ao redor das encarnações sem datas: ELA é uma ressurgência do imperceptível, um personagem perdido nas redes telemáticas, um ritmo intervisual, uma recriação matemática, um vazador dionisíaco pleno de desmoldagens orbitais (retradução de itinerários descentra as vozes, perde-se a direcção do PALCO nos contrastes infinitamente interactivos). **ELA é a tactilidade híbrida, a onda cíbrida, o interface de geometrias desmudáveis, o resvalo metamórfico, a velocidade intertextual(a profanadora que sacraliza o caos com a feitiçaria cerebral e jamais ficará pronta). Um nódulo de palavras abocanha-se até aos seixos ígneos: as cabeças do intocável, as manchas respiratórias, as orladuras obsessivas, as vulvas disjuntivas, levam a sudação das ferramentas caninas até à boca mais afastada, mais táctil, mais obscura, mais implacável: a boca que se contrai e se dilata noutra boca para quebrar o metabolismo das palavras: o enervamento esparze, a violência bate no PALCO porque a voz flebotomiza na voz até ao inestancável: os dedos na língua despontam tremendamente incalculáveis.**

O CORPO da ACTRIZ em cada instante se transverte, esvai-se, plasmando-se, defrontando o desconhecido, as estrangulações, a desesperação, a expectativa, a confiança, a profanação, o sarcasmo, dobra-se, redobra-se, CONTAGIA-SE, conecta-se, recolhe-se, devolve-se, envolve-se, trespassa-se (é uma afirmação desejante do meio comum, é o dom bruxuleante, uma braçada sanguínea dos ofícios anárquicos, é o movimento vazio dos gestos, é a pele a desdobrar-se com novos mapas histéricos) ____mapeia-se com intensivos respiradouros das etologias, assim, os macaréus afectivos e o fora-que-é-a-alógica-das-velocidades-múltiplas-das-sensações entrecruza-se, porque o PALCO pulmonar acontece involuntariamente entre composições díspares e povoamentos singulares (advir afastado das formas: produzir tensões com as mudanças estranhas do corpo: corpo vivo que absorve a visão do outro de si-mesmo: os renascimentos balbuciantes de uma luzência ainda em rascunho: o clarão antes da palavra, o raio antes da língua): o afecto-PALCO-da-ACTRIZ é em-si a ventilação aberrante da natureza que provoca os encontros das suspensões sem requebros: campos obscuros de uma multidão intersticial: acontecimentos estéticos jogados pelas diferenças magnéticas da infância: a ACTRIZ se fortalece com a capacidade de fazer distâncias singulares nas fissuras não mensuráveis do comum, de fazer da afectação uma dobra solitária que inventa a memória-mundo dentro de si: **o PALCO recomeça entre desejos transcodificadores e volteaduras obscuras (quando uma força-violenta-do-fora e das artérias contamina o movimento da ACTRIZ, as urdiduras do impensável alçam-se, retomam com novas tonalidades dos acasos, novas violências autopoiéticas: lançadeiras acendem similigravuras. (ressurgência das estranhezas das matérias expressivas em relação ininterrupta: o estilo das mãos povoa o caos e arranca um ritmo mamífero à adjacência de quem nunca esponja a morte por meio de especiarias: o grão ilumina a casa e o PALCO é uma abrasadura de argila, esvaziando os rostos com os esboços das artesanias, o fôlego cerebral ainda é um enigma do sangue sob o olhar assombroso)**

O PALCO inabitual ralenta-se na velocidade do alevante ecológico, enviesa-se convulsivamente, captura as fracções de outros palcos por meio de lances múltiplos, de tensores expressionistas (coesão de matérias no meio extremo, liações de vidrarias enchem os gestos da autotipia que envolvem abecedários nas velocidades do fogo dos acasos): **ser atravessado por correntezas imperceptíveis, fortalecer o devaneio, as tessituras vesânicas com as ulcerações hiperbólicas dos pontos de vista: a ACTRIZ é em si o cuidar de si com toda as microagitações das crueldades desviadas das forças humanistas (nada está fora do PALCO e do corpo da alma, a língua escreve-se com a pulsação inabalável, a língua sísmica dentro das forjas delirantes da língua, a língua que desmancha a hemolinfa: um braçado lucifero).**

A ACTRIZ cruza mapas sem sintaxes estruturadas e incorpora as hordas à deriva, as sinapses fora da cronografia, a experimentação da fissura transumante, as repercussões estéticas do mundo, as escoaduras das malhas obscuras, os alfabetos escorregadios: há desvios do animal que se mudam sem avisar a ondulação cerebral(o olhar acronológico a captar o inatingível por meio de espiritualizações cruéis porque a matéria do PALCO absorve a eternidade assintáctica): metamorfoses inapreensíveis onde os diagramas das vozes acontecem nas artimanhas cubistas, entranhando-se nas derivações içadas e devastadas dos corpos que nunca esponjarão o PALCO com rigor: o PALCO é sempre acidental: construir uma fala labiríntica entre a correnteza das não respostas e os indeterminismos da natureza, impregnados nas raias acentradas do PALCO que se transverte completamente nas rasuras agramaticais e tudo se infinitiza por meio das vizinhanças do falhanço e da expressão insana: os dínamos compositivos dos gestos, exigem sonoridades modulatórias do abandono, exigem o colapso germinal da palavra, exigem as antecedências do silêncio como fáustico antídoto do inteligível: o tremendo silêncio autopoiético arremessa o PALCO para a ablepsia, a inexistência, inventando novos afectos anamórficos (atravessar o PALCO com as sombras rebrilhantes do deserto, com os precursores das superfícies extremas que exultam o invisível da ACTRIZ): a ACTRIZ faz das onomatopeias o PALCO-vida fora do poder, da vassalagem, da adscrição, o seu corpo efectua-se no entressonho, no improvável, na duração do encontro das vozes turbilhonantes, na temulência topológica que se alisa diferentemente com hipóteses inverificáveis, incontroláveis: há uma ciência por vir em tradução licantrópica (o PALCO se perpetua ao assimilar as forças caóticas, as cartografias do mudável da memória-mundo): as cabeças disformes penetram nas enxertias da cosmovisão e recuperam os ritmos ondulatórios nos arredores acústicos-gravíficos-gangrenados do PALCO sempre em transbordamento sem blindagens verbalizantes **(o PALCO torna-se a alavanca cristalina do espaço-tempo fora das ordens da gramática: o PALCO vive de traços contraditórios por meio de desejos sem objectivos, é uma linha esguelhada com automovimentos do esquecimento:** é o exercício da memória absoluta**, uma agulhar estilística a refulgir entre forças mandibulares pelo ar dentro: roubos dionisíacos ou traços da ontologia delirante)**

O GRITO da ACTRIZ atravessada de contaminações sígnicas acentradas, destrói ordenações tirânicas, normoses, logicizações, vaza-se, fragmenta-se, dissolve-se, multiplica-se em planos de aludes infinitesimais, demuda e vara as rotas das tessituras dos atractores estranhos que impulsionam as encurvas deformantes das fendas do PALCO sobre as dexteridades vadias do desassossego criativo. O corpo em rasgão estético, absorve as renascenças de todas as levadas capturadoras de palcos em transição, palcos com enervamentos eruptivos, com balanceamentos indefiníveis que extrapassam as obscurezas entre passagens enérgicas e expressões hibridas (resplendores cardíacos a fragmentarem os sentidos: imperceptíveis turbulências): a ACTRIZ se desertifica nos écrans dos lançamentos das sombras retraçadas pela velocidade de outras sombras torcidas pelo jogo de aprendizagens de vitrais-acrobatas, de jogos rodopiantes de sensações-lapsos: as fissuras-do-invisível se cruzam nos acasos por meio de lances dos atletas de precipícios batailleanos(as falanges, as vozes, os olhares avançam inalcançáveis: a palavra com temperaturas profanas tenta expirar pela boca sem ossaturas, alcançar o impensado: há uivos arrítmicos recônditos e a respiração cárnea se arranca ao excesso com ruínas oficinais de uma velocidade infinita, de afecções interpostas pelos abalos sígnicos: **o PALCO se torna um vórtice, uma voragem, um fulgor, um pântano: é a ACTRIZ a alancear a matéria com o animal de uma verdade inatingível que tenta fugir do medo da morte: um animal exarcebado mergulha na força do indizível)**

O CORPO-ACTRIZ se refaz nos encontros sincopados, nas metamorfoses sem repouso, nas correntezas expressionistas, recusando a morte por meio de processos geodésicos conflitivos que ziguezagueiam nos rastos vigorosos da vida: **os hiatos, os vazios, as distâncias abrem-se ao ínfimo do real onde os gestos vibram por dentro(refazer o lugar com o arrebatamento acidental: aqui-agora: recomeça o PALCO a partir das velocidades das diferenças)**

Os olhares da ACTRIZ não fogem do alógico e multiplicam os exercícios das liberdades porque os seus rasgamentos surgem atravessados por audições vivíssimas dentro de tecelagens do PALCO que questionam sentidos entre linguagens não-verbais-infraverbais, matérias exortadas e cartografias em experimentação espongiária: as intensivas cirandas a avizinharem-se do explorador esfíngico do mundo que não pára de se espessar, adensar, transumar entre forças sígnicas ventiladoras que recolhem vestígios do caos, compõem as topologias do silêncio e dissolvem a historiografia do sujeito para invadirem as zonas dos labirintos com vidências e passados dilatados pela ontologia do agramatical: o PALCO anteverte a suspensão do corpo impremeditado da ACTRIZ, produz ritmos nos interstícios da babel, evita violentamente os bloqueios dos fluxos do desejo(singularidade ritornélica, desconcentrar ciclos com os lugares de passagem, uma embriaguez compacta no movimento da luz): a defluxeira de entrecruzamentos corporais-incorpóreos, o vazamento desgravitado do mundo, a ACTRIZ, vários palcos entre mudanças infinitesimais e imagens acrescentadas às perplexidades do corpo que estimulam os gestos a intensificar a vida-NÓMADA dentro do PALCO: dizem: batidas do entrevisto porque não escoram habitações cravadas nas compensações, nem esteiam a racionalização do discernimento (brusca epifania das cabeças larvares entre vozes a fervilharem contra as paredes invisíveis): as vozes se fortalecem através dos saltos sintácticos em mutação contagiante, as falas se entregam ao despovoado da experimentação do corpo baralhador de sentidos: as palavras transformam as forças do palco noutros palcos sem finalidades: a ACTRIZ-entre-actrizes desvia-se com novos sintomas e se reforça simultaneamente no mundo irrepresentável, no mundo indizível onde reaparece o acidente das expressões feitas de curvas arquimedianas que se asseveram na transposição problemática sem tempo cronológico porque percorrem os enlaces das desleituras da deserção: fazer vida com linhas transbordantes de afectos, incorporar um rumor imanente que se escapa a si próprio, absorver outro corpo de cartografias-PALCO: uma miríade de espaços absorve sons, ecos que evitaram o corpo(construir novos sentidos por meio da decifração simbiótica do incorporal): é **o delírio do gerúndio, é a congeminação de escritas devastadoras da própria ACTRIZ apinhada de ângulos lobulares, idiomáticos dentro de um dizer contaminado pela voz pi-**

rodinâmica do estrangeiro que a transverte numa bruxa de rasgamentos heterónimos: o seu corpo a ultrapassa longitudinalmente e a coloca inacessível entre relações de forças onomatopaicas e demudanças compulsivas que saem dos eixos.

O PALCO se revigora com a vidreira do impensável-pensante, com o mundo expressivo, múltiplo, artífice: o PALCO abandona a oxidação psicológica, a periodicidade, estimula-se porque se rouba abstractamente dentro de despenhadeiros, é o impulso do acto, é a perturbação inestancável do indetermiando, a desobediência surfante, a insurreição dos poros: desestabilizar analogias existentes entre os lances inconscientes da ACTRIZ e os meridianos da tragicidade multicelular **(escavar a tragédia dos novos espaços-tempos entre pontos afectivos e forças rítmicas: uma onda de inebriamentos voltaicos subleva as forças que a ACTRIZ extrai dentro de si mesma sobre as superfícies em tradução inesperada, anarquizando sensações: as almas revigoram-se rizosfericamente)**

Os CORPOS da ACTRIZ colocam tempo vertiginoso nas veias bosquejadas, exigem fazer parte de uma revolta ética, anómala que peleja tudo o que repulsa a vida, estremecendo o mundo sensível, ampliando as possibilidades no real: a absurdidade excita a transmutação do PALCO e povoa com conceitos expressivos os desertos escarificados por milhares de composições coexistenciais: as forças puras da crueldade que desdobra o criativo no vazio: o intratemporal e o espectral da ACTRIZ destroem as narcoses dos sentidos, rupturam formulações pré-estabelecidas, devastam rostos sociabilizados, acolhem cáfilas, hordas que estão à altura perplexa dos acontecimentos e insistem no caos fora do psicologismo: há um abocamento inojectivável do PALCO: libertar metalurgicamente o corpo, construir vida anárquica, fazer escolhas com a electricidade pulmonar, jogar no acaso com o inconsciente, suspender, interromper disposições por meio do impensável dentro de golpeaduras múltiplas, do súbito e do imprevisível: devastar a cronografia sepulcral, subverter os aspeitos de assimilar o mundo, mergulhar no processo da hesitação-em-si-PALCO sem relativismos, mas com uma miríade de ressonâncias afectivas-olhantes e com brincadeiras estéticas recuperar, captar o que está ostracizado ao submergir no anónimo, no desconhecido e no imperceptível. É a ressonância das apercepções e das transduções intuitivas que se consistem nas vizinhanças vibratórias, conectando os apátridas, os desertores, os apaixonados que vivem nos intervalos das adjacências geográficas, nos bumerangues da duração dos verbos intransferíveis: improvisar os outros de si-mesmos no encontro com a feitiçaria da arte alveolar, e as vozes envolvem, esmagam e assimilam as palavras construídas pelos vazios dos sentidos, as palavras labirínticas, topológicas, as palavras que ardem e fazer flagrar afectos por meio de gestos turbilhonares, suspensos, contagiáveis: o PALCO é a tensão paradoxal, a onda continuamente resvalada por capturas semióticas: a aliança de pontos de vista, a resistência à falta utópica, aos déspotas, às vidas-miseráveis que não aceitam a loucura germinativa ou a experimentação-outra fora do preceito (a ACTRIZ assoma-se nas inesperadas fractalidades que se conectam com outros fractais, com outros micromovimentos ilimitáveis: as forças sensíveis do PALCO se desdobram na reinvenção do tempo que é um exercício do devaneio, uma exigência do rigor da esfinge verbal, da mutabilidade cartográfica, da dismorfose arrasadora de qualquer história pessoal: perfurar o inconsciente com tensões do real, bosquejar com traços indeterminados, indefinidos, a anterioridade do PALCO, não desejando cógitos intelectuais, nem estruturas verídicas, nem biografias: rascunhar é escutar a consistência do outro com a fala da decifração fabulatória: um falhanço alegre: a composição do PALCO foge das superstições por meio de metamorfoses mundificadas, cruza umbrais, gestações estranhas, desassossegos atmosféricos e corredores vazios de línguas vazias que arquitectam a ACTRIZ com pariduras ininterruptas, é o devir do nomadismo-divinatório: as criaturas se cegarão na vontade ecológica das permutas vizinhas e nas raias arabescas que não as levam a lado nenhum, porque os caminhos pré-linguísticos da ACTRIZ despontam atingidos desabaladamente pelas disjunções cosmovisionárias, pela i-materialidade da língua anatomicamente caotizadora: **as forjas das volteaduras subvertem e pervertem os traslados do mundo no jogo do indiscernível entre sequestros afectivos em direcção ao riso-gestual do impeensável que se enviesa nos vésperos, na contracção expansiva das mandalas, na colheita sígnica, incendiária de memórias sem prismas desejantes(tremendos girassóis deslizam por todos os lados).**

A ACTRIZ na interrogação ritmada busca a conexão de heterogéneos por meio das ressonâncias dos gestemas em práticas experimentais adentradas nas rezas feiticeiras: o PALCO ressurge continuamente na sombra das linhas dos cruzamentos do desabitado que é a própria vida sem o pânico dos antebraços, sem os cutelos sangrentos da falação: é o animal a compor lugares onde ninguém pertence, zonas adjacentes, mónadas com golpes fluxíveis, povoações contaminadas pelo olhar dançante do texto-suicidário-vivente, apreendendo as coreografias dos pontos de partida e a combinatória visual das forças estertoras do silêncio entre rotações euridicianas e entonações da orfandade que conquista tempo ao tempo fora da decifração: é a insânia da sombra luminosa afirma os olhares brownianos cruzados com os reinícios imprecisos que desobstroem o PALCO da encarceração linguística: **o ritmo e a velocidade** das radiações-estilizadas do corpo-ACTRIZ atingem o real ficcionado entre fluxos geradores de acontecimentos: uma palavra-grito rebenta do inconsciente: uma voz encarna-se noutra voz sem sentenças, nem alicerçagens justificativas: a voz e a palavra ganham uma autonomia fora da finalidade através das movências do vazio que envolvem o PALCO sem imagens: uma ACTRIZ tece-se.

O PALCO dentro da vida antropofagicamente ciciante alia-se ao CORPO que recupera os sons da obscuridade serpentária sem as raianas das significações para acontecer nos recomeços dos batedouros contínuos das visões e das audições-tácteis: palavras desdobram-se diferentemente: estilizam-se com os crivos mutantes: palavras voltam da crueldadade mais profunda onde a voz da errância emancipa a ACTRIZ sob o silêncio das crisalidações exiladas: úlceras intempestivas, têmporas implausíveis entranham-se nos intervalos sígnicos com todas as astúcias dos fogos que transportam o rumor da relação dos gestos por acontecer (uma luz metabólica sem arredores, uma boca analfabeta tacteia-se dentro e fora alcançando um verbo cinematográfico): dizem: cânticos agramaticais a alterarem prismas dos limites com as durações absolutas da fabulação (gerar mundo com os basaltos nupciais das vozes). A ACTRIZ produz linhas alvoraçadas, inquietas, solta forças ao sentir a catástrofe da intersecção cérebro-mundo, faz escolhimentos com a potência do indizível, faz da estranheza um geometral sensível. A ACTRIZ redesenha tudo o que não se captura das angulações abruptas, o PALCO advém quando o seu corpo decifra a luz turbilhonante da matéria, tangenciando o infinito que apaga o rosto dentro da refracção estilizada___um foco vibratório com completudes parcelárias as religações da arquitectura do PALCO impulsionam semióticas microscópicas como a renovação lúcida da sismografia a cruzar os conceitos das forças puras do tempo com os ritmos das deformações: a ACTRIZ submerge no próprio tempo, nos múltiplos feixes do tempo monádico, heterodoxo, paradoxal, disjuntivo, ético-imanente **(despedaçar o espelho com espelhamentos que absorvem as intensões do corpo: os movimentos induzidos do corpo): as aprendizagens da animalidade inventiva perfuram, afirmam o cristalino-pleno das passagens expressionistas que evitam cabeças representantes das clemências e dos confessionários (o PALCO exige ser invadido por tempos indistintos, exige perder os cascos das referências, exige ser atravessado pelas árias da eternidade____a virga-férrea da desrazão ressuscita o corte abecedário: o sangue da ACTRIZ perfura o sublime porque arranca de si personagens da eternidade de um sensível fora de qualquer envergamento demiúrgico.**

Os CORPOS-da-ACTRIZ confundem-se com o mundo, tornam-se nómadas em tudo o que não aconteceu e fazem da vida um encontro falsário feito de multidões de fugas, tornadas sensíveis, acústicas, visíveis: um encontro desterritorializado porque é um corpo sem estratos: um corpo de ritmos intercessores, de contrapontos a experimentarem a musicalidade dos tempos videntes ou serão trilhos abismáticos invadidos por afecções heteronímicas? Vivem o caos que se perde nas bordas de si-mesmos, vivem com as vontades ondulatórias que batem nas dobraduras do acósmico, vivem o inóspito que se redesenha nas correntezas dos mapas dilacerados: ritornelos desbravadores do imperceptível a construírem novos sentidos com as mulheres perseguidoras de Dionísio(é o risco caotizador da criação, do deciframento de signos caleidoscópicos, é o animal em movimento que gera o sensível-gérmico-fúngico): o

PALCO se ABRE no retorno impulsionado pelas expressões que não buscam o pânico da verdade: as vozes se realçam nas zonas de passagem das superfícies-profundas surfadas pela incorporação da existência-mundo, pelos pensamentos-geógrafos: as vozes sobem ao estremecimento do PALCO por meio do impensável diagonal, das éticas das revoltas corporais, da vida abstracta, quebradora de consciências, de mitos, de cansaços e de fantasmas: o PALCO é a experimentação estilizada do corpo pelo corpo fora, a captura sanguínea, o roubo sanguíneo, se transverte, se cria, recria, se levanta contra forças reactivas que indeferem os tempos delirantes da vida____o CORPO-ACTRIZ foge aos subterrâneos neuróticos, às verticalidades afuniladoras, escapa ao aparelho da recognição, por meio de instantes estilizados pelas várias dimensões dos esboços-voltaicos que passam e se volteiam, conectando os acasos tocadores de vida-PALCO: as vozes se presentificam no tempo das voragens anómalas e se activam nos baques-aformais entre o passado contemporâneo do presente ainda mais do que o presente: é o ritmo das coexistências, das preexistências em direcção às matilhas do futuro sem compromissos com a história: **a ACTRIZ esponja imanentemente a ética-da-natureza que a faz recomeçar sempre de novo, fricciona as vozes nas dinâmicas dos ecos das afecções que simultaneamente perfuram, envolvem as potências responsáveis pelo pensamento agramatical, rupturante, ultrapassador de consciências (novas relações com o PALCO (embriões turbilhonares): catalisar o singular da contranatura,** delirar no vazio caleidoscópico, na hesitação compositiva que guilhotina a estrutura euística com a liberdade da dor do inventivo)

A ACTRIZ é o fluxo de curtos-circuitos, a sedução ritornélica, aparecer, desaparecer, coexistir nos instantes fora da procedência do sujeito humano: a ACTRIZ destrói as leis da natureza, fractura o tempo resoluto, assimila o espanto do agramatical, exercita a ética de Anaximandro, o sublime de Lucrécio: é o vazio intensificador da criação que leva a ACTRIZ do futuro para o passado friccionado no presente, abre-a dentro de linhas abstractas, abre-a com as velocidades rítmicas, com o aformal-múltiplo do desejo: o PALCO emancipa-a heterogeneamente com a experimentação anorgânica que resiste à morte: as ruínas da língua-em-renascença se estranham no PALCO insaciável e envolve a ACTRIZ com os alvos de outros corpos que carregam vida-alógica dentro dos desvairamentos polimorfos, dos acasos conflituantes, do espalhanço das expressões alvejantes de enucleações prestidigitadoras que jamais se adaptarão, jamais caminharão para a prestança paralisante, porque acontecem nos graus tremendos das correntezas errantes: estonteamentos do inverso e vizinhanças feiticeiras retraçam os corpos com buscas zoológicas de loucura ao enfrentarem os enigmas intraduzíveis do PALCO: as inscrições antropofágicas, as falas altas do corpo, as disseminações pré-babélicas, o refluxo catalisador da intemporalidade, as desaparições lançadoras de tramas, reconstroem a histeria do criativo: as tecelagens das palavras flutuam dentro do inexprimível**(sensações do inconsciente-animal fortalecem o silêncio sem desígnios, desbloqueiam o desejo, desfazem o EU com os fusíveis do corpo expressivo: o corpo cristalino canta forças infundidas, dança o gerúndio do espasmo** à volta dos **diagramas do delírio: sentir o infinito da fala, resvalar no incomensurável de um gesto: a ACTRIZ emerge da obscuridade, é a inquietude da luzência extrema: o virtual das zonas afectivas foge à reacção algoritmizável)**

O paradoxo coreográfico activa-se no tempo infinito que positiva o caos antes dos estratos da natureza: o palco-ACTRIZ retorna e entranha-se sem direcções, ataca as línguas com as espirais ventiladas das vozes em desaparição: as traçaduras aformais do corpo aberto às forças convulsivas da vizindade do pensamento e às miríades de choques de visões fragmentadas, de abalos intersticiais arremessados pelas distâncias do PALCO: fazer dos jogos prismáticos-góticos as granulações dos alfabetos e-imergentes, a visageidade do inumano espiritualizado, os transes sulcados que fragmentam o interior, destroem o sedentarismo da realidade verdadeira e a disciplinarização do eu-centralizado porque a ACTRIZ meteoriza-se com os olhares anónimos, transborda limites com os seus gestos ávidos por zonas de veemências misturadoras de desregramentos(planar no obscuro geológico com evasões histéricas e com processos em fuga: a voz torna-se um rapto em sublevação, a sonoridade de um repovoamento: a palavra evita a imagem visual e entranha-se no oculto): **o PALCO incinde-se, desarticula-se ao misturar memórias imemoriais sobre os avessos do tempo livrador da matéria, atingindo enervamentos de falas-múltiplas: a ACTRIZ assimila os ritornelos das tecelagens epidérmicas para se regenerar no fascínio das expressões descentradas e se trilhar com os zonamentos estrangeiros onde o respiramento é um espaço intrusivo: o PALCO devora-se com o vazio antropofágico, busca o aberto das perfídias do real e os seus liames revigoram-se por meio da tragédia absorvida pela visão imprevisível de um grito.**

A ACTRIZ acontece quando volta às tipografias do caos, à zona insana, o seu movimento de memórias inventadas se avizinha ao futuro num ritmo anómalo que enfrenta as funduras sombrias com uma miríade de espelhos paradoxais: o PALCO se dilata diferentemente no vivo para além do homem que nunca soube do seu corpo, nunca conheceu o seu cérebro, nunca suspendeu, atalhou o circuito, sempre se descreveu atrelado ao Omnipotente-intelecto, às essências lógicas, às definições entrópicas, às generalidades: escravizou-se nas apropriações corpóreas e na existência demarcada de divindades atravessadas por arbítrios intérminos: Deus trabalha a sua existência com acidentes ao limitar o homem por meio de reacções analógicas, estruturais: Deus sinomiza-se com o homem sem aléns entendíveis e o palco-ACTRIZ captura-se, involuntariza-se, faz do apeiron uma força de equivocidades, e das más-vontades, desafia a felícia de Aristóteles, fecunda-se com o abandono dos deuses e das criaturas (as falas arremessam os golpes agramaticais contra o PALCO). **Deus continua preocupado com o semelhante entre avantesmas perceptíveis e o seu possível sumiço nos vacúolos de Sófocles, no deserto do tempo, nos desvios das sintaxes, nas falas trágicas envolvidas por incógnitas delirantes: a ACTRIZ nunca foi presente, ela é EROS-irruptivo, produtor de pensamento que ultrapassa a morte com os batimentos dos libertinos: um vórtice de almas contempla o sentido em coalescência com a imagem espontânea do tempo: o passado puro arrasa o humano por meio de matérias alveolares singularizadas fora das serventias(um animal atravessa o corpo com grandezas impessoais).**

A ACTRIZ absorve o excepcional, é incodificável, intensifica-se com tudo o que não aconteceu, submerge nas hidrosferas do pensamento em planos mudadiços: composições diversas arrasadoras de qualquer tentativa de representação-padronizada (fortalecer os desvãos da fuga expressiva de alto a baixo através da diferença absoluta dos ecos imateriais, de personagens em deformação: escapar-se da habituação através de vidências à volta das traições da voz): experimentar a desaparição com as travessias verbais do real, quebrar sanhas textuais rés à impossibilidade do corpo: a ACTRIZ é varada por exercícios alborcáveis das micro-físicas onde as forças do PALCO revivescente das cavidades do cérebro, nutrem a musicalidade hidrostática de um dizer-de-rompimentos fluidizados e fraccionados pelas rompeduras líquidas da língua: nada sobrevém contraditoriamente: no PALCO os vazios e os gestos acontecem no avesso, na errância, na demolição, no extravio, na cisão, no arrasto demolidor de rostificações, nos personagens sem idioma e grávidos de multidões nómadas(jorro de insónias kafkianas tangenciam o imperceptível): **a ACTRIZ perante a criação duradoura do PALCO transmuta-se em forças gongóricas, surge na tremenda obscureza expressionista que cega e ilumina o ilimitado, dilacerando sistemas orgânicos (o PALCO é a extrema força do impensável onde o estilhaçamento espiritual faz do sentido uma força atemporal, aformal, genética: a ACTRIZ não passa, passando e emaranha-se em si própria ao penetrar na música do tempo envolvida pelo esquecimento: a talingadura criativa da desumanização)**

A Solidão continua a conectar a ACTRIZ ao silêncio sonoro do movimento existencial que se entrelaça com o imperceptível da expressão vadia: um vestígio sanguíneo atrabilioso escava a morte do PALCO para produzir fugas com singularidades inacabadas: escovar o inalcançável mesmo recorrendo à propagação de forças dos assírios, dos tuaregues. Com o jazz no corpo: nascer de novo: a ACTRIZ é a tarvessia insana com fracções espirituais em fuga, é a RÉ-existência que exige encontros intensificados pelo infinito em futuração. A ACTRIZ deslaça-se e envolve-se no PALCO, acontece no tempo bifurcado, desmancha verticalidades, fractura a furibunda luz e o PALCO desaparece, produzindo um território agramatical com as transduções phaneroscópicas que lançam o caos no carvão aceso do corpo: os gestos se modificam por meio de linhas desmedidas, desviando-se de qualquer alvo para traduzir os movimentos da ACTRIZ: a superfície noológica modifica o mundo-ACTRIZ que se revigora através do fundo indeterminável da duração produtora de almas de pré-corpos onde a vida é súpera, extrema, acopladora de línguas extintas em ressuscitação: visões cruentas extremadas pelos paradoxos dentro de vertigens barrocas: o espírito é uma onda de veemências ritornélicas que transpõem as errâncias de um corpo histérico com as rupturas do PALCO: é o GRITO da interrogação das sinapses inexauríveis, o grito do animal ritmável sem respostas e mergulhado na obscuridade procurando a plasticidade dos rastos das distâncias: o grito do PALCO inalgoritmizável consagra os instantes de saídas e entradas múltiplas que aceleram as linhas infinitesimais das composições, retardando as engenharias das anamorfoses para romperem as veracidades instituídas com os ritmos do acaso, do tempo evasivo: o GRITO acontece no espaço liso, no caos-geodésico, penetra o mundo em inúmeras rasgaduras do inesperado, embaralha palavras-chave sem desígnios, traça novos planos problemáticos, novos planos irruptivos, fricciona novos crivos para exercitar a devoração semiótica concomitantemente arctada e expandida: o GRITO enviesa-se nas profusões estimuladoras dos corpos que despedaçam as superfícies com os sentidos em risco: os sentidos nunca permitirão espectarem e estruturarem o EIXO da terra que desloca as escoaduras do PALCO em micro intervalos, em trilhos abstractos: a língua da ACTRIZ não é uma fala, é um lapso do caos, uma evasão das multidões ilegíveis, é uma distância adjacente a balbuciar no colosso das contractu-

ras sinestésicas, na vitalidade das dobras entranhadas nas forças do impensável entre corpos inacabados e golpeamentos curandeiros: **a língua da ACTRIZ é um encontro activo de corpos desmedidamente esfregados pelo esgotamento do infinito: uma bordadura se estende, exinanindo arquivos com traços imanentes: uma experimentação ininterruptamente intercalada a trespassar-se no PALCO transdutor do mundo: a língua da ACTRIZ absorve a magnitude do ininteligível porque nada está sob sujeição do intelecto, tudo é desfeito nos alvoroços de razões contaminadas, impuras, das desrazões que ecoam no devir dos mosaicos geográficos, nos curtos-circuitos das sensações profanadoras (zonas do transfúgio da ACTRIZ)**
A ACTRIZ acontece nas expressões germinadoras da animalidade-PALCO que extinguem e recriam limites com o extremo vibrátil das linguagens(força falsária que desfaz a arqueação, a curvidade da história demiúrgica): o inabitual e o inesperado ressurgem por meio das traduções, é o retorno da energia da ACTRIZ, é o microcaos a impulsionar ritmos transcendentes, luzes turbilhonares, germes cleidoscópicos: os gestos e o animal se tornam indiscerníveis, acontecem nas forças avassaladoras da existência vidente em decifração incessante. A ACTRIZ entremeia, interrompe, alanceia territórios, muda, demuda-se com velocidades e com desacelerações que fazem dos planos conceituais, linguagens movediças, ritmos consistentes, blocos energéticos catapultadores de palavras-corpos-gestus-espaços-tempos onde o PAL-

CO se agita sem se deslocar até às forças do imemorial: corpos da duração pura, corpos feitos de tempo sem prosseguimentos, mas com violentas coexistências quebradoras dos acúleos das dobras inumanas: **corpos-ACTRIZ construídos entre enciclopédias problemáticas, mergulhadas nos afectos por vir e nas traçaduras do horizonte imediato abstracto: corpos-ACTRIZ intersectados pela metamorfose diversa sem cronologias (linhas e afecções nas palavras em fuga). É o sensível do virtual do tempo: os vários sensíveis a resvalarem no inominável, as várias vozes, as várias falas diversamente ritmadas a um** só tempo, porque a ACTRIZ **ergue-se inesperadamente, é incontrolável, conduz insânias, plenifica-se por meio de ereignis onde as sonoridades se estilizam no silêncio para fugir ao trejeito tumular da cronografia, à memória da morte (dons sem compensações em sublimidade: a intrepidez do PALCO)**

A ACTRIZ agrilhoa a consciência para reinventar êxodos com experimentações múltiplas atravessadas por inesgotáveis sentidos, por ritmos inauditos, disseminando a invenção pelos palcos geográficos: a multidão-corpo se singulariza desmedidamente: a ACTRIZ contempla as suas rachaduras-mundo e foge no enérgico indiscernível envolvendo o assignificante, escuta-se, esgota-se e perante o impossível, transmuta-se, alia-se aos acontecimentos trágicos: há passagens em exaltação, há extremos germinativos a devastarem referências: a ACTRIZ refaz-se nas lançadeiras caóticas da vida, escora o corpo com os afectos imprevistos, esponja respirações antimatéricas na quase-transparência de uma obscuridade absoluta: avança nas dobras a-humanas, nos paradoxos visuais e relança-se nas ex-criptas iodadas da cosmogonia em questionação animal: tentar recuperar as repercussões sincopadas das resistências dos recomeços infraverbais, o espelho captura o olhante e emancipa uma fala-gaga: a ACTRIZ evita os apanágios e os protótipos da desordem porque em si há um CAOS SALVÍFICO, criador de vida com ritmos agramaticais, rasga o normótico, o tempo homogéneo, o reconhecimento e o solipsismo(um espelhamento turbilhonar, uma decomposição compositiva vertiginosa): a ACTRIZ expande-se entre aberrâncias combinatórias de pensamentos que impulsionam a urgência pendular do impossível e das vizindades heterotópicas, sem sentenças ou fórceps moralistas: o PALCO descerra-se nas curvas da premência de povoar o desconhecido insubordinado que eliminará dependências, coacções, controlos. Envolver, acorcovar, desdobrar, reinaugurar, ajuntar e auscultar as correntezas subversivas dos sons escondidos nas fissuras acontecimenais e fabuladoras, assim, parturientes, libertinos, feiticeiras, lançam dados com as almas que repercutem o caos e juntam matérias do PALCO dentro de um vitral-gótico, destruindo as imagens do finamento para cartografar afectos através da loucura dionisíaca: o PALCO pervaga, cruza, excede e modifica-se continuamente, é mudadiço, é diversidade de si mesmo, estende-se a cada instante onde o porvindoiro e o passado coexistem com o presente sígnico suspenso na voz sem fundo, fazendo lugares ritmáveis geradores de um comunal artístico que ciranda encontros fora das acepções: recomeços inomináveis abertos ao futuro, ao deserto auto-expansivo, ao anómalo andarilhado por anatomias que ensarilham o real com mais real: o PALCO modifica-se agramaticalmente, reproduz-se de incomensuráveis maneiras, captura os fluxos insanos do tempo, a resistência das diferenças, exige criação enérgica, liberdade divina sem metafísicas deíficas, é uma transmutação persistente que fortalece a ACTRIZ com múltiplos graus de sensações: o PALCO é a enciclopédia de vectores inconscientes: infinitas expressões dentro da animalidade inventiva misturam corpos inumanos que nunca abandonam os seus movimentos em desaparição onde uma fala inacessível atinge o impensável: o PALCO desvia-se da recognição, dos estratos modelados, rasga as histórias individuais e torna visíveis as composições imperceptíveis que percorrem o corpo enérgico da ACTRIZ: assimilar afectos e fazer da hesitação uma cartografia contemplativa, uma voz que rapta e escarifica o mundo onde as mónadas-bruxas fogem esculpidas por forças rítmicas que se intersectam espiritualmente com o indizível da natureza; tudo se mistura, PALCO e ACTRIZ perdem as alusões, destroem a cronologia pessoal, movimentam-se nas imanências para mergulharem nos tecidos da eternização e produzirem tempo impalpável: o PALCO está dentro da ACTRIZ com as auscultações dos personagens expressionistas ao cimo das visivas agramaticais, é um delírio geográfico, é o informe sem costuras, é uma passagem não-preexistente, é uma derivação feminina, uma fabulação em reviravolta, é um fracasso em exultação, é a força que dobra os intervalos da vida, o profano, o delírio, a multidão por vir, o alvoroço vitalizador da existência com mapas babelescos___é **um tremendo interstício da fala-grito: entrelaçar sensações nas zonas comuns que criam passagens pré-vocais**

até ao esquecimento onde as palavras se entranham e se disseminam, alcançam o PALCO e se desfazem plenas de adjacências do indizível maldito e os lapsos se tornam uma vertigem futurível____é a ACTRIZ que nunca se torna ACTRIZ, mas uma trama, uma cartografia estrangeira dentro de si própria, uma a-língua de hiatos voltaicos, uma vizinhança indeterminada que busca signos em pululação: uma tensão cruel e tão silenciosamente afectiva.

A ACTRIZ repete-se diversamente nas forças das capturas falsárias que não destroem o verdadeiro para tornarem visível o oculto e religarem-se à im-possibilidade no plano vazio do tempo: há uma composição de línguas dentro de uma fala deviada animalmente com espelhamentos friccionados que transmutam o grito do mundo onde corpo e espírito se entrecruzam porque o passado se nutre na distância vizinha do presente e se conecta aos cutelos do futuro que retorna entre pensamentos sem imagens e o sangramento luminoso dos bestiários fugitivos: **aqui-agora:** só a vida **turbilhonar avalia a vida com todas as heteronímias, rasga estruturas, soleva carnaduras, entranha-se nas tramas para esporear distâncias e vazios com as tecelagens de alucinantes sombras que laçam orficamente as palavras para as atacar, sabotar, trapacear com o PALCO grávido de pontos de** vista: a língua expele uma errância estranha e o grito se torna uma mancha acústica imanipuável, uma claridade trágica entre batidas de gestos imperceptíveis.

A ACTRIZ apreende, absorve, incorpora o ritmo híbrido do mundo, tenta transcodificá-lo, adivinhá-lo entre infinitas ex-cripturas e incomensuráveis desdobramentos que arrasam o ser-identitário com a força pré-figural mutável, porque o PALCO está em acontecimento-afectivo-cruel e se o tempo é uma criança-voltaica que joga no aion engolfado dos estóicos, escapando aos territórios do movimento cadenciado e Dioniso é a traqueia inominável do caos, da desmesura, da fulguração epidérmica e do fluxo da vida que diz sim às topologias por vir da vida para improvisar os rastos, as entranhas, as dobras do ritornelo, o corpo-da-ACTRIZ será a arpoeira diamantífera da voz, as malhas cranianas do querer da infinidade, da desaparição do rosto, dos azougues da estética existencial que não mostra ressaltos, mas rompeduras, incisões até atingir a obscureza: um manguezal: uma força de excriptas-MUNDOS com tremendas visageidades: é o cérebro com milhares de recomeços hápticos (infinitas **almas da ACTRIZ misturam-se com os pneumas do PALCO, é um pesponto de hesitações dos corpos geológicos, é a dor germinativa envolvida por tempos crónicos onde os traços dos gestos-vozes variam ininterruptamente até espiritualizarem as artesanias do real: membranas caleidoscópicas descobrem novos signos ao dilatarem a duração incorporal por meio de PALCOS coalescentes: esférulas infusas da palavra incham as coalizões bocais com a química espasmódica das anamorfoses)**

A ACTRIZ é uma viajante de velocidades infinitas e de vagares desmedidos, é uma enciclopédia creatófaga, mudável que alarga e emaranha as cartografias das sensações, cria conceitos-radiais e apresenta hipóteses intercessoras dentro de varejaduras sígnicas, reactualiza as mónadas do passado por meio de tóraxes inconscientes do PALCO em direcção aos escaladores da desarrumação do futuro(absorver a metamorfose completa com as forças do inacabado. Amplificar, expandor iluminações sem esgotar o sentido das possíveis vozes-flutantes, sendo estas sempre lacunares, delirantes e poderosamente abertas à hipnagogia gótica. O combustível da interrogação potencializa as residências da errância no caminho da extrema fulguração que tangencia intermitentemente a crueldade entre espaços-críticos e a arte de estar no-do-mundo, um estar feito de tremores sensoriais, captando e tornando sensíveis, complexas, as forças de realidades irrepresentáveis(dançar os varais do caos, revigorar forças dionisíacas, destruir as formas-homem, construir novos sentidos, tornar o PALCO imperceptível por meio do vigor da expansão bruxuleante e da protérvia que combate o mármore sedentário das percepções: estranha violência do inconsciente, inusitado assalto das forças geodésicas, alimentar a catatonia e inventar novas veias fosfóricas dentro do mundo do mundo): a ACTRIZ vive concomitantemente no contágio entrecruzador de conceitos fractais e entre sangramentos de afecções sensitivas, desfaz as escadarias do humano, as recâmaras do ego, as profecias envolvidas por carburantes emocionais, porque o PALCO-voz-instável é percorrido pelas expressões intensivas do impensável, dos artefactos da fome, dos ganchos do flagício: é na invisibilidade que **a ACTRIZ sente a força contagiante, histérica do CORPO-dançante e do mundo instaurador da phaneroscopia inventora de tempo entre as vigílias e os gestos incontroláveis (as forjas das visivas captam as ceifas do imperceptível, fronteando o ferro do estrangulamento, as placas da brasadura e a retracção aritmética da tradição dominadora): uma fala atravessa espaços lisos com os opérculos mais distantes de si-mesma: um jogo verbal de coexistências e de dobras inconscientes: um PALCO sem arquitectura estática onde a musicalidade é labiríntica.**

As falas do corpo modificam-se silenciosamente entre movimentos incompreensíveis e imagens delirantes que amalgamam os mapas dos encontros com as serapilheiras revulsivas do mundo: o CORPO da ACTRIZ afecta-se, afectando ao desplatonizar-se, escapa-se a si próprio, não se actualiza, intervala-se, contagia-se sobre outros corpos em relação com a sintomatologia do PALCO como uma expansão anatómica, uma etologia sígnica que absorve outro corpo, traduz outro corpo numa queda horizontal, intuitiva, intensiva e fora da patologização das chagas, das narcoses, provocadas pela entropia disciplinizadora e pelo assujeitamento giratório da linguagem, aliada às estacas da culpa, aos écrans carbonizados das sentenças que urdem rostos submissos, humanizando-os entre as leis consumptivas dos crematórios: os corpos subordinados se objectivam em planos mercantilistas, em modelos aprisionantes, em civilizatórios estágios que avançam organicamente ao serviço da razão-determinista, da consciência-cronológica: calcários musculares gangrenam-se dentro da última virgulação mineral (ao lado) um animal tenta loucamente abocanhar a sua própria respiração: a ACTRIZ preenche-se de afectos rebarbativos, avalia-se com a força contemplativa que a modifica em veias vazadas, convexas, luciferinas, simultâneas; olha loucamente as ferramentas do devir com pontadas atómicas, inventa malhas, aortas arrebatadas, mergulha nas contingências do tempo porque o seu corpo a faz mergulhar no indizível, o seu corpo não é natural porque é natureza que produz natureza, é lavra contranatura, por vezes não tem palavras, vozes, gestos, mas a transmutação é ininterrupta, é um vácuo comburente, é uma lâmina raiada, é um jorro hidrográfico (batimento vegetal, mineral com gradações indomáveis): **um declive dos pontos de vista, uma angulação das angulações tentam fazer diagnósticos com eclipses e com assintaxias: um acontecimento no meio dos brônquios transbordantes do desejo cruel onde a voltagem da linguagem elimina o sujeito-rostificado dentro de passagens criadoras de horizontes desplatonizados, de ritmos energéticos do ETHOS(almas sumptuosas, sublimes ritmos cerebrais mergulham em enxameações sígnicas e os varais dos verbos infinitivos acontecem nas têmporas dos infravermelhos: a ACTRIZ é inilidível, é mortífera porque de alto a baixo uma alquitarra de hemoglobinas a obscurece iluminadamente)**

A ACTRIZ sente o intervalo da palavra na existência do transe sem escultura, sem alcance, sem configuração, nunca desvive, eterniza-se ao combater o infesto dentro de si própria(a hesitação e o retardança açulam o PALCO com intermezzos expressionistas e ritmos verbais, perseguidos e perseguidores: travessias esculpem os sopros da lucidez com irradiações das fugas de uma voz geológica: recomeços assintácticos): no PALCO quase-tudo está em realidade solta, desprendida, quase-tudo é indeterminado, o tempo não pulsa, mas acontece nas singularidades anónimas, selváticas, impessoais(a cabeça intervala-se com problemas estrangeiros e delira por meio de exílios ininterruptos): aqui-agora: a ACTRIZ despedaça os fecundadores doxados, salta obstáculos, assimila tempo puro, arquitecta uma língua fugaz dentro da inesperada-autolavra onde a errância activa e a força infinita retornam sobre si-mesmas: as mutações da carne e as dobraduras das extremidades verbais lançadas para o futuro se entranham no PALCO do kairos-oportuno, inactualizando-o porque aqui-agora, não há destinação: os gestos geram-se por dentro das suas energias caóticas, capturam a histeria das descodificações que impulsionam a ACTRIZ a sair das alusões e a asseverar as diferenças na eternização(entrar no caos com as alavanvas pulsáteis da língua e sentir o sublime do espírito que tenta gerar tempo): **as vozes se misturam com uma miríade de dimensões abstractas e de velocidades infinitamente variadas(os gestos esponjam as fendas e os vazios e rupturam a entropia platónica com sd suas veias góticas em desumanização: fendas de Cezanne carregadas de ritmos musculares glandulares e o PALCO se torna uma adivinhação com convulsões de falas nos intervalos de uma cartografia anómala: a ressonância dos destroços das línguas fazem o real dilacerar o PALCO.**

O PALCO foca em tudo o que lhe atravessa, elimina a inteligência das finalidades, esculpe o seu tempo sem compaixões, extrai tempos desconhecidos, não forma públicos, assimila a potência do deslocamento de uma promissão e de um pacto nunca executados, nunca observados(rasgar as estruturas do semelhante com o caos positivo intensificado por ritmos obscuros). A ACTRIZ torna-se múltipla, raia o PALCO através de contemplações animistas, liberta-se das épocas das maiorias que agrilhoaram o pensamento à razão-agnição para construírem as determinações da moral, os referimentos, os arestos, os acórdãos. ELA foge sempre ao poder do humano, é uma força insubordinada, uma força problemática ampliadora do tempo: ELA não está avassalada ao acabamento das doxas, porque canta, grita, foge da memória cronológica, murmura nos transbordamentos de todas as línguas, transporta possibilidades cibridas, avessos friccionados, multidimensionalidades ondulatórias, tecidas imprevisivelmente pelo corpo interligado a uma horda de incitamentos sígnicos insanos-artísticos que a aconchegam, a recolhem, a expandem, a catapultam na magicatura fractal do indiscernível e das tapeçarias do tenebroso(velocidades desmedidas da sinopse do tempo). **O PALCO plenifica-se sempre no marulho do falso, no simulacro complexivo, no sublime dionisíaco, afirma-se na ética do gerúndio que escolhe sem comparar, é vida movente a usar desabaladamente as travessias dos trapezistas da estilização(zona vitalizada revela o pavor da existência onde a aprendizagem é sempre criativa, é uma decomposição da língua em tremendo paradoxo: o real do PALCO acontece incendiado por dentro pelo ritornelo da ACTRIZ: uma matéria feiticeira escarifica a ondulação das vozes e tenta rasgar uma quase-revelação da morte: crivar o insituável com o instante inominável porque o rapto do PALCO é sempre multilíngue, é uma espiral obscura a ventilar o sublime dos gestos anónimos onde a claridade decepa a língua com outra língua na língua___libertar forças e gerar tempo).**

A ACTRIZ fortalece-se na sismografia do comum ao fazer arte-géstica-verbal com a inexistência de públicos porque ela se cria a si mesma, abstractiza o concreto por meio do acontecimento do PALCO, aguardado pela gravidez do futuro de uma existência intensiva, criadora de lugares agramaticais onde os órgãos acontecem no aformal libertino. A ACTRIZ vive o jogo dos dínamos da invenção da tragédia que sabe sobrevir desaparecendo sem formas antecipadas, povoa desertos muitas vezes, traça mapas ao cartografar outros mapas em desaparição, outros corpos videntes: um arco de desvios anómalos, uma assintaxia exultada que nunca morre, uma população intensiva construída por meio do corpo em variação, um corpo com línguas desconhecidas, um corpo experimentador de novas línguas, faz da aprendizagem, um animal indecidível, uma força de visões voltaicas, um roubo activo: acasos invasores que entendem a natureza do PALCO sempre inacabado, in-situável porque a ACTRIZ criva o impossível dos seus gestos com o colossal em cada ponto de vista, transmutando desejos, experimentações até à criação múltipla do eternal, tudo se move no meio do PALCO que é corpo crítico de si-mesmo e é composição inédita do comum de um tempo inconsumptível, é a ousadia do abstracto escultor de linhas expressivas dentro do presente sem dialéctica, um presente cruel, devastador das cartilhas, um presente durativo que deriva diferentemente(dispersar signos com os pontos de partida, estranhos modos iluminam arcos barrocos distantes): campos de batalhas e margens imperceptíveis fazem dos gestos forças anorgânicas sem qualquer alvo: ritmos inconscientes alcançam o drama desbravador antes do PALCO por meio de fluxos sonoros e insonoros: as disjunções e as fendas instantâneas das imagens, reforçam os tensores expressionistas dentro do turbilhão da matéria, atingindo as arquitecturas das sensações com as fugas éticas e estéticas em decifração contínua: um tremendo silêncio nas lacunas da língua: **o infinito a lançar o estranho que se acopla à transparência arrevesada da língua: insânias em refracção, visões resplandecentes ou vida regurgitada ininterruptamente pelas falas que movimentam as fendas de um dicionário analfabeto onde as partituras do tempo batalham limites imanentes, vozes múltiplas, hiatos, rasgaduras, enervamentos intrusivos: um PALCO acusticamente contínuo carrega o corpo silencioso da ACTRIZ)**

DOBRAS-ACTRIZES desentulham os poros musicalmente, modificam interstícios, perfuram a multidão das palavras, quebram as analogias do corpo(desindentificação maga entre pontos da diferença e o cuidar de si-intensivo), porque a vitalidade do pensamento não está na exposição dos paralelismos, mas nas travessias impulsionadoras de sensações, de interrupções activas dos vazios: exaltação imperceptível do trágico: movimentos vertiginosos de um tempo sem mensuração(a língua do PALCO avessa-se com linhas abstractas, constrói misturas pré-vocais com as vizinhanças de um só golpe, é o paradoxo das línguas temporais que atravessam uma vastidão suprapessoal): aqui-agora: uma ACTRIZ põe em risco toda a linguagem nas superfícies dos corpos por meio do indizível mundo-GESTUS que precipita, suspende, adia, histeriza, faz ressurgir as línguas vadias entre a visiva cerrada de si mesma e o meio do matagal doutras línguas-demenciais onde avançam todas as violências dos corpos transmutados pelos fluxos suspendidos nos esboços cartográficos que se conectam às torrentes cheias de dicionários-anorgânicos: espiritualizar as hordas dos instantes que desagregam os olhares sonoros onde os lançadores de memória surgem ziguezagueados por forças inexistentes, sim, ocultam-se das acepções dos carrascos-vitimizados que descarregam os olhos-do-poder e nunca vêem, nunca contemplam pascalianamente, vivem da guilhotina-prisioneira-da-razão (a ACTRIZ insaciável carrega o espaço, rasga-o para percorrer o indefinido, há a imensa incógnita de uma fala na visão, uma força impessoal enunciativa e a alma do impensável esculpe a distância que perdura no instante: uma voz derrama órgãos indeterminados no PALCO sem destinação: dizem que é uma imagem deslocada com variações musicais, ou será uma viagem feiticeira na matéria cruel? Será uma ideia que escapa da dominação do olhar e liberta o oculto como um lance de voltagens do acaso? O jogo do PALCO está por acontecer e uma transfronteira ininterrupta torna-se a devoração escutadora do espaço. A ACTRIZ dança com a voz o espaço, uma batida do vazio criador modifica o tempo entre a desertificação povoada por sensações indecifráveis: a respiração inumana tem o DOM de misturar o mundo sem mensurações porque aqui-agora a tragédia desponta na linguagem para ultrapassar a morte: há um rastro irruptivo que se emancipa ao mundo e faz mundo no mundo: a ACTRIZ afecta-se pela germinação libertina que rasga o encouraçado: um mapa em mutação emaranha o real com signos artísticos-alógicos, é a batida da memória-futuro que se esponja com as coexistências do esquecimento, é um fragmento anónimo em construção viva, é um dentro agramatical que se entranha nas palavras de uma fala escutadora de vozes proscritas: o PALCO absorve os gestos que abrem a visão por meio do sangue de um grito. Será que a golpeadura da desrazão afirma o movimento expressivo da vida? A anatomia com milhares de recomeços entre tempos puros faz da crueldade uma exultação do corpo esttanho porque desadormece o PALCO com o silêncio insano que esculpe uma fala e o improvável: é o afecto da guerrilha dentro da língua, é o oblívio na lucidez da interrogação, é uma fuga geometral que experimenta a vida com tudo que está antes de tudo, liberta-se dentro da inquietação do real, desfaz a voz no grito com sentidos inéditos. O risco dos pontos de vista com mudanças pré-vocais entrelaça sensações dentro do chamamento sígnico sem idioma porque há um animal em fuga (ressonâncias do corpo-a-corpo onde a visibilidade mais profunda condensa espiritualmente a vitalidade na epiderme com durações entrelaçadas por micromovimentos dançantes). O vórtice do intangível da ACTRIZ impulsiona as vidências rés à biblioteca -manguezal sem consciências utilitárias porque um pensamento delirante entranha-se na plasticidade de linhas de passagem apinhadas de ritornelos impetuosos. A singularidade provoca exaltação na ACTRIZ, despedaça os seus gestos, extraindo o estranho, o intensivo do PALCO feito de rupturas semióticas no limiar estético (um arrastamento afectivo dentro do animal que transmuta ritmos com as turbulências de um outro em si) ou será uma histeria insituável, a velocidade infinita da errância que experimenta a alma naquilo que não aconteceu? Será uma coexistência de espíritos repletos de futuros, ou uma escrita diabólica na imperceptível traição do olhar-falange onde a diferença maldita revela as partículas compositivas do ser do sensível, a ética do acontecimento através da ciranda de improvisações intensivas? O PALCO de superfícies moventes de heterónimos impulsa linhas abstractas enlouquecidas pelo inconsciente que arruína o percepcionado (os movimentos da ACTRIZ revigoram-se nas invisíveis improvisatas, nos ínfimos contágios cartográficos, nos imperceptíveis limiares que drenam o PALCO onde as invasões verbais incomensuráveis se animam loucamente). Inconscientemente a ACTRIZ experimenta novas palavras, novos gestos, novas línguas, novas expressões reforçadas pelas mutações criativas de um povoamento (geologias sensíveis: o olho-géstico da ACTRIZ está por detrás do PALCO, expandindo a feitiçaria, a vidência com intermitências e vazios, tudo se metaboliza com a voz em tradução que desmembra e condensa até atingir a envolvência das falhas criativas): o corpo abre-se com forças topológicas intensivas, **o caos se torna afectivo, os tecidos, as células, os alvéolos alcançam as superfícies das tramas por meio de interfaces topológicos plenos de visões: é um fora-animal adentrado pelas voltagens consistentes dos gestos: a voz cruel da ACTRIZ prolonga o PALCO já-quase indiscernível porque é escarificado por imagens duplas ondulató-**

rias ou serão reminiscências heterogéneas? A revolta do comum com verdades inatingíveis e a esponja ritmável tece limiares visionários que transmutam sem avisarem, é o meio da visão que nunca nomeia(a ACTRIZ é trespassada pelos movimentos subtis do PALCO, torna-se absoluta, múltipla e imprevisível: as percepções desaparecem, o impensável acontece e a ACTRIZ da ACTRIZ vê, sente o PALCO sem figuras, termendos limiares surgem pelo meio dos macaréus do impensável). A ACTRIZ penetra nas zonas mais obscuras do PALCO, absorve o ritmo cósmico sem finalidade alguma, assimila as fibras da feitiçaria, mescla a eternidade com interstícios em transição, desliza caoticamente na sua própria pele que destrói alvos, afirma a sua própria fuga, a sua vadiagem fabulatória com toda a diferenciação autónoma porque escuta tremendamente os micro-caos do mundo com composições cristalinas e vivacidades incontroláveis, vitrais-imanipuláveis: produz caos, vive do caos e sai do caos com gestos dançarinos, golpeaduras gésticas assignificantes (suplanta-se com o sensível, traduzindo-o, arremessando batidas afectivas dentro da matéria em deformação): provocar rupturas com um corpo mapeado por sentidos desmesuráveis que fazem germinar visões veladas, catástrofes criativas do tempo crónico, escoamentos envolventes do tempo puro: signos mutáveis impulsionam o corpo a gerar musicalmente a sua geografia dentro da infinitude finita: o real paradoxal, a passagem-do-outro que atinge o aformal: micromovimentos na complexidão do PALCO: o crivo das de-composições do que somos (o CORPO e a insurreição se aliam com o expressivo da neguentropia à volta de limites transbordantes e de vozes inesperadas): a dor atravessa obstáculos com as forças múltiplas das gradações inalgoritmizáveis do PALCO. A DOR plasma-se, dobra, redobra-se, confronta o real, desmancha o EU e a destinação, faz da catatonia um animal de aberturas acontecimentais, um animal que sabe morrer porque não acredita na morte, nem na visibilidade total: a ACTRIZ corporifica o phaneron que atrai todos os movimentos do PALCO com respostas inexequíveis. A ACTRIZ golpeia-se com a voz do CORPO inesgotável (o invisível afecta-a tremendamente, o invisível metaboliza as superfícies do PALCO, recriando existências e misturando matérias). O sangramento das batidas rítmicas é caleidoscópico, é um pacto com a VIDA, rouba o caos para vencer o caos com múltiplos caos (o sublime desintegra as sintaxes com as superfícies irrefreáveis das sensações e lança as vozes, as palavras da ACTRIZ para o extremo do pensamento inesperado que abre infinitamente o corpo para novas germinações): tempos delirantes intensificam gestos com luzes turbilhonares, fragmentam espiritualmente o PALCO com a estranheza babelesca da ACTRIZ que entra no alógico e com o movimento do sentido traduz o mundo, vibra, ressoa, envolve-se, gera novamente tempo, compõe o infinito, rasga a cadência, livra-se da significação, da termodinâmica e da morte____**experimenta o mundo com os atravessamentos sígnicos do profano, a fabulação que constrói uma multidão barroca, uma multidão subversiva por vir, uma ressurgência em desaparição: o real do PAL-**

CO se impregna nos insterstícios do pensamento à volta das ruínas eufóricas, silenciosas das palavras). O PALCO se infiltra na boca da ACTRIZ, busca um grito imperceptível onde poderá ressurgir uma língua de intensidades puras ou a crueldade criativa de um acontecimento indizível: dizem: vibrações expressivas que perfuram o corpo da ACTRIZ para experimentarem o impossível, o improvável: alegria de um signo maldito que faz do PALCO uma feitiçaria ritornélica.

O PALCO ruptura a PERCEPÇÃO orgânica com as encurvas adentradas na nutação cristalina, com as estéticas das inutilidades em cada gesto, em cada fala: movimentos plásticos envolvem as geografias intrusivas onde as vozes exponjam musicalidades visionárias, margens imperceptíveis, lapsos reminiscentes: o PALCO revigora as velocidades retardadas, constrói um rastro de loucura fugazmenete visonada ao diferir-se por meio de um instante espiritual, uma mudança incorporal que impulsiona novos limiares, novas improvisações: o olho-mundo da ACTRIZ assimila o movimento sombrio da natureza e ritorneliza-se com mónadas incontroláveis: milhares de almas pululam cruzando forças matéricas nos corpos exilados: é o dom infinito entre rasgões sinápticos: vozes extremamente vivas atravessam animalmente o PALCO com os heterónimos do CAOS(mesclar as ressonâncias que vêm dos gestos com distâncias adjacentes que revelam os esboços da impessoalidade, as traçaduras, as manchas, as anomalias as recomposições das palavras absorvem o excepcional): é a sensação de passagens caológicas de um corpo que transpõe balizamentos com as sínteses dançantes do sensível: é a descodificação cósmica, é o salto vibrátil que invade as contexturas paradoxais do tempo à volta do CORPO da ACTRIZ: a tremenda lente dos GESTUS capta as forças das bibliotecas imprevisíveis do PALCO que já-estão na matéria gótica-barroca como campos hesitadores perfurados pelo inominável (a fala padronizada arruína-se perante as sonoridades impetuosas do CORPO): um golpe translúcido, uma velocidade incomensurável com ralentações a quebrarem o sensório-motor e o esquecimento se faz ética ventilada e renovada: O REAL articula-se ao PALCO e vibra coberto de desrazões dionisíacas(a ACTRIZ acolhe os vazios com esboços impessoais, desliza nos timbres obscuros, submerge no trágico e dobra interstícios entranhada nas tessituras ininterruptas: existe o extravio e as histerizações do corpo que criam o estrangeiro móbil: fulgores verbais prenhes de vidas -artistas que se tornam coros-gregos, intermezzos vadios intensivos provocadores de sensações____dizem que é o improvável, o indeterminado ou talvez um olhar de um corpo-vivo com múltiplas rotas de um animal em adivinhação, fundindo matéria e espírito através da sua própria disrupção com exuberantes pontos de vista: o arremesso de esboços com diferenças absolutas suscita o acentrado e os personagens do rigoroso como uma deformação exultada: os gestos se misturam na lucidez cruelmente espiritual: o espírito do olho-gesto-voz volta-se sobre si-mesmo, fazendo das topologias cânticos da invaginação matéria: é um afecto impulsionador de novas realidades com durações eternais cheias de alogismos, de forças do inacessível: o olhar cria ritmos, adentra-se nos acontecimentos turbulentos do PALCO que absorve as forças inexprimíveis e a orgia das margens infiltra-se na experimentação do olho-fala sem referências onde a voz sai do caos aliada ao inconsciente(órgãos indefinidos acontecem atravessados pelas aprendizagens do vazio, surgem atracções e expansibilidades que intensificam o desejo polifónico, dissolvendo limites com conexões esgotáveis): a ACTRIZ cartografa-se com as violências das efracções nómadas, transfixando em si o mundo das diferenças, as obliquidades sensórias___dizem: correntezas abismadas repletas de coexistências ou ACTRIZ MÚTIPLA com vozes que desaparecem para chamarem o intocável, o invisível, o imperceptível dentro de arquitecturas acústicas caóticas e com decifrações afectivas: o PALCO se faz mudança pura, um jorro indivisível: uma rede turbulenta se aproxima sempre da ocultação com golpeaduras de razões impuras envolvidas por esfinges sensórias: o olho-VOZ atinge o sangue da presa com mosaicos sígnicos que tensionam o PALCO por meio de membranas inesperadas: o PALCO revela a sua vitalidade intersticial, há uma dança involuntária do olhar da ACTRIZ com uma memória repleta de composições estranhas, de multiplicidades adentradas nas fugas de um sentido no sentido-mundo que actualiza os virtuais na sua própria diferença(geografias mudáveis captam corpos sonoros com os rastros das violências verbais que emancipam a existência através das plasticidades tremendas dos signos: ou serão transcorrências semióticas no vicejo feminino que esboça o PALCO com o insituável? O sublime da ACTRIZ atinge o esquecimento como uma voltagem de novos impulsos criadores de tempo: construir os recomeços da espiritualização com enciclopédias pulsáteis: o PALCO é como a luz de Turner que não " ilustra a solidão", ela é em si a força solitária com imensos mosaicos, hipnagógicos: há uma fuga ininterrupta e impressões delirantes: as lucidezes das errâncias enfrentam o acaso com o meio abíssico: a expressão de uma alma-inteira, o limiar vibrátil, a derme em tensão flutuante: é o desejo livre e dadivoso a arrojar dados, a misturar materiais, atingindo a destruição que é em si transbordância germinativa que leva o PALCO para a incompletude interrogadora, sem corporalizar a transparência totalizadora, sem afirmar a ocultação absoluta: mudanças heterogêneas a assimilarem o trágico no trapezismo inédito da FALA-PALCO ou talvez sejam anatomias insanas que fortalecem a vida com vozes, gestos, gritos envolvidos por signos em revolta: o PALCO é um corpo, uma matéria vigorosa que sai de dentro da ACTRIZ estimulado pelo acaso que entrelaça a alma instantânea do real: passagens do inesperado compõem e decompõem o PALCO com a energia expressiva de uma labirinto-olhante: a ACTRIZ pinta as distâncias ínfimas com os olhos-gatilhos dos GESTUS, transmuda-se,recria seu corpo exilado que perdeu a rota porque o PALCO conflui dentro de zonas imperceptíveis_____ao ver o invisível nos gestos, golpeia a boca com a língua para tocar o intangível do longínquo por meio de subidas hápticas que a cinzelam orficamente(o PALCO a perfura e a transmuta como uma força estranha, um opérculo intruso que não lhe pertence: uma hibridização a percorre e a faz alavancar entre línguas autopoiéticas: uma fissura SÍGNICA dissemina abjunções no PALCO, abrindo novas falas na queda agramatical, no solo indecifrável: a o verbo obscuro a queima com a singularização verbal-infinitiva: o jogo futurível a ondula por dentro, rasgando uma voz quase revelada: a ACTRIZ espalha os seus gestos e torna-se um relance vibrátil a impulsionar novos espaços): a cegueira, o inaudível, o imperceptível, o inacessível esculpem gradações, cromatismos e as obscurezas em catástrofe fazem vida, fazem-nos ver, sentir o fluxo transparente da matéria, da luz conquistadora de tempos com outras dimensões: o alvo-aberrante-do-CORPO acontece na entretecedura indefinida porque o ponto de vista não é um ego mas um acontecimento mutável dentro de tempos inactuais que abrem o contemporâneo ao sublime da inversão(as claridades fendem o PALCO): o PALCO flutua na matéria alvoraçada e um olho-géstico em transbordamento afectivo captura-o, vazando o ilimitável, o olho-corpo da ACTRIZ trabalha as novas velocidades dos germes que se entranham nas forças em deformação: a vertigem, o delírio, a coexistência trespassam intensamente o PALCO: a voz acena à sua própria ruptura e a presença desaparece porque o infinito é já em si uma estranheza a penetrar nas sombras luminosas da ACTRIZ: é o caos libertado pela falange-do-olho-olhante liquefazendo a história entre linhas indiscerníveis e ondas rítmicas com tendências diferenciais ou rasgaduras com variantes musicais: no PALCO há uma multidão invisível, há linguagens extintas, há imagens em confronto com o mundo, há encontros de movimentos sígnicos, há deslizamentos de níveis disruptivos, há um cérebro auscultado por visões que surfam no desconhecido das sonoridades porque assimila múltiplos tempos, expressões vivas do comunal: nada é representado, o excesso lança-se em cada instante, em cada gesto-fala-voz-língua, em cada conexão imediata da matéria infinitamente finita: o PALCO não é produzido pela ACTRIZ, ela já existe dentro das suas vascularidades nervosas, dentro do seu corpo expressionista pleno de foras intensivos e anorgânicos(a ACTRIZ escuta o real com o limiar das palavras suspensas nos dicionários afectivos reconstruídos ininterruptamente por novas coexistências do animal entre transumâncias criadoras: **a ACTRIZ ressurge porque o corpo do PALCO grita com sensações múltiplas, singulariza-se ao devolver ao mundo a vida indeterminada e enérgica___topologias dançadas pela inconsciência: a crueldade artaudeana da alegria: o acontecimento que esgota as falas com a língua enlouquecida, o sentido trágico do PALCO: o absurdo da vida cria novos PALCOS onde a alma da arte é sempre imortal, uma alma que perfura, rasga a lei e a servidão___o gesto da ACTRIZ se torna uma FALA que atravessa a rebentação da matéria, uma fala de mapas múltiplos dentro da língua que avoca o que não existe: o teatro é sempre um tempo fora das** dimensões, um tempo que dobra a eternidade, o sublime no corpo da ACTRIZ: uma força cruelmente afectiva que resiste à morte e à vergonha.

A ACTRIZ intersecta-se nos corais africanos, esponja outros refrões-contranatura do acontecimento instantâneo que tenta RÉ-existir na crueldade das linguagens, percorrendo os vórtices das polissemias alquímicas: uma vida heteronímica no deserto veloz com multidirecções videntes de um real germina defronte ao sangue da visão incompleta: lugares de passagem nas palavras dos corpos em queda: os ecos das zonas invisíveis das falas, os vãos das vozes sem memória refazem as conjunções desvanecentes e as pinturas murais por cima dos deuses pagãos perfuram os caminhos suspensos do PALCO (as imagens esgotam-se, disjuntam-se no agramatical, assoalhando as forças múltiplas da ACTRIZ que surfa no informe das palavras, nos desvios das palavras, na monstruosidade das palavras, modifica-se na interlíngua medusante onde a duração das expressões se escapa das ferropeias de Deus, conectando os deslizamentos de milhares de eus-assignificantes que atravessam o fundo estranho do PALCO: **dizem: encontro de forças sem crenças metafísicas: as constelações paramnésicas, as fendas espiraladas, os desequilíbrios plurivocálicos infectam criativamente as teceduras dionisíacas que se infinitizam nas alomorfias geodésicas, nas ressonâncias das coalescências verbais e não-verbais do PALCO, modificando a ACTRIZ com o rigor caológico, o rigor despersonalizado da arte sem buscar a obra-de-arte: ampliar o tempo na simultaneidade cristalina (o actual e o virtual se misturam ontologicamente no PALCO onde o contrabandista vaticinante de Rimbaud se avizinha).**

O PALCO só poderá dançar os devires, as polimorfias sem rosto se a percepção desaparecer, porque a razão e o conhecimento bloqueiam o inconcebível, o improvável, o impensável: as topologias dúcteis intensificam cartografias das vozes sem correntes organizadas, fixadas pela dialéctica, a voz é um braçado de partículas abstractas (a ACTRIZ cria lugares nas vozes solitárias do mundo, incorpora a plenitude do tempo, não atinge alvos, gera eternidade entre fotogramas): os corpos-actrizes desviam-se do poder da totalidade racionalizadora através de forças ínfimas, de aberturas inconscientes, de chamamentos feiticeiros, de campos de interacções afectivas carregadas de raptos sígnicos e de fricções no tempo das partituras matéricas (semióticas à deriva nunca salvaram qualquer ecossistema, mas embravecem pontos de vista com choques no sistema nervoso): o PALCO se dá nos sopros estrangeiros dos corpos, revigora a diferença do vazio que faz a ACTRIZ desviar-se dos efeitos reactivos, do absolutismo da pulcritude e da saúde que obstaculiza as coexistências, produz medos ao redor dos exórdios da natureza. A ACTRIZ enfrenta os abeiramentos da vida da morte para renascer ininterruptamente nos rastros da durabilidade das forças que impulsionam o PALCO a pensar: DOBRAR esboços de espaços-tempos, enfrentar, absorver cicatrizes caológicas, ruínas das latitudes invisíveis, feridas das longitudes imperceptíveis, rastros policromáticos porque o inesperado do corpo escapa às formas dominantes, absorve a estranheza, desce às zonas dos silêncios para pertencer ao exílio ou a todas as geografias fora do psicológico onde o morrer se torna impossível (os signos musicais libertam-se do corpo e catalisam tempos extasiados): fugir às inteligibilidades tirânicas, às razões puras, aos balizamentos doxados: pensar no escorregadio do PALCO com as malhas de perplexidade, com o inumano da luz descomunal: a lucidez tremendamente desmesurada, tangencia a babel, se refaz no caos, multiplica o caos porque sem caos não existem as entradas múltiplas da ACTRIZ, sem joeira no caos, não há línguas-enlouquecidas do palco-mundo: aberrâncias-chiaro-escuras vibracionais da arte-corpo(os paradoxos evitam os holofotes das verdades alcançáveis porque a dança da voz no PALCO é sempre inconsciente, é um ritornelo não mensurável: **a vida do PALCO está no corpo da ACTRIZ: absorver a força do acontecimento com todas as superfícies histéricas: fazer filtragens e lançar formas-aformais por meio da ontogénese: o PALCO**

surgirá vitalizado e embaralhado de sígnos, de alavancas do tempo puro porque destruiu a vantagem da percepção: com as afectos a ACTRIZ atravessa o PALCO e faz novos mapas no seu corpo onde há sínteses compositivas de gestos-falas-vozes-línguas-silêncios ou será o espírito a agenciar os múltiplos encontros dos corpos**?)**

SE a realidade é um devir em produção vertiginosa e criação é loucura escavadora de vazios imprecisos, é mutação sígnica inconsciente que se infiltra e dilata o tempo, a força indizível da ACTRIZ está no movimento anómalos dos sentidos que escapam às acepções, ao espaço tridimensional, aos significados, às binaridades, às ciências deterministas, aos controles verbais, aos comandos perceptivos, às imposições dualistas, aos arranjos essencialistas, ao poder axiomático, às normoses -identitárias. A ACTRIZ nem começa nem acaba. Acontece. É reviravolta, rasgadura, é acontecimento de novas línguas, é transhumana, é ressonância inumana, é heroína infinita em fuga. A variação contínua das aprendizagens engenhosas, as **sensações sem catálogos, sem gráficos, sem coordenadas, emancipam a cosmovisão, a crítica molecularizada e a estética do PALCO mergulha no caos, urde problemas não sendo caos, mas uma cesura, uma contextura do caos com vários pontos de vista, revigorando a vida sem recompensas porque os saberes vibráteis transfronteiram o mundo ausente dos rostos (misturar matérias com uma** multidão sensorial estranhada por uma nova grandeza do tempo, um gesto sem imagens: um gesto labirinto, um gesto de espelhamentos de interfaces, de liames, de eclipses: um gesto de epidermes indefinidas).

O corpo da ACTRIZ com semióticas energéticas RÉ-existe, CO-existe em qualquer geografia, não comunica, não informa, cartográfa-se com lógicas estóicas, demuda futuros para adquirir os signos do imperceptível nas superfícies lisas, avizinha-se doutros corpos com zonas acontecimentais, evita os sistemas orgânicos, porque o PALCO é uma criação entrecruzada noutra criação com novas fabulações impregnadas pelos delírios que contagiam a ACTRIZ(encontros de alvoroços sensíveis entre zonas de irresolução e verbos no infinitivo). A ACTRIZ transborda os limites do corpo, na longevidade impessoal dos instantes, não coloca a ralentação-veloz do PALCO nas falanges de Deus porque o pensamento é involuntário, é barroco, é duração insana: a potência da vida coexiste na imagem directa do tempo, na estranheza anorgânica, no infinito do PALCO onde caminham os desvios das sintaxes, as linguagens anárquicas: escutar as rupturas da língua entre povos desconhecidos e milhares de sentidos em processo cataclismático. O inconsciente das DOBRAS do PALCO não tem mediações, explora o silêncio nas vizinhanças inexauríveis dos espaços híbridos que epidemiam afectos: hesitações indiscerníveis entre atractores caóticos e prismas heteronímicos, é uma força compositiva da natureza que se ultrapassa histericamente, é uma linha abstracta, é o errante meio semiótico em modificação: gerar traçaduras, construir novos tecidos(a química do PALCO traz para o mundo outras dimensões de tempo, não tem cartilhas, mas passados e presentes simultâneos e futuros múltiplos: forças compositivas dos gerúndios, multidões estimuladas pelo singular do comum que arrancou do caos uma voz improvisada por outra voz em rasura): a VIDA sobrevém nos corpos e os corpos impelem o pensamento a experimentar o desassossego do obscuro, o PALCO se envolve com as forças acontecimentais do corpo, é atravessado pelas lacunas vazadoras do mundo, cartografando a dança do tempo com nómadas desregrados, com sensações exalçadas(transfronteirar o mundo com as relações energéticas dos materiais, traçar espaços inobjectiváveis): a ACTRIZ absorve intensamente a experimentação estranha da alma com ideias do meio extremo do corpo: a ondulação cerebral repleta de devires, de coreografias de forças dinâmicas, de imanências topológicas e de geologias de um corpo que experimenta outro corpo: **híbridas contemplações fora das memórias obsessivas dos homens e**

dos deuses, o PALCO pensa o delírio do corpo, aparece sem mitos, liga seus vértices transcodificadores ao infinito com os contrapontos dos ciclos cósmicos, com linhas abstractas sem circuitos, percorrendo a recomposição insonora, fractal da ACTRIZ mergulhadora de matérias em movimento: rascunhos metamórficos: uma velocidade incomensurável a capturar ritmos aberrantes para se libertar de psicologias atributivas e do receio da morte.

Linhas de coreografias convulsivas, alfabetos nómadas dos CORPOS traçam os movimentos das sombras e as formas vibráteis para revigorarem as afirmações da VIDA fora das doutrinas fatalistas(o PALCO não se inaugurou nem se finda, é uma topologia intermitente, um espelho despedaçado e repleto de reexistências falsificadoras: zonas vivificantes, ritmos abismados da vida, o tempo bruto-cristalino). Dançar dobras-PALCO é romper o sensório-motor, as exactidões erigidas, evadir-se das cremalheiras autoritárias do saber e do poder, porque a ACTRIZ acontece dentro dos lançamentos de sensações irrefreáveis, dentro dos lapsos das adjacências da eternidade que impele o tempo crónico(intensificar as distâncias e as emergências do tempo através do jogo aberto que se recria nas tonalidades da memória ou será uma experimentação de novos sentidos?): auscultar as transduções da animalidade, as relações de forças aformais, sondar os bosquejos múltiplos, os esboços das reminiscências, explorar os interstícios em transição, os rastros em desvio de uma memória absoluta feita de esquecimentos e de ralentações (mapas enérgicos, afastam-se do tridimensional com novas acidentalidades germinais): os caleidoscópicos inumanos do humano, os encontros sincopados dos olhares-olhantes, acontecem nas vibrações ilimitadas dos vestígios dos corpos analfabetos: mosaicos alvoraçados na obscuridade do PALCO: mosaicos incorpóreos em recomeço involuntário permanente. O tempo gerado no corpo da ACTRIZ tensiona o contágio entre a imagem-tempo do impensável, as ritmicidades sobre as resistências do sensível e as linhas divergentes do intensivo, actualizando as forças virtuais, defronte ao real irrepresentável. **A ACTRIZ torna-se uma arquitecta de espaços de acontecimentos, de dotes, de dons, fragmentando-se em várias angulações catalisadoras de estranhezas, de sensações cerebrais, de aprendizagens caleidoscópicas: cirandas de sintomas coexistem no som puro das diferenças, nos limites insondáveis: crueldade da vida e capturar as expressões intensivas do mundo ao cimo das metamorfoses alucinantes do PALCO(as vozes estraçalham representações com as raias extremas de si mesmas: gestos fluídicos e vozes com limiares tremendos percorrem o PALCO)**

A ACTRIZ sobrevém nas arqueiras sem alvos, sem hábitos, misturadas com as luminosidades densas dos mapas-solo, assimilar as fugas animalizantes através das palavras-corpo: transmudar, trasladar as ciências do corpo para as várias artesanias vitais do caos(matérias não formadas se misturam ininterruptamente porque o grito insonoro no PALCO não é natural, há uma cisão entre os alcances da voz que capturam a visão: o som foge da imagem rumo à violência do real que turbilhona os interstícios do pensamento): **a ACTRIZ é uma correnteza silenciosa que despedaça o intuitivo, o versado para entrever, visionar existências inabituais, aprender por meio de sensações aberrantes, de trapaças, de audições-visões estranhadas entre passagens abstractas(irradiar fraccionamentos das multidões do imperceptível dentro das vizindades da insânia).**

Ao DANÇAR o ESPAÇO a ACTRIZ se torna um lugar de escuta de vozes desterritorializadas, um assalto de vocalidades silenciosas, uma levada plurivocálica que conquista os abecedários lucrecianos das ondas corporais: escorregar no deserto fulgurante da vida, transverter as matérias de expressão em materiais de captura de forças heterogéneas (o corpo é uma combinação de átomos, o átomo é imperecível, mas o corpo se vai decompor dentro do tempo que vara, dobra as substâncias do PALCO entre ontologias caológicas: aqui-agora: a ACTRIZ gera composições de movimentos infinitos, verte, exsuda correntezas geometrais, vidências do PALCO____**o PALCO com velocidades lentas se esculpe por meio do real abstracto, de almas altivas, de fluxos do sensível, de físicas turbulentas destruidoras de mitos: a ACTRIZ se transmuta, enfrenta o caos, desmancha as imagens para** gerar o inexistente ou será uma força violenta da própria vida que evita o reconhecimento? Ou será o espírito delirante? Ou serão conexões hipnagógicas? O PALCO continua a misturar-se com a insânia porque acontece dentro do impensável, da FISSURA, dos falhanços, das perfídias, dos obstáculos...da ACTRIZ)

A ACTRIZ se constitui dentro de linhas acontecimentais em variância incessável, capazes de dar espessura às coexistências dos sintomas apreendidos pelos sentidos sígnicos, germinativos: não há PALCO sem desterro, irradiação de forças vivas anorgânicas: coreografias-actrizes dos lisamentos das superfícies arrugadas do mundo(rasgar as leis da natureza, espiritualizar a matéria com as passagens autopoiéticas do esquecimento). A ACTRIZ penetra na imortalidade da alma, é o vazio dos entre-tempos inexauríveis, é progénie de si-mesma, assimila as forças arquitecturais da força das expansões transmutadoras como uma sintomia de zonas da falha alegre, de encontros caleidoscópicos, de delírios linguísticos e de acasos que descentram os ciclos, estimulando as estremeções de um corpo sem nome que nos faz ir ao encontro do imperceptível, do êxtase, da feitiçaria diante do anónimo e da saúde caotizante buscadora de estilizações: **(novas vontades de vida rompem regras, conduzem insânias no virtual do tempo com linhas criativas plenas de bifurcações imanentes: compor realidades, expressões instáveis, vibráteis e desmanchar comportamentos). A ACTRIZ move-se dentro do movimento do PALCO, mistura visões e provoca irradiação: a ACTRIZ modifica a vida com novas dimensões alucinadas: a ACTRIZ vê o PALCO que a olha, criando cruzamentos de ressonâncias feiticeiras: uma fala do mundo penetra a visão mais interior e revela** o acústico da eternidade.

A ACTRIZ faz alianças com a loucura porque o seu corpo é feito de guerrilhas hipnagógicas, o seu corpo não é uma sucessão cronológica, nunca aldrava, mesmo sendo uma afecção do falso, está sempre em desvendamento oculto, é uma força espongiária do indiscernível, é uma condensação expressiva que exsolve o sujeito(composições bifurcantes fazem a ACTRIZ penetrar nas encruzilhadas do PALCO como uma cenofobia poética, filosófica, dançarina: ondas rítmicas rasgadoras do euismo humanista). **A ACTRIZ busca os conceitos fractais, pululantes de si entre mundos de um passado carregado por vários presentes, atravessa-se por meio de intensidades abertas onde as saídas acontecem sempre nas criações da epiderme em revolta; dizem: sensações cruéis, uma crueldade não viciosa porque aqui-gora, o PALCO torna-se uma hemolinfa do pensamento destrui-**

dor da frivolidade, do sectarismo e da insciência. O grito interior devolve-se ao inconsciente epidérmico onde o tempo foge da realidade empírica.

A ACTRIZ transporta novas audições, novas visões, novas danças, novos gestos, novas vozes, desdobra-se, diferencia-se a cada instante do PALCO, movimenta-se com os olhares da outra de si mesma, coexiste-se nas diferenças cristalinas, nos ritmos imanentes para demudar e apreender expressões intensificadoras do mundo, refaz vida sem pausa, sem determinações, sem formas fixas, vaza os olhares com tempo puro, torna-se um repuxo do tempo visionário, um tempo entranhado nos solos indecifráveis (há um ritmo verbal no PALCO que foge ao compromisso da história, e as palavras laçam-se e desfazem-se orficamente até ao intervalo espiralado da matéria musicada). A ACTRIZ advém na instabilidade resplandecente feita de micromovimentos ilimitáveis, tudo retorna sobre o PALCO porque o corpo da ACTRIZ se singulariza no imperceptível ao captar afectos com as forças ondulatórias, produtoras de diferenças: um complexo de possíveis transudam alvos híbridos: os alvéolos acontecimentais do corpo jogam dados contra as energias do mundo, metamorfoseando tudo em múltiplos hiatos sígnicos que atingem outros corpos imperceptíveis: impulsionar movimentos indistintos, ambíguos e abertos ao PALCO e tudo se mistura semioticamente por meio das aberrâncias do inseparável, do obscuro, reavendo todas as energias abandonadas do mundo por meio do incorpóreo, da duração que afirma a vida como ela é, sem mundos de deidades transcendentes, sem sujeitos psicológicos. Arremessar gritos antiquíssimos, transduções lávicas, expressões autopoiéticas, cirandas esquizofrénicas num só tempo, assim, a dançarina-actriz-animal-vegetal-cósmico entra no processamento de extrema fulguração sígnica-verbal-infinitiva porque absorve as fendas do mundo que produzem o inexistente, os exórdios vibráteis: **laços imanentes das vozes misturam-se com as geografias da fala que faz desaparecer o homem(a ACTRIZ ataca o PALCO para decompor a língua, o seu corpo se torna um atraimento expansivo que mistura fulgurações dos sentidos com fugas permanentes_______a ACTRIZ é uma lacuna inalcançável que amplia o tempo dentro do silêncio do mundo)**

O corpo da ACTRIZ feito de maltas à deriva, de afecções intervaladas, desfaz as semelhanças ditatoriais, torna-se clandestina, cosmológica, nómada, impessoal entre vigores inventivos e meios de simultaneidades turbulentas____CONSTRÓI o real com o indiscernível e o ininteligível que atravessam pontos de vista, atingindo o desagrilhoamento anatómico-espiritual porque se andarilha nas voragens-afectivas e experimenta relações entre PALCO e natureza por vir(positivar o inconsciente com o destino pleno onde o tempo é o processo cruel da memória-futuro, é a força do figural, é a química dos gestos a infiltrar-se no mundo: superar e extravasar os perímetros das cartilhas, dos mandamentos, por meio da duração histérica e dilatadora de afecções artísticas que imortalizam o inumano e o espírito): fazer proliferar existências na puridade do movimento, dissolvendo a magnitude da estranheza nas diferenças supralógicas: as tolopogias heterogéneas arrancam novamente o real para além do PALCO: a voz faz recomeçar o mundo misturado com os interstícios do tempo: nada se distingue (infinitas tonalidades destroem o espelhismo reflexivo): aqui-agora, o PALCO transudará e escapará da exclusividade humana numa intersecção vesânica entre os afectos geodésicos, os sentidos arremessados pela mudança ininterrupta da durabilidade anorgânica: no real indizível, nada poderá medir a exactidão do olhar da ACTRIZ em suspensão: o constrangido e a finalidade se exsolvem, se desagregam através de ritmos inverbalizados, de instantes fugidios, involuntários, assim, a ACTRIZ se ultrapassa dentro da natureza, prolonga-se com golpeaduras imóveis, anexa-se ao colosso do estar dentro-e-fora de si-mesma, paradoxalizando o mundo com a crueldade do corpo ou será um despenhadeiro sem reentrâncias que se expressa cristalinamente na epiderme? **O PALCO vem do PALCO...porquê? O olhar da ACTRIZ ressurge do caos, transverte-se em esboços intuitivos, abre-se a outros corpos inconscientes entre espa**ços estranhos e jogos ritmáveis: o real amplia-se fractalmente.

Se a ACTRIZ das dobras tradutoras do mundo, acontece na correnteza do impossível, o corpo será contagiado e arremessado no PALCO, experimentando o que pode sem avisar, re-existindo nas superfícies-moventes: novas anatomias ressurgirão, se entre-cruzarão indefinidamente. É uma miríade sensorial estranhada que atravessa as diferenças inexplicáveis do corpo que resiste a si-mesmo, enquanto não se faz corpo, não tem objectivos circulares, nem comunitários, o seu exercício é não ter função perante o aparecimento aformal do PALCO, porque navega afectivamente onde a vida se transverte em sublevações sensíveis, em impessoalidades, em heteronímias: procurar zonas de irresolução, cruzar energias proliferantes sem recompensas: é o trágico do espaço levado ao silêncio rupturador de qualquer essencialismo das justezas: aqui-agora: as revelações ocultas do PALCO se atravessam no movimento total do corpo por meio das sensações de um futuro que resvala inventivamente no passado: forças estranhadas que tornam vida passável, sem purificações, mas em processo cataclismático(**afecções sensitivas puras sem correspondências, sem informações, sem recados: a escrita em abandono assimila o instante sonoro da ACTRIZ e faz do PALCO um ritmo fugitivo, um arquipélago movente que tenta eliminar os seus rastros com mosaicos sígnicos apinhados de tempos paradoxais, escutadores de vozes da vasteza vidente: tudo o que é característico desaparece e micro-catástrofes compositivas invadem o PALCO, impulsionadas pelos gestos-da-visão da ACTRIZ)**

O CORPO da ACTRIZ transverte materiais, ressurge no prisma resplandecente, no inconsciente vigoroso que mescla as possibilidades criativas do mundo: é uma expressão em retorno falsificante que golpeia o PALCO, não diz, mas acontece dentro de cada filigrana e em cada respiramento o gesto da substância se regermina sobre a positividade caológica: a ACTRIZ arriba-se longe do panegírico, da louvaminha, anguliza-se no anorgânico do mundo, não reconhece linguagens sob o domínio das culpas incestuosas, ou dos julgamentos parricidas, não busca liturgias petrificadas das passagens animalizantes, nem cultos da memória-patológica, da memória passadista: é uma relação de instantes espiritualizados pelos artesãos insanos: conexões de movimentos dos dementes: repousos libertinos, velocidades da desrazão, lentidões violentas, latitudes mutantes, longitudes agramaticais, afectos ausentes das disposições psicológicas: gestos autonomizam-se: **o PALCO transmuta os corpóreos do passado em dardos criativos presentificados pelas aberturas ao futuro: no fundo das superfícies do corpo, os avessos entrelaçam-se sobre o infinito enfeitiçável: despontam vozes** nómadas **da ACTRIZ: há traçaduras de sensações animalizantes que arrasam verdades algorítmicas.**

A ACTRIZ sem intenções-ideais mergulha na vida comum, na permutação de intensidades plásticas porque é indistinta, indefinível, é o meio do caos, é o puro caos, é um verbo dançante e disruptor que soleva a linguagem do corpo sob a revolta ao redor do reverso: arrasar a lógica-significativa para constituir mutações críticas no extremo sanguíneo do verbo: captar os silêncios afirmadores dos sentidos corpo-a-corpo com anamorfoses (é o desejo geodésico do anapéstico e uma multidão bifurcada dilacera superfícies dos gestos, transformando-os em cartografias do exílio: **a ACTRIZ nunca reconhece a sua'própria remigração, é sempre estrangeira, é uma espalhamento de signos dentro do imprevisível que destrói distâncias com as imagens directas do tempo egípcio, bizantino, barroco: um olhar-artesão infinito: o PALCO cósmico sobe pela ACTRIZ e cria o seu tempo)**

A ACTRIZ é uma vibração de forças estranhas, uma enciclopédia de ritmos sanguíneos: há confrontos dentro do corpo com espasmos sem direcções mas...decidem as sombras do PALCO contagiado pelo infinito alógico: o vigor vesano e a evasão das transduções do fundo do espírito, dizem sim à vida, retomam todas as forças da diferença que se repete entre todos os jogos do PALCO, recuperando outras cartografias desamparadas no panorama babélico, na dinâmica verbal da ferida sem história, sem valores transcendentais: pertencer ao PALCO dos eixos duplos e fazer das torções verbais uma passagem da exultação larvar, da voz improvável que não percebe o transe dentro do suicídio, por isso não morre ao libertar-se das memórias do monolítico: a voz da ACTRIZ dá velocidade às vigilâncias imperceptíveis ao enfrentar permanentemente outra voz desconhecida que faz fugir e transverter zonas comuns (o vazio e o silêncio se relacionam para encarnarem as expressões do corpo). Demudar com o PALCO simultaneamente nas posturas do exílio e em todos os lugares em construção errante: tempo-cristal dos gestos acidentais mergulhados no real-PALCO que nunca ocorreu porque o acaso cava as línguas-corpos nas falas abertamente silenciosas (ritornelos geológicos da vida): forças diagramáticas e enunciações disjuntivas acopladas ao vergamento mistagogo do PALCO: os gestos advêm diversamente nas trapaças vibráteis, nas improvisações jazzísticas cheias de fugas que contagiam o sensível do ilegível. Os gestos envlvem o grito, o informe, a rasura sempre em processos complexos que desfazem o PALCO porque deslizam nas manchas impessoais do mundo: as carnaduras, os pontos ósseos absorvem as histerias infinitas dos GESTOS para construírem lugares tensionados pela devastação que não consegue ser devastação: zonas de esvaziamento, resistindo à morte, à servência, à adscrição, à pudicícia____ao sorvedouro suicidário: os gestos exigem devolver o real do real por meio do caos e dos rasgamentos assimétricos. A ACTRIZ abre passadouros abscônditos, relança bumerangues no oculto da voz, é uma luz extrema que se alia ao pensamento e se assevera no eterno retorno sem se designar, faz do excesso da perfeição o delírio vitalizador da sua vida que ocorre nas multiplicidades dos cânticos das visões inconscientes, nos movimentos soprados do espaço dionisíaco, nas vertentes dos vazios mutáveis que fervem no meio das linhas das obscuras das linguagens-corpos: anomalias vivas, modos abstractos escoam-se até às coexistências verbais: **os planos de conexões infindáveis** não têm **começo nem fim, nem origem, nem destinação, estão sempre na via do sangue da voz sem alvos, porque a TRAMA-MACARÉU leva o mundo na boca relacional do saber coberta de ondas anónimas, de silêncios das presenças imperceptíveis, exigindo personagens intensivas, alastramentos indiscerníveis para corporalizar o PALCO imaterial dentro da gente ontológica apinhada de atractores desconhecidos e de sentidos anfibológicos: apenas um impulso da deformação géstica e o escoamento rítmico faz escutar uma palavra em fuga.**

A ACTRIZ exige perder-se nas interrogações sígnicas para construir no seu corpo, esboços de aprendizagens com movimentos adjacentes às esferas afectivas: a ductilidade dos pontos de vista experimenta a errância hibrida, disruptiva do PALCO fora do espontaneísmo. A ACTRIZ fabuliza o gerúndio intensificador do PALCO para gerar existência de experimentações críticas e estiliza a vida por meio da esquivez, do estranho em mudança infinita onde se entrecruzam conceitos germinativos dentro do seu próprio corpo: a ACTRIZ é transposta pela diferença balbuciante das aprendizagens prismáticas quando tenta dançar os vários níveis vasculares, os entre-entre-dois das heteronímias com os gestos entrecortados pelo ESPAÇO impessoal onde uma afirmação expressiva gera desejos que nunca se tornarão uma maioria do tempo irreversível: a ACTRIZ escapa ao território e exige o autopoiético cristalino, improvisa linhas exceptuadas, proporciona encontros nos saberes acentrados, cria solos na desaparição recognitiva e nos excessos dos ritornelos que fazem ressoar o acontecimento no corpo, porque nada está fora da natureza do PALCO: dançar, extravasar, bosquejar nas dobras compositivas do mundo, nos pensamentos inconcebíveis, nos cérebros-tempos-fractalizados, encontrar-sentir a geografia da geografia das concomitâncias: sobrevir no absurdo generativo de vidas caleidoscópicas e de desumanizações revigoradas pelas almas-larvares beckettianas: a ACTRIZ foge das guetizações imunizadoras do movimento, escapa-se do humano, do fantasma termodinâmico, da consciência irreversível, da dependência do tempo da morte; cria fugas, actualizando-se nas frisagens do presente arquitectónico que assevera as interrogações geradoras de sentido futurível, sem orientadores, sem tutelas, mas com as escolhas expressivas que produzem eternidades moleculares. ELA, é um tempo libertado, um tempo puro em diapasão, é um manguezal que perscruta o silêncio das invenções, a vida nos vincos trágicos escultores de tempo: o PALCO constrói novos sentidos, novos problemas por meio do espaço do indecifrável, do inatural adentrado que segue com o corpo da ACTRIZ, lavrando o acontecimental, a eternidade do instante mapeador dos povoamentos intensivos: **o PALCO se refaz na abertura incomensurável da duração das alianças paradoxais, modifica-se com o devir-em-acto que o fortalece dentro do tempo inteiro, uma confiança, uma ousadia, uma acção inédita da linguagem atravessada pelas variantes energéticas do indizível (penetrar no caos e sentir o vareio do corpo da ACTRIZ dentro do PALCO: o vicejo da existência em composição)**

A ACTRIZ continua a fugir do organismo dialéctico através dos delírios, das histerias ritmáveis produtoras de ethos intensivos, de linhas singulares, de forças não verbais(o PALCO é uma desertificação porque povoa vozes ao avizinhar-se do inesperado, da luzência que descerra o espaço entre mantas-de-retalhos infinitas: é a força paradoxal das superfícies extravasantes, é a contradição vivíssima que faz dos corpos um confronto entre o silêncio da realidade e os acasos quebradores dos reflexos da rostificação. É o louco mergulho espontâneo que faz retornar o PALCO aos encontros multissígnicos das superfícies sem cógitos intelectuais porque as forças centrípetas se transvertem em forças centrífugas até atingirem o labirinto sonoro do inconsciente que se foca criativamente no futuro: os pensamentos expressam as forças das linhas abstractas dos GESTOS e modificam desabaladamente a relação com a vida, apinhada de sentidos que procuram as pulsões anarquistas: a alma intensiva da indeterminação, as potências afectadoras e afectadas por uma correnteza de memórias em coalescência com imagens múltiplas que captam imensas dimensões do tempo: o PALCO é uma imagem entre uma multidão de imagens que se abrem às golpeaduras móveis das simultaneidades envolvidas por anamorfoses criativas. A vida da ACTRIZ assimila movimentos cruéis, germinações e multiplicidades afectivas sem compromissos com a história, fortalecendo o PALCO em si e por si que jamais compreenderá o outro que o atravessa porque é uma miríade de microagitações intercessoras do impossível, é uma velocidade de composições múltiplas, de duplas afirmações que esculpem as géneses absolutas da ACTRIZ: os extremos das passagens despontam nas excreções bifurcantes das cartografias que regressam diferentemente ao PALCO como uma alavanca de linhas existenciais a espionarem o incógnito de uma escuta sem percepção: dizem: metamorfose completa e libertadora de forças inéditas da matéria: uma sublimidade sem consciência, uma energia impessoal, ausente de objectos e perfurada por afluências infinitas: aqui-agora: o retorno do PALCO faz da repetição uma usina se si-própria, uma força de veemências futuríveis que resistem à memória ressentida através das diferenças incorpóreas e das experimentações do adverso do mundo, dos ritmos expressivos(voltar ao ritmo caológico e afectar os gestos com a mutação dos sentidos trágicos): tudo jorra, invade, irrompe, sem cronografias mas com instantes em actualização durável permanente, dizendo vida, dizendo PALCO desligado de estruturas antropomórficas para intensificar os pontos de vista dionisíacos da ACTRIZ: antecipar o inexistente na revolta da imanência, ajuntada de afluências imperceptíveis: dizem: fluxo das reminiscências da criação, sem conhecimento, sem psicologia, uma memória aberta ao porvindouro: os traços singulares da assintaxia, da agramaticalidade do mundo-corpo eclodem nos limites ritornélicos da eternidade: proliferam sismografias a-significantes nos processos inesperadamente indetermináveis(o PALCO afasta-se das fisionomias demiúrgicas, não é um erro, mas uma errância fora dos envergamentos do tempo: uma claridade turbilhonar acontece, o PALCO mergulha no impensável, as rasgaduras sinápticas da ACTRIZ provocam encontros caológicos: a fala vibrátil gera inerências com duplos desvios na língua libertina: afecção absoluta da loucura). A ACTRIZ captura breviários disjuntivos, lança-se para a quase-neguentropia do futuro, revela a vida no assignificante ao auscultar o irrespirável, o intolerável porque o PALCO nunca a tornará ACTRIZ, ele é sempre um traidor ético, um falsário, uma alteração ininterrupta, um jogo de percepções histéricas, uma adivinhação geológica, uma anomalia complexiva que ressuscita línguas de povos que nunca aconteceram. A ACTRIZ é uma sombra iluminadora de expressões, é uma precursora de matérias-espiritualizadas em movimento, não inventa outros mundos, não vive das quimeras, nem das fantasias, nem das esperanças, dança cruelmente as dobras do mundo, faz escolhas, mistura códigos com fluxos intensivos, influi sobre o

PALCO que a reborda: a ACTRIZ concebe tempos diferentes, capta balanceamentos variados, de-composições, se transmuta na outra de si mesma a cada instante dentro do vitral-espaço-tempo, porque tudo retorna sobre ela num devir enérgico, mudando a língua matricial para ampliar as cesuras das sensações ao entrecruzar os traços da bricolagem, do apeiron que decifra o corpo da vida que nunca morre_____a vida do PALCO não se define, não tem género, é matéria cristalina sem utilidade, é intérmina como o futuro sintomatologista de uma realidade imperceptível: **o tempo é uma biblioteca espiritual, uma polifonia de intermezzos do acaso, e a tragédia se dissolve na exultação por meio das superfícies vigorosas do corpo, tudo se volta novamente para as imagens do caos(vesana bifurcação incorporal): o olhar atonal da ACTRIZ se espiritualiza, se experimenta, se reforça e cria ininterruptamente estilizações para não morrer, afecta-se ao ser sensível varado, contagiado pelos signos do comum em singularização incessante(o teatro ou o problema contínuo ou o tempo da ACTRIZ que destrói completamente a representação: ELA é quase um pensamento, é quase -um-ponto-de-vista. ELA é mais dilatada do que o real: é uma linha sensível da desumanização).**

A ACTRIZ estiliza-se ao desaparecer no seu próprio desvendamento, porque esquecer é devolver-se ao ritmo do tempo da desrazão existencial, é redesenhar o PALCO intensivo dos gestos com reminiscências barrocas: só cria e fortalece a vida quem faz do oblívio uma experimentação do pensamento: quem tem medo da morte, do imperceptível, do imacessível, constrói deuses, mitos, vizindades orgânicas, psicológicas e humaniza-se, não consegue acontecer: o PALCO gera a saída do impensável puro porque é estético, aformal, inconsciente, anómalo, rasga e regermina simultaneamente o mundo diante de si-mesmo. O PALCO é uma aprendizagem semiótica com novas forças artistas, é um planador gótico, um tecido de sons geográficos, de sons demoníacos à volta de envergamentos variáveis: a fricção adivinhadora e complexiva: a vastidão gos gestos em desassossego: um olhar predominante quebrado pelas linhas caológicas: é através das expressões do imperceptível que ACTRIZ é povoada por vertigens nómadas onde as vozes andarilham entre ritmos velozes do espírito vindos do caos. Dançar o acontecimento gerador de tempo que atravessa o despenhadeiro aiónico porque o corpo exige a superação (novas moléculas libertárias, novas tramas geodésicas, novas lançadeiras epistémicas, alógicas): **o crivo da voz arranca um micro-ritornelo do PALCO que tenta envolver o mundo absoluto da ACTRIZ: em cada gesto da ACTRIZ há um corte infinito da natureza, há um atravessamento de forças, há uma descodificação de pontos de vista, há micropercepções involuntárias, há uma ciranda de espelhos: uma superfície polimórfica sobe pelo sangue do PALCO e o leva ao delírio, às membranas inatingíveis onde a catástrofe germinativa experimenta a matéria desabaladamente livre____a errância: o PALCO despedaça perspectivas e assimila o tempo da duração da loucura em si: o monstruoso, o histérico, a vidência, a exultação, a ciranda sonora: a transmutação-animal.**

O gesto e o teatro não se calendarizam, não se configuram, sentem-se dentro das durações convulsíveis, sem a falta, sem carecimentos, sem confessionários: ópticas puras chegantes, irradiações do corpo dentro da etologia: batidas espirituais ao redor de lugares aperiódicos: o PALCO solta a matéria com as vozes intensivas, impessoais onde as forças falsificantes geram almas internas-artistas e coexistências catalisadoras de expressões até ao imperceptível estimulador de signos intempestivos: sentidos absorvem a estética do esquecimento fora dos vultos da significação: a ACTRIZ oculta-se na ressurgência, lança dados sem desígnios, eliminando os elóquios com as forças das superfícies mudáveis onde os limites críticos transbordam entre **a** lucidez das brincadeiras das crianças que fogem dos pais neuróticos: os gestos se entrelaçam e reavivam trilhos inesperados nos horizontes contíguos dos devires que fazem a ACTRIZ acolher os verbos invasores do mundo: a voz dentro do tempo da experimentação, da complexão de contrastes, de enfrentamentos de dobras inexplicáveis e de alteridades_____a ACTRIZ nunca atinge a realidade absoluta: a ACTRIZ esponja o enérgico da vida fora das grandezas formais, outras dimensões escarificam o PALCO por meio de variâncias feitas de prismas singulares de um corpo pleno: resistências relacionais, escutas do rigor das multiplicidades dos processos geográficos, fazem a ACTRIZ afirmar as diferenças com as adjacências de sentidos impulsionadores de zonas indetermináveis: o PALCO não é uma imagem do mundo, mas um ritmo de intersecções geográficas, rasgadas, redesenhadas, dionisíacas e vivificadoras de isocronismos, de hesitações expressionistas que se entranham no inquietamento do real, perfuram o emaranhado das contingências das aprendizagens do corpo, fazendo das fendas compositivas a voltagem da duração sensível: as forças da decifração dos gestos constroem o que querem, retirando a peçonha da vida através da actualidade horizontal da futuração(perscrutar a eternidade inventora do PALCO, escutar os conceitos do silêncio com exultação do corpo, do respiramento sagaz do mundo): **a ACTRIZ não é um foco de ensino-conhecimento,** é uma criação **incontrolável, uma política exercitada pela emancipação matérica... espiritualmente expressiva, gerando torceduras na existência: aqui-agora: a ACTRIZ esponja-se com a eternidade do finito que envolve os seus gestos-vozes-vazios e religa-se ao extremo inobjectivável de cada an-**

gulação do PALCO: uma composição corporal reintensifica-se nos modos imprevisíveis utilizados pelo PALCO que compreende os ritmos estéticos da natureza dentro de movimentos nómadas não actualizados: um exercício fabulatório entre os espantos dos riscos de vida.

Quem tem pânico da vida, atrai as chagas.

A ACTRIZ entrega-se ao acontecimento-PALCO que a faz existir, capta corpos das intensidades anorgânicas, desentulha poros, passagens, evita fidúcias patrimoniais, fractura espelhos com TUDO aquilo que a vida pode e aguenta, avalia as suas forças compositivas, as suas errâncias entre as latências das geografias da arte: o seu corpo expele palavras sem interpretação, sem alcances, sem formas canónicas: experiências sagazes a crivarem o caos por meio da feitiçaria de pontos de vista moventes (o caos e a diferença sempre em retorno, destruindo maiorias por meio de personagens rítmicos: a ACTRIZ deforma-se com o impensável ou serão prismas-ritmicidades de um PALCO-tempo onde o espírito antecipa as palavras na voz): a feitiçaria faz submergir a ACTRIZ na eternidade onde tudo se entrecruza, afastando todas as referências dos orgãos para produzir tempo nas travessias da corda bamba indiscernível: aqui-agora, o tempo não tem grandezas porque navega, volta, ressurge nas forças virtuais, vitaliza o caos com os campos de forças que descampam e ressurgem incessantenente: correnteza-sensação do PALCO arrasta o pensamento até ao impossível vulcânico(acrueldade paradoxal). Todo o tempo da ACTRIZ sai do útero do caos, corporalizando a infinidade no meio do mundo-palco, sem o caos das angulações sígnicas numa relação violenta, a vida fragiliza-se e a arte se faz desaparição: **a ACTRIZ é uma ecologia que sai de si, mistura corpos para além das expressões, entra no impensado, experimenta as extremidades, torna sensíveis as reviravoltas abstractas dentro das esfinges orais, não controla a vida porque se abre inesperadamente às diferenças do futuro, faz da solidão do impensével uma força afectiva que inventa traçaduras hápticas com uma miríade de intercessores onde o corpo geometral nunca se deslaça dos seus movimentos, dos seus gestos ritmados,** há um alongamento anorgânico, cristalino, **é o sentido do vigor de acontecer, usando as velocidades das sensações, os processos das ousadias sem princípios identitários: o corpo ritornélico, expressivo em transbordância, monadiza o mundo e arquitecta a respiração aberrante nos mapas jogados por dados abíssicos**

A ACTRIZ perante a dor reinventa-se e inventa a multidão hemorrágica à deriva, constrói semióticas intempestivas, dicionários alomórficos entre violentas tentativas de produzir eternidade com o PALCO-da-palavra-compulsiva-impulsiva, dissolvendo os desígnios com o mosaico-de-tempos porque se entranhou, se deformou, se entalhou, se insculpiu na metamorfose completa das arquitecturas intermitentes para mergulhar no incomensurável das dobras regerminadoras que tangenciam o risco intensivo das composições fugitivas(poder de transmutação): decifrar as rasgaduras dos signos para revigorar-se na ritmicidade caleidoscópica, problematizando o mundo com a corporificação bruxa do inesperado: o seu corpo age sobre o outro de si mesmo, apropriando-se de vozes turbilhonantes, de interrogações do afecto dos contrapontos: se a vida é feita de encontros de luzes de acasos bifurcados, de superfícies multiformes propulsoras de variações sensitiva, as linhas desconhecidas e impermanentes do PALCO buscam os lances do inacessível entre ressonâncias desenhadoras de mapas que ainda não advieram, estamos dentro dos processos rítmicos que atravessam involuntariamente o corpo-ACTRIZ e fazem do corpo uma evasão que assimila o improvável das sombras sonoras, das aposturas, das disposições, das atitudes, das vigílias, dos sonos, das inquietações, das melancolias, destruindo os medos, as angústias, os sofrimentos, os rebaixamentos, as superstições, a ignorância, a banalidade, o fanatismo, a punição, a recompensa, a consciência culpabilizada, a escravatura, o poder, as mutilações________**o corpo singulariza-se sem destino porque se nutre de rasgamentos sinápticos, infinitiza mutações, obscurezas, faz do dédalo imanente da vida, um nomadismo acústico, um arquipélago de assintaxias conquistadoras de tempo entre o desastre-regenerativo das passagens sinestésicas, carregadas de derivações, de desaprumos ou serão tensões inflectidas de imensuráveis práticas éticas que quebram os espelhos identitários? O encontro dos movimentos das almas-larvares, desmancham o domínio de qualquer poder: o PALCO gera o múltiplo com a modificação incorpórea que provoca o singular____do arco tenso desponta a diferença.**

O PALCO é a ginástica das afecções da ACTRIZ que a faz fugir à sentença da consciência por meio de experimentações insanas, esponjando vastidões barrocas, processos de escutas, de capturas de mundos sensíveis: forças estilhaçadoras do mundo que cartografam as renovações das fendas sígnicas com todos os tempos e sem prestanças, sem funcionalidades, sem objectivos, sem aclaramentos, sem comunicações, sem fisionomias socializadas: o informe do animal ético que invade a ACTRIZ é-já uma horda à deriva, é uma espiritualidade violenta entre o risco, a malha, o laivo, a rasura dentro da voltagem da língua-PALCO que diz sim ao acaso-impensável, ao acontecimento-polimórfico, fazendo dos gestos, um processamento de irrigações cósmicas, acósmicas, suplantando, excluindo os dualismos, os mazdeísmos, as fantasmagorias, as metafísicas comportamentais, porque os intersecções indecifráveis da

ACTRIZ assimilam acoplagens dos exílios diversos, dos enigmas moventes, dos magnetismos da esquiveza, dos murmúrios-feiticeiros, reinventores de itinerários paradoxais: estamos perante a experiência estética da tentativa da afecção animalizante, do eu-desfeito, do aformal, do figural que transforma a voz num grito que extrai as qualidades veementes dos corpos-PALCOS em hibridização, arranca possíveis zonas agramaticais, estraçalha pulcritudes, belezas idealizadas pelo medo da morte: incorporar pontos de vista das vizinhanças vesânicas-interrogativas com histerizações sintácticas, interpostas de reviravoltas musicais: amorfismos da plenitude, razões contaminadas por estranhos elos, anéis, arcos, desvios fora do mundo realista(os ecos do escoamento sígnico do PALCO arrasta a ACTRIZ sobre as composições vurtuosas do eclipse, não permitindo espelhamentos simbólicos: fugir dos préstimos perceptivos: **todos os signos-hesitantes se contaminam, brotam bifurcações fabuladoras até atingirem o ilegível, o avesso, uma violência topológica, o riso: as sensações e os sentidos deliram ao conectarem-se na crueldade, na improficiência do PALCO: as singularidades envolvem o que não aconteceu no PALCO e um GRITO continua a movimentar as espécies acentradas dos cérebros que perfuram a ACTRIZ por meio de ingredientes fugitivos, de artes góticas)**

O embate da ACTRIZ com o corpo faz ressaltar as forças afectivas do animal com amplitudes vertiginosas: decifrações in-corporais poderão não existir, mas fortificam a epiderme do tempo que atravessa desertos sem passados: uma memória sem consciência penetra nas simultaneidades profanadoras: uma espécie de linguagem excluída realiza-se nas forças espontâneas e na complexidão contígua dos gestos acopladores do misantropismo em contacto com as partituras imprevisíveis da excepção porque o futuro e o passado se tornaram ilimitados ao enfrentarem os balizamentos do presente com afirmações radicais: nada se faz com intencionalidade dentro do inédito da natureza, o vitalismo do afectivo reconfigura, desconfigura e deforma o olhar que acena antes de se desviar, distanciar: é a transmutação do corpo, é a velocidade-lenta do PALCO, é o contágio trágico da vida onde se arquitecta ópticas, prismas, angulações com os combates dos espaços de novas ciências, de novas dobras microperceptivas, de novas multidões aformais, de novos ritmos-geometrais, de novos saberes do corpo: mundos possíveis dentro da escuta infinita das VOZES imprevisíveis, dos pontos de vista larvares, das vadiagens obscuras para quem experimenta o PALCO sem sentenças e estruturações: o esquecimento da ACTRIZ é um LAHAR, um movimento sígnico que sabota ininterruptamente o dizer parasita e o conhecimento por meio das alavancas das ressurgências da língua vibrátil-anorgânica-analfabeta, a língua recriativa, a língua das ressonâncias, a língua histérica que compõe e decompõe geografias, territórios para gerar tempo louco____**conquistar tempo com vibrações próprias: o espírito transvocaliza-se afirmando a futurição da natureza, produz o eterno dos salteadores de semióticas onde os processos de descodificaç**ão e de liberdade compositora de **existências, de posturas, de atitudes extasiadas, roboram o desejo, dramatizam geografias, cauterizam matérias, assimilam o mundo para além da percepção___com o sangue da voz, a ACTRIZ pontilha a cegueira dos verbos energéticos que esculpem o real (abrir desabaladamente o PALCO por meio de crivos, arrancar os espelhos, os ícones e os monstros das cabeças para escutar as falas sanguíneas que atravessam o PALCO)**

O PALCO demuda ininterruptamente as suas substâncias sem limites porque almas incontroláveis o atravessam destruindo a perenidade da razão: fluxos anárquicos impulsionam a ACTRIZ das heteronímias: o corpo cria o seu tempo, mergulha no animismo, no gerúndio do caos, é uma força inconsciente a capturar violências contemplativas, inconscientes barrocos: o PALCO refaz-se na hibridização, rasga fisionomias, configurações onde o impensável se conecta e se indecifra em variantes de forças singularizadas pelo comum-animalizante: escapamentos incessáveis, linhas expressivas da memória-mundo(o PALCO esculpe o seu corpo e o seu espaço com as coexistências ilimitadas): os sentidos do corpo da ACTRIZ constroem as palavras com toda a secura do espaço, os seus epifragmas sobressaem por meio de ondulações luz-matéria, de irradiações rebatidas (um animal em movimento enciclopédico, fractura as superfícies do intelecto, procura reencontrar-se na multiplicação de mundos da língua-PALCO para colocá-la em desequilíbrio, religá-la à recriação-libertadora-do-caos, evitando a aparição das escoras cadaverosas, das geometrias euclidianas): as palavras-PALCO emitem os arroubos do espaço e faz-nos avistar a antimatéria, buscando o imprevisível em revolta para se desmancharem, destruírem entre diagramas-arenas: a ACTRIZ visiona a queda e se expande anatomicamente com as palavras ondulantes, instáveis que capturam o acontecimento para além do bem e do mal: o PALCO e o pensamento batalham ininterrompidamente, mergulham nas sombras dos movimentos secretos da ACTRIZ, acoplam a matéria luminosa da língua, a dança da carnadura da língua com transparências invertidas, porque a ACTRIZ e a natureza nunca se abandonam: zonas abertas incomensuráveis: rastros do excesso do mundo: riscos múltiplos-involuntários esvoaçam e nunca legitimam o regresso, construindo territórios sem epopeias, sem medo do fundo do tempo: dançar o turbilhão com as desdobras pensantes onde as matérias se baralham, abrindo simulacros e afastando formas dominantes. Mergulhar na coesão intensiva do imperceptível, assimilar a renascença directa dos mundos possíveis e uma voz de muitas vozes implode nos acasos de uma cartografia inesgotável: o corpo torna-se analfabeto ao RÉ-encontrar-se e respira a mudança perante a dor nómada: o retorno das angulações do absoluto circunvizinha e absorve a zona mais vitalizada do ar de milhares de matérias, inventadas pelas sensações. A ACTRIZ acopla-se a Sófocles para abandonar os deuses e os homens, recomeçando na exploração do silêncio náutico, no delírio filosófico o seu corpo exige novamente decifração e estranhamento porque dentro de si o fundo vermelho da natureza a infinitiza: libertar forças fora das oficinas da serventia, do préstimo: o olhar disruptivo ralenta-se e intensifica-se: atingir os ritmos de vida próximos do invisível, experimentar o impossível, sentir o limite como ingrediente de fuga, ou talvez a capacidade de nutrir a catatonia, o rapto do espírito fundador do tempo: fugir às significações e às contrapartidas, absorver o magnetismo mais enérgico da vida___o PALCO em acto, a inocência é sempre uma aprendizagem do movimento que faz existir. A ACTRIZ não é uma identidade, não se anestesia com as maiorias, é um acontecimento que se abre em variação contínua: **uma dançarina espiritual, uma revolta ética e política percorrida por forças múltiplas, por novas linhas cristalinas que a estimulam a experimentar o corpo dentro do criativo inesgotável: instantes cristalinos intensificam o REFRÃO que revigora todos os ritornelos___a improvisação abre as forças do PALCO e a ACTRIZ transcodifica-se com lances ontológicos porque se desdentra com a transbordância de tempos que a diferem vertiginosamente.**

O afecto-PALCO é uma força criadora dos mistagogos, um acontecimento adentrado no real intempestivo da ACTRIZ que modifica a energia da capacidade de existir aliada ao tempo do indizível que a esculpe dentro de si, sem explicações psicológicas, sem EUS, liquefazendo histórias pessoais, assombrações com ritmos aperiódicos do tempo-mundo onde tudo emerge, emana e se expressa entre olhares tensionados da ACTRIZ e os risos dos deuses: estimular micropercepções involuntárias porque há um grito-animal no horizonte mais contíguo das experimentações carregadas de signos impensáveis: um intermezzo de contra-sensos produtores de convulsões linguísticas que se fortalecem na voz do PALCO em desaparição: linhas intersectoras de transição de uma desastre sem ser devastação mas um prisma dilatador de acontecimentos, um roubo involuntário do teatro do mundo, a adivinhação fundidora da matéria-espírito____no PALCO nada pertence ao humano, tudo surge da desumanização, do pensamento intensivo, da rasgadura da matéria-múltipla com toda a tragicidade-da-exultação, reunindo os instantes de uma excriptura infinita nas vizinhanças do exílio (o acaso perfura o corpo da ACTRIZ): o JOGO do acaso está aí, no ritual xamânico da vida, nos ecos distantes das vozes de tudo que está por nascer porque o PALCO ao inventar linhas sígnicas flutuantes exceptua-se, esponja o vazio com as expressões das forças cristalinas, arrasta relações impessoais dentro das superfícies da ACTRIZ: o texto-vida tenta escassilhar o despedaçado para cartografar o mundo através da violência das efracções, da diluição de limites (trazer o PALCO das diferenças sobre as histerias geodésicas-góticas dos espíritos expressionistas): a linguagem que percorre a ACTRIZ se difere violentamente para se desenhar no avesso do PALCO através da trepidação do seu próprio crime em profusas vertentes, estimulando o enigma do seu afastamento, da sua desaparição, dos seus intervalos movediços: **o texto-dos-textos da ACTRIZ nunca pertence e exige liberdade carregada de heteronímias, ou será a emancipação dos diafragamas do futuro que atravessa a epiderme do inacessível onde as lipotimias das falanges, das vozes, das falas, dos gestos se entranham nas almas em descentramento? Estados de agitação com sensações imediatas ou apenas uma passagem que acorda o corpo com a alegria do falhanço porque o PALCO libertou os seus limites.**

O corpo da ACTRIZ se decompõe, recompõe, des-constrói fora das exposições, adentrando-se no acontecimento instável do mundo-PALCO(imagens coalescentes intensificadas por matérias sonoras onde Dionísio é uma força anómala, extra-ordinária, é uma conquista do tempo, fazendo a ACTRIZ assimilar a síntese do tempo, transvertendo o PALCO em expressões paradoxais(caos da luz perfura a língua estrangeira dentro da voz bifurcada que foge loucamente de qualquer estrato, de qualquer espaço sedentário, de qualquer entretenimento anestesiante, de qualquer reconhecimento entorpecedor). A dor faz dos afectos um mergulho no próprio tempo para atingir a vida na sua fulguração singular. RE-EXISTIR sempre. A dança-ACTRIZ desbloqueia, estimula as forças criativas que produzem eternidade dentro dos diagramas do PALCO: a dança-ACTRIZ amplia as cartografias do tempo com a imagem do invisível que capta a puridade do movimento dentro da imensidão sígnica que nada espera do futuro, é já-um-processo a criar-se a si mesmo, é a insânia do corpo libertino que evita a chegada da consciência das ignificações e do tempo pulsado pela escravatura das verdades: tudo é subvertido, o real se retira da língua, o quimérico, o utópico e o imaginário se tornam indiscerníveis, a dança da ACTRIZ arrasa a percepção personificada através de ritmos ópticos-inconscientes, ritmos corporais inverbalizados e in-sonoros: um corpo sente as forças acósmicas, a repetição irracional, alógica, antes do acontecimento: o fundo do tempo surfa nas lentes da ACTRIZ que despedaça o perceptível ao esculpir o PALCO com signos sensíveis-cristalinos: pensamentos escorregadios, alucinações a perfurarem limites, velocidades ritmáveis desagregadoras de olhares: abrir movimentos, passar pelos umbrais, pelas antecâmeras que se demudam em lugares vazios onde a imagem fora dos eixos diz o intraduzível e faz ACTRIZ aprender o sentido das palavras por detrás dos nomes em fugas permanentes, porque o PALCO ficciona cruelmente o real, esculpe a materialidade sígnica, traça mapas com mosaicos aiónicos, não tem horror ao movimento intenso, à celeridade infinita do acentrado caotizador, do mundo antes do mundo: o movimento da ACTRIZ é caleidoscópico, é um ritornello transdutor, não tem cronologia pessoal, individual, não tem biografia, é um rasto de ondas pululantes, de dobras da memória oceânica-ontológica, é um jogador de dados na magnetização do acesso ao abismo, é perfurado por acasos proliferantes: há uma activação do eterno retorno onde a golpeadura da diferença afirma e redobra as singularidades, arrasando serventias: brincolages-thaumazein nos gestos em deformação, nas volteduras dos lances expressivos: realidades compostas por intersecções do actual-virtual, tentando sustentar o infinito com as ressonâncias dos fragmentos linguísticos a-significantes: povoar o invisível, produzir a duração do instante por meio da estética existencial, imanente à matéria: os gestos da ACTRIZ constituem-se pelos modos de viver das bases geológicas insituáveis: asseverar a liberdade cerebral do PALCO que se refaz na alógica da arte com mosaicos móbiles: alisamentos das superfícies indomáveis do CAOS, acções fabuladoras de inventar populações para experimentar a problematização dos gestos com atractores estranhos onde as palavras se abocanham umas às outras para arremessarem sentidos na estética do falhanço da ACTRIZ: rastros-gestos profanadores do PALCO arruínam interpretações porque se acoplam às palavras suspensas, regurgitantes que inundaram rotas, enfrentam dimensões movediças, caminhos labirínticos para ultrapassarem os reflexos do mundo (mutação constante do corpo-vivo a produzir milhares de almas por meio de cânticos sublimes): **linhas abstractas produzem tempo no PALCO e o corpo se refaz por meio do impensável: a ACTRIZ confronta-se consigo-mesma, despedaça o psicológico e o passado, quebra o medo, afasta-se da recognição, dos mitos e produz novas tramas, novos palcos, novos sintomas: hiatos dos mundos possíveis: é um paradoxo in-**

tensivo eliminador de formas, de reflexões: é uma força avassalante, uma realidade singular, é uma força ética do desnecessário que exalta a vida, recria fugas, é múltipla e nunca se especta em qualquer sentido.

A magia-sísmica da ACTRIZ é um lance im-pensado dos roubos do acaso que abrem a nudez-PALCO por meio de abaladuras paradoxais, tentando desvelar as perfídias do real porque a VOZ é devoração-pura, é antropofagia que se transforma em multidão metamórfica com interstícios desviantes dentro da linguagem andarilhada por revoltas sonoras, cristalinas_____ dança infinita mergulhada nas polimorfias de um possível CORPO que apenas se revela nos estados afectivos, nas falhas moventes, nas rebentações, desviando incessantemente gestos dentro do inesperado-PALCO (escapar às estruturas, às dualidades, buscar o inacessível através do vazio que é eternidade vidente a friccionar a loucura com corpos estrangeiros dentro do enunciável do inesperado____contágios compositivos com extremidades barrocas que irradiam durações sígnicas entre vizinhanças expressionistas). O CORPO liberta-se dos carrascos do presente, transforma-se em emaranhados de durações, em personagens rítmicos, paradoxais com descensões sisifianas onde o silêncio do signo é fracturado, anunciando o torpor da recognição, a linguagem-déspota: o animal-PALCO recomeça, passa-se demoniacamente, produz fissuras na infinidade tensionada por tonalidades rés às dimensões caóticas que estilhaçam percepções de geografia em geografia, fazendo a ACTRIZ absorver movimentos de retorno, de obliquidades sensórias por meio de mandalas raiadas porque nunca alcançará a visão total do olhar-PALCO: o animal-texto vive na percepção imperceptível, nas bifurcações das presenças fugidias, das correntezas abismadas, dos absurdos repletos de coexistências, tentando desvelar o oculto no visível com as intermitências dos vazios e de outras direcções mundificadoras de mundos_____**o seu corpo é inobjectivável, destrona gestos com as des-continuidades da linguagem entre recomeços contínuos do caos policromado (a palavra assimila a invasão da experimentação da morte do PALCO e na intersecção dos sentidos outras palavras ressurgem, revelando a presença estranha do vivível-mundo, algo se arrasta nas vozes em transmutação, uma fenda lúdica suprapessoal reinventa as suas teias cosmogónicas, agindo sem designar: insurreição da incerteza radicular)**

À medida que a ACTRIZ sente os atravessamentos sígnicos-fabulares do PALCO, transborda-se na dinâmica verbal-disfuncional que a estimula a prosseguir nas ondulações da obscuridade, capta os rastros imperturbáveis, as rupturas impalpáveis, as elevações-hápticas, as entranhas enérgicas, as dobras intuitivas, os desmoronamentos-geometrais que fazem das membranas intuitivas, futuros imediatos: abismos da agripnia, irrupções autopoiéticas, tecelagens esfiadas, alucinantes sombras dos dicionários arremessam almas trágicas para o PALCO-de-mónadas-góticas que se desvia da designação do insulamento da palavra, para desaparecer no intervalo espiralado da memória, na cortadura do despovoado, na traçadura hipnagógica: o PALCO se conflui no tempo aiônico cruzador de traços sem referências (irradiações do CORPO) _____as conexões entre movimento, tempo e natureza se esculpem entre composições expressionistas que distanciam os sentidos em mudança incessante, é o tempo louco das geometrias caológicas que eliminam o antes e o depois: flutuação voltaica do inapreensível: as forças das cartografias-CORPO do presente e do passado entrecruzam-se a um só tempo-PALCO para activar o passar-se da presentificação como imagem actual que transborda os limites ocasionais: a memória vibrátil absorve o espaço-PALCO por dentro do ritmo da agoridade com um fora-fabulatório, esporeando o pensamento a pensar entre capturas singulares, rombos profanadores e constelações sensíveis: aqui-agora: a ACTRIZ acentra-se dentro das tensões das diferenças que hibridizam as decifrações do sentido, propulsor de línguas estilizadas por acasos cartográficos: recantar o retorno da fluidez da matéria sem pirâmides através de ritmos espirituais secretores de tempo: abrir novas polinizações existenciais, lançar a ontologia das respirações obscuras, fazer escutar as escoaduras do infinito, a curvatura voltaica dos neoplatónicos dentro do silêncio do mundo com dicionários nómadas **(o PALCO se mistura com os encontros da eternidade, torna-se indiscernível, problematiza e entrecruza as construções da duração de um caos que jamais será desarrumação, mas uma velocidade-THEATRUM infinitamente mescladora de sensações: tudo volta metamorficamente na paleonímia: os gestos ressurgem-deslizam no caleidoscópico da densidade geográfica: os gestos flutuam em movimentos intervalares e exigem um PALCO de eclipses que vazam infravisualidades nos fractais in-**

trusivos: a ACTRIZ com novos desejos-inaturais, explora signos diagnosticadores, emancipa vida esculpida a um só tempo entre brincadeiras da gravidade: o absoluto crivado por vozes insanas)

O ESPÍRITO-PALCO transmuta a existência em improvisações catalíticas, acelera as simbioses da descontinuidade da natureza-corpo, fundindo actriz-dança com o vigor do impensado(vergar os interstícios das vozes nos gestos tangenciados pelo inacabamento e pela tradução das escoaduras do informe). A matéria do PALCO é o espaço sem essencialismos sociais-humanos, é o Kalahari que renasce incessantemente dentro de intensivas transduções, é uma força indeterminada, instantânea: o movimento do corpo da ACTRIZ permuta-se na golpeadura oscilante da longevidade para se insuflar de vida com as anamorfoses cronotópicas (o horizonte inventivo se dissemina entre possíveis dimensões corporais que juntaram passado e futuro com cirandas de múltiplos acontecimentos imperceptíveis): rastros sinápticos paradoxais, fendas ecológicas dentro da duração inédita ou uma outra maneira de fazer e de dizer PALCO: a ACTRIZ escita os rasgos dos gestos de uma estranha inutilidade). O corpo da ACTRIZ torna-se uma correnteza vibratória no mosaico de tempos, transposto em todas as direcções indiscerníveis, e com as coexistências intraduzíveis das zonas acústicas, liberta-se das ressalvas modelares porque em cada lance das superfícies do PALCO há uma fascinação abíssica, há desejos imprevisíveis, há múltiplas capturas pansemióticas que ruminam, remascam conceitos, convulsando o caos do CORPO: retenções, expectativas, expansibilidades, absorvem as rebatidas multímodas do mundo, as afecções estéticas das diferenças que se envolvem, se sobreexcitam umas nas outras, disseminando espessuras temporais nas revoltas trágicas de EROS: milissegundos prolongáveis constroem multifocalidades explosíveis, gravitacionais dentro de cartografias cataclismáticas: os des-emaranhamentos súcubos arruínam tremendamente as permanências das multidões logocêntricas, teleológicas: esculturas do cristal-das-reminiscências-do-acaso emancipam corporeidades sincopadas no olhar-cybermonde, anorgânico; as vozes se misturam, se interpenetram atingindo as forças puras do tempo: os insulamentos da ACTRIZ dançam as topologias por vir com as velocidades lentas do colossal: uma multidão dentro do corpo corta o caos que é deriva e PALCO simultaneamente. É o animal que faz da sua vida uma aventura-artista-sem-negociações-fazendo-o-fugir com traços modificadores de dobras-germes que nos levam ao possível infinito: a voz poliniza a fala e provoca uma suspensão verbal (retornar múltiplas vezes e construir passagens sem centros): viajantes das metamorfoses redobram as conexões das reviravoltas moleculares, a transgeografia linguística, as zonas do esquecimento como memória-lançadora-de-dados: uma palavra no meio das vozes, sintetiza uma anatomia fabular: um acontecimento indizível a disseminar contrapontos obscuros do sensível: revigorar o acontecimento estilizador da existência, actualizando o vigor do desejo: intersecções híbridas do impensável por vir, contagiam fluxos incontroláveis, misturam rotas da política do impossível, mesclam fronteiras estéticas, atravessam hesitações enciclopédicas, diferenças vocabulares, renovam vizinhanças do infinito com forças expressivas e os espaços pulveriformes, geram digressos, desaprumos ampliadores de nervosismos de sensações que desmoronam categorias, figuras totalizadoras, rasgam caminhos indiscerníveis (revigorar o desejo com metamorfoses nómadas): processos sinestésicos escapam ao poder recognitivo, suscitando os ritmos das partilhas insanas e germinativas que arquitectam a pluralização do inverso: aqui-agora, a ACTRIZ é impulsionada a acometer o desconhecido, a dizer o intraduzível com os desastres-espaços-tempos entranhados na multiplicação prestidigitadora de vazios (as voltagens do verbo construtor de passagens contraditórias de uma língua respirada no PALCO que nunca permanece no semelhante, no análogo porque é um corpo vasculhado por aprendizagens sígnicas que reconstrói o tempo das coexistências com mapas pré-vocais, **mapas acústicos das tramas, dos mapas golpeados afectivamente pelo assignificante: FAZER durar o movimento**

das forças-corpo nas linguagens agramaticais: construir uma terra vibratória na desrazão que estimula a dança do pensamento_____a plasticidade transborda signos e absorve as coexistências temporais sem configurações prévias). O grito-PALCO fulgura na estocástica contaminada pelo acontecimento polissémico da guerrilha-usurpadora da língua que não pertence a ninguém, a voz da ACTRIZ torna-se anamórfica e tradutora de outras verbalizações assimiladas por ressurgências repletas de futuras falhas-dos-acasos que se transpuseram ao presentificarem o PALCO-Thaumázein por meio de percepções esfuracadas, de incertezas antropofágicas: rastros-frayage do real a deflorarem o irrepresentável entre as línguas luciferinas-elípticas e os processos assimetrizados, por vezes, o terror harmónico dos crivos difractores dos gestos resvalam nas insânias cosmológicas e nas cosmogonias incestuosas do pensamento (na vida excessiva há partículas abstractas, há rachaduras produtoras do imperceptível, de fugas que atravessam as palavras com adjacências indeterminadas): as intensidades do tempo incontrolado, autónomo, plurivocálico do PALCO-ACTRIZ, alvoroçam-se com o anónimo: relações de variação do real-irreal no mosaico assombreado do cérebro de milhares de chusmas-tragédias-turbilhonares que se questionam permanentemente ao defrontarem as mutações receptoras, as dismorfoses mónadas entre batidas fabuladas e hiperbolizadas pelos acumulamentos anarquistas, ontológicos das tecedeiras, góticas: redizem os físicos: onde acaba o fluxo das partituras in-sensíveis das substâncias, as vibrações das cúpulas da anti-matéria no PALCO? Como se processam no cérebro de miríades-pentatómicas as moléculas dos escolhimentos em persistentes capturas variacionais? Alomorfias de fluxos das diferenças fortalecem roubos inesperados, coexistências indecifráveis: a ACTRIZ atinge desabaladamente as disjunções da cosmovisão por meio de raias paradoxais do corpo que se descondensam para intensificar o phaneron-PALCO, as volteaduras sonoras e as gravitações afectivas em direcção à exultação sanguínea do pensamento). A ACTRIZ é um cruzamento de dissonâncias-consonantes e os gestos se livram dos corpos para se transcodificarem dentro da vidência, do informulado que tenta esgotar os gritos no infinito: o real do PALCO é atraído pelo inconsciente, pelo risco que desdobra o acaso e abre a ACTRIZ às dimensões sensíveis de uma visão caótica: irrupções da inumanidade dentro da memória-mundo arrasam com as doxas das destinações(jogar com as transbordâncias impessoais e exercitar a duração do desconhecido): **defrontar o incomportável e atravessar regiões enérgicas das multiespécies que cirandam as tecelagens alucinantes dos dicionários e se refazem através de loucas imanências: é a raia extrema, polifónica do PALCO, é uma transdução de forças topológicas microscópicas que rasgam dentro do corpo os sistemas produtores de pavor e do receio.**

O PALCO repulsa objectivações e desígnios, amplia populações de encorajamentos geometrais, de provocações transfiguradas, de espantos das micropercepções pulverizadoras de possíveis mundos: isocronismos dos imprevistos nunca se harmonizarão, nem se adaptarão porque redobram e acontecem imanentemente nas gravidades excitatórias do repovoamento-idiogrâmico carregado de magnetismos em diversidade espiritual-geodésica: as vagaturas das inversões das partículas-sensoriais revolvem as conexões vivas dentro das superfícies invisíveis e dos vitalismos prismáticos dos destons catatónicos: hipotéticas vigílias do instante-do-instante esboçam evaporações galopantes dos contubérnios plásticos-cinemáticos que assimilam o acaso dos tempos coexistentes por meio do desejo-acontecimento, de vacâncias, de escarcéus inexplicáveis e actualizadores de um corpo de ulcerações anamórficas: os encadeamentos quase-proposicionais sobrevêm nas golpeaduras do expressável de outros corpos em entrançamento de não-pertença mas sempre impulsionados por áreas sígnicas, trasfegadas nas próprias zimbraduras do PALCO(constituir multicamadas estoicamente oscilantes) ***aqui-agora, os vestígios da estereognosia, as rasuras da complexidade dos signos sem abecedários tentam, indiscernivelmente desaparecer nos exórdios da ACTRIZ que continua a fugir à chaneza com ínfimos ritmos:*** é por meio do exílio que a pala***vra evita a colonização linguageira, escassilha calabres binários, devolvendo as suas ressonâncias às linhas bifurcadas do real: um grito-géstico tenta rasgar as válvulas temporalizadoras de significações.***

A ACTRIZ experimenta as forças de diagramas insaturáveis com as escavações de uma visão alucinatória de bordaduras emancipantes, assume a sua própria língua-sem-idioma ao provocar passagens feiticeiras, tensões insanas, arruinando as analogias piramidais (expansibilidades de matrizes-voltaicas absorvem as forças dos recomeços das línguas-extintas, tentando agregar envoltórios indecidíveis, cromatismos angulares, tegumentos interactivamente abstractos onde os gestos convergem divergentemente à volta de partículas das incisões caológicas: as vozes extrapassam os seus próprios vértices por meio da indução dos cânticos das fragmentações semânticas: outras vozes percorrem o não-linguístico com lapsos, estiramentos, anomalias: há ritmos extremados sobre o informe, há talingaduras manchadas por travessias dementes, há fissuras estrangeiras, cios inefáveis, orgias lúcidas, lacunas: embates tenebrosos se voltam sobre si-mesmos, capturando os sopros paradoxais dos signos: a ACTRIZ expressa singularidades ao desmanchar os sentidos dos brinquedos-quase-metapoéticos com a deiscência intermitente que revivifica o trilhamento da des-aparição: a ACTRIZ absorve a escarificação da loucura de novas semióticas, experimenta radicalmente a existência, cartográfa o corpo sem idealismos, instaura vertigens, não tem funções, o PALCO-em-si ressurge da elasticidade imprevisível, i-emergida em cada pulsação topológica descontínua e complexificada que arrasta hordas de aporias destruidoras de conas-edipianas(ritmos apoplécticos ou uma torrente de almas sem confessionários, sem espectadores sociais). O CORPO-da-actriz é uma experimentação do insatisfazível, de pluralidades invertidas, quebradoras do domínio pessoal, torna a vida intensiva por meio de sopros trigonais dos arquipélagos tartaglianos de PASCAL: o corpo da ACTRIZ acontece nas profusões intercessoras de oralidades acronológicas, pontilhando fronteiras com fluxos imperceptíveis que alcançam as proliferações abíssicas-visuais da máquinas dos assombros que se exortam nas tábuas críticas dos alquimistas porque os caligramas do PALCO envolvem-se nas palavras-da-antropofagia, experimentam os entretempos vocálicos na esfericização dos interfaces do grito de Artaud onde espelhos convexos oscilam na violência molecular, causando pirexia imanente no olhar: a LÍNGUA da ACTRIZ é a hostilidade em deformação atravessada pela hipótese geométrica da desmaterialização, revigora a visão da excripta catastrófica-browniana com tecidos pluritemporais vivíssimos, conectados barrocamente entre as tecnologias cibernéticas-intertextuais e as retraduções plagiotrópicas: as transpoesias misturam as vozes com o hiperespaço atingindo os curto-circuitos dos esgotamentos verbais rés aso ao acaso: aqui-agora: o PALCO penetra em espaços labirínticos e em redes de complexidão que possibilitam as intensidades expressivas anteciparem o futuro por meio de sensações onde as bocas buscam solos acústicos aos lances arrevesados das tarnsparências(forças espirituais cruzadas e fragmentadas pelas extremidades das vozearias, dos gritos, das batalhas cárneas que reforçam a crueldade sígnica do PALCO_____**no PALCO despontam transbordamentos matemáticos, algoritmos elásticos, texturas infinitamente punctuais, fluidos heteromórficos, ondulações de inseparabilidades, velocidades ortógonas, partículas elipsadas, germes eléctricos, invaginações entremeadas, tubuladuras em desmoldagem, tensões-mónadas, curvaturas vectoriais, homotetias, anamorfoses, histereses, formigamentos ressemântizados, pontos de vista-cenográficos, arquitecturas criptografadas, pulverização de redobras, acumulações de respiradouros, velocitários, metalurgias insanas, estilizações histéricas...porque com o corpo-ACTRIZ o incomensurável acontece em cada angulação da superfície imperceptível: correntezas das lucidezes violentamente impensáveis: colocar em emergência as rupturas do real por meio do real que arrasa qualquer exposição sensória-motora.**

A ACTRIZ diante do impossível, ultrapassa a perturbação, submerge no infinito, avalia o intensivo barroco, alcança a sua própria autonomia ao acelerar os devires por meio do espirito dionisíaco, de inflexões sígnicas, de ciclos cósmicos: vive do tempo-larvar, do tempo absoluto e paradoxal, vive da superfluidade do mundo: ritmicidades do animal de sensações (soprar o PALCO com os pulmões obscuros do mundo): forças de linhas incomensuráveis ventilam os materiais-falantes em coesão: repetir o caos eliminador dos cultos das memórias-significativas: forças antiniilistas levam a vida ao extremo, transpondo margens com irradiações animalizantes porque se diferenciam ininterruptamente entre os PHYLUNS maquínicos, as geometrias fractais de Mandelbot, as composições ÉCLAT de Boulez e a produção de imprevistos do tempo fora da rotina robotizada: gestos em desparição combatem os "dromos": o PALCO fortifica as multidirecções musicais com os conceitos moventes da adivinhação cruel(SEVERO) de Vico atravessado por Auerbach, porque nos transporta para as conexões do mundo-cíbrido com a ancestralidade-DIVINARI do nomadismo, desregrado, caológico, xamânico: uma ACTRIZ constitui-se também no PHARMAKON de Fedro, arremessando o PALCO para tremendas hesitações que transmudam a incompletude, entrecruzam imagens incriadas, subvertem as analogias através da sedução polimórfica das ruínas da língua materna: quem é a ACTRIZ no mundo tremendo dos espelhamentos entre os acasos e afluências fabulatórias? O que será a ACTRIZ nos jogos rítmicos do indiscernível, nas interrogações ininterruptas, nos avessos friccionados pelos magnetismos impensados? (Linhas abstractas, encruzilhadas sem alvos: misturar as evasões das falas aberrantes e construir distâncias com passagens multilíngues): sentir as fendas dos vazios compositivos que revigoram os pensamentos sem predestinação: as forças confinais das línguas-sofistas plasmam-se nas passagens etológicas: as contaminações de rasgos contrários fazem das cartografias de tempos clandestinos, inscrições vibráteis que habitam o invisível dentro do acontecimento da espiritualização **(uma golpeadura alçada contra o mundo -por-dentro, é um seixo amolado dentro da linfa da linguagem, uma peleja no pensamento captura as matérias acústicas para vasculhar os alicerces dos corpos): feixes de emaranhamentos afectivos, dobraduras de encontros intensificados entre os desejos do viver-crítico, as resis-**

tências-moventes, os jogos em resvalo sígnico e as visões reveladoras de **novos espaços de vida enérgica: as visões-gésticas se revigoram no PALCO colossal sem qualquer precisão ou necessidade, apenas acontecem entre forças anorgânicas e línguas voltaicas___o vazio salta no meio da plenitude da voz da ACTRIZ com possíveis rotas disruptivas(uma falha vibratória rasga o PALCO diante da boca e o gesto ultrapassa a morte com suas ondulações caológicas)**

Construir matérias vivas que vararão e fissurarão os rostos que tentam prevalecer no mundo da servidão: o atractor estranho da agoridade(a linguagem desfaz-se dentro da boca da ACTRIZ e as falas entrecruzam-se para escarificarem a língua e redobrar o PALCO ao infinito). A ACTRIZ aproxima os ritmos múltiplos do PALCO dos gritos insonoros que espetam os escafandros nos pulmões do mundo, nas geografias nomádicas, nas reentrâncias obscuras do corpo com a sede de expirarem, de se esbulharem e de repulularem entre auspícios inumanos que atraem mas não nomeiam (avocar as coisas que não existem e que não têm nome para combater as pulsões de morte): se a ACTRIZ cria zonas de vozes singulares, se produz tempo, cérebro, eternidade, corpo, espaço por meio da exultação do phaneron-cristalino da plenitude, a política do estranho com uma correnteza de pneumas sinápticos, penetrará o PALCO por meio de animais chamadores de cosmicidades feiticeiras, de multidões incorporais: uma voz atravessa intermitentemente os espaços e vergastará alvos intangíveis, envolvendo os avessos dos gestos com tremendas passagens em decifração: o respiramento da alma-futurível, penetra a cada instante os balanços da boca da morte, ultrapassa margens, sobe e desce loucamente no encavo estranho do pensamento porque as distâncias inomináveis e as sonoridades fabulatórias se ampliam na correnteza corporal: **a fala da ACTRIZ sente esse contágio de fuga desligada dos rostos e se emancipa, abrindo o ritmo da linguagem à não descrição, lança o corpo cinzelado por geometrais-cristalinos, assimila as visões sem-fundo do PALCO: a extremidade da voz quebra a fronteira da sintaxe e arrasa a gramática-humana, repovoa-se com o ilegível torna-se musicalmente falsária e subversiva.**

As falas-ouvidoras ultrapassam, espionam os movimentos da ACTRIZ porque esponjam o desconhecido, o inomeável, mostram o anónimo das vizindades, o silêncio inumanizado entre as palavras da obscureza e o insondável libertado pelo caos: não há trocas no PALCO, nem memórias sepulcrais, nem cultos ao morto, há acessos coexistentes, sons absconsos, fracções moleculares, trajectórias invisíveis, fragmentos secretos, visageidades geológicas que lançam as fracturas das palavras por meio de composições duráveis, delirantes das vozes (a palavra atinge as adjacências do invisível e se envolve com uma força pré-vocal, os sons dançam dentro do pensamento e o trágico retorna sem visão total...um animal coexiste-se na sua própria bifurcação de esquivezas e de vazios revigorados pelas fricções acústicas ou será o arcano verbal a deslaçar um grito cruel com partículas múltiplas da adivinhação?): o PALCO reproduz, dobra o presente com a multidão que combate a voz materna para extrair outras vozes vulvares, outros exílios espiralados: a voz se faz bumerangue difuso, se trespassa com fisgadas aberrantes na presença invisível da ACTRIZ: há uma fracção vivente de matérias inomináveis que acontecem e fazem acontecer semióticas da etologia, graus diferenciados, disjunções imagéticas: **os gestos arremessam os movimentos inexplicáveis do espaço por meio da auscultação desmedida e do desvelamento de dicionários embruxados, de curandeiros, falsos, de libertinos in-corpóreos que fortalecem e reconstroem os instantes duráveis da ACTRIZ com a ondulação de ritornelos-mundo, de diagramas-mundo (componentes puros dos tempos eliminadores de afinidades causais: absorver as matizes das fissuras com as dimensões caóticas que desenham a língua na fala e o enigma liberta-se com todas as manchas descentradas que procuram autonomia ou trepidação____dizem: forças do inacessível a recomporem o dentro assint**ático que catalisa **a crueldade criativa na eternidade vesana que gera o movimento absoluto do PALCO)**

Se a ACTRIZ produz tempo através das forças do PALCO, reinventará embalos espirituais na crueldade das visões(o PALCO é gestação em transbordância, um solo transumante que se dobra sobre si mesmo com uma miríade de pontos de vista onde as membranas do inesperável nascem da hibridização de vozes que ecoam na imanência animalizante): ELA se criva nas palavras com rumos invertidos, desfaz a relação sujeito-objecto ziguezagueantemente, se retira e se esculpe nas coexistências do impossível e do imperceptível que arremessam forças incorpóreas para a multiplicidade musical: os órgãos de perdem, transmutados por signos sensíveis do futuro: ELA se ultrapassa com superfícies de abjunções, não busca, não procura, não necessita, ela compõe forças báquicas, divinatórias, demove-se nos ritmos mutantes, se rapta e se escarifica com os acossamentos do tempo de si mesma, desvia o eixo do PAL-

CO através de forças inconscientes suspensas no indiscernível adentrado nas matérias extemporâneas: **a ACTRIZ está dentro da transposição do imaginário, da intuição, do vazio desferido contra a voz: há fugas da hecticidade do espaço que recomeçam sempre numa filosofia de golpes incomensuráveis, tentando plantar rosas na barbárie e na loucura, a loucura que respira o real e entra na anatomia ínfima da vida: energias anónimas levantam os gestos com sons ocultos: escarificar trajectórias, escavar passagens, perfurar espelhos, libertar o corpo da reclusão normativa, dos julgamentos, do tautológico para quebrar as blindagens algorítmicas: a ACTRIZ se transmuta num desmoronamento ondulatório, recriando-se diante da aparição de um espaço de vozes, de gestos, de vazios, atingindo a convulsão silenciosa de um mapa infindável.**

A ACTRIZ não bloqueia o processo, o tempo da experimentação: desce à obscuridade e desfrecha-se nas espirais semantúrgicas ventiladas por matérias luminosas numa dança giratória porque a carnadura dos gestos-PALCO atinge a fulguração no estado selvático com faces invertidas, com cristais incisivos, assim, uma voz de um tempo infindável assomará na esquiveza aperceptível do pensamento-espaço, reinventando novos ritmos expressivos: as línguas perfuram outras línguas que captam permanentemente forças de vida em transitividade alógica(escutas do real sofrem entrepausas, reiterações, transes, volteaduras, renascenças, correntezas de serendipitias cibernéticas que se esgaivam umas nas outras, fazer o lugar por meio do acidental: é o PALCO que se ondula para se conectar ao corpo indomável: escavar a experimentação da eternidade com o indecifrável que faz ACTRIZ escutar intensivamente as ressonâncias do PALCO): vibrações sublimes da DESRAZÃO atravessada por aprendizagens dos intermezzos da matéria e das transfronteiras da física, germinando bosquejos poéticos que produzem na vista gravitacional uma renovação eterna das falas-avatares, das vozes-falsárias dizem: sopros escutam por dentro dos eternos retornos, perfuram a matéria, se desdobram, se preenchem a si mesmos, se modificam e despedaçam as morateiras do tempo entre barrocos finisseculares e abstracizantes semióticas. **O PALCO chama o intocável, o invisível,** não é reflexo, nem imagem, mas o grito-pixel que risca novos territórios com o seu próprio **desaparecimento (ou serão imagens mágicas do ALTAZOR): a palavra interactiva em transladação esferizada avoca sempre as renascenças do mundo nos interfaces da imprevisibilidade sem repouso porque no espaço do PALCO não predomina o campo material, nem as áreas de agnição, de recompensas, porque é uma adivinhação-estocástica da fala e quando os olhares randômicos jogam consigo-mesmos, o vazio da ACTRIZ surge, a linguagem des-aparece entre polissemias combinatórias e corporificações de silêncios etológicos.**

A ACTRIZ é uma joeira da paradoxalidade corporal que mergulha no pensamento da diferença ao inventar ritmicidades em imensas hipóteses-dinâmicas, escarvando orifícios nas percepções por meio de ondas de intensidades inesperadas, de relações dinâmicas, de volteaduras agramaticais (mosaico de tempos, viragem de sensações, renovamentos da impossibilidade, intensificação do sensível entre jogos pré-vocais e de palavras diabólicas que se arrancam ao tempo). É com as afecções visionárias, com as brincadeiras infinitas da aprendizagem em decifração ininterrupta, com os deslizamentos da vontade de confrontar criticamente, esteticamente os solos da homogeneização, do mercadejo, das significações totalitárias, da padronização que o corpo histérico da ACTRIZ subverte as versões do mundo, antecipa as coexistências dos pontos de vista moleculares e a exigência de uma improvisação metamórfica sem limites para mudar o tempo do mundo que a atravessa em incomensuráveis variações compositivas: assoalhar o imperceptível do PALCO com o NONADA ritornélico: reinventar os gestos no impensável por meio de múltiplas grandezas do tempo, ampliar campos de possibilidades e mudanças dos pontos afectivos entre os planos do caos e os vigores afirmativos das linhas plásticas que fazem da experimentação contínua, uma força de cartografias de mapas agramaticais: simultaneidades a-significantes religa a ACTRIZ às coexistências abismadas do PALCO: **surge o absoluto em cada gesto: múltiplas sensações entrançadas, encontro de ressonâncias do acaso: com as forças das passagens activas da voz e do comum hemorrágico do vazio, a ACTRIZ afasta o corpo do organismo, dos arquétipos, dos moldes, dos situacionismos espirituais, das representações-identitárias, do medo, das clarezas, do racional e se FAZ correnteza enérgica de golpeaduras verbais impermanentes, afastando o PALCO das fisionomias estratificadas. Modificações infinitas e infinitas movências entre processos paradoxais, rasgadores de pessoalismos(o gesto exige autonomia e indetermina-se: a voz insituável e eufórica: a crueldade no intervalo das palavras ou a desrazão no tremendo silêncio da germinação)**

A ACTRIZ sem contexturas verídicas, sem regimes intelectuais, sem histórias, (sem rostos antecipados), submerge nos fluxos criadores de voltagens sígnicas, nos isocronismos das batalhas do impessoal: arrebatar o adverso do mundo com roubos de tempos delirantes, com hesitações expressionistas que fortalecem o CORPO em inúmeras possibilidades afirmadoras de veementes sentidos: afecções corporais para além dos limites: **os PALCOS-activos fazem persistir o instante que se ergue na sua própria passagem (cartografar a experimentação dos atractores estranhos nas sensações: esponjas da tragicidade, transbordam raias incicatrizadas, tudo vem do excesso do PALCO que vaza sempre o alvoroço do sensível para anular, esculpir e misturar matérias sobre as zonas de arrepsias)**

A ACTRIZ entra na cabeça ardente do mundo com os vestígios das línguas para desmontar brinquedos linguísticos com a energia da primeira vez (a capacidade expressionista da vida e do pensamento perfuram o PALCO, compondo diferenças, transcodificações, afectos onde o singular desponta e o humano desaparece): estranha iluminação das braçadas de forças de infinitas variações que agitam as perspectivas com os fluxos larvares imperceptíveis, entretecendo sensações nómadas, captadoras de magicaturas semióticas: a epiderme intersticial do acontecimento misturador de mapas e o inconsciente tensionado, arremessam o corpo para a transdução das heteronímias das línguas imensuráveis: é um movimento de extremo **vicejo, oscilado pelas dobras do figural e do geometral... imanentes ao ritmo autopoi**ético do PALCO-PHANERON: aqui-**agora, nada se actualiza porque se escuta o** descomunal do corpo da ACTRIZ na regerminação do inesperado e do impossível: traçar territórios inobjectiváveis em transição(captar ritmos anteriores ao corpo e religar, conectar os gestos às aberturas do futuro, à gestação topológica dos libertinos)

O PALCO é uma potência mutante, uma síntese disjuntiva ritmável que capta os revérberos do acaso com novas enciclopédias em fractalização: no PALCO ninguém domina, nem pertence, porque é atravessado por milhares de falas iniciantes sem dono, por desdobramentos atmosféricos invisíveis que o faz interromper estruturas, dançar dentro da língua com o ritmo múltiplo da a-língua ressexualizada (ressonâncias estranhas do rigor do movimento infinito entre aprendizagens inventivas e o saber do corpo catalisador de experimentações hesitantes: a ACTRIZ não tem cronografias, não usa narrativas da linearidade porque é permeada ininterruptamente por instantes aformais e inesperáveis que a fazem acontecer como artista das diferenças alvoroçantes: a ACTRIZ se efectua na composição-durável que absorve superfícies moventes das afecções polimórficas): acontecer nas forças topológicas contaminadas pelos olhares-olhantes, pela rotação institual da orfandade, pela transmutação da exultação desejante: a ACTRIZ rompe realidades organizadas, procura incessantemente as palavras descodificadas, as palavras disjuntas, as palavras fracturadas, os interstícios das palavras, os ecos das palavras sem habitações fixas: forças caóticas-mutantes e energias intrusas sígnicas impulsionam a ACTRIZ a jogar com a magnetização do acaso, com as linhas compositivas de vizinhanças dos vários sensíveis que se abrem ao corpo fabulador_____**fugir das serventias da percepção: é o nomadismo aberto ao anónimo polinizador, à experimentação libertária, às qualidades das diferenças que impulsionarão a estranha luminária do CORPO nos mapas sem origem que se desviaram da racionalização do entendimento, porque os movimentos da ACTRIZ surgem nas demudanças videntes, profanadoras, excessivas, alvorotadoras de pontos de vista: gestos e vozes irrefreáveis e resistentes a qualquer tipo de autoridade ou a qualquer justaposição. Pensar-dançar-ACTRIZ é sentir velocidades infinitas, a imanência da deformação, os hiatos, os limites, as rasgaduras, a impermanência do corpo com heterogéneas coexistências.**

O pensamento-ACTRIZ conquista tempo à política do impossível, experimenta a vida com o infinito dos prismas fora do acontecido, modifica a relação com a vida dentro de blocos de renascimentos em transitividade: ritornelos cristalinos transvocalizam-se criticamente: há combates verbais de si-em-si, de tempos extasiados, de forças estranhas criadoras de cérebros-larvares que se desviam cruelmente das razões psicológicas(a improvisação de estar dentro e fora simultaneamente despedaça as percepções vividas, perfura o mundo por meio de animais ritmáveis de sensações: atingir a visão dentro do excesso focado na futurição de uma língua estranha, repleta de rebentações agramaticais): a ACTRIZ reconfigura e desconfigura o olhar do vazio-inventivo que contempla antes de ser afectado por energias desmedidas do PALCO: os gestos da ACTRIZ caotizam e desfazem no descomunal a erudição, a consciência julgadora, porque as suas forças aberrantes actuam conjuntamente em várias áreas flutuadoras: várias geografias insanas onde as violências silenciosas do imperceptível, mostram novas possibilidades de existência, ultrapassam formas canónicas, apinhadas de logicidades(**o pensamento em revolta capta a dispersão de vozes arremessadas por infindos roubos: há sempre uma putrescência verbal que nos diz que a visão nunca atinge a completude____forças transmutadoras e germinativas extravasam margens de vida: a ACTRIZ varia e se exalta porque acontece por meio de um corpo intruso, um corpo que encontra a mutação da matéria e a lucidez na abaladura do sensível, drenando-se espiritualmente para afirmar novos dicionários afectivos)**

A ACTRIZ surfa com todas as línguas, entranha-se no insulamento das vozes do mundo, acopla-se ao animal dentro de si, intersecta as forças inumanas, estrangeiras que perfuraram o mundo com os riscos não-figurativos da vida para deslizarem na correnteza in-sonora dos corpos: os corpos se recortam metamorficamente por meio de forças espirituais impulsionadoras de instantes inventivos, assim, o PALCO se torna uma língua de várias línguas em dimensões fugitivas, enfrenta caminhos labirínticos, vizinhanças dos signos do indiscernível, misturas de códigos: uma esponja de decifrações sígnicas______a ACTRIZ é em si o acontecimento que absorve, capta, assimila, transforma as auscultações matéricas em heterónimos, faz coexistências de visibilidades intersticiais, refaz as multidimensionalidades onde os hiatos dos tempos crónicos saem envolvidos por puras inconsciências: a ACTRIZ produz-se a si mesma dentro de jogos estrangeiros, vigoriza as práticas fabulatórias, mostra suas forças de tempos enlouquecidos nos PALCOS que atacaram e atacam permanentemente o impensável e incitam o pensamento a sulcar-se nos saltos do acaso onde o infinito se adentra pleno de respostas impossíveis (imagens misturam-se autonomamente e se avizinham da duração inventiva que transmuta dentro da tragédia do PALCO: vadiagem polilinguistica): a ACTRIZ torna-se um animal da estética do irrealizável, é a expressão das expressões que resistem à morte, expressão viva, voltada para si e sobre si devorando mundos sem instrumentos designativos, coloca o PALCO dentro da aberração numa afluência suspensiva, interrogante onde a vertigem do apressuramento verbal conecta-ae à perambulação das vozes (horizonte chegante de partículas abstractas produz infaustos friccionados pelos magnetismos das fendas do fora, do indiscernível, da linha acontecimental da duração-aiônica que adivinha o mundo e estimula os pensamentos sem destino entre línguas-sem-repouso, línguas-cartógrafas tensionadas, línguas em decifração aberrante, línguas esboçadas pelo imperceptível, línguas estilizadas pelo animal agramatical, línguas enciclopédicas e analfabetas, línguas que suspendem a arrumação do mundo, línguas torcidas, espremidas em regerminação, línguas feiticeiras, libertadoras de cérebros, línguas de mistiras pré-vocais, línguas obscuras a esfregarem a insânia com zonas adjacentes: estranhezas, reviravoltas assintácticas e paradoxos extasiados produtores de tempo: as contaminações diversas fazem das cartografias de tempos clandestinos, inscrições vibráteis do esquecimento que habita o in-visível dentro do PALCO: **dobraduras de encontros reforçados entre os desejos do viver-crítico, as resistências-moventes, os conceitos em deslizamento e as visões reveladoras de novos espaços de vida em aprendizagem visionária que muda o tempo do mundo com os interstícios afectivos das epidermes mais profundas: milhares de falas iniciantes sem amo, desdobram atmosferas imperceptíveis para catalisarem forças caóticas, forças mutantes, forças intrusas que se abrem ao olhar fugitivo do corpo: lançar-se à beira do caos e arrasar as serventias da inteligência: as aberturas ao incógnito, aos bosquejos das diferenças expressionistas, activarão a estranha claridade mapeada pelo PALCO que nunca escorará o racionalismo do discernimento.**

A ACTRIZ produz lugares alógicos inultrapassáveis, lugares prestidigitadores da percepção imperceptível_____pensar o desnatural entre signos abstractos e memórias esculpidas pelo vindoiro da estética do acontecimento, criar modos indiscerníveis ou entrecortes assintácticos entre as topologias de múltiplas direcções e os espaços rés aos inconscientes artísticos, resistindo ao niilismo da sobrevida-orgânica. Vazios e distâncias envolvem-se no ritmo espiritual velozmente. Intersectores de coreografias convulsivas absorvem a diferença rítmica para traduzir o real-irreal e as forças insubordinadas da existência: forças construtivistas turbilhonares, transbordam e resplandecem nos instantes simultâneos ou na aparição em desaparecimento das falas porque não se submetem ao estado-identitário, à escravidão psicológica, à serventia da percepção: o PALCO coloca em estado de tumescência corrosiva a representação do sensório-motor, escapa ao saber déspota que veda, esgota o fluxo do impensável, o lugar intervalar da criação: a batida do silêncio absorvida pelo tempo inédito, pela duração eternal. A ACTRIZ é tremendamente crente porque acredita na arte e no tempo enlouquecido que a atravessa e assim, age perante o indeterminado, o incerto, o instável e o insituável (o que difere no gesto contagia o movimento assignificante e mistura o PALCO na termenda variação da ACTRIZ): o PALCO em risco estimula a realidade atemporal das vozes, despedaça conhecimentos vividos, envolve gestos disjuntivos, estraçalha o percepcionado para entrever, visionar a ondulação cerebral repleta de devires: as vozes da ACTRIZ devastam áreas discursivas congeladas, sedentárias com o sublime de uma política de vida catapultadora de impessoalidades hápticas e do corpo do esquecimento que controverte interpretações, estremece o mundo sensível, desfaz as analgias dos sentidos, ruptura enunciações instauradas, transverte a biografia em inflexões geográficas rítmicas, anarquiza as configurações-olhantes do mundo com os signos blasfemados: as máquinas germinadoras do PALCO perturbam o remanso dos rostos socializados, as normoses dos donos do poder: cumplicidades vibratórias da fabulação, conectam o virtual com o actual onde linhas intersectoras fazem da matéria em movimento uma trama abstracta da ACTRIZ: é o ritornelo ressoante a desfazer formas, é o paradoxal da natureza no adverso sintáctico: um prisma caológico mescla o dentro dilatável e os golpes aberrantes do fora -indiscernível rés ao infinito do PALCO, criando intersecções de forças autopoiéticas que redargúem ritmadamente à babel entre a complexão de contrastes, os heterónimos e os lances de ficções acopladas aos modos de reexistência, de criação de novas e vigorosas correntezas de vida: fugir dos subterrâneos nevróticos, das verticalidades estranguladas das configurações porque o desejo é inovador, insubmisso, é o PALCO da epiderme sem centro, sem unidade porque as suas construções ondulatórias trilham sentidos sem significação, bosquejam acontecimentos dilatados, tracejam as velocidades múltiplas da protérvia do mundo (a origem e os desígnios arruinados por meio de gestos e de vozes polissémicas___o CORPO acorda inconscientemente): é o recomeço sígnico das metamorfoses dos povoamentos: a ACTRIZ religa o grito ao sentido com ritmos involuntários dentro da infinitude rítmica. Tessituras esfíngicas, mágicas, experimentam a multiplicação das matrizes do PALCO na sua própria dimensão caótica: o caos do PALCO não é desmaranho, é uma força da ACTRIZ no inacabado, na intensidade das perguntas múltiplas, evitando as sentenças da consciência arrolada em apenhoramentos espirituais: violências silenciosas do imperceptível mostram as transbordâncias dos jogos do domínio das margens porque têm a urgência de evadirem-se e desvendarem o figural do GESTO: corpos-vivos, línguas babelescas afectam caleidoscopicamente uma miríade de saberes por meio de golpeaduras do imperceptível e das diferenças, auscultadas pelas transduções que fundam o tempo: há um processo pulsátil a contemplar cruelmente o mundo________**o teatro não é uma obra, não é uma en-**

tidade do homem, é uma temporalidade paradoxal em processo contagiante: os ritornelos irradiam, provocam encontros aformais por meio da animalidade intensiva, dos corpos inomináveis, dos alfabetos agramaticais, das línguas estranhas que ventilam a natureza com outras línguas escorregadias, carregadas de memórias-futuríveis e de sensações arrebatadas(o corpo da ACTRIZ é uma fuga sem aplicações, sem objectos, é o múltiplo criatico que invadiu o mosaico-das-curandas-do-tempo ao copular imensas línguas inumanas para se abrir às forças transmutantes da NATUREZA fora de qualquer sujeito: reexistir e explorar arquipélagos inabitados, despovoados: arremessar as diferenças para as várias camadas da duração onde uma voz se desdobra com passados futuríveis insanos: o TEATRO é um salto hipnagógico, é um salto absoluto de percepções ínfimas que envolvem passagens inconscientes em variações energéticas___)

A ACTRIZ perfura orficamente o PALCO produzindo encontros e veemências afectivas dentro da demência do inconcluso, feito de choques alucinantes, de rastros imperceptíveis dos corpos, trespassados por sensações desorientadas: enfrentar o estranho, o estrangeiro, o exílio, absorver uma língua nómada que está sempre por acontecer no PALCO: bosquejar espaços com o acontecimento desarranjado que diz-desdizendo ao escoriar a voz com fluxos das esfinges verbais: eis, a sedução do apavoramento linguístico-balbuciante que leva a ACTRIZ para o subversivo enigmático, sem respostas, cauterizando a matéria do PALCO dobrado de infindas práticas: urdir hesitações descomunais, interferências geográficas, gaguejar nas intersecções repulsadas, sobrevir soberanamente no corpo hipnótico-jazzístico das medusas labirínticas: o PALCO é um arejamento tenebroso que desvenda o colosso inamanipulável da língua, transmutando permanentemente a ACTRIZ em orfandades alofilas: micromovimentos ilimitáveis entre rasgaduras do real e as sensações das aprendizagens que retraçam o imprevisível nos corpos buscam o inacessível, fracturam a recognição dentro da instabilidade das superfícies em dismorfose (experimentações críticas se interligam abismadamente): **sentidos lisos-sonoros, linhas acontecimentais, movimentos esquissados infinitizam metamorfoses impessoais, obscuridades incicatrizáveis, matizes-futuríveis da memória, do espanto, do transe, do arroubo, construindo tensões nos olhares-corporais com os labirintos imanentes da vida, com o nomadismo acústico(desastre-regenerativo das travessias rasgadoras de bolhas, sentir as enciclopédias movediças e sem acepções: zonas-artistas, hibridizações molecularizadas mesclam lacunas: há fendas com múltiplos contágios: há uma voz a diferenciar-se no tempo: há gestos carregados de forças ópticas, o silênco jorra e o PALCO emerge alucinado no real atemporal).**

Os itinerários da ACTRIZ destruídos e reconstruidos com as bricolages das escutas e das capturas dentro das hipóteses de futuro envolvido nas aberturas etológicas: dizem: e-imigrações heterogéneas, esfinges moventes do animal: o magnetismo da esquiveza reconstrói a cosmicidade mágica por meio da ampliação do cântico do mundo, do vazio pulsátil, da experimentação do grito que gera o infinito nas vozes do PALCO com distâncias acósmicas____o PALCO dilata-se esboçado pelos ritmos da catástrofe (sempre nas RAIAS de todas as artes, sempre na intensificação do sentido: novas geografias impossíveis, novos mapas videntes, variar os mundos, fugir à encarceração dos deuses, adentrar nas multidões em contranatura: **no CAOS do PALCO há encontros paradoxais porque a ACTRIZ é uma miríade de batidas disruptivas que atravessam os sentidos por meio da sua voz rítmica: o** inconsciente penetra na adivinhação cônscia___o acaso intensivo da fala entre germes afectivos: o PALCO se torna um emaranho que sempre recomeça envolvidos por durações inconscientes)

O PALCO nunca é o inseparável, o uno, a posse, mas é em si um povoamento em reviravolta, a incessante defluxão espiralada e sempre acrescida de novas experimentações, de múltiplas rasgaduras do impensável, de desvios voltaicos, de atracções afectivas; é o invisível musical das extremidades da língua, é a ondulação de veemências andarilhadas, de trapezistas das fracturas espélhicas do mundo, de sensibilidades desconhecidas, de infinitudes caleidoscópicas, de saltos verbais enfeitiçados pelo estilo dos alfabetos nómadas, pelo charme do enviesado, das mestiçagens que fazem do corpo uma trama repleta de devires. O PALCO e o teatro não são humanos, acontecem nas correntezas cruelmente sublunares de um dicionário analfabeto, de linguagens acusticamente silenciosas, de vozes inalgoritmizáveis, de escafandros assintácticos que escarificam o infinito com o indizível expressivo___os sentidos ressurgem abstractamente lisos entre passagens sígnicas e saltos absolutos do assignificante: o teatro sobrevém nas afluências cósmicas do real, destruindo a sinonímia por meio da imanência de semióticas insanas: criar uma voz falsária com o corpo que transmuta o signo num PALCO de forças___o aberto irrepresentável se disjunta, se autonomiza, se contagia com envolvências de uma consciência inconsciente ou será um acaso impelido pela desrazão de gestos microscópicos? A ACTRIZ se torna completamente inobjectivável: um cérebro etológico com ritmos larvares captura a diferença plástica_____a ACTRIZ se refaz no inesgotável e o PALCO vibra quase incodificável nas suas próprias saídas ontológicas: **fragmentos epidérmicos livres pela violência das sensações constroem uma marchetaria através do imperceptível caológico: uma membrana assimila os sons inacessíveis: o espírito jorra o tempo e o teatro decepa percepções para misturar ressonâncias expressivas nas mónadas pré-vocais: dobras incorpóreas traduzem o impensável, o inatingível: no movimento dos movimentos do teatro, o estilo se singulariza nas multidões vadias: génese anorgânica com tempos simultâneos: no CORPO da ACTRIZ espasmos ininterruptos captam o heterogéneo com as flutuações do real que despedaçam o significado da palavra...um gesto tenta infiltrar-se no pensamento.**

O corpo metamórfico da ACTRIZ se deforma à volta de vizinhanças turbulentas: fendas ininterruptas da tragicidade, arriamentos sisifianos, escavações medulares, relações mutantes de volteaduras inatingíveis: o PALCO se trespassa e se impulsiona por meio de dobras modificadas, de miscelâneas fulgentes porque o corpo se constituí entre campos magnéticos e os campos complexos de uma planície siberiana, concentrando-se e se expandindo simultaneamente ao ver o imperceptível, ao auscultar o insonoro, ao tactear o intocável: a ACTRIZ escava a língua dentro do silêncio metamórfico porque procura os acasos secretores de tempo, abre-se à estética da REDOBRA, de imagens delirantes: a ACTRIZ faz da reacção das úlceras da língua um esboço cartográfico de conexões pulsáteis, de encontros contemplativos, de interferências, de contaminações em permanente desafio, faz da tatuagem da memória corporal, a cartografia do tempo puro, a navegação do inacabado, a dança infinita feita de várias correntezas de signos: as mudanças das memórias-mundo, das memórias-futuríveis, das memórias vadias acontecem-já nos corpos extraídos dos campos de forças: o figural-rítmico, os espíritos expressionistas-polimórficos despontam violentamente paradoxais, porque desviam gestos dentro do inesperado, criam e ampliam o caos, o entre-caos que vascoleja assombrações e activa simulacros, hesitações, afectos entre traços disjuntivos e desaprumos atemporais **(cartografias anorgânicas, respiração obscura ou a dança de detectores de catástrofes___ os gestos se envolvem nas vozes para atingirem o impensado e espalharem uma QUEDA: uma QUEDA se** desdobra na boca luminar onde carne é vergastada pela suspensão da febre: uma queda quase -indecomponível em movimento, uma queda na mordedura mercurial do verbo que infinitiza, muda, irradia, faz aprender a subtileza de um gesto que se adianta por dentro de uma cabeça quase em efervescência: uma queda espalha-se e desliza pelos pulmões insondáveis do PALCO, fazendo durar o gesto que arranca à voz uma catarata de talentos mamíferos: uma queda ferve na gangrena dos sopros sígnicos, pontilha a cassiopeia com as temperaturas deixadas nas veias mais interiores da ACTRIZ que se corta luminosamente no gesto porque se experimenta através da eternidade insana de si-mesma: uma queda invade os ofícios das vértebras da ACTRIZ, carregada de dedos que batem nos pedúnculos dos espasmos soltos em cima do tempo: a queda é cruzamento e sismógrafo de si entre gestos devolvidos aos flancos mais altos de uma semeadura obsessiva: a queda levanta-se e desce loucamente gerando um incêndio na hemolinfa que se precipita e se oculta em volta de uma garganta agramatical: a queda com tempos indistintos golpeia a luzência com os sorvedouros fechados pela refulgência dos ossos: a queda com tempos crónicos adentrados nos gestos, cose-se ao fundo do PALCO e pulsa, pulsa, pulsa..., uma queda imprevisível nas teias gravitacionais e com velocidades múltiplas subleva e descende pelos gestos até arraiar um estremecimento cerâmico sobre as pálpebras ou em cada lado das pálpebras sublunares, centralizando a crepitação do volume glanduloso: uma queda bifurca o PALCO com artérias devoradoras que decifram os poros hidráulicos dos gestos: a queda cria-se torrencialmente e contorce-se com as agulhas do esquecimento que percorre devagar os canais animalizantes da ACTRIZ: a queda dobra-se para dentro dos gestos, jorrando toda o delírio entre a vulva e os espelhos de sal: uma queda anamórfica que passa continuamente pelos gestos fora: uma queda só faz pactos com a rizosfera da queda junto ao imprevisível do gesto ao redor das ancas que transluzem coberta de cartografias alveolares onde as bocas-putas se tornam ainda mais putas: uma queda repovoada pela coexistência da queda do gesto envolvido nos mapas zoológicos: atrás da queda as limalhas carnais transbordam o espaço da vozearia com o sagrado dos vadios e dos libertinos: a queda olha o que ela foi e se torna novamente o sangue relampejante da ACTRIZ: a queda é uma correnteza de nervuras da alucinação: a queda coexiste com as suas medulas quase decifradas pela ACTRIZ que rutila com sons dilatados da dor que a rasga até aos liames das entranhas: a queda acontece dentro do retorno da caçada de uma rosa de astros que dá acesso às vísceras das arquitecturas sazonadas: o ritmo interior fulgura no bebedouro do sexo da queda como um fungo liquenizado a sangrar lentamente em volta da ressurreição de uma língua: a extremidade da queda é o cântico do encontro absorvido pelos gestos urdidos por outra queda plena de varas espelhadas: a queda é sempre inédita nas crostas miraculosas da voz que arqueja outra voz com a crepitação das veias que acolhem os tremores dos gestos ao alto de uma pedra venosa: uma queda resplandece na velocidade da voz contra a ciência do silêncio: a queda estiliza-se com o mênstruo que desfaz a visão à altura de outra visão escoada pelo mosto extenso e elevado do sono: a queda é abstracta e leva os dedos à boca com o sangue inteiro envolvido na memória arrebatada das casas: a queda é uma metamorfose flutuante da ACTRIZ que se levanta com gotas abismadas em cima da expiação das ervas: a queda é uma desrazão que se perde nos gestos histéricos sobre os ventres do tempo: a queda é uma abertura paradoxal da carne batida pelo calor dos bichos: a queda regurgita-se e toca nas respirações do relâmpago: o sangue continua a subir pela labareda da queda, o sangue ondula-se, jorra com toda a insânia arterial, o sangue evapora-se apinhado de teias por fazer: a queda é imanente aos electrões do PALCO porque se diferencia na voz vulcânica da ACTRIZ que despedaça os pólipos com o movimento dos animais: a queda é atravessada pelas voltagens metalúrgicas dos gestos que rebentam fulcros mandibulares pelas vértebras dentro do PALCO: a queda é infinita e retorna com as funduras cravadas nos acasos magnéticos onde os vestíbulos traçados absorvem as linfas das ofídeas: a queda junta os instantes extremos dos meteoros e torna-se uma intraqueda desde as cúpulas artesanais às meninges da inocência: uma queda transversal transmuta-se na ressonância baptismal da queda: um mosaico vascular da queda espermatiza-se através de um cristal a partir de trás dos brônquios, é uma crueldade delicadíssima com dínamos sonoros nas espáduas da ACTRIZ: a queda experimenta o impossível, luzindo nos dentes das úlceras onde subtis aurículas arrancam áscuas nucleares: a queda é um ritornelo a talhar os rins do PALCO quase-vedado, quase-esgotado na laceração espasmódica da ACTRIZ: a queda é erótica com cavidades falsas exigindo ser desfibrada pela pulsação aracnídea: a queda mistura as centelhas do corpo com um campo de forças ocasionais e inusitadas: a queda estraleja e torna-se eterna num ponto de vista com dimensões caóticas onde a ACTRIZ sente a tensão de um trajectória voltaica-subcortical sobre as suas mãos plásticas, vibráteis, nómadas: a queda recria o gesto e problematiza o sentido dos avessos intuitivos: a queda é uma aranha tubular dentro da quase-catástrofe disjuntiva que evita a histórica através da postura eruptiva da ACTRIZ: um rasgão imanipulável infiltra-se na queda que nunca está pronta, é sempre cinzelada por um traçado acidental e impensável: a queda é uma língua caleidoscópica, a queda é obscura e infinitamente finita, a queda é um ponto no caos que se transcodifica rés ao signo do espelhamento: uma queda que já passou sem acontecer e as suas veias vazias e expressivas assimilam o passado que esculpe as convulsões brutais do futuro: a queda é uma síntese do tempo sem fisionomias antecipadas: a queda é incorporal mas arremessa o corpo contra as gárgulas numa tensão fora do real sendo tremendamente real: a queda é o esplendor irrepresentável porque é um acontecimento, é uma passagem, um germe, uma metamorfose, um esboço, um entre, um acto inesgotável, uma onda que se engolfa, se abisma e fala por si, repercute contra si-mesma: a queda é o movimento incessante do PALCO aglomerado pelos jactos de vozes acronológicas, caóticas, loucas, múltiplas, inconscientes: a queda é uma transparência dentro da claridade, é um jorro óptico-sonoro, é o tempo do desvario, é vidente, é crónica, é uma encurva, é um estranho sentido em volta dos diafragmas da ACTRIZ: a queda tem várias camadas de tempo lavradas por dentro dos gestos: a queda tem na sua ponta ventilatória um depois e um antes intersectados simultaneamente: a queda surge livre, descentrada e atravessada por uma duração inalterável que muda, se desdobra e nos mostra a sua imagem directamente: a queda assoma-se pela ACTRIZ dentro antes do tempo: a queda é um ponto de vista que tenta assimilar o que já-foi para se modificar, se distender, se misturar completamente com todas as sensações que estão por vir: a queda não tem cronografia, extravasa o PALCO porque em si não existe órgãos, a queda é uma trama, uma linha, uma lançadeira de imagens que variam loucamente entre si, a queda é um espírito instantâneo a vociferar, é um batimento aberto que perdura no passado do presente através de uma acumulação de si-mesma: a queda do-no PALCO não está dada porque é uma micropercepção no vazio, uma força supralógica que cria e faz doer, gera tempo, engendra diferença em si, é vigorosa, está sempre ao lado da ACTRIZ, é paradoxal, capta forças cósmicas com gestos inesperados, súbitos, imediatos: a queda é um salto de forças invisíveis, é uma grandeza coberta por pré-formas, é um detalhe atmosférico e topológico, é incompreensível, mas rasga as traqueias do PALCO: a queda é um hiato pendente que varia em volta da matéria que a refracta: a queda está na própria queda e provoca espelhamentos quando acontece: a queda é autopoiética e faz levantar a ACTRIZ de geografias estranhas: a heteronímia-géstica é um terrífico afecto, é uma expressão do esgotamento voltaico que visibiliza o PALCO debaixo do espírito que gera queda por meio do tempo puro.

O PALCO presentifica um passado em direcção às contingências do futuro exaltado pelas forças enérgicas do pensamento (eis, a cosmicidade bruxuleante que faz do cérebro uma constelação semiótica do corpo-desumanizado: um mundo de de dicionários-vivos a experimentar a gradação avassaladora de outros corpos___imagens vibratórias inactuais (expressão irrepresentável): corpos que pontilham sensações das transfronteiras com o inexplorado e o estranho, enfrentando as decifrações do PALCO, porque a força mais insubmissa e mais convulsível é a SENSAÇÃO que seduz a sua própria fuga por meio de metamorfoses aliadas à natureza). O PALCO alcança diferentes pensamentos intempestivos, produz tempos ontologicamente, vibra nas forças do figural, age com vários vigores da voz, com múltiplos conflitos gésticos entre uma dispersão de vazios nos espaços imensuráveis: a vertigem da aceleração retardada: perante o arrastamento de todas as relações-artistas, a ACTRIZ expressa, demuda o mapa do PALCO, o mapa infiltrado pela indefinição para regressar permanentemente ao corpo geometral: a ACTRIZ foge loucamente do EU-realista e das histórias pessoais para que tudo retorne, reemerja e estimule as afecções num complexo de possíveis, colocando o PALCO suspensivo, porque o ritornelo estremecente da língua desbrava o caos, mergulha nas profundidades indeterminadas das superfícies, experimenta os desdobramentos a-significantes, as estéticas fractais, o pan-barroco das convulsões dérmicas: interrogar, intersectar, perfurar obstáculos dentro da expansão germinativa que entrecruza as vozes dos povos inomináveis: as rupturas do mundo nas policromias das ondulações cerebrais, aliadas aos tempos-puros: linhas abstractas da língua atingem o limite, despedaçando singularmente os horizontes: o corpo da ACTRIZ não absorve as realidades instituídas: os signos malditos, as máquinas dionisíacas emergem dos poros dos gestos, perturbam as normoses por meio de cumplicidades vibratórias da fabulação-dos-esboços-do-PALCO: religar o virtual às anarquias da agoridade da matéria em movimento insano: um processo noológico se entranha nas almas robustas com tremendas visões e com audições ressoantes do falsário______é o paradoxal da natureza **de um passado coetâneo arremessado para as manchas dos gestos futuríveis: há prismas misturadores do dentro e do fora modificados pelos testemunhos de forças procelosas: aqui-agora: o PALCO cria intersecções de linhas emergentes do incóg-**

nito que respondem ritmadamente ao corpo da **ACTRIZ** entre a complexão dos heterónimos e os lances activos da visão quase descodificada pelas tramas do acontecimento.

A ACTRIZ faz da ficção um modo de reexistência, de criação de novas e inabituais correntezas de vida, estimula as alianças voltaicas de ser estrangeira dentro do PALCO: livra o gesto com ritmos involuntários que fazem acontecer entre aguaças de sensações irrefreáveis, topologias de passagem sem projectos, e sismógrafos larvários porque no mergulho dançarino da ACTRIZ, a pluralização de matrizes, as sonoridades dos pasmos, as tessituras esfíngicas, mágicas, penetram o mundo na sua membrana caótica: o PALCO da ACTRIZ é uma exigência de emancipação ininterrupta, é um ritmo múltiplo de mónadas explosivas, uma força criativa que se refaz em si-mesma e amplia a experimentação de luz descomunal dentro da extrema claridade do inacabado e da plenitude: vigor dos espelhamentos das vozes-múltiplas: paradoxos das energias não dimensíveis tangenciam as mudanças corporais em várias superfícies flutuantes, em várias geografias cristalinas(a história familista e a biografia social, desaparecem): conjugar todas as artes, perfuradoras da memória-mundo, da reminiscência-futuração onde o sujeito e o alvo se destronam e se descentram entre linhas de gestos atraídos para fora de si-mesmos, nos quais se verifica as esculturas puras-vadias, os deuses lúbricos apinhados de insânias disjuntivas: rumos inconscientes a coincidirem com sentidos indiscerníveis, com rotas mundificadoras de durações delirantes, de PALCOS bifurcados: aqui-agora: os atravessamentos sígnicos dançam no processo involuntário e alógico, escarificado por eternos retornos, por movimentos vertiginosos: movimentos de ciclos desconcentrados onde a ACTRIZ se modifica porque ampliou o caos nos seus gestos: é uma força capaz de pensar permanentemente, de mergulhar nos sensíveis dos sensíveis, evitando as sentenças da consciência arrolada em apenhoramentos espirituais: a violência silenciosa do imperceptível que percorre o PALCO não tem movências ontológicas separadas, há uma paramnésia a planar: **há uma escrita-dançarina infinita, há um desmedido jogo de sentidos que evitam razões puras: as diferenças transcodificantes fora dos rostos ressingularizam o acósmico e a dilaceram qualquer tentativa de entendimento determinista, transbordando as margens com os corpos-vivos das línguas anárquicas: constelações semióticas reemergem entre os limites tensionados e as minorias bastardas em estilização: matérias de expressão fazem durar os arcos vigorosos da diferença: o PALCO provoca encontros de corpos indefiníveis e com novas dimensões de gestos e de vozes.**

O PALCO é o movimento inconsciente da vida que busca o inacessível, é um catalisador ritmável que escuta o infinito da diferenciação, um receptáculo dançarino que apreende, esculpe, escarça, rasga o tecido da palavra num combate ininterrupto, faz reaparecer a língua-mundo no arroubamento da penetração da voragem, no pensamento em revolta impessoal___uma miríade de acasos (a FORÇA MAIOR da VIDA-ACTRIZ está dentro do ritmo vasculhador dos cios das mudanças geográficas, é um tempo paradoxal apinhado de multidões imprecisas, de zonas irradiantes-aformais, de abecedários agramaticais, de línguas estranhas dentro de uma língua lúbrica: a ACTRIZ copula imensas línguas do inumano do humano, abre o PALCO às forças transmutantes da NATUREZA, resiste, reexiste, explora arquipélagos inabitados, despovoados, acontece no texto NÁUTICO-alpinista, lenhador do caos que contamina a BA-

BEL(rasgar a ordem): não explica nem representa o espaço, produz encontros e intensidades do inconcluso adentro dos choques vertiginosos dos rastros imperceptíveis, das orfandades loucas: a ACTRIZ é trespassada por sensações desarvoradas, enfrenta o desconhecido, o alofilo, o exílio, absorve uma língua nómada que está sempre por vir, bosqueja espaços, assimila o devir transtornado que diz-desdizendo ao escoriar o PALCO com fluxos das esfinges verbais, não verbais(trazer o futuro para os gestos): **eis, a sedução do apavoramento linguístico-balbuciante que leva a ACTRIZ até ao subversivo enigmático, sem respostas, cauterizando a matéria com o seu corpo dobrado de infindas práticas e urdido por dilemas descomunais: interferências geodésicas gaguejadas através de intersecções repulsantes onde acontece soberanamente o infinito hipnótico-jazzístico das medusas sígnicas: a ventilação obscura do animal rasga o homem edípico e perfura o colosso inamanipulável dos gritos insonoros, transmutando-se em forças enciclopédicas: feixes de forças autopoiéticas fazem da rasgadura do real, as transfronteiras do mundo, a disseminação de vozes, de audições, de olhares para desfazer consciências e afirmar o vareio da VIDA(forças puras do tempo)**

A ACTRIZ desvia-se do empoderamento gregário, da instituição edipinizada, da forma por meio de almas convulsivas que redobram o impensável no MACARÉU sígnico: reforçar o corpo com as anormalidades do tempo: mesclar movimentos de passagem, criar pontos de vista com a ética da experimentação nómada, revigorar mónadas intensivas através da improvisação (turbilhão matérico dentro de acordes roubados ao PALCO): aqui-agora: as composições rítmicas não comunicam, nem descrevem, nem informam, nem platonizam, mas problematizam por meio das forças invisíveis dos signos, das melodias que se diversificam, se fortalecem, redobrando sensações das aprendizagens: as durabilidades se confluem dentro de um acontecimento agramatical por meio de afecções em decifração contínua: é a correnteza de VIDA com infindas variações ritmáveis que se apropriam dos cruzamentos dos mapas da eternidade com existências de repetição diferenciada: atravessar contemplações animalizantes que retraçam os corpos, buscar o inacessível sem causas imaginárias para fracturar a recognição dentro da instabilidade das superfícies multímodas (experimentações críticas se ligam abismadamente): sentidos aformais-sonoros: linhas acontecimentais infinitizam metamorfoses, obscurezas incicatrizáveis dos labirintos imanentes da vida: nomadismo acústico, verbos infinitivos vibráteis (desastre-regenerativo das travessias das enciclopédias sem significações____o tempo no PALCO produz diferenças e o corpo da ACTRIZ gera o intensivo que a ensina a saber esperar sem esperanças): **os itinerários surgem destruídos e reconstruidos com as levadas captadoras de possibilidades de futuro: e-imigrações heterogéneas conectam-se ao tempo das esfinges moventes: o magnetismo do espanto recompõe a cosmicidade de um novo modo de existir por meio da experimentação estética do cântico do mundo: construção do grito estóico que demuda a ACTRIZ na repetição dinâmica do VAZIO: as divergências e as convergências jogam simultaneamente entre diferenças puras(na eternidade do PALCO o tempo ainda não aconteceu, a voz da ACTRIZ tenta extrair o passado hibrido no sublime do futuro: a passagem se faz com microfísicas do comum incorporal onde se exulta o sentido da multiplicidade)**

A ACTRIZ nunca é uma, mas é em si uma multidão em reviravolta, um incessante fluxo em espiral sempre acrescida de novas experimentações, de novos pensamentos; não se fixa em fronteiras, é uma navegadora musical das extremidades da língua, é feito de intensidades andarilhadas, de trapezistas das fracturas espélhicas do mundo, de sensibilidades desconhecidas, de infinitudes caleidoscópicas, de saltos semióticos enfeitiçados pelo estilo dos alfabetos nómadas: dizem que é a atracção das misturações de linhas de distâncias espessas que fazem do corpo uma ondulação repleta de devires, uma captura-artista(uma afirmação que escolhe, transmuta, muda e acontece por meio do criativo). O corpo-PALCO se deforma em vizinhanças turbulentas, em fendas ininterruptas das tragicidades imanentes: subidas SISIFIANAS, escavações medulares, relações mutantes (ACTO que é o intensivo compositor de forças que atravessam o PALCO e assimilam algo da ACTRIZ, absorvem a diferença que a ACTRIZ extrai de si-mesma___fazer existir e dilatar o tempo: **a ACTRIZ das RAIAS-MINEIRAS** se trespassa e se impulsiona por meio de mosaicos resplandecentes porque o seu corpo se constitui entre campos magnéticos e o à-peiron problemático da planície siberiana, concentrando-se e se expandindo simultaneamente ao ver o imperceptível que desconstrói para acontecer com a dor da coesão desejante: auscultar o insonoro, pesquisar o intocável com o presente durável e um CORPO apressura os devires, escava a língua dentro do silêncio do mundo, sentindo o mistério verbal, a transvocalidade da multidão metamórfica porque procura os acasos secretores de tempo, abre-se aos lances da eternidade por meio da estética da redobra, de imagens delirantes(um ritmo estranho penetra o corpo, conquista o involuntário, o disjuntivo que envolve as raias do espírito corporal). ELE faz da reacção das ulcerações da língua um esboço cartográfico dos acontecimentos vitalizadores, de encontros contemplativos, de interposições estrangeiras: contágios sígnicos em permanente desafio, fazem das interacções futuríveis uma insurgência corporal, um cristal da aparição em desaparecimento, uma cartografia do inconsciente, ou será a navegação do inacabado a passar pelo cérebro? Ou será a dança do impoder activada pelas várias fiadas afectivas onde o movimento das decifrações compositivas, estimulam os corpos a tangenciarem o infinito? Oi será a inutilidade absoluta da voz a gerar tempos insanos**? As almas do impensado** mergulham nas golpeaduras paradoxais por meio de personagens expressionistas: os gestos cruelmente involuntários irradiam-se dentro do inesperado, do alógico para instaurarem o caos, multiplicarem o caos, o entre-caos, experimentando novos sentidos: vascolejar espectros e activar linhas desconhecidas dentro das práticas mais delirantes.

A ACTRIZ é um passado enviesado no resvaladouro do presente e se direcciona nas linhas possíveis da sublimidade do futuro que se exalta entre as sensações estranhas do impensável(eis, as traçaduras fabuladoras, as impiedades exalçadas que fazem do cérebro uma força abdutora de tempos, uma população semiótica do corpo-mundo em quedas horizontais, captando uma disseminação de vozes desviadas por ilimitadas fugas: libertar o PALCO da conjuntura histórica(a ACTRIZ experimenta o limite de todas as forças de vida): o corpo de vocabulários analfabetos, esponja outros corpos avassalantes, indomáveis: um corpo transgeográfa sensações, pontilha alvos infindos com o inexplorado e o inabitual: os gestos absorvem as decifrações que não rastreiam, escoltam as sentenças-dialécticas, os preceptores, os comentaristas, os espaços pouseiros do poder: as cartilhas do já-dito à volta de estrangulamentos;

os GESTOS se abrem ao PALCO fora das significações: vastas forças de corpos-histéricos se desdobram diferentemente com o saber órfico-monádico, com os processos extremados dos acasos: uma máquina de produzir experimentações alógicas: tragicidades sígnicas do incorporal forçam a linguagem dentro de uma horda lúdica por acontecer, revalam com todas as línguas que ainda não emergiram: resguardar as vozes do PALCO, acompanhar uma fala estrangeira, ostracizada que perfurou o mundo com os riscos superiores da vida: deslizar na passagem abstracta-in-sonora dos corpos: **a ACTRIZ recorta metamorficamente as dimensões fugitivas dos gestos por meio de forças espirituais, impulsionadoras de instantes que transmutam o mundo: as turbulências da prática do pensamento se entranham nas musicalidades simultâneas do improvável, inundadas por rotas não trilhadas: ultrapassar os reflexos do mundo com os exercícios trágicos______a ACTRIZ pressente a relação do colosso com a língua-PALCO entre pontos de vista-pulsáteis e a eternização das sensações.**

Com a ACTRIZ, o PALCO é perfurado pelos tremores sensoriais do caos, porque os gestos se avizinham do espanto, da extrema batida verbal já passada e que nunca passou, tangenciando a fulguração epidérmica, as ressonâncias afectivas, as incomensuráveis dobras rítmicas das estéticas-fractais: o tempo golpeia os acontecimentos e verga os corpos(uma zona de forças): o real exige a ESTÉTICA do AION porque o vicejo do pensamento-PALCO não está na representação, nas analogias, nos diálogos, mas na fricção com a crueldade caológica em concomitância com o anorgânico (ou a VOZ se tornou absoluta dentro das paramnésias?) A ACTRIZ RÉ-existe porque abre o corpo para as artes que atravessam o impensável do PALCO: a ACTRIZ afecta-se pelas superfícies turbilhonantes da ecologia-manguezal do PALCO que a transpõe, a cruza em todos os limites, compondo forças acentradas e em diferenciação: a ACTRIZ intersecta e perfura obstáculos porque sente a complexidão do mundo, os ritmos germinativos, fazendo do acontecimento uma proximidade intersectora de policromias espirituais-matéricas (INTENSA ritmicidade das cartografias do imprevisível, forças das experimentações do acaso): a ACTRIZ agencia diferentes brincadeiras do sensível, produz grandezas agramaticais de tempos, esculpe ontologicamente o tempo no PALCO: aqui-agora: as forças singulares vibram e agem entre os vários vigores do corpo___ **forças ritornélicas e afectos impessoais alcançam um tresmalho de vozes nos espaços desmedidos por meio da energia transdutora das expressões (o simulacro antecipou-se ao simbolo, evitando mundos fantasmagóricos com novos ritmos gésticos): instrumentos imperceptíveis, superfícies problemáticas atacam o pensamento, coactando-o a pensar dentro da vertigem do PALCO e perante o arrastão de todas as relações-artistas atingidas pela imanência das transcodificações dos mapas cristalinos, as VOZES regressam permanentemente ao corpo, colocando-o suspensivo, interrogante entre a expansão das encruzilhadas dos silêncios dos povos-acontecimentais.**

É a estética da redobra ou uam síntese das avalanches: é o resultado de todos os jogos de forças, dos mundos possíveis, das partituras inconscientes, das expressões envolvidas noutras expressões, das oficinas múltiplas da palavra que chama a luz turbilhonante da matéria-olhante para despedaçar as suas vastezas (o PALCO despedaça os espelhos sôfregos das arborescências e arremessa-se para os prismas, angulações, ritmicidades anorgânicas, espiritualizando a matéria com energias inexplicáveis, catalisadoras de tempos-larvares): **as DANÇAS-da-ACTRIZ advêm nos olhares osciladores entre o atingível e o imperceptível porque tentam extrair as qualidades intensivas dos entrecortes rizomáticos do irrecomeçável, arrancam possíveis acontecimentos ao excesso do mundo, forçam o corpo a devorar o desconhecido, a dizer o intraduzível, a torcer-espremer a língua** não-gramatical, levando-a à **amenomania, à devaneação, perante o insaciável, o impensável, a voltagem do mundo(forças imanentes tentam defrontar ao caos, fazendo do PALCO uma fuga superior: a vida exacerbada da ACTRIZ).**

A ACTRIZ vitaliza a vida sem intencionalidades, confirma a vida fora dos contrapesos, faz sobressair a sublimidade do PALCO entre possíveis releituras geradoras de tempos coexistentes, de pensamentos inconcebíveis, de esponjas acósmicas: cria, bosqueja, explora os interstícios das cartografias alegóricas, das tessituras epifánicas, gera gagueira nos aglomerados acontecimentais por meio de forças afectivas-vibráteis, desequilibrando as linguagens porque estão carregadas de disjunções, de transbordâncias misturadoras de signos, de lavagens cósmicas, de experimentações das forças primordiais: **correntezas dionisíacas arrastam o pensamento para o delírio, para fora do hábito-linguístico através do ritmo da CRUELDADE absoluta onde a vida não fala mas escuta o silêncio das falas, aguarda as vozes-do-hipnagogia que perfuram a indeterminação e o inconsciente(a traição da**

língua nómada é sempre uma exultação que prolonga o PALCO, transfronteirando o mundo)

A ACTRIZ escreve-se com todos os tempos simultaneamente, conflui, brinca-brinca, redobra o animal em si por meio de misturas de corpos, de pulsações exorbitadas, de tecelagens esfiadas, de alucinantes sombras das palavras: a ACTRIZ está perante a expansão dos entrecruzamentos das vozes dos povos-por-acontecer que traduzem os arquipélagos movíveis do mundo, absorvem o estilhaçamento do mundo e arremessam os CORPOS para o abismo do silêncio do PALCO, multiplicando as matrizes dos olhares porque nunca asseveram o cristal absoluto, nunca se materializam diametralmente, nunca se fecham na completude, não assoalham e não camuflam, mas, transudam, derramam fronteiras, alvos, vivem na e da imanência, contemplam o emaranhado dos instantes duráveis, provocam o ressurgimento de uma LÍNGUA-NÓMADA-das-RAIAS por meio de interrupções, de fluxos pervagadores de outros fluxos, de aberturas-do-caos-irisado que deixam vazar permanentemente os GESTOS. (afirmação da metamorfose intensiva que evita percepção psicológica). A ACTRIZ afecta-se pelos movimentos imprevisíveis das linguagens que rasgam a representação orgânica: buscar o imperceptível com os estilhaçamentos das fissuras dos sentidos-phaneroscópicos, redobrar as sensações com os desregramentos criativos de uma língua sem tempo, uma língua errante, uma língua de gestações insondáveis, uma língua de superfícies aformais, uma língua transmutadora e arrasadora de itinerários. TRANSLER-ACTRIZ-DANÇA concomitantemente com os curto-circuitos das im-possibilidades e das intensificações nómadas-ondulatórias do inesperável: a ACTRIZ não relê sobre a vida mas sim vive a arte regenerativa da existência dentro de heterotopias libertadoras do corpo, faz da solidão o concúbito vibrátil que assimila o avesso das palavras entre parresias e tempos puros (romper passadismos com aventuras existenciais, rasgar sistemas empíricos, experimentar, transverter materiais, intersectar tempos com elevações-hápticas_______**uma dinâmica geodésica fazendo frisagens na obscureza e na desrazão do PALCO: ACTRIZ emerge no pensamento e no paradoxo para evitar o organismo psicológico e desmanchar as imagens do PALCO: experimentar insanamente os limites, sentir o fora-inatural-indiscernível que se abre ao novo do real abstracto).**

A ACTRIZ produz PALCO e recria-se a si mesma (experimenta com o paradoxo do tempo, esculpe a eternidade com a memória-futurível); a voz torna-se um nervo vivente de alto a baixo ao varar a desrazão com o espanto do isocronismo da catástrofe e da regeneração-polirrítmica: o corpo-texto é um salto do acontecimento entre os múltiplos processos em fuga e a disseminação vultosa de signos (sensações irrefreáveis conectadas ao pavor do verbo): plasticidade intervisual entranha-se nas performances turbilhonantes: as encruzilhadas do irrepresentável impulsionam descentramentos nas zonas desfocadoras de olhares que jamais alcançarão a visibilidade completa (catatonia epidérmica atinge as adjacência do invisível): polimorfias pré-semióticas, ossaturas piroclásticas, tragicidades lávicas sem coordenadas, estojos de ressonâncias fora dos limites da inteligibilidade: TRANSLER-dançar-ACTRIZ com o grau máximo de lucidez(signos esconjurados, blasfemados revelando ininterruptamente o imperceptível por meio da metamorfose completa): projectar fragmentos estranhos, vazadores de geometrais em transmutação: o tempo, o pensamento e o espírito se entrecruzam e abrem as úlceras com as ressonâncias dos gestos que assimilam a queda (ondas variáveis dos espaços de vizinhança, simultaneidades temporais): vozes anamórficas entre ex-criptas inobjectiváveis, fragmentos múltiplos e flutuações labirínticas: teceduras e magnetizações das lacunas verbais: os CORPOS se reconstroem para além dos palcos, sem determinações, sem formas fixas(concatenação de energias catalíticas que penetram na improvisação da existência: zonas abertas abstractas em transdução): jogos de forças do corpo-ACTRIZ-DANÇA-arquimediana, recuperando as forças estéticas-incorpóreas do mundo com os entrelaçamentos impensados, as hemorragias paradoxais do texto nomadizado que abre a fabulação crítica ao PALCO: reactualizar a perplexidade relacional das derivas sígnicas e a-sígnicas, as repercussões verbalizantes entre ritmos ontológicos à volta de limiares animalizantes que diferem (o PALCO abocanha uma força fora dele para atingir a metamorfose das superfícies de tudo o que está por nascer, é uma força avassaladora do delírio e da desaparição das fronteiras: o falso e a hesitação se entrecruzam, fazendo do infinito uma geografia espantada, um rasgamento impessoal que cartografa as fugas violentadoras do real): alfabetos escorregadios por cima de forças alvéolares, escarificações das línguas sem pátria em variações infinitesimais: o PALCO é intensificado pelo nomadismo singularmente múltiplo e de extrema afecção que faz da ACTRIZ uma FORÇA rigorosamente caótica porque não comporta centro, unidade, não convida, arrasta, e transmove os gestos-vozes para o mundo-dos-mundos da desrazão contaminada por diferentes correntezas sintomatologistas: línguas intrusivas entre uma miríade de prismas insanos sem qualquer manifesto. Entre semióticas mutantes em holomovimento, a ACTRIZ gera novos conceitos-fractalizadores, novas visões ondulatórias, novas dobraduras do vazio que desviam o PALCO até ao arroubamento da voragem da futurição, à permuta híbrida, membranar do tempo puro, do tempo sem movimento, do tempo de almas trágicas sem pulsões mortíferas: a ACTRIZ captura as geografias afectivas, os desaprumos vitalizadores do tempo-histérico, as fendas ultrapassadoras de inteligências supremas, as aprendizagens aformais criadoras dos curto-circuitos das sensações que perfuram o PALCO para fortalecer o processo silencioso da voz hipnagógica que rasga objectos históricos: **um animal povoa-se com as gravidades estilizadas por meio de cirandas misturadoras de corpos: escoar polifonicamente atractores movediços (colapsar verdades com o incógnito da matéria, romper com familismos, com organizações psicológicas porque a ACTRIZ não reconhece rotas, perfura-as, destrói-as: é uma volteadura que transborda para gerar novos solos: um crivo alucinado que se alia à guinada do tempo: o PALCO brota, deriva na voz em desaparição).**

A ACTRIZ produz riscos, retornos, recomeços e reaparições concomitantemente animistas, aberrantes: fugas acopladas às zonas desfocantes, ritmos das entrepausas da visão luciferina, dos arrancamentos dionisíacos: é na flexibilidade de golpes topológicos, nas linhas do tempo que a ACTRIZ estraçalha o experienciado, entra e sai sem hierarquias para extrair mundos ao avesso do mundo(disrupção sintáctica, mancha insituável): condensar, articular as forças heterogéneas, as derivações geodésicas infinitas e divergentes, porque o PALCO persevera, dissemina, realiza encontros, move-se a velocidades exorbitadas, sente a avalanche das composições fragmentárias por meio de falas in-decifráveis e de contra-significações, intercalando memórias-mundo com as cartografias vazadoras de múltiplas ressonâncias intervalares do que-há-de-vir (marchetarias fora da mensuração, intervalos indecidíveis, mistu-

ras animalizantes, o espírito lançado para o futuro com novos sintomas): aqui-agora, a ACTRIZ é uma geóloga-surfista, rasga galerias, nutre as forças das expressões de um dizer-desdizente, emancipador de vida que a leva para a interrogação contínua, para o inclassificável, para o saber órfão, nómada, rascunhado, transposto por desertos eliminadores de interpretações classificantes porque não há roteiros, há vozes-PALCO covulsivas, trespassadas, escarificadas com todos os tempos que afluem entre acontecimentos das partituras hibridas: ritornelos de novas geometrias, bifurcações fundidoras de plasticidades andarilhas: há povoações que produzem vozes nos hiatos do tempo: vozes ampliam tempos e deslizam intensamente na vidência das renascenças, espiraladas, suspensas por rastos imperceptíveis: os olhares-hápticos da ACTRIZ fazem das coexistências intersticiais um itinerário cósmico, repleto de superfícies indeterminadas das palavras: o CORPO-ACTRIZ intensifica o desejo ao controverter as traduções, ao vascolejar os territórios do sensível, ao destruir as narcoses dos sentidos, as formas de poder, as identidades fixas porque é uma anatomia indeterminada e envolvida por ressonâncias sígnicas sem percepções objectivas, sem metas nem chegamentos______
todo o pensamento-PALCO provoca crise nos sistemas teóricos, nas reproduções sensório-motoras, mescla fronteiras estéticas, processos problemáticos, atravessa heterogeneidades imanentes, vizindades das adivinhações que experimentam a fusão da matéria-espiritual onde as zonas movíveis, feiticeiras combinam fluxos desterritorializados com forças afirmativas

da transmutação para evitar que a consciência julgadora tome conta **(estilizar novos mapas dos acasos, experimentar ritmos emancipadores da matéria, viver estranhamente em desaprumo, criar outra língua fabulatória, estremecer distâncias dentro do PALCO com ondulações oblíquas: um gesto na obscuridade abre uma fala e revela a passagem respirada pela carnadura voltaica: recomelar sempre dentro de espelhamentos espasmódicos: trajectórias da aparição: outro gesto da ACTRIZ em cada detalhe caológico do PALCO).**

A ACTRIZ não representa, mas cuida das forças anorgânicas que passam no desejo.

O PALCO arremessa o espírito para a intersecção cérebro-ritmo-futurível por meio de espaços simultaneamente fragmentários e lisos, geradores de laços vivos, disjuntivos, alógicos, involuntários, trágicos: forças da desrazão pode dentro dos sintomas e dos vazios com os desvios paradoxais a desmoronarem hierarquias platónicas, representações mitológicas, porque as metamorfoses intensivas, estrangeiras, envolvem os vigores do pensamento que rupturam essencialismos psíquicos, subvertem as semelhanças, seduzem as ruínas da língua com o inconsciente, libertam audições feiticeiras, geram tempos insanos, inventam novas geografias, fogem às estruturas reactivas: despedaçar os intelectos que bloqueiam os actos de fala de atravessarem o PALCO: como acontecerá o corpo-da-ACTRIZ dentro do múltiplo, do inesperado, do imprevisível e do jogo de espelhos quebrados pelas visões sanguíneas sem referências? Serão aglomerados de sensações invisíveis, abaláveis, irresolutas, atravessadas por fendas de experimentos intrusos? Serão forças extravasantes abertas para a invenção do esquecimento? Um processo tremendamente estranho perfura o PALCO, entrecruza as batalhas cósmicas dos gestos, as variâncias da natureza que recomeçam nas vozes ocultas: captar a energia vital do mundo, criar realidade no turbilhão da matéria, deformar criativamente o rosto, diferenciar as expressões -pré-vocais e a ACTRIZ dissolve-se ao exigir voltagens acontecimentais através de memórias-sem-passados, de semióticas abstractas: articular ingredientes heterogéneos e divergências convergentes ao movimento infinito do PALCO que selecciona encontros em decomposição compositiva: a ACTRIZ confronta-se com o fundo inapreensível do PALCO informe, antecipa-se entre tensores expressionistas ao redor de várias geometrias arquimedianas: o PALCO é traçado pelos planos moventes dos corpos aliados a vários pontos de vista, açodando devires nas afecções arquitectónicas: o PALCO transforma-se em lugares de passagens agramaticais, em ressonâncias decifradoras de sismografias para mergulhar a ACTRIZ no tempo, conectando-a aos mapas incorporais, estilizando-a sobre as lacunas não formatadas do mundo: **a ACTRIZ se torna um entrecorte de sensações da tragicidade, uma vizinhança de verbos intransferíveis, uma aliança de desejos produtores do real fora dos desígnios: os micropigmentos do PALCO fazem das perspectivas em decifração, o comum construtor de espaços singulares onde o grito faz germi-**

nar novos desejos plenos de signos imperceptíveis: o grito esboça fugas com movimentos em retorno, multiplica o caos dentro da incomensurável lucidez das coexistências de vazios e de esquecimentos(exigir a cartografia do impensável e das semióticas alógicas).

O PALCO nunca buscará apaziguamento, é um decifrador sígnico, é uma erva alvoraçada que emerge das superfícies inexistentes que mundificam a metamorfose da ACTRIZ até à vidência superior da vida. A ACTRIZ sente o extremo da pororoca, o infinito em cada vertente indomável dos sentidos que criam vastidões penetradas por intermitências da estranheza: o PALCO escuta-se entre jogos-Thaumazein e dobras a-significantes: movimentos nervais, rasgadores do empírico, do percepcionado, do versado para entrever, visionar novos mapas de existência com visões do avesso, com intensidades lançadoras de topologias misturadoras de sensações de um tempo oportuno: o signo-ACTRIZ joga dados ritmados, povoa o invisível, presentifica o mundo antes do seu surgimento, faz reaparecer inexistências nas coreografias de forças que fazem emergir os afectos topológicos, as tessituras do impensado nos movimentos da sua des-aparição: é uma relação corpo a corpo com as forças desidentificadoras do mundo: as abaladuras paradoxais dão sentido à alomorfia das vocalidades esfíngicas, gerando palavras inalcançáveis(corpo estranho no PALCO a revigorar o impensável): substituir a interpretação do PALCO pela experimentação de forças intensificadoras da vida tangenciada por energias não mensuráveis, por campos de interacções delirantes, arrebatar o acaso, adentrar na inquietação do real, nas germinações de pontos de vista, nas invaginações da terra em movimento incessante (devoração pura das soberanias de qualquer visiva): ricochetes do tempo puro a construírem quedas, distâncias, alamentos hápticos, danças de solos indecifráveis entre as assintaxias perfurantes das vozes que se arremessam contra os gritos da matéria musicada pelas resistências espirituais: religar as vozes do PALCO às vocações sintomatológicas que se esfiam na irrigação cósmica-verbal-geodésica: é a tecelagem de polimorfias, das presenças fugidias, das correntezas abismadas, dos paradoxos repletos de co-existências, tentando desvelar o imperceptível no visivo entre sangramentos semióticos e as interrupções dos vazios onde objecto e sujeito se desfazem poe meio do mundo fabular, das aberrâncias tensionadas ângulo a ângulo pela intensidade do falso: a ACTRIZ sente a desaparição da linguagem instaurada, escorja os poros, convulsiona-se, vasculha-se, sobrevoa e resiste à morte, resiste a tudo que impulsiona a morte, entranha-se na vida singularmente absoluta através das vozes que geografam os intervalos de tempo: **efracções inesgotáveis retornam dentro de vagas intempestivas, de grandezas caóticas: cada ponto de vista é atravessado por vidas tangenciadoras do ilimitado (recomeçar perpetuamente no irrecomeçável sem versões identitárias, assimilar as tessituras da experimentação do estranho, absorver as cone-**

xões desconhecidas do corpo por meio de monadologias do animal órfico de inacabáveis matizes: dizem: a invisibilidade do sensível ainda é uma potência nómada, uma força aformal onde vive o real do PALCO em tremendo movimento ondulatório).

O PALCO fortalece-se no impensado das malhas geodésicas, nas forças de composições afectivas, de tempos puros que fazem das conexões-desejantes, dobras anómalas, substâncias espirituais das expressões: as línguas analfabetas, os idiomas agramaticais estão caologicamente abertos, fortificam deciframentos insanos, complexidões videntes, simultaneidades de demências criativas: corpos indómitos nos espaços lisos com processos medusantes onde cada VOZ entra em crise turbilhonar, se desvanece entre-instantes, entre-elos, perfura-se, esculpe-se por meio de miríades de estimulações anagramáticas (almas eternizadas pelas práticas fabulatórias dos reencontros entre vida, ficção, geografias da arte e territórios não artísticos): aqui-agora: a ACTRIZ se emancipa, se experimenta em tudo o que pode e sustém, oculta-se porque é processo paradoxal, vibra em todos os limites e se perde nos arremessos do acaso, nos múltiplos-traçados-dos-seus-gestos, nas forças eticamente falsificadoras que se verbalizam, se estendem, se religam em vozes acósmicas que convocam novamente os gestos do improvável, outros gestos do impossível como uma ciranda misturadora de corpos inesperados, indecifráveis a germinar matérias expressivas (fluxo caleidoscópico-ressonante, produzindo torceduras, ciclos descentrados da luz que reconstitui a infinita manta de retalhos do PALCO): suplantar o caos numa só golpeadura porque a VOZ é uma volta que transuda, extravasa na superfície profunda da boca, é uma afirmação que liberta a aurícula de Dionísio, a língua do futuro, é uma criação de solos geradores de várias camadas de tempos, de distâncias, de vazios: a voz é o infrassentido do tempo que descondensa o sujeito, o rosto, se desdobra para construir uma língua entre linhas abstractas e fugas bifurcadas, é a duração da diferença sem um antes nem um depois: é uma força do lapso que fugiu do vivido para criar deformações e penetrar no sangue do mundo: a voz busca o infinito, leva o corpo ao limite sem dialéctica, nem razão obcecada pela moral porque as suas semióticas se envolvem no pensamento perfurado por fissuras incorporais que adivinham o afecto, a vigília, a espertina do PALCO: receber os traços das micropercepções fracturadas: é uma ligação estirada, uma desaceleração beluína: disjuntar e envolver, sotrancar, bambolear, escorrer entre zonas de variação do imprevisível que esvazia o provável, esboça a deserção: é uma sintaxe em tensão, é o avesso, o desvio, o silêncio, o estilo das povoações que perderam a memória, é o fora loucamente interpenetrado nas diferenças que o PALCO arrancou dentro de si-mesmo (uma inundação de malhas umbilicais animalizantes): a voz da ACTRIZ não é humana, é uma alma andarilha da geologia, é o inconsciente criador de vida sem qualquer descrição: a voz não tem finalidade, nem experimentado-passadista, é um desenho vibrátil do ritornelo que singulariza a babel com metamorfoses ininterruptas, é a onda estética que atravessa o corpo da ACTRIZ: a VOZ é o dom que combate a vergonha por meio da crueldade do criativo, é o fundo indefinível que faz vir à tona mutações do infinito: o inconsciente da voz é um itinerário hibrido, uma senda entre as derivas dos mapas, é o trágico que intersecta linhas e surfa no labirinto: a voz corre errante pelo PALCO, é a cartografia impessoal da ACTRIZ que deixa entre-escutar, é o imemorial, é a hesitação, a transição, o alastramento ralentado, é o desejo com milhares de alianças sem géneros, é bruxa inaudita, é uma velocidade desabaladamente ecológica, é o formigamento das esfinges, a flutuação indecifrável, o germe molecular que escarifica a multidão, é a polinização da fidúcia herege, é a sonolência sem fantasia, é a "vergonha de ser homem", é a vidência feminina que se ressexualiza, é o curto-circuito que exige o nascer-de-novo-do-mundo, é a atracção pelo PALCO antes do som, é a sensação dos jogos dos extremos onde tudo recomeça para revigorar o corpo do corpo entre corpos assintácticos___**a voz des-vive para solevar a hibridização do seu fundo, é uma cesura do vazio do tempo: a VOZ é o lugar de passagem para o esquecimento: na voz nada está garantido, é o ritmo da terra em delirantes audições (a voz dentro da língua infiltra-se violentamente na virtualidade do PALCO sem histórias porque é um meio vibrátil que faz acontecer expressões acronológicas: a voz é o avesso de si-mesma, é um órbita profusa, um itinerário autóno-**

mo,um sentido em risco, uma crueldade em gestação, uma marchetaria insituável: a voz é um esboço acústico de uma linha artista, é a gradação do fracasso no corpo indeterminado: a voz é a escoadura da lucidez no despenhadeiro do PALCO: a voz...).

O TEATRO é uma completude parcelária, é uma violência nos interstícios da linguagem, é um sentido infinito-vidente, constrói sentidos com linhas-macaréus, é um ritornelo inconsciente, é uma voz polimórfica a jogar dados: vozes vazadoras do mundo, ressonâncias minerais, multidões sígnicas, superfícies de revolta experimentadoras de desertos: o TEATRO é um ecossistema do trágico, é uma transbordância de intermezzos, é um desvio de gestos sintomatologistas entre voltagens imanentes e espaços insituáveis, é um intervalo musical, uma transcodificação vitalizadora da desrazão ou de razões-ardentes, é uma fracção intensiva da memória-cósmica, da memória-futurível, é uma disjunção des-povoada, um vórtice de espíritos expressionistas que gritam corporalmente sem intencionalidades entre as raias das sensações e a vastidão do pensamento fora das recompensas, dos objectos: deslizar, mudar sem lógica, dobragens avizinham as insânias da ACTRIZ: rupturas das séries verbais que fortalecem a duração-PALCO ao reaverem o corpo pleno_____ o TEATRO é gerado no vazio que liberta forças exiladas, é a errância, a mutação vibrátil, as vizinhanças da indeterminação, do indefinível: os limiares das matérias não formadas, as cartografias de corpos agramaticais, corpos intrusivos, corpos indecifráveis, corpos contraditórios, corpos do impossível, corpos expressivos que despedaçam a linguagem aprisionante: é um movimento nómada do sublime onde as anatomias aberrantes, os pensamentos resvaladios, fazem das esponjas acósmicas um ritmo de invenções intensificadoras da vida..., sim, os interstícios dos afectos captam o impensável, o imperceptível, o respiramento vivo: batidas sanguíneas, lances acústicos, capturas estilizadas, acasos invasores despontam agramaticalmente: o indizível, o informe, o exílio, o aformal, os diagnósticos perfuradores de vozes que se arremessam contra o tempo puro dos gritos da matéria esculpida por forças espirituais: timbres delirantes das enciclopédias, animalidades incomensuráveis nos sentidos, sensações entrelaçadas, apavoramentos linguísticos, carnaduras da fala carregadas de visões movediças, crime ético, adivinhações, feitiçarias, crueldades, mónadas imperceptíveis: escapar à soberania, ao poder, vastidão do fora, do estrangeiro, fricções acósmicas, golpeaduras, armadilhas, artimanhas, olhares fragmentados, sopros lávicos, decifrações que ensinam a fugir porque as tessituras impiedosos, epifânicas da ACTRIZ envolvem-se na forças inauditas, nos GESTUS adentro das cirandas topológicas: vibrações compositivas, linhas acidentais, pontos de vista ritmáveis que revigoram as irrigações molecularizadas dos delírios apinhados de audições escultoras do infinito rés à ruína criativa e háptica do PALCO________revigorar o corpo com as decomposições da língua materna: as alavancas loucas da visão ampliam o vazio no PALCO para tangenciarem o tempo na matéria e afirmarem o comum com novos devaneios pulsáteis, novas aprendizagens fabulares: as decifrações imanentes, as cosmicidades bruxas, os movimentos musicais do caos, as improvisações em escapamento, os heterónimos do animal ontológico, renovam as auscultações matéricas e fazem do cristalino-vitral-barroco-gótico-bizantino-babelesco as re-existências do mundo: desencadear pulsações ingovernáveis, coesões incertas, cruzamentos polifónicos no PALCO que navega na aceleração pausada do acaso onde o ilimitado da desumanização se entranha com signos artísticos e errâncias para expandir os cruzamentos das vozes dos povos em transumância insana, as vozes sem idioma compondo superfícies fora das delimitações (os gestos moleculares e os dicionários insanos das vozes atingem os atractores estrangeiros do PALCO, fazendo acontecer a ACTRIZ sem razões ecuménicas: **a traição ética sempre em fuga: o teatro é uma dobra da sua própria loucura, da suas singularidades profanas, pagãs, dos seus vazios e dos seus esquecimentos: sopros das mutações femininas, sopros das fragmentações minerais, sopros dos mapas dos acasos, sopros da eternidade em cada voz-géstica. Sopros sem fisionomas, sopros puros** do caos, sopros ressexualizados antes do corpo, sopros múltiplos a catalusarem solos inesperados: o PALCO é um sopro intrusivo)

O PALCO é o estilhaçamento do mundo que arremessa a ACTRIZ para o abismo das matrizes do cristal absoluto porque não se materializa diametralmente, não se fecha na completude, não se assoalha e não se camufla______transborda fronteiras e provoca o ressurgimento de uma língua-nómada entre composições multivocálicas e mudanças com falhas heteronímicas: a ACTRIZ repleta de incisuras espectrais, polinervadas faz da sedução da errância um alfabeto a-gramatical descaracterizador das geografias do PALCO, assimilando o espanto polirrítmico do corpo-texto: é o acontecimento ético na profanação metamórfica que abre o corpo-crítico ao mundo: O GESTO-vocal regurgita o passado por meio do presente na rota da vastidão futurível ou...os traços da visão no caos ou um movimento inconsciente a decompor as palavras, ou um tempo que recomeça sempre ou novas submersões na eternidade para extrair durações insanas (línguas gaguejadas vazam o mundo sem exposições mentalistas): perplexidade relacional das derivas sígnicas, das ressonâncias da abstracção: as palavras vibram permanentemente sem lugar, criam itinerários, rompem pelo meio ao escapar, ao fugir e ao serem capturadas pelas forças rasteadoras do PALCO: a ACTRIZ acontece no dicionário varado por linguagens liquefeitas na voz porque é uma usina turbilhonante, uma sonoridade modulatória do abandono, do equívoco e do colapso em sincronia com as intersecções do sentido: uma desaparição que aparece e reaparece até à contrapeçonha do perceptível, sentindo a tremenda devaneação do mundo, as incertezas que dilatam a memória mutante que entretalha a matéria do PALCO para ser esculpida pelo povoamento insular dos teatros-hápticos-das-arenas plenos de hiatos da visão do não-vivido **(arrancaduras dionisíacas entranham-se na plasticidade topológica do PALCO por meio de falas in-decifráveis e de contra-significaç**ões, intercalando memórias de uma ontologia dionisíaca **com as cartografias de múltiplas ressonâncias do que-há-de-vir): a ACTRIZ dança o espaço e suplanta-se, passa-se, atravessada por sentidos do PALCO: complexo de possíveis, coexistindo-se em tempos diferentemente ininterruptos e imóveis, mergulhando a ACTRIZ na matéria para reconstruir linhas de forças variáveis onde corpo e espirito se sincronizam a uma velocidade infinita.**

A ACTRIZ escamba a acepção significativa pelo experimento de forças do acaso que se adentram na inquietação do real, nas germinações dos sentidos, nas invaginações do tempo puro, cartografando palcos abíssicos: os ricochetes das quedas, das distâncias tensionadas, dos ascendimentos hápticos, reconstroem os gestos na horizontalidade dos solos indecifráveis, nas assintaxias perfuradoras das vozes que se arremessam contra os gritos da matéria musicada pelas energias espirituais: acontecer-PALCO é experimentar o enviesado, o espasmódico, o impulsivo, a ralentação hesitante com as golpeaduras da babel: **problematizar o corpo com as forças de signos avassalantes, de variações histéricas que forçam a ACTRIZ a absorver a diferença escarificadora do descomunal para recomeçar perpetuamente no irrecomeçável: dizem: monadologias do animal órfico de inacabáveis matizes (in-**

tersectar o mundo com voltagens moleculares abertas às funduras das superfícies) ___o PALCO leva nas suas linfas o infinito de cada gesto e de cada grito da ACTRIZ: um pensamento esculpe-se, envolvendo o caos do PALCO dentro da diferença de um tempo que traduz o vazio rítmico da ACTRIZ.

A ACTRIZ cria tempo com os vacúolos não mensuráveis do silêncio, cria cérebro embaralhando as vibrações das cifras: é o ritmo matérico a desfazer-se na voltagem do desejo: é um conceito-movente sem fantasias, uma transcodificação contagiante do ÁPEIRON, um mosaico das máquinas ínfumas e delirantes: a ACTRIZ não tem sujeito nem propósito dentro da natureza em fulguração: batidas sanguíneas sem origem a recriam e a transmutam (o que existe em movimento inconsciente-compositivo está na obscuridade viva do PALCO): é o curto-circuito nos acontecimentos eternais, é a reminiscência semiótica em transmutação______é a dobradura da bricolagem que se desdobra, fazendo ACTRIZ na ACTRIZ____ quanto mais as vozes e os gestos se estenderem assintacticamente no PALCO, mais forças de vida se recriam por meio de vitrais cristalinos e de fulgores góticos-expressionistas: a

ACTRIZ de sensações aformais se aproxima do saber do corpo, move-se no criativo, submerge as falas no real descomunal em metamorfose-animal: fortifica as passagens dos fluxos sem interpretações, liga e desmembra levadas sígnicas, agencia-se, interseciona-se, é construtivista, fractura sintaxes dentro de áreas de veemências trágicas: **saltos de modifica**ção insana: **transbordância verbal que interage com a contranatura fazendo do PALCO uma excriptura absorvida pelas sombras luminosas dentro de desvios distorcidos: o corpo da ACTRIZ é sempre o recomeço do PALCO, o mineral-géstico da batalha afectiva, religando o animal-polissémico entre linhas, travessias, cortes e infinitos micromovimentos: signos dançam com várias vozes simultâneas (o finito da ACTRIZ infinitiza-se no PALCO, criando passagens, mudanças no caos)**

A ACTRIZ assevera, anuncia o incumprível por meio da sua própria luzência obscura, da intensa paradoxalidade que a atravessa e a anatomiza, desfibra, incorporando simultaneamente movimentos tácitos e acústicos: profanar o PALCO com os ritmos do sagrado: se demudar entre os espaços feiticeiros, os magnetismos do espanto, os baques estirados e as fissuras dos gestos que se entregam ao arroubamento do invisível: tensionar o pensamento clandestino para explorar rastros, bosquejos, equívocos no infinito dos gestos do real: viver em des-aparição refrangida e refractante: a ACTRIZ é uma tecedura coreográfica dos signos que indiferenciam os desertos das línguas nómadas: dizem: espalhamento de vozes no vazio descontínuo, varado por PALCOS sem pontos de partida, sem pontos de chegada(vozes e gestos envolvidos por sentidos aformais): uma ACTRIZ quebra, destrói os clichés narcísicos, os hábitos das homenagens, elimina o neurótico, o dócil, os intermediários de consciências, porque não se fecha no medo, na angústia, não se deixa adestrar, não se assujeita, não está ao serviço de máquinas sociais, de privações incomensuráveis, é uma correnteza de futuros, uma experimentadora da vida, de alucinações fora das psiquiatrias, não cria estirpes, não se deixa ser interpretada, foge das penhoras classificativas, dos espelhos dominadores e da estrutura do poder, não possui conduta gregária, acontece nas sensações do pensamento para desaparecer dentro do seu próprio corpo incontrolável______não organiza o seu corpo, não domina o retorno, vive em interacções sem pirâmides, é uma força do agir, do superar, é uma luz que fortalece o inacessível, é insaciável e repleta de si simultaneamente: a infinitude de micropercepções em movimento: o médium-tuaregue, criador de invisíveis écrans, atravessa o seu corpo e cosmovisiona-se como um golpe, um roubo, um jogador, um estilista de palcos sem história, um raio da animalidade ritmável, um recomeço da memória inesquecível, um alfabeto atravessável, transmeável, porque o PALCO é balanceamento, é fluxo da aisthhésis, é um texto-pentatónico que se desvia da língua expiatória para mergulhar no rasgamento das expressões coalescentes, nos holomovimentos vibratórios que desembocam nas carrancas do antilogismo, nas vértebras dos assaltos adversativos: quebraturas corporais entre forças alveolares, sons das imaginações invasivas do real e os úteros de semióticas geográficas**: o silêncio do corpo da ACTRIZ revela, envolve e transpõe a palavra-PALCO, libertando-se completamente do sujeito que tenta circunscrevê-la: o**

silêncio sempre gerou alfabetos mutantes sem gramática como um vasculhador de cios câncionais a intervalarem o inapreensível dentro da regeneração do tempo à deriva (o PALCO se torna o gesto, é o recomeço do gesto, o traço, o rasto do corpo, o gesto que traduz o gesto no limite mutável, trespassar o inexistente: encenar o mundo com o DOM do fragmento).

A ACTRIZ compreende loucamente a natureza, gera vida com línguas enciclopédicas, captura sempre o devir na modificação de si mesma, se efectua e produz mundo com a dança acontecimental que a atravessa: dínamos intrusos da memória das musicalidades simultâneas: explorar zonas ignoradas, experimentar o im-perceptível com jogos de forças entre rigores espontâneos ininterruptos que impulsionam o retorno das multidões desabeiradas: os PALCOS inventam povos com a hodiernidade do vindoiro por meio de dobras barrocas com múltiplos sentidos onde as incertezas afirmativas surgem do anorgânico: **singularidades vibratórias sem destino e as** físicas **do alvoroço de Lucrécio conectam-se aos vergamentos de forças cristalinas, fazendo aberturas no movimento ilimitado da vida: aberrantes dimensões dentro dos esquecimentos caleidoscópicos: turbilhões esfíngicos a entranharem-se nos intercessores góticos-bizantinos-xamânicos_____ é a ACTRIZ na plenitude sensível. O PALCO se muda para deslizar e se envolver no impensável.**

A ACTRIZ cinzela o tempo puro ao girar a cabeça sem projectos, sem gregarismos, decursos infindos fora dos centros, encontros fractais, bruxuleantes ares a ilimitarem a fundura das superfícies: lógicas combinatórias esquizofrénicas, transmutações de desejos, espaços duráveis abrem os gestos para uma miríade de envolvências histéricas: zonas de irresolução rupturam o sistema imunológico do PALCO por meio de pulsões anarquistas, de vórtices imanentes, de pensamentos inconcebíveis____as matemáticas surgem lúdicas: os intermezzos dos arremessos da insânia, os abecedários agramaticais, as orfandades fecundas, as tragicidades exultantes, os acasos extravasantes e os corpos desequilibrados, captam simultaneamente a velocidade e o lugar movente do PALCO onde a diversidade dos olhares toca a pele da ACTRIZ que se contagia, se conecta, se recolhe, se devolve, se cinge, se mistura dentro de fendas dos movimentos dos seus gestos **(em cada grito passado e futuro se modificam e se recriam em abaladuras visionárias entre desvios insondáveis, migrações ópticas, espelhos convexos e retalhos estocásticos porque as hipotaxes do PALCO atingem o inesperado para alcançarem os espaços labirínticos e as redes da geometria não euclidiana): liberta-se da língua, sonda, suplanta fronteiras... ao intensificar-se a ACTRIZ assimila infinitas forças, ilimitadas intermitências quase-perceptivas heterotopicamente dentro da vida indiscernível: as ressonâncias corporais e o real mais do que o real, criam a abstracção do PALCO que subverte a voz do PALCO: uma força pré-verbal e infinitiva.**

A língua e o corpo-PALCO nunca têm pausa, produzem novos sentidos enviesados com os mapas do mundo que se escassilham na conexão das imagens cerebrais: os olhares soberanos se decepam por meio de lacunas vazantes para assimilarem as emboscadas dos desvendamentos de EROS, apinhados de efracções: a ACTRIZ desfaz a visão na sua própria infinitude finita, destrói analogias com formas informes, esboça superfícies, assimila o excesso da vida com a expansão intransitiva e o PALCO se torna inesgotável no espaço pleno de intuições: é o retorno das interpoladas vozes feitas de retardações de uma vida desmedidamente em risco que interrompe os instantes da palavra envolvida na desaparição de outra palavra: escutar dentro do PALCO centrífugo a murmuração inumana que se assoalha no recolhimento arrastador do seu próprio desastre: povoar os itinerários silenciosos da palavra na escalavradura do PALCO, na ulceração da língua em êxodo, língua desterrada na perscrutação das esfinges que inventam povos sem estruturas identitárias porque o invisível não é a força tenebrosa mas a descida às zonas silenciosas que despedaçam o poder da consciência punidora: novas existências sem endereços: géneses vesânicas a gerarem o infinito: espíritos do instante fazem topologias rítmicas com as expressões etológicas em cada ponto de vista transcriado: absorver o desnatural ou o inatural e uma voz recuperará a ACTRIZ rejeitada porque fez da inumanidade a coexistência metamórfica das geografias, o desejo da tensão e da transposição sígnica (batidas intuitivas entre fragmentações do transe): os feixes de diversos ritmos das sinapses epifânicas, abstractas, geram o sensível, resistem à morte, consagram e recriam malhas de onda no PALCO: há o desagrilhoamento da espera curandeira entre corpos fissurados, há devires compositivos de novas existências, há magnetismos sem respostas e uma língua catapulta subversões misturadas com o desconhecido e o cristalino onde o corpo deixa de ser cadáver, o corpo abandona o cadáver: a errância do PALCO faz fugir a ACTRIZ dentro do inacabado e do abandono: as teceduras do inesperado da vida, rompem convicções, certezas com a ética dos sentidos porque a voz-olhante nunca sai do seu movimento intensivo: a ACTRIZ resiste com o PALCO sem os alcouces da covardia e do poder axiomático, fixador de castrações identitárias: sai da língua ditatorial que a tenta encarcerar entre as palavras classificativas do mundo: a ACTRIZ torna-se indistinta e plena à volta das expressões acidentais, irrompe vibrantemente infindas hesitações nas obscurezas dos corpos: dizem: fissuras feiticeiras que escapam ao pensamento para pensarem o impensável do PALCO____o PALCO vive na inalcançabilidade e no inapreensível, inventa afectos, ROUBA AFECTOS com as crueldades espirituais, reaprende, sonda exequíveis revelações nas línguas extintas que dessabe: composições animistas da ACTRIZ indeterminam a palavra contida noutra palavra entre ligações quase-inexprimíveis: os micromovimentos do CORPO eliminam biografias patológicas por meio de risos gésticos, da recolha mágica dos vestígios, das ruínas das concomitâncias sonâmbulas: o tempo crónico trespassa violentamente o pensamento para abrir o PALCO ao mundo daqueles que não falam a mesma língua: povoar e despovoar encontros e divergências entre as jubilações dos assopros-da-vida RÉ-encarnadores das bordas resplandecentes dos gestos com fissuras carregadas de jogos de xadrez: a ACTRIZ verte o jogo do poder das margens que desembocam no absurdo catalisador de receptáculos vibráteis que apreendem, esculpem, escarçam, rasgam o entrelaçado da palavra: **derriçar e escarniar a língua do PALCO entre os resgates de uma voz oracular e os gritos interrompidos na deserção dos seus biomas, infinitizados pelas capturas e escutas das meadas metamórficas_____aglomerações de comuns insubmissos à figura essencialista(o PALCO e a ACTRIZ cultivam a plenitude do tempo onde o desejo é sempre uma força activa que dança o espaço do corpo: o corpo silencia o corpo e retrocede expansivamente para afirmar corpo no instante durável e absoluto)**

A ACTRIZ (repercutir, repercutir): se amas porque és amado, vives numa tremenda prisão, não tens força criativa para assimilares, esponjares o acontecimento do impensável que te trespassa: desejar pelo orgânico ou pela falta tem a ver com um corpo tolhido, supersticioso, julgador, assujeitado: um corpo incapaz de criar a sua própria vida, não se experimenta, não se estiliza na singularidade existencial, tem medo do intensivo, do inesperado, das durações eternais: um corpo escravo das associações de imagens que não aceita a loucura compositiva de quem exige intervalos e distâncias para intensificar um reencadeamento cristalino de entre-dois (libertar as forças do corpo): corpos friccionados por expressões que existem e provocam existência no tempo puro, gerando sentidos polifónicos e em decifração: dançar o caos com o utensílio vibratório do verbo, sentir a insânia ao criar solos, atravessar violentamente os espaços com as forças surfistas do desejo: SE AMAS: arrancas grandezas indiscerníveis do caos, estás dentro do real inextinguível que se insculpe no salto do instante inesperado de um sismógrafo aberrante que jamais anunciará a sua passagem, a sua golpeadura sintomatológica, a sua tragédia exultada, o seu grito insonoro: **se AMAS____**és um**a ladra ética, uma força superior incorpórea, és o inaudito compositivo que não aperfeiçoa ou melhora o mundo, mas esculpe novos mundos, estás na multiplicidade plástica do acósmico, na erva caleidoscópica das almas religadas ao futuro: se amas, produz tempo fora da história, das narrativas psicológicas e exige descodificação dos traços paradoxais sem atingires a iluminação total, estás na obscuridade expressiva que te mostra a diferença estranha, possivelmente a mais vigorosa e criativa aprendizagem da vida.**

O TEATRO é um sismógrafo acontecimental das curandeiras, é uma cartografia larvária onde irrompem forças da afirmação da vida feita de caos: é o vigor pulsátil e autónomo, é um arquivo vivo do inconsciente que derruba a propagação colonizadora, é o vaticínio entre destinos em intermitência: germinações de corpos fogem às cercaduras zumbis, às nodosidades reactivas: uma clínica molecular, insana afecta ao ser afectada num processo micropolítico violento que não é oculto nem uma passagem reveladora, é um diagrama intensificador da experimentação do corpo, das urdiduras convulsivas, das alianças do comum mudável, das tramas dos sentidos libidinais, da espiritualização dos dicionários babelescos: garimpar sumidades do vazio com o incomensurável em cada ponto de vista: é a revolta nómada sob a epiderme, é o rastro de povoamentos por acontecer (a ressonância ética animalizante, a pororoca do sangue que não tem história, não tem conhecimento, nem eu, porque se transverte ininterruptamente em distâncias adjacentes longitudinais, em temporalidades paradoxais, em cirandas dos prófugos, dos apátridas, dos eslazeirados, dos loucos, dos deuses das errâncias_____é a multidão abismática-criativa dos viventes, o esboço ondulatório de mapas em transfiguração, é a criança autopoiética que joga no aion dos estóicos: forças embrionárias virtuais envolvem as infidelidades, as protérvias e as falhas do PALCO: há uma viajante de velocidades lentas infinitas e de microfísicas plasmadas_____uma surfista do estranho e do futuro: a dilatação anatómica da polinização singular, a extrema claridade dentro do cristalino, a transdução do mundo, a alegria da simultaneidade do falhanço, das separações religadas pelas hesitações: tremendas fracturas estendem os gestos entre vozes e vazios: as energias do descentramento das incógnitas: os resvaladouros da diferença entre fissuras imanentes e teias de percursos plurívocos assimilam as ludicidades das composições de gritos fabulatórios para transportarem múltiplas palavras inarticuladas dentro do PALCO(embates-topológicos nos cruzamentos membranares): as torceduras das palavras perguntam por outras palavras desmembradas, experimentam atmosferas desérticas, transposições sem nome, cartografias da incompletude diante do ilimitado: as palavras acontecem nas enervações incessáveis das dúvidas, nos desmaranhos sem finalidades, nas superfícies em desdobramento ressoante ou serão as dismorfoses dos sentidos**?(Viver fora da língua do PALCO, derribar o incêndio da**

memória, extravasar as raias e prosseguir nas aparições dos movimentos dos povos futuríveis presentificados na capilarização-híbrida-do-passado que produz diferenças infinitas, intuições moventes: relações ecológicas em decifração: o TEATRO do vivo, o desejo em tensão múltipla: um EPIFRAGMA pulsional: a ACTRIZ copuladora de órbitas e de silêncios-clorifilados, o desejo torna-se um bisturi ético em recomposições coexistentes: há o DOM silencioso de alguém que morre por nós, o fulgor do sangue em volta da bússola insana que nos olha)
A ACTRIZ refaz a magnetização ou o arroubamento na inutilidade vivenciada pela gestação obscura da natureza, expandindo e recolhendo o in-visível que se tenta revelar no PALCO antes de se mostrar ao mundo das atitudes impossíveis: A ACTRIZ produz pontos de interrogação entre géneses e os transforma em intensidades relampagueantes sem memória onde os movimentos do corpo recusam os intervalos do olhar reproduzido no afastamento do invisível. Um assalto ressonante das ruínas estimuladoras de tempo e de velocidades, reconhece os textos esfíngicos na visão voltaica do PALCO: o olhar-gritante de todas as possibilidades alegóricas tacteia as relações imanentes do mundo entre atletas inesparados de abismos, enquanto roubos das mudanças de ecossistemas, de oscilações atmosféricas, aliadas à presença-inexplicável de autofagias intersticiais: palavras insubmissas aos jugos dos deuses: escutar o inescrutável em permutações semânticas: as ressonâncias das afluências da ACTRIZ rodopiam no fulgor das incertezas

sobre as inscrições das superfícies que desdobram os gestos inviscerados nos olhares expressos dentro dos acasos da interacção ritornélica: dizem: matéria informe do oculto sinérgico do PALCO: arrancar aos jogos permutatórios dos eclipses, as espacialidades das rasuras tácteis, o experimento devaneador da musicalidade do mundo: o desenho do PALCO não paralisa, não se sedentariza, não informa, não comunica, é o indizível modificador de malhas-de-vista, é uma linha da criação entre acontecimentos caleidoscópicos e séries que mudam e anarquizam desabaladamente a sua animalidade dentro do indizível: **o real atravessado pelo silêncio da visão da visão que busca os intervalos e os renascimentos das vozes entre os rumores mágicos das multidões não mensuráveis: a ACTRIZ perturba o sistema sensório-motor, confunde os gestos com signos artísticos, derrama e transfigura as capturas de mundos possíveis entre os choques dos insulamentos feitos de encarna**ções múrmuras, de sentidos-balbuciantes **que se extinguem, desaparecem e ressurgem entre palavras abismadamente mutiladas: aqui-agora: o PALCO se nutre por meio de convergências hieroglíficas, desviando acronologicamente os corpos absorvidos pelas fissuras do indiscernível(tudo é construído para desaparecer)**

A ACTRIZ se encruza, se andarilha nas incontroláveis fendas abíssicas, nas falhas impessoais e o desconhecido ao espiritualizar a violência exige o afastamento, a deserção do corpo inalcançável do corpo, enquanto tentativa de criação autopoésis, de entranhar no singular, reinventando vida com o impossível: a ACTRIZ reconquista o tempo ao reforçar o desejo que se multiplica a si-mesmo: os pontos lampejantes dos afectos desdobram-se no interminável real que se acopla à inesgotabilidade do sentido do PALCO entre correntezas sígnicas mudáveis: o real revigora-se repleto de vozes suspensas (micropercepções aliadas a infinitas possibilidades de um tempo que arrasta o PALCO): a língua-ACTRIZ acontece no processo madraço, gaudério, navegacionável das populações heterogéneas, exiladas: gestos entrecruzam tempos alegorizados: vitralmente o absurdo inflexível e as lipotimias verbais fazem do

PALCO o falhanço reconstrutor da vida a partir do transe das co-existências de eternidades que disseminam os olhares sem ineditismo absoluto: impermanências criam imagens buscadoras de durações: é a matéria irregular de construir o real com energias insondáveis à volta de múltiplos processos, de críticas deslizantes, de atraimentos, de contaminações, de estímulos do impensável: as forças cromáticas da ACTRIZ se regerminam no estilhaçamento dos interfaces do in-visivel, construindo as estremaduras da flamância nas vizinhanças da obscureza que oscilará novamente no olhar das embruxadoras combinações dos esboços aiônicos que perpassam topologias estranhadas (a ACTRIZ abocanha a sua própria sombra, encantada com as transmutações rítmicas: **os sopros mais distantes estão para além do lugar dos deuses que escondem parte dos seus corpos em possíveis traduções porque a voz ainda está por acontecer): vejam, a vida dissipadora de infindas realidades, vazar e incorporar os inversos na andança cambiante da palavra: aglomerar e decompor o incógnito, o anónimo que subverte cronologias ao escorregar, para a sedução arquitectural da vertigem do PALCO: o subsolo continua a conectar o heterogéneo com o tempo delirante por detrás___a transmutação da natureza evita qualquer ideia de amor eterno: há sempre um esboço géstico a tentar sair do caos)**

O PALCO provoca acontecimentos ritornélicos e recria espaços videntes do indiscernível-adentrado-da-ACTRIZ com gestos labirínticos, lúdicos: o corpo compõe a sua artesania e a sua duração: jogos de escritas rasgadores de horizontes que traduzem os signos estrangeiros no caos incorpóreo (língua muda intraduzível): fazer ultrapassar descontinuamente o corpo da ACTRIZ afectado pela abstracção pertinaz_____as capturas de falas oraculares, feiticeiras, cruéis, transpõem fronteiras hierárquicas por meio de alvos de memórias dualistas que escapam à linguagem aferrolhada na importância antropocêntrica. As vozes acontecem nas cirandas de estranhamento, abandonam centros referenciais por meio de paradoxos insaturáveis de outros ecos-textos, produzidos na profusão dos entrechoques das zonas dos silêncios porque os contrastes estimuladores das visões rítmicas do mundo precipitam os transcursos clandestinos das onomatopeias (avessos moventes): o PALCO vive na relação de forças intuitivas, na antropologia de fendas carregadas de línguas analfabetas e a ACTRIZ é uma deslizadora de espaços, de rastros múltiplos que se infiltram nas raias ressonantes da renascença e do risco, por vezes a voz se situa longe de si própria entre as experimentações das luzes excessivas, as sombras desmoronadas e as reminiscências vadias que recriam o PALCO com a gestação de diferenças dos corpos mesclados por outros sons já-existentes ou por acontecerem dentro da duração de um modo de existir, intensificador do PALCO: o corpo da ACTRIZ movimenta as obscuridades fora de cataplasmas cósmicos para singularizar metamorfoses cruéis dos gestos e das vozes (ritmo demoníaco): **as falhas babélicas da incompletude cartografam o tempo do PALCO sem antevidências, sem auspícios, porque a voz não sustém a igualização, nem a entropia negativa que se escora com a presença das datações cronológicas e das expectativas, refazendo a agonia para subtrair a complexidão (a voz extrai-se a si própria, é uma fuga problemática da carne, a voz livra-se do corpo, compõe o corpo, renova-o sem marcas, acoplando-o ao obscuro e ao indecidível das forças que atravessam a anatomia microscópica: a polifonia da hesitação, o aberto epistémico que se efectua ao pensar a natureza por meio do impossível e da mudança contínua).**

O CORPO da ACTRIZ é puro instante que refaz o novo além dos limites, escapa-se a si próprio, exaltando-se ao separar-se da percepção-dirigida, absorve outro corpo-enviesado por meio de atmosferas turbulentas, desembocando nas partituras afectivas: o devaneio devasta o devaneio para atravessar os vínculos da vida com pensamentos lúbricos e com durabilidades sem círculos: captar as malhas das loucuras, as palavras abandonadas nas coexistências dos gestos profanáveis, tentar permanentemente libertar o PALCO do encarceramento ao reler os umbrais das rupturas do mundo com vozes ilocalizáveis, com as orfandades hiperbólicas dos gritos em retorno: o PALCO prolonga-se no indiscernível mais adentrado, no absoluto consistente com novas dinâmicas de devires, novas conexões com as vertigens do corpo: linhas de sensações absurdas, de quebraturas indomáveis potencializam a insurreição dos significados, libertando-se do sujeito dominante, dos julgadores de vida: **a ACTRIZ destrói o normativo, o tautológico com as obscurezas vertiginosas, enfrenta o silêncio do esquecimento com a voz de muitas vozes no desconhecido desmontável e estendido nas rasuras das estremeções dos tempos desdobrados pelo vazio: as testemunhas das ruínas sígnicas desviam-se dos hábitos, fazem da tragédia acrobata, possibilidades vividas na experimentação do não-nascido(a relação cuidadora do corpo semioticamente intensivo é sempre um risco elevado do PALCO porque só os vesanos desmancham o sensório-motor: uma imagem cruel e pura)**

O PALCO se renova por meio de teias videntes do afastamento das adjacências que evitam o suicídio da palavra entre a perplexidade dos intervalos do espírito da insânia e os vestígios das arrepsias dentro de visões heréticas, carregadas de ressonâncias dos limites do mundo, de ligações incompreensíveis: encadeamentos epistémicos da babel: tudo se torna indecifrável no confronto dentro dos gestos-da-ACTRIZ: as expressões não actualizadas criam aberturas do pensamento desmedido para tactearem transumâncias desejantes, mudanças de pontos de potência: atravessar as forças paradoxais do corpo rés ao relâmpago compositor da palavra_____os fluxos cortantes dos corpos cheios de estranhamentos dionisíacos, de teceduras metamórficas infinitizam os ecos agramaticais, os desvios infravisuais, porque a inacessibilidade alucinante da ACTRIZ é uma contractura cinestésica ondulada nos espelhos quebrados da antiguidade por vir, é um acidente infinito dentro do PALCO que busca os compostos plurivocálicos do desconhecido: **sentir as forças multiformes do acaso, fazer do esquecimento o saber intensivo, uma vizinhança trapezista, um xamã transdutor que interrompe a volatilidade do olhar: deslaçar a interioridade, dançar o ferimento recolhido e expandido no incorpóreo, nos afectos anorgânicos para repulsar as emoções manipuláveis, o sacrifício negador do corpo, da narcose patologizada que violenta o PALCO com a adestração consciencial iconofílica.**

O PALCO prestidigitador chama uma ACTRIZ por vir, quebra a dilatação do entendimento cartesiano, fractura os horizontes deterministas entre as alagarças das sensações e as abastanças erísticas: as fabulações do irrealizável apreendem as aporias selváticas do mundo com os artefactos da infinitude: as lacunas do caos vivido redesenham as vazaduras dos destroços dos dicionários-vivos: a ACTRIZ é uma força dupla que tenta desaparecer instantaneamente dentro dos hemisférios dos ofícios, sem esperar o retorno da palavra, sem esperar as rebocaduras das fendas baptismais, sem esperar pelo cumprimento de qualquer promessa porque o seu corpo é um anunciador de espíritos expressionistas-cruéis, é uma catástrofe simulacral que não produz catástrofe, é uma emancipação do espanto das superfícies reconstrutoras da vida, é uma incorporação de possibilidades intempestivas: protoescrituras babélicas se ligam à vastidão do mistério-animista sem procura, nem regresso, consagrando a clandestinidade roubadora de línguas entre as incisões-desérticas dos ecos fragmentários dos deuses desorientados que tentam escurecer o inacabado no PALCO: **os actos de fala transmutam o real e o signo das travessias genéticas se torna mais visível que os acenos da razão, há sempre uma força errante e demoníaca entre as vozes autopoiéticas que tentam se entrecruzar tragicamente porque acontecem nos liames do absoluto, nas membranas inseparáveis: cânticos se libertam, improvisando o corpo, é uma rasura intermitente (o PALCO é a ideia barroca da ACTRIZ)**

Os gestos da ACTRIZ dilatam os mosaicos metamórficos das rotas do PALCO, ultrapassam as consciências, as acepções entre as vozes inexequíveis que agem sobre o abismo que olha o corpo ao refazer a filosofia incorpórea do mundo: cada corpo do PALCO em experimentação dilata a ACTRIZ e reconstrói o seu mundo possível por meio de uma multidão de estímulos de incomensuráveis vascularizações sígnicas (o PALCO afecta-se com outro PALCO dentro da ACTRIZ): há uma convivência com outros corpos epifânicos, com outros corpos insurrectos: uma fuga clandestina compositiva: espíritos enviesadamente regenerados pelas populações dos acasos quc põcm em emergência a experimentação do esquecimento: **cânticos órficos no devir sensível onde os tempos dos distanciamentos, dos desvios oblíquos, sobressaem das tramas animalizantes: os instantes se juntam separando,** refazendo, desconstruindo e descentrando as fissuras do desconhecido na acosmicidade feiticeira do corpo-rítmico (embates pulsionais, vitalidades intuitivas): o PALCO nunca refreia a ACTRIZ que por sua vez não toma conta do PALCO(friccionam-se para destruírem o medo e o ódio estimulados por deuses legisladores: as vozes e os gestos não se transferem, conectam-se por meio do imprevisível e das expressões singulares).

O PALCO regenera-se nos infra-palcos, o PALCO é sempre uma outra maneira que enfrenta os limites das esfinges intraduzíveis: os gestos envolvem os lugares aos quais ninguém pertence: balanceamentos das inscrições disseminadas desabaladamente pela experimentação do espanto que esculpe e atravessa o corpo onde a ACTRIZ desliza com a filosofia das não-moradas, com as micropolíticas éticas, com estranhezas geodésicas, com desejos geográficos (ritmos de singularização desterritorializam o inconsciente): forças compositivas invadem o PALCO com luzes turbilhonares: ritmos germinativos onde os jogos inabordáveis das palavras desconstroem jogos da percepção, quebram brinquedos, deformam as imagens com a passagem das falas anteriores às escritas feitas de levamentos-bumerangues(fisgas sinápticas envolvem o PALCO)___a ACTRIZ por vir experimenta as forças do PALCO com vozes estrangeiras: há luzências e fulgores que queimam as bocas com o labirinto da respiração onde o vazio ecoa os gestos do esquecimento entre a lucidez ébria____o CORPO da ACTRIZ esgota-se porque se vitaliza na sua própria multiplicidade intuitiva. Os traços do PALCO surgem sem origem no meio do inesperado do incomensurável, nada é original entre as vozes emergentes e as visões que se recriam ininterruptamente, tudo acontece por relações de forças caológicas imprevistas: **manchas intercessoras interactivas materializam os alvéolos ondulantes dos corpos com as ressuscitações dançantes do pensamento onde as forças incompreensíveis dos gritos refazem as linhas espontâneas da vida, expandem os esboços da existência, catalisam os refluxos da intemporalidade das ruínas ecoantes que não cessam de estremecer entre véus distorcidos do PALCO, porque as coreografias turbulentas do impensável demudam as recreações dos pontos de vista em alfabetos nómadas, em solidões absolutas fora das serventias matéricas: capturar e atravessar a exultação spinozista do corpo, possivelmente o gesto ritmável com múltiplos tempos da ACTRIZ que já-aconteceu sendo o que acontecerá(ressonâncias das fendas** sígnicas **rasgadoras do jugo do periódico, do tempo irreversível, do análogo e de tudo que provoca morte térmica)**

O PALCO espiritualiza o inumano por meio das visageidades em transe estriadamente liso; decompor, reconstruir e corromper as perseguições abismáticas infiltradas nas zonas intraduzíveis do mundo-ACTRIZ: intensões incessantes misturadas no excessivo fulgor do desregramento criativo onde recomeça a musicalidade do corpo, meteorizado lacunarmente pelos olhares anónimos que se transbordam, se rompem nos limites dos zonamentos estrangeiros em composições mutáveis: a ACTRIZ emancipa as torrentes da vida com verdades inalcançáveis, desabriga as inteligências e tudo implode afectivamente nas travessias das sensações sem territórios demarcados: o rccomcço da ferida invisível atrai a ACTRIZ desabaladamente para lugares inóspitos, destruindo imagens, desdobrando e reinventando os GRITOS do oblívio do PALCO por meio da feitiçaria, do movimento caológico de polifonias:

produzir despinturas de uma língua profana, congeminativa, suspensiva, voltada sobre si-mesma e transmutada em vozes retardadas entre outras línguas em conflito com a natureza e com as ondas aceleradas das obcecações lascivas: interstícios em transição a arrebatarem o impensável, rostos do inumano do humano, fazendo do corpo da ACTRIZ uma linguagem do crime, da traição, da ética, da paixão que no instante se desvanece e se fortalece ao alcançar o estado de incandescência: o corpo se revela no espasmo ininteligível, através dele o PALCO é antevisto, é libertado dos cânones da significação, das mortalhas definidoras, desvia-se das exposições porque é aventado por anéis distendidos disparadores de incomensuráveis mudanças ritmáveis dentro do tremendo grito criativo que o atravessa: o sentido andante, nómada, dançarino, desumano é a força primordial da ACTRIZ: os gestos engenham-se porque acontecem dentro dos encontros sígnicos, dos processos contagiantes do PALCO-ritornélico onde se ligam imensas línguas analfabetas modificadoras do caos sanguíneo, línguas de choques vertiginosos adentradas nos corpos sem imagens, nos pensamentos sem imagens(uma visão surge exultada): alianças proliferantes a catapultarem vozes, gesticulações, sombras em alteração intervalada, em movimentação disjuntiva sobre as ameaças ecoantes-incorpóreas que deslocam os eixos do PALCO com as composições afectivas dos acasos conflituantes: a ACTRIZ se suplanta absolutamente entre proximidades sedutoras que retraçam as expressões da vastidão para permanecer inatingível, viver no indiscernível sempre em exaltação: viver no intervalo do sentido alógico, nas tensões das superfícies anteriores às palavras onde uma voz se estrangula com a sua própria antecedência feita de entre-tempos hápticos, tácteis, ópticos, povoados pelos êxtases paradoxais do futuro____o PALCO sai dos limites, se torna uma visão dos arrebatamentos, dos pasmos que consagram os ricochetes dos instantes nos vigores da retradução; improvisar as cartografias das hordas-sensações onde os vazios da ACTRIZ despontam entre séries absolutas de acontecimentos que se reabrem pelos abalos da interrogação do seu próprio afastamento **(o PALCO denega a dominação do olhar, exigindo um movimento-vaivém das forças das margens anómalas,** é uma **relação adivinhadora do mundo com idas e voltas dando consistência extremada aos encontros das falas insanas: demolir a lógica classificativa: uma visão volta espessa sobre si mesma e deslaça no corpo da ACTRIZ toda a consciência determinista para alcançar a autonomia, se tornar inacessível, catalisando o rasgamento da palavra que tenta fazer da voz uma força superior)**

O PALCO olha para trás sem o espelho do vivido, volta-se para trás e transforma-se numa aporia do cristalino, é uma quase-devastação de intermezzos, um animal criador de tempo, um acidente acronológico que não se apropria dos gestos, mas destrói qualquer tentativa de informação, qualquer forma dominante, antevendo a entrada imprevisível, a ressurreição do risco, a presença desertora do incomensurável, refaz-se nas improvisações vertiginosas que emergem e desaparecem entre as capturas sensórias, as frisagens espontâneas, as translocalizações topológicas, os alargamentos das órbitas da ACTRIZ que se constitui por meio de forqueaduras, de vastezas raiadas, de intersecções, eclipses, adjunções, rupturas, ardis de PALCOS-múltiplos, procedentes de várias multidões sem cronografias. Estética bastarda arrasadora de alvos que forçam a ACTRIZ a perscrutar os rastros do texto sem os alcançar, vive permanentemente na polifonia do crime do poema-PALCO que a escarifica, sem explicações, mas nutrida pelo inacabado e pelo esquecimento: **entre o PALCO e a ACTRIZ há sempre uma traição ética, uma imagem impossível porque o pensamento atinge o abissal___a ACTRIZ nunca fala dentro da genealogia de um PALCO, o seu corpo é um acidente vitalizador, uma tragédia com o real a escarificar a realidade que se perde para viver fora do interior e do exterior: existir por meio das fissuras, dos interstícios em divergência criativa(gerar o novo sísmico com linhas do PALCO em mutação onde a ACTRIZ é uma fuga cartográfica, um pensamento por explorar)**

O TEATRO constrói corpos-outros, foge aos sequestros tentaculares da comunicação, não tem desígnios fixos, é uma força feminina sublevada, insubordinada, é uma golpeadura diagonal intérmina como a voz vigorosa que se abre à errância do infinito: a duração do PALCO perfura o corpo da ACTRIZ_____é o tempo labiríntico que golpeia o intuitivo, transmuda, trespassa despersonaliza-se: escutas de vozes recomeçam ininterruptamente aliadas noutras vozes nómadas para não naufragarem na efemeridade déspota, nas verdades fundadas, nas coerências totalizadoras, na doxa da significação_____o TEATRO recria-se todo o tempo, é vida em ressurreição, é uma invasão de vocalidades na exultação da dor, na exultação das alomorfias, nas rasgaduras metamórficas, é o pensamento incessante da inocência, é um fluxo plurivocálico de gerúndios que invadem os abecedários das ondas corporais, tornando sensíveis, sonoros, visíveis, ritmos ostracizados: escorregar no deserto fulgurante da vida, nas intensidades andarilhas, transverter as matérias de expressão em materiais de captura de forças heterogéneas, da complexão de contrastes, de alteridades que incitam à descodificação acontecimental entre linhas de longevidades flutuantes onde as vozes surgem nas sínteses anómalas impulsionadoras do corpo (o PALCO move-se tremendamente dentro da sua imobilidade: os gestos vibráteis da ACTRIZ criam novas dimensões de tempo). A ACTRIZ desliza nos aglomerados de libertações de tempo, de futuros lisos do mundo, traça espaços por meio de veemências abertas do horizonte chegante onde as largadas gésticas advêm sempre da epiderme de insurreição, das irradiações sígnicas, de aprendizagens fecundas feita de sensações impiedosas: **uma desumanização ética porque aqui se GRITA com o próprio mênstruo do pensamento destruidor da banalidade, do fanatismo e da ignorância: sem insânia o PALCO não acontece, não capta vazios, distâncias dos mundos possíveis, não destrói as sequências sacralizadas, as soluções reconhecidas: o PALCO abre-se aos pontos de vista-pulsáteis, às enciclopédias vibráteis, à deriva do impensado: a ACTRIZ se envolve com a singularidade etológica, com a tradução do intraduzível(choques de rasuras sobrepostas). A voz** órfica **salta e é povoada pela imanência de um outro que se advém em diferenciação rítmica(ressonâncias das conexões delicadamente cruéis)**

(REPERCUTIR): o TEATRO é espírito delirante, é um processo cataclismático sem purgações, sem buscas de ritos fossilizados das passagens animalizáveis, sem cultos da memória-passadista: é a estética do esquecimento afirmador da invasão de afecções obscuras: o reencadeamento de forças dos materiais-espiritualizados: movências turbilhonares, repousos em actos assimétricos, latitudes esquartejadas, longitudes alógicas, afectos ausentes das estruturas psicológicas____**um panorama babélico das errâncias que envolvem traqueias do espírito: o tempo-cristal noutro tempo-cristal de improvisações jazzísticas cheias de fugas, resistindo à serventia, à submissão, ao hábito mecanizado, à percepção fantasmagórica, supersticiosa___resistir com o germe da língua traduzido duplamente(corpos revoltados ressoam entre cartografias germinadoras de dismorfoses e de al-**

mas paradoxais: o imprevisível como vicejo inactual do PALCO, refrega dos desejos: a ACTRIZ uma feiticeira do querer para além do humano recusa o que em si tenta absorver a morte)

O TEATRO não inventa outros mundos, não vive das utopias, nem das esperanças, mas fortalece as encurvas cristalinas, as dobras das paramnésias, as coexistências estéticas do mundo do inacabado envolvido por jogos de sensações porque tudo retorna sobre a ACTRIZ e a VIDA nunca morre, a vida gera vida com pensamentos fora da verdade: o TEATRO não é vontade explicativa, produz eternidade, dobras hesitadoras traduzidas pelas fabulações dos videntes, insurgidos contra os microfascismos societários: **sair do cansaço, gerar liberdade com o vigor das diferenças extraídas pelos encontros dos corpos: destruir os sistemas produtores do medo da morte, combater os solipsismos coloniais, a plutocracia financeirizada do hábito-humano, experimentar as aberturas dos movimentos infinitos, misturar as geografias das sensações com tempos ontológicos, vasculhar os gri-**

tos em fuga dentro do PALCO, multiplicar as vozes com as forças do caos crivadas pela ACTRIZ que assimila os afectos no phaneron entre signos nervinos e batidas dionisíacas(voltagem dos sentidos do PALCO, a língua passa-se para outra língua: a fuga do grito intensifica o discernimento do incompreensível, é uma força do equívoco).

O TEATRO é uma raia no fulgor de si mesmo que cria memórias de falas analfabetas com o excesso da solidão dos malditos(transbordância de afectos incomensuráveis): o teatro tenta evadir-se para adivinhar o mundo das línguas estranhas, não imita, mas repete os roubos semioticamente, desfazendo identidades ditatoriais, é clandestino, é um jogo aberto sem dono, é a epifania barroca da brincadeira, é impessoal, é a força mutante, a vizinhança vidente, a larva multiplicadora do caos, um aglomerado de linhas singulares, uma desumanização criativa, uma ciranda de rasgões sinápticos: há múltiplas capturas sígnicas, volteaduras imensuráveis, renascimentos simultaneamente povoados e solitários: **há tendências bifurcadas, ritmos delirantes: oh memória cósmica-gótica sem piedades, sem origens lidimadas: há espessuras vasculares panteístas com milhares de ALMAS penetradas no olho de PASOLINI (reverberar, reverberar)**

A ACTRIZ está permanentemente em partilha problemática do sensível, dos vários sensíveis diversamente ritmados a um só tempo porque negaceiam hierarquias, arquivos-patológicos-das-chagas, redesenham mapas com várias possibilidades expressivas à volta do real abstracto (arrasar imagens, experimentar volteaduras, submergir no caos e construir novos afectos anorgânicos com vozes dentro das vozes acentradas que evitam estruturas lógicas): a ACTRIZ elimina as analgias dos sentidos, rasga as formulações pré-estabelecidas, interrompe estruturas, arrasa a escravatura do medo, evita a mutilação geradora de martírios e de culpabilizações: a ACTRIZ cartógrafa o tempo puro, emancipa a dor, pontos de vista, estiliza a existência por meio de signos-acontecimentais(**o PALCO se mistura com o tempo gerado pelo pensamento andarilho e cruelmente inocente: uma voz experimenta-se**

sem exórdios, rebenta na loucura da ACTRIZ, tornando-se multivocal, inominável, é o intensivo do inexprimível: **transcodificar cartografias cerebrais do sensível, correr loucamente sem generificações, sem familismos. Correr com a força inumana que atravessa o humano: tramas cristalinas envolvem o PALCO construído por bifurcações incessantes)**

O TEATRO activa as geografias do pensamento-flâneur, agita, vibra sem objectivações, sem dialécticas, conecta-se directamente com ritmo dos gestos da ACTRIZ, das sensações de uma alma inteira: é o alevante das linguagens excluídas e compositoras de arremessos de metafísicas crueis, de riscos de dados em diferenciação onde as dobras das vozes se entregam ao mar aberto, ao vazio, ao imemorial: milhares de eus batem no impensável (gesto, voz, PALCO, infinito se misturam). O corpo da ACTRIZ é uma envolvência respiratória do esquecimento, um animal em fuga a amotinar e a anarquizar estruturas, um ritmo de energias afectivas dos guerreiros: macaréus de vontades, de babéis irisadas, uma enciclopédia movediça que escapa à rostificação da maioria e alarga, emaranha as geografias das intuições, as potências do embriagado, as expressões criativas que dão sentido aos movimentos do PALCO.

O corpo da ACTRIZ perfura permanentemente o mundo, estilizando-se, cruza signos e forças indeterminadas que o abrem ao espaço e o tornam espaço por meio de metamorfoses completas, de saltos estéticos imprevisíveis: o corpo da ACTRIZ é o phaneron selvático que se diferencia no comum: é **o animal singularmente povoado por audições incontaminadas____exige rigor fora da recognição, cruza-se em todos os limites, gera clarões etológicos: é uma miríade de impulsos destruidores do tempo histórico: uma multiplicidade de energias do mundo: produzir conceitos fractais, gritos modificados pelos vitrais, as falas moleculares deformam-se demoniacamente (o PALCO liga-se à crueldade do sublime e se torna duração de novas guerrilhas, tornar possível a voz-géstica no sentido ritmável do intraduzível).**

O corpo da ACTRIZ se constitui com a linha abstracta da imprevisibilidade, com o trágico em exultação, com a emergência dos acasos ébrios: o corpo da ACTRIZ mistura-se sem se fundir, é o impensável insaturável, sente a intensidade do descomunal porque é feito de forças vivas que transmontam, suplantam visões ou serão espíritos voltados para o futuro? **Ou serão profusões intercessoras de signos e de imensuráveis ocultações libertadas entre ritmicidades do contrasenso? Invasões do inconsciente e do histérico se cruzam na desmedida lucidez compondo dobras verbais-infinitivas por meio de recomeços incessantes: novos sentidos do sublime ao redor da crueldade-larvar que abre os poros do corpo: aqui-agora: o PALCO contamina-se pela devassidão arremessada pelo fascínio movente do gesto impessoal ou será o desvairo tatuado da ACTRIZ?**

A ACTRIZ demuda o corpo numa esponja submergida enviesadamente na brincadeira da natureza geradora de futuros: absorver o estilhaçamento estético do mundo, mostrar os afectos a quem espera por refutações irrealizáveis. Mesclar, transmutar corpos que germinam outros corpos com movimentos de extrema exuberância. Desejos em multiplicidade despedaçam agremiações de imagens. Evitar a presentificação do histórico. A ACTRIZ captura forças inumanizadas do PALCO, é o corpo vibrante, uma aventura existencial, rasga modelos impostos, é a insurreição, é uma contranatura, uma composição de espaços dionisíacos, desconcentra ciclos em corpos inomináveis, fricciona o acontecimento, levanta mapas de passagem dos afectos, escapa ao poder recognitivo, acelerara os devires da arte-incorpórea, cartográfa o tempo enlouquecido, pluraliza mundos, foge das rostificações com coreografias convulsivas, acósmicas, fica imperceptível, é intempestiva, é despedaçadora da exposição e da figura, mata a morte: a ACTRIZ não salva o mundo, não forma públicos, nem representa a compaixão, não deseja atingir alvos do idealismo, nem regular consciências ou guetizações, porque transborda limites incicatrizados, limites com fissuras intermináveis, dissolve objectos, sobrevém dentro da estética do acontecimento de instantes plenos, é uma crítica de si, um combate de si entre tempos arrebatados, impessoalidades, heteronímias que jamais negarão os sentidos, é a vida feiticeira do PALCO, o corpo-animal dos intensivos encontros______a ACTRIZ sai das formas de poder, das micropolíticas identitárias e activa as realidades do impossível e do impensável **(o canto estrangeiro, feiticeiro, o canto da metamorfose, o canto da alteridade, os rastros inconscientes do canto, a voz irrompe do corpo que se estranha, a palavra encarna-se na voz da animalidade, a vibração sonora lança-se na palavra: voz desdobrada a cruzar tempos e o PALCO é já a própria voz da força invisível: o riso demoníaco, a oralidade cruel, o silêncio criativamente obsceno, os pulmões insanos, os gestos órficos, as sombras das tramas, a opacidade urdida, a incompletude da memória-mundo reforçam o revérbero erótico: outras experimentações, outras velocidades problematizam e transvertem os reencadeamentos da carne aberta onde as palavras expelem tremendas fugas dentro das veias impercepíveis)**

A ACTRIZ não espera nada do PALCO, atravessa zonas intensivas-autopoiéticas, traça territórios indiscerníveis com animalidades inventivas, dança o espaço entre os processos das dobras-pororocas e as linhas intercessoras de sensações. Traça diagramas em transição, quebrando espelhos da rostificação. Desenha corpos incontroláveis. Não deseja a sabedoria. Escarifica a loucura com cartografias experimentadoras do corpo entre o equívoco gótico, o não-representativo do desejo, o ritmo intensivo da natureza e a espiritualização da matéria(o lapso sonoriza-se no ponto nevrálgico do PALCO, há uma tradução rítmica inacabada dentro do corpo-do-outro onde a ACTRIZ atravessa a língua e se rasura através dos ecos das estranhezas antropofágicas: nas suas mãos recomeça o mundo, nos seus gestos só existem saídas de um animal lúcido, há uma abertura ao movimento infinito da existência: o corpo da ACTRIZ experimenta a tragédia através do gesto que escapa à morte: **o PALCO acontece por meio de forças germinativas, de golpeaduras dos sopros ininterruptos que atingem a ventilação osgástica: enciclopédias por vir de quem luta por se superar, arremessando a alma para o porvir(transmutar o olhar com ondas expressionistas, com voragens disruptivas: as suspensões do PALCO se tornam mutantes): um olhar que leva em si o infinito e nos toca e nos vitaliza: um olhar de revolta porque combateu sempre a existência-besta: o incêndio do olhar é uma assinatura hibrida a estilizar o sopro germinal: um olhar inumano com a força política de quem assevera a vida: um PALCO dilatador de tempo que recria o inédito.**

O corpo-da-ACTRIZ é o entrevisto, é o movimento de extrema vitalidade que caminha para o inabitual, pondo o dentro e o fora em apegação sem intencionalidades (lavras energéticas granjeiam a cosmicidade vibrátil por meio de interacções inomináveis onde a espessura do olhar faz da luzência uma artesania-insana: o recomeço ininterrupto do PALCO): o CORPO é a aliança das vertigens que acolhem ondas por vir, é o excessivo que se refaz no inacabado, na errância, no exílio, afirmar as afecções do imperceptível, confrontar a espontaneidade da cegueira com a luzência do grito insonoro onde se reencontram as diferenças cartográficas e os traçados das reexistências que nos fazem ver a realidade da ficção, as forças dos espantos do risco do PALCO. O corpo da ACTRIZ ausculta a matéria no fulgor do ritmo, na superfície da catástrofe que faz germinar os germes sígnicos impessoais, exercita a potência-mundo das obsessões, experimenta o tempo fora das talingaduras das representações sensório-motoras, cria matéria expressiva com forças intrusas do aformal, do geometral, do figural (rupturar a lógica calcinada, as identidades coaguladas: espertar o labirinto do PALCO): **conceitos porosos activam a disrupção dos gestos (a ACTRIZ nunca tem função utilitária, é obsidente, paradoxal, sai dos eixos, ultrapassa limites, redobra com o não humano de si-mesma a liberdade: sem previdência a estética e ética se ligam por meio de saídas clandestinas, de diferenças inexploradas, de afluências-travessias, de encontros nómadas (rasgos de luzências) ____ criar o caos simultaneamente no passado e no futuro porque o movimento imprevisto é o estranho criativo do presente: a acústica do impensável, da passagem animal, das multiplicidades de um combate real)**

A ACTRIZ desfaz o rosto com as margens errantes, feiticeiras do PALCO: uma composição insonora, uma tradução do impossível, um processo extravasante: a ACTRIZ se constrói no indiscernível, oculta-se nas ressurgências diáfanas do PALCO, gera linhas abstractas, inventa novas relações do corpo com o IMPERCEPTÍVEL do mundo: as vozes-géstícas disruptivas entranham-se estranhamente no ilegível, quebrantam as regras linguísticas, assimilam o arrastão balbuciante, as forças fabuladoras que retraçam intensamente os exórdios do futuro, buscando o inatingível, a devoração de obscuridades fora das perspectivas (a prudência que cultiva a loucura através do assignificante: a ACTRIZ jamais volta à mesma rota e os seus gestos libertam-se): o olhar violentamente fugitivo da ACTRIZ que não é serva do reconhecimento, da história ou do campus social: ELA é imanente às durações expandidas da natureza, ao subtil do sensível, é intensamente política porque atravessa zonas enérgicas fora da serventia, dos clichés, conquista expressões alógicas, colapsa verdades assentadas por verdades, resiste sem informar, sem avisar, sem comunicar, é uma sintomatologista em permanente descodificação epistémica (a grandeza daquilo que não foi pensado entre tragédias puras, sonoras sem modelos, sem referências: reabrir as hordas órficas do PALCO com as transmutações subumanas que evacuam a morte através do assombro, da transbordância dos gestos, das vozes: dizem: caminhos insanos-moleculares a a golpearem a matéria, espiritualizando-a porque pontos de vista dominantes foram destruídos para emergirem ritmos extasiados, acidentais do animal-PALCO: **ecoar na cegueira lávica do texto que exige rupturas polinizadoras, velocidades em variância, tempo crónico, profligações sanguíneas, destrezas das durações futuríveis): milhares de palcos estão contidos nas micropercepções da ACTRIZ: as suas almas respiratórias: é a palavra estrangeira a flutuar nos limites, é a fulguração do esquecimento; o vórtice que liga o indiscernível à epiderme para inventar uma fala impossível, um grito dentro do sono ilocalizável: a semiótica dos acasos.**

A ACTRIZ lança os brinquedos nas fendas para acontecer nos poros invisíveis e escoar-se na disjunção do comum, é uma força compositiva de sons dos estados larvários do mundo, é uma força prismática que responde ao caos, escapa-se aos territórios das falas identitárias por meio de intensidades do inconsciente contemplativo que revela o oculto e a vida não moldada: a existência ritornélica da ACTRIZ prolifera sem medida, prolonga-se e arrisca, faz o corpo nascer de novo entre acoplagens turbulentas, torna-se artesã da sua própria duração, da sua vida dentro de processos alfabetários simulacrais que deformam o corpo para libertar forças estrangeiras, inomináveis onde a voz absorve a voz por meio da voz demoníaca, uma voz que se morde, uma voz carnal que não reproduz mas se iça, se alça desabaladamente, uma voz sexual ébria, esgrimista que abre o sagrado para tresloucar a vida e esquecer o PALCO dentro de outro PALCO-desastre: a voz e o gesto que galgam, retouçam plenamente e se distanciam, abeirando-se grávidos de silêncios em erotização (o PALCO redobra-se impensadamente nos cios dos gestos da ACTRIZ). Em cada gesto involuntário da ACTRIZ poderá acontecer uma insurreição: **as resistências criativas atravessam o seu corpo-incorpóreo, eliminando identidades por meio do colapso criativo agramatical, do falhanço, do inconsciente inconscientizado (materializar o que escapa através das membranas coexistentes, das devastações inesperadas onde o PALCO se emaranha, de devora, se recompõe, se molecularizа impulsionando velocidades rítmicas na boca cismática, livre, cruel da ACTRIZ): estar dentro da equivocidade mutante porque o gesto, o grito, acontecem totalmente inesperáveis (rasgar significações com os fotogramas dos dos sentidos).**

O TEATRO arrasa partículas com outras partículas oriundas dos rastros por inventar, é uma anomalia das afluências do corpo, um enlace de enervamentos, é um liame das turbulências: a topologia randómica esculpe vozes solitárias, inabituais do mundo, deseja sempre em plenitude, não assimila a falta-confessionária, a carência-piedosa, é uma abaladura rasgadora do provável: o TEATRO é dadivoso, é imanente ao conflito da realidade absoluta, é força indestrutível que desarvora, subverte a vassalagem do tempo ao movimento, é visionário, é áugure, atravessa o cristal-PALCO com sentidos emancipadores (escutar o infinito que recria o recomeço ondeante da palavra que se canibaliza envolvida pela dor e pela insânia: a embriaguez flamante, lúcida). O TEATRO não é uma dívida, nem um dever, é um abandono vertiginoso, um salto erótico porque é-sempre-futuro, é a força do falso que inventa uma verdade -hibrida com o jorro do tempo em diferenciação: um encontro imponderável com placentas andrófagas, constrói abaladuras, submerge na durável solidão criativa que cruza o impossível, absorve o PALCO e o cérebro desviante da ACTRIZ porque nunca está pronto. O TEATRO não é entretenimento, é a febre da carnadura: os gestos surgem entre multidões eriçadas, acontecem na simultaneidade de várias obscurezas que se transvertem em intensivos devaneios e enérgicas audições: as vozes desmancham as vozes e as imagens se entrecruzam libertadoramente: as palavras encontram as suas catervas movediças, friccionam-se e nunca se fundem. O TEATRO articula cabeças de carnação viva com jogos cruéis, desmesurados, combate o poder, a sobrevida, a normopatia, a teologia da prosperidade, a capitalização existencial, combate o estado de sobrevivencialismo, os cadáveres-censuradores, o panóptico, os ciberzumbis, os eclesiásticos do sofrimento, a monocultura entrópica, os estados hipnóticos consumistas, a corporeidade da existência-besta, o estágio civilizatório, a mutilação biopolítica____**o TEATRO combate tudo o que recusa a vida, tudo o que aprisiona o corpo, combate o monitoramento existencial, foge desvairadamente da mortificação, do açoitamento moral e dos semíviros. A VIDA do PALCO é INDETERMINÁVEL, é o vigor, a exuberância do impossível (o traço da pulverulência, o riso da tempestade). Ser delicado, criativo, delirante e desembestado continua a ser muito perigoso, escolher EROS é um risco (borbulhar colisões dentro dos gestos e a voz é uma infância que renasce da dádiva do desastre: copular vagas com os próprios náufragos)**

A ACTRIZ cria vizinhanças com o PALCO para fortalecer as distâncias por meio da correnteza musical da língua, da histeria artística que nutre os mundos possíveis: envolver as fendas nas próprias fugas: fazer do movimento um choque de hiatos, de intermitências onde as imagens coexistenciais se intensificam por meio da eternidade da rebentação. **Língua espremida, convulsiva, tarada, torcida, levada ao limite, vomitando o PALCO porque já-não lhe toca (a insânia inconsciente assanha os sentidos que acumulam no PALCO fendas mutáveis: as falas adentram-se frisando as traçaduras cruéis do silêncio: as vozes engolem-se, deglutem-se para experimentarem o corpo da ACTRIZ: as vozes expelem com violência as suas delicadezas entre os risos e os gestos sem especulações canónicas)**

A ACTRIZ olha-se com as tramas que a vêem, confluindo na vibração dos lapsos, dos intervalos de todas as superfícies do corpo onde as ondas compositivas sem sucessões se espiritualizam, se redobram e criam geologias afectivas, saem das suas esteiras para acossarem o PALCO mais interior do tempo e serem acalçadas pelo espaço alógico que inaugura novas falas entre matérias inomináveis, imperceptíveis, feiticeiras, in-corpóreas e consistentes (povoar-se na invenção nómada dos sentidos revigorados pela ética de uma vida que nunca morre): o corpo da ACTRIZ a cada instante se demuda em limites assintácticos, combate a língua materna com os holomovimentos das esquizofrenias que provocam omnipotência sígnica: intermezzos hápticos a apropriarem-se da cenofobia, das oscilações incessantes, dos resvalos múltiplos, multiplicando reviravoltas com a espontaneidade do fragmentário dentro dos esquissos de mapas que escutam e aguardam os signos envolvidos nas enunciações interjacentes do PALCO: uma aparição infractora rasga o espaço delirante e a voz germina na carnadura espiritual dos libertinos como uma força germinativa a chamar o verbo vibratório do impessoal entre vestígios, fendas, alamentos, entranhas, irrupções: a ACTRIZ desvia-se do seu rosto, enfrenta visivas desconhecidas e audições perfurativas onde as viragens assintácticas revelam o furor molecular das sensações: tudo se modifica em vizinhanças indistintas dentro do comum latejante que se queima por dentro para assoalhar o exílio que propulsiona, age, derruba, dissipa um corpo por meio do grito-vida (infinita malha ondulatória, acopladora de tempos abertos ao roubo dionisíaco: duplos movimentos dos gestos de um outro imperceptível): libertar o PALCO e revolver o vazio com as batidas das sombras das palavras que atravessam os graus de intensidade das vozes: é uma fuga, um dilaceramento, uma talhadura, uma evasão captadora de espaços cirandados por alfabetos em decomposição, talvez seja uma língua execrável, nefária, disjuntiva com sopros-estiletes que enfrentam, atacam o mundo através de difusões rebatidas pela sede geográfica da crueldade: a ACTRIZ surge de dentro do verbo demoníaco, escuta a furna da matéria e dança o silêncio gerador do real e de uma acústica paradoxal onde o abecedário recupera a musicalidade: criar uma pedra na vesana ciência para dizer o alvo intangível do tempo com a golpeadura anónima da respiração que atravessa a morte: a boca da ACTRIZ cava-se com rumos invertidos, constrói derivações com fragmentos de PALCO, rapta outra boca com o inédito, absorve mutações, desaba na cegueira do PALCO, se transverte numa cápsula enérgica, se acopla às variantes ondulatórias, é uma escapadela fervilhante do animal em demência criadora, evitando o surgimento eterno das falas: a boca do PALCO diz tudo o que não existe, chama o intocável, o invisível, ela não é reflexo, nem imagem da fidúcia deducional, mas o desaparecimento que risca novos territórios, adivinha a antimatéria na batalha incessante dos raptos dos movimentos ocultos onde a língua se espiraliza entre claridades obscuras, incisivas da ACTRIZ______a ACTRIZ nunca se memora dos seus gestos porque vive dos espantos, das asceses, dos saltos, das diéreses das aprendizagens assignificantes: livrar a vida da sujeição edipiana e da culpabilidade com o silêncio da voz, com as velocidades espontâneas do PALCO **(as vozes regurgitam o apeiron turbilhonante, mergulham no mangue do sentido, mudam e fazem abalar o rosto da ACTRIZ por meio do virtual atravessador do actual: possivelmente a fricção da transparência na claridade geradora de diferenças animistas, de andarilhos espirituais, de orfandades barrocas). Memórias em ritmo compositivo irrefreável misturam os sentidos da errância entre os espaços respiratórios da linguagem insonora do CORPO, afirmam os instantes das afecções para fluírem na renascença perturbada do pensamento, criam laçadas no vazio, cavam espessuras, captam rastros intensivos e expandem limites para levarem o PALCO ao mistério sanguíneo onde as palavras dizem o trágico no silêncio turbilhonar da voz.**

A ACTRIZ dança as dobras da vida, é a pura imprevisibilidade da duração rasgadora do real que se faz real extasiado, é o processo ilimitável com olhares resplendentes, é uma cabeça instantânea que não se revela, porque é enérgica, irresoluta ao dar passagens aos personagens rítmicos que a tentam percorrer cheios de confrontos expressionistas: a singularidade inconsciente leva o vazio na coreografia-MUNDO-improvisata, na razão-impura da força do movimento-em-si que a faz esquecer e reintensificar o sensível (o PALCO evita o assoalhamento da sua profundidade, dos seus eixos porque é uma infinita composição de povos cromáticos entre as aurículas sem fundo dos tempos): **subverter a vassalagem do tempo ao PALCO incendiado por dentro pelas fissuras da palavra que o exaltam a escutar os rumores das redobras por meio da violência das falas ligadas à desaparição (recomeços das** esfinges verbais emancipam o corpo na visão estilizada sem o reentrante dos signos): o OLHAR é um DOM que assinala e escolhe o incógnito, o anónimo nas raias cruéis para além da capacidade de dizer. O TEATRO não é feito de ideias ou de projectos, mas de ritmos sígnicos que se conectam às aprendizagens acósmicas, anorgânicas sem quaisquer finalidades: sensações estranhas do GRITO-MUNDO, da voz que foge ao tempo histórico (o corpo atinge ecossistemas de mudança, de passagem do incorporal)

Os clichés predominam, porque anestesiaram os sentidos e fecharam o corpo ao impensável.

Os corpos-da-ACTRIZ mundificam, revivem, actualizam, levantam as alavancas das passagens para se ultrapassarem para além de si-mesmos, produzem-se nas trabuzanas, nas vazantes das superfícies, procurando presenças invisíveis, fragmentos insondáveis: as vozes ainda vigiam as fracções dos rostos entre trajectórias do vitral-da-solidão, modificador de tímpanos sem sons: línguas lançadas pelos náufragos das fugas inauditas: será a hecticidade inumana, a magreza da fala indizível da ACTRIZ ou o concúbito de uma catástrofe inominável? **As vozes entranham-se em todos as aberturas estranhas do PALCO(o desconhecido pleno de sensações: transbordamento do espírito diabólico): dizem: vozes das falhas** das multidões combustam-se nos ritmos irrefreáveis do silêncio mais profundo que preserva o PALCO à distância e estimula uma geografia de indefinições, destruindo os pactos sociáveis e os conchavos gramaticais(rastros das assintaxias pululam na memória surfista onde milhares de ondas passam com coalizões infindas: aqui-agora: os gritos e os gestos geram abaladuras abertas para o caos, atingem o sublime, o informe com uma miríade de povoamentos dentro de si-mesmos: qualquer recognição desaparecerá)

O CORPO-ACTRIZ gagueja as enunciações, liberta forças fabuladoras, desvia-se, e sobrevém entre experimentações delirantes e o impensado do mundo porque dança nas afectações inesperáveis, na impessoalidade inaudita, nas hipóteses estranhadas, esquecidas e varadas pelos acontecimentos infinitos das sensações atléticas(revolta-se e se faz excesso por meio de torceduras imperceptíveis: golpear os ligamentos com as forças anorgânicas: é uma catástrofe construtiva: arquipélagos microscopicamente divinais): no PALCO tudo se dissemina, se reconstrói em mudanças prodigiosamente sígnicas (gestos possessivos intervalam a errância do rigor do corpo: o solo e a carnadura se fundem por dentro do vórtice do indecifrável): **o PALCO conecta a luzência à obscuridade da brincadeira, despedaçando as imagens aceleradas de um corpo que sempre estranhou o seu movimento porque é em si si-**

multaneamente afastamento, derivação e diferença: a argila do desabalado e do caótico: há o odor do animal em fuga que sutura os reentrantes das superfícies em delírio: há a desumanização háptica, há a inocência dos gestos da ACTRIZ que ignora a morte: tudo se torna flutuante dentro da visão indizível (a piedade e o quebranto espiritual não conseguem arpoar os movimentos do PALCO: o PALCO não tem repouso, não é linear, faz da tragédia uma aliagem criativa, um grito orgástico___correnteza de sentidos furtivos)

Corpos-DANÇANTES buscadores de lances de insânia, de vidências, reconstroem os redemoinhos trapezistas da vida-vida-êxodo que é natureza-MÓNADA-metamórfica, é o phaneron-gótico-cristalino: linhas abstractas entre alavancas de corpos impossíveis: CORPOS do acolhimento obscuro, do vazio geodésico em movimento que forçam a ACTRIZ a submergir nas peugadas do caos, no pensamento sem imagens: o PALCO é um fórceps cruelmente afectivo onde a a voz foge da morte governada pela morte: há tremendas gargalhadas da vida sobre a desaparição, transmutando-a em movimento suspenso por meio da virulência que faz gesto artístico, uma vigilância bruxuleante: a carnadura tresvaria (há uma voz que se perfura com o incomensurável, defronta lapsos: nos intervalos em alteração ininterrupta, o corpo se torna uma fundura de eixos subtis, por vezes insonoros): é o ritmo avassalador da inutilidade que se entranha sem alvos na língua-PALCO e a digladia sem ideais, sem regras para fugir aos projectos de qualquer manifestação socializante: a ACTRIZ anuncia que vem ao mundo, dilata-se nas bordas tensionadas para dar sentido ao PALCO e se desmancha antes da palavra dita, repleta de orfandades, de golpeaduras de tempos que fazem da diferença trágica uma eternidade do ACASO compositivo: não esperar nada do mundo: em cada movência alomórfica, em cada disjunção expressiva, em cada totalidade estilhaçada, o corpo da ACTRIZ se abre e se perde entre as correntezas imperceptíveis e as fronteiras pontilhadas abertas ao mar-alto das sensações para acontecer -PALCO da RÉ-existência do sensível acoplador das fendas do mundo (a ACTRIZ capta interrupções indeterminadas com os seus gestos que se refazem no próprio desastre da visibilidade): **linhas involuntárias se estendem, se ultrapassam, se convulsionam, se aglomeram, se escoram, se vasculham, se atravessam, se transmutam, contorcendo os poros por meio de paradoxos, de acenos, de chamamentos ilocalizáveis(o PALCO impulsiona a diferença, funde instantes, acciona e assimila o desejo onde o futuro inventa modos de existência com angulações contínuas da ACTRIZ: o cavername se modifica numa polinização infinitesimal:** é no espasmo **monádico que o animal se liberta, esboçando mapas imprevisíveis no acontecimento onde a morte desapegada de quem desvive se afasta do risco de viver).**

O CORPO-ACTRIZ em cada coexistência do PALCO se modifica, se esvai, plasmando-se, defrontando o anónimo, as estrangulações, a desesperação, a expectativa, a confiança, a profanação, o sarcasmo, dobra-se, redobra-se, contagia-se, conecta-se, recolhe-se, devolve-se, envolve-se, trespassa-se através de braçadas silenciosas em risco e de pensamentos inconcebíveis onde o afecto é a respiração géstica sem história, sem formas, é um corte incomunicável, uma desarticulação verbal que provoca colisões obscuras, velocidades sincopadas, invasões estéticas, recusando a morte, afirmando-a e experimentando-a com processos expressionistas, com revoltas éticas(o corpo abandona-se para se construir infinitamente: **o PALCO desaparece entre os grânulos das forças periféricas porque foi abocanhado por sombras moleculares onde a luminária é um tremendo animal em ressurreição): é a absurdidade** hiperbórea dos apátridas, é a ressonância dos desertores a bater nos ritmos delirantes, nos contrapontos, nos trilhos inóspitos, na ondulação abismática, na dor do retorno dos mapas desbravadores de novos sentidos(reinventar o PALCO com expressões em fuga sem mediadores, tornar visível as misturas do corpo como uma força em acto inconsumível, improdutivo: um acto activado pelos lugares de passagem da tragédia que tenta descodificar continuamente o estilo dos vitrais da ACTRIZ: o passado é a força de coexistência do presente de si-mesmo: o tempo é uma obsessão salubre, é uma busca futurível monsieur Proust)

A ACTRIZ desvia-se das furnas nevróticas, das prumagens lógicas, escapa ao solo da recognição, por meio de instantes das distâncias que passam e se actualizam no PALCO, conectado aos acasos tocadores de vida para se presentificar intensamente no tempo passado e contemporâneo, com esponjas futuríveis: fazer da existência a decifração de vozes ininterruptas, intercaladas, entremeadas, entrecortadas, golpeadas por um bloco energético catapultador de palavras-corpos-espaços que se balançam sem se movimentar(uma coexistência de desejos que repetem a diferença pura, mergulhando nas partículas vibráteis, nas palavras em curto-curcuito: dicionários desumanos desenhados pelos cataplasmas dos germes de um PALCO pleno onde o corpo se esgota, se dilata entre gretas sombrias e transbordâncias sígnicas, reconstruindo uma espessura insondável através das invasões do mundo grávido de novos nexos com as insânias: **adivinhar as renascenças que escaparam ao jugo da estirpe): um tempo-PALCO de violentas simultaneidades quebradoras dos espículos do tempo porque é a metamorfose do comum, a conexão abstracta sensível, a dança incontrolável e penetrada por infinitos arredores que modificam a ACTRIZ em visageidades dionisíacas onde o mundo não tem história, mas sensações entre o pensamento e a voz vazia do tempo (PALCO vive a morrer sem assimilar a morte: é por meio da morte que o PALCO re-existe vitalizado: perante a morte, um grito estrangeiro, a energia inesgotável e mutante da ACTRIZ)**

O PALCO é a infinitude da palavra que se livra do corpo dentro do instante vigoroso: o meio do PALCO é intensivo e presentifica o gesto rítmico da ACTRIZ: o olhar intempestivo se torna na ruína eterna do tempo, o corpo começa antes de si mesmo, constrói grandezas vazias, fende-se e vive o absurdo da criação, as palavras vagueiam libertas do movimento do corpo, rasgam sem comunicar, arremessam-se nas línguas por vir, dançam nas fissuras assignificantes: palavras a desviarem-se da história: as ondulações, as volubilidades acontecem através de permutas sígnicas impulsionadoras de vibrações imperceptíveis: o PALCO é fracturado pelas palavras que se desfazem a si-próprias, as palavras geram superfícies prévias a qualquer léxicon, tudo é devastado pela velocidade lenta do som onde o passado e o futuro desaparecem ou se enastram, entretecem no jogo da carne que resvala entre a escuridão de uma fala em deformidade (a ACTRIZ nunca abandona o corpo, assimila ininterruptamente traçaduras, impele fluxos de tempos coexistentes: o cristalino solta devires e jorra feixes expressionistas nas desarticulações do animal, há uma larva hibrida, germinadora entre grito e cabeça: **o TEATRO** não é cultura nem uma língua de poder, o teatro é VIDA que não representa, é bilinguismo dentro da língua: gestos a dançarem rés à magnetização do abismo, gestos em mudança insana, gestos que escapam ao domínio do significado, gestos velozmente lentos arrancam as diferenças dentro das suas próprias variações: os gestos amnésicos, os sons alógicos, as línguas se entrecruzam, se golpeiam, envolvidas pelas sensações de um manguezal inesperado, atómico (balbuciamentos, estremeções, estranhezas a atravessarem as linguagens: nada é designado, nomeado, as vozes transpõem vozes, absorvendo grânulos, argueiros que se misturam ao se distinguirem num fluxo de mundos possíveis): línguas em fuga, línguas afásicas, línguas de saltos plenos, línguas que se friccionam com outras línguas, com outros movimentos dialetais: cenas em transmutação ininterrupta: esvaziar o assumptível por meio do improvável, atingir a exaustação para arruinar o sujeito histórico, o sujeito pessoal: as cabeças deslizam pousadas nas falanges, as palavras surgem desobstruídas para livrarem as vozes da inteligência da boca e da memória passadista: as imagens do PALCO criam exórdios caológicos nas zonas de decomposição): enfrentar as encurvas, os vincos, as forças diante do PALCO insaturável da existência, do espírito que se revela pelas micropercepções dos gestos com ritornelos exaustivos: a violência da palavra alimenta-se desta carnadura extasiada, da ressonância pulsátil que submerge na disjunção do sentido: há um dicionário impiedoso que se entranha no timbre estranho do corpo afastando-o e aproximando-o simultaneamente da sua visão, porque o grito desfaz a voz, ultrapassa as suas dimensões, cria estonteamentos na linguagem que nunca se realiza porque foge desabaladamente aos foros psicológicos: **o corpo verga, escafula, desbulha as suas articulações, esquece-se para emergir do córion do PALCO e a ACTRIZ ressalta entre fala e gesto porque é já um náufrago que se faz vida sem tempo, se faz acaso, se faz dança, é renovação que monta a sombra e foge iluminada (exaurir os espaços com os gestos da ACTRIZ que dissemina imagens do PALCO com as suas vozes esvaziadas por outras vozes: as palavras nunca encontram o centro, existem na separação musical que avizinha os vazios e os silêncios)**

A ACTRIZ é o ritmo irrepresentável do mundo, a viajante de enciclopédias mudáveis, insanas que alargam, emaranham as cartografias intercessoras, as falas duplas do corpo com movimentos incompreensíveis (esperar e espreitar obsessivamente tudo aquilo que está por vir sem querer tomar conta de qualquer fresta ou abertura): o CORPO-ACTRIZ nega o vicejo do organismo, não nomeia, evita o espelho e a afiguração, produz o tempo do PALCO que movimenta a hesitação do pensamento, escapa-se e intensifica-se a si próprio como uma amplitude anatómica aberrante que absorve outro corpo em falha com a duração da diferença; na queda horizontal, desentulha os poros, dobra esboços de tempos aiônicos, enfrenta cicatrizes caológicas, ruínas das latitudes ocultas, escoriações das longitudes imperceptíveis, rastros policromáticos porque o PALCO escapa às formas dominantes dos falatórios, absorve a estranheza, desce às zonas dos silêncios, desliza na experimentação vibracional que tangencia a realidade das vozes agramaticais: devires engenhosos, mudanças incessantes das aprendizagens sem mapas, ensaios molecularizados a engolfarem o caos sem qualquer manifesto (a linguagem e a morte misturam-se no PALCO onde a vida e o animal reconstroem o aberto de si-mesmos, evitando a nadificação, o estrangulamento antropocêntrico, a culpa, a impotência, o ressentimento: outros deuses espreitam o PALCO numa tremulação expiatória e o olhar jorra sangue perante a sua acracia, o seu abatimento, a dor perde a correnteza dos germes heterónimos perante a absolutização da alma oficial, o espírito da vindicta, da punição: a inocência dionisíaca ainda faz o PALCO existir, a inocência afirma o trágico entre a physis do ameaçador: a ACTRIZ alia-se ao tempo e tem vergonha da história sepulcral(grita silenciosamente): **a ACTRIZ se torna um arquivo vivo do inominável, a emergência do futuro, o imprevisto de uma voz indizível, o selvático que percorre o humano, incapturável: a não humanidade reforça o PALCO, é a política do gesto, da fala que foge a qualquer identidade normalizadora. A memória kairótica bruxuleia entre distâncias testemunhais___a boca, a língua e os olhos continuam dilatados, catástrofe a catástrofe, o vivente rés ao predador, à lei e à vigilância: perante o hospício confessionário, os mecanismos da tirania e o poder metajurídico, a ACTRIZ ainda consegue ser dona da sua morte e da sua vida. As mãos sobre as cabeças intangíveis e o espírito transborda: uma ROSA sangra no caos: a violência da palavra refugiada nos microtempos da desrazão.**

A ACTRIZ exercita o abstracto, o impessoal, as coexistências intensivas, expressivas doutros corpos no seu corpo para lá do movimento do vivido, transborda os limites coalescentes do corpo, capturas sons insensíveis: gestos emaranhados, paradoxais revigoram as diferenças: variações energéticas do desejo entram em zonas intrusivas, estimulando a distracção do tempo fora da história (a duração dos instantes alucinam-se no sentido das vozes hermafroditas, sentir as ressonâncias inaudíveis que atravessam o corpo dos intercessores pagãos): o PALCO é uma onda histérica captadora do corpo, uma linha do envolvimento errante, é uma escuta de entretempos: miscelânea de tempos, invasão de vocalidades silenciosas: fluxo plurivocálico do presente em recomeço ininterrupto: escorregar no deserto fulgente, polifónico da vida, na extremidade das superfícies do outrar-se, transverter as matérias de expressão em coexistências de forças heterónimas: forças arquitecturais com encontros caleidoscópicos e de acasos descentram os ciclos, activam os estremeções de um corpo sem nome para se afectar no imperceptível diante do inominável da ACTRIZ que busca os conceitos de si entre zonas de passagem, atravessa-se por meio de intensidades abertas onde as saídas acontecem nas invenções da epiderme de revolta, do vigor criativo feito de sensações cruéis: a ACTRIZ modifica-se com o anapéstico de si-mesma, vaza-se nos olhares que perderam a narrativa pessoal, filiativa(as palavras criam novas geografias dentro das suas ressonâncias, os palcos multiplicam-se no inacabado do PALCO: o REAL vibrátil, o verbo a drenar outros verbos para contagiar a ACTRIZ por meio da vida(estar dentro da expressão extrema: fazer passagens agramaticais): a ACTRIZ fracciona-se em vários pontos de vista, estende-se em riscos diferenciais para demudar e apreender vivacidades intensificadoras do PALCO: os CORPOS mudam os mapas com as espessuras caológicas que escarificam os gestos infinitos da ACTRIZ: **as geografias do finito incomensurável se entrecruzam por inconstâncias radiantes, vivem ocultando-se incansavelmente até à epistéme alveolar absorvida por micromovimentos desmedidos e por múltiplos intervalos compositivos: o gesto e a voz se misturam semioticamente por meio dos excessos tensionados e das forças da inseparabilidade dos vazios indecifráveis que recuperam as distâncias acentradas, autopoiéticas. Nada acontece sem a voz desmedida que não tem lei, nem significação**

porque é natureza em reprodução, é processo duplo, é multiplicidade, é inconsciente, é sensação anómala do espírito, é uma força ondulatória que atravessa o PALCO, deformando corpos, bocas, cabeças, atingindo a eternidade histérica ou será o meio vascular da fala cruel?

A ACTRIZ-animal-vegetal-cósmica entra num processamento de extrema inquietação porque absorve as forças das multidões misturadas, clandestinas do mundo, transmuta-se em epifanias caológicas, é um olhar indiscernível e inacessível que atinge o desagrilhoamento anatómico-espiritual, mostra as suas voragens-afectivas ao proliferar existências, ao esculpir o tempo no corpo para fortalecer a magnitude estilizada com o recomeço pleno do PALCO, nada se distingue, nada poderá medir a exactidão do seu-gesto-criativo, nada evitará a DANÇA em suspensão onde o sujeito e objecto se exsolvem, nada escapará aos ritmos inverbalizados dos instantes fugidios, involuntários, porque o PALCO se ultrapassa dentro da natureza compositiva, prolonga-se a si próprio, transfronteira-se com o corpo-ACTRIZ contagiado e arremessado simultaneamente pelas superfícies-moventes e tudo ressurgirá, se entre-cruzará indefinidamente **(uma respiração flutuante arrasa as figuras, a duração rasga criativamente o corpo da ACTRIZ: o tempo escoa-se nos seus gestos que vibram entre tonalidades ritmáveis porque as sensações envolvem as artérias plenas de sangue, de ressonâncias, de vibrações, de ritmos**

múltiplos): é a miríade conceptual estranhada a atravessar o corpo com alvoroços sensíveis, é uma zona de PALCOS-indeterminados, PALCOS-proliferantes em processos prismáticos, em vitrais veementes: pluralidades estrangeiras (grandezas instáveis oscilam, pontilham relações cruéis entre gestos e o mundo: o PALCO assimila passagens que fazem durar a ACTRIZ que nada espera do mundo): o corpo-PALCO-ACTRIZ é transposto pelos esboços balbuciantes quando assume o risco do espaço das angulações que fazem existencializar as expressões, captar a tragicidade dos afectos, detectar signos fora da vida formante, demudar matérias com as protuberâncias epidérmicas, revelar pontos de vista na vinda da desaparição dos ritornelos que fazem ressoar a mutação das dobras sem saber os seus sentidos, porque a ACTRIZ acontece nos conceitos fractalizados do absurdo gerador de existência: captar as traçaduras de outras actrizes em si, translocalizar-se por meio da violência ritmável da aprendizagem de mundos possíveis: é o confronto das decifrações fronteiriças que transpõem o silêncio da realidade com os acasos modificadores da relação PALCO-ACTRIZ, apinhada de reminiscências cristalinas (o suor do palco escorre nas feridas onde o animal bebe o seu próprio futuro: o impulso da memória cruzada na presentificação da mónada incomensurável: em cada gesto uma arte, um PALCO, um real, um rascunho, um ponto de vista, em cada volteada um mundo de vários mundos: mundos desdobrados pela diferença____**nuance geradora de existência: a lâmina intermitente): a lucidez irrompe aliada ao sublime du-**

rável___com o corpo a ACTRIZ penetra no PALCO de esboços irresolutos, de dilaceramentos: os gestos expandem e assimilam outros gestos (metamorfose etológica): uma cena transmodal, sublunar: a hesitação orgiástica gravada no corpo exige a presença obscura e flutuante do gesto (amorfia, anatomização): dobras, devastações, saltos desenham um labirinto que vitaliza os entrelaçados topológicos do PALCO que se olha, se dança, se guilhotina com as vozes da matéria: avizinhar as géneses das carnaduras com as camadas vasculhadas pelas cordas bambas das metempsicoses)

A ACTRIZ não tem compromissos com o rosto da história porque o seu PALCO é um estoma animal, uma devoração mímica, uma conexão geográfica entre exílios delirantes, mónadas histéricas, tempos loucos, roubos afectivos, gritos do vazio e alvoroços imprevisíveis onde a sublimidade sem percepção, a energia impessoal, ausente de finalidades é perfurada por afluências infinitas, faz do retorno caológico a força de veemências incorpóreas, a experimentação das linhas expressivas do mundo____o jogo sem funções utilitárias: a gesticulação abocanha a gesticulação (o mosaico de dobras inúteis vibra nas afluências do animal faminto, repetindo os exercícios da obscuridade por meio de acoplagens e de desligamentos do corpo que regressa a si-mesmo para esburacar possíveis decifrações: o rosto sente a catástrofe, os escombros porque há vozes enunciativas que retornam da morte, vivendo os jogos espélhicos que caminham na errância dos distanciamentos, nas forjas movediças e grávidas de gestos desnorteados: o olhar tensionado entre o PALCO e a morte (microinstante da fala que se faz equívoco antropofágico): a grandeza do espírito antecede as improvisações da oralidade, as ressonâncias dos riscos contíguos do singular porque o pensamento regressa sempre para a vida que se desvia da percepção dicotómica através do embalo do imprevisto): **a VOZ irrompe, invade, sem cronografias mas com escutas dionisíacas dentro de actualizações duráveis (revigorar os entrecortes, realentar sensações): a reminiscência-PALCO do ecossistema incógnito, das sonâncias cerebrais, a memória sem agnição, sem mitos, sem lendas, sem psiquismo, a memória que prolifera nas bifurcações** dos **esquecimentos, dos desarranjos** sígnicos **que intensificam a epiderme da ACTRIZ fora dos limites do significado-significante(o insurgido desenha-se com falanges dos cartógrafos feiticeiros: a carne do PALCO se entrega aos estilhaços das vozes onde o fracasso se exulta e a língua se lasca com velocidades do sensível(ver e escutar os gritos dentro da fala ou será uma adivinhação do futuro grávido de almas abertas e imperceptíveis): arquivos moventes se esvaziam por meio da sua própria sonorização e a sintaxe fracassa porque exige vida, silêncio, fluxos exaustivos ou serão cirandas de palavras obsessoras a alhanarem a patologização do PALCO, as cenas anatómicas até atingirem a brincolage vocal ou será o ruflo-língua-trama dentro de**

uma imagem em desaparição? O PALCO expande os seus subsolos e as vozes povoam o avançamento compositivo, os desvios suspensos com as consistências inomináveis do tempo puro.

Aniquilar a negação com os traços singulares da assintaxia, da esquivação insana do corpo, eclodir nos limites estilizados do excesso e abrir-se às imanências, às superfícies virtuais onde proliferam partículas tartamudas dos tempos inesperadamente alógicos: a ACTRIZ contempla a sua renascença clorofílica, a sua carnadura entranhada por desaparições, intensidades, nervos, encurvas, danças: **a ACTRIZ** vê, sente, constrói o **PALCO imperceptível, a crueldade afectiva, o real invisível, os gérmens vibráteis que vitalizam as cenas: desejar a plenitude, o acontecimento da criança-mundo que ainda quebra brinquedos nas raias da linguagem e do corpo (insurgência dos gestos, das vozes): a ACTRIZ não pertence a si-mesma, ela é o desconhecido do traço metamórfico que a faz surfar no atalho lampejante e tensionado da voz (o** cântico da renascença, **o mapa estilizado da cura): A VIDA-ACTRIZ nunca morre. A ACTRIZ produz tempo, é a insana saída, a grande saída, a saída que germina, transmuta e arruína o nódulo globalitário.**

O PALCO em deformação: a ACTRIZ-do-impensado

Recuperar as metabolizações dos poetas denegados adentro das cavalariças de Aúgias com furúnculos da memória colectiva feita de levitações do fórceps do crime dos autómatos espirituais onde as coexistências vivas das cauterizações, as teceduras da carne fresca, as marchas dos estertores, rastreiam disforias nómadas e arremessam dados ontológicos entre corrimentos porfiados pelos dejectórios dos mercúrios zootómicos: tremendas chagas-dos-milagres-das-bolsas em espirais-sanguissedentas ensimesmam os entrosamentos dos morcegos paratácticos por meio de GESTOS caninos turbilhonares (abaladuras geológicas e impessoais do corpo-textura penetrado pelos farejadores contorcionistas: travessias polirrítmicas com ricochetes particulares de um verme-criativo: miríade de tendões complectivos ultrapassam a ablução do fogo, a lógica aristotélica e as têmporas das bruxas descascam os subúrbios ópticos do PALCO de alto a baixo fazendo do enxofre da reiteração uma abrasadura pulmonar, uma golfada de sal, uma mandrágora, sim, aquela de origem eurasiana que desvive desabaladamente na duração noctâmbula de Calderón de la Barca): as expressões incandescem-se nas saliências dos criptogramas: alguém chama pelas disjunções lisas do ininteligível porque as ritmicidades das distâncias de cada cena surgem entrevistas, antevistas, antecipadas, entremeadas pelo sangramento do acrobatismo dos ofícios-litosféricos: impulsionam voltagens inclassificáveis na palavra-masturbatória que vibra em todos os limites, em todos os despenhadeiros visuais (osmoses das raias semióticas assimilam o disforme da natureza: o **PALCO está no CORPO da ACTRIZ):** friccionar os crivos alfabéticos e morder as palavras nos processos transfronteiriços que desmoronam argalhas: a palavra inscreve-se nas vísceras da ACTRIZ apinhada de malhas de incidências-tubulares, de ervas impulsivas, de tecidos acutilados pela secura dos fungos (o cutelo sintáctico é uma angulação nodular rés ao eterno retorno): a palavra agasalha, recolhe, recusa, expande, denega, catapulta-se simultaneamente em si-mesma e nas velocidades geográficas dos lançadores de mapas-fosfóricos que arremessam chifres enfáticos para as arquitraves das multidões-trapezistas (bifurcar e macerar crassidades com as raspaduras das tapeçarias onde o tórax da ACTRIZ ajunta as aves dos atlas dos traidores, as secagens dos estuários às ossadas que deceparam os tentáculos unguinosos das mumificações das glandes do poder): protoescrituras confrontam as cegueiras transumantes com os urdimentos das visivas infinitizadoras de acidentes cinestésicos, ou serão signos ondultórios da eternidade a quebrarem os traços soberanos da agnição? Retraçar as orfandades através da inesgotabilidade veloz dos espantos e das fabulações prestímanas onde um decepador de línguas-mães afirma as irradiações anagramáticas da vida em cada instante incontrolável, em cada animalidade ausente de alvos cronológicos (os códices foram fragmentados pelas arqueiras sem emulações: uma guilhotina cinética entre as ofídias do PALCO que foge ao conhecimento dos inventários do direito): a ACTRIZ encarna o ilimitado, carrega tecelagens zoomórficas, rasga milenares tessituras erísticas, dialécticas, transmuda-se intempestivamente para entrever outras lâminas aformais que perfuram as percepções dos animatógrafos de similitudes e de doxas: jogos trípticos dos embriões lucífugos: a latência do tempo puro arrasa com a semelhança e o recalcamento: a ACTRIZ refusa os significados dos demiurgos): tudo se estranha na voz invasora dos golpes engelhados pelas superfícies sempiternas que vivem no limite das viragens escutadoras do mundo, descentrando as enxertaduras do in-completo, as engrenagens dos roedores anedípicos para transvocalizar os dados-alvéolares, re-encetados nos vazios vigorosos do pensamento gótico, nos feixes infinitesimais das re-existências trilhadoras de assaltos medusantes (revolver itinerários semi-breves, as bordaduras sígnicas, os hiatos dos jangadeiros expressivos: os afectos do PALCO infinitizam a espessura intensiva do tempo: o corpo da ACTRIZ em ondulação variável): sentir as tensões das vizinhanças in-sonoras de Rosebud, as lacunas enciclopédicas onde o azul mineral da luz-matérica assimila os GESTOS espirituais, as falanges sonoras e nadadoras, pulverizadas dentro da cabeça do PALCO): abaladuras da desertificação dos semitons da bestialidade-criativa, seduzindo as heteronímias com pontos de vista alfarrabistas (surgem inesperadamente a anamorfose de Kandisnsky nas improvisatas dos últimos lençóis desplatonizados: os campos panorâmicos surgem conectados aos encontros trovadorescos das palavras sem as circunscrições dos discernimentos orgânicos: interferências vadias multiplicam os desvios da inesgotabilidade dos trópicos dentro de ressonâncias fabuladoras do Phanerón(rosáceas larvares escapam às vedações dos eus, vasculham os ecos do sangue ainda lapidado pela derrisão das dádivas): caos dos espelhamentos etológicos da Antiga-Alexandria(afectologias atléticas da catástrofe com capilaridades dos cantos das animálias): entesaduras duráveis das dobras dos olhares dianteiros escapam às tradições-minóicas dos rostos que procuras desesperadamente uma explicação-semiótica, uma origem no processo-de-luz, uma meta nos micromovimentos dos azulejos diluvianos(desvendar o bestiário com as pinças mnemónicas, vociferar dentro da excrescência de Mefistófeles: mandíbulas atravessam o gesto emparedado pela prece do derradeiro animal): o balanceamento do riso da ACTRIZ difere em si mesmo e absorve os decursos das mudanças das arenas afastadas das paixões mortificadas, das vozes afligidas(os gestos involuntários fazem encontros egipcíacos no PALCO: NÃO existe erro porque a multiplicidade dionisíaca exalta a duração com novas vidências que diferem em si mesmas): os instintos das sombras da ulceração criativa que o indecidível gera faz distanciar desvios imanentes das contracções esfíngicas por meio das minerações-tímbricas: a ACTRIZ bifurca-se no alógico e no impossível, entrega o seu corpo aos sentidos simultâneos do PALCO, afastando-se violentamente do tempo escravo, cronológico, prenhe de remorsos, de hábitos, de penitências, de cios hibernados porque nada sobrevém adiantadamente, o aformal se torna um signo impetuoso, rasgador, cria tonalidades infinitas: o entre-distante das percepções é uma debruação de vasculhos hertzianos, ocando os cornozelos, os chocalhos da animalidade boreal com mênstruos anónimos dentro dos unhamentos dos respiradouros: os paradoxos intersticiais da violência espiritual, catapultam acasos supralógicos sobre as reminiscências, as abstracções histéricas, os exílios parietais(a ACTRIZ se torna na própria maneira corporal, se faz PALCO por meio de enérgicas expressões deformadas: ritmos aiónicos): contexturas do canastro sensório-motor em forma de jugo -histórico morrem trucidados ao tentarem absorver o germe das sensações: (sentir dissemelhantemente o que a reaparição cuneiforme nos lança: o mundo está aí nos volteios de câmera táctil-virtual entre galgos impenitentes que acontecem sem tolhimentos, sem paralisias, agindo com os os tímpanos das garatujas, as lascas do esguicho dos diagramas, as narinas dos formigueiros do PALCO, eliminador de crenças, de confrarias, de reverências: um animal de ferrolhos gongóricos sem expectações, decepa as pústulas dos mercadores dos sistemas orgânicos): revoltas das vozes do pensamento das geografias inóspitas que ressoam na propagação das excriptas porque exigem ser trespassadas por intuições desarvoradas, sem pontos de saída, sem pontos de chegada, sem tipógrafos de hábitos, sem coordenadas: **esponjar a atracção do estranho, a profanidade dos intrusos para defrontar os cadáveres-zumbis -estrídulos, fazer das** úlceras disruptivas **uma traçadura de velocidades imóveis, uma mancha de escolhas fora do acontecido, uma plenitude de experimentações insanas: voltar para trás do gigantesco CARVÃO-ACESO da palavra por meio das variações intensas do entredois do infinito-ventilado-pelos-gestos: aqui-agora, o PALCO se transverte totalmente para se abrir às ferrovias equinociais do mundo, às hipnagogias, às afecções das memórias ontológicas, às matérias-primas das cabeças atordoantes(encurvas membranares das distâncias que esculpem as vozes da ACTRIZ)**

A ACTRIZ acontece sincopada e afectada pelos instantes das drenagens-hidráulicas que são-já-em-si um emaranhado de itinerários sanguíneos a subir pelas vistas do afastamento adjacente: há um estendal do tempo intensíssimo da existência aliado ao bumerangue da liberdade demoníaca (retornos dos élans espirituais arfam ao esculpirem os tramelos dos in-finitos da matéria): ultrapassar zonas cavernosas, assimilar arquipélagos vacilantes, impregnar-se no ressurgimento das coalescências sedimentares, problematizando o saber dos tendões de uma língua sem gramática, captadora de forças cósmicas, de contemplações da antiguidade-futurível, de hinos insculpidos concomitantemente no real e no in-executável como se reconciliassem os deslizamentos da vida da morte (assopros filmofânicos do pensamento com o metabolismo das lacunas dos agoras-indeterminantes): o acto das rotas-babélicas, dos povos feiticeiros onde os artistas de Grotte Chauvet com as tatuagens -histéricas de Carmelo Bene assimilam a interrogação do caos dos remadores de raias (os estilhaços dos vértices megáricos advêm sazonados pela extrusão hemática da palavra-bizantina que se arruína dentro de si própria, cauterizando a imobilidade dos batedouros da boca-visualmente-enredada por estiletes assintácticos: desastre pictural desvia-nos da subsistência genérica): **devorar quem refuta a vida, extrair a arte egípcia do mundo, incorporar as simultaneidades temporais em cada ocasião atravessadora de possíveis rarescências vivificantes, bosquejadas pelos encalços das visões móbiles(compor forças com gestos acontecimentais e as vozes atravessam o PALCO com fugas ininterruptas)**

Não é o PALCO que deve demudar, é o corpo-zodiacal-capinador que se transmuta, se modifica, sem trepidez, sem aversão, sem préstimo (cavilha turbilhonar arrancada ao siringe troposférico): o mundo está aí e acontece nos blocos ritmáveis da iridescência dos decifradores orbitais: inventar e auscultar o avanço dos vértices sem perspectivas herbáceas, o movimento da re-existência globular nas omoplatas dionisíacas, repovoadas de vorticidades polifónicas: as memórias dos esquecimentos actualizam permanentemente as golpeaduras dos recomeços clandestinos da metalurgia linguística, a complexidade infinita dos olhares estrangeiros, os intervalos impossíveis do pensamento diante das visões do animal: o nomadismo do inesperado, o diferencial que esculpe o PALCO: gestos arrastados para a área raiada dos silêncios das excriptas: planos de contágios incomensuráveis à volta das ossaturas cristalinas (irrigações da intrepidez eivadas pelas celsitudes da profanação araneiforme, da heresia fúngica e da sagração dos acasos tremulantes num arvoamento suspensivo: a ACTRIZ dobra-se e dança-se no caos): os ricochetes das repetições intraduzíveis, os transes das sacralizações instauradas violentamente em corpos ininteligíveis, afastam o pensamento da razão dos atiradores lunares através das mamadeiras existenciais do geometral, das renascenças transgeográficas que descentram os timoneiros vertebrais do balbuciar-humano: as incisões das antecâmeras das línguas náuticas conectam-se às ventosas fabulatórias que habitam em des-aparecimento para menstruarem as signaturas marsupiais rente à estrangulação das vozes im-possibilitadas de dizer: **ritmos compositivos de fagocitoses quase-sígnicas, cirandas fraudulentas e intempestivamente interactivas, pulveriformes, causando ruínas criativas nas religaduras não avaliáveis do finito descomunal da natureza: estridulação polissémica e efracção heteronímica nos alcatruzes fissuradores dos espaços vivíveis entre gelosias quase-neguentrópicas: os tempos assimetricamente se desdobram escarificados pelos cérebros acentrados do PALCO para instaurarem os fluxos oculares dos princípios das dubiedades, do não-nascido vibrátil que existe dentro e fora da ACTRIZ-em-dobradura-barroca, reabrindo os arremessamentos da palavra constituída de crítica jazzística e valvulada defronte ao pavor das subducções gravitacionais: outra palavra anfibiana faz da tentativa variável do herático a enunciação das artérias animistas (dedilhar as falhas inscritas na descarnação do PALCO)**

As mandalas excitadoras dos pensamentos-em-hibridização, fragmentam glossolalias genomáticas, tentando profanar a voltagem do sagrado desagregador de olhares centrífugos e entremeados pela celularidade das medusas que rasgam o empírico, o percepcionado com a fustigação sígnica: sílabas biogénicas esquivam-se das obscurezas ecoantes por meio da abaladura interminável de outras sombras enviesadas pelas microagitações geográficas (incubação turbilhonante dos papos alvéolares): experimentar a queda-livre do estilo contra a servidão das estremaduras da língua, extrair das bordas o ziguezague das palavras em transdução, as transfronteiras do fôlego aracnídeo, as passagens de milhares de órgãos-gagos: experimentar o tartamudear vidente dos limites bactrianos nos eixos bulbosos dos saxofonistas repletos de batidas do informe inseparável das fugas astrológicas(as palavras-d`entre-das-palavras-fabuladoras e dos miradouros dos halos das lavouras: angulações guturais a rastejarem na escamas do PALCO onde a saliva do réptil se faz hieróglifo escapelado: a memória inconsciente da ACTRIZ, arremessa os seus gestos dentro das almas germinativas do PALCO que rasgam, fendem o psicológico por meio de latitudes e longitudes delirantes): órgãos permanentemente perfurados pelas enunciações das afluências dos povos-silabários: uma língua se refaz nos interstícios da decomposição estrangeira, nos caudais embrionários dos escorpiões vocalizados pelos sopros genitais: aqui-agora, os sentidos nervais dos signos rompem o vivido-hominídeo, impulsionam a ACTRIZ para as vitalidades da futuração-presentificada que se tamborila por dentro e por fora, infinitizando-se nas teceduras em deciframento paradoxal (os gestos heterogéneos diferenciam-se: várias locomotivas das insânias buscam as garras do PALCO excluso dentro das suas próprias evasões artesianas: escoamentos bilingues, sabotagens transversais, fraudes-estéticas feitas de hordas-nadadeiras, de larvas em losango atravessam os embates das disjunções-adjacentes sobre a fosforescência da impessoalidade auricular(sentir a desrazão tremendamente flamante e despedaçar as percepções e as tactilidades-sedentárias que tentam circunscrever os periscópios existenciais): recompor o esquecimento na diversidade do dissímil trans-sanguíneo, rasurar as voltagens hipertrofiadas do corpo-memória com as capturas dos polvos magnéticos impensados que perseguem o PALCO na escuta dos raptos polibulados, das viragens coruscantes____ trajectórias dos estiletes dos trapezistas sígnicos: buscar as cataratas dos corpos nas passagens dos manuscritos petrológicos que espreitam os encalços do pensamento por meio dos dados expelidos pelos médiuns carregadores de matérias do vazio-irrefreável(rastros dos gritos insaciáveis que se elastificaram atravessadamente nos espelhos desmanchados pelos rascunhos ilegíveis: os rumos gésticos da ACTRIZ em reviravolta): **os vazios nos transportam para a in-transitabilidade da língua dos ancoradouros(signo-luz) com os jogos assintácticos da infância parabólica cheia de luxações verticais, de despojos das gravidezes inominadas e de revelações escorregadias, encruzadas inexoravelmente pelo passado absoluto que se diz heterogenia do presente-pugilista(protuberâncias intrusivas absorvem o acaso da obscureza por meio da pervicácia, transumante ervanço da impiedade tacteia e desfoca a palavra que despolimeriza a cabeça ou possivelmente a composição retorcida das sombras sonoras do PALCO)**

O discernimento e a impercepção não se circunscrevem, porque tentam encarnar a correnteza giratória do desassossego criativo, problematizando o atomismo das vocalidades(locomotiva de dionisio ou germinação de paradoxos feita de passados futuristas): as intermitências das mordeduras dos lacraus em permanente emissão de metaplasmos (encadeamentos de irrupções de lances micropolíticos, destroem os idiomas-oficiais e uma língua-vespeira reemerge nos arrugamentos dos solos lisos entre as acções fabuladoras dos ouvidos do mundo e as marchas aracnídeas: tudo se gera através da excepção das energias imensuráveis, dos intermezzos incorporais, das forças insubordinadas dos búfalos do silêncio: enzimas gongóricas guardam o contorcionismo das vidraças onde um nome em desaprumo absorve a gordura da voz: **dizem: expiações dos vermes a repercutirem no esquecimento de uma língua** fendida pelas patas traseiras das dádivas): o grito rapinado e infestado pelos piroclastos-multímodos, transmuta-se nos livros piramidais dos mortos emancipadores da vida-tresmalhada (alpinistas-latejantes a enfrentarem a desmesura mercurial das infâmias alfandegárias ou serão estacas fibróticas pontilhadas desvairadamente pela secagem dos fósseis biônicos?)

Outra voz desdobrada, jogada na recolha dos vestígios opacos do PALCO, atravessa os papiros metamórficos dentro dum vai-vém de línguas estrangeiras com colmeias boreais nas hifenizações(um labro plissado convulsiona-se na ressurreição púrpura do corvo-sígnico: outra voz-coexistente vara as abstracções dos armistícios, retraçados pelos écrans distorcidos dos véus incorporadores de quase-escritas que coreografam a presença das átomos ágeis: átomos incarbonizados antes das bocas lucífugas do PALCO (as cisternas microscópicas do corpo religam-se permanentemente à fulguração antropofágica do mundo): a voz perplexa da ACTRIZ-renegada decompõe-se na excripta da hiemação-em-crise-galopante, ressurge sem qualquer penitência, regermina na expansibilidade do intangível onde o processo das epifanias in-discerníveis, das fábulas infinitas, das cissuras itinerantes, escarificam as margens convulsivas das costureiras piramidais(variações de velocidades e lentidões musicais____transbordâncias que ampliam o tempo): a ACTRIZ captura a proliferação do silêncio cataclísmico para dizer no mesmo-gesto-inumanamente-humano a in-esgotabilidade da espera de alguém que se acoplou às devastações resplandecentes das mitologias com vazantes-informes ou será um rumor do coro das armadilhas sisifianas? Extrapolar limiares dentro da natureza, desfrechando indefinidamente o apócrifo-simulacral: as colheitas hermafroditas repetem-se no imperceptível dos alfabetos nómadas, criam ascensores de resina nos êxodos das palavras e os chamamentos das angulações mordem os traços das serpentes, carregadas de bateduras amnióticas: profusos estertores captam o vivível em des-aparição, em linfas anárquicas, em povoações-diagonais porque o PALCO é uma irradiação de ex-cripturas infinitas que fazem ziguezaguear a desumanização nos circuitos das forças das pedrarias nidificadas: imersão dos mapas impenetráveis, linhas movediças dos diagramas fazem misturar as mortes dos deuses nas ondulações rodoviárias, nos sentidos paradoxais das falas iniciáticas que geram a improvisata dos relâmpagos gésticos sobre o sebo do indiscernível de todas as ressonâncias das raias demoníacas **(orfandade-do-transver-de-Ésquilo): conexões diluidoras do objecto-sujeito perante o enigma da duração do PALCO: a palavra em putrefacção fisiológica se abandona na própria voz da crueldade-etrusca: quase-revelar, distorcer as rupturas hemorrágicas do mundo entre os espaços intensivos de oráculos espiralados que**

esmordaçam hipotálamos a-gramaticais, arrastadores de multidões inexistentes, de enciclopédias fora dos desígnios(os átomos dos gestos acontecem infinitamente e o impensável torna-se o crivo de si mesmo)

PALCO semiaberto aos vulcanólogos serpenteia im-perceptível e vive do excesso inverso dos meridianos da diafaneidade, do improvisado dalmático, dos estomas silábicos (decifrar um grito alsaciano-Elsässisch da ACTRIZ para atingir a alma no porvir-inconsciente porque o PALCO se torna num gesto esquizofrénico e a voz envolve-se nas forças insubordinadas): metazoa humana subversiva, meteorítica, cambiante e fortalecida pelo permanente magnetismo feromonático ou será uma força cervical a implodir gipsos-silabários para ab-rogar clorofilas antárticas dentro do PALCO? Cinzelar especiarias com ritmos polispérmicos porque as sensações das sopranas tornam a vida eolicamente pollockiana: os talos alógicos fazem sentir os hímenes do PALCO por meio torceduras dos signos-mandibulares que nos levam para os macaréus da diferença-veneziana-freática, excriptando a revivescência da ACTRIZ fora dos maxilares fossilizados, dos dissectores placentários: esboçar deserticamente as raias do mundo perante as forças puras-tridáctilas (traçados dinâmicos dos rebocadores zoológicos da repetição-equatorial): **acontecer antes dos cutelos das palavras, dos latidos dos acenos dos mergulhadores de proto-estrelas: linhas-pororocas-de-acontecimentos**

fulguram-se ao redor da extrema exaustão do PALCO: pulverizações dos astrolábios do absurdo se estilizam no silêncio simulacral da realidade: dizem: olhares dos jogadores de ressonâncias das cordoalhas oraculares, ou serão os contrapontos hiperbóreos do PALCO a incandescerem-se entre os ritornelos desbravantes das superfícies? Almas barrocas submergem nas golfadas dos viventes góticos**, destruindo as rutilações das cavernas neuróticas e as prumagens afuniladoras das oxidações que prendem o tempo na rotação da cabeça dos demiurgos.**

O PALCO é uma hiena-efervescente que tenta sempre escapar à estrutura da peçonha recognitiva através dos acasos-instantes das cavilações ciclopes, tocadoras de xistosidades atmosféricas: presentificar o verbo no animismo das coexistências em visageidades-fiandeiras, o verbo desligado de deuses metereológicos e de antropomorfismos cranianos: o verbo dionisíaco infiltra-se nos espelhamentos neuronais, o verbo nómada antecipa os polígonos híbridos nos germes da sismologia, o verbo insituado baralha as vindimas de sensações com os brotamentos das assintaxias rendilhadas entre os lacraus que infinitizam os sentidos: a mineralogia do verbo combate a periodização logocêntrica por meio dos anfiteatros-tácteis fabricadores de tempo: quebrar as consciências ensebadas pelos pórticos identitários (varizes magmáticas resgatam sorvedouros félsicos): tudo actua num processamento ininterrupto (arrasto fosfórico, coreografias cerebrais microscópicas): gerar novos idiomas incapturáveis nas medusas pulmonares: os epicentros dos vertedores do incógnito elastificam os conceitos vertiginosos do PALCO (escalpos acrobáticos do real): fugir da razão-representativa por meio dos assanhamentos dos réptéis arábicos, dos bastidores dos bosquímanos-coloidais e as pústulas, as vaselinas, as estrias, as guelras, os ventres góticos, os lodos bizantinos, as cegueiras dos mapas, os gestos da transmutação, as vozes infinitas, as palavras, o real turbulento, as partículas, as linhas de concatenação das cenas, as envolvências das blasfémias, os cristalinos das rosáceas, as crueldades da inocência, as infinitas obscurezas do mundo, as coprologias das dádivas, as profligações dos deuses, as fomes criativas do caos, as lascas dos espíritos, os esquecimentos, os jogos incognoscíveis, as vergonhas, os corpos, os silêncios, as paixões abstractas, as tramas artistas, as combinações das ferrarias virtuais, as operações das carniças, os gumes dos conceitos, os abcessos entre as refracções estóicas, as córneas barrocas, as assolações rés aos instrumentos aiónicos, as plagiotropias dos tempos loucos, os espasmos do pensamento, os delírios do inesperado, as subtis existências, as ínfimas hemorragias, os manguezais do vazio, os sagrados nos acasos pagãos, os heterónimos na revolta dos povoamentos... do PALCO se abrem às forças descolonizadoras do mundo, fazendo da ACTRIZ uma encruzilhada de escavadoras-aluviónicas que rasgam as convicções dóxicas com as multiplicidades do vazio e as margens dos vitrais (hibridização das centrais-eléctricas dos signos enlaçam a insânia da ACTRIZ, confrontam os pólipos heliciformes, as bigornas glaciares com a selvajaria do espírito-cerebral para absorver os esboços incontroláveis das preces-vulvares, as endentações cuspideiras das limnologistas que gravitam nos graúlhos mandibulares da tendência futurível, nas rasuras dos sobreestetismos: a matéria escorregadia do presente é afectada pelo jogo da mandibulação quiasmática do PALCO): **a inexequível voz da ACTRIZ está sempre à tona com transmutações infinitesimais, com baluartes bífidos atrincheirados na vinosidade: os óvulos glandulares do pensamento ou será o impensável criptogâmico? Feixes dos micromovimentos das concomitâncias** SÍGNICAS **esgueiram-se para o espaço mais adentrado do corpo: um corpo mudamente-a-cústico a procurar o plâncton das vergastas verbais com falanges rasgadas, ampliadas e dobradas para dentro da assintaxia animalizante (os gestos se dissolvem e ressurgem no magnetismo intenso da epidemiologia enciclopédica sem significações: os gestos assimilam as virescências do desconhecido para fazerem parte do silêncio tensionado pela auscultação dos hieróglifos com ossificações polifónicas): a ACTRIZ mergulha na ACTRIZ e os feixes sanguíneos ainda dançam. Defluxões inervadas do corpo cinzelam sisifianamente os escombros da linguagem das monadologias ecosóficas espiraladas por bússolas balbuciantes)**

A ACTRIZ defrontará o bestiário estético do silêncio do mundo, as dobras incessantes dos orifícios dos obstáculos, as gestações hidrotermais das línguas-por-vir entre a gagueira do PALCO, as anópsias e os ócios-fúngicos das relojoarias em copulação de interfaces microfísicas que desviam superfícies de chamamentos por meio de andarilhos batedores da crisalidação: defrontar a gravidade trapaceante das barbatanas sulforosas rés à fábrica cerebral porque o ruído das sílabas em contraste cosmogónico cria convergências aracnídeas, abismos bífidos nas esfoladuras das errâncias da ACTRIZ: por detrás dos rigores in-alcançáveis, as sonoridades da cegueira-visível revelam as coifas refeitas em decúbito-dorsal nos anfiteatros dos afectos hemorrágicos (homeostasia fractalizadora da granitização hidrópica ou apenas uma palavra a contornar o vazio ou será um gesto intuitivo da etologia? O bestiário molecular: microplanos das arquiexcripturas esboçados nos embates infinitos de forças convulsíveis, metalúrgicas, porque tudo se des-incorpora no deserto-resvaladio das alpondras da linguagem entre o vareio do in-acabado, a vastidão do inapreensível e a errância-biosonar sob vozes refractantes e desabadas pelas intercadências anamórficas sem alvos (o grito re-enceta o desvelamento da visão das áspides, o ritmo intervisual da pulverescência geológica, a visualidade lúdica da confabulação do ciberespaço entre intensidades variáveis das mandrágoras-das-metrópoles e as radiações dos bebedouros das ondas termohalinas: filigranas nervinas, caixas acústicas, despojos cardíacos que se religam às espadanas do caos: as dobras-dos-afrescos badalejam-se nas esteiras sazonadas do corpo da ACTRIZ para serem sorvidas pelas súbitas focalidades cósmicas, catalíticas (participação extravasante das encorpaduras arteriais______o crime da palavra regressa à ofegância criptografada pela zoofonia-do-PALCO: a palavra na alcova atinge a necrose por meio da pele totémica do animal: as batedouras dos lodaçais despontam nos espelhos a ringerem à volta das últimas mitografias): a ACTRIZ retraduz-se nas soldagens a-sígnicas do alto-mar da sibilação e a violência ondulatória recolhe sempre a in-visibilidade avançada da palavra, a ressurreição da palavra quase-traduzida no vegetal-mineral do abismo-GÉSTICO; absorvência das zonas afóticas dos arquipélagos anatomistas): a caça dos mastozoários do pensamento na i-emersão melismática, amostra as alucinantes sombras dos verbos intransitivos que lançam os corpúsculos das falas nas aberrâncias-orbitais estranhamente intensificadas pelos prestidigitadores translatícios: é o rumor da fascinação abismática, a catástrofe criativa, os resvaladios noéticos, as abaladuras inverbalizadas que interrompem o PALCO inundado por trajectórias geodésicas: há uma fractura alfabética provocada pelo desmantelamento da memória-panegírica do mundo, pela in-inteligibilidade das golfadas eruptivas da ACTRIZ (pneumas dentro da multiplicidade absoluta ou será a cena abstracta a traduzir as vibrações dos gestos?): as certezas desaparecem entre as palavras despedaçadas e despedaçantes que não sabem das suas subducções, das anfrutuosidades no corpo em mungidura permanente (sentidos microscópicos): os rumores mercuriais da estranheza acontecem entre miríades de gestemas-sáurios e as fracturas cartográficas que engolem as radiâncias das dominações-olhantes: os pentagramas entrelaçados na sismicidade da fala-parturiente-nupcial, predizem as conexões do indizível que leva a ACTRIZ para a magicatura dos electrões das vocalidades enviesadas: o risco das vizinhanças do ouvidor de gestos que deslaçam forças da boca da ACTRIZ, criam novos itinerários sem metas, sem chegadas, sem sentenças (tonalidades cristalográficas tentam transpor a vitalidade do sensível: extrair a potência do PALCO em movimento): obsessões-dos-equívocos dedilhadas entre botânicas hemisféricas e vozes polirrítmicas(nada é fixado e tudo sobrevém na ofuscação das bordas, dos limites-analgésicos que desprotegem o discernimento das válvulas-ovíparas no confronto da espontaneidade da ablepsia com a claridade-ciclópica, recuperando as emergências das azulejarias do PALCO entre as entropias fundentes, as avalanches do corpo contaminado pela razão impura dos eclipses que revelam o metabolismo epidérmico da ACTRIZ: os diafragmas se expandem desmesuradamente): **as forças do corpo-olhante, dissipam-se, ressurgem, dissolvem-se, recomeçam nas matizes do in-acabado, nas sensações vertiginosas, nas variantes dos zuidouros, nos feixes multiformes-astríferos: os alvoro**ços das rampas atmosféricas **escapam à compreensibilidade-balizadora, reproduzindo o que foi zurzido nas travessias da des-aparição, no enfrentamento do grito-cancional antiquíssimo para se contaminar intuitivamente pelos ALFABETOS do ACASO anfibológico(ritmicidades ecoantes do vivente trapezista entre emboscadas plumbaginas e o inconsciente tecidular: formas desfiguradas, vigamentos epigramáticos balbuciando nos rastros das xilogravuras da futuração-criptografada pelas micropercepções que atravessam as articulações do animal-PALCO ou serão envolvências sígnicas e insanas a arrasarem tautologias algorítmicas?**

A ACTRIZ entre anarquias cosmoficadoras para além do visível (a visão múltipla é a obscuridade do fulgor do PALCO: expressões autofagiam-se para se deslembrarem, regerminarem fora dos batedouros-escamados-do-rosto e da granulagem bolorenta do raciocínio): **a vida esferiza-se no risco da visão esburacada pelo impensável ou serão pensamentos medusantes a pregnarem a transbordância incandescente das vozes nos gestos, recusando violentamente as súplicas teleológicas e as córneas das causas finalistas: as homenagens necrotéricas, as transfusões martirológicas, as fantasmagorias cenotáficas surgem golpeadas pelas goivas embruxadas, pelas refracções das ferrarias afectivas (incarbonização da ética e das singraduras dos acontecimentos estéticos).**

A ACTRIZ não possui as gárgulas do livre arbítrio, não se assujeita às escamas-moralistas nutridas por beatitudes calcificadas, por deuses definhados entre as tautologias axiológicas e os respaldos progenitores das significações: cremalheiras ungem excrescências do escárnio com as indigências das alforrias: um animal reincidente arrasa os gólgotas sem idealismos, sem utopias, sem piedades, sem compaixões, sem antropomorfizar a realidade, sem as filosofias da finitude, sem as filosofias flageladas, agonizadas: outro animal atravessa as caldeações das aleivosias, lavaja a incomensurável germinação háptica com o ensimesmamento ruminante para recriar, experimentar imanentemente o mundo feito de arcaboiços abjurados e de esbulhos das categorizações dicotómicas, dualísticas tão sugados pelos desígnios providenciais: **os gânglios animalizantes**

defrontam as mesuras da morte, afastando do corpo a crendeirice, os instintos supersticiosos, as imbricações do pânico, as absolvições mitigadas, os estatutos déspotas **rebaixadoras da existência(o imprevisto e o vazio se contagiam entre pontos de vista incorporais e as viscosidades das palavras___o corpo da ACTRIZ traduz ininterruptamente, o animal força o impensável a acontecer, a expandir-se dentro da visão golpeadora do PALCO)**

A ACTRIZ voluteia-se nos prismas da loucura, nos vasculhadores do delírio, nos dardos do arrebatamento gorgolejante, nas sismografias do real, nos fígados dos hospícios, nas efígies jugulares, nas nidações, na electrocução das obsidianas (uma linha rítmica e abstracta reforça as oscilações verbais___expressões tensionadas a modificarem o PALCO ao cimo do indemonstrável): as correntezas fazem parte inumanamente das virilhas-andarilhadas do PALCO entre o caos acentrado, as facas do labirinto e a pré-vida do acontecimento com guelras resilientes que levam as àscuas por dentro do ritornelo paradoxal: as implosões ritmáveis antes dos nódulos da palavra povoam o vazio do tempo-puro-inconsciente: o PALCO espiritualizado fragmentariamente, cruelmente pelas artérias das espias herméticas (há êmbolos irrepresentáveis, inexauríveis): evitar que as quedas do corpo-palavra sejam avassaladas, amansadas, esquadrinhadas dentro duma roleira de poder antropocêntrico_____eliminar as esporas das calcificações das servências, a torpeza das essências confortativas e das lógicas divinas onde a natureza utilitarista provoca a impotência da palavra, transformando-a num asilo circunscrito de julgamentos e de endentações dos onzenários: o PALCO questiona a expectação da própria resposta por meio do um olhar da arrepsia para assimilar o seu espaço mais interior que despontará nas superfícies em desdobramento opiáceo-onomatopaico porque se nutre do desejo do caos multiplicador do caos: **devorar, perfurar as traçaduras das percepções (o PALCO trespassa as suas próprias imagens na desaparição para regerminar fora das fantasmagorias e o inconsciente de vários inconscientes se alavanca dentro de trajectórias dos corpos-animalizantes que mundificam a dor metamórfica da ACTRIZ: do vazio o PALCO se olhará e extrairá as diferenças acósmicas, a cena se tornará impessoal, singular e carregada de tempos puros: o gesto, a palavra, a voz desviam-se de qualquer finalidade)**

PALCO escavador, heteromórfico, alpinista de forças cósmicas onde o corpo das profligações rebatidas pelas progenituras pluviométricas busca o silêncio-musical das talhadeiras sinápticas ao atravessar as transmutações das vitualhas hemáticas: um corpo cartográfico risca, peneira o caos com o intenso fulgor da inédia, com a tensão dos olhares já-fora de si mesmos onde os traços biométricos, astrofísicos imperceptivelmente perceptivos acontecem nos poríferos vivos inobjectiváveis, intermitentes, interrogativos (formas aformais absorvidas e dilatadas simultaneamente pelos magnetismos do PALCO: a mangação do obscuro se faz silêncio-eximido nos recomeços imprevisíveis da procacidade do texto-corpo, levando-nos para o transbordamento macerador da ignomínia: a extravasação das sensações em movimentos ritmados, sem repouso, e o fiduciário dança incessantemente com as craviolas impactantes dos acostamentos em liquefacção: as voltagens dos ferreiros transformadores dos palcos-hápticos escasilham o remorso e a barganha, sim, desentulham os poros imanentemente porque as suas forças transgeográficas acontecem nas resistências micropolíticas em desrazão: buscar e transpor as têmperas das trincheiras sintácticas, revolver saídas musculares em derruimento: traçar novas bordas imprevisíveis e fazer do indiscernível e do indecifrável, o excesso do decoro e das escórias na refrega das promessas entre os delitos das asseidades: é **o movimento do PALCO nas forças positivas da invenção, é o instante do refrigério das pleuras que procriam o aluimento e fazem da insurreição um processo de singularidades impessoais-vesânicas onde um signo aformal-exicial escava as franquias dos abcessos para afectar tremendamente a vastidão profusa da perspectiva ou será um ponto de vista dentro das agulharias do PALCO em retorção? Andaimes chupadores de calígrafos tentam traduzir a electrificação da realidade inabordável.**

O PALCO se inscreve no intervalo das relhas-dos-arados-linguísticos, nos interstícios dos ecossistemas desejados pelas hulhas dos condenados, assim, as velocidades assintácticas se tornam compulsivamente no sangue da insânia, problematizando as limalhas ciclópicas do criativo: é o verbo contagiante do PALCO insculpido nos ritornelos das capturas estranhas da alomorfia do tempo: exuberâncias adentradas no fora conectado aos crivos caológicos, transvertendo a vernação da palavra -rosto vigorosamente escovado pelas linhas ininterruptas de gestos em incontrição: forças abstractas repletas de esquírolas, de anátemas, de ínguas, de goivas entre os cães de Tarantino e os alvedrios de Stroheim (a ACTRIZ agindo sem profecias, sem previsões, sem as entropias pontilhadas da termodinâmica): os estalos do pânico vivem da aproximação sulfúrica das palavras obsessivamente i-localizáveis e a ACTRIZ ao absconder-se na hemolinfa encavilhada, suga e esfuraca as mutações-difónicas com os lances infinitos dos ofícios-das-malhagens dentro dos interregnos verberantes de quem procura planos da insuficiência (sentidos alógicos à volta dos atiradores de objecções e das degenerescências vocabulares): experimentação dos periscópios do oblívio em direcção ao delírio das rotas da cólera: transitório dos eixos da verbosidade do quase-desvendamento das hidras-sígnicas que continuam a misturar vagamundos por meio da opticidade dos conceitos da vocação in-defectível para se abrirem às profundas ressonâncias das fracturas do mundo, à anterioridade devoradora das mós-caos da ex-cripta-óssea: **a ACTRIZ se afirma nos arrancos da clandestinidade intersectada pelas velocidades-lentas das permutações esfíngicas da palavra(a voz-animal-do -PALCO fundida epifanicamente na perfulgência rasgadora dos subterrâneos, transpõe a presença corporificada das vozes, nos ritmos das distâncias da visiva imprevisível que voltam descontinuamente do indiscernível que é o dentro trepidante do enigma-multívago-coaxial: partituras mundificadas no processo do in-visível que se entranha violentamente nas palavras mutiladoras e construtoras do real): superfícies do PALCO entre angulações-ferritinas e dobraduras phaneroscópicas.**

O olhar da ACTRIZ se modifica nas fundações topológicas da aparição alógica in-cicatrizável, dos resvaladouros góticos: retraçar os corpos com as recomposições das navalhas do inacessível: o sangramento da epiderme epifânica: o saber do PALCO dentro da impermanência dos alvos dos mapas do mundo que jamais nos darão a visibilidade-total entre abecedários hiperestésicos: sombras musicais das anamorfoses-do-cristalino amostram-se e recolhem-se para infinitizarem os jogos de auscultações das vozes: ditirambos prometeicos nos transvertem em geografias permanentemente gésticas com grandezas entrelaçadas no desmedido (biopotências contínuas a desabrocharem nas arrasaduras das bibalvias-sintácticas): a in-corporificação vascular do PALCO urde os mineralóides da voz-animal-quase-antevista entre os lances dos avessos da ACTRIZ em transcodificação): tudo é ultrapassado pela líbido do enigma irresolúvel, pela reinvenção ininterrupta, sinestésica dos ourives-iodados ou será a energia caótica rés à germinalidade metamórfica? Absorver a ruptura dos rumos silabários reencontrados no silêncio des-costurado do PALCO e a voz da ACTRIZ se desvia intensamente da centelha messiânica que se diz cápsula de bombeamentos-de-angulações ao tentar colocar o corpo nas massas ressentidas dos sarcófagos-das-consciências (o PALCO encarna-se na cena viva de vozes escoadas pela solidão que é multidão sígnica singularizada entre gestos duráveis e superfícies que se escoam na sua própria profundidade).

O cérebro des-foca-se no mosaico da tragédia cinemacromática, nas desdobras verbais que emergem e desaparecem diferentemente nos calendários acronológicos, ressuscitando ardis das casas, fisiologias das matilhas, flutuações temporais, desenhos maleáveis, fricções das gravezas sombrias, estrias fugidias, puzzles polvilhados, imbricações invasoras, ritmos ondulatórios, translocalizações da carne entre os estojos dos cruzamentos petrológicos, os de-nodamentos agramaticais e a procrastinação das vozes do transe____ **ainda há os cães de caça que escapam aos rumores dos ovários das feiticeiras porque o acaso dentro do gesto sempre fragmentou as distâncias das vozes: os pulmões tornam-se vestígios de fósseis imemoriáveis que se dividem na premência do improvável: o sangue continua a bater nos olhos sem explicação e as veias tornam-se riscos longínquos a percorrerem as**

últimas fracções da multidão onde o presente vibrátil, desigual e demudado se infiltra no futuro: a hesitação tem sempre algum vidro dentro da fome onde o geólogo tenta acender um fósforo **no intangível da semeadura; o refúgio é uma dobra da exaustão (a ACTRIZ experimenta os gatilhos das errâncias anatomistas do PALCO, constrói, esboroa orbitantemente ambulações, tecelagens, tempos das polispermias, das estridulações meteóricas por meio de excertos ecoesféricos_____as sombras ainda sustentam a devastação dos minerais)**

A ACTRIZ foge das sequências perceptíveis, do analógico e enfrenta os golpes polirrítmicos da existência com a insacrificabilidade do olho-no-olho, da câmera-da-câmera misturadora de matérias gravitacionais entre os espaços de mutualidades convulsadas, religadas, exsolvidas e as diacronias das fendas livres (gesto quase-psicótico em aceleração): um percurso persiste nas golpeaduras ecológicas (arrancar e apreender os intercessores que abrem a matéria do mundo aos eclipses dos animais): a imprecisão dos exilados, a precariedade do silêncio, as premonições das febres, os rastros das linhas infindas dos carvoeiros, a contemplação escorregadia das vagaturas da língua, caotiza-nos na adivinhação polinervada das multidões-guache, no cinetismo geográfico em variação incessante: catapultar novas arrastaduras existenciais, novas topografias onomatopaicas, feitas pelos longínquos das vizindades da encarnação e pelas miscigenações sensoriais que retransformam a ACTRIZ em garatujas-animalizantes (síncopes espaciológicas cavalgam no ininteligível sem avisar): aqui-agora, as cicatrizes dos arquivos da palavra retornam às lacunas escultóricas das esferologias movediças, aos desastres fulgurantes das tentativas laudânicas: rigores dos segadores gangrenados pela misteriosidade do canavial levam o PALCO para as voltagens dos transplantes do mundo, para o ecossistema da solidão-cosmogónica dentro das trapaças e das estranhezas quase imperceptíveis que jamais darão alguma resposta, porque o corpo-varacional-pan-semiótico sentirá o desmoronamento do já-dito entre as acédias, as lisuras abjuradas, as incúrias, asferezas, as abastanças, as fomes, os aferros das laçadas-inumanas: a inacessibilidade dos urdumes dos astros: dizem: composições órficas das palavras, intuições caóticas: o mundo vaza-se ininterruptamente sem datas, devasta concatenações historicizantes, projecta desgastes permutatórios, enervamentos transfronteiriços que tentam des-fazer a densidade das membranas indecifráveis com o dentro das feridas polimórficas do PALCO que se dinamiza nos cruzamentos anárquicos, nas clarabóias traçadoras de sismologias(o inconsciente fulgura): contaminações cartográficas da matéria cinzeladora de partículas navegacionáveis(trampolins de escorpiões verbais revisitam o respiramento de um grão ontológico, o esboço do animal reconhece o carrasco sem ocultar o ritmo cardíaco, o corpo espontâneo). **Tentar desensombrar a visão por meio das insanas matemáticas, das oscilações desequilibradas das línguas estrangeiras**

que povoam as distâncias batimétricas das vizinhanças brownianas-picturais: volteaduras das paleografias infiltram-se nos acontecimentos-curandeiros, repletos de vitrais ilimitados: uma maçã torna-se intrusa na trajectória pulsátil da luz: aqui-agora, a palavra rastreia-se antes da sua implosão para absorver cesuras inabordáveis, infinitudes ritmáveis, lançando a ACTRIZ para os recomeços do silêncio do á-bê-cê do deserto heteronímico (re-composição da sombra do visível, habitar as fragmentações coexistentes nos sensóriuns assignificantes do PALCO).

A ACTRIZ renegada revivifica-se no suicídio insondado da palavra porque busca a seringação das alavancas câncionais, as batidas meteóricas de um possível desabamento entre as ubiquidades mágicas-do-real e os contrastes em acoplagens vertiginosas, criadoras de defluxos babelescos e de variâncias labirínticas (vozes-turbilhonares dos desejos vitalizam-se dentro da transdução crítica e de tessituras moleculares do PALCO: **transcursos, falhas e hiatos vibram): não esperar o retorno das aves, nem os espólios das coordenadas sinérgicas e acompanhar as mergulhadoras noctâmbulas com gestualidades friccionadas pelas úlceras sígnicas dentro dos baques cetáceos do mundo: re-posicionamentos quase -animalizantes na polimorfia das manchas cíbridas, das forjas dos dicionários sagazes, dos baraços astrológicos e das áreas cambiantes da uterodisseia: vejam, o jogo in-**

discernível das tatuagens topológicas do mundo, a secura inexpugnável do grito, a traição da carne no PALCO (as percepções disseminam-se e rasgam-se no corpo da ACTRIZ: o corpo começa a traduzir a matéria espiritual, o perceptível da desrazão, a aparição do desaparecimento)

A luz lança-se orficamente excessiva no manguezal cruel do corpo: a palavra des-aparece para reproduzir, reverberar o PALCO através de esboços poligonais do silêncio. Acontecer na fala escusada que quase repousa na materialidade colossal-e-em-fenda: acontecer nas sanfonas incontroláveis do desejo-mundo (a palavra inútil-lacunar com olhares retorcidos do artesão, espera pela boca mortífero): acontecer na entrepausa embaralhadora de alvos-halos tranfronteiriços que nos levam permanentemente à solidão absoluta e criativa, ao não-necessário, à substância dos tempos simultâneos: sentido dos sentidos a-lógicos: acontecer no ostracismo-regenerador das distâncias, nas expressões renascentes-rítmicas que tentam evitar o suicídio do PALCO sobre a cosmogonia de EPICURO; sobrevir na imanência heterogénea entre imagens-das-imagens incontroláveis: advir na crítica à frivolidade das expressões que demarcam linguagens estimuladoras de finisterras, de vacuidades: **a sombra do animal croniza-se na dispersão intangível do PALCO: dionisiacamente a ACTRIZ despedaça a armação aprisionante, incorpora o outro de si-mesma que surgem nos outros do indiscernível e nos outros da obscureza, nos outros insanos-de-si-mesma que a atravessam para quebrantar historicidades ideologizantes, cloroformizadas: a ACTRIZ ritmável invade-se caoticamente entre deuses desarvorados, dobraduras vibratórias e intersecções atemporais: há descentramentos morfológicos e detonações gramaticais: uma língua assombra, apavora, obscurece, atemoriza babelicamente o PALCO (escapar à carnadura com o incodificável)**

A ACTRIZ trilha os andaimes desconhecidos, redobra os esófagos da des-aparição, o alofilo como um eco impossível no PALCO dentro das inesperáveis sinergias onomatopaicas, polissémicas: advir na fala iniciante, no atraso-antecipado, na dúvida híbrida, nos intervalos tenebrosos que ampliam os traços do inacabamento: as tensões das ressonâncias verbais corporificam o azorrague ulcerado-levitante dos equinócios: o pensamento ondulatório insectívoro entoa peugadas limítrofes pongeanamente: traçar e retraçar as geografias com as velocidades das singularizações dos exílios balbuciantes que transbordam os entrecortes copulares do inominável: dizem: antropogéneses do despovoado (interferências das linhas astrológicas, dos crivos insondáveis da semiótica): refazer tudo no estranhamento do lapso, nos espaços móbiles do irrepresentável, nos intervalos transumantes do despenhadeiro: encruzilhadas

das cartografias no falhanço plurivalente da possível agnição: entranhar na palavra-inamanipulável com constelações sincopadas, com ciclos descentrados perante as crisalidações das fábulas-in-PALCO: no recomeço das errâncias, os gestos contaminam-se paradoxalmente, há uma voltagem murmurante nos miuçalhos da língua, nos derrames da hololíngua que se desdobra e estremece entre as falas incontroláveis, as maviosidades do tição incendiário-oscilador dos ecos arteriais: as vozes ondulantes, tangenciais perdem o exórdio nas lipotimias dos meios das suas enxertaduras tremendamente feiticeiras porque projectam os subterfúgios das falas indeterminantes sem pertença, sem função, sem serventia(talhaduras vaticinantes hirodinâmicas esbulham mitologias-dakonda e tudo se desfaz por meio da repulsão ulcerada): **recomeços das obscurezas dentro das vozes-dos-arquipélagos-ecoantes que reinventam outras ruminações-minotáuricas-estriadas-e-em-atrito que jamais serão uma esfera de origens, de nascedouros anunciadores de mitografias porque os rodeios perfunctórios das palavras amotinam-se na criptonímia cerebral, reinstaurando efracturas assignificantes, forças alógicas que geram forças de um pensamento inobjectivável: o PALCO acontece em si num encadeamento de serpes caleidoscópicas e se entrega à incerteza, às confluências de epifenómenos ondeantes, insaturáveis, instáveis.**

O TEATRO se arremessa contra a correnteza repentina dos desvios das volubilidades da retradução de uma memória-sem-memória: uma teia de invocações e de intermitências inscreve a sua própria vida no transe emaranhado de excriptas do corpo micropolítico: o corpo construído na insurreição pulsátil, na multiplicidade desejante, na contaminação ética doutros corpos cinéticos, anorgânicos, infográficos, videográficos, multiformes, noosféricos, multifacetados, deslizantes, rasurados, interactivos, ressonantes(sublevação existencial): **viver tumultuosamente dentro do PALCO-alvéolar apinhado de emergências flutuadoras, de estremecimentos compulsivos onde uma língua não recolhe qualquer manuseamento, porque se nutre da desfiguração, da estranheza, da torsão, é uma transleitura do futurível que presentemente jamais advirá, fazendo do PALCO uma voz-sarilhada de** des-aparições, dissoluções, renascenças e reacendimentos: uma abastança-desértica, uma irrigação de mudanças ininterruptas.

A ACTRIZ com novas topografias desertoras, escorregadias e ilimitáveis, com novos mapas incompletos, com todas as transitoriedades bressonianas e com a inesgotabilidade do sentido alógico-irrefreável-e-incorporificador-das-palavras-em-transfúgio, escarifica-se nas peugadas do caos sem onomásticas: imensuráveis línguas inconclusas, deformadas, fendem violentamente as vigias de possíveis unidades, desatendendo solvências, objecções, binarismos para recomeçar nos cânticos órficos da natureza, nas melodias insanas das ovulações, no erro arrebatado da pigmentação anatómica: as composições das diferentes correntezas-gésticas atravessam a ACTRIZ dentro do PALCO que nunca lhe leva para lado nenhum, não tem contrapartidas, vive simultaneamente na profunda impermanência, na hibridização insurrecional: **miscigenação zoomórfica: des-instalações dentro das performances ou das redes** telemáticas-cibridas ou das leituras espaciológicas a capturarem vestígios das cosmologias da jubilação-trágica: a ACTRIZ sente o a-PALCO, sim, vive com o PALCO-por-acontecer nas multi-focagens da perplexidade nómada, nas obscuras-vozes escaladoras de antagonismos intersticiais: louca interrupção das concavidades inapreensíveis que suportam os lapsos matéricos, os ritmos friccionados da caoticidade-invasora porque exige uma estética de vida alucinada e anorgânica sem salvadores proféticos de um futuro migrador: gerar vozes dissímeis, desabaladamente criadoras de incitamentos infindos do real.

A ACTRIZ entranhou no ACÓSMICO-do-PALCO, assimilou a singradura, a nidação, o intempestivo aradouro por meio de entremetimentos críticos, de acústicas imanentes, de tempos radiculares: tempos puros, tumultos verbais-não-verbais, capturas sensórias, afluências laharsistas, signos em descodificação, flutuações hibridas___SIM, magicaturas invasoras das percepções: os estremeções das salgas enfrentam o vazio com as visageidades vibracionais do PALCO (arrancar o sangue aos hemisférios recursivos, aos macaréus-do-entre-dois: fazer das excreções do corpo, agulhas vidreiras onde a multidimensões da vida imortal reinventam-se em todos os instantes: os vigores da alimária do sensível, as guerrilhas autopoiéticas polimórficas entre refulgências gorgolejantes adentradas no fora osteozoário com acessos-écrans em mutação oblíqua: **artesanias anfíbias deflagram-se nos vitrais das múltiplas conversações** graníticas, nas rotas felídeas: destruir os limites cuneiformes das morfologias): a periferização do PALCO eticamente animalizante ultrapassa finisterras ao salientar o intangível, o ininteligível, o invisível, o inacessível sobre as reexistências dos planos do caos-recortado por varvas glaciares (caçadas placentárias da eudaimonia): espantos sígnicos, devires animistas, micropolíticas aberrantes a jogarem nas ressonâncias apátridas, nos espíritos estéticos e éticos do absurdo____distâncias nómadas sem órgãos a afirmarem os mapas despedaçados com os ritornelos das expressões-equinodermes-instintivas.

O PALCO assimila a geografia da revolta, repulsa a verticalidade neurótica, aproxima interfaces catalisadores-pré-babélicos, presentificando as coexistências noológicas sem antropomorfismos: misturar sensações na assintaxia da memória-mundo (coreografias convulsivas das hibernações, dos planos onomatopaicos do inumano espiritualizado, do inumano do humano com imprevisíveis-olhantes entre blasfémias-taumaturgas___o PALCO refaz-se no desconhecido, na dor do impensável): tragicidades-hápticas de senda em senda golpeiam as vozes dos animais-prestidigitadores e reconciliam as encruzilhadas das salinidades dos alfabetos nómadas: os eclipses mutáveis das fossas abissais anexam desvinculações enviesadas-árticas aos corpos antinómicos, aos corpos cartomantes, videntes, roubados pela clandestinidade do não-revelável e pelas superfícies desvisceradas das leitoras-ACTRIZES: ACTRIZES a-biográficas, indeterminadas perante a defunção da soberania do saber____diante das falas dos horns-pendulares, as ACTRIZES dentro da ACTRIZ se suturam a si próprias com as turbulências sígnicas, sanguíneas (confronto-jogo entre o caos intuitivo, as ciropédias, as linguagens entrelaçadas, as alomorfias das latências, os assombros dos bumerangues-geológicos que disseminam miríades de seres-do-sensível): **forças gésticas -paradoxais esponjam infinitas excriptas diversamente ritmadas a um só tempo: cremalheiras do caos, mapeamentos das vozes intraduzíveis, glandulações sonoras, fazem desaparecer os poderes dos rostos por meio de inficionações das respostas impossíveis ou... um vômito de sangue verbal.**

O texto-PALCO diz-nos que a VIDA é desabaladamente vigorosa onde vários pontos de vista, de vozes, de gestos, de falas se cruzam com o incógnito, o inesperado eo cruel: o texto devora-se a si mesmo, é feito de marchas-lupinas-povoadas-à-deriva(um rapto de alfabetos; a ACTRIZ deglute assintaxias, línguas insanas, estilos inomináveis): esfinges intraduzíveis e subversivas provenientes de outras excriptas-góticas com inumanidades vivas: ofegâncias alocromáticas, mundos jazzísticos em defluxão interrogativa-fractal (luzes-obscurecidas meteorizam violências incessantes com os desregramentos criativos: a ACTRIZ submerge no imperceptível por meio de cirandas tacteantes, metalúrgicas do não humano do humano): louco acidentes da palavra, desastres incendiários arrasam o já-dito e penetram no conflito caológico das vozes sem as manusear-viciar, hibridizando-as para devastar a memória transdutora: enfrentar a morte com os escapamentos ilimitáveis das tecelagens epidérmicas da ACTRIZ entre ressonâncias estrangeiras e escutas dos vazios, das vertigens intersticiais (redes desejantes transpõem o suicídio, ultrapassam thanatos, fazendo do corpo-espírito um processo entrelaçado de acontecimentos cruéis, de relações múltiplas dos bricoleurs: encurvar para dentro a potência-do-cuidar-de-si, escavar espaços rítmicos, dançar os silêncios percutidos pelas afirmações das bandarilhas lúbricas da pele: potência neuroral espelhada de vida: a ACTRIZ age sobre o mundo-da-crisalidação, reinventando tempo sem objecto, sem metafísica transcendental, sem identidades epistemológicas: infinitos contágios polifónicos intensificam os palcos-duplos, os palcos das ruínas onde o corpo pousado é um terrífico movimento que captura o PALCO): tudo se torna numa esfregadura geodésica, de criações de novos territórios, de espíritos semióticos simultaneamente antecipados e rastreados pela ruptura da palavra em curto-circuito violentamente heterogéneo que se desliga dos paralelismos dos deuses por meio dos deslizamentos da existência do trágico **(estamos perante as forças estéticas das despinturas-teátricas entrecruzadas no corpo-mosaico das ACTRIZES-salteadoras de retornos contaminados pela petrologia lávica que as fazem resistir às segadoras-jurisdições: as actrizes-da-ACTRIZ que perfuram o PALCO com as forças das diferenças, as forças animistas, errantes: inquietação contínua, murmúrios, gritos intraduzíveis, sexo dos palcos que desfazem palcos por meio de epidermes agramaticais, subunares, de signos aformais que estão por vir: fricções do sublime aberto ao esquecimento).**

Rasgar vastezas imensuráveis com o PALCO que recria PALCO: visão gótica andarilha: golpear as consciências temporais, sentir a germinação dos hiatos do acaso repleto de vozes entrepostas, acasos insubordinados e geradores de tempos crónicos, tempos insanos que recuperam as desescritas dançantes, cruéis do mapa cósmico: a duração eterna dos gestos inominados (modificar matérias que atravessam o PALCO do irrepresentável: invadir o PALCO porque nada é afável, nada é intencional: a ACTRIZ dança o indeterminado com as diferenças que se desviam dos reportórios asseptizados): olhares quase imperceptíveis feitos de conexismos do outro com correntezas inauditas: vibrações algébricas entranham-se nos riscos das arquitecturas geradoras de velocidades-lentas e submergidas na espacialização das errâncias onde as centelhas vasculares bifurcam golfos dos gritos entre linhas dialectais em metamorfose ininterrupta **(ritmo extravasante dos rastos das parturientes com sinapses trágicas rés aos trilhadores de gramáticas transbordantes): alicerces dissimétricos de tudo que advém in-finitamente fora-e-dentro dos traços da sublimidade voltaica do PALCO envolvido por** máquinas multivariantes de receptores de afrescos **pendulares (o espaço do PALCO é aventado por gestos de todas as artes ou serão alfabetos loucos que rasuram e engolfam as vozes com fragmentações do corpo da ACTRIZ?)**

A ACTRIZ inscreve-se nas mutabilidades dos signos amorosos, na crueldade nómada da tragédia: rasgos espessados da contraluz no experimento desértico apinhado de estertores silenciosos e de balbuciamentos das excriptas-leituras. A sombra latente e teratológica do texto arremessa-se contra as camadas hápticas-endotérmicas, fazendo ricochetes sacro-profanadores para se refazer nos espelhos quebrados das ancestralidades contemporâneas: superfícies fabulatórias, enfeitiçamentos, gárgulas fossilíferas paradoxalmente errantes desagregam a termodinâmica das palavras entre as mutilações dos sentidos que se regeneram ininterruptamente dentro dos manuscritos exorcizantes produzidos pelas córneas dos lacraus da multidão: **a ACTRIZ ressurge na in-visibilidade com as forças não linguísticas e as antecâmeras dos dizeres-fluidizados -orbitais que a levam para os umbrais povoados de gestos sem rostos: posturas do PALCO fora das epopeias.**

A ACTRIZ não acontece nas contradições, ela desmantela-se criativamente na inundação intervisual de novos gritos da futurível ancianidade repleta de arenários mitocondriais: o corpo da ACTRIZ desvia-se dos arquetípicos, dos modelos, da paralisia (dinâmicas orbiculares das transbordâncias coreográficas constroem a notâmbula oratore de Cícero, infinitizam as matizes do nomadismo com os acoplamentos das esfinges esgrimistas): os gestos acontecem estranhamente no avesso iluminador, nos dínamos do in-acabado, na demolição anamórfica: estrangulação semantúrgica, cisão orbital, arrasadora de espelhos déspotas onde personagens rímicas repletas de cauterizações contíguas à crueldade, devastam as maiorias, levando as posturas aberrantes sobre os formigueiros gemológicos, desestabilizando-os, fragmentando-os (excertos das autofagias impulsionam espaçamentos das bateduras das falanges cinzeladoras de um real sem repouso e aferrolhado pelas heterocromias que surgem das superfícies abíssicas, do incomensurável do PALCO): desmoronamento e regeneração em simultâneo da ACTRIZ inscrita na violência da luzência estóica dos malhadores sígnicos quase desvelados pelas abaladuras imperceptíveis: dizem: ourives das mastreações labirínticas: trompas hidrográficas e meninges ideogramáticas arrepanhadas por vórtices garimpeiros que jamais se entrecruzarão nos vagidos perfurmadores dos mantras mitológicos: a errância indecifrável dos solfejos emigradores se transforma em solavancos das lavadeiras epifânicas que dilaceram criativamente os espelhamentos ictiologistas por meio de adivinhações galopantes (abalroamentos intuitivos do desassossego: silabários moleculares: **possíveis leitores das ressurreições das línguas do PALCO serão materializados pelas falas zoomórficas carregadas de forças refrangidas que convocam cruelmente as instâncias das vozes-vertebrais e dos gestemas insuspeitados para se transverterem em trópicos disjuntivos fora dos encadeamentos dóxicos (tarântulas antiquíssimas nas rachaduras dos hospícios afirmam as diferenças no PALCO)**

A correnteza vertiginosa do corpo-PALCO renova-se ininterruptamente: instabilizar o corpo-ACTRIZ esgotado no espaço da magnetização das lacunas-rolantes: energias incompreensíveis das pronúncias poderosamente iniciáticas entre insurreições bacteriológicas (é na força equinocial das antecâmaras do PALCO que bebedores de dicionários de variâncias órficas rodopiam entre estações caleidoscópicas e mutações eufóricas porque o mundo se vaza onomatopaicamente até ao a-centro do fora da língua com lanças feiticeiras, com inacabamentos extravasantes, com golpeaduras anorgânicas: atravessar e construir o caos: o risco, o risco, o risco: o rasgo): a ACTRIZ é já o eco da estranheza das semeaduras trompetistas, a perspectiva inobjectivável dos tratadores de clarabóias do silêncio: a ressonância mágica da língua assimilada pelos abismos corporais, pela atracção violenta do cristal-vitral dos gestos que é em si o dragoeiro da natureza hiperbórea do ritornelo, a voragem das etologias que rasgam tutanos milenares da terra e absorvem o desabrochamento da babelização intensificadora da vida (é um esgotamento criativo, um colapso impulsionador de novas clorofilas, um fluxo acontecimental, um atravessamento de matérias): eis, a dominação espiritual cinestesicamente im-presente, transmudando os personagens gravíficos parabólicos em hemorragias perceptivas: envergaduras corpusculares desmancham as cartilagens nodulares dos territórios com ondas alfabéticas em delírio agramatical: linhas de recomeços espiralados sem alegorias sazonais da fantasmagoria: a ACTRIZ espera as volteaduras dos esgrimidores das topologias e entrega-se às bordaduras do mundo, cosmovisiona-se por meio de estilhaçamentos de permutantes signos que ablaqueiam os lances das sombras, os gnómicos ofícios da gestualidade com as intermitências orgásticas da própria visão (sensações desorientadas nos sopradores de gravidades: uma voz atomizada invade o PALCO por dentro do esgotamento: as CENAS da desrazão ou da razão insana): os intervalos das superfícies de Goya, os vestígios demoníacos que negam a visibilidade completa do PALCO dentro das polinervuras indecifráveis, das buscas climatológicas das clepsidras, das migrações hidráulicas dos relâmpagos (estendais da re-existência em cada instante itinerante que combusta ininterruptamente outro instante de El Bosco sobre as ressurgências da voz-língua-ondeante: uma voz na fala sente a vida na morte da palavra dos acossadores de subúrbios pagãos, dos epicentros das febres que se abismam nos fluxos da ACTRIZ misturada com flutuações do indizível: a ACTRIZ corta a disposição, o arranjo das palavras, modifica-se com o desassossego intensivo que escarifica espaços disfuncionais para evitar os centros dóxicos: um nó revigorado pela gestação do tempo crónico que faz dos gestos, ritmos excessivos criadores de sentidos anómalos): **ventilações das úlceras glandulares despontam no instante durável do PALCO: embocaduras loucas esponjam as escalas das falanges invertidas porque um grito baloiça no rinoceronte do real e se suicida na luz tradutora do inatingível carrasco para além do bem e do mal (o PALCO se faz expressão, dobra, redobra dentro do tremor dos gestos: a voz se espiritualiza por meio do afecto em transbordância ou serão as nervuras da polimorfia?)**

Os gestos escapam da fossilização asfixiante do desfiladeiro hereditário ao captarem os lances das coexistências diabólicas, distorcendo andadeiros copuladores de labirintos: criar encontros plasmáticos que se espargem nas oxidações termodinâmicas onde ninguém se pertence porque as derivações dos octópodes foram eliminadas: a excripta dramatúrgica latentemente se reproduz e se paradoxoaliza entre estrágulos, tactilidades gangrenadas, osmoregulações, entreteceduras, dessecações, processos cardiovasculares e cabeças dos andróides transportadas pelos palíndromos roçadores de rugidos (espantos vocálicos, picturais): enkyklopaideías-gésticas traçam hiperestesias procurando eclosões orbitais do PALCO: multidões esgotadas pelo não-dito-dizente em transmutação ontológica cataclísmica: **a ACTRIZ foge inversamente dentro da inscrição vesânica dos gadanheiros de arenas verbais (resguardar quem se arrisca a submergir na escuridão** térmica-barestésica: **uma força sublevada, novos abalos, novas cordas vibráteis, novas linhas intersectoras: abecedários dos acasos)**

A ACTRIZ abre e contorna os lançamentos do córion metonímico em desidratação labiríntica, des-caracterizando alvos-geológicos em curto-circuito. O PALCO desponta como correnteza de epifanias esboçadoras de todas as expressões arremessadas através dos arcos-animalizantes que vêm da existência inconsciente, dos movimentos estrangeiros: regurgitar pirexias incontroláveis, hipnóticas, contorcionistas, ajuntadas aos desdobramentos ritornélicos: tensões do silêncio de uma encruzilhada de tonalidades atmosféricas do outro que não somos entre escoriações semióticas e diagramas descompostos pelas azagaias magmáticas, desabaladamente nutricionais (faróis em transposição visual-tectónica peneiram granulometrias emergentes da crueldade do cirurgião eticamente anedipiano: um reavivamento dos abalos espélhicos de ilimitadas estridulações expansivas: zonas de movimento heraldista, de subducções do PALCO onde os idiomas em erosão desvairada cartografam as montagens e as desmontagens da perpetuidade das palavras (vertiginosas matilhas medusantes fazem nascer gestos e vozes nas cenas inesperadas): fugas vibráteis, lances feiticeiros, ritmos anoréticos, bulímicos, imunogenéticos assimilam o sol-auditivo dos subterrâneos pré-conscientes atravessados pelos gineceus-do-geometral das sensações: rastos intangíveis entre sintetismos difusos e estaquias porosas da exaltação trágica do MUNDO-PALCO (esgotar o espaço e o encadeamento das palavras com as forças acósmicas, impessoais, dizem: saturação do silêncio musical das periferias sem pontos de origem, sem finalidades): **raias da visão de dentro encaminham a ACTRIZ por meio do emaranhamento da visiva de fora porque não há objectivações: a ACTRIZ é o MEIO que transmuta o invisível e o inaudível na cena indefinida___quase-tudo se dissemina para rupturar a voz no espaço quase esvaziado: aqui-agora: as partituras alucinatoriamente transidas pelas filigranas vigilantes da cegueira escapam às geografias fixas por meio de transduções de lampadários inter-estelares (des-aparição abstracta em constante desastre e renascimento: as batidas dos corpos intermitentes fazem das avalanches irrefreáveis o holomovimento da agoridade do PALCO: a ACTRIZ busca o imperceptível e o agramatical, a voz e o gesto desviam-se do centro).**

Deslizar nos detalhes-alfarrábios da língua: atravessar verbos infinitivos por vozes fortalecidas entre os lances de dados dos animais ritmáveis os e vitrais góticos: as espessuras temporais presentificam as oxitocinas do mundo-duplo das ACTRIZES: criar rupturas do impremeditado, amamentar as vertentes velozes das indeterminações com as lâminas catatónicas varadas pelas lucarnas das espécies fanerogâmicas: uma golpeadura do PALCO que se devassa órficamente): envoltórios das quedas dos sentidos reinventam as batucadas do pensamento com as testemunhas dos dissectores horizontais que impulsionam enxertaduras prolígeras da in-transitibilidade teátrica: os heterónimos acontecem nas bricolagens permanentes, nas vazantes invernais: a orfandade-heteronímica perpendicularmente inconclusa acontece mesclada de excriptas fragmentadas: trapézios de teias dinâmicas infiltradas nas olfacções das sombras incicatrizáveis: matizes dos fluxos cortantes sem destinatários (agenciadores de áscuas multiformes abalroam as mutilações do poder de falar entre falas inexprimíveis e as fissuras ilimitáveis das vozes que abrem espaços sem fundo rés à insurreição da assintaxia): dizem: ressemantizações das audiências mímicas ou escritas-gritantes em desdobramento: escritas com desfasagens e entrecortadas pelas sinergias hibridizadoras do desejo que transporta a ACTRIZ para a experimentação do não saber de amplitudes variáveis dentro do clarão dos gatilhos da obscuridade: ciladas sôfregas dos amanhos de mudas dramáticas com germes nas emergências in-verbalizáveis**(indícios de controlos geneticistas baralham fisiologicamente o esvaziamento e a rustificação da palavra-PALCO perante os corpos dos martirológios, retomados pela simbolização dos fundadores de comunidades disciplinarizantes: turgescências foliares dos eus-déspotas surgem dobradas pela babação parasitária das confrarias, das lapas produzidas pela exinanição normótica dos vedadores de alcovitarias): os dicionários continuam indecifráveis: a ACTRIZ subverte os códigos das predominâncias com linguagens insanas, desertoras, delirantes: o seu corpo se faz ritornelo voltaico para apreender os mundos sensíveis do PALCO(hemorragias acontecimentais)**

As vozes tremendamente incarnadas na fraudulência emergente: escavações dos des-aparecimentos e o prazer do difícil suspendem o PALCO e o consagram nas ritmicidades das invasões dos bestiários transmovidos por durabilidades eternais, por alancos inomináveis abertos aos impulsos dos sopros quase-raptados pelos acidentes sensoriais das orfanadas que envesgam as somiticarias galopantes disfarçadas de êxtases acontecimentais (isocronismos religam os velocípedes das vozes-alcalóides com os embates das trepadeiras mediterrânicas geradas pela virulência eólica do trágico): **danças geológicas dilatadas por membranas candelábricas, carregadoras do inapreensível e os retornos rasgam as geografias dos horizontes com tempos impensáveis (forças rupturantes do PALCO fundem vida no instante que se eterniza e se desvanece simultaneamente____o PALCO é escarificado** por topologias à deriva, diagramas sensitivos invadem o futuro larvário com descodificações de movimentos infinitos)

O pensamento-mundo do animal fraudulento rasura a memória compulsiva do ouvinte roubador de línguas dos manicómios: ritmos visionários que se impregnam nas irrigações exuberantes dos interstícios sonoros: a ACTRIZ se constrói nas invaginações geometrais do PALCO por meio da suspensão das palavras nas línguas descomunais, operando desequilíbrios compulsivos, tecelagens babilónicas, textos cortados para copular arquipélagos órficos: as matérias dos acasos entrelaçam as cartografias doutras matérias inesperáveis através das partículas animalizáveis: passadores astríferos sem os vaticínios actualizam o real das transumâncias nas ilações consecutivas das garupas-cônscias (o texto-PALCO é golpeado novamente, fragmento por fragmento até ao aformal, à impermanência, à traição): a ACTRIZ embeber-se-á virtualmente no que foi localizado no ilocalizável e amostrará as incisões desérticas das ressonâncias etimológicas nos guindastes das estrebarias do humano com os rasgos intempestivos do impensável: forçar diferentemente a repetição-medúsica feita de incógnitas transmeadas entre estilos expressionistas e aguilhoadores de tumefacções arqueozóicas que se combustam entre vizinhanças diáfanas para se reapropriarem do alboroto da incomensurabilidade absoluta(a palavra continua a arruinar-se dentro da linfa-hipotética, da experimentação durável porque luta laboriosamente com as forças externas e indomáveis da boca: processos em transbordância GÉSTICA onde se alargam limites das pororocas sígnicas, relações pontilhadas por mistagogos para enfrentar, vasculhar o mundo em tudo o que ele constrói, contorce, escarifica): afirmar a vida feiticeira e dançar o espaço-PALCO com os co-existências do sensível, com todos os feixes respiratórios das artesanias que mergulham em zonas incógnitas: construir iridescências nas passagens, nas concomitâncias e arremessar os corpos isotrópicos para zonas silenciosas sem os cultos da morte, sem idealismos, sem finitudes, sem pulsões martirizadoras, sem superstições, sem vassalagens antropocêntricas, sem lógicas divinas, sem o panóptico do Rilhafoles : transvazar as direcções do percepcionado com os magnetismos paradoxais-cranianos que escapam a si próprios para reforçarem des-aparições por meio de longevidades profanáveis (assimilar cartografias cósmicas nas raias de todas as vozes que transpõem o PALCO): re-existências tónicas de puros instantes, de acrobatas-esquecimentos que vivem fora e dentro da ACTRIZ entre irresoluções matéricas expressionistas e aguarelas de ritmos alvéolares sem rastos: o GESTO se tensiona em serigrafias infinitas para arrasar as soberanias dos discursos que restringem, desvigoram os hinos dos batedores -ourobóricos do PALCO: estremaduras sem fora nem dentro mas entrevistas, mergulhadas, tangenciadas, transmeadas nas arenas geográficas do impensado, nas interrupções indecifráveis, nas disjunções antecipadas: recomeços verbais vibram dentro do imperceptível (ímanes da vozearia maternal fraccionam a paleobotânica dos morcegos sem as descendências que sorvem os recursos do poder: direcções coexistem com outras direcções mutantes, atingindo decomposições compositivas: o PALCO e a ACTRIZ se destronam para esculpirem a desrazão, as estrangeiridades do CORPO, os desvios das línguas: as vazaduras vadias dos signos: avizinhar as vozes e os gestos da CENA com os tremores das percepções impessoais): ondulações de minorias riscam, bosquejam diferenças gravitacionais que cruzam ininterruptamente visivas-gésticas por meio de populações bacteriófagas prenhes de baques horizontais -oblíquos, de estranhos pontos de vista, de razões impuras, de lucidezes gagas: dizem, adufes hipotéticos das hibridizações artesianas do PALCO onde o vazio nomádico é intempestivo, é uma dança das ressurgências traidoras do AION vergastado pelo pensamento-mundo que faz da decifração lavrada uma força basculante dos bichos cheios de embaimentos equinociais(bifurcações fabuladoras): a voz escoante da ACTRIZ se torna a louca fracção virtual que fractura o perímetro do homem que imbecilmente tenta explicar o seu tempo porque há uma falha resvaladia nas tangerineiras da Eleuthera: a voz só sobrevive dentro do eco terrífico de outra voz em efracção quase insulada, quase pergunta-mineralizada e actualizadora do silabário blasfémico: **os alvos da visibilidade do sensorium da vertigem espiam os ciclos aerólitos que acontecem e se desvanecem juntamente com o pavor táctil do antropófago de garatujas: dizem: pensamentos uranográficos transfiguram os acasos das e-imigrações uivantes com os ritmos não-escriturais, com erupções poligonais contidas nas andanças icásticas dos bruxos(as aberrantes matemáticas dos rostos zurzidos de BACON ainda capturam o PALCO dentro das movências inomináveis das nadadeiras de apóstasis dominionista)**

As forjaduras devaneadoras do PALCO correm todos os riscos das alterações siderúrgicas, enfrentam as foliações dos coleccionadores de placentas monossilábicas, encarnando o homem manumisso dos arquivos sepulcrais: há entoações dos gregotins nas zonas invisíveis das bibliotecas cortadas pela vibração abstracta das renascenças ou serão fluxos imprevistos das alavancas sígnicas? Há alienações prometeicas com sombras guturais que transbordam limites por meio das excreções dos esquecimentos do corpo: sensações imperceptíveis agenciam latitudes instituais do PALCO, fazendo ressurgir as desidentificações através de voltagens-olhantes que se friccionam debaixo das epidermes das línguas por acontecer: **transbordamentos desentulham as temperaturas dos poros que presentificam a memória-futuração com milhares de atalhos não desbulhados, conectando as combinações cardíacas,** as tragédias matéricas-espirituais aos arrastos dos maracatus, aos intermezzos esfíngicos do tempo com latejos fisiológicos (entrelaçar magnetismos com emancipações híbridas sem transcendências metafísicas: as úlceras dos pontos de vista ainda redobram as microfísicas-das-falas através de golpes assintácticos levantados contra o PALCO por dentro)

A ACTRIZ da língua isocrónica dentro do silêncio contrabandista dos dramaturgos dissipa em ritmos variáveis as avizinhações do acontecimento germinal: destruir o poder dos gestos com a gravidez oculta do tempo: (passar-se no prosseguimento imóvel, sentir o rumor incessante dos fulcros terrestres, sentir o balanceamento dos acasos, as cornucópias espasmódicas em alvos obscuros: fluxos sanguíneos se transvertem em vozes indeterminadas porque escarvam fósseis bruxuleantes, povoam excriptas ecológicas com as hipálages, as prosopopeias, turbilhonando o mundo epigramático em variações ininterruptas: outros corpos surgem tumultuosamente repletos de opérculos desviadores de superfícies sintácticas: outros textos reemergem sem história, é a vida mudável, ocasional, paradoxal por dentro do GESTO: cirandas do PALCO arrasam os eclipses dos quadrúpedes-humanos para assimilarem o real indesvendável da ACTRIZ em gravitação aracnídea (a ACTRIZ perde-se, desdobra-se, deserta, sobressalteia-se, apropria-se de si-mesma sem apanágios, absorve os sentidos ensanguentados do PALCO sem separabilidades, sem junturas, gera aguagens da orogenia, fissuras informes, ritmos cartográficos, é uma força estrangeira, é um caleidoscópico geográfico, é o indizível na voz desviada dos vaivéns carnívoros, atingindo os escafandros bilingues por meio de tarântulas que entremeiam o aformal: a ACTRIZ elimina profecias, juridisções, supremacias, controlos, apoderamentos porque escuta as traduções estranhas das línguas, as transduções das vozes: a ACTRIZ rouba, nega e poliniza os mosaicos da dramaturgia por meio de chamamentos de um texto decepado pelas cordilheiras-do-sindrome-de-Cotard: emancipar línguas-cutelos entre milhares de vozes em acção inóspita sobre a não-pertença-ambulativa, suplantando os obstáculos dos vultos de volfrâmio da opticidade com as filtrações-oveiras de outras lamas-centopeias em relações tremendamente afectivas: aqui-agora, o PALCO mergulha nos acontecimentos das cirandas estéticas entre occídios instantâneos das multiplicidades zoológicas e as tendências infinitas da existência**(um GRITO ACENA e o PALCO OSCILA, retorna e VAZA noutras visões esboçadas pelas falhas suspensas nas vértebras da ACTRIZ: os raptos semi**óticos ainda sobrevêm nos **ecos de áreas de passagem: ferradores dos carrascos de qualquer remorso entre afectos anapésticos intempestivos: a ACTRIZ afirma o movimento vertiginoso do acaso, mistura as linhas de variação dos**

alfabetos desconhecidos para compor, varar e proliferar o caos com intercessores de ecos intensivos que rasgam percepções do não nascido, expandindo o PALCO sobre entrecortes do infinito(arrastar as metamorfoses disformes que fazem andarilhar as indeterminações e o invisível)

As larvas desérticas da voz são-já os ecrãs profanadores dos mitos revisitados pelos salitres geotérmicos, outras co-presenças de esquecimentos dicéfalos não dependem da herdança do sangue-colonizado, mas dos desvios das línguas andantes, das línguas-mosaicos, das línguas cartográficas, das incertezas pulmonares da vida que trespassam e desmororam escadarias hexagonais da anti-matéria para resgatarem as óperas-transneptunianas dos últimos recolectores venéreos**(epidermes e filtros expressam os códigos electrificados pelos perfumes zigomáticos: ondulações gésticas plenas de sintomatologias, de afectos do PALCO-mundo: os instantes-virtuais do cérebro caleidoscópico alavancam os seus espelhos-neurónios com a alta voltagem do insaturável: transcodificação e deciframento entre pontos de vista por vir e as coexistências dos silêncios que envolvem os arrastos incógnitos das vozes e das palavras: a CENA conflagra-se com os esboços das sensações que afirmam as diferenças através de partículas sobreexcitadas do pensamento____perfurar o abismo prestidigitador do impensável)**

A Voz-dos-intermezzos-do-PALCO actua imprevistamente sobre os sopradores do mundo em duplicação caológica: dinâmicas afectivas do olvívio longitudinal fortalecem as aberturas esguelhadas de Ulisses-Ahab com todas as conexões das calamidades transcriadas por outros desastres das lavas félsicas ou serão polinervuras das errâncias? Ou serão profanações sem pontos de partida, sem pontos de chegada? Ou serão choques de lacunas sintácticas dentro de um grito indefinido e inesperado___acaso rítmico: a ACTRIZ elimina qualquer diálogo, qualquer dialéctica, qualquer comparação porque é uma vasteza de vozes coexistentes, ecoantes onde infinitas percepções perfuradas, infinitos planos-moventes ocorrem engolfados no tempo inédito da obscuridade para presentificarem a violenta composição sígnica dos êxodos linguísticos: assimilar a morte da palavra que se familiariza com outra palavra, catapultando falas mudas, falas-guilhotinas, falas-artilheiras na duração expressionista de Arquimedes: desmanchar afinidades com o impensado das irrigações-de-Averno onde o GESTO é entrevisto pelos vazios moleculares que refazem a complexidão sígnica do corpo-PALCO: as tramas das alcateias com movimentações disjuntivas e bilingues batem nos cadafalsos dos oráculos de uma ACTRIZ plena de micropolíticas-vadias: uma ACTRIZ destruidora de carunchos centrípetos dos sega-vidas: uma ACTRIZ reincorpora silenciosamente composições transmutáveis da morte dos deuses sobre a magnitude assintáctica do PALCO (entrelaçar forças polimórficas, micropercepções imprevisíveis e libertar o corpo): uma estética analfabética, geodésica, uma força cósmica demolidora de gramáticas-escravas: estamos perante o impacto da crisalidação pigmentária dos gestos entre microferrovias do sublime que arrasa com o reconhecimento por meio de autofagias-acósmicas ao redor de premonições curandeiras: uma caça demencial dentro da sedução anorgânica leva a ACTRIZ para o subversivo do PALCO: as magicaturas dos palimpsestos depredadores de asseidades: línguas esguelhadas dentro de uma língua que cria geografias cataclísmicas e riscos de fuga acoplados a zonas de entrepausas da visão do não vivido (multiplicar os arrancos dionisíacos com luzes reencontradas na própria escuridão): eis, as frontarias da ética da violência dos oráculos-ruminantes entre os cânticos órficos dos invasores da desmemória e os intercessores de vizinhanças rasuradas de quem deixa de ser carcereiro de si próprio, porque uma ACTRIZ exilou-se desabaladamente das cronografias, dos cultivadores de estações biográficas: **uma ACTRIZ descentrou-se insculpida pelo vasto oceano das redobras do texto-nómada incompreensivelmente serpeante e excisado por linguagens tartamudas: uma língua nos coágulos das vidraças transforma-se num remador de sombras arteriais: uma alfaiataria de cassiopeias anfíbias, uma língua apinhada de girinos dialetais: climatologistas enfrentam o PALCO-fora-dos-eixos: uma ACTRIZ com milhares de batuques enuncia as deformações invisíveis do tempo: um molusco vibrante range nas temperaturas pedestres e a língua torna-se um baixio-fungoso, um bicho de campânulas em turvamento (um sussurro tremendo):**

O eco do PALCO aparece sempre no vazio das gigantescas cartilagens e nos azimutes da escassez metabólica: uma fala vasculhadora pertranse as tonalidades envasilhadas do anonimato, tenta compulsivamente repousar nos solfejos cataclismáticos, contrafazendo a mudança da escavação do deserto gestáltico dentro do corpo de vazaduras verbalizantes e de permutações sonoras sem geomorfologias ancoradas nos auditórios racionais (retraçar as invenções do movimento perfunctório com o ritmo da respiração ourobórica destruidora de hierarquias esmaltadas): as falas golpeiam topologias, as falas surgem nas composições áridas, nas avalanches demoníacas que absorvem os vestígios dos gestos no PALCO, intercalando memórias-mundo com ressonâncias intervalares do que há-de-vir: a ACTRIZ é perseguida por incógnitas ressonantes que a fazem dançar o espaço e aproximar matérias sem contornos(sangrar pontos de vista, lacerar o percepcionado com afecções desviantes; rasgar o PALCO com o tempo unido a cada instante sem aclaramentos representativos: hererotopias embaralham matérias dentro da sonoridade modulatória do abandono e dos ritmos sinestésicos em sincronia estranha: a palavra desaparece e reaparece sobre a catástrofe perceptiva): cios babélicos nas contemplações cegas do mundo, atingindo o desastre sígnico vasculhador de vozes e de gestos por meio de raptos verbais ininterruptos: traços caleidoscópicos: a CENA catalisa, rasga, escarça os tecidos das palavras que nunca advieram e nunca acontecerão porque a ACTRIZ é o tremendo avesso do PALCO, o excesso anorgânico que experimenta tempos diferentes e coexistenciais___dispersão de hiatos, de estímulos incontroláveis, de silêncios multímodas: a ACTRIZ se torna na sismicidade dos atractores inabituais, a violência da efracção sígnica que desagrega olhares na tentativa de adivinhar o corpo, a espiritualização da matéria, os afastamentos adjacentes, a força do real, os cortes moventes das anamorfoses cronotópicas, das dromopolíticas: os repovoamentos entre hibridizações dos tempos histéricos: os lugares de passagem com intensidades geradoras de ritornelos: as expressões visíveis do imperceptível, a desertificação com velocidades múltiplas, as lentidões compositivas rés às neguentropias, às gradações, aos combates ininterruptos do estranhamento: **as variações de pontos de potência criativa, os ciclos descentrados, os recomeços indecifráveis, as imanências catalisadoras, as**

turbulências dos eternos retornos: os conceitos intermitentes, as transbordâncias vibráteis dos conceitos, as curvas adentradas na pura génese, as aberturas pulsáteis, as voltagens heterogéneas do futuro, os ritmos dilatadores do tempo, as metamorfoses mundificadas dos afectos, os labirintos das sensações, os rascunhos das catástrofes, as nervuras dos pontos de vista, as forças abstractas ... no PALCO)

O pensamento em disseminação contrabandista é arrastado para outros vestígios dionisíacos que o desligam libertadoramente das corpologias necrosadas, das refinarias da percepção, do corpo em lapidagem sincopada: as contaminações assimbióticas criam conexões dos vazios por meio de aparcelamentos ressonantes dos gestos: há uma quase-devastação nos intervalos do PALCO que se refaz nas vibrações cerebrais do mundo, nas desdobras dos tecidos necróticos riscados por seres incendiários que exigem paradoxalmente a prolificação dos capinadores de aerólitos para buscarem os intersectores da palavra por meio das implosões de hortos mutantes: é o sublime da aversão à reflexividade fixadora dos corpos: é a força roubadora de salinas sublevadas: malhas inumanas, camadas de multiespécies esfraldam as obscurezas na visão permutadora da sismologia dos entre-dois: é a resplandecência comburente doutra visão projectada no corpo do PALCO sem fisionomias: a profanidade dos atravessamentos se reinventa ao tentar perpetuar-se nas hordas sensoriais para crivar a perplexidade da luzência-geometral dentro da irresolução dos milhares de deuses fora de qualquer origem: os deuses estranham o seu próprio-plasma entre línguas-sem-senhorios: os gestos talham a evidência assignificante: respiradouros aquíferos abrem-se ao pânico do nada, ao caminho suspenso, à inoperação do vivido, exilando as cesarianas dos vendavais: assim, a ACTRIZ rodopia nas clavículas dos neonatologistas ao mostrarem a voz da vida da morte à volta do desabitado vibrátil: os debulhadores de tragédias de entradas múltiplas esperam a não-nostalgia dos planisféricos, a inacessibilidade dos seixos clásticos, os inesperados astrolábios do mundo, recriando maxilares nos firmamentos das locomotivas-grafittes porque as arenas do mimetismo extinguir-se-ão como quaisquer outros gritos na biosfera: que importa quem fala na adrenalina dos touros da escravatura do tempo, na catástrofe do tempo, na consciência cronológica, nos mitos sentimentais, se desbastamos os utensílios incomensuráveis dos aborígenes para atingir o inesgotável barítono-das-dádivas dentro da dilatação do instante? **O PALCO sobrevém nas ressonâncias acontecimentais dos múltiplos gestos sem qualquer aspeito antecipado: advir nas concomitâncias espirituais-matéricas, proliferando vozes com transmutações visionárias (o sentido dionisíaco transmuta o silêncio trágico da ACTRIZ em criação e com** sínteses intratemporais: várias linguagens invadem o expressionismo imanente **às durações flutuantes: há demudanças aiónicas e o tempo reconstrói-se, autonomiza-se, descentra-se, desdobra-se, coexiste-se ininterruptamente no PALCO)**

Para quem vive com o a turbulência do PALCO nos pulmões, a prudência-audaz se tornou um movimento artístico. A ACTRIZ exercita o gesto por meio da duração eternal construída pelos espíritos criativos que a atravessam e a fazem desviar da angústia e da servidão. ELA sabe que é muito difícil, mas perante o horror não pode perder o dançarino em si-mesma, nem bloquear as forças-do-sensível que a percorrem.

A ACTRIZ atravessa composições, cria passagens semióticas, exprime intensidades, revela mudanças, aproxima distâncias, fricciona o real, relaciona os vigores dos vazios que experimentam a existência vibrátil do PALCO por meio de sismografias de sensações e de deciframentos imanentes: a ACTRIZ é aprendizagem multidimensional que liga zonas imprevistas, conecta temporalidades paradoxais, gera matérias assignificantes, varia afectos, dissemina corpos, vozes, gestos, cenas sem idealizar: provocar entrecortes estilizados, desviar sendas e destruir itinerários, fantasmas, servidões, emaranhando os sentidos acósmicos com as voltagens da infinidade de coalizões de pontos de vista ininterruptos: línguas em modificação enérgica, ressonâncias dos planos movediços, dos contratempos dos cânticos-da-dor-goetheana onde a exuberância dramatúrgica se tensiona na inacessibilidade do PALCO que é guerrilha etológica, inestancável em si-de-si-mesmo **(rebentamentos** nómadas vascularizam **oscilações inconscientes nos perguntadores de luminárias, resgatadas às carnagens dos museus antropofágicos: escapar das razões burocráticas, contemplar as tendências do imperceptível numa semiótica de dons irrepresentáveis: os textos-vozes volteiam, engrenham, invadem aéreas peças de xadrez reabsorvendo microscópicos crimes na caixa negra dos cérebros que se questionam ininterruptamente entre prodigiosas magnólias das obstetras(energias das tragicidades entre deformações activas)**

O texto-PALCO acontece dentro do improvável magnético, da livração que diferencia, amplia existência e cria distâncias geradoras de plenitudes: a negação tatuada do invisível: a emergente rasura, a interrogação táctil-sensorial que é simultaneamente transfiguração, marcha e sonoridade do abandono, é gravitação multilinguística dos mapas afectivos: transição obscura, problemática espalhadora de energias caóticas de todos limiares de sensações: milhares de deuses-animalizantes se neutralizam violentamente no PALCO: tudo sobrevém na fala gritante catapultadora de gagueiras que refazem a inumanidade do humano com probabilidades criativas ou serão matemáticas insanas no turbilhão espírito-matéria? Desdobramentos dos corpos com fluxos infinitos a desenfrearem a urgência das turbinas-cerebrais, fugas aos julgamentos-enfeudados: abjunções dos untos psicológicos-da-uniformidade, enxames em transposição estrangeira: **os mapas com linhas rectilíneas labirínticas entranham-se na ACTRIZ e fulguram rés à phaneroscopia: correnteza de compêndios crivam geografias sem catálogos, sem rostos: derivações voltaicas, fissuras polinervadas, partículas ilimitadas, olhares ou incompletudes incendiárias: as escoaduras estranhas do tempo invadem novas dimensões verbais com as topologias imanentes: as almas coexistem com o presente e o passado revigoram a imagem-cristalina, fazendo do PALCO a diferença intercessora: a ACTRIZ ciranda-se, estende o tempo e coexiste-se no PALCO eliminando sucessões com ritmos de criação mutantes, de equivocidades, de malhas sígnicas acidentais___fazer dos gestos, traços involuntários, flutuações infinitas, lucidezes extremas de si mesmas.**

O presente actualizador do passado futurível encruza-se, amostra-se instantaneamente no mundo GÉSTICO multiplicador de caos-real e de lugares móbiles, de dilatações anorgânicos: é a renascença das fragmentações, o á-bê-cê a-gramatical: as multidões interrompidas pelo aformal-mural: o silêncio fractura as felosas do tempo-ditatorial, arranca violentamente as comportas da palavra para revoltar o corpo com as superfícies multímodas (dissolver visões com o obscurecimento reluzente da vida-PALCO entre dois nadadores de línguas extintas): os traços de olhos-de-boi intermediados pela geodésica dos subúrbios rumorejantes antecipam as sombras polirrítmicas por meio de zonas profundamente focadas na destruição dos agulheiros das certezas existenciais: a vida transumante sente em variância a ondulação cerebral com estranhos recomeços(opacidades corporais contagiam as acoplagens das sensações:

tudo varia incessantemente na FALA porque os entrecruzamentos sígnicos surgem dentro de improvisatas incomensuráveis: **dizem: bumerangues de opalescências pradoxais entre tempos insanos e correntezas silenciosas das superfícies: sublimes impurezas demudam o corpo da ACTRIZ no cimo das feitiçarias multicelulares como um ferimento de vários brônquios estéticos sem mandamentos, prescindindo das fidúcias, da descrição, da interpretação e da consciência-hábito (transe do inacessível, PLASTICIDADE intervisual, performance topológica, polifonias corporais, ociosidade escultora de expressões feitas de fendas-verbais) ou serão os** cântico**s dos mapas movediços rés aos gorgolejos sulfúricos porque o tempo se estende a cada instante em ACTRIZ-PALCO com todas as forças imprevisíveis?**

A ACTRIZ retorna a si, estrangulando a luz das migrações com cicatrizes incomensuráveis, com colmeias rústicas___corpo micropolítico incontrolável (êxtase das matizes traçadoras de arqueologias sem datas): olhares coextensivos a outros devaneios futurizadores de memórias repletas de criações nômadas porque a ACTRIZ rouba lacunarmente as suas origens-sem-origens para se transpor absolutamente e se irromper por meio de síncopes geográficas sem avisar os crivos dos quartzos: a ACTRIZ sobrevém do exalçamento do mundo, escondendo, alargando, abrindo geologias em desequilíbrio, em múltiplos alvos relampagueantes (durações plásticas, palavras turbilhonantes invadem o PALCO). Um deslocamento disjuntivo dos abalos dos animais em hibernação medusante: espelhos desorbitados, rastros transmutadores de intensidades órficas: choques de gritos com sonâncias ausentes: a correnteza monádica do trágico (o crime artesanal é feiticeiro entre o carvão antecipável das palavras-gésticas que explodem na alimária paroxística e visualizam a desprotecção das travessias inapreensíveis): nas zonas de movimento hieroglífico do PALCO, as expressões em corrosão cartográfica surgem assestadas, descavalgadas e dissolvidas com as dobraduras das vontades noemáticas: os feixes de forças em renascimentos incessantes auscultam as a-habitações estéticas em delírio, a polimorfia ALÓGICA-mineral, o galope do abandono embruxado com os descentramentos catalisadores da ACTRIZ que nos leva sobre os fraccionamentos incontínuos dentro de outros interstícios monstruosos: vitrais da renascença convulsiva: anedipianamente as misturas agramaticais em cada instante desestabilizam e vivificam a picturalidade dos interregnos das anamnésias do ANIMAL que adentra o indiscernível das intermitências rítmicas: encontros ondulatórios: despistamentos do in-visível corporificam as composições estranhas dos silêncios, golpeados pelas curvaturas infinitas da ACTRIZ que faz coalescências nos textos vazios do tempo com o surgimento de uma voz em tremenda mutação: **há uma infinitude impessoal, há errâncias indomáveis que absorvem o incorporal da crueldade criativa suplantando os istmos da consciência-inconsciente: aqui-agora, as velocidades caológicas agitam as superfícies em interpolação simultânea(forças imatéricas cristalinas): as placentas do desabitado e o abecedário do deserto ocorrem nos vitrais-acústicos do intérmino do PALCO-sem-veredicto: as re-**

composições da sombra-do-visível constroem e realçam a força acentrada dos olhares-olhantes dentro das falas suspensas, iminentes e retornadas na cesura inabordável dos espaços veementes da assignificação.

O absorvimento incomensurável da natureza-ACTRIZ entrecruza as vozes riscadas, tracejadas noutra voz-hilemórfica com a feitiçaria materna das forças dialetais que se transvertem em despovoados acronológicos libertadores de tempos: quase-tudo se mistura, quase-tudo se emancipa, quase-tudo se transpõe, quase-tudo é lançado para os recomeços das densidades do silêncio das inscrições irresolvidas perante as forças paradoxais da errância alagadiça (o sublime desencadeia sensações rítmicas, tempos insanos: pressiona eixos com o impossível delirante e mistura os gestos, as vozes por meio do rigor cruel, das linhas espirituais intempestivas e antecipadoras de PALCOS): o VAZIO, o VAZIO: geografia interpenetrada, superfícies disruptivas e a ACTRIZ se devolve, se retorna, se refaz em atracções anorgânicas, constrói sentido entre imagens cristalinas que a faz acreditar na mudança do PALCO porque é atravessada por vários esboços de tempo: abre-se ao todo do futurível com a alma plena de abaladuras, de tonalidades vibráteis, de superações: **o caos é sensibilizado pelos gestos da ACTRIZ que intersecciona o acontecimento e exige experimentar a diferença criativa em si-mesma___o tempo do PALCO gera eternidade por meio da solidão da**

ACTRIZ: os sentidos advêm irrefreáveis e alfabetizados pela crueldade criadora que busca aliados às variâncias afectivas (garimpar os prismas de experimentações das vozes, das palavras, dos gestos, dos silêncios, das distâncias que fazem o corpo da ACTRIZ acontecer: uma recriação de si, uma trama de forças heterogéneas, um processo ritornélico: a fabulação do impensável)

A interrogação dos pólipos das possíveis alcançaduras dos alcatrazes apreende as radiações dos rumores-larvários com os ouvidos monstruosos do PALCO, cheios de visões verbalizantes que se encadeiam nos heterozoários precipitados do mundo-por-vir, a voz é arrastada entre as guilhotinas cósmicas e os alfaiates do caos: aqui-agora, o caleidoscópico dos escaladores de visualidades, acontecem simultaneamente nas excripturas irrealizáveis como inervações fabulatórias a engendrarem batimentos fúngicos em diferentes correntezas de existências-sísmicas: **palavra da inesgotabilidade a questionar as síncopes dos isolamentos translinguistas que descabeçam dentro do silêncio das protecções das vozes em co-enunciação: esponjar ventres vocálicos onde o extemporâneo transfigura os sentidos estilísticos ao redor das vias-férreas inextinguíveis: serão os ruflos do incriado, os**

balbuciamentos da esfinge-diagonal a sangrarem ritmos geodésicos para reaverem as intensidades das linhas sulcadoras do PALCO?

As singularidades dos traços, sem colectores térmicos, sem desembarcadouros setentrionais congraçam a própria des-aparição com o lapso fescenino, entranhado na vida-ciclópica que se reinventa eideiticamente numa promessa incumprida: a palavra dentro do PALCO caminha no acaso enigmático e espiriforme, é a força das flutuações inesperáveis que intensificam a palavra-voz no vazio das fendas do co-nascimento, na sedimentação dos cenários in-existentes: a voz-lúdica-modal tenta se dissolver, desmemoriar para renascer nos vespeiros inenarráveis, nas ondas súbitas de outra palavra consagrada na impiedade, no horror-pirómano, no flagício das cronotopias: quase-tudo colapsa criativamente na profanação espiralóide, na insânia tacteada entre os acontecimentos do imperceptível e as aberturas do tempo de novos estilos existenciais (seixos labirínticos chupados pelos pântanos fazem mosaicos autopoiéticos com os lances sublunares): **o PALCO experimenta o caos e a ACTRIZ assimila a incursão sígnica dentro de forças autopoiéticas: recomeçar molecularmente no todo intersticial de outros corpos: o rastro da mutação agramatical torna-se uma ciranda escultora do caos, o tempo intervala-se fora das dimensões: o espaço povoa-se com coexistências arremessadas pelos gestos-vozes da ACTRIZ: as aberturas máximas entrecruzam o visível no imperceptível (regerminação que pluraliza estranhas topologias)**

As transposições membranares do PALCO recriam-se na polifonia das nidações invasoras do real infindável: andarilhas dobras intrinsecamente embruxadas pelas multidões apócrifas que abrem os pactos oscilantes dos olhos-vadios-marsupiais com outros olhares do planetarium: torceduras em vibração, energias não humanas do homem-quase-petrificado e poderosamente intervalado pelo fluxível da palavra entre ritmicidades invertidas e xadrezes de lavouras alquímicas: louco jogo de forças dos médiuns que alçam as onomatopeias vivificadoras de sobressaltos encarochados na transcrição da violência-criativa: forças teátricas-mundo a esboçarem-se nos contornos de forças excripturais, nas marchas de sensações de recomeços de vidas extrusivas que transformam a ACTRIZ em escafandristas de embaralhamentos sígnicos: há um estranho-guindaste a subir pela língua, afastando-a dos nervos do corpo que escapa à irrupção da encruzilhada do PALCO: os polígonos do exílio do corpo tentam povoar a ressonância dos estendais renascentistas: os insulamentos alveolares subsistem ainda no transe de quem vive e absorve a ferro e fogo os transfúgios da des-possessão e recusa a ingerência do desmoronamento da perda hipnótica: a cegueira-ANIMÁLIA torna-se no único estilhaço gutural a aviltar-se na protecção-medular, tremendamente rejeitada pelo acoplamento do poder-identitário (alguém irá escutar o grito da despintura em desmanche genital?): o corpo-topológico suspende-se no som das tonalidades epigramistas que sempre nos levaram para as ervas-atemporais das pedras-humanas: as absorvências dos descentramentos trespassam forças equinociais: arremessos provocadores de cartografias das i-emergências dos mundos possíveis: as barbatanas andro-gínicas rebentam os miradouros sígnicos: os incidentes em liquefacção, as intensidades multifocais-sem-imagens fazem da interacção oscilográfica, criaturas inconsumíveis, cenários da defraudação alfabética e matérias em transgressão produtora de fricções-impolutas (gagueira vasculhada e basculada pelo sublime holístico dos designers regeneradores dos azougues entre celeiros ferropénicos): quase-tudo se torna adversativo criativamente ao rompermos a deserção da diafaneidade do vazio com as superfícies desmedidamente escultóricas e insculpidas na ACTRIZ que se desapropria de si mesma perante as relações sanguíneas da sua expiração sem destinatário, deslocando os eixos da terra de quem a escuta e a sente dentro do pensamento cauterizado pelo impensável (espanto da problematização spinozista-leibniziana: a palavra em aliança contra -poder está inscrita no seu extravio analfabético): as ampolas rebarbativas do distanciamento arrancam os animais em interferência delirante para cinzelarem zonas contaminadas pela matéria in-decomponível que performatiza a exaltação dionisíaca entre velocidades esvoaçantes e ulcerações invisíveis (extrair os balanceamentos medulares da palavra à ferocidade da matéria já golpeada por outra palavra usurpadora de manchas incorpóreas da ACTRIZ que se faz-fuga, evitando a força da carnadura identitária, o rosto-julgador que jamais se exilará da morte, da peste primígena porque o suicídio será sempre duplo(a volta do gesto transborda e despovoa o PALCO: **passado e futuro joram na boca da ACTRIZ o inconsciente do presente). Serão os animais a alancearem o pensamento no mundo-da-ACÍDIA por meio das áreas metabólicas entretalhadas por si próprias onde as afasias epifanicamente presentificam o mundo e rasgam o monocentrismo ontológico para acontecerem como existência em ferida polimorfa, prenhe de bagas intempéricas?**

Os tabuleiros imperceptíveis do TEATRO calham nas hemolinfas do des-povoamentos sem saída, sem chegada, produzindo visões violentamente movediças no CLARÃO das fisiologias quase sem perspectivas: a reiteração tremenda da luzência, indefine-se, escava as redobras do vazio e constrói a vertigem relacional da ACTRIZ inscrita nas fendas das partituras mais próximas das alimárias: há um bolor engenhoso dentro das mordeduras alveolares, há uma esponja sígnica contaminada por ruminações da finitude intérmina que mutila e hidrata simultaneamente a interrogação da vergonha: **outros dizem que as** bússolas **minerais sobrevêm nas envolvências das palavras dos insanos: o PALCO experimenta o seu próprio tempo para impulsionar a ACTRIZ dentro da diferença e do vazio: ressonâncias e contágios criam zonas de passagens do esquecimento e transmutam modos de** gritar, compondo novas forças assintácticas, linhas espessas do sensível-sublunar que revigora as mudanças de vozes, de gestos que vêm de fora: o impensável.

A ACTRIZ tenta escapar-se de si mesma e navega, i-emerge nos aterros-nomádicos do PALCO uma só vez e se dissolve, destruindo, reconstruindo a voz serpenteante dentro do indeterminado, do incompreensível que prossegue no revestimento do trágico para recomeçar na vontade de um êxodo com obsessões monstruosas onde o trágico compositor do caos é impulsionado pela transcodificação paradoxal: a linguagem não explica, move-se convulsivamente, é uma aparição orbicular e adjacente numa topologia vibratória, é um recolhimento expansivo de efracturas das matilhas que recuperam as forças abismáticas-não-figurativas com as manchas trilhadoras de recriações entre tempos-puros: o jogo absoluto dos corpos em luta anómala com os extravasamentos da natureza e do horror, extraídos pelo vórtice dos sentidos: avigorar pensamentos mapeados entre vulcanologias ósseas e os gestos cruéis da AC-

TRIZ: atentem, as embocaduras do PALCO possuem i-limites, reconstituindo outros orifícios miasmáticos, melismáticos, plurivocálicos com anamorfoses intensificadoras de balanceamentos pagãos que marchetam, engastam as línguas-móbiles rés às submersões da algozaria porque o re-nascimento minador de um corpo ainda não-nascido interrompe a logicização das leis negativas(**salgas das salgas a enrolarem-se, a içarem-se nos povoamentos das migrações-variantes, avançando exuberantemente carregadas de adregos, de acasos esboçados que se emancipam às linhas perceptivas: palavras moleculares com velocidades incontroláveis: hieróglifos das soberanias transitórias deslocam-se nas bifurcações pré-vocais do abismo semiótico)**

A LÍNGUA-PALCO que há-de vir colada ao acontecimento nómada, às varandas das archeiras com os influxos das refinarias mondadoras de vacilações respiratórias: aquela que não transfere, não permuta teores: aquela que não é um meio de correspondências, nem de anúncios-anémicos: a língua na vitalidade dos retrovisores afásicos dentro do incontrolável, das zonas obscuras, das autonomizações e dos agenciamentos infinitamente náuticos: a língua com as suas ossaturas distantes (a palavra invade os topázios variantes da palavra, a palavra degoladora da palavra escuta desmesuradamente a vida sem excripturas, absorvendo as amarras do mundo entre as sensações lisas não humanas do homem que ressurgem na força analfabética, renovando-se subversivamente (des-fibramento das roldanas sígnicas, das polainas assintácticas, dos pêndulos metamórficos, dos ciclos das concavidades em purgação sulfúrica-arquitectural): a ilegibilidade a-dimensional torna-se numa ventosa de exultações do figural linguístico para se entoar por meio de aranhas nacaradas, de pescoços variáveis entre assoreamentos silábicos: bocejos acentrados a fruírem delirantemente doutros assopros espiritualizadores de hélices do real (recomeços das linhas flutuantes das medusas imperscrutáveis entre espalhadeiras de papoilas prestidigitadoras: velocidades afectivas atingem as vidraças invisíveis do PALCO): **dizem que todas as linguagens alçam-se traduzíveis quando se roubam mutuamente por meio de deformidades dos oráculos sem generificações, sem os rugidos dos altares do poder: singularíssimas aquelas que se tacteiam, se compõem nos manic**ómios, nos exílios, nos repovoamentos**, nos coadouros do incriado, nos revérberos do improdutivo e se sobrevestem com o avesso indefinido de um PALCO ausente dos significados históricos (os gestos se desagregam nas trajectórias doutros gestos; engolfar cavaterras).**

Uma palavra na contradição infindável. Jamais expressar o desastre da distância perante uma luz órfica, a loucura se apropriará das vozes do corpo sem direcção, sem revelação: a morte aproximar-se-á, será experimentada pela vida que nunca desviverá num processo ecoante. Dizem que as sanfonas da tradução elevam-se nas linguagens dos escaravelhos em concúbito contorcionista, serão generificações em practognose? **Assombrosas línguas com vasos vertiginosos no esquecimento das carapaças, as línguas nadadeiras entre náufragos, gargantas magnesianas e vozes metabolizadas por dobradiças-eólicas onde as nodulações advêm absorvidas pelos hiantes do PALCO: ciladeáveis as expressões da ACTRIZ fora da servidão enrugada dos santuários porque os seus vértices inaudíveis activam as andaduras das** áspides, as **fiandeiras das aldravas encantatórias, das lavras dos infravermelhos nas superfícies spinozistas.**

O PALCO-electrificado pelos gatilhos das ânforas sanguíneas assevera as variâncias fora das representações historicistas, é uma mordedura dos cacilheiros assintácticos, é uma oficina das hipnoses dos joalheiros insanos, é uma guinada do jeróglifo entre rascunhos das fosforescências ciclóides e nevroses das cabalas que recuperam um nome estranho nos bastidores cerebrais: um desvio arrasador dos protótipos (as bossas do não pensável violentamente pensável, sem residir nas sinergias de nenhuma palavra: quase-tudo se abre em várias línguas atmosféricas, dilaceradas, impalpáveis, atingindo a estética da minoria (sair das fraldas da colonização monoteísta): **excriptar no dentro-geográfico do insulamento feito de infindáveis ameaças onde a palavra se dissemina e se perde: a ACTRIZ se esboça, fugindo à cronografia porque encontrou um exórdio contínuo no esquecimento do próprio PALCO.**

Um vórtice de línguas-sem-amo invade o PALCO: o derrame do inconsciente em vastas linhas imanentes sem profilaxias; uma série de forças disjuntivas espiritualizadas na ausência de qualquer fronteira: vede, a impenetrabilidade quase maleável, o crepitar contínuo do sublime das vizinhanças incorporais, feitas de multidões desorientadas, de estranhamentos indesvendáveis, de potências energéticas indiscerníveis, porque não se pode conhecer finitamente os seus detalhes dionisíacos, as suas estepes cristalográficas, os seus prolongamentos entrelaçados, os seus entre-territórios transformáveis dentro da tentativa vaticinadora e ladra de signos assignificantes que se desmoronam e reconstroem concomitantemente, defronte às antecedências das errâncias e das amplitudes ilocalizáveis **(assaltos colectivos das ulcerações intersticiais multiplicam as expressões desenfreadas do caos): extrair obsessiva-**

mente o incorpóreo, o estranho fecundo entre as cartógrafas dos tramas assintácticos e as embocaduras estéticas do PALCO)

Captar as batidas dos olhares da ACTRIZ com as anarquias afectivas e em desvario dentro da lama arqueológica que nada representa, nada interpreta no PALCO: micro-tempos da vida fora dos eixos: trilhos flexuosos reconciliam o fora aleatório da língua ao recantar perduravelmente o aceno-desejante das nervuras da alucinação como se o ACASO da visão-géstica fosse verdadeiramente o infinito silencioso que esvazia possibilidades e leva a ACTRIZ para as conexões da ciência do imprevisível, do inesperado (rasuras dos gritos mudos iluminam e invadem o espaçamento do incógnito, do anónimo e do intraduzível: a incisão do impossível proliferante entre clarões zoológicos): a intensidade da incerteza, estilhaçada por outras incertezas em risco perceptivo dissolve as cúpulas dos esófagos que perfuram os luxímetros do PALCO: tudo renasce informe e tudo nos escapa lucidamente, fazendo do corpo uma coexistência esponjosa de contrários-simulacrais e perante as vésperas da des-aparição há uma traçadura insana-metabólica dentro do esgotamento que se zurze a si própria, modificando a ACTRIZ na palavra arremessada contra a refracção carburante das línguas dos heraldos, contra as asseidades dos afretadores de vida: **uma palavra é esboçada em areias de sangue-mandibular(fazer do possível uma bricolagem): corrução dos sentidos repete-se gimnospermicamente nos desvios dos intervalos harpistas escondidos debaixo de outros intervalos caligráficos que sobrecarregam os traços da memória devoradora com as babas das texturas in-alcançáveis.**

Admirável corpo paradoxal esvazia o espaço do PALCO, dançando no silêncio progenitor de tempos com rasgaduras sintácticas, demudando-se novamente em bússolas demenciai: os afluxos austrais das batedoras de vespeiros absorvem espionagens voltaicas: as forças positivas impulsionam o frevo dos embarcadouros intempéricos, os feixes do maracatu do desejo que refaz natureza. Abominável corpo que se consome nas cordas dos dualismos e nos hábitos do esvaziamento: corpo da obsessão, dos obstáculos inócuos e da efemeridade: o experimento das hipóteses dos trânsitos periféricos desborda e desdobra as adjacências dos recomeços da inseparabilidade sígnica entre as hesitações terráqueas, as impregnações do que foi excripto, do que está por vir e os alcances malparados de um outro possível incitador de insciências compulsivas: dizem: prismatizações arrebanhadoras de fabulações: quase-tudo estremece na indeterminação contínua das magnólias silábicas prematuras que dançam o tempo aberrante porque ninguém cria o espaço do espaço das línguas do PALCO sem forqueaduras: há ranhuras mandibulares que as esculpem, as desfiguram, as estranham por meio de tecelagens anatómicas improvisadas pela imagem directa da loucura: deixar peugadas em vias de extinção por meio de outros rastos com graffitis invisíveis nas paredes de uma cidade que nos recusa, que nos elucida no seu próprio velamento: encontraremos hóspedes desconhecidos nas hifenizações secretadas pelas cabeças deflagradoras de morateiras sem ebúrneos, ou serão as sanguinolências dos acasos sem as trincheiras da vergonha? Habitaremos nas sarapintadas subsistências dos processos mnésicos (infinitos adiamentos de memórias-desmemoriadas): é a vida de bicicletas mortíferas como nos disse Rimbaud com microlesões nos társeos, com fundições sígnicas em fuga(os gestos dobrados no tempo tentam arrasar tenebrosidades: o PALCO aglomera toda a matéria na voz da ACTRIZ, novos ritmos de pura génese): há forças insuspeitadas na língua dos des-povoamentos em transmutação incessante que impulsionam criativamente a ACTRIZ a entrar pelo meio intempestivo, sem vantagens, sem mazdeísmos: uma língua atomizada, diagonal, estirada, desviada, silenciosa, fraccionada, misturável, corpuscular, esgotada, estrangeira, inominável faz dos jogos de solos ressoantes, um movimento de difonias gestuais, de composições insondáveis): um arrastão de hiatos, de crueldades inventivas, de ritornelos, de tensores verbais esponjam a correnteza mais acústica do

silêncio para fragmentarem o PALCO sem qualquer desígnio(**a ACTRIZ aldeaga sobre os fulcros acopladores de abismos, absorve vazios imperceptíveis e a voz faz cisões no espaço que não expõe qualquer história, atingindo as raias do incomensurável, o devaneio da agripnia, a insânia espiritual_____cabeças pulmonares se extenuam com falas insonoras: surgem imagens irresolutas, escárnios sem embocaduras, ritmos condensados hieroglificamente nos períbolos geográficos do PALCO: há um mundo possível na palavra vadia que não consegue se fixar nas superfícies do PALCO porque os seus tecidos foram invadidos por riscos de fracções aglomeradas no corpo da ACTRIZ)**
A catástrofe do tempo impossibilita o aparecimento de qualquer rostificação porque a ACTRIZ é o sentido emaranhado, é a composição paradoxal que captura as movências da duração geradora de vida: o inesgotável do processo vibratório do todo se abre loucamente ao singular: a ACTRIZ recolhe-se expansivamente na turbulência rítmica do seu corpo que não é uma ideia, não é uma substância, não é uma verdade____é uma multidão dilatadora de tempos, é um campo indomável de batalhas, é uma abertura da gradação irrepresentável que relaciona silêncios e cirandas do imprevisto: outras dimensões temporais materializam a polifonia do PALCO, levam ao extremo as vozes-gésticas da ACTRIZ, quebrando desabaladamente o binómio. Uma força compositiva inapreensível irradia forças de um inconsciente inumanizado e criador de existência

vidente: um lance de contemplações expressivas, uma velocidade infinita de afectos que força os eixos do PALCO para recriar a solidão iluminadora da vida: a ACTRIZ assimila sentidos sem significação com os vigores verbais transmutantes: as aprendizagens problemáticas a atravessam plenas de cosmofonias: aventura da duração GÉSTICA grávida de pensamentos puros ou serão crueldades de instantes plenos? Os seus gestos com experimentações absolutas faz do PALCO o sublime insaciável, assumindo a liberdade do corpo com a intensiva superação ou será uma expressão enlouquecida, uma improvisata, um ritornelo que despedaça tudo que engendra medo e pânico? Os deuses aformais da natureza ainda espiritualizam o autopoiético que impulsiona o esquecimento por meio de tempos delirantes, de acontecimentos nómadas, de dores kairóticas, de dons dentro da diferença e de memórias-mundo de quem não espera nada...de quem é sensível ao intensivo e às velocidades incomensuráveis da arte (almas fortificadas pela construção anormal do PALCO: danças sígnicas do acontecimento que capta forças microscópicas, fluxos da complexidão, novas enciclopédias sem qualquer designação): a ACTRIZ arrancou de si-mesma o singular do estranhamento, a eternidade da língua no grito, a transbordância assintáctica do mundo, a incessante insurreição de quem foge à serventia: a crueldade da quietude, o ritmo do entre e do indiscernível que transpõe a significação, a babel da génese, a diferença vibrátil do pré-corpo, a hipnagogia com jorramentos bifurcados de tempos, as encorpaduras da imanência...e dentro do movimento intenso se tornou PHANERON inconsciente, cruzou-se com a natureza, compreendeu a natureza e se fez CORPO-VIVO (uma onda compositiva de sensações extremas de si-mesma: a alma distinta mergulhada na estilização afirmadora da vida): a ACTRIZ, recomeça ininterruptamente através de construções inocentes, difere-se, gera o novo, faz coexistir acasos com germinações sensíveis, acontecimentos com acontecimentos, despedaçando os sinais da morte: um manguezal de forças vindas da tempo demencial do PALCO: um mangue abstracto e tremendamente afectivo onde a voz recolhe os gritos por meio de visões do vazio criador da geologia do silêncio: ACTRIZ... um rastro tradutor dos espaços alucinantes, um arrastão fulgente, pulsátil do infinito, um refrão catalisador com múltiplos tempos gerados pelo ritmo do espírito que alanha o caos...,...

REFRÃO e IMPROVISATA

ACTRIZ-PALCO

ODE ao que há-de vir de si-mesma

NÃO QUERO que me entendam, quero que me amem diferentemente, não sou uma presença, tento acontecer por meio de um estilo existencial, sou uma maneira de durar, sou um rascunho em porvir, um gesto múltiplo que salva a inexistência do passado dentro dos seus sentidos fortalecidos por ritmos em entrelaçamento cristalino, não quero que me construam com as estruturações de formas e da inteligência patológica, não quero a intelecção porque é nutrida pela morte, não quero que me teorizem, quero advir nos limiares da indistinção, quero todas as forças indetermináveis, as vozes celibatárias, quero surfar em mónadas com pontos de vista virtuais onde as artes intuitivas ressurgem carregadas de embriões em decifração, não quero perspectivar a vida com fabulações religiosas, com analogias fantasmáticas, não quero o bem nem o mal na lavra criativa, não quero fazer parte do exército salvacionista da humanidade, não quero a hipocondria do poder, nem o acatamento religioso, quero ser absorvido pelos prismas variáveis da existência porque o silêncio nunca se preenche e não existe ser natural, tudo se cria e se recria, quero ter confiança e fugir da enfermidade humana por meio do delírio e da histeria, quero fugir da clemência normótica repleta de contrapartidas, de refrigérios e de lenitivos, quero fugir dos confinamentos da inteligência e da intelecção, quero desviar-me das neuroses da espécie humana, não quero direitos nem deveres, quero os movimentos da vida grávidos de memórias futuríveis, quero as afluências puras das coisas, quero a intuição vibrátil do espirito, quero afectos indiscerníveis, quero as almas que chamam pelos impulsos vitais das vozes, quero evitar as interferências dialécticas, quero a existência plena, quero a perseverança paradoxal, quero me amover, desviar, distanciar entre anamorfoses das topologias inabitáveis para sentir o dom voltaico do contemporâneo, do inatingível, do inacessível, quero o como e não o quê, quero os modos e não tempos-ideais carregados de tautologias, quero sentir a velocidade espiritual dentro da duração plural, quero a exultação da membrana espiritual, não quero inventar nada à minha imagem e semelhança, quero transmutar as angulações dos baques com forças verdadeiras do aformal, da aberração, do absurdo e da alogia, quero esponjar os afectos que me atravessam, não quero interpolar a minha animalidade, quero surfar na membrana viva das raias, quero sentir os balanceamentos dos alvos. Quero o acaso das fendas da duração eternal sem quaisquer rendeiros, quero entrecruzar conceitos com as dobras da vidência prestidigitadora, não quero os apegos identitários, não quero fraternidades e companheirismos, não quero o olhar temporal dos historiógrafos, dos narradores, quero cartógrafas das superfícies inéditas e profundas dos encontros abertos ao infinito, quero as eternidades da duração, quero as forças histéricas dos generosos com seus rastros descentrados, com seus planos singulares, anómalos, fulgurantes, não quero as fórmulas das bem-aventuranças, das felícias anestesiantes, quero acontecer singularmente na passagem do tempo, nas partículas abstractas, na paridura do passado que vive sempre em acontecimento acronológico e no presente mudável do falso produtor do real, **quero a simultaneidade pura da visão e da audição do passado no presente, quero alegria da heteronímia, da fala múltipla, quero construir novos corpos, não quero alcançar a totalidade silenciosa, quero ficar inacessível e libertar-me.**

Quero sempre começar atingida pela experimentação pura da imanência, sentir as forças dos utensílios nas dobras do material. Não quero esperanças porque são entorpecentes, quero esperas contemplativas, intervalos de tempo para intensificar a duração dos intercessores no meu corpo, nos meus gestos que perseguem pontos de vista em volta do limite construtor de almas altivas, de almas larvares entre realidades inacabadas, actos vibráteis, esboços activos, processos vitalizados, botões pré-sinápticos, quero sondar movimentos transparentes, gradações enérgicas, quero envolver-me na pigmentação disseminadora de tonalidades imatéricas. Não quero piedades nem complacências, não quero as patas dianteiras do mal e do bem, quero testemunhar os traços artísticos da crueldade que combate a morte, quero as angulações da vida dentro da visão que conecta o passado ao futuro dentro de um presente impulsionador de espíritos dionisícos, de saberes trágicos, de afluências do acaso, quero a força inventora de verbos híbridos e de afectos bastardos que rupturam as percepções com a presença das diferenças, quero aliar-me à natureza com enunciações intransferíveis, com linhas caóticas, não quero consciências, nem fiúzas, quero a quebra acontecimental de dois corpos, quero a correnteza dos equívocos, os entretempos da invenção que revalorizam as várias dimensões do sensível e as composições decompositivas de personagens gésticas, não quero certificar ou comprovar, quero fazer testemunhar com dádivas fulgurantes, não quero ver, quero fazer ver, quero arremessar visões, criar desastres no olhar porque tudo está por construir dentro do que se constrói, quero jogar no meio extremo sem mediadores, não quero o público ou o privado, quero os algospasmos compositivos do comum sem homogenias, quero produzir geografias afectivas com entretempos variáveis, com dicionários loucos nas falanges, com criadores de horizontes abstractos que fazem da espera a fidúcia que recolhe forças acontecimentais, não quero o poder identitário, quero entranhar-me nas forças espirituais por meio de relances tensionados por mudanças puras, quero ter vergonha de mim -próprio e agir em prol da vida, quero ter confiança dionisíaca e mergulhar no sentido do vicejo do real que mistura corpos e matérias do impensável, quero estar entre o que se expressa e aquilo que é dito, quero uma miríade de movimentos no crânio com milhares de saídas, quero a claridade feroz que dilata tempos, quero estar dentro dos processos de singularização que me reintensificam, quero contraditar a entropia com as realidades emancipadas, com a arte trágica do imperceptível e do impossível, quero estar dentro do desejo sem desígnios, sem objectividades, não quero confrontos, nem dialécticas, quero uma duração artística que sobreleva, suplanta sensações, quero desenhar conceitos sensíveis dentro do pensamento, dos modos e das atitudes, quero o caos das sensações, os instantes plenos sem biografias, **só quero saber de relações sem espelhos da exposição, não quero cláusulas representativas, quero as correntezas luminares que atravessam os corpos em acontecimento intempestivo, quero os actos-de-fala delirantes, actos de fala sem posição, actos de fala ilocalizáveis.**

Não quero ter horror ao acentrado do pensamento, quero surfar loucamente na contemporaneidade futurível conectada ao passado que absorve e esculpe o presente, quero variar em torno das pariduras do mar-alto onde o desejo é sempre o recomeço de um corpo que se critica e se combate a si próprio porque se nutre da inocência dos acasos, quero o infinito em cada angulação, não quero o falso ou o verdadeiro, quero o acósmico do entre-dois, a mutação indefinida da ética, a dissolvência das formas, o corpo em fuga inominável, o sentido alógico, não quero disseminar faltas com mistificações, não quero transmitir empoderamentos, não quero criar arte à minha imagem porque exijo conhecer-me por meio dos movimentos extasiados do corpo. Quero extrapassar estremaduras, não quero o possível idealizado do historiador, não quero massas-de-gente nem imagens psicológicas, quero a liça entre o aquilo indeterminado e o como em passagem, quero surfar de signo louco em signo demencial e esponjar o sentido múltiplo do real porque independentemente da percepção meu corpo acontece permeado por intensidades do agora, do lá e do aqui, quero o grande exórdio do criativo sem desígnios, quero o imprevisto, o inesperado do novo dentro do tempo e da eternidade dentro do tempo, quero a solidão carregada de encontros e de incertezas dentro do mundo do impensado, quero a experimentação fabuladora nas batidas da existência, quero as forças expressivas disruptivas, a intensidade indecifrável do corpo no deserto da linguagem, quero a acção criativa dentro da natureza inédita, não quero justiça divina nem justiça humana, quero composições imanentes às aberturas máximas das linhas de força que me diferenciam e me fazem durar, variar insanamente, não quero verdades classificativas, quero o improvável das pluralidades, as dobras indiscerníveis, os intercessores que emergem dentro dos pontos de vista em variação, não quero dramas dialécticos nem fidúcias patrimoniais, não quero a subjectivação conservativa que alimenta as manadas e os estados naturais, quero a alegria transmutante do trágico porque tudo é abalável e ondulante, não quero segurança patrimonial nem conhecimento sentimental, quero os passadouros da inocência do devir e os retornos energéticos do vazio que me fazem criar o novo sem os jugos moralistas, quero saber como despontam as ideias sem as explicar ou as circunscrever, sim, quero entranhar-me na geologia das ideias fora da perpetuidade, assimilar seus mapas sem formas entre horizontes abstractos, quero o mundo inconsciente e os conceitos não-figurativos de mim-mesmo, não quero o hospício, quero as hesitações do vazio e as incertezas do infinito que afirmam silenciosamente a diferença e surfam nas superfícies com grandezas vastas, quero as ressonâncias dos signos problemáticos que fazem da vida uma singularidade activa, quero as superfícies filosóficas pintadas por falanges animalizantes que fazem volteaduras nas polifonias do sensível, **quero o impensável inventado pelo poema que impulsiona violentamente a essência fecundadora de novas durações, sim, quero alegria dobrada do falhanço que não nega a realidade.**

Quero esperar com confiança e assimilar o acontecimento com a contemporaneidade do futuro, quero a força em acto sem ideais, sem marcas, sem balizas, sem cortamentos de sentidos. Não quero o domínio do prazer, quero o desejo histérico com ondas do sublime de um desejo que recomeça ininterruptamente, quero a constância da mutabilidade e as linguagens exceptuadas, não quero uma voz reconhecida pelas leis civilizatórias, não quero recompensas, quero expressões da diferença, quero escolher ritmos éticos que me fortaleçam inocentemente, quero vozes em coexistência singular, não quero um mundo crivado por faltas, por acontecidos ou por carências ilimitadas, quero mundos plenos entrecruzados uns nos outros, mundos geradores de tempos coexistentes que retornam sobre si-mesmos sem caridades, sem juízes, sem soberanos, não quero estações temporais nem determinações racionalizantes, não quero uma correspondência de analogias, quero o extemporâneo dentro do tempo que evita os entorpecimentos dos rebanhos, quero as forças vibráteis da heteronímia que me fazem existir dentro de uma estética plástica, aberta ao tempo chegante, quero produzir tempo antes das significações dos horários, quero novas dimensões de tempo que me arremessam para zonas imanentes e me intensificam em variação, não quero escrever para os outros, quero revigorar as ressonâncias impessoais, livrar as sensações caóticas, quero corpos compositivos que agem com e entre os traços de outros corpos, transcodificando-os, quero atravessamentos éticos e fruições artísticas de uma vida activa e imparagonável. Quero o acaso de uma multidão por vir onde a voltagem do finito gera o deserto da infinitude por meio do animal-poema que é sensação aglomerada pelas sensações incontroláveis, sensações do impensável, quero a lhaneza, quero o acontecimento que me torna durável e me constitui por meio de alianças de tempos puros, não quero sensatezes nem estruturas binárias, não quero demarcações egóicas, nem escólios, nem aparelhos sociais, nem o bem nem o mal, lacaios da moralidade. Quero movimentar-me entre as plasticidades dos alvos, das raias de uma multidão deserta, quero uma língua fugitiva cuidadora do desejo que me diferencia, uma linguagem vibrátil aliada ao vigor de pensar inesperadamente, quero o idioma despedaçado e estranhado, quero agir sempre, construir novas energias com o presente do devir, não quero destinos, nem esperanças, quero os pontos de vista que me lançam no futuro sem bases referentes, sem homeoses, quero a prudência de uma miríade de almas criativas que abrem novos limites absolutos, quero a essência existencial que me faz gerar existência por meio de retornos de forças singulares, quero perscrutar trincheiras e esquecer para fugir ao hábito orgânico através de superfícies lisas, renovadas, não quero recompensas, nem vantagens, nem desejos aferrolhados e visados, quero a exultação do silêncio das dádivas que se aliam ao tempo sem marcas, quero experimentar-me ininterruptamente nos movimentos plásticos e em transmutação, não quero exposições circunscrevidas, nem orgânicas figuras, quero composições intensivas e descentradas, quero a força vibratória e deformante, não quero biografias nem finalidades identitárias, aliás quero que a cronografia desapareça, quero uma alma futurível e irrepresentável, quero o ritmo das afecções, quero novas enciclopédias ritornélicas, quero variar-me existencialmente entre estéticas vivas, activas, sagazes, não quero o passado-passadista nem a memória obsessiva, quero dimensões de tempo esquecidas e em simultaneidade, não quero decepar, vender, envenenar e desqualificar o desejo, quero multiplicidades criadoras do real, quero o falso como acontecimento criativo, não quero o corpo significado, coalhado, atulhado, sedimentado, formado, narrado, moralizado, hierarquizado, ordenado, quero o corpo vascularizado por atractores estranhos, por campos problemáticos, por braçadas paradoxais fora das referências transcendentes, das estratificações, fora das clarezas e da canseira, quero geologias impessoais do corpo, quero os combates activos contra linguagens significativas, quero criar distâncias para me avizinhar daquilo que me faz recriar e produzir tempo, não quero a grandeza, a magnanimidade, a nobreza do trabalho porque não quero ser um quadrúpede de carga, quero a inocência criadora que me afasta de quaisquer intencionalidades propulsoras de sobrevidas organizativas, de acracias arrumadas, de astenias obduradas pelo poder, não quero lugares, nem a nadificação do acontecimento, quero geografias em mudança, geografias inomináveis que me estilizam e me fazem acreditar na vida, quero produzir eternidade existencial sem temores divinos, sem simetrias aristotélicas, não quero o reactivo do bem e do mal, nem a conservação pessoal gerida pelos espelhos dos ressaibos, quero jogar sem história pessoal, sem os açaimes do comportamento moralista e sem prever o desfecho dos movimentos da bricolage porque o inumano em mim esboça as sensações e busca o pensamento incomensurável, quero a força irrefreável dos sentidos. **Quero novos dicionários incorpóreos e abrir-me à experimentação, trazer à tona as forças tensionadas do infinito, quero o inesperável da desrazão e os desvios insanos do movimento que afirmam a estética estilizada.**

Quero as conjecturas estranhadas dentro da etologia e do inaudito, quero a arte da vida enérgica, não quero normoses alimentadas pelas descodificações cismáticas das correntezas que me atravessam, quero lentidões intrusas e heterogéneas, quero velocidades povoadas por composições caológicas que antecipam o tempo por meio da eternidade, quero a torvidade cósmica que me faz colocar problemas:VIVER e exaurir o possível: quero multidões indefinidas e extravasar-me com o excesso existencial, quero reinventar-me por meio do mal que me escarifica. Não quero importâncias nem encalços do real, nem representações simbólicas do real, nem configurações miseráveis, não quero a covardia e a fraqueza do poder, não quero a trepidez nem a esperança das soluções que alimentam o fâmulo, o nada e a serventia por meio de realidades liquidadas, de sentenças e de remorsos, quero as forças vivas da coesão das matérias, quero as singularidades exasperadas, violentamente criativas e vadias, não quero a compreensão do trabalho que nobilita o homem-escravo, não quero logicidades do entretenimento, nem juízes da estética, quero a experimentação vitalizadora da matéria sonora, as sensações povoadas por intensidades puras, a distensão das fibras da língua, o paradoxal problemático da crítica criadora, quero o imprevisível intervalado da expressão inumana, quero um exercício com uma miríade de sentidos dilatadores dos acontecimentos que me fazem desviar de qualquer tipo de poder familista, quero o indiscernível não quero sentimentos da casca das recompensas, nem gregarismos orgânicos, quero criar as topologias das fugas onde as membranas da memória-mundo, da memória-ontológica adentram-se por meio do fora da arte da vida, quero as sensações feminais que navegam em semióticas intrusivas, quero dançar no insconciente da futuração que me faz ultrapassar as linguagens entre as zonas indecidíveis, as renascenças e a desaparição até à travessia incomensurável da babel estilizadora da vida, não quero uma alma culpabilizante nem as unidades fantasmáticas das contrições, não quero incumbências, missões, quero transmutar-me na multiplicidade e nos sentidos paradoxais, não quero menções complacentes nem afastar-me da sabença inédita do corpo, quero aglutinar-me no espalhamento acontecimental, quero um ritornelo de milhares de almas à deriva, almas com ondas pululantes, com infinitos pontos de vista, com coexistências escoadoras de matizes, com histerias que extravazam alvos, atingindo adjacências indistintas e tempos por acontecer, não quero que me agreguem, me incorporem, não quero uma direcção, nem o homem que usurpou a geologia dos deuses, quero atravessamentos nómadas, evitar manadas seguidistas, quero brincar com a completude para lançar dados novamente, sentir o infinito, os recomeços intensivos e o retorno, quero arremessar-me dentro do hímen dos encontros com zonas invisíveis, com aberturas anelares do caos, **quero descentramentos, fugas babelizadas, errâncias e as fisgadas dos avessos que atingem visões estranhas e refazem ideias, quero criar valores com a vida activa que não tem medo da morte, quero criar valores com pontos de vista intensivos, não quero verdades salariáveis.**

Quero a ética de uma língua falsa, traidora, vitalizada, não quero línguas maternais, quero uma língua esbulhada pelos gritos estrangeiros. Quero extrair da língua timbres, durações, curvaturas, desvios, violências, altitudes, vozearias, estranhezas, hiatos para espalhar abjunções geológicas, sentir os delírios e as aberrâncias, não quero o orgânico do divertimento, nem entendimentos falazes do desejo, quero recurvar multiplicidades ilimitadas, estirar a curvatura estética com sentidos extremos que fazem delirar mapas afectivos, quero estraçalhar estruturas com o anorgânico das misturas que regerminam nas epidermes por meio de memórias do futuro, não quero taxionomias, nem ser colaborador dos meus próprios medos e dos meus inimigos. Quero delírios agramaticais e tempos assimétricos que desarticulam o som e a imagem, intensificando as superfícies infixáveis e as decomposições verbais, assim, assimilarei as diferenças por meio de disjunções e de sentidos não formatados, quero enxames semióticos, quero que me desviem dos textos que tento compor, quero o RISO na minha visão incompleta e tremendamente imperfeita, quero antever os rasgamentos de um tempo que nunca é oferecido, quero adivinhar os vazios que surfam entre as partituras do impensável e as expressões do indizível, não quero ser funcionário das tradições, nem das ordens comunicativas, nem inventar abantesmas, não quero objectivos do bem, nem respostas do alívio anestesiador, quero o exílio do passeur, quero estar fora de mim-mesma adentrando-me, não quero marcos, nem os aspeitos, quero aberturas ao futuro onde uma violência dançante entre meu corpo e o mundo me faz acreditar na vida heteronímica e me faz outrar, quero produzir existência com experimentações insanas, plàsmáticas, revolver múltiplos espaços e captar signos imperceptíveis, não quero analogias, não quero disposições estéticas nem reflexões, quero o pensamento inconcebível para enfrentar o acaso e a fascinação do meio abíssico que me abre a todos os lances do real que é já-devir, quero desviar-me das minhas próprias incisuras, quero vozes múltiplas e musicalmente cromáticas, quero mergulhar no tempo infindável, imudável e traçar, multiplicar raias ignoradas, convulsivas, quero a dramatização sofística aliada ao contágio do comum que se adentra no indiscernível da singularização, proliferando sensações: forças sonoras, estéticas estiram, escoam superfícies finitas impulsionadoras de geografias infinitas, não quero leis nem o percepcionado, quero micromovimentos vibráteis que misturam sensações com linhas geodésicas, com ondas termohalinas, quero ultrapassar raianas com entradas múltiplas fora dos repositórios-zumbis, quero desviar estremaduras com passagens incomensuráveis, intersectar obstáculos com as voltagens do transitório nutrido pelo colossal, sentir a complexidão do mundo fabulador que faz desaparecer o sujeito histórico e pessoal, **quero vigores histéricos que afirmam a vida da língua do inumano, a dismorfose sintáctica, o desmesurado dicionário, as subducções variáveis, quero espaços ilimitadamente heterogéneos, quero experimentar o anónimo, o impessoal.**

Quero abrir a vida à experimentação vitalizadora e sentir a exalação anti-matérica, sentir as intersecções do infinito fora da transcendência escravocrata, a vascularidade inesperada dos crivos sem organização, não quero julgamentos negocistas porque quero construir as aberturas intensivas dos destinos que me fazem acontecer, fora das estruturas e das camadas idealistas. Não quero vítimas nem carrascos nem queixumes, quero modos diferentes de acontecer, existir, viver, quero mudanças conectadas ao pensamento e ao desejo que produz desejo, desejando tempos problemáticos, tempos das diferenças com ritmos de passagens que me revigoram, quero criar-me com o próprio destino que já criei em mim, quero entranhar-me na causa dos efeitos que me tentam forçar dentro de tudo, quero experimentar e criar realidades de valor sem interpretar a vida por meio de consciências racionalizadoras, deterministas, quero fazer da vida uma prática ética de si que produz novos sentidos, fazendo retornar o intensivo ao desejo sem intencionalidades, sem cartilhas. Quero escapar ao predomínio das sentenças venenosas, quero invadir a existência com EROS que indetermina o mundo, não quero o perceptível, quero a intuição, não quero intermediários do corpo, não quero o abatimento ou o subavaliação dos outros, não quero almas consumptas, nem religiosas, não quero almas das faltas ontológicas, quero almas contemplativas, germinativas, almas geradoras de tempo, almas múltiplas criadoras de vida, almas que sobrevêm e reemergem com exultação porque não querem realidades superiores à existência: uma aventura andarilha do inconsciente que produz diferença na eternidade do todo aberto, sim, uma miríade de almas me atravessam, desaparecendo e ressurgindo, são afectos que me fazem criar novos mundos dentro do mundo, novas geografias, novas forças geodésicas: ARTE do novo imanente à singularidade da natureza onde Deus também se reproduz fora das consagrações, das crendices e das incumbências dos confessionários, fazendo da bricolage da vida o instante da plenitude, quero fazer das distâncias um campo de batalha de passagens sem ideais, sem estados, sem utilidades: em cada gesticulação guerreira da mudança, em cada força activa, faço o meu destino, produzo bifurcações sígnicas, nomadismos estéticos que me diferenciam entre acasos que me estilizam eticamente. Quero sentir a eternidade na finitude e recomeçar ininterruptamente para me potencializar entre jogos ruminantes e ideias solitárias, selváticas que se desviam do medo da morte, quero almas a surfarem nos resvaladouros sanguíneos em desterritorialização plena, quero micropercepções da inesgotabilidade do real para estilizar o alógico e a irresolução, quero os acessos ilimitados do caos, quero libertadoramente todos os deuses que me ignoram, não quero cadências, nem tomar conta da linguagem que se liquefaz na voz, não quero firmezas determinantes, seguranças patrimoniais, quero coexistências rasgadoras e propulsoras de angulações do inacabamento, **quero olhar no olho de quem me espanta, me avizinha com interrupções, lapsos, pausas activas para conectar o passado ao futuro dentro de um presente afectivo que nunca define seu trajecto.**

Não quero ser um detector do mal, do erro e de agentes maléficos, não quero ser profeta nem ermita. Quero palavras com demudanças inamanipuláveis, palavras cheias de povoações sem identidades, palavras flutuadoras de incorporais, de opacidades inatingíveis, inexauríveis, irredutíveis, quero o ritmo da estranheza do corpo ao misturar superfícies com sentidos disjuntivos, quero a invocação feiticeira da agoridade futurível, quero o acontecimento sem verdade, quero ideias sem imagens, quero travessias sem ideais, quero a histeria dos pontos ondulatórios, não quero projectos, nem imperativos, nem estados espirituais, nem formas andróides, quero querer porque acredito na vida, QUERO verter-me, filtrar-me inesperadamente no tempo fora das extensões e do humano, não quero as carências alimentadas pelo poder, não quero a sobrevida produzida por centros de autoridade repletos de bens justiceiros, quero afecções acontecimentais para me expressar a partir de mim-mesmo, quero actualizar sempre as forças da exultação da tragédia, quero a força dos vários em suspensão, quero os modos criativos dos hesitantes, quero composições rítmicas do animal entre rastros, fragmentos, escoaduras, falhas, elevações, dobras, desmoronamentos, vórtices, disrupções, quero o animal fora da sua turba, o animal-estrangeiro apinhado de distâncias incontroláveis, distâncias em alvoroço que me fazem transmutar, demudar sem quaisquer certezas absolutas, quero o pensamento a ressurgir dentro do próprio animal onde seu corpo é um mapeamento fulgurante de afectos, de vozes em fuga, de ritmos acósmicos, não quero as ressurgências das formas nem o bem nem o mal, nem o errado, quero renascer nas fugas da língua para transverter tudo em passagens criativas, em forças caóticas, quero viver dentro de esboços moventes, da devastação temporal, quero rupturas poéticas inqualificáveis, colocando meu corpo em interrogação, não quero sobrevivência anestésica panóptica, quero o devir-mundo, o roubo das vozes extasiadas, o extravio inventor do real, quero o corpo que faz existir entre espirais, ritmos, dobras, enlaçamentos, puras géneses, tempos que recomeçam antes dos meus gestos, não quero ideologias nem ideais, quero a eternidade do devir que faz a diferença demoníaca, quero a vadiagem polilinguística de EROS e extravasar a narrativa, a cronografia, não quero modistas do corpo, **quero linhas dan-**

çarinas e foras adentrados nas ondas sofísticas, não quero detenças, dilações e tardanças do corpo, não quero o corpo fora da natureza porque quero linhas de enlevo, de feitiçarias que constroem geografias afectivas.

Quero metamorfismos múltiplos e acenar à minha própria evasão, fazendo do infinito um lugar de desassossego, de estranheza: tudo se fricciona por meio das cirandas da experimentação onde se fundem linguagens, plasmas anfibológicos porque há mudanças contínuas, há ritmos contemporâneos fluxíveis, passageiros, não quero utopias, nem seguranças matéricas, quero tempos fora das mensurações, das cronometragens, quero ter vergonha de mim-próprio e produzir o impossível aliado ao extremo risco da vida que nega a entropia, não quero reconhecer as rotas porque levo comigo todo o passado que reinventa o presente por meio de múltiplos tempos do que há-de vir, quero as artes do fracasso insondável, quero vigílias insanas e pensamentos impensáveis que fogem da lei, quero gerar espaços dramáticos fora de colonizações, fora do cientificismo sedentário. Quero germinar movimentos demudáveis, não quero reacções, quero a catástrofe criativa feita pelos desvios impulsionadores da diferença, quero produzir realidades enérgicas com ligações disjuntivas, com entre-tempos babelescos, não quero a falta fantasmática, nem a lamúria do intelecto, nem a imaginação dos padecentes, nem a fragilidade do poder, quero as sensações que produzem vida, transbordam existências expressivas e se recriam por meio de afectos cristalinos e de matérias turbilhonares em metamorfose, quero a duração dentro do espírito e das matérias não-linguísticas que me fazem fugir das acepções humanas para esvaziar espaços e intensificar fulgurações do impossível, quero fortalecer-me com as dobras do vazio engenhoso, com as elevações-hápticas, não quero bom-senso, não quero afastar o corpo do espírito nem o espírito da matéria, não quero soçobrar nos rebanhos da verdade, nos mundos do homem, quero a vitalização flutuante do corpo entre corpos fora do vivido, quero a dinâmica verbal-geodésica que cria maneiras de ver e sentir através do cristal musical da duração que alimenta o movimento da mudança, quero mudar, durar e perseverar simultaneamente, quero a hesitação expressionista e cartográfica com irrigações cósmicas onde a durabilidade do passado se entranha no presente, intensificando a essência do instante misturado noutro instante que recusa a piedade, quero compor o tempo diferentemente e fazer surfar a alma no devir, não quero ter certezas daquilo que digo nem daquilo que ouço, não quero almas cenobitas, eremitas, piedosas, monjas, quero almas andadeiras, germinativas que criam geografias fabuladoras nos intervalos do tempo, almas que ressurgem na desaparição para se infiltrarem no pensamento histérico, dobrando interstícios com as ressonâncias das ruínas das palavras, quero sondar as vozes nas falas inacessíveis, quero linhas voltaicas do risco e do inconcebível, não quero razões puras aliadas ao vampirismo da existência, **quero anatomias insanas que ultrapassam lin-**

guagens do poder cartesiano e decifram signos artísticos para se esquivarem ao refreamento negador, às narcoses patologizadas do corpo, às misérias dos afectos, às obrigações existenciais.

Quero a transmudação intensiva do corpo que se aproxima e se desvia do mundo complexivo coexistentemente, quero um corpo fora dos tombos do acontecido. Quero um corpo capturado pelas gradações das dobras das temporalidades paradoxais, pelos signos fulgentes da longevidade dos instantes e pelas camadas do mundo ampliadoras de tempo oportuno, não quero feições, índoles, quero neguentropias e afectos expressionistas, quero construir novos mapas barrocos com a liberdade absoluta dos desenhos de Giacometti, não quero decifrar a voz da minha fala, nem a fala da minha voz, quero o entretecedura de correntezas plenas de passados espessados, acumulados que contaminam o contemporâneo através de danças múltiplas, quero peneirar o delírio do mundo e transverter a escuta das fronteiras invisíveis em superfícies musicais, não quero sujeitos psicológicos atrelados a sistemas vingativos nem objectos finalistas das naturezas mortas, quero renovação dos sintomas videntes que defrontam a desrazão com a força da estrangeiridade, dos devires-agramaticais, não quero inteligências autocratas, quero personagens alógicos que usam o tempo agramatical, delirante, mudando velocidades para confiarem cada vez mais no mundo e na vida. Quero pensamentos autopoiéticos, pensamentos que escarificam a vida excessiva, sisifiana, quero lapsos espiralados, oblívios entrelaçadores de conceitos móbiles, quero a trama das aprendizagens contínuas onde cinzelo meu próprio destino, quero escutar os balbuciamentos das metamorfoses completas dos libertinos atemporais que produzem diferença inventiva em si-mesmos, não quero epistemologias, nem oficinas literárias, artísticas dos marqueteiros, nem amestramentos de pedintes infames, quero as cordas friccionadas do apeiron que criva e enobrece a vida das singularidades, quero a existência vitalizada pela eternidade da inocência, quero as grandezas acósmicas, as improvisações dos itinerários, a incessante sublevação da impessoalidade que transfronteira o mundo, captura músicas vertiginosas e visões com a confiança afectiva: pintar o vazio e embaralhar as ressonâncias das palavras fabuladoras: não quero racionalizações totalitárias, não quero revelar, expor minhas emoções, meus sentimentos, quero a fulguração das fendas sinápticas, do cristalino, quero mónadas tresloucadas pela variação de si-mesmas, quero tudo aquilo que foge de mim, não quero controlar a boca que solta e elimina as palavras, não quero percepção ditatorial que apenas serve os ídolos, quero ritmos caológicos, o insituável da euforia criativa que ultrapassa as contingências, não quêro humanizações, nem a intemperança do análogo, do semelhante, quero o gesto do cruel do humano onde a criação é sempre um colapso que transmuta violentamente o pensamento por meio de uma miríade de estimulações jubilatórias, quero estar fora da minha estação, da minha temporada por meio do corpo do pensamento do animal-artista que assimila os ritmos do infinito, **não quero arrumações nem a hiperactividade produtiva, quero os instrumentos éticos que varam o inaudito da alma-corpo que dá sentido ao mundo com infinitas possibilidades. Quero o CAOS dos absurdos inabaláveis, dos paradoxos inexoráveis, as membranas tensionadas entre o corpóreo, as raias pontilhadas e o incorpóreo,** quero não fazer entre hipóteses desconhecidas e fluxos imperceptíveis, não quero vaticinadores, quero adivinhos, haríolos, feiticeiros, quero o mundo que está em cada vegetal, em cada mineral, quero desviar-me das falações dos ídolos, quero olhos enremissados e dilatados, visões paliadas, quero processos inobjectiváveis, quero o radical criador de tempo e de cérebro para gritar e me afirmar ao escolher a vida perante a morte, sim, escorregar por entre que é o incomensurável anorgânico. Quero a força do acto da tragicidade dentro do silêncio inominável, não quero a estética do conhecimento, quero os ritmos do impensável que se desdobra em outros acasos, quero as linhas rectas dos despenhadeiros, quero memórias-mundo, práticas fabulatórias, quero vincos, encurvas e desdobramentos que refazem a vida e a ficção, quero a brincadeira inexaurível do meio de um amor vivo, agir, agir entre as densidades do tempo e o rigor da insânia, quero a força germinativa do mistério molecular e a incógnita da matéria nas adjacências do invisível com misturas pré-vocais, não quero binómios, quero fugas diabólicas, agramaticais e assintáticas dentro de múltiplos desvios exultados pelo impensado e pela diferença que reinventa a vida com signos malditos, com o fracasso carregado de feitiçarias ritornélicas e de esquecimentos éticos, quero os espantos dos lances da vida multiplicadora de vozes ontológicas porque vibram em cada jeito existencial, em cada estilo compositivo e fora de qualquer panóptico, quero cartografias inauditas dos libertinos que abocanham tenebrosidades e fazem falar o silêncio defronte ao horror, quero os violentos-da-desrazão e dos dementes que resistem à morte, quero a intemperança do furor agramatical e da existência histérica para disseminar moléculas do impensável e percorrer o devir com geografias da potência que destroem peugadas moralistas, não quero ser empregado da vida que se mescla com o algoz, quero eliminar os déspotas entranhados na minha pele, quero viver com os poros a prefulgirem nos paradoxos das sensações do passar-se. Não quero o eu, nem o exaspero, quero as RÉ-existências dos hiatos, das pausas, do trágico, quero o real irrepresentável de uma hipótese criadora, a força polinizadora do devaneio, quero prismas expressionistas a intersecionar o rigor dos nomadismos topológicos e a lucidez das mandalas raiadas que evita a visão totalizadora por meio de percepções fugidias, abismadas, quero os embravecimentos lúdicos e as coexistências semióticas em hemorragia suprapessoal, quero a vastidão alógica e anorgânica que desidentifica o corpo e produz diferença na existência, sim quero o corpo inominável, não quero falações dos empoderamentos ao serviço dos autocratas, não quero a ciência do verdadeiro nem da natureza natural, nem do dever-ser, quero construir uma verdade inatingível através das dobras extremas dos limites imperceptíveis, **quero os enervamentos do acaso entre pontos de vista que tentam desvelar as perfídias do real e as escavações do espaço.**

Quero agir, enovelar-me, disjuntar-me no espaço para intensificar modos de existência sem estratos antecipados, quero mergulhar e cinzelar as esfinges verbais com abaladuras antropofágicas, quero o inapreensível dos escritores múltiplos sem destinação, quero o inatural, as linhas entrançadas, as transparências arrevesadas da auscultação do real, quero o indizível das dilatadas redes foras das leis e dos estados-tiranos de direito, não quero discursos da politicagem, não quero cartilhas estéticas, catecismos poéticos, manifestos culturais, quero os cantos da terra onde simultaneamente as forças expressivas nunca deixam de acontecer e jamais deixam de atravessar, cortar, pervagar, varar os limites, quero dizer não em todos os sentidos e com as partituras energéticas do tempo relançadas ininterruptamente entre mundos auto-gerativos e trajectos comuns de encontros imediatos, quero as séries descontínuas dos espaços acústicos rés às capturas de geologias sensíveis, quero relacionar o corpo irredutível com as superfícies do apavoramento linguístico, quero lavrar o virtual, alcançar, extrair, fender, saltos semióticos no respiramento vivo do mundo e do animal do humano, quero a diferença que me lança para os sopros estrangeiros do futuro e para a vida indomável. Não quero representações nem formar nem dopar públicos, não quero gentes que se acaridam de si mesmos, não quero famílias ao serviço das estruturas do bem e de aparelhos controladores da vida, quero as sensações caóticas a espigarem pelas bordas, as pulsações subterrâneas do espaço que me fazem conhecer o intensivo do corpo, quero sintomatologias-criativas do pensamento fora das verdades instituídas, quero as palavras das superfícies acontecimentais que se devoram umas às outras vitalizando os mapas do olho que ainda é questionado pela visão porque as larvas perceptivas continuam a desfazer brinquedos com suas lacunas, não quero semelhanças, analogias, parecenças servidoras dos maquinismos sociais que defendem as vitimas por meio da barbárie, quero jogar com o desejo, com as sensações corporais, quero transmutar-me e criar solos com o tempo da experimentação, com os retalhos adensados das tentativas acidentais, quero mapas com bosquejos fronteiriços abertos às coexistências que dizem sim à vida e aos acontecimentos que evitam qualquer instinto de morte, quero visões que destroem afastamentos com distâncias indiscerníveis, quero forças dos intervalos que tensionam o olhar sanguíneo dentro da diferença do comum, o olhar que enseja a devastação com movimentos indivisíveis, não **quero ter encargos para a vida, a vida é improvável e incontrolável, só há vida no PALCO grávido de signos artísticos (a existência no PALCO é absoluta, é plena)**

Quero os vigores do inútil e do aformal que perfuram limites, transmutando-me em viajante de plenitudes, fazendo do meu corpo uma superfície de passagens do vazio e da solidão onde tudo se reinventa por meio de forças mais robustas: correntezas da mudança, radiações de pontos de vista que persistem e transmutam, não quero a comunicação, nem o cansaço prolífico, não quero combater o poder, quero deslizar na onda-luz de um mundo acentrado que faz durar o tempo vidente, quero a incomensurabilidade do pensamento e do real, quero surfar na suspensão, nos transcursos, nas falhas, nas fendas das forças em desdobramento e dos jactos da vida que o passado ainda não arremessou, quero surfar nas topologias presentificadas pelos ritmos impulsionados pelos interstícios heterogéneos do futuro, não quero o poder dos dissimulados infinitos que se alimentam da escravatura da falta, quero o incorporal, as enciclopédias movediças, o sentido dos signos simultaneamente no passado e no futuro, não quero o livre arbítrio porque quero ser livre, quero estar dentro das profusões libertárias, quero as voltagens dos encontros que se dilatam em relação a si-mesmos e não estão dependentes do outro, quero ser dadivoso, não quero a solidarização nem a fraternização, nem a felicidade, quero sentir as linhas divergentes da alegria sem as procurar, quero brincar como a criança sem objectivos, sem analogias, quero os transpiradeiros dos intermezos que emaranham as cartografias do mundo-do-ser-do-sensível, quero recuperar o atractor estranho do animal-em-mim com dobras desmedidas, não quero partes, nem gestos sepulcrais, não quero fechar-me racionalmente na agnição, não quero viver daquilo que já foi feito, quero resvalar entre o experimentado e a exultação do experimento inacabado, sim, entre a agoridade prática rupturadora de círculos e aquilo que já aconteceu sem formas cravadas, quero dançar no vazio dos pontos singulares que esculpem o acontecimento da multidão, quero o silêncio do manguezal do poema que me restitui a força do espírito gerador de tempo insano, quero defrontar o horror da existência para libertar o movimento da clausura, quero o acidental dos oceanos que expandem a diferença aliada a descodificações afectivas. Quero pangeias sem alvedrios de exactidões, não quero a clareza, nem o recognitivo da incumbência infinita, nem os totemismos fixos e amortalhados pelas coerências das vontades do nada, quero a extrema pulsação da catatonia do múltiplo que subverte as formas, as figurações sem relativismos, não quero aprazar, procrastinar qualquer combate, não quero evitar o recontro entre minhas próprias forças, não quero projectos platónicos, nem as putrefacções identitárias, nem desígnios conjecturais, teóricos, metafísicos, quero alcançar a liberdade da minha própria vida, ser sabedora e possuidora da minha morte, quero estar dentro dos acontecimentos da confiança, quero acontecer dentro das personagens conceptuais do indeterminado, **quero acontecer na expressão incompleta, inacabada e simultaneamente plena, transcodificada e aberta à colossal e hilariante misturação das micropercepções.**

Não quero estruturas lógicas, solipsismos, sequências sacralizadas, conservações e repousos feitos por formas educacionistas e aparelhadoras de corpos, quero a claridade do falsário, quero desconstruir-me com ingredientes expressionistas rés ao absoluto e ao movimento infinito. Quero o aformal, o geometral, o paradoxal, o imperceptível dentro da afirmação da alomorfia completa que se avizinha com os processamentos da verdade ininteligível, quero o vigor de acontecer, de variar, de crivar fulgores das incertezas porque nas transmutações dos códigos há uma dança de relances fúlgidos que fazem da alegria uma passagem de afectos perante a tragédia geradora de tramas sígnicas onde se entrecruzam passado e futuro, não quero funções utilitárias conservativas, quero interrogações que alimentam o corpo acolhedor de almas para se mudar com os vários sedimentos de tempo, quero escapar criativamente com recomeços disjuntivos da alma intensiva, quero estéticas avassaladoras, monádicas, nómadas escarificadas por equívocos que estimulam prismas radiculares, quero esboçar multidões e fugir aos julgamentos, quero tempos tecidos pelos animais ocultos, não quero a sabedoria contemporalizadora da consciência panóptica, quero ser contaminado por correntezas-artistas lacunares, por volteaduras das raias de uma aprendizagem criativa, quero pontos de vista ritmáveis dos corpos delirantes, não quero marcações ou imagens da eternidade, quero confiar na vida entre geografias obscuras e olhares variáveis, problemáticos, quero as ressonâncias dos dicionários dos acasos, não quero aprisionar a vida aos ideais anestésicos, quero partilhar o impensável e o imprevisto por meio de distâncias convizinhas, quero assimilar e usar as quedas, as indeterminações, as amarguras para intensificar o criativo, quero vida a repulular no mundo que produz em cada grito tempos diferentes, quero escrever o grito com intensificadores múltiplos do imprevisto, com as anamorfoses da improvisação relacional, não quero situacionismos narcóticos, nem rebanhos ressentidos, nem tribunais narrativos, nem referências biográficas, quero acreditar simultaneamente na outra de mim-mesma e no mundo-artista para intensificar a confiança que me trespassa, multiplicando as linhas de força das almas que fazem coexistências inéditas sem qualquer pacto humano, comportamental no PALCO. Quero colocar o sofrimento que me permeia dentro de forças compositivas, ontológicas, fractais, quero velocidades múltiplas afectivas que desacorrentam sensações e se interligam nos conceitos moventes, fazendo as variações sígnicas entrarem em conexão, quero o nascimento rítmico nos encontros extremados do tempo onde a mudança se renova em si-mesma, quero a vida experimental porque nada em mim é natural, quero a intensidade criadora de realidade que se desvia do poder com dobradas fricções, quero conquistar tempo com o roubo órfico dos heterónimos, com as dádivas da diferença, quero dobras duplas carregadas de ritmos amnésicos, quero entrecruzamentos de velocidades vastas e de retardações multíplices, não quero estruturas, modelos impulsionadores da mortificação e dos adestramentos, não quero juízos-divisões entre conjecturas e práxis, quero a solidão com novas possibilidades a despontar no meio da horda sígnica porque exige o risco do aberto, exige a desterritorialização animal, as forças desmedidas de micromovimentos, quero as mudanças destruidoras de contornos, quero todos os adversos, os infaustos das analogias, das representações, quero o improvável das incisuras que esponjam distâncias com as alianças das multidões à deriva dentro da sua própria solidão criativa, não quero democracia entorpecida, docilizada, modulada, encouraçada, quero levantamentos contínuos, hipnagogias e acenos turbulentos das micropercepções, não quero as determinações formais do amor, quero os signos amorosos, quero os gamanços estéticos, as cardanhas éticas que me fazem perscrutar raias, atravessar obstáculos dentro da complexidão do mundo produtor de conceitos dançantes, de pensamentos cirandados pelo corpo histérico. Não quero a arte oficial e das listas dos classificados, quero os signos artísticos com milhares de almas em autofagia vibrátil, não quero o gestalt do poder, quero os interfaces das sensações que me fazem experimentar o desconhecido, o anónimo, quero eliminar o procustiano que me persegue, não quero gerir a vida dos outros, quero a vida vivida de outro modo, quero re-existir em zonas indiscerníveis, quero almas altivas lucrecianas produzidas por novas possibilidades existenciais, não quero o renome e o sujeito da contradição, não quero a educação refém de significados e de imitações, quero o falhanço alegre com variantes inesgotáveis do afecto, quero o assignificante, a metamorfose alucinatória e a catástrofe germinal que penetram ininterruptamente na vida corpo-a-corpo, sim, exercitam a duração numa velocidade infinita e produzem passagens através do corpo que compõe, recria e se acopla às forças de alterações veementes (transbordância caótica): não quero viver como o PALCO, quero viver com o PALCO, não quero conversar sobre o PALCO, quero falar com o PALCO, quero que o PALCO faça comigo a vida irrepresentável, não quero codificar fluxos, quero a vitalidade animista, quero absorver o mundo com vida-geometral, quero germes osciladores do indiscernível do poema, quero as virulências do poema, quero todas as perfídias, as aleivosias do poema, a substância pura sem utilidade, quero a experimentações vividas conectadas ao tempo puro dos mistagogos. Quero amar e refazer o tempo das coexistências, descentralizar-me insondavelmente, explorar zonas dessabidas com encontros multissígnicos, abrir sempre os poros do corpo, capturar a matéria sonora com universos sem história, escavar línguas, mergulhar na estranheza do pensamento, quero amar sem os planos da servidão da consciência, sem programações, sem mitos, sem fantasmas, sem assembleias orgânicas, sem os abatimentos da religião, sem punições, sem mutilações, sem a escravatura do medo, sem superegos, sem alcovitarias, sem almas moralistas, sem julgamentos insaciáveis, quero um lance existencial em movimento infinito, polifónico, problematizado, quero uma vida superior e inconsciente que cria vozes nos gritos ao despedaçar resoluções. Quero exercitar a liberdade com o espírito contemplador de superfícies moventes dos acasos, quero levar para à tona da onda ética a voragem impessoal, os alvoroços do contágio das diferenças, os intermezos-porosos: fortalecer as hesitações entre o real e o falso, quero o espírito produtor de tempo puro que estiliza a vida, abrindo-a ao futuro, ao acontecimento afirmativo da exultação, não quero alcançar aquilo que o outro segue, não quero acreditar por meio de comentários e de opiniões, não quero o que os outros tencionam e projectam, não quero as entropias biologizadoras, não quero cravar-me em fiúzas, credos, confissões, não quero obtemperar-me a ninguém nem espelhar-me naquilo que os outros planeiam, quero fazer do mal e da dor uma rasgadura criativa, um salto da metamorfose de uma existência inédita, não quero arrastar-me nas sombras daquilo que os outros ambicionam, quero escutar as vozes ecoadas mudamente entre signos energéticos do pensamento, quero a imagem-cristal que traça o meio extremo das geologias, gera incisuras e ondulações sígnicas com as essências da errância e do trágico, quero a re-existência háptica no instante que indaga o espaço por meio de limites simultaneamente estranhados e atravessados por acontecimentos sem exórdios e sem finalidades, quero as bocas descomunais das distâncias que povoam o incógnito de um corpo alongado: um corpo que liberta o tempo de qualquer concatenação ao colocar vida na vida e transmutando todos os seus movimentos em diferenças criativas: quero a voz afastada da visão, quero a luz que protege o olho com o falso afectivo do tempo aberto pelo corpo indefinido, **quero a palavra que trai a palavra e fractura percepções e circularidades utópicas, esburaca es-**

tremaduras com o tempo que se constrói em si-mesma, quero forças sígnicas com filtros delirantes em decifração ininterrupta.

Quero estar dentro da liça entre o oculto e o visível______ sair da servidão, penetrar na natureza e explorar o seu intrínseco ontológico com a dança da deformação, quero fugir das homenagens e do solipsismos para me produzir a mim-próprio, quero me livrar do medo da morte, do controlo securitário, do adestramento, da inteligência julgadora, da honradez da lógica, dos humanismos piegas, das deplorações, dos carpidos, dos autómatos que me querem anestesiar e me entricheirar no pânico e na sobrevida-besta, quero a delicadeza indistinta, quero fragmentar-me em várias angulações para me sentir pleno entre forças que se ligam a outras forças variavelmente, quero entranhar na pele a força cromática para atravessar a língua, a infindável fisga entre as flutuações da fala, do retorno do sopro de um fora adentrado, quero a repetição da palavra mudável, a imagem imprecisa do autonascimento entre tempos catastróficos, quero as géneses das falanges envolvidas noutras falanges, quero a epiderme do eternal que começa sempre antes de nós, quero as embocaduras da transumância fora do trilho incessante do tempo, quero as durações das cabeças que nascem por si-mesmas, quero as fendas espontâneas dos vazios, as sínteses ocultas dos gestos, os espaçamentos de uma luz madural e o sangue da visão dentro das várias dimensões do tempo ou de um tempo não mensurável (a translucidez do tempo fora dos fulcros). Não quero uma morte natural, quero desaparecer dentro de correntezas fortuitas, imprevistas, ocasionais, quero valorizar-me nos entre-tempos do vazio, não quero analgizar os sentidos com referências, nem malbaratar o tempo dentro dos ápices da matéria-viva, quero a afabilidade inexacta do outro que nunca atingirá o meu rosto em fuga, quero o veemente em mim que resvala pelas aberturas, pelos sulcos moleculares guias do caos e de insânias. Quero o acentrado da geodésia antes do homem, não quero prisões da vida particular, nem ficar preso à pulcritude, aos sentimentos que bloqueiam as expressões, quero fabulações radiculares que se espalham com imagens indecididas, quero insulamentos trespassados por encontros improváveis, quero sensações irrefreáveis que fogem às uniformidades, não quero usar o sofrimento, a recriminização, as lamúrias, o moralismo, a desgraça para julgar tudo e todos, não quero alianças com as punições do carrasco, quero o elan-vital do feminino que me faz flutuar sem grandezas, sem modelos, sem formas universais, quero amar loucamente a distância em transmutação que me faz criar adjacente ao feminal que afirma os signos rítmicos entre funduras imperceptíveis e as intensidades invasoras, quero a confiança revigorante da carne obscura, a vida-artista com movimentos indivisíveis, não quero ser engolido pelo poderoso engenho de passatempos, não quero transformar-me em animador de pistas do mercadejo, quero o meu TEMPO feito de emancipações intácteis, intocáveis, quero actuar, proceder, operar, efectuar no sentido da mudança feita de labirintos terrestres: processos absolutos de uma imagem fracturada: **não quero escravizar-me dentro de projectos, de diplomas, de vassalagens, de encômios, de bajulações, de estruturações da mente.**

Não quero fugir de mim-mesmo e do mundo, quero a arte-bricolage das crianças que me trazem o dom de jogar com o acaso, não quero estar preso aos focos da positividade-escrava, dos moldes da sociabilidade, não quero ficar cego por meio do meu próprio rosto,quero procurar-me com o extremo da imanência em cada ponto de vista. Quero sentir a correnteza da duração em mim, o tempo a desabeirar, a derivar por meio da contemplação, o tempo a brotar no meu corpo que evita o animal-trabalhador, o animal-produtivista do análogo, do conforme, não quero estar sempre presente e visível, não quero ligar-me a tudo e a todos, quero surfar em zonas tremendamente indetermináveis e indiscerníveis, quero o intermezzo, as vibrações, as ressonâncias dos vários ritmos que me perfuram, quero capturar expressões afectivas por meio de voltagens da mudança, não quero ficar escravo dos planos ora fraccionários, totalizadores, deterministas da inteligência, não quero o domínio da intelecção do homem, quero a ritmicidade animal e inumana do humano, quero o processo aformal fora de qualquer paridade ou figura, quero desmanchar os envergamentos do tempo, quero dentro de mim uma força do agramatical, rebuscada em deambulação, quero um delírio da re-existência feminal, quero entender o retorno do femíneo acósmico e o phaneron-cristalino-barroco no turbilhão da INSÂNIA, não quero compunções, remorsos, nem lutos, nem perdas, nem a imbecilidade mecânica, quero sempre o devir, o imprevisível, quero sentir a ininterrupta descodificação do OUTRO com os escoamentos das fracturas sinápticas, quero o abocanhar da luminosidade, não quero ficar preso em qualquer fim porque sou feito de recomeços intermináveis, de revoltas contínuas, de signos do indiscernível, quero o pensamento inconcebível, quero negar a entropia e a aceleração do cansaço, **não quero estar sob tutela de partidos, de cartilhas, de manifestos, de irmandades, de salvadores, de juízes, quero alianças com a vida-que-faz-vida-criativa, quero esponjar-me no risco da plasticidade enérgica da vida, quero o ritmo-artista da força afectiva.**

Não quero nutrir-me de esperanças carregadas de ansiolíticos, não quero ingurgitar o espírito, quero o novo por meio da passagem do tempo, quero o entre **incontrolável, não quero ser recluso da predestinação, não quero "acreditar na morte",** quero acontecer na duração afectiva e dançar o espaço, não quero ver nem escutar ninguém a falar em nome da verdade, da democracia, da liberdade, da justiça, do povo, de Deus, de direitos universais porque só creio na VIDA e na ARTE e pegarei no skate, fugirei das pastorícias salvacionistas, dos controladores-do-outro por meio de multidões em desvio insano, não quero empoderamentos totemnizados, quero as membranas esquecidas, quero as superfícies penetrantes e colossais do passado acopladas às hesitações do presente e abertas à futurição de uma reminiscência rítmica, quero revelar a obscureza, misturar-me com as nuances, quero esquivar-me dos comentadores colonizados, dos rebanhos cronometrados, das fórmulas e dos preceitos da felicidade, quero surfar loucamente na memória-mundo, fugir e amar amar amar. Não quero agrilhoar-me aos ponteiros do relógio, ao pânico da vida, não quero conectar-me ao sobrevivencialismo, à segurança patrimonial, aos tolhimentos do presente, não quero assujeitar-me à fragilidade do presente, não quero-me programar, não quero reconhecimentos nem a igualização, nem incriminar o outro por meio da imputação de mim-mesmo, quero a diferença e a repetição do caos da locomotiva carnal, quero o inconsciente de tempos múltiplos, quero mudar-me permanentemente, quero a memória daquilo que me atravessa e me constitui dentro do tempo crónico, não quero o absolutismo da robustez e da pulcritude. Quero embriagar-me ao desacelerar o caos sem perder o infinito porque sou feito de forças do comum, feito de crueldades criativas, de impiedades espermáticas, de acontecimentos criativos, não quero pedir trocas, quero devires activos que me diferenciam, não quero negociar as etapas do carbono , não quero SER dentro de validações, não quero posses comunicativas, não quero os monopólios da normalidade, quero entranhar-me nas potências carregadas de átomos em desvio durável, não quero martirizar o corpo com valores finalizados, não quero afastar-me da natureza, não quero o temor que alavanca outros temores, quero submergir no subtil dos actos livres, não quero igualança de direitos que me fazem estar dentro de vitimizações e sob tutela dos negócios do poder, não quero termodinâmicas nadificadoras na minha vida, quero a alteridade e a experimentação de mim-próprio que me torna guerreiro transmutador de sensações, quero arquitectar espaços acontecimentais onde o futuro se efectua ao coexistir com o presente em metamorfismo, quero a vida e a arte dentro da violenta duração do movimento onde o espírito é uma vibração expressionista que vascoleja superfícies profundas, quero a atracção intensiva pelo PALCO que vem antes da seminação porque é força criativa infindável, um turbilhão da matéria espiritual, um desejo-mundo, um desvairo estético, sim, é uma absorvência oceânica antes do mergulho-azul, é uma produção de tempo antes dos calendários, uma duração sem antes nem depois, uma mudança indivisível, é o passado a vibrar no presente, discernindo tempo e espaço com vários ritmos, é uma passagem intensiva e singular do tempo que me esculpe, me faz inventar fora da ausência e da figuração, o PALCO e o meu corpo se conectam por meio da distância do devir-delirante: entre nós não há afeição, devoção ou dados pré-formatados, há liberdade de um tempo invisível, há vitalização múltipla e intuições puras. Não quero convenções com o estado nem com o social, **quero a loucura diagramática com lance de dados, quero a correnteza imperceptível que trespassa o tempo com novas realidades inocentes.**

Não quero regular consciências, não quero denegar os sentidos, nem representar a humanidade, não quero os plácitos dos ressentidos, quero perturbar, agitar perspectivas, compor forças em transmutação, experimentando sensações com o evento de um futuro entre danças estrangeiras sígnicas que livram o tempo da circulação, não quero o olhar que procede, mas a intemperança do corpo que traça um mapa com uma infinidade de paveias, um mapa com novas geografias sem cronologia, sem sujeitos, sem binômios, quero a essência que se recurva na encruzilhada dos sentidos, quero acontecer no deserto por meio da decifração e povoar-me com tentativas estéticas que desmancham perímetros, orlas dos subjugados e dos propósitos, sim, amar entre as periferias que se desfazem quando meu corpo e PALCO atravessam polifonias sígnicas por meio de jogos de desaparição e de ressurgências: há uma saída para o amor: amar na mutabilidade e com forças da impermanência, amar por meio de múltiplas sensações indistintas, amar as gretas sígnicas com as incisuras da memória do futuro geradora de desejos e de realidades dilatadas. Quero estar à altura daquilo que me transborda e que me compõe entre movimentos que exigem a experimentação obscura do criativo rés aos recomeços dos animais que me transpõem. O durável está no ensejo que me atravessa com prudência e muita recriação, atingindo o eixo da fundura completa: a nova expressão libertadora alcança intensamente a vida, não quero avaliações ávidas e insatisfazíveis porque o espírito não é uma monja, é a força contemplativa, a força geradora de tempo, a multiplicidade que germina existência, o acaso andarilho do inconsciente, a germinação, a paridura do corpo que penetra, transfixa raias, limites, quero ser activo para defrontar a morte com o riso e com a perfeição que atravessa a vida. Quero o pensamento insculpido no próprio pensamento que absorve a vibração do corpo, quero o pensamento independente do pensador, quero a força estranha de tudo o que podemos para capturar a presença vitalizada e desvendar a virulência criativa corpo, atravessá-lo, reconstruí-lo entre ondas de sensações variáveis, redobrando o inventivo, o abalável, o informe fora de qualquer determinação normótica, quero conquistar a liberdade que se recria e me libertar do encarceramento do solipsismo, dos mandamentos, quero o pensamento inconsciente e fora do humano, fora das leis humanas, quero ter vergonha e iluminar-me com as bocas colossais de outras actrizes que fazem da dor uma exultação existencial (força dos afectos sem medianeiros nem confessionários, voz e visão que se afastam atingindo o animal em mim que assimila os fluxos paradoxais, escavando estremaduras): não quero os impulsionadores dos êxtases pesarosos, **não quero os sacerdotes da pastorícia sentimental que manuseiam, compulsam a vida, não quero procustianos exploradores de afectos passivos.**

Quero passar-me e afirmar-me com o exercício indefinível do corpo político e acósmico, reabrir encontros, interseccionar desejos com os encorpamentos perduráveis do mundo e amar, amar, amar, amar fora dos amores platônicos, fora dos amores hobbesianos, amar as multiplicidades femíneas e inconsumíveis, amar diferentemente, desterritorializar o amor, vazar-me com as abjunções adjacentes dos povoamentos, perder-me no imprevisível e nas esperas involuntárias, nas volteaduras, nas tangências membranares. Quero inverter-me nas geografias dos afectos futuríveis, quero arremessar-me por meio da matéria e abrir superfícies, sim, ondular no deserto, no vazio, na devoração das palavras, quero varar múltiplas dimensões de tempo e de vida, quero suplantar o niilismo com as coalescências caológicas CRIATIVAS, quero ultrapassar os estorvos reactivos, conservativos com as reminscências do comum, não quero ser escravo de ídolos supersticiosos, de gurus massificadores, de uniformizações, quero retornar dentro das diferenças e jogar entre afectos extravasantes, jazzísticos porque a vida não é uma dívida, nem um dever, quero sempre a vida perante a espreita da morte e os pontos de vista que se expressam libertadoramente, quero alegria do falso que inventa uma verdade com o jorro de vários tempos em coexistência e com o esquecimento estético, quero-me afectar pelo outro quando não me identifico, não me represento, quero escrever com as fugas delirantes, com línguas furadas de quem ainda não nasceu, quero despersonalizar, liberar, liberar e explorar sintomatologias estranhas, quero quebrar espelhos com processos que espiritualizam forças larvares, quero estremecer o afecto da alma plena e vazia, quero intensificar o sensível com gritos imperceptíveis, com hapticidades cristalinas, quero ser uma cabeça espasmódica de Egon Schele, quero-me nomadizar por meio de hiatos vítreos, de errâncias velozes, de imagens-afecções catatónicas, de disjunções largífluas, quero ser o cântico gótico, o tempo flutuante, as garras escultoras do tempo, a turbulência do absurdo dentro do amor, a nutrição do intempestivo dentro do silêncio e da contemplação. Quero o espírito dentro da memória-futuração, quero cruzar traçaduras, quero a imagem inexplicável, quero o texto em tensão porque despedaça referimentos, histórias, exposições, cronografias, quero escutar o silêncio cantante da terra e penetrarme com novas vozes que me levam para o absurdo estético porque meu corpo esculpe e é esculpido pelo caos quando se desvia de divindades e escolhe a vida, recusando a morte, não quero o bom senso, os cógitos intelectuais, os rostos-formas, a

agnição biográfica, não quero ícones comportamentais nem o bem regido por leis-déspotas, quero mistura de permutas, tempos autopoiéticos corpo-a-corpo entre ritmos instáveis, quero um vórtice de uma velocidade infinita para me entranhar nas superfícies inesperadas do PALCO, **quero o cérebro que exige intensidades ralentadas, regurgitantes, ruminadoras, o cérebro que exige o paradoxal transgeográfico, o pensamento involuntário, cruel, desumanizador para atingir o sublime dentro do falhanço da razão pura.**
Não quero tudo, nem verdades expugnadas, quero estar entre ampliadores de energias estéticas que me façam agarrar a flutuação do real com actos delirantes de fala fora de geografias identárias, actos de fala que me façam indeterminar com signos de diferenças ilimitadas, quero o espírito a desviar-se da intelecção carregado de intuições duráveis e indizíveis. Não quero enfermidades, quero expressões vitalizadoras que redescobrem o corpo, não quero grunhideiros, não quero remediar problemas nem contradições justificativas, quero problematizar, inventar dúvidas e repetir-me fora das reproduções, quero o espírito da intuição imanente ao imprevisível, ao oblívio e ao movimento durável da matéria, quero extrair imagens entre os interstícios do vazio e transbordar-me juntamente com os espaços para me diferenciar, me diferir, quero um olhar injectado de dons ocasionais, uma passagem respiratória para as preces da natureza, uma passagem alógica para a vida, uma passagem acentrada, quero o poema que na sua morte se torna uma RÉ-existência inesgotável fora da

física sequenciada porque sabe morrer sem sentenças, sem direitos, sem ditames, sem incumbências, sem importâncias, sem recompensas, sem medo da luzência turbilhonante e completamente desviado do poder da uniformidade, o poema que cria o vórtice da claridade antes de quaisquer gestos humanos, sim, cria cortes móbiles no cristal-memória e habita o incorporal com o olho que nunca viveu daquilo que já passou, o poema que se lavra com a matéria caótica, com o esquecimento inconsciente, com a obscuridade das imagens luminosas: a morte do poema pervaga-se porque nunca aconteceu, o poema é a amante hipnagógica que extrai tempos puros, extasiados porque são anteriores aos efeitos da humanidade, são afecções sensitivas em mutação incontrolável, é um ladrão de singularidades, é a força indistinta de dois instantes, é a reminiscência espontânea da absoluta alteridade, é o movimento comum não dimensível, sim, o poema morre muitas vezes nos extremos dos corpos dionisíacos, nas superfícies em mudança indefinida porque vive, germina, gera existência sem conformações antecipadas, abrindo-se ao impossível e ao futuro para arquitectar linhas existenciais com a insurreição das sensações. Quero fazer durar os afectos caleidoscopicamente, dilacerar a moral e o julgamento com as forças inesperadas do fundo do tempo, com instrumentos livradores da arte, com intermezzos esfíngicos turbilhonares, com movimentos geodésicos em cisão, com abaladuras sígnicas rasgadoras de desígnios matriciais, com golpeamentos contra a matéria: é o vigor anorgânico com múltiplas passagens, com dobras simultâneas e proliferantes, não quero pervagar, quero coexistir, transudar linhas, zonas de passadouros e me engolfar intensamente no infrassentido feminino atingindo a penumbra da claridade de um processo que exige descodificação porque estou perante existências indistintas, hesitantes, existências que exigem esgotamentos incorporais para dançar, dançar, dançar sem congregações burocráticas: **quero dançar e esquecer o corpo com outro corpo que assimila o obscuro e o absurdo, quero a arte escavadora das superfícies dos acasos, a arte que confronta as leis da natureza com seu corpo de falhanços alegres, de crueldades impulsionadoras do impensável.**

Quero o trágico exultado, a voltagem paradoxal, o atractor estranho incomunicável, não quero a reflexão, quero a intuição vivente não humana, a luz que abocanha e devasta limites, perímetros, quero atravessar o outro em mim por meio da visão plástica do espírito e da duração que se estende noutros itinerários incomensuráveis, quero o salto do pensamento-do-vitral que se inviscera no futuro, quero o pensamento monádico, avassalador, trágico, imanente, obsessivo, randômico, quero o mistério verbal, a aventura do desconhecido onde coexistem os tempos que alargam e expandem intensivamente as aberturas corporais, quero traçar realidades nómadas sem dialécticas, não quero o mundo pronto, não quero a arte feita de ideias ou de projectos, quero os ritmos sígnicos supralógicos, aiónicos que me conectam às aprendizagens acósmicas, anorgánicas sem quaisquer destinações, quero o sentido puro do GRITO-MUNDO, os limiares intensivos do desejo activador de novas saídas existenciais, quero a construção inexaurível de afectos, os vasos intercessores do inconsciente do inconsciente, não quero sintaxes estruturadas, ordenadas do e no corpo, quero libertar o corpo dos concebimentos, quero atravessar o corpo dentro da sua nudez ilimitada, dos seus emaranhados infindáveis de sensações, quero fazer da ODE uma linha cruel e salvífica, extraindo novos mundos ao mundo, novas dimensões de tempo misturadas com o tangenciamento do infinito, quero fugir da hermenêutica fixativa e multiplicar o caos que se altera em ziguezague entre pensamentos inumanos onde o espírito assimila a luz e a ventila por meio de um passado impregnado no futuro, quero sentir as adjacências da morte do animal sem numerar ou medir o tempo, quero as cordas friccionadas do estranhamento sem quaisquer comparações para me contagiar pela prenhez paradoxal do tempo, não quero o intelecto nem heranças, nem títulos ou delegações informativas, quero conceitos-moventes, fabulatórios, quero composições desejantes e coexistentes, quero-me desprender do pânico da morte, destruindo mitos, não quero associações nem o normal patológico, nem a inteligência aprisionante, quero os atravessamentos das partículas incomensuráveis. Quero fugir à regularização e aventurar a vida com consistências indecifráveis, quero contrapontos estimuladores de saberes, não quero esperar nada do mundo nem de ninguém, quero o expressionismo da imanência, quero gerar composições sem formas, sem circuitos, quero caldear signos com a força transversal do tempo, quero a correnteza vazia do tempo que desenha incisuras no meu corpo, **quero o hífen insano do tempo, quero construir eternidades com expressões do intensivo, quero mosaicos e lances espirituais do tempo que transformam e contemplam a natureza, quero entrar na hodiernidade do futuro ao tactear o desmedido, quero o cristal escultor de Tarkovsky.**

Quero ter confiança em mim e destruir as perspectivas, os distanciamentos, os espaços, os intervalos com os recomeços de Bacon e de Antonioni, quero viver coexistentemente num passado presentificável pelo futuro sem seriações, sem sequências, quero brincar com as formas estranhas, com as linhas vibráteis dos pensamento cárneos que fogem do abantesma da morte, quero o espírito libertador do tempo, um tempo sem cronologia, um tempo de fluxos ensarilhados, anamórficos, quero afluências sublunares que captam os traços do heterogéneo e as ligações das heteronímias, quero os antecipadores das obscuridades que fracturam as fronteiras da consciência, quero acontecer na hesitação viva que dobra articulações das sombras com geografias em catástrofe, quero acontecer na velocidade incomensurável e mesclada com a abstracção incorporal, a mónada que esponja novas luzes barrocas, novas almas góticas do mundo, novas transparências labirínticas, quero surfar na visão do infinito, quero viver junto com a multidão solitária para esculpir as distâncias dos instantes duráveis, não quero as supremacias nem os atrasos incapazes de decifrarem ruínas, baques, quero assimilar a impossibilidade de sentir a morte porque danço as renascenças, as exinanições que me conectam com exultação aos ferimentos, às derrocadas da vida, não quero anuências nem excepções, quero o acontecimento com múltiplos sentidos, quero a linguagem do indizível transmutador do tempo, quero produzir passagens com os acasos moleculares, não quero ser acolhido ou aprovado pela inteligência do modus vivendi, não quero o servo, o fâmulo equipendente da ordem social, não quero a enfermidade do exemplar e do "Sr de respeito" construídos por refrigérios, recompensas, contrapartidas, não quero ser publicitário dos pesadelos das nevroses, não quero ligar as afluências e os feixes do corpo ao significante, não quero produzir exactidões, nem sujeitos, não quero buscar verdades, quero-me tornar livre, surfando com os gritos matéricos, com braçadas de memórias-mundo, com as mosaicos cruéis que atravessam meu corpo, com camadas de tempos dobrados para dentro para decifrar as vibrações, as ruínas do fora entre sentidos em renovação, quero escalar as fráguas das superfícies, das membranas em decomposição criadora, **não quero ter medo da vida intensiva, quero o imperecível nas falanges de uma gesticulação, na topologia do olhar, no grotesco sígnico, na imagem musical, na visão vidente.**

Quero a palavra que assimila o incógnito e o anónimo, quero a fala que exige o impossível e o caos autopoiético, quero a falha sintáctica e as caídas sígnicas **como saltos criadores a desviarem-se de fisionomias figurativas:** o meu acontecimento altivo alia-se sempre à energia criativa do desastre, quero surfar no caos sem predestinação, inventando enciclopédias e bifurcações impessoais onde alma e corpo se misturam desabaladamente, não quero hierarquias, nem ordens, quero cartografias entrelaçadas na carne e nos dicionários-vivos, quero cuidar dos vigores das falas do corpo e das tendências que me levam desabaladamente, não quero esmolas, quero dançar com os nervos da vida improvisada perante a morte. Não quero ignorar o que me atravessa, os prismas do impensável que me perfuram, não quero situar-me no acontecido. Não quero correligionários, não quero rebanhos, sem qualquer piedade, quero negar tudo que produza entropias súperas, quero recusar marcas, modelos, formas canónicas na vida, quero produzir-me a mim-mesmo com o rigor espontâneo, com o esquecimento compositivo, quero viver o meu tempo sem desconfiança, quero alianças com as pluralidades afectivas onde o inconcebível se arremessa para fora da condição humana: os fulgores dos microplanos, as amostragens ambígenas invisceram-se no corpo para desbravar as bordas da obscuridade, quero entranhar-me nos signos crepusculares para além de qualquer cifra linguística, quero cruzar mapas e correntezas de interrogações com braçadas de forças inscritas no entre-dois impulsionador de distâncias afectivas, quero misturar traços contraditórios com transparências entre claridades que atingem novas zonas incorpóreas, quero sentir geografias em transição e os bosquejos inéditos da matéria, quero aprender por meio das brincadeiras insurgidas, insubordinadas e eternas, quero procurar-me ininterruptamente com a plenitude semiótica e espiritual em cada prisma, em cada detalhe, não quero que os outros se encarguem e se sujeitem com minha vida feita de anfibologias, de hesitações irisadas, não quero tutelas, nem estruturas, nem empoderamentos, nem intelectualismos, quero o espírito das substâncias nutrido pela mudança de vários pontos de vista, não quero amadurecer, quero produzir interrupções com a duração tensionada por cores impuras, quero gerar pausas nos intervalos abertos, quero gerar retardos com as sensações das metamorfoses suspensas e das diferenças sem significação, quero escapar à serventia e às circularidades tautológicas, quero jogar sem leis, sem estatutos, sem idealismos, quero produzir topologias moventes, verbos com outras grandezas trágicas e dionisíacas, **quero me experimentar, regurgitar, diagramar, transler, bosquejar, baralhar, miscigenar dentro das composições intensivas do mundo, dentro de planos impessoais, de experimentações-limites.**

Quero arquitectar espaços acentrados, intratemporais porque tudo surge por meio, tudo acontece no entre que ultrapassa o tempo, quero rasgar e redesenhar geografias, desenhar o sentido do real, revigorar os limiares da duração, quero alcançar e compreender cada vez mais a natureza, buscar as variações singulares da estilização, as diferenças recíprocas das aprendizagens inventivas que impulsam decifrações, errâncias e sentidos transmutadores de pele, quero as forças rítmicas que aceleram e antecipam e contagiam a vida sem finalidades, quero improvisar sem fisionomias, quero acontecer, acontecer porque a vida é imortal...quero assimilar as composições artísticas fora de quaisquer confessionários da consciência, de quaisquer teores ressentidos, quero o que produzo com as afecções que são simultaneamente inexplicáveis e escultoras de vida, quero exercitar a liberdade e intensificar o desejo com a matéria expressiva, com as forças do acaso onde o intensivo se revigora desvairadamente, construindo conceitos com conceitos sem intencionalidades, quero que a vida me avalie, só a vida avaliará os modos como me construo sem medo de ser livre, não me quero cansar com pensamentos voluntários, quero novas realidades, novas sensações, **quero o ritmo em mim para sentir os processos velozes do caos fora da desarrumação, do desarranjo em construção sígnica contínua: vivo ininterruptamente na experimentação dos recomeços e jamais de desígnios ou de tempos ordenados.**

Não quero contactos com pessimistas, nem optimistas obcecados porque não me recrio na fixação de totalidades salvíficas nem em somatórios de perdição, nem em fronteiras comportamentais idealistas, quero presentificar as perfurações no inconsciente por meio de acontecimentos com revoltas puras, quero visibilizar as forças dos mistérios verbais, quero problematizar no sentido imanente, tangenciar o infinito, multiplicar o caos, decifrar signos, deformar o corpo com misturas, intermezzos, transmutações, quero produzir liberdade com o entre pleno de desejo, fugir às rédeas da consciência, dos hábitos, dos pavores da diferença e liberar novas correntezas existenciais e criar, criar...com dores e com mudanças reconstruo-me nas completudes lacunares do inédito e nas constelações fractais que já passaram e ainda não aconteceram porque o silêncio crónico perfura, estremece o meu corpo para activar possíveis sonoridades-olhantes: nas minhas vizinhanças há sempre alguém que diz não a tudo o que repulsa e nega a sua vida, ao meu lado há sempre quem faz arpoadas nos acasos dos pontos de vista construindo equívocos, complexidões, paradoxos porque as forças existenciais estão adentradas nas angulações impessoais da visão, na solidão criativa da inutilidade: em cada gesto uma dádiva da fulguração, em cada postura jazzística o PALCO poderá desaparecer ou regerminar como um saber trágico na distância de dois corpos, nas vozes diabólicas, nos dicionários ANALFABETOS que rompem nas falanges, não me falem do fim da arte e da sua neutralidade porque os seus limites cranianos surgem intangíveis, inacessíveis: passagens sígnicas com tempos imensuráveis, placentas multi-espécies, prismas violentos, decifrações intermitentes, incisões sem roteiros, sem antes, nem depois, instantes absolutos a atravessarem o corpo libertado: o PALCO é invadido pelo imprevisto, o tempo acontece sem história onde o olhar do outro está em mim, conectando-me ao futuro dentro de um presente afectivo dionisíaco, quero a arte mais forte do que a própria vida onde o corpo é permanentemente fugitivo, é um relance durável que amplia as vivacidades alógicas, **alegria do absurdo com sentidos assignificantes, restolhos da catástrofe regerminativa, adivinhações simultâneas do passado e do futuro (o animal da experimentação sem configurações, sem destinações, sem lugares: epiderme delirante)**

Não QUERO o isolamento salamurdo do FÂMULO que nunca confiou na vida e se mistura com o algoz sentimental, com a vitimização, com o ressentimento, com a ignorância, com o fundamentalismo, com a banalidade,: o fâmulo abomina as dádivas dos generosos, abrenuncia os fortes que fazem dilatar o tempo, o fâmulo faz vénias ao sofrimento, às acusações, às culpabilidades, o fâmulo não absorve as variações de forças activas e desconsidera seus feixes afectivos, não provoca encontros abertos ao incomensurável do PALCO, foge do desmedido intensificador do corpo, foge de si-mesmo, ama a servidão e sobrevive de recompensas, é guiado por decretos deterministas, é um circulo fechado, o fâmulo desconhece completamente as causas, afasta-se da natureza, nutre-se de além-mundos, de alcovitarias, de mitos geocêntricos e de medos, faz da ética uma pastorícia moralista, faz da eternidade a transcendência sobre-humana, o fâmulo vê em tudo cataclismos, sedentarizando-se na covardia e nos preceitos, o fâmulo não se recria, bajula o poder, nutre-se de imagens-ícones, de ídolos, de formas, de estruturas, é um rancoroso, para o fâmulo a vida é terrífica, imperfeita, agrilhoa tudo aquilo que o atravessa, odeia a intuição e o pensamento porque sua pele está coberta de repelentes de novos modos existenciais: não se transmuta, não cria, tem aversão ao tempo e ao acentrado, o bem e o mal, as destinações e os familismos juntamente com as intencionalidades envolvem os seus trilhos, as suas coordenadas, as suas lentes..,...**o fâmulo deseja que sua campa no cemitério seja reconhecida pelas entidades políticas, pelos polícias de serviço, pelos senhores reverenciados, o fâmulo é um videirinho.**

Não me tentem ver no exterior porque já-estou dentro do fora do PALCO: a fuga é animal sem qualquer forma: é vida que gera vida.
A DANÇA do PALCO é um POEMA em construção na ruptura das palavras
Quero afirmar a existência e instaurar as forças singulares no real por meio de uma criação testemunhal, quero fazer ver a cosmicidade do sublime onde as almas despontam porque outras as contemplam, quero esculpir realidades com outras realidades, atingindo o intensivo com o corpo em deformação que revigora o seu ser do sensível, quero em cada instante eternizar minha duração que se nutre ao fazer existir um outro singular e incomparável, quero a ALMA do AMOR dentro de um corpo anorgânico, a ALMA irreligiosa do AMOR feita de forças germinativas, uma força geradora de tempo, um encontro

múltiplo que assimila a loquacidade da matéria, revigorando a interrogação da vida, um lance andador nas volteaduras das raias, uma miríade de almas amorosas me atravessam, desaparecendo e reemergindo: afectos com semióticas novas que me recriam, surgem novas geografias, novas linhas geodésicas que misturam corpo a corpo expressões desconhecidas(desejos criadores, acontecimentais): amor amor amor sem sujeito, sem objecto e sem agremiação, é uma linha confinante ao tempo inédito, é um movimento esboçado que foge às exposições, é um fragmento movediço: esponjas delirantes, filtros da exultação trágica: a abertura do movimento é infinita, está por vir e ainda não aconteceu porque recusa verdades expugnadas: co-existências de diferenças que me penetram e me fazem aprender as tendências da vida: é a confiança afectiva do instável, do ocasional e do flutuante que me fazem surfar no alto-mar do AMOR sem finalidades, transmuto-me entre os conceitos-moventes antes do corpo e as ondas rítmicas-caóticas que escapam à recognição, quero o indiscernível, os atractores estranhos dentro de práticas involuntárias, de produções de tempos inconscientes, no amor tudo se condensa e tudo se engolfa, mergulha nos signos de linhas infinitas que constroem passagens, bifurcações nas superfícies profundas dos corpos que se descodificam na relação com as almas in-visíveis, histéricas e estranhas, quero amar porque exijo criação dadivosa e ondulações estéticas plenas de tempo puro: com o PALCO transplanto o acontecimento, a rebentação do repuxo do tempo que produz existência, fazendo-me exaltar sem fisionomias antecipadas, com o PALCO assevero o pensamento de um repovoamento em mim à deriva, esqueço e arremesso os dicionários excluídos das almas que me compõem para o que há-de vir de mim mesma, há uma enervamento de encontros impulsionadores de realidades paradoxais, com o PALCO pratico a inocência violentadora do real, a inocência que me faz viver em fugas ininterruptas, é uma sombra luminosamente expressionista, quero viver traçado por rascunhos para não reconhecer qualquer itinerário, com o PALCO estou sempre em acontecimento compositivo, não o amo porque não sou sua serva, nem o PALCO me pertence, AMO uma correnteza artista, monádica, uma força imanente de idas e de voltas reintensificadoras que o atravessa e me faz mudar, diferenciando-me por meio de afectos, de desejos criadores de realidades não orgânicas, de ressonâncias ecoantes e paradoxais, no AMOR não há presenças reactivas produtoras de leis e de tiranias alimentadas pelos instintos da morte: há anarquias libertadoras da vida, há existências exacerbadas grávidas de tempos sublunares, há experimentações sem formas e grávidas de mutabilidades (a ética do amor dança nas geografias dos AFECTOS: o intensivo de uma saída que reforça a prudência por meio da loucura experimentada): o PALCO não é um campo comportamental, não é uma estrutura, não é uma conformação: o PALCO produz ritmo, é uma alma nobre, VADIA e enérgica, é o tempo que invade o cristal através do meu corpo que pode, fugindo dos ideais, dos julgamentos, defrontando ameaças, máquinas sociais e imposições (contorno a rocha e surfo aberto ao encontro que é uma abertura nómada que me faz deixar de ser escravo do meu tempo e de ídolos supersticiosos, basta de GURUS, de uniformizações, de massas de gente piedosa, devota de mediadores sentimentais): o PALCO é o RETORNO da DIFERENÇA que arrasa o niilismo negativo, as forças reactivas, a conservação entrópica por meio de devires activos, de modos cruéis e alegres, querer sem objectivos e impulsionar afectos em transbordância: ritmos jazzísticos do cuidar de-si-mundo porque amo uma correnteza inesperada que atravessa o PALCO e me fortalece, me faz diferir, viver nas vizinhanças entre distanciamentos sem intencionalidades: o PALCO se torna a composição da mudança, é um modo de acontecer com uma infinidade de feixes do desejo-mundo: a loucura estética geradora de tempo sem história: amar e existir no PALCO para fazer RÈ-EXISTÊNCIA com novos povoamentos sem cercaduras: com o PALCO sinto a problematização do mundo que me imulsiona signos da aprendizagem onde a ÉTICA é uma escolha que me redobra, reforça dentro de velocidades-lentas, afirmadoras das diferenças, com o PALCO as coexistências da matéria acontecem cartografadas por ritmicidades enciclopédicas que capturam as estilizações activas do corpo: o PALCO sobrevém na aventura tremendamente sintomatologista onde o vigor rítmico das sensações entranha a voz e os gestos no absoluto dos pontos de vista: mutantes forças afectivas entre sentidos irrefreáveis: com o PALCO digo sim à VIDA, dilatando o tempo e as dádivas.

No AMOR não existe erros, nem finalidades, nem réus, nem dívidas, mas plenitudes anorgânicas: a existência é absoluta, germinativa e o desejo gera tempo e rebenta sempre da potência de desejar inconscientemente porque é força livre e transmutante; é acontecer em novas geografias para FAZER VIVER(linhas andarilhas da alma que surgem dentro da desaparição): com o PALCO arranco novos mundos ao mundo e arquitecto vida, decifro signos, amplio o caos, há um liame trapezista entre-nós que torna visível o imperceptível, há uma dismorfose libertadora de afectos, há movimentos singulares que produzem novas linhas anómalas, lúcidas, turbilhonantes, o PALCO se torna um contraponto harmónico dentro da magnitude do impensável, do desassossego, da misturação: o PALCO é caleidoscópico, insufla vida em mim, é o caos criativo e polinizador, é uma submersão na eternidade acusticamente silenciosa onde encontro novas dimensões do tempo, novas forças do vazio repleto de entradas múltiplas, inexplicáveis, inumanas: o AMOR não é utilitário, é um trilho não trilhado que exige risco criativo, ondulações, variâncias, com o PALCO não existem valores instantâneos nem referências, nem corporalizações completórias: os valores se criam e nos fortalecem entre viagens metamorficamente heterogéneas, com o PALCO existo a partir do aglomerado de forças dos vigores que estão em mim e me fazem recomeçar e me diferir, existo por meio do desejo intensivo de uma vida libertária emaranhada por cartografias insanas, um desejo sem objecto, sem sujeito: o desejo completamente vadio: vadiagem que dança com a estética do acaso e faz da sedução sígnica a alegria que experimenta o mundo de quem dá, sem esperar nada: não estar preso a alvíssaras nem a agnições porque o singular, o imprevisível, as forças do sensível em modificação atravessam o pensamento artístico: a solidão é extremamente criativa, expressiva e nunca tem nome, procurarei o que não sei, conversem comigo e não sobre mim (aqui-agora: não entram corpos asseptizados, catecismos, manifestos, moralistas e espíritos arrebanhados): ah...o ritmo vinícola faz parte das almas altivas, ah a vida no PALCO é sempre intensiva demais, é antissocial, é indomável: a atitude lúcida nunca elimina a interrogação, entre elas há uma espera que nada tem a ver com expectações ou com esperanças, uma espera do animal-flâneur em fuga que é o vazio fortificador do pensamento, é a passagem semiótica da FALA que exige extrema prudência nas disjunções inéditas, o cuidado de si que escolhe o incógnito, as presenças imperceptíveis de um PALCO-VIVO: acredito cada vez mais que a FALA está dentro do ritmo sanguíneo impensável, das expressões fabulares, musicais onde as verdades nunca se alcançam: FALAR no PALCO não é comentar, dialogar ou opinar, FALAR é esponjar a matéria das transfronteiras, um batimento compositivo do vazio, um signo problemático que abre os limites do corpo e me faz escutar o intenso suspenso das interrogações, o instante enérgico da feitiçaria, o tempo imprevisível e o inominável onde mundo e PALCO se misturam: a FALA assimila o grito, as sensações que escapam ao poder recognitivo para sentir o trágico e a loucura, assim, sou arremessada para o mundo das almas plenas: só a FALA me leva para o insondável através de um gesto silencioso, de afectos geradores de tempos simultâneos e diferenciais: a FALA VÊ desabaladamente através do ritmo da boca construtora de forças minerais-acósmicas que me fazem acontecer dentro daquilo que passou e que está por passar (duração afectiva): os espaços golpeiam a palavra, despedaçam as palavras e danço as palavras no PALCO, crivo-as dentro do caos e com a ética que me rasga singularmente, lanço-me para a estranheza e sopro-as paradoxalmente, desfazendo o eu, o sujeito e a consciência julgadora____a VOZ na FALA revigora o sentido sem acepção: é a VIDA que diz sim à VIDA: olhares-olhantes irradiam e transmutam acontecimentos por meio da inocência criadora de realidade, de forças libertárias que me atravessam sem desígnios porque com o PALCO e o ESQUECIMENTO, o AMOR é uma relação de forças experimentadas que muda pontos de vista, uma pororoca de vontades que abrem os interstícios corporais, as anamorfoses do indizível golpeadoras do tempo.

Só AMO quando fico mais criativo, capaz de criar e de gerar tempo puro: AMO quando me produzo, quando gero a minha vida para me fortalecer e ser dadivosa: AMO com expressões que materializam espiritualmente os sentidos no PALCO que não tem uma vontade de poder, nem de tomar conta do espaço porque o seu corpo constrói-se dentro de movimentos intensivos, não é uma organização, não é uma competência da razão, nem uma responsabilidade moral sobre a vida: o PALCO se compõe na afirmação da plenitude das diferenças, da ética que evita modelos de identidade, escapa às dicotomias, às verdades, às justiças divinas e às justiças dos homens que substituram os deuses: o PALCO foge das utilidades, das vitimizações das formações e das críticas com ressentimento: com o AMOR destruo o que fragiliza a minha vida, evito ser capturada pelo existido e pelo ideal, crio eternidades na existência, com o AMOR fujo das razões imaginativas geradoras de vinganças e de ressaibos, não acuso o outro nem aceito que me acusem, evito o modo humano piedosamente humanista de existir, com o AMOR encontro-me e não me amenizo, não me amputo afectivamente, nem uso o prazer anestesiante e compulsório, no AMOR faço da DOR um modo de existir em acto criativo, faço a diferença no tempo, crio a distância no tempo: o AMOR não é vontade de poder e de apropriação do outro, no AMOR a DOR transmutadora é uma mestria, é uma aliança que gera intensidade do devir, uma DOR que destrói a prisão do bem e do mal, uma DOR que nos afecta singularmente, cria novos modos de viver, fazendo afectar e resistir como criação inédita, quanto mais mudo por meio do AMOR mais me mudarei, com o AMOR arraso os aparelhos de julgamentos, vivo no entre-tempos, com o AMOR o desejo não é capturado, ele é livre, é múltiplos, é dobra que se dobra, dobrando incessantemente porque dança pleno por meio da duração do tempo crónico do PALCO, de vazios criativos, de variantes movimentos enérgicos: com o PALCO componho novas forças. Com o AMOR dentro do PALCO o meu corpo activo se põe em processo de coexistências, afastando completamente identidades representativas porque está sempre a reencontrar forças criativas entre pontos de vista que revigoram a vida por meio de aprendizagens críticas, sígnicas: o AMOR presentifica o comunal fora das formas e das estratificações, o AMOR é uma passagem vibrátil com confianças afectivas que me faz mergulhar no mundo, é um vigor que se efectua com linhas de singularização, de coesão afectiva e incontrolável porque não há cedência informativa, nem troca de esclarecimentos, há ritmos moventes molecularizados, é a força do acósmico, do indiscernível, do fabulatório onde as fronteiras se desfazem, movimentando a desconstrução crítica através da alegria da multiplicidade porque me entrego a vários PALCOS no repetido PALCO através da adjacência do comum que não é público nem privado, é o singular membranar entre o dentro e o fora ou fora adentrado como uma relação corpo a corpo com as forças do mundo que se desviaram da interpretação significativa: o PALCO experimenta forças, religa as forças das sensações que nada têm a ver com a obsessão da segurança patrimonial: o PALCO e uma epiderme insana que se alia ao indiscernível, ampliando-o para me levar intensamente por dentro e sentir o encontro multissígnico que aumenta a minha potência de existir, não quero julgar, mas abrir os transpiradeiros do corpo e entrar em variação: o PALCO esponja a matéria sonora com a experimentação contínua de uma presença dilatada por passagens do movimento, é o aqui-agora, é o que não aconteceu antecipadamente no que poderá vir: cruzamentos de vida que gera vida porque a abstracção do real atinge o dentro do PALCO quando o anónimo do mundo penetra no pensamento envolvido por ritmos intrusos das sensações: vozes paradoxais, incomensuráveis________com o PALCO não entranho os apegos, os egos nem as memórias identitárias nos afectos mas danço delirantemente fora das consciências julgadoras, fora das verdades alcançadas, fora dos reconhecimentos, fora das uniformidades, dos hábitos, das significações dominantes, das ordens fundadas e das vantagens: aqui-agora: surgem sensações entrelaçadas umas nas outras, velocidades múltiplas, ritmos sensíveis desviam-se dentro de pensamentos puros e involuntários construtores de novas transumâncias sem homogenias, é a aventura rítmica do mundo que escapa à dominação das histórias individuais, quero um lugar de passadouros acósmicos, de intermezos que materializam o silêncio do mundo, quero expandir iluminações sígnicas com o PALCO onde a vida gera existência entre ritmos intrusos, línguas enciclopédicas e impermanentes, é o phaneron destruidor das doxas. As expressões criativas do AMOR dão sentido ao corpo, às estéticas do pensamento, à emergência acontecimental. Com o PALCO não resolvo dúvidas, dilemas, mas construo problemas que me fazem atingir o impensado, a alegria da matéria caótica, as afecções sensitivas do acaso dos encontros, fora dos modelos, da moral, dos deveres e dos ideais, sim, fujo das esferas platónicas para me conectar às mudanças das sensações, à mutação da impossibilidade, à fricção com o novo carregado de cirandas feiticeiras, de matérias inamanipuláveis, movendo superfícies, é a durabilidade do espírito dionisíaco, tudo se indetermina, tudo se abre ao inesperado, é o vórtice esfíngico da ética e da estética que combate a normalização imbecilizadora da vida: **o AMOR** não é fantasmagórico, não é uma reflexão, nem uma imagem lógica porque é o movimento coextensivo das almas que energizam a hibridização da vida, captam interstícios insonoros, é um enunciado de falas do comum que nos perfura e nos diferencia entre forças bastardas e **desrazões dionisíacas.**

O AMOR não é demonstração nem catálogo, é um desastre autopoiético fora da devastação, é uma libertação cerebral que nos faz inventar outras maneiras de viver, é uma dobra disruptiva, é uma abertura das forças alógicas à futurição que exige estimulação ininterrupta porque vive no indecifrável, no imprevisível: é uma hesitação-artista, uma experimentação estética que defronta as leis da natureza e o tempo marcado, o AMOR produz ritmo, sai sempre dos eixos, a sua linfa se constitui por eternos retornos, por vaivéns sígnicos em suspensão, de vastidões variáveis, o AMOR é uma criação que alcança rastros de intensidades que produzem rupturas, fendas, inquietudes no statuos quo (as percepções surgem devastadas: defluxões activas do corpo): o AMOR não é o direito, nem o situacionismo da justiça, não é o espectáculo, é uma captura de forças afectivas, que dilaceram e criam simultaneamente os limites anómalos, é o NONADA intempestivo, é uma cortadura de intermitências contra a matéria: o AMOR exige errância do vitral gótico-barroco, escapa ao mundo das conformações, das disionomias, dos confessionários e dos aconselhamentos, o AMOR é uma disseminação aberrante de signos, é um devir infractor com acústicas assintácticas. Quero desvelar a carnadura da língua sem superstições, a boca entranha-se na voz das imagens puras, inviscera-se no fundo louco do tempo, toca o intangível, bosqueja mapas, pensa sem pensamento e vai vai vai sem rageiras platónicas: a minha voz capta a voz do PALCO, a voz rizosférica que grita dentro da minha boca, compondo a fulguração de uma fala imperceptível entre espaços da renascença pululante que se magnetiza na passagem do caos, sinto aqui-agora, uma ontologia fractal, as disjunções adentradas com campos de forças verbais, os ritmos intersticiais da duração eternal, as matérias vivas da memória do futuro e a ressurreição das línguas, a reaparição das línguas: as línguas assumem o risco, estremecem, solavancam, jogam rigorosamente de alto a baixo, vibram, estiram linhas abstractas, dançam, variam e captam as essências dos signos, a parte e o todo das línguas se misturam sem diferenciação nas vozes expressivas, sem disparidade, as línguas experimentam o impossível com feitiçarias pré-vocais: as bocas, as falanges, as articulações, as visões, os olfactos, os tactos, os sentidos sem metas, sem chegamentos, estiram-se e libertam-se da memória-passadista, fazendo do ESQUECIMENTO uma energia criadora, salvífica, selvática: nunca estamos fora da linguagem porque nos tensionamos e nos contemplamos sem cogitação dentro do estranho polinizador, as bocas alcançam o agramatical, o aformal, os nomadismos topológicos do corpo, as obliquidades sensórias com os murmúrios voltaicos, com as rasgaduras superiores da vida: as bocas assimilam forças sensíveis, sonoras, silenciosas que não se conseguem impulsionar, tudo se torna um tremendo esboço randômico, uma fisgada atmosférica, as palavras tentam sair da minha boca como tremores de uma vida indomável onde o imprevisível fortalece os encontros das mandalas, as palavras exigem ser espremidas, torcidas, vomitadas silenciosamente, as bocas levam ao limite suas geografias convulsivas, compulsivas, inomináveis, entre-nós há uma evasão delirante de falas, há presenças fugazes, há sínteses de forças indefiníveis e compositoras de coesões matéricas que esvoaçam a obscuridade porque não existe realidade acabada, as bocas desejam o assalto das veias intercessoras, desejam o combate dos ciclos cósmicos para agitarem distâncias infinitesimais, agitarem lacunas, fluxos e disseminarem abjunções de mosto com ritornelos quase traduzidos por passados inexistentes que nos perseguem criativamente e nos colocam no presente que passa sem cronologias, assim, nos diferenciamos com o futuro nas bocas perfuradas por singulares coexistências em si-mesmas: as sintaxes nunca se compõem nas bocas, elas são cruéis e inconclusas, **há uma horda indeterminada de almas que varam nossos corpos, nossas cabeças permeadas por desertos, há novas forças germinadoras e decompositoras que nos penetram, há novas rompeduras, há novos emaranhamentos fabulatórios.**

O AMOR é um processo estranho que desaparece nas ressurgências de adivinhações sígnicas, exsolvendo sujeitos e objectos porque é um animal com afluências intensivas e invisíveis, é acidental, é expressivo, é um mundo de heteronímias, nunca nomeia suas correntezas, é uma virtualidade real em degradação criativa, o AMOR não é um fâmulo do intelecto nem da inteligência, é uma força sublevada, revolucionária, indeterminada que capta descodificações afectivas, personagens ritornélicos, é uma vaga friccionada pela vida em experimentação, não tem uma vontade de poder, nem de tomar conta das toponímias porque o corpo é feito de movimentos enérgicos, anónimos, não é uma organização, não é uma proficiência da razão, nem uma responsabilidade moral sobre a vida, mas sim, uma afirmação da plenitude das diferenças, uma transfronteira ininterrupta, o corpo é uma composição ética, é devoração-pura que afirma a diferença, evita protótipos de analogias, com o PALCO o EU e as suas dicotomias, as suas verdades, as suas justiças, as suas utilidades e as suas vitimizações desaparecem, as formações e as críticas com ressentimento descampam, com o AMOR destruímos o que fragiliza a vida, evitamos ser capturados pelo existido e pelo ideal, criamos eternidades na existência, com o AMOR fugimos das razões imaginativas geradoras de vinganças e de ressentimentos, não acusamos o outro nem nos acusamos, com o AMOR encontramo-nos e não nos minorámos, nem nos amputamos afectivamente, nem usamos o prazer anestesiante e compulsório, no AMOR fazemos da DOR um modo de existir em acto criativo, fazemos a diferença no tempo, criamos a distância no tempo: o AMOR não é vontade de poder e de apropriação do outro, no AMOR a DOR transmutadora é uma mestria, é uma aliança que gera intensidade do devir, uma dor que destrói a prisão do bem e do mal, uma DOR que nos afecta singularmente, cria novos estilos de existir, fazendo afectar e resistir como criação, quanto mais mudamos por meio do AMOR mais nos mudaremos, com o AMOR suspendemos os aparelhos de julgamentos, vivemos no entre-tempos, com o AMOR o desejo não é capturado, ele é livre, é um signo assignificante e se completa por meio da longevidade dos instantes, de vazios criativos, de variantes movimentos energicos: o desejo nos faz compor novas forças (os afectos artísticos evitam a dominação das imagens nadificadas, das justiças vitimizadoras): as palavras, o pensamento e o corpo combatem-se entranhados nas partituras dos tempos crónicos que arquitectam ventilações envoltas de silêncios insurgentes. Com o AMOR o devir activo se põe em processo de coexistências em mim, não precisa de identidade porque está sempre a reencontrar forças criativas, almas que atravessam as falas, os gestos, os corpos, as palavras: são as irradiações dos corpos fora dos significados, são os pontos de vista que singularizam a vida: aprendizagens dentro de mim-mesma onde as batidas subterrâneas das bocas constroem outras bocas, perfuram a matéria, revolvem vazios, apreendem o meio turbilhonar da matéria que me faz encontrar o virtual atravessador do contemporâneo: **o AMOR faz o vivo experimentar-se, presentificando o acontecimento fora das formas e das estratificações.**

O AMOR fulgura entre uma miríade de rachas sinápticas para revelar forças afectivas na realidade irrepresentável: o AMOR é uma zona de passageens de confianças afectivas, de micropolíticas que nos fazem mergulhar no mundo por meio da conexão dos outros corpos com pulsões vitalizadas: uma exageração do complexo fecundador do contemporâneo futurível que arranca ritmos desconhecidos a uma língua estranha dentro da minha boca, uma potência de personagens que se efectuas também nos ingredientes não-linguísticos, uma linha de singularização que induz pensamentos e alarmes dentro de arcos tensionados: há uma coesão afectiva e incontrolável porque não há transmissão de informações, há ritmos moventes molecularizados: é a força do acósmico, do indiscernível, do fabulatório onde os limítrofes se desfazem, movimentando o insólito com derivações, rombos, espantos, é uma desconstrução crítica, é a alegria da multiplicidade, sim, amo vários PAICOS no PALCO, é a adjacência do comum onde me torno singular, um embrião da palavra carregada de espíritos germinativos: uma membrana entre-dois, uma geografia de acasos nos intervalos do tempo: o dentro gera o fora com jogos de plasticidades das fendas imprevisíveis, a dança de solo na recriação caológica, a relação corpo a corpo com as forças do mundo que se desviaram da interpretação significativa: o AMOR experimenta forças com cartografias em alvoroço porque os sentidos se tornam loucas travessias, religam as forças das sensações que nada têm a ver com a obsessão da segurança patrimonial, com comarcas discursivas: o AMOR É uma membrana que se alia ao fora ampliando-o para se intensificar por dentro, um encontro multissígnico que aumenta a minha potência, não entender, mas abrir os poros do corpo e entrar em variação, é a captura da matéria sonora nas transfronteiras das bocas, das palavras, é experimentação contínua na extremidade da língua, é uma presença contígua aos timbres, às curvaturas, é a zona de passagem do movimento que extrai todos os signos aos lances de dados, é o agora e o que está por vir entre o antes e o depois, é criar encontros microscópicos, é vida que gera vida e funde o espírito com limites imanentes, é **a abstracção do real que lacera o ajuste de vozes, as bocas despedaçam as palavras que as confrangem, é um mergulho rumo ao desconhecido no mundo dos pensamentos, das sensações, construindo ritmos intrusos, contraditórios, paradoxais, incomensuráveis_____**é a **linha espessa da singularidade.**

Com o AMOR afluímos num só tempo repletos de novas dimensões de tempo, penetramos nas visões e nas audições apinhadas de línguas-artístas, acontecemos por meio do múltiplo e jamais parcializados, mantemos a plenitude na potência de acontecer, elevamos sintomas nos interstícios desviantes da linguagem, fazemos da distância intensiva uma capacidade de afirmação polimórfica, de composições andarilhas: é a distância que nos faz constituir e diferenciar por meio de gestos inesperados, de descidas sisifianas, fracturando os silêncios caóticos dos signos com percepções estilhaçadas: as distâncias refazem o tempo das co-existências, tempos puros, assim, assimilaremos um mundo de impermanências, de transbordâncias inomináveis, de vidências: as distâncias resvalam e tentam esvaziar o infinito com ritornelos sensíveis, jogaremos nos caos, sentiremos musicalidades simultâneas e variadas onde os alicerces sígnicos se descentralizam insondavelmente. Entraremos na experimentação crítica para explorar zonas ignoradas do AMOR: a distância não disjunta mas compõe porque a DOR do AMOR é um real inconsciente em vigília, é uma força criativa da distância que está sempre à espreita, é o TEMPO como duração dentro da visão incompleta, como criação do meio abíssico, como produção do novo que se desdobra desmedidamente. O AMOR é uma ÉTICA que não exceptua, não expulsa porque experimenta por meio da sua hesitação e do seu gosto carregado de intervalos moventes: fricciona-se na loucura que elimina o já-dito o percepcionado, evita o reconhecimento porque se fortalece nas vizinhanças da irresolução, da indefinição, desenha-se na sua própria disrupção, exprimindo intensidades e autonomias que espiritualizam o real infindável produtor de uma língua de povoamentos sem idiomas: o AMOR é o profundo e o excesso entre rastros, falhas, desmoronamentos, vórtices que se manifestam nas zonas de passagens das superfícies em transmutação e é nas irrupções das superfícies extremas que a eternidade se constrói, muda sintomas, transvaza rompeduras, incisões que me fazem escutar o eco do tempo inédito gerado ao entrelaçar-se na duração dos AFECTOS: movimentos indetermináveis se abrem ao mundo sem qualquer compromisso com a história______ nos encontros com o AMOR ganhamos velocidades estrangeiras, ficámos vibráteis porque construímos lugares inomináveis e nos tornamos sensíveis ao que nos atravessa, apuramos as percepções, perfurámos percepções, buscamos corpos no corpo, gestos nos gestos e fortalecemos as sensações durante as rupturas provocadas pelo impensável: não esperámos nada do mundo, nem de ninguém, confiámos no mundo e na vida: no AMOR não há energia negativa, toda a força é alegre, exilada porque me faz desviar, fugir friccionado paradoxalmente por outros corpos: destruir ressurgências de formas, estamos dentro do tempo puro, selvático que esculpe vozes solitárias como um extravio criador: o AMOR é inamanipulável, é uma composição animalizante, elimina julgamentos, ordenações, é a força dos corpos que se constituem por meio de jogos múltiplos, tudo é multiplicidade, é pensamento-mundo, nada é simples no AMOR, tudo é multíplice e vasto, as forças do AMOR misturam sensações e intermináveis vestígios sígnicos, traduzem os falhanços do PALCO com intensificadores de desejos, enlouquecendo as bocas, os corpos, as línguas, os verbos, as matérias são as tendências da vida, são as forças construtoras da vida ARTISTA: a minha vontade intensifica-se por meio de potências do AMOR que me fazem superar porque capturo coexistências, tremendos silêncios e torno-me dançarina de zonas problemáticas: a existência exige do infinito uma construção de topologias em desassossego, de estranheza: o AMOR é a força do comum de uma revolta enunciativa porque está fora do público, do privado, e da lei: amo uma força RARA do PALCO plena de razões ardentes, esculpo duas linhas infinitas que dilaceram superfícies, há bifurcações criadoras onde passado e o futuro não subsistem, mas contaminam nossos corpos por meio de crivos de experimentação de insânias, de dimensões impessoais, de tensores ininterruptos: o tempo aqui não passa, é simultâneo, forqueia loucamente, compõe forças afirmadoras da diferença, é uma zona de acontecimento que activa matérias expressivas e políticas do impossível, oh fonte de criação de realidade: o AMOR reproduz-se e vive do desnatural, da contranatura, é uma transparência na claridade trágica que me diferencia; gera diferenças porque AMO uma loucura indecifrável que atravessa o PALCO que faz amar o desvairo inaudível em mim, AMO a loucura em mim que contagia o PALCO pleno de vidas que nunca morrem, é o jorro do tempo a experimentar a linguagem e a alma juntamente, é o tempo crónico a intensificar o impensável, eu não amo o PALCO, amo a sua vozearia e os seus timbres avigorados que se recriam semioticamente_____sou percorrida por ondas e por limiares vibráteis, AMO a insânia criativa que acontece no PALCO sem começo nem fim, sem origem nem destinação e me faz acontecer na violência da efracção, na diluição dos limites: uma força de linhas-macaréus surge sem conformações adiantadas, eu sou amada pelo PALCO porque uma loucura da solidão de uma memória-futurível nos faz acontecer simultaneamente, um desvario que liga, conecta, conjuga, compõe, produz corpos, movimentos, pensamentos, sim, assintaxias perfuradoras de vozes que se lançam contra os gritos da matéria cantada pelas forças incorpóreas: a loucura que cria encadeamentos em nós e entre-nós, vertendo, derramando alvos, são linhas de experimentação superiores da vida porque mergulham no tempo que desagregou seus eixos, o tempo puro, anorgânico, um intervalo espiralado (ciclos descentrados, diagramas moventes): com o PALCO sinto os ressurgimentos das línguas propulsoras de vazaduras do mundo.

O AMOR é afirmativo e activo, não tem função utilitária, é obsessivo, é artista, é criador, é avassalador, é conquistador, é monádico, é pluralista, heterodoxo, ontológico, ético, trágico, imanente, é desapossado, não designa, não classifica, é uma fuga fractal, é uma saída inventada pelo desejo revolucionário que interroga a própria voz na fala inacessível: com o AMOR não acredito na culpa metafísica, na falta de existência, não acredito na dívida incomensurável porque a vida é absoluta, o pensamento é pleno, com o AMOR não quero evidenciar nem destacar o empodeiramento, nem ficar preso às finalidades porque o AMOR é uma autonomia de sons polinizadores, é uma suspensão nas falas que desaparecem nas bocas, nos corpos que nos diferenciam, nos misturam, nos abrem para a vida andarilhada, sim, desfaz o aprisionamento do corpo e da mente através de forças libertárias que emaranham o real:

com o AMOR não busco o nirvana inconvulso, nem o prazer anestesiante, nem fujo da DOR porque o AMOR é uma erva alucinante, de sínteses disjuntivas, é um RITMO multidireccional, é uma potência de criar, é um invasor de línguas, é uma crueldade criativa, é um signo violento, sublime, movente que escarifica o mundo com a transmutação dos corpos em êxodo: o AMOR nos faz auscultar as mudanças ininterrupta dentro de nós, nos faz esboçar linhas conexivas de desejo que fortalecem a vida, nos faz redobrar a intuição, nos faz reaver o acontecimento que nos revigora dentro das multiplicidades do desejo, sim, nos faz demudar, trespassar e usar o corpo como linguagem fora das acepções, fora das marcas, dos aparelhos sociais, evitando correntezas encarceradas: todo o acto do AMOR é um acontecimento da alegria da DOR artista: é o vicejo de viver porque há desagrilhoamentos de corpos, há vertigens existenciais, há delírios compositivos, há ritmos pré-vocais dentro do movimento-animal que nos ensina a escolher a vida perante a morte, uma vida ritornélica, em processo afectivo onde as direcções coexistem com o inobjectvável e com os paradoxos, é assim que nos tornámos um atravessamento sígnico-fabular, é assim que nos transbordamos dentro de ritmos múltiplos **onde a morte pervaga, cruza-nos sempre e nunca sobrevém porque somos interrogação de mosaicos espirituais, de sintomas profanos que geram tempos, ensancham tempos fora da sua própria cultura.**

Com o PALCO somos afectados pelo mundo indecifrável, permeados, percorridos pelas nuances afectivas-expressionistas (ondulação dos personagens conceptuais e... não sobre a sinuosidade): o AMOR fortalece-se pelo intensivo que assimila por meio das temporalidades paradoxais, atingindo mapas em quase-catástrofe que nos fazem ver e escutar desabaladamente: o AMOR trama a sua própria correnteza sígnica, é a relação de forças experimentais sem receitas, sem conhecimentos, sem oficinas, sem instrução, sem amestramentos, o AMOR desliza em composição permanente, absorvendo a vasteza do fora por meio de existências vastas irredutíveis, é um arco impessoal catalisador de éticas que nos levam para o insituável, para a metamorfose completa, para processos artísticos, é uma força geológica, uma euforia poética, compositiva que ultrapassa contingências porque diz tudo de outro modo, não está refém do falso ou do verdadeiro, é um mergulho integral no sentido da vida. O AMOR é um planador de terras intrusas, um dançarino da durabilidade das forças interrogativas e impessoais que exacerbam a vida, impulsionam a palavra lúdica, a arte do inútil e o movimento do impensável em volta das batidas silenciosas do novo gerado por criações de um lugar movente, abrindo pontos de vista entre misturas polifónicas e escutas vertiginosas, viajantes: a composição irrefreável dos sentidos criam laçadas, densidades e expandem limites, extravasando-os fora de qualquer modelo de laboração: quanto mais se relaciona com o deciframento, com a aprendizagem-criativa e com a gestação do caos, mais se fortalece perante utensílios de roubos germinativos antecipadores do mundo ou rasgos de firmamentos que ultrapassam a morte porque os seus catalisadores afectivos golpeiam a existência com o mistério pulsátil, rasgam a matéria com o verbo inesperado e fazem alianças com o ritmo da memória-mundo dos libertinos: os violentos da desrazão suspensa no vazio______quanto mais forças, quanto mais ressonâncias do intensivo, mais sensações múltiplas encruzarão o AMOR, o arrastarão para o enfrentamento ético que arremessa dados entre hordas-artistas, epidemias amnésicas, contágios pré-históricos onde o cosmos se liberta, exigindo, experimentando criativamente o real ritornélico, oh vida desabaladamente pulsional: surfar energicamente nos conceitos imanentes às velocidades infinitas que reconstroem a substância da criação: forças hilariantes, rastros fulgentes que produzem torceduras nos eixos, provocando deslocamentos sensitivos: mosaicos de tempos insanos que fazem ficar o AMOR simultaneamente imperceptível e livre, fazendo-o viver dos acasos dos choques em disjunção feiticeira, ser atravessado pela realidade do desejo molecular e incapturável e pelas forças mudáveis da vida que jamais contactará a morte: cada superfície do AMOR é um campo embaralhado de códigos onde a batalha dos poros é uma tragédia afirmadora da transmutação: cada superfície do AMOR exige agir e não ser agida, exige a singradura do instante que a rasga e a esculpe como um salto imprevisível, escassilhado, é a ressurgência da expressão abissal: construir passagens de variações energéticas para não atingir a revelação completa, a significação semiótica porque as danças de intercessores e de esboços actualizam virtualidades, enunciam relanceares radiantes, eis o animal dentro do todo fragmentado e absoluto, o animal do movimento infinito, indiscernível e indivisível, o animal em alteração pura e apinhado de vizinhanças mergulhadas em novos meios problemáticos, o animal que mescla matérias inéditas, o animal involuntário em conexão com peles inconscientes, o animal de sensações ritmadas, o animal sem biografia, estamos dentro de prismas de espaços-tempos **onde o AMOR em cada gesto acontece no outro que passa por ele e o faz mergulhar no cristal catalítico do futuro, há um acto de vontade que se amplia e se supera, é a loucura da improvisação ontológica, é a memória vibrátil que lança milhares de almas intensificadoras de um corpo do corpo até ao caos dos heterónimos singulares.**

O AMOR gagueja, arranca, fende, satura, cria, provocando pensamentos no excesso da diferença para mudar sempre de natureza(uma aliança informe dos mistagogos traceja um corpo ininterruptamente vazado por forças que recusam a entropia e o siso da consciência). Quando o AMOR amplifica a sua capacidade de actuar sobre o mundo, ele expressa as essências nas raias extremas de si-mesmas, aumentando a complexidão afectiva dos encontros que são meios do acontecimento do tempo, se abre ao impossível de uma superfície em movimento, impulsionando a diferença catalisadora de intersecções: gerar novas relações com o próprio tempo em experimentação, transmutar a vida com abjunções adjacentes, com membranas que aproximam as exaltações do passado e do futuro contaminadores do presente, sim, abdicar das hierarquias, criar linhas de ressonâncias contemporâneas dentro da vida aliada à mudança ilimitada, fugir à escravatura do medo, das recompensas, das constrições para encontrar forças mutantes que nos revigoram entre zonas de passagem e as composições múltiplas: o AMOR evita os cativeiros da consciência sovina, julgadora e mutiladora, escapa da memória obsessiva porque se efectua nas velocidades sensíveis e refinadas da vida: o AMOR é um signo de assaltos estranhos que produzem o eterno ao problematizar o real, transmuta tudo e foge do culto das mortes, dos fantasmas, da servidão. O AMOR produz cirandas autopoiéticas que giram e evitam afectos moralizadores que nos constrangem, nos restringem, nos reduzem, nos desvigora, nos faz ter decoro, pudicícia da vida, debilita-nos tremendamente. Criar um AMOR que experimenta, escolhe e absorve o risco das durações-eternais que seguem connosco, um AMOR-de-tessituras-criativas adentro do impensado intensificador das forças da e de vida. O AMOR dança o espaço histérico com a abertura máxima do sensível onde se torna uma escoadura estrangeira do tempo fora dos tamanhos, e das regras, um tempo mesclado na carne com visões vitalistas: qualquer acto é uma crueldade de ré-existências espirituais, um culto acontecimental criador de durações contíguas de expressões, o futuro golpeia, recria o presente com a actualidade do passado, é uma voz inaudível em renascimento, é uma força da alma que desloca micropercepções alógicas onde as distâncias recomeçam positivamente entre tensões geodésicas e vontades estéticas-éticas: **o AMOR alia matérias aos novos caminhos das almas de recomeços inclassificáveis.**

Limites ilimitados dos afectos, turbulências rítmicas que ocasionam estímulos sem ideias, sem verdades, sem tutelas ao descerem à zona dos silêncios e do invisível: atravessam o mundo com o inesperado, o imponderável dos horizontes circunvizinhos, aqui-agora, o CORPO é despertado dentro do indiscernível, do indecifrável, do extraordinário, sente o sublime imanente à natureza para se materializar com o silêncio musical do mundo (transborda-se). O AMOR se modifica-a-si-mesmo, vive de ritmos problemáticos, de hesitações criativas, de ritornelos, de expressões existenciais-criativas que lhe intensificam os sentidos, o visível do imperceptível: as sensações não se acoplam aos arcabouços das carnaduras, das ossaturas, rupturam o aprazado, desviam-se das inteligências e do conhecido porque o corpo é varado por linhas plásticas incontroláveis, por vigores compositivos paradoxais que transpõem fronteiras, há um fulgor impessoal que intensifica a antevisão de almas altivas antes do desaparecimento germinativo, antes da desertificação: o instante se move em relação ao durável revolucionário e imprevisível: ritmos indecifráveis e personagens ondulatórias. O AMOR estende-se, estica-se, ultrapassa-se, atravessa-se em povoações sem lugares, em vistas sem panoramas, é um corpo sintomatológico de entretempos que contorce os poros, convulsiona-se, aglomera-se, escoa-se, vasculha-se, sobrevoa, tatua-se, escarifica-se em tremendos fragmentos-múltiplos, rasgadores de cronologias, compondo aventuras paradoxais sem delimitações, são vigores do invisível em processo vibratório a atravessarem os orifícios do corpo para dizer vida insaciável e dançar o espaço com o passar-se, o suplantar-se imanentemente: o corpo envolve-se na duração para se transmutar dentro do eternal-insano: os devires o encruzam e o fortalecem, abrindo-o a novos acontecimentos geradores de realidade, o espaço do AMOR é um bloco construtor de vitalidades que nos fazem fugir para dentro de nós-mesmos e para o meio de uma multidão labiríntica que alcança a sua própria liberdade no inconsciente: **avocar a experimentação da vida: exijo ser dona da minha morte e da minha existência.**

O AMOR muda horizontes com o indizível: é uma composição espiritual atravessada por sentidos lávicos sem catecismos: o AMOR captura os sentidos da diferenciação, das velocidades, das amplitudes acontecimentais quando se entranha nos corpos do saber-variável e nos gestos dançarinos onde o pensamento se religa às cirandas do impensável(completamente fora do eu idealizado por fisionomias). O AMOR é uma gradação sem verdades absolutas, é um fluxo ético-ressonante com tempos heterogéneos rupturadores de comportamentos, de binómios que guilhotinam o pensamento: o AMOR é uma complexidão de possíveis energéticos, é uma matéria incorpórea das expressões das expressões que surgem da magnitude do fora de ondas estéticas que o faz entrar em crise por meio de personagens criativos, suas células, seus tecidos se desvanecem, se cartografam, se tornam videntes entre

-instantes: o AMOR é perfurado, esculpido por uma miríade de incitamentos fabulatórios rés à emancipação criadora de solos que o faz arremessar dados inexplicáveis, rachar o EU em todos os limites, é um feiticeiro desbravador de estranhas iluminações. O AMOR não é pensado pelas entidades dos compêndios mas como um tempo próprio de problematizações que permeiam processos criativos nos vazios anatómicos, nas batidas da tragicidade onde o silêncio se torna imprevisível: zonas intensivas produzem novas dobras de uma golpeadura matérica-espiritual por vir: a alegria cruel afirma o vivo como um arquitecto do espaço de acontecimentos: o AMOR faz-nos não ter pânico da vida, desenha aprendizagens aformais, quanto mais entendo a natureza, mais amo as intercessoras e a ética do falso que atravessa a vida, sim, quanto mais me entranho na natureza mais cirando, tamiso as forças que criam personagens estilizadas dentro de mim: o AMOR é uma engenheira criadora de conexões do corpo com a plasticidade do mundo: não tem compromisso com a história, com o campus social, estadístico porque é uma correnteza de sensações de linhas rectas labirínticas, assimila o tempo borgeano-Hölderliniano de expressões lucidamente incontroladas e inamanipuláveis, coexiste-se nas diferenças dentro do ritmo de semióticas intensivas onde o movimento dos poros rupturam o homogéneo por meio de um outro de si-mesmo: há vazaduras em várias angulações, há futuros desejantes, há capturas imanentes, intuições mudadiças entre as extremidades dos conceitos vibráteis onde as coreografias corporais irrigam signos que se movimentam incessantemente no desaparecimento da aparição (crueldades delicadas rasgadoras das representações deterministas e das estruturas de recompensas) _____**o cuidar do ser-do-sensível afecta o desejo no que acontece e me faz fugir da servidão: uma percepção-imperceptível tremendamente estranha e alucinante faz emergir, sobressair as essências do trágico fora de qualquer rosto-arquetípico.**

O AMOR não tem fisionomia, tem sensações ritmáveis que abrem os corpos ao infinito sem finalidades: uma força pulsátil a construir uma língua louca no fora adentrado do caos: minha voz atravessa o PALCO, catalisa-se e cria vida noutra voz e os gestos sem direcção se entrecruzam para escutarem o instante pleno e irrefreável do sangue: a visão atinge o solo extremo e fragmenta-se nas velocidades insituáveis dos corpos: aconteço dentro de uma marchetaria artesanal inconsciente onde o estranho em mim se torna numa cartografia híbrida ou serão sentidos espirituais do futuro a comporem encontros intrusos na duração de um acontecimento aberto ao impossível? **Os corpos atravessados por signos amorosos respiram no múltiplo e nas zonas da diferença: a bifurcação se torna a dança de um saber indiscernível que cruza os limites complexos do PALCO____do ACASO.**

O AMOR reactualiza-se através do passado-presentificado e do futuro-presentificável, coexistindo-se em tempos diferentemente ininterruptos e imóveis, mergulha nas matérias fora dos fulcros, fora das utilidades porque reconstrói uma linha intensiva de forças variegáveis, grávidas de tempos em perambulação, sentimos a escarificação da loucura de semióticas do real invisível que surfam nos novos materiais do devir-mundo sem alvos e longe da regulação da consciência. O AMOR e o espirito se sincronizam, se envolvem para cruzarem mapas vivos que exigem o impensável, os mundos possíveis em tudo que trespassa os corpos, tudo se transmuta a uma velocidade infinita, tudo se remove, se movimenta a uma lentidão incomensurável para atingir a liberdade das expressões insanas, as composições hápticas duráveis, há aqui, uma plenitude do phaneron sem fim e sem origem, nem tem quaisquer totalidades, estamos no turbilhão existencial que elimina dialécticas: **acontecemos numa aguaça de sensações de processos artísticos dentro da natureza.**

Colocamos o homem no lugar de Deus, o homem-julgador anestesiado pelas organizações, inventando direitos universais para si-mesmo, oh homens miseráveis filiados aos ressaibos, o homem substituiu a duração dos instantes e a experimentação do incógnito pelo progresso-zumbi, não se subleva porque se já se sente discípulo proclamador da democracia, não cria porque não sabe esquecer nem recomeçar. Foi capturado pelas recompensas, pelos prémios, pela máquina social dos pódios e das listas classificadoras, sim, está enclausurado no poder recognitivo, na consciência perceptiva. O homem abandonou o exercício do criativo sem objectivações, não exercita o sublime, o impacto da fricção sígnica, estamos desarredados daquilo que podemos, amovidos da composição do tempo-realidade-cérebro, dessabemos o intensivo da vida do acaso dos encontros (o enérgico do AMOR que se prolonga a si-próprio, existindo-se nas transfronteiras do mundo): não asseveramos o pensamento fora das reproduções, das paridades, das exposições biográficas e das destinações mediadoras da percepção, nós confiscamos o AMOR por meio das corporações identitárias, continuamos a usar a linguagem dentro das acepções, afundamos o desejo na fossa enegrecida da privação incomensurável, nos ligamos artificialmente ao poder por meio de espelhos-neonarcísicos, estamos presos às superfícies do reconhecimento, das alvíssaras que nos afastam das forças problemáticas impulsionadoras da decifração e da descodificação: empeçonhamos a criação com títulos e qualificações, fabricamos um rosto-déspota em nós por meio dos EUS dominadores da sociedade, dos familismos, das romancices, das transcendências divinas que tomaram conta da nossa voz, da nossa vida, do nosso corpo destruindo a autonomia dos canais a-significantes do aprendizado, do AMOR e do pensamento crítico porque nos subjugamos às sentenças inscritas em modelos, em divindades, em estados espirituais, temos medo dos acontecimentos puros, das singularidades vigorosas, das estilizações éticas, temos medo das resistências indeterminadas dentro da fluidez da matéria, temos temor do comunal onde nos diferenciamos por meio do eterno retorno solitário e criativo(não compreendemos as relações de forças, não assimilamos as forças das sensações conectadas às forças sintomatológicas): desviámo-nos dos afectos da alegria, não conseguimos escapar das representações rostificadas___abominámos o pensamento que nos faz transmutar através de danças do excesso e do alógico que avaliam a vida com sua própria força de acontecer, não entendemos que a criação artística surge sem sujeito e com o fracasso, a hesitação, os problemas, a musicalidade do caos, o sublime fora de qualquer significação___é sempre acontecimento de si-mesma, é vida que gera afluências insanas, linguagens extremas com o impensável do PALCO(novas dimensões temporais com passagens anapésticas: **brincar completamente e religar o real descomunal à eternidade sanguínea da voz que se transmuta em visão: a ciranda da epiderme repete-se com os gestos inéditos)**

O AMOR é a força da sensível que foge ao encadeamento orgânico, à dominação do mundo percepcionado: encontra tempo puro nas vitalidades expressionistas, tensionadas, intersectadas por voltagens moleculares abertas às adivinhações rítmicas-caóticas e às superfícies profundas dos ritmos matéricos que se desmancham ininterruptamente porque se redobram com o desejo de arquitectar outras maneiras de existir: é o real múltiplo e inextinguível em dissipação, é o corpo vivo criador de deformações por meio de automovimentos espirituais (conquistar a futurição afectiva nas superfícies extremas e submergir na tradução do caos onde os fluxos impessoais da existência sobrevêm: a vida revela o ritmo sensível da eternidade entre alavancas do corpo e as escutas do desconhecido): é o evento da diferença em si-mesma, contudo, continuamos a perder o AMOR pela incapacidade de acontecer dentro de sensações do espanto, de fazer composições na tragicidade em jubilação, interiorizamos a negação das encruzilhadas enciclopédicas, acumulámos em nós as ordens informativas e o empoderamento, destruímos a afirmação e a potência que abala pontos de vista, porque vivemos de ideais, fantasias, sonhos, esperanças, compaixões, comunicações egóicas, organizações vitimizadoras, vivemos de joelhos a venerar mundos para lá deste mundo, colocamos nossa vida nos empreendimentos, nas destinações aprisionantes, nas referências, nos exemplos das senhoras e dos senhores de respeito, nas significações familistas, transportamos o pânico e a expectativa simultaneamente (estamos a fugir do PALCO). O homem continua a fazer parte da bricolage da natureza, a natureza forjou o homem, sendo completamente insensível ao seu desaparecimento, estamos escravos da memória ressentida. Afastamo-nos de nós-mesmos, separamo-nos do saber das forças puras do tempo, nos censurámos, nos esquecemos, vivemos entranhados na vida dos outros, não absorvemos o devir, contaminamos o intensivo com intencionalidades psicológicas, desmoronando o singular e as cartografias entrelaçadas nos signos porque acreditamos que tudo é natural. Arrestamos o AMOR e o colocamos ao serviço de uma empresa de serviços do conhecimento, ao serviço de uma aplicação epistemológica. Desaproveitámos a capacidade de criar o AMOR porque nos preenchemos de importâncias estruturadas por assombrações patrimonialistas, desperdiçamos o inédito que a existência, a memória-futuro e a natureza nos arremessam permanentemente. Vamos nos transvertendo em sujeitos ou legisladores vigiados pelo dever-ser, alimentamos o niilismo reactivo, organizamos a política do ódio, substituímos as transduções éticas e as decifrações estéticas pelas culpabilidades e pelas acusações-julgadoras, envenenámos os meios do acontecimento e nos entregámos à serventia: temos medo do instante dentro do cristal espaço-tempo, trocámos o pensamento que brinca com os jogos dos espaços híbridos pelas razões tristes da consciência, escambamos as forças insubordinadas da realidade imperecível pela veneração ao CRONOS, à infâmia e à morte(aprisionámos a vida, refutámos os sentidos, temps pavor às violências sígnicas que nos fazen experimentar o corpo e entrar na aprendizagem inédita: perdemos completamente a confiança AFECTIVA). SÓ DANÇA quem está no acontecimento que assimila distâncias que aproximam as amplitudes infinitas do possível e esponjam as escolhas da existência: só dança quem está em devir com o improvisado e com a insurreição vidente do mundo, só dança quem AMA desmanchando o envergamento do tempo: o AMOR não é forma natural da existência, é um ritmo puro do figural improvisado e afectivo que não categoriza, rasga com tudo que é semelhante, o AMOR é caos, é estilo-manguezal porque a vida exige criação ininterrupta e diferença. O AMOR não é consciência anestesiadora, memória-passadista, reprodução moralista, conservação de finalidades, adaptação consciente porque o AMOR não é reactivo, não é uma forma: AMOR é vontade de gerar novas linhas da tragédia alegre, é um gerúndio dos trilhos inesperados que escapam ao controle dóxico, o AMOR está sempre antes de qualquer arranjo, sucessão ou regularidade, é relação da força com outra força, é uma complexão de contrastes, de alteridades, é criação expressiva de novos valores, cria e doa, é o que se deseja na vontade por vezes em dimensões babelescas mas sempre singulares**(assim, entendemos a eternidade nos instantes e as aberturas ao futuro, os fluxos vitalistasn que atravessam limites): o AMOR é tudo o que dilata de si, onde tudo se junta e se separa entre** êxtases agramaticais e ritmos **espirituais do acontecimento.**

O AMOR é desejo delirante que atravessa o corpo e mente simultaneamente, não vive preso na visão objectiva, não tem visão total porque o seu corpo interrompe o circuito do mundo sem mediadores, produz tempos em fuga e nos faz sentir as espessuras imanentes do corpo a corpo, capturando os paradoxos, pontos de vista labirínticos onde a vida retorna metamorfoseada em destino: o AMOR é dono do espaço liso do seu destino, repetindo-se na diferença do caos onde cada espírito é uma força de olhares que se lavram uns aos outros até atingirem uma alma altiva lucreciana (crueldade sígnica em variação: força indomável). O DESEJO não enclausura, não agrilhoa e não sabe disso, é uma arte de coexistências aliadas às corenetezas abstractas da vida, é um processo infinito e vibratório, são ritmos intratemporais, é o presente futurível. Ele livra porque se altera em relação a si-mesmo, é uma mudança em perpétua transmutação, é uma linha transversal, flutuante, é o tempo puro, é uma miscelânea de tempos, é um lance múltiplo, é a força espiritual que penetra na natureza inextinguível, é uma fusão de instantes, é feito de meios intensivos que apressuram devires com entreteceduras das sensações. O DESEJO é longânime, magnânimo e exige não naufragar nos mundos da verdade, é uma voltagem do real, uma força topológica-etológica sem mediações que funda a matéria combatendo-a, fazendo golpes imóveis no movimento, está sempre em processo complexivo porque extrai as intensidades da duração eterna para fazer, ampliar a diferença e a gradação, é uma levada aberta à exultação dos pontos de vista, é uma composição doadora que nos mostra os vários sedimentos do tempo, excita, envolve e estimula o pensamento impensável, faz-nos mergulhar nos sublimes, entrecruzando forças que acontecem fora do acontecido, liberta-nos do sujeito psicológico, do figurativo orgânico, da consciência fantasmagórica, de biografias, sim, entranha-se nos ritmos paradoxais do caos, produz, experimenta tempos com matérias em demudança, nutrindo a liberdade sem quaisquer figuras, anarquiza as conexões entre o real e o irreal onde o dentro reproduz, multiplica e afirma a mutação, intensificando o desejo. O DESEJO é criativo, é activo, é autónomo e sem verdades, é uma correnteza do devir, uma espessura temporal dilatada, o desejo faz-nos acontecer entre movimentos cartográficos, almas livres e forças do esquecimento que devastam o representado, o desejo é uma onda crítica que o atravessa e o faz desdobrar, combate-se criativamente porque é memória pura, vive do excesso do mundo e impulsiona hesitações expressionistas: é um afecto delirante da animalidade, é uma afirmação das singularidades incessantes da insurreição, é um atractor estranho emancipador da vida, é uma linha de passagem que dilata geografias de sensações entre metamorfoses heterogéneas e políticas da criação polinizadora do saber do corpo (não há história mas ritmos imprevistos)

O DESEJO não tem **alvo-desígnio, não tem formas psicologizadas, não é um entendimento superior do humano, é uma força múltipla do acaso em desdobramento ininterrupto, é a estética acontecimental, é uma experimentação crítica, é um recomeço ininterrupto do todo-aberto, é uma relação de forças emaranhadas e de movimentos inobjectiváveis:** o DESEJO não tem destinações, nem sujeito pessoal, o desejo reinventa-se como um verbo intransferível em dilatação: vasculha corpos com línguas enciclopédicas, com afecções impulsionadoras do ser-do-sensível que liberta o acontecimento da jurisdição, o movimento da imutabilidade, a deambulação das origens e dos alicerces, liberta as multiplicidades do uno-representivo: o DESEJO é o tempo do imprevisto do tempo, é um ritmo impensável, sublunar que se desdobra entre processos artísticos, o desejo ACONTECE em misturas intensivas. AMAR é colocar o dentro e o fora em contaminação assintáctica, assimilar o devir, a hesitação, a indeterminação, a velocidade infinita, as almas que fortalecem as conexões matéricas. AMAR é uma aprendizagem sintomatológica onde escolhemos o que nos intensifica dentro de uma correnteza ética e estética: escutar o silêncio dos acontecimentos eternos através da solidão activa e criadora de encontro: uma recomposição entre vida e traçados dinâmicos das reexistências. O desejo abre os pontos de vista para o incomensurável, é um labirinto intérmino, é uma visão infinita, é uma força de espantos do risco de vida, cria superfícies, zonas vivificantes, movimentos de extrema vitalidade fora das verdades e em conexão com os liames de intersecção entre realidades de uma realidade de multidões em latência: o DESEJO é o ritmo intensíssimo do indiscernível que rasga paradigmas da verdade e moldes verazes. O AMOR arremessa-se permanentemente dentro do mundo da estranheza, cruzando signos impermanentes, corpos insondáveis e forças ignoradas que o abrem ao espaço, transmutamdo-o em viajante com miríades de ressonâncias afectivas: o AMOR arquitecta espaços de acontecimentos libertários, cria relações do corpo com o mundo, diferenciando-se cada vez mais, não quer ser compreendido, não tem compromisso com as recompensas nem com o campus social, o AMOR constrói um lugar com sensações de estranhamento por meio de uma alomorfia completa, catapultando mosaicos hilariantes de aprendizagens. O DESEJO traça territórios dentro da natureza. As forças do AMOR tencionam o arco com as energias supremas da vida, esboçam múltiplos intervalos com impulsos futuríveis, com processos imperceptíveis modificadores dos movimentos incessantes do corpo: o corpo é um aglomerado de vontades, de afectos, de impulsões, de sensações, é o movimento que se cruza em todas as raias que experimentam o impossível. As raias do corpo estão entre o actuar, o realizar, o fazer, o agir que atingem as vizinhanças do invisível: **há que perscrutar e ultrapassar fronteiras com o agranmatical, intersectar, atravessar obstáculos com vazios intervalados, sentir a problematização e a complexidão do mundo por meio da possível decifração do PALCO, criar saídas com diferenciações no comum onde as forças reais, aformais e autónomas acontecem fora de qualquer dialéctica.**

O DESEJO distribui ritmos nómadas onde o passado e futuro fortalecem os seus percursos sem gestos tumulares: fugas feitas de extremos problemáticos, de diferenças nutridas por signos libertários. O AMOR é um ritmo de multiplicidades de forças do mundo que rupturam as governações sensório-motoras, produzem conceitos bifurcados, rítmicos com zonas adjacentes à vitalidade do pensamento, sim, criam pensamentos, cruzamentos estéticos que se conectam com signos críticos, provocando abalos afectivos que absorvem línguas, vozes assignificantes. O AMOR é o que somos, é um campo infindável do corpo criativo do pensamento que penetra ininterruptamente na existência por meio da propagação de personagens estéticos, por contágios moleculares, é um forte reencadeamento com o saber e com os signos da invasão que constroem novos sentidos, novas experimentações que arrombam os eixos sem coacervar resoluções: no AMOR o corpo é sempre estrangeiro, surfa multidões sem estratos: a sensação surfa no alógico do corpo...invade a intersecção sígnica do corpo, delira-o, fazendo-o ocasionar eternidade nos instantes expressionistas. O AMOR fractura matrizes, não actualiza o tempo, não atura mais retraimentos, compressões, não aguenta as neuropatias, as psicoses, as mercancias farmacêuticas provocadas pela imbecilizada disciplinarização, pelo assujeitamento da linguagem aliada à culpa, às linguagens acopladas aos comentários, às opiniões, às representações-identitárias, ao culto do sofrimento (as sentenças e os ressaibos nutrem a recusa e a negação da vida onde os carrascos e a serventia vivem em conivência). Estamos perante a produção de corpos submissos, de corpos subordinados que apenas se objectivam nos planos económicos, nos ideais, nas piedades, na banalidades, nos moralismos, nas venerações, nas hiperexcitações da ideologia do sucesso e da imagem, na sobrevida miserável. O homem inventa projectos,

O AMOR ressurge sempre através de um movimento intensivo onde o espírito de sensações transbordantes ressurge entre vergônteas incontroláveis da natureza (é a paridura, a arte, a rebentação sígnica que nos atravessa e nos faz superar por meio de forças ocasionais). O AMOR se constitui com a imprevisibilidade, o espanto da física das turbulências: as hipóteses desconhecidas intensificam o AMOR, são infinitas as possibilidades dos seus cruzamentos espirituais que evitam almas lanceadas, martirizadas pelas leis, são almas anárquicas que arrancam o tempo da duração eternal que faz avançar o pensamento: o AMOR se abre, se perde, se reconstrói entre os fluxos imperceptíveis, contemplações animistas e as estremaduras pontilhadas, dançantes, dionisíacas.

SIM, o desejo está encharcado de vida onde o tempo e as incisões revigoram o AMOR em linha recta labiríntica porque assimilam o caológico, a pluralização de mundos, a multiplicação de matrizes: o desejo e o AMOR experimentam o mundo por meio de intensidades babelescas que desfazem as percepções, é a imanência de um devir que leva o abismo sem compactação para as superfícies cristalinas. O AMOR é uma geografia corporal-espiritual que se entrega ao incomensurável das narrações falsárias, é uma mistura completa de sensações do indecidível, do impensável, de visões exultadas pela loucura afectiva ou serão tempos a fugirem do movimento, das forças psicológicas? Tempos que adivinham imperceptível com aberrâncias tensionadas por dimensões caóticas onde o PALCO acontece pelo avesso porque as derivações disruptivas fortalecem pontos de vista com intervalos movediços: há sempre uma força autónima que exige impactos do inacessível (decompor, recompor fora das identidades fixas e acontecer dentro de uma multiplicidade plástica, vibrátil e impulsora dos paradoxos): O AMOR transmuta para ser atravessado pela vitalidade anorgânica que desfaz a estrutura, a ordem, a reflexão classificadora, o erro dicotómico. O AMOR é passagem incontrolável, é correnteza da potência de pontos de vista, é para absorver, dissipar e quem o conservar será arremessado para a pista das DJ dos intervalos movediços onde sentirão a vida de modo absoluto, basta de engessamentos, de soberbas, de reflexos, de reproduções porque o mineral, o vegetal, o humano do inumano sobrevêm indistintamente, quebrando a percepção por meio do crivo do querer intensificador da diferença intuitiva e de micropolíticas criativas. O AMOR torna-se uma fealdade quando o usamos por meio de formas miseráveis do intelecto, o entupimos, o desclassificamos com as doxas paralisadoras entre acertos lógicos, balizamentos da consciência e a generalidade das concordâncias. O AMOR é uma composição de sentidos e de afectos sem qualquer livre arbítrio(é um acontecimento sígnico estranho com aglomerados de singularidades perfuradoras do inconsciente). Precisamos de novos dicionários afectivos. A potência do AMOR é o AFECTO expansivo da mudança, é a exultação estética da natureza sem direcção, sem servidão, sem igualização. De que AFECTOS somos feitos? Que linhas de tempos, que devires nos atravessam? A ética continua a dançar nas geografias das tendências nómadas onde nada acontece naturalmente. Estimular o pensamento e o corpo no VIVO para gerar novos afectos que atravessarão zonas obscuras e zonas caológicas anteriores às regulações, às formas conservativas e às substâncias orgânicas, sim, acontecer fora das máquinas sociais e das imposições moralizadoras porque toda a vida amorosa é artista, é um sismógrafo de pontos de vista, de escarificações de loucuras, de composições eternais de superfícies polimórficas, de mapas sem origens, sem chegadas (contornar a rocha e surfar aberto ao encontro de aberturas incomensuráveis): vencer o niilismo com milhares de almas criativas, escapar das forças reactivas, da sustentação de verdades instauradas pelo medo, pelo pânico, sim, combater o organismo comportamental do EU através de devires activos, de emergências criativas, de modos alegres, nómadas, rítmicos, sim, deixar de ser escravo do tempo, de ídolos supersticiosos, de piedades, de vitimizações, sim, experimentar gestos com a dilatação do acontecimento, experimentar lógicas incertas, afectos que vertem os contornos de poder e os mandamentos tolhedores do corpo. O AMOR é um retorno da diferença que nos faz jogar fora das finalidades, desagregando sujeito e intenção. O AMOR catapulta afectos extravasantes por meio da imagem directa do tempo, impele ritmos jazzísticos do cuidar de-si-mundo porque amar um rastro perturbador e fortificante do outro é sentir as forças das distâncias compositivas que assimilam nossa capacidade de advir fora das sucessões do tempo(REPERCUTIR): a mudança e a atracção intensiva pelo PALCO, vem antes da genitália, da seminação, é uma força criativa infindável, um desejo-mundo, uma loucura estética que transmuta o imperceptível em forças sensíveis do visível sem mediadores________é uma absorvência pelágica antes da submersão azul, é produzir tempo antes dos horários, é sentir as espessuras imanentes do AMOR(MUDAR topologias, escolher, acontecer de modo absoluto. Não é o olhar que age, mas o corpo que traça um mapa de simultaneidades temporais com uma infinidade de feixes, de pontos afectivos, um mapa com novas geografias sem história, um mapa que se rasga delirantemente, mapa feiticeiro que me faz perscrutar o caos e encruzar ondas, fluxos, lacunas, dobras (acontecer no deserto e no vazio do AMOR e produzirmo-nos, povoarmo-nos com os actos que se reforçam no pensamento). Com o PALCO sinto a experiência da problematização do mundo, a repovoação inumana, um corpo que foge de si-mesmo para absorver o paradoxal, as distâncias das vizinhanças, os coadores membranares, por isso aprendo ininterruptamente com as ondulações cerebrais, os lugares híbridos de sensaçõe do PALCO: faço da ÉTICA uma escolha de mundos possíveis que me intensificam por meio das voltagens do impensável e do imperceptível, torno-me dançarino dentro de novas velocidades-lentas, com o PALCO não existe míngua, há sempre afirmações das diferenças, com o PALCO espiritualizo as coexistências da matéria, torno-me numa cartografia de forças acidentais, produzo tempo com as constelações caleidoscópicas, produzo cérebro radicular, rizosférico, capturo ritmicidades enciclopédicas, extraio as qualidades intensivas do corpo, absorvo e experimento as singularidades da vida: com o PALCO detecto signos inesperados e me transmuto intensivamente em natureza autopoiética: assevero o geometral, o aformal e o figural da vida e estilizo a existência porque o PALCO é uma aventura tremendamente sintomatologista, é a duração que se vaza, verte, se filtra na duração, é o vigor das sensações que dá voz supralógicas às perspectivas no seu absoluto entre inconscientes futuríveis. Mutantes forças afectivas, composição indomável dos sentidos, com o PALCO, dilato o tempo e as dádivas, confio e aventuro-me nas micropercepções e no indeterminado. Com o PALCO aprendi que o escurecido de uma câmera é vibrátil, é um emissor de luz que faz viver a matéria na sua fluidez, rupturando o intelecto lógico, o regime orgânico, sim, a escureza é um combate de linhas flutuantes, é a libertação da cor a penetrar nas nuances do PALCO até aos limiares incorporais(os gestos e as vozes nas cenas em deformação: mergulhar nas dobras incomensuráveis que se ligam ao movimento do corpo entre luzes turbilhonares e composições múltiplas do caos): o olhar multimodal, a ritmicidade de heterogéneos: contrapontos do PALCO capturam com múltiplas dimensões autopoiéticas a desaparição em ressurgência, **fazendo da amnésia uma força estética tremenda**, o **esquecimento dentro da claridade turbilhonante dos espaços onde a transparência presentifica o cristal do tempo(abaladuras sígnicas traduzem o vórtice dos gestos carregados de decifradores loucos).**

No AMOR ninguém representa a humanidade, não existem culpas, nem reivindicações, nem finalidades, nem incriminados, nem dívidas, existem sim plenitudes e derruimentos de coordenadas extensivas: aqui-agora: a existência é absoluta, coalescente, o desejo grela sempre da potência de um querer que liberta e espiritualiza o real: desejar é acontecer entre o singular e o comum, é fazer existir, dar acesso, rasgar pontos de vista, servidões, obsessões entrópicas, localizações patológicas, regularidades colossais da memória ressentida: DESEJAR é fazer-nos devir-outro, é mover, pensar, variar, dançar, criar, transmutar um mau encontro em exultações, é exigir deciframentos e sentidos com tensões enigmáticas, é desfazer reconhecimentos e recompensas. O AMOR nunca sai dos seus movimentos, dos seus devires, das suas críticas, é uma obscureza profunda que surfa nas superfícies que revelam a presença da diferença, as resistências indefinidas. O AMOR é uma invasão de ritmos tendenciais que não se capturam por meio de angulações ópticas, é uma criação de verdades intangíveis: ritmos instáveis religam as forças das sensações com sintomas de um corpo expressivo noutro corpo, articulando existências às aprendizagens ocasionais. O AMOR é criativamente violento porque nos faz mudar, bifurcar, nos força a pensar intersectados pelas singularidades, pelos vazios múltiplos construtores de vida: o AMOR é uma força cristalina-verbal que nos faz superar antes do corpo, é a tendência inconsciente que nos faz recomeçar entre linhas de expressão da natureza, repercussões dos acasos e almas corporais: encontros invulgares do criativo, intensidades andarilhas do risco nos extremos das superfícies corporais, resistências à morte, ao historicismo______sentidos randómicos desfazem a identificação premiada, linhas salvadoras onde a possível verdade é uma afecção vasta, é um desagrilhoamento do corpo perante a dor, é uma multiplicidade plástica, é uma força do impensado que experimenta o tempo vibrátil e o rigor do caos, indeterminando sujeito e alvo (não existem vidas ou mundos finalizados___todo o PALCO aberto se torna uma tendência problemática, a natureza contemplativa e violentamente anorgânica): fugir à temporização julgadora da consciência constituída por obcecações fantasmagóricas...fugir fugir dos espaços sedentários, abrir-nos ao impossível das forças compulsivas do pensamento, à matéria desmaterializada, presentificar a memória-futurível, invadir as forças singulares, usar os utensílios emancipadores da arte, transmutar relações com a vida intempestiva e com as travessias do sensível, decifrar signos exaltados da matéria caótica, do rigor delirante, do fundo alógico da duração em nós e combater sempre entre novos ritmos, novas golpeaduras das cirandas insondáveis, enigmáticas que compõem sensações em variância dançarina e nos atravessam para extrair dimensões-outras do tempo: construir liberdades que nutrem o sublime, o caos-animal no pensamento_____ é a nossa saída acidental, mas é uma saída com movimentos esboçados, com cordas friccionadas e estranhamentos de diferenças que coexi**stem molecularizadas: o AMOR É a força do esquecimento no PALCO: o vazio que nos faz pensar, criar, falar o silêncio: gesto dançante que corta o caos.**

A linha espessa do PALCO singulariza-se e acontece por meio do múltiplo para manter a plenitude na duração: construo a distância intensiva que afirma a composição das co-existências, dos tempos puros que se aliam aos meus gestos dentro das impermanências jogadoras do caos: sinto as musicalidades simultâneas e variadas através dos alicerces sígnicos que se descentralizam insondavelmente: aqui-agora: entro na experimentação crítica para explorar zonas insanas do PALCO: as distâncias não disjuntam mas fazem o novo com a dor e o dom de uma ESCOLHA entre o excesso e as superfícies em transmutação geradoras de eternidade e de tempo inédito: o PALCO leva a duração para o meu corpo, e vibro, ganho velocidade com o múltiplo, o duplo da existência que assimila linhas infinitas da loucura que me faz existir nos movimentos do impensável. É no PALCO que me afirmo, me activo, me torno obsessiva, artista, criadoramente trágica: é no PALCO que me desaposso e me fortaleço, sem designar, nem classificar, é uma linha existencial que me arremessa para o devir, para as coalizões do futuro, uma linha que destrói a presença da falta transcendente, da dívida incomensurável porque o PALCO é pleno, é expressivo, o pensamento é pleno, é gradativo e o AMOR evita o empoderado e o poder porque não é uma objecto dentro do PALCO, é a emancipação da força pura do tempo, a correnteza aberta, a liberdade do movimento do ser do sensível que exige misturações espirituais e diferenças extraídas dentro de mim-mesma(transmutar invisibilidades em fugas do visível vibrátil que golpeia o circuito da percepção): assim, me abro à vida, desfaço o aprisionamento do corpo e da mente, sem buscar o nirvana inconvulso, **nem o prazer anestesiante(REPERCUTO**): não fujo da DOR porque o AMOR é uma erva caleidoscópica, é um RITMO multidireccional, um rizosfera, uma radícula turbulenta, é uma potência de criação que me faz auscultar as mudanças ininterruptas dentro de mim: NÃO fujo da DOR porque a vida é o animal indomável que leva a travessia da morte no seu dorso, a morte que já pervagou e nunca advirá, a vida não desvive, dói, é o vitral criativo da durabilidade do gesto: a vida não reflecte analogicamente, a vida não é comparável, a vida cria encontros com o impensável que se fortalece por meio da diferenciação que o outro extraiu das suas vértebras: não fujo da DOR porque o meu corpo é paridura vadia no extremo das linguagens: a eternidade é absorvida por meio de forças acontecimentais fora da história pessoal, dos programas didácticos, das cartilhas dos bajuladores familistas e de biografias que nutrem o orgânico da normalidade, a servidão das imagens dos cartórios, dos reservatórios e dos compêndios passadistas(memórias patológicas ao serviço da sobrevida): não fujo da DOR que me abre ao infinito da vida para assimilar a insânia e desfazer o vergamento do tempo: sou uma falsária com ecos do caos nos meus gestos: não fujo da dor porque sou uma pré-forma que nunca atinge a forma, há uma traçadura de partículas virtuais que me atravessa, esculpindo o PALCO com ritmos do figural: os espantos dos meus gestos recusam a linguagem das acepções, dos zoroastrismos: não fujo da DOR porque o PALCO é sempre igual a tudo que difere, pluralizando sensações e vozes criadoras da alegria babelesca: não fujo da DOR porque a crueldade é uma multidão alegre por vir, é uma força libertária, consistente e infinita: a metamorfose do mundo: o espelhamento da DOR onde o tempo e o indiscernível divergem ininterruptamente para voltarem a reaver os atravessamentos sígnicos: o acaso faz de mim uma captura ética: a DOR é uma invasora estranha, fulgura no corpo e a língua se torna grito criador de expressões absolutas e de mudanças contínuas: a DOR é o real a rasgar a penetrar no inesperado com as ressonâncias das palavras assignificantes: a DOR suspende-me na escavação da língua e me transpora para a turbulência da errância: a DOR é a vida a tangenciar o imperceptível criador de falas solitárias e indefiníveis: não fujo da DOR porque a desumanização proustiana cria novos pontos de vista nos bestiários: um animal a gerar ritmos semióticos: não fujo da DOR porque vivo no limiar estético com vibrações pré-vocais e o grito, só o grito me faz ver o aformal entre o corpóreo e o incorpóreo: a DOR é um acontecimento molecular que transmuta matérias e experimenta a duração das passagens afectivas: não fujo da DOR, da paridura dos orgãos dissolvidos no esquecimento: SÓ A DOR me traz o gesto diabólico e desabaladamente criativo: a feitiçaria ritornélica que me reconstrói por meio dos fracassos e das quedas ou será a vizinhança do invisível carregado de signos malditos? A DOR revigora os hiatos da vertigem, os lapsos das memórias da futurição, os abecedários inarticulados, os corpos estrangeiros em mim: a DOR que cartografa as traições e a indeterminação do PALCO: a DOR que acena à animalidade da língua para esculpir distâncias turbilhonantes: a DOR esponja o excepcional, faz variar a sintaxe com o insólito, a anomalia: a DOR se esculpe na claridade do inexplicável gerador do improvável: a DOR me faz livrar do medo da morte, é abertura rítmica do futuro___a DOR AMPLIA as geografias dos sentidos com audições e visões extraviadas loucamente pelo REAL: o CORPO-VIVO do pensamento a mergulhar na histerização do corpo onde a alma, milhares de almas artisticamente recusam a desaparição, porque se repetem fertilmente nas ressurgências do GRITO do PALCO que rasga a representação do mundo. Gero no PALCO tempos insanos e linhas conexivas de desejo plenificado que fortalecem a vida, e redobram a intuição: demudar, transmutar e usar o meu corpo com semióticas intensivas, fora das marcas e dos encarceramentos morais. Com o PALCO expressionista sou afectada pelo mundo indecifrável, sou atravessada e percorrida pelas forças de cartografias anómalas: vozes, gestos, cenas ondulam e relacionam-se por meio de composições permanentes que absorvem as multiplicidades do indecifrável e do indiscernível: os planadores de durações dançam entre forças indómitas dos sentidos: o PALCO cria laçadas, densidades e amplia limites ao enfrentar o mundo imprevisível: o meu corpo exige, experimentação criativa do real porque a existência é desabaladamente pulsional, é um campo de batalha de acasos, é uma abertura ao impossível que modifica a minha relação com a vida e com o PALCO: o meu corpo exige cirandas de encontros e novas linhas de vida para evitar os cultos das mortes, a totalização racionalizadora e as fantasmagorias. O PALCO pressiona e desvia os eixos do mundo, da visão, das vozes, das palavras, das cenas, das falas, das posturas, das atitudes...preme, prensa e faz movimentar os eixos para relacionar forças agramaticais com os limites ilimitados dos afectos que produzem estímulos inéditos ao mergulharem nas geologias dos silêncios e do invisível. Com o PALCO atravesso o mundo do improvável, do imprevisível, do indecifrável através da hesitação estimuladora da vida criativa. O AMOR no PALCO estende-se, estica-se, ultrapassa-se, atravessa-se, transmuta-se em geografias de lugares por vir: o meu corpo estorcega os interstícios e revoluciona-se, enfeixa-se, escoa-se, vasculha-se, sobrevoa-se, escarifica-se sobre a inseparabilidade cósmica que compõe superfícies sem confinamentos e sem transcendências metafísicas: **o meu corpo transborda com as paradoxalidades vibratórias que atravessam os orifícios do PALCO.**

O AMOR é uma composição de forças varadas por sentidos: o PALCO também captura os sentidos quando o meu corpo penetra nos seus espaços em variação: o PALCO é um fluxo ético-ressonante, é um complexo de possíveis, é uma matéria espiritual das expressões das expressões, é constituído por potências de cada instante durável que me faz pensar sem o eu, sem o sujeito histórico, pessoal: sou um infra-instante, um entre-instante esculpido por uma miríade de estimulações que me emancipam na cosmovisão e na experimentação de todo o gesto-grito-vazio que pode, produz, cria, vibra em todas as volteaduras ritornélicas: o PALCO e o AMOR não pensam mas lançam o impensável para o expressionismo problemático grávido de sensações, de paradoxos, de estranhezas inesperáveis: assim, adentro-me nas coexistências de tempos diferentemente ininterruptos e imóveis: as vozes, as palavras, as cenas, os siêncios, os gestos, as distâncias...mergulham nas matérias para reconstruirem um PALCO-outro de intensões variáveis onde AMOR e o espirito se sincronizam, se misturam e se transmutam a uma velocidade lentamente infinita: o delírio em mim se remove, e se movimenta envolvendo o GESTO que foge à correnteza do orgânico, à dominação do mundo percepcionado porque se nutre das transbordâncias expressionistas. As forças tensionadas, intersectadas, do PALCO trazem o mundo do esquecimento para as voltagens moleculares das superfícies profundas: ritmos matéricos se desmancham criativamente porque se fortificam com o desejo, com a regerminação intensiva do real ____ é o acontecimento-AMOR a fazer composições na tragicidade em jubilação: aqui-agora: rasgo com quaquer empoderamento dos ideais, de esperanças, de compaixões, de identidades egóicas, de organizações vitimizadoras: jamais viverei de joelhos a venerar mundos para lá deste mundo, não coloco minha vida nos projectos, nas finalidades orgânicas, nas referências identitárias, nas significações déspotas que alimentam o cruzamento dos pânicos na mítica natureza-natural e nas expectações do dever-ser. Com o PALCO aproximo-me de mim-mesma por meio de forças imprevisíveis do tempo, assimilo o estranhamento que afirma o DEVIR e as danças sígnicas em suspensão, feitas de movimentos de superfícies em choque, de encontros de acasos, de vastidões variáveis, de intermezzos esfíngicos turbilhonares___**só dança o PALCO quem acontece, faz existir e se estiliza ao fazer do AMOR uma criação expressiva**

de novos valores históricos, aberrantes, uma dádiva que é desejo vigoroso a atravessar libertadoramente o corpo e mente com singularidades desdobradas: é desejo que se deseja com verbos intransferíveis e auto-expansivos: sinto o devir, o alto-mar-em-mim, fugi do cais porque escolho, crio tempo e faço uso ético da solidão criad**ora do PALCO que me atravessa e me nomadiza.**

Com o PALCO produzo espaços duráveis de tempo, impulsiono-me e modifico-me por meio de um **processo oscilante de singularizações:** há uma força estimuladora do acontecimento dentro de mim, revigorando a existência, o real que se entrelaça nas sensações vivas (tudo é inobjectivável): os gestos, as vozes, as posturas interpenetram-se nos vários sentidos e o meu corpo dobra-se, desdobra-se, plasma-se para defrontar novamente o desconchego, as estrangulações, a desesperação, a espera, a confiança, a profanação, o sarcasmo, o imprevisível....e as CENAS conectam-se, recolhem-se, devolvem-se, envolvem-se, transmutam-se por meio de feixes de intensidades, de mundos possíveis, de vigores imanentes: o corpo, o cérebro, o espírito entrecruzam-se como um holomovimento dançante da existência, cruzando signos e forças metamórficas que os abrem ao espaço e os tornam PALCOS PLENOS com múltiplos intervalos que transvertem as afluências verbais do corpo noutros macaréus de um saber-vibrátil: aqui-agora: ajo, pratico e não sou gerida porque cruzo-me com todos as superfícies barrocas ampliadoras de tempo, atravesso-me com os absurdos criativos, perscruto-me, ultrapasso-me e assimilo o entre-do-entre, o entre-dois-de-entre-dois que me percorre aliado à problematização do PALCO e à anormalidade do tempo...quebro violentamente a aproximação das nevropatias, das linguagens assujeitadas às representações identitárias, rupturo cruelmente as tentativas de culpabilização e de serventia: faço de EROS minha rota de revolta, de voltagens ritmáveis onde nascem as dobras do PALCO: o meu sentido é uma hemorragia de vazios repletos de coexistências, é um atravessamento espiritual descentrado, é um fluxo aformal, a violência da efracção conectado à plasticidade das diferenças, é o phaneron da plenidão que produz tempo e me leva o acto criativo para dentro do acontecimento inaudito: é a alegria das linhas-macaréus que me estimulam a brincar com a ameaça da morte, a exultação rítmica que me abre às correntezas imperceptíveis e às intermitências dos paradoxos: **perder-me interpenetrado completamente por sensações, pensamentos impensáveis e visões experimentadoras porque o AMOR é sempre uma passagem vitalizadora do PALCO que exige desidentificação, desfazendo qualquer organização, qualquer sobrevida conservativa.**

Envolvo-me nas subversões e nos excídios do PALCO e QUESTIONO: de que afectos mutantes, de que bruxas larvares, de que migrações comunais, de que virulências espiraladas, de que variações diagramáticas, de que lavras epistémicas, de que fusões atmosféricas, de que porosidades sanguíneas, de que álgebras pulsáteis, de que absurdos criativos, de que irrupções germinativas, de que cruzamentos micropolíticos, de que exílios vibráteis, de que tramas paradoxais, de que ecossistemas da insurreição, de que alianças afectivas, de que sinergias etológicas, de que equívocos tradutórios, de que profusões topológicas, de que gérmens vitais, de que genomas descolonizados, de que combinações insurgentes, de que alfabetos estranhos, de que decifrações surfantes, de que combates espinosistas, de que redes éticas, de que cartografias oraculares, de que ressonâncias feiticeiras, de que biosferas eróticas, de que matérias espirituais, de que golpeaduras longitudinais, de que arquivos futuríveis, de que transmutações insanas, de que signos vadios, de que inconscientes animalizantes, de que vidas sou construída? Que linhas de tempos aperiódicos, que vozes em des-aparição me percorrem? Que camadas de fendas artísticas trespassam minhas reminiscências lacunares? Que erosões fractais, fluídos químicos, fluxos geofísicos, cristais, redes, ondulações, mosaicos penetram na intuição, na visiva e na cegueira? Que espantos seculares, silêncios pluricelulares, distâncias, simbioses, velocidades, lentidões, areias movediças penetram nas energias dos átomos da minha medula espinal? Que úteros crónicos, liames tribais, leveduras, pigmentos, bactérias, mergulhos, bússolas ancestrais, reacções bioquímicas, cornucópias moleculares, longitudes irrompem na substância cardíaca das minhas mutações? Que gladíolos pluviais, tradições, mitos, arqueologias, placas tectónicas, espécies extintas, fogos, trovadores, religiões, sacrifícios, revoluções, deuses me bifurcam? Que forjas, desenhos, mapas, singularizações, golpeaduras, Aborígenes, hominizações, amnésias, avessos mnemónicos, gestos telegráficos, posturas, emergências, bibliotecas, historiadoras, geógrafos, libertinos, vadios, putas, pergaminhos, escavações, partos, depressões, falhas, acumulações estocásticas, cores caóticas, livros devoradores, impulsionam as curvas metereológicas da minha fisiologia? Que unções politeístas, almas, tempos puros, tempos loucos, bacilos, símbolos, prolongamentos, procelas, extremidades, inversos, fracturas, parasitas, oradores, vaticínios, cataplasmas prebióticos, vinícolas, encalhamentos, diamantes, choques, miscelânias, savanas, biólogos, odisseias me suspendem? Que violências verbais, que plasticidades ritornélicas traduzem as intensidades do meu corpo? Que composições agramaticais poderão estilizar meus desvios animalizantes? Como jogar entre relojoeiros de vestígios, lances libidinais e radioactividades migradoras? Que fugas femininas me farão surfar no alógico e nas derivações expressionistas? Como deixar de ser ACTRIZ atingindo o sublime dentro do PALCO? Que mandíbulas, técnicas, utensílios, esporos, prosopopeias, genes, instintos flexionais, glaciares, estiagens, hibernam dentro de mim? Que óvulos, cavidades, ablepsias, tensores, leques, escalas, instâncias, carbonos anunciam as dores involuntárias? Que viagens, que elipses, percepções, estilos, apeirons, poros, traçam os núcleos da encarnação? Que filósofos, artistas, delírios, fisiologistas, alfarrabistas, poetas talham a minha fuga? Que manchas homéricas, icnografias, gramáticas ciclónicas, fragmentos cosmológicos, escombros infinitesimais, cânticos, anamneses microbianas, partículas cromáticas, ondas, mestres, sábios, deuses marítimos, planisférios, coros, melopeias activam as sinapses da cura? Que dragagens, canais turbilhonares, tímpanos mecânicos, ubiquidades, ceifas, vinificações, riscos, macerações enfrentam thanatos? Como lançar as agulhas das pertenças quase extintas entre artérias tecelãs, ódios, amores e membranas das aprendizagens? Como distinguir as oficinas pânicas entre as hélices das morfificações? Como arremessar lanternas metamórficas para os refrãos dos cientistas? Como absorver as insânias lúcidas para espiritualizar o real irrepresentável? Como misturar, assimilar, as línguas indígenas, as línguas afro-asiáticas, as línguas khoisan, as línguas nigero-congolesas, as línguas aborígenes, as línguas indianas, as línguas nilo-saarianas, as línguas ibéricas... dentro de mim? Como me distanciar da fealdade provocada pela miséria afectiva e pela moral julgadora? O que conheço das errâncias do mundo? O que entendo das linhas artísticas da Natureza? O que podem o impensável e o acaso? O que podem os filtros delirantes das estéticas da inutilidade? Como me conectar à solidão carregada de vidências, de feitiçarias, de transbordâncias criativas? Como intensificar as extremidades indecifráveis das minhas vozes, dos meus gestos, das minhas epidermes? Como acolher os jogos caóticos, as imagens aberrantes nos hiatos da minha visão que nunca atinge a plenitude? Como levar o espaço inumano, híbrido para um mundo estranhamente afirmador de falas com ritmos anómalos? Como exultar o trágico com as anatomias libertárias que emaranham o PALCO com fracassos contínuos? Como arrastar o CORPO sem mensurações temporais onde vozes, ecos me devoram com o invisível da língua? Como suspender a LÍNGUA na minha boca se ela é um animal em fuga? Como tocar o intangível e as zonas invisíveis se sou feita de rastros de distâncias, de esponjas sígnicas, desmanches, recomeços, mosaicos, marchetarias, tramas, dobraduras, falhas, vazios, desmoronamentos, vórtices, irrupções, inocências, crueldades e irradiações contraditórias? Como libertar a língua das palavras? Como me libertar da língua materna? Como abrir as falas nos interstícios geológicos do PALCO? Como fazer minha travessia no PALCO autopoiético? Como queimar a palavra na minha voz e arremessá-la para o exílio de uma força viva? Como esculpir a FALA numa alavanca insituável? Que matérias inomináveis, que movimentos anónimos, que claridades cortantes, que cartografias loucas, que evasões histéricas, que transparências invertidas, que arcos tensionados, que multidões musicais, que linguagens silenciosas, que enervamentos imprevisíveis, que forças semióticas intrusivas, que irradiações, que vozes libertadoras da matéria, que respiramentos do PALCO me ...atravessam? Que experiências do silêncio, que travessias sonoras, que actos de fala, que ritmos fabulares, que expressões vivas, que povoamentos comunais, que verdades inalcançáveis, que cirandas inexplicáveis, que limiares de dicionários afectivos, que transumâncias do instante do grito, que antropofagias, que devorações-puras, que abaladuras paradoxais...me efectuam? Que escutas dos batimentos do espaço, que falas insondáveis, que mistérios verbais, que precisões do caos redobrarão meu espírito catatónico? Que diferenças, que durações criativas, que hipnagogias, que variações energéticas, que personagens rítmicos, que sintomas exaltarão a ressurreição das línguas no PALCO? Que deformações histerizam o meu corpo? Que vitrais-góticos -barrocos ampliam o tempo dentro de mim? Que novas dimensões de tempo infinitizam o finito dentro do PALCO? Que ressonâncias, que vibrações impulsionam as expressões singulares dentro de mim? Como as velocidades incomensuráveis dos signos me conectam a novas marchetarias afectivas?

Que turbulências artísticas me arrastam para o ritmo de um corpo-vivo? Que moléculas mútiplas do caos me fazem acontecer fora da lógica e do orgânico? Que forças do impensável me desviam das referências e das biografias? Que escolhas poderei fazer para me envolver nas intensivas imanências? Que inconscientes problemáticos escarificam o PALCO? Que vazios povoados de eternidades, de memórias puras, de bordas do futuro, de processos de transmutação me impulsionam para o imprevisto e para o inactual? Que múltiplos tempos, que espessuras temporais poderão estancar a hemorragia das significações do corpo? Que infinitas experimentações, que partículas virtuais, que forças abstractas, que micropercepções, que heterónimos, que conexões energéticas, que mudanças osmóticas, que vitalidades, que impregnações sensíveis, que improvisações... darão sentido à vida-PALCO? Que movimentos do CORPO, das falas, dos gestos, das vozes revigorarão o metabolismo do PALCO? Que corpos abrirão outros corpos no meu corpo grávido de interfaces heterogéneos, de desvios múltiplos, de golpes intervalados, de texturas vibráteis, de topologias tensionais, de devires, de paradoxos inconscientes, de mutações infinitesimais? **Que forças destruirão qualquer imagem taxionómica do meu corpo? Que visão introduz o infinito no PALCO sem imagens, sem finalidades? Como sentir a eternidade antes e depois da voz-outra que me atravessa? Como fazer do silêncio um batimento intersticial de diferenciações que me atraem para o movimento problemático e hesitador da VIDA?**

O AMOR-PALCO é uma composição cruel de sentidos e de novos dicionários afectivos, atravessados pela exultação diagramática que me enlouquece, me faz delirar e gerar tempo crónico, kairótico por meio das irrigações do corpo. O PALCO não está à frente nem atrás de mim, ELE atravessa-me com a memória intensificada espiritualmente para dilatar o durável dentro dos meus gestos polifónicos onde a palavra inestancável vive fabulada pela experimentação do DICTAMEN dos deuses menores entre choques bélicos, línguas estranhas, diglossias e a inutilidade dos signos artísticos. O PALCO é sempre o gesto, a falange, a mão ou a alma animal em combate...o recontro, o gládio ininterrupto de uma língua inédita (o grito invade a palavra, a dor pré-babélica ressurge, o gito torna-se o impossível do PALCO ou a espera do equívoco de uma interpretação hermafrodita, ou a falha sonora dentro da fala: os vestígios das regurgitações do animal fazem da ACTRIZ um crime ético, uma mutação obsessiva dentro dos estilhaços das vozes (a voz é a força táctil, a voz é a força inexplicável, oculta da mão que entrecruza rotas do exaspero rés à alegria, ao futuro vitalizante de um PALCO em emigração): o jogo do afresco da incompletude trágica golpeia estilisticamente o mundo sem esperar por qualquer resultado: disseminar o sensível entre os paradoxos da aparição sanguínea e as refulgências do infinito que escarificam o PALCO com a inocência impiedosa (o sopro tacteável alia-se à imagem acústica, suspende-se e esculpe a fala que impessoaliza a boca: geografia obscura da língua ou a encruzilhada da vida da morte que experimenta a voz através do movimento simultâneo da exultação e da dor ou... o vórtice do falhanço como impulso do vicejo do silêncio que elimina a detracção: a vitalidade do DOM dentro da dor, a purificação insalvável do animal que visibiliza a palavra: Medéia espreita o mundo com as tensões das suas próprias vísceras que caminham sozinhas: o tempo cronológico é desabaladamente arruinado e a vida reexiste na sua própria discórdia: o ritmo obscuro aberto à claridade atravessada pela transparência: o vitral movente e enigmático. O caos, o PALCO e a ACTRIZ: animal triádico golpeador da língua: a língua onde o grito de René Char ainda é possível: acreditar na língua do anjo da desrazão ou será um rebento do infinito a verdadeira tentativa de religar o salto absoluto do PALCO à palavra? A língua se ilumina a si mesma por meio da ruptura movente feita de cantos sacralizados pela profanidade dos deuses completamente desorientados: o vazio e o impossível sempre impulsionaram os limiares entre a renascença e a desaparição___ a descida do ANJO é tremendamente estranha, lutar contra a própria morte se tornou uma trivialidade, por vezes uma criança contorna as árvores com a voz quase originária, nos seus movimentos a ciranda inapreensível de quem se dissipa por meio dos encontros diferenciais de Poincaré ou será o mistério incomensurável dos sentidos entre os lapsos proféticos do ADN e as capilaridades autopoiéticas? O PALCO é cinscunscrito por povos que se suicidam fora da desaparição e dentro de um endividamento impagável no Serasa____nos BANCOS chamam-lhes secores ou números vermelhos. **O ANJO MARSUPIAL continua a descer rés às simbioses dos miseráveis e das mulheres que desconhecem em si-mesmas qualquer rastro da infância.**

A ACTRIZ faz do esquecimento um exercício mutável da visão que se irriga nos vaticínios migratórios, se menstrua no movimento gradativo do impensável onde o animal salino abre todas as superfícies possíveis, quebrando os espelhos com a palavra fora da linguagem: ver dentro da plasticidade intuitiva o fóssil eléctrico dos pulmões: aqui-agora: a palavra recolhe o seu cadáver noutra palavra para regerminar entre o som da caçada e a penúria, a víscera tectónica é o cio traçado pelo vidro da fome (a sombra vibrátil fractura a mão debaixo da cabeça para gerar a travessia com lâminas sanguíneas): tudo se transmuta em deuses anfíbios com varais lascados nos ventres por vir: a expiação dos mestres ainda acontece no tempo puro de Visconti e nas faces mais internas da parede torácica dos bestiários: o esquecimento ultrapassa o espaço laminar do olhar, extrai as células foto-receptoras, o corpo hialino com as espessuras diafragmáticas doutros olhos já inexistentes ou será o ponto cego da traição ética que leva a alma de Eros para o vitral roubado à vascularização da carne? O silêncio ergue uma voz minadora que penetra o vulvário da duração eternal e por meio da drenagem da dor, a língua invagina-se atingindo o estado de rapinação e volatiliza-se porque penetra no glossolálico, fabulando qualquer tentativa de visitação intrusa: o esquecimento é talvez o detalhe acronológico da Fita de Möbius permeada pela hipermnésia: a língua insana perpetua-se com o epitélio pigmentar que se reconstrói no hilo da luminescência: a membrana da língua plissa-se, filtra-se, mistura-se e fende o esterno, o sopro absorve os capilares do esôfago e esvazia-se sobre os eixos hermafroditas que se deslocam com uma lucidez tremenda para evitarem o derrame pleural: por vezes um cisto pânico introduz-se no removimento do líquido verbal, a voz poligénica exsuda-se dentro do tecido cristalino, outros medos ressurgem com insinuações traumáticas, mas o reciário da ACTRIZ é coberto por ardis que envolvem um só braço ventilatório onde a pele e a ossatura do PALCO esmagam as desovas murais de Lascaux com o coito da insurreição das falas… o esquecimento torna-se o alvéolo da hemoglobina, a mucosa respiratória, as denditres da pulsão desejante: a hematose do PALCO evita a esporulação fúngica: o esquecimento vitaliza-se através da coreografia cruel das rodopsinas e das inoculações do tempo sublunar(as lâminas tecidulares da ACTRIZ esponjam o impensável, o imprevisível, o imperceptível) : o esquecimento é a ACTRIZ a confluir fibras ópticas, gestos-inframince, máculas vadias, tremulações, rasgaduras, corpos microscópicos, veias vorticosas, danças inconscientes, abecedários loucos, rés às artérias do PALCO e os gestos arremessam-se para todos os lados prenhes de fendas perivasculares, contornando e abrindo simultaneamente a depressão dos gânglios com nervos basais (o excesso radical da diferença que gera diferença dentro do selvático espírito): a inervação dos acasos reúne os gritos, as falas com os músculos mais extrínsecos da visão: é com os levantadores da visão para lá da visão que a ACTRIZ responde aos sete músculos oculares do esquecimento, estimulado pelas inserções cutâneas do PALCO intralingual, sim, o esquecimento é uma laçada de feixes orbitários, de nervos de passagens para outra visão fibro-cartilagínea-CÓSMICA que se envolve no globo craniano da alma " altiva" apinhada de eixos oblíquos desabaladamente à frente da cogitação, das necroses, das anemias (misturar anomalias, avessos e sensações): o esquecimento envolve todo a memória-mundo do alevante do PALCO: faz adução, eleva-se, gira, abduz-se, abaixa-se, expande-se, foge da fantasmagoria, enlouquece criativamente e se liga ao espaço contemplativo dos vasos das bocas onde as palavras coalescem-se nos tecidos conjuntivais da inocência sem rastreamento: esquecer com a eternidade do devir, experimentar a mutabilidade: a vida________a ACTRIZ é mais elevada que o PALCO, é maior do que a morte (a ferócia do sangue na esfinge da carne, os canais das falas nos instrumentos infindáveis das falanges, a fogueira tensa na profundidade das mãos que se dobram e se expandem como venábulos de lâmpadas): a ACTRIZ sobrevém, supera-se, erotiza-se, reexiste-se, singulariza-se dentro do tempo insano: a ACTRIZ sente que a vida é uma desaparição germinativa ininterrupta, a ACTRIZ não celebra a morte por meio do spleen, do cansaço, não incensa a morte com carpideiras anémicas, não acredita na morte, desvia-se das vestimentas da morte, do culto da morte, da razão da morte, da interpretação da morte, das homenagens da morte, rasga com todos os caminhos da morte, dilacera a representação da morte, os chifres identitários da morte (mergulhar o relâmpago por detrás da morte e as veias das pedras escoam-se como frutos anónimos onde as cores das velocidades batem imensamente no sangue da boca), a ACTRIZ sabe que a morte não tem visão e que jamais experimentará a morte, a morte nada tem a ver com ELA, a morte surge e a ACTRIZ intensifica-se no PALCO, a morte desponta e a ACTRIZ está em fuga (o crânio é atravessado pela sua própria pulsação, a fêmea torna-se uma dádiva soberana, um animal devorador de hipofaringes, a respiração estremecente nas vértebras do grito, a onomatopeia levada à violência da última curva da casa), a morte existe na inexistência da ACTRIZ, a ACTRIZ é mortal dentro da eternidade da vida, é mortal porque é criadora, gera existência artista, é força acontecimental do esquecimento, é memória mundo que deslembra e produz PALCO, gestos, falas, vozes, silêncios, posturas com signos sensíveis moventes, signos da transmutação, é mortal sem ser discípula da morte (uma espécie ecoa no espelho côncavo dos ofícios, se transverte no rigor urdido pela inocência e as lucernas devolvem de sublime em sublime os flagícios mais altos do esquecimento), a ACTRIZ dança rés à morte sem morrer, escapa à morte, nunca conhecerá o rosto da morte sendo mortal, a ACTRIZ não conversa com a morte, não dá sinais à morte, a ACTRIZ dá gargalhadas para a morte sem a banalizar (os mastros da loucura acendem as cabeças com as argúcias dos deuses desarvorados, os ventres crescem na vastidão do instante e o espanto aspira as rosas dos pés para invadir o sexo levitante), a ACTRIZ não se esconde da morte, não oculta a morte, não assimila a morte, não se deixa invadir pela morte, a ACTRIZ viaja no impossível, arruína a cognição da morte e desconstrói-se sem qualquer nomeação porque se ficciona com sentidos que a fazem ser dona do seu corpo, da sua vida, do seu espaço **(a dor múltipla é o povo a abrir desabaladamente os olhos com acasos de um idioma em direcção ao milagre pulmonar): a ACTRIZ esquece e novos PALCOS rebentam entre bestiários de úteros volteados pelo tempo imperecível com toda a exultação (jogo insano).**

O PALCO sangra nervosamente com a língua fora da língua, a liação metamórfica da língua erotiza-se, a língua laminar antropofagia-se nos nervos palatinos, veias linguais irrigadas pela crueldade erótica transbordam, artéria dorsal da língua prenhe de seduções insanas, osso alveolar da língua absorve os espasmos e os avessos, mucosas entrelaçadas tecem epidermes glutinativas, difusão centrípeta e centrífuga da língua fragmenta os orifícios maxilares do real, canais mandibulares espelham o sal da carnagem, passagens de vasos esponjam rasgos e escombros da repulsa, cristas oblíquoas e inserções de cenários ensanguentados com novas traduções, a ventosa da língua extrai, rasga os freios gramaticais, há uma sede tremenda do real ficcionado, do improvável entre vazios e fissuras dos extremos (o rigor torna-se um dom paar quem vive entre o desmoronamento e a desrazão: as dimensões do tempo espalham-se por meio de actos delirantes): o PALCO de forças musculares hibridiza-se com as voltagens espirituais, o PALCO assimila o desastre e o desesepero ao definir Deus (quem tenta diagnosticar as dilatações rítmicas dos loucos transverte-se em cadáver ou encarna a dor maior dos haríolos): as arrancaduras oraculares arremessam-nos para o falso, as danças infinitas de feridas múltiplas são revitalizadas pela captura dos sentidos e a palavra desaparece através da dor invasiva sem deixar vestígios: o fôlego do animal imola-se com o fórceps golpedor da paixão (o paradoxo, as expressões e a estranheza fazem da temperatura uma incisão caótica que bloqueia as garras indissipáveis do invasor). A ACTRIZ expande os metais das escoriações, os golpes das vozes hibernadas na garganta dos remadores e esgota o alarme da memória com as lâminas da errância, foge, escapa da morte, vivendo no beiral da desaparição contínua (o seu corpo no PALCO reforça a autofagia, torna-se incompreensível porque se liberta, evita que a solidão seja envenenada: o charme da ACTRIZ está na sua própria perplexidade, nunca fez do trágico uma mutilação soberba. Ela é o trágico fértil que a leva para o incomensurável: o PALCO sobe-lhe pelos gestos ocultos): **a ACTRIZ autodemarca-se, traça-se, esquece, multiplica-se, recria-se, recompõe-se com o falhanço, a queda, os cortes, o instável, o imperceptível, a alegria impiedosa, o real cruel, as micropercepções e o quase.**

Há uma estranheza que atravessa ininterruptamente o seu corpo: as mutações eróticas e espontâneas destroem as cegueiras da morte, esculpem novas anatomias, evitam a vedação das posturas e das falas de dentro para fora: a última fala está ainda por vir por meio do corpo que se refunde na improvisação à véspera do grito e do vazio rasgador de sintaxes (há ainda alfabetos selváticos, profanos, dionisíacos dentro do indizível onde a ACTRIZ aprende a morrer, vivendo em desconstrução criativa: há errâncias da carne por assimilar em direcção ao infinito voltaico e ao abismo da encenação: o cântico imortal, o cântico da vida que se desvia tremendamente da nadificação do real: a morte quando surge a ACTRIZ dança o espaço do PALCO, a ACTRIZ não diz a morte, ela troca sempre de pele, muda de exosqueleto, o seu espírito vibra e derrama-se nas vozes, nos gritos e nos gestos onde a morte a esquece): aqui-agora, a ACTRIZ escuta-se com silêncios ancestrais entranhados na memória delirante: a memória do esquecimento faz emergir o desejo com diferenças ecosóficas: a voz do outro é uma geografia de línguas deformadas, é um exílio exultante da paralogia: há uma animalidade oculta, inocente e levantada que liberta a ACTRIZ dos ideais idolatrados, dos decretos-leis pustulentos, das nevroses mecanicistas, da domesticação civilizatória do corpo, da razão do dever e dos critérios deíficos carregados de epidemias reactivas: a ACTRIZ arremessa-se violentamente contra o mundo, golpeia as nervuras, os ligamentos, fractura-se, age, refaz mundo, cria mundo, muda o mundo-PALCO com o riso da crueldade-virtuosa e a lucidez do esquecimento, absorvendo as pulsões geológicas, as áscuas dos deuses estramontados e primitivos por meio de línguas cósmicas-vadias que flutuam como traçaduras enleadas nas variações convulsivas dos MACARÉUS e das MARCHETARIAS (a insânia acontece, ressoa no PALCO através de palavras turbilhonares do vazio, das palavras abíssicas prenhes de sopros, de esboços e de fluxos que ocultam rumos e confundem os sentidos, palavras que ciciam para a crisalidação de si-mesmas, palavras que rasgam o corpo da ACTRIZ, palavras vizinhas da morte antes de qualquer fala, vozes caladas e impulsivas: signos invisíveis, estranhos, trespassam a dor irrepresentável (outros dicionários, outros gritos, outras vibrações, outras sonoridades das golpeaduras e a carnação se desenfia na sua própria porosidade onde os gestos de vitalizam ao se rasgarem com múltiplas formas entre cartografias acústicas e visões nómadas): a voz derrama-se, transmuta-se, torna-se um presságio das evasões rítmicas, um jogo oracular onde as dores dos deuses se renovam rés a outras línguas matéricas faladas por orgãos fundidos e cruzadas por sussurros eléctricos que tatuam desabaladamente o corpo com o dizer musical de cada célula-PALCO (sangue pulsátil, molecular a cinzelar o esplendor rigoroso de uma voz inconsciente): os deuses da pré-linguagem, dos idiomas estrangeiros, dos territórios estranhos, os deuses inaudíveis e abertos a vocalidades animalizantes, a ressonâncias das crianças obscuras, a danças impuras, desviantes: os deuses tremendamente lúbricos, amativos escutam os afluentes pagãos com outras vozes povoadas vindas das línguas desmanchadas pelo incorpóreo: os deuses querem sair do inferno, os deuses escutam o excesso híbrido, as nesgas plásticas das fissuras porque brincam com a coesão dos falsários, com as palavras dos instantes múltiplos da encenação e o som da voz se modifica na filologia estranha, nas mãos perfuradas de um PALCO sem obra, o PALCO êxul ilimitado, indeterminado, o PALCO que se experimenta dentro da micropolítica de uma linguagem indecifrável, assim, os deuses se tornam reais, inéditos e plenos de polifonias, deuses desossificados pelos lances loucos das vozes, das falas lidas pela anarquia incendiada por choques sanguíneos: a ACTRIZ se devora com o trágico de si mesma, a ACTRIZ intempestiva coacerva deuses e catástrofes que regeneram a imanência das vozes, as liturgias afásicas, as cosmogonias vaginais, a lucidez da vida criadora de tempo animal: o corpo grávido de corpos, de lascívias e de irrupções, de deuses gregos, africanos, deuses barrocos, góticos que condensam limites com corpos vivos-fluídicos: corpos misturadores de fronteiras, de efracções, insuflam-se, subtilizam-se e com sentidos lisos, aformais extravasam-se juntamente com Hladíak na epiderme labiríntica de Borges. **A ACTRIZ recusa o cais: a ACTRIZ é uma força** rítmica do alto-mar: uma fuga, uma espreita **das turbulências de Turner: a ACTRIZ vive com o caos, gera caos e faz da prudência o seu movimento artístico_____h**á uma estranheza que atravess**a ininterruptamente o seu corpo.**

LUIS de SERGUILHA: nasceu em PORTUGAL, nos últimos 12 anos percorreu algumas geografias da AMÉRICA do SUL. É poeta, ensaísta e curador de arte ibero-afro-americana. KOAE, KALAHARI, PLANTAR ROSAS NA BARBÁRIE, FALAR É MORDER UMA EPIDEMIA são os títulos dos seus livros mais recentes. Criador da estética do LAHARSISMO. Foi professor de motricidade humana e coordenador de academia de dança e de actividades físicas-artísticas, os seus ensaios focam os atractores estranhos que atravessam corpo-arte-pensamento-literatura. Participou em encontros internacionais de arte e literatura.

Impresso em papel Pólen Bold 90gr m^2,
em tipologia garamond 12/16,
no verão de 2020.